LE SIÈCLE DES CHIMÈRES

***

Les Anges de Palerme

Philippe Cavalier est né en 1966. Diplômé de l'Institut national des langues et civilisations orientales et de littérature comparée, il se passionne depuis toujours pour l'histoire des religions et de la magie.

PHILIPPE CAVALIER

Le Siècle des chimères

***

Les Anges de Palerme

ÉDITIONS ANNE CARRIÈRE

© Éditions Anne Carrière, Paris, 2006.
ISBN : 978-2-253-11624-0 – 1ʳᵉ publication LGF

«… *Col favor della musa o del Demonio*
Entro e mi caccio in mezzo al Pandemonio…

… Par la faveur de la muse ou du Démon
J'entre et je me cache au sein du Pandémonium… »

Giuseppe GIUSTI.

Prologue

À nouveau ils s'étaient séparés. S'il avait choisi de quitter l'Europe, elle, bien sûr, avait préféré rester. Ce n'était pas la première fois. Leur couple était depuis longtemps rompu à de tels déchirements. Leurs adieux s'étaient déroulés comme toujours, sans cris, sans paroles même. Cela n'avait été qu'une ombre rapide passant sur leurs pupilles. Rien d'autre. Un signe perceptible d'eux seuls pour exprimer une lassitude, un désespoir au-delà des mots.

— Que vas-tu faire maintenant que cette guerre est perdue ? avait-il demandé un soir que, tous deux allongés sur le grand lit de leur résidence à Berlin, ils laissaient vagabonder leurs esprits dans l'exceptionnel silence d'une nuit exempte d'attaque.

Laüme n'avait pas répondu. Pas même soupiré. À peine avait-elle rapproché son corps de celui de son époux. Dalibor avait pris son fin visage entre ses doigts, approché ses lèvres de ses lèvres, mais il n'avait pas laissé glisser plus loin son baiser. Son souffle suspendu au-dessus de la bouche de la femme, il avait senti que l'instant était venu de défaire les liens qui l'attachaient à elle. Elle l'avait compris. Leurs yeux s'étaient accrochés un long moment en silence et puis, sans parler, sans bouger, ils s'étaient endormis l'un contre l'autre,

Laüme lovée comme une petite enfant au creux du ventre de Dalibor. Une heure avant l'aube, elle s'était éveillée. Seule… Combien de fois déjà s'étaient-ils quittés ainsi ?

Dalibor lui-même en avait perdu le souvenir. De ses vagabondages solitaires, de ses années passées loin de Laüme, il ne conservait que quelques images imparfaites, brouillées, diluées au plus profond de sa mémoire. Quelques visages d'amis ou d'ennemis, quelques paysages de lande ou de désert… Une pièce d'argent mexicaine qui avait fait sauter dans sa paume afin de décider qui il irait servir : pile pour Pancho Villa, face pour Huerta… Une potence de bois noir dressée dans une aube d'hiver… Le jeu des otaries chassant les bancs de harengs dans les eaux claires des côtes du Chili… Il avait fait et vu tout cela. Et tant d'autres choses encore, choses qu'il ne voulait plus se rappeler…

Quittant Berlin, Dalibor avait pris le chemin du sud. Seul, sans aide – mais un homme tel que lui n'en avait pas besoin –, il s'était faufilé hors des frontières d'une Allemagne assaillie de toutes parts. Pas une route, pas un sentier alors qui ne fût défoncé par les chenilles des blindés ; pas un horizon qui fût dégagé de lueurs d'incendie ou de panaches de fumée ; pas un carrefour, pas un chemin qui ne fût encombré de réfugiés ou de soldats aux traits hâves, au visage décomposé par la peur et l'épuisement… Aurait-il été invisible cependant qu'il n'aurait pas eu plus de facilité à se frayer une voie hors de ce chaos. Nulle part on ne le remarqua. Nulle part on ne l'arrêta. Les Allemands en déroute pas plus que les Soviétiques victorieux ne l'inquiétèrent. Silhouette opaque dans un monde qui s'était couvert de ténèbres, il atteignit en quelques jours les Portes de Fer du Danube, suivit le fleuve jusqu'à Varna et gagna l'autre rive de l'Euxin sans qu'on lui adressât une seule fois la parole…

Et quand bien même cela fût, Dalibor l'ignora. Un papillon noir battait dans son cerveau qui lui interdisait toute vraie pensée, toute vraie conscience. Ce papillon noir, corps d'insecte et tête de femme, c'était l'ombre de Laüme. Son souvenir et son regret, déjà… Laüme était son opium, son éther, sa drogue bienfaisante et terrifiante à la fois. Il l'aimait autant qu'il la haïssait. Elle avait fait de lui ce qu'il était. Elle l'avait sauvé de la mort et rendu libre – plus libre que personne ne l'avait peut-être jamais été. Mais cette liberté avait pour prix une totale soumission à ses désirs erratiques et à ses ambitions folles… Cela, Dalibor se sentait incapable de le supporter plus longtemps. Seul, assis sur une dune blanche face à la mer sans marée, il ferma les yeux, et pria pour qu'on vînt à son aide, pour qu'un bras fort le délivrât de Laüme et lui offrît la rédemption. Mais qui donc aurait pu se porter au secours de l'assassin, du monstre qu'il était ? Oui, vraiment. Qui ?

Cinquième tombeau des chimères

Les suspicions de monsieur Xander

— David Tewp, Thörun Gärensen et Lewis Monti !
Rien que des aventuriers, si vous me permettez d'exprimer mon sentiment ! Après l'échec qu'ils viennent
de connaître à Jérusalem, pensez-vous bien raisonnable
de persister dans la confiance que vous accordez à ces
trois messieurs, sir Bentham ?

Aussitôt prononcée, Pachomius Xander regretta
d'avoir formulé une telle question. Joues empourprées,
gorge serrée, il laissa ses yeux glisser piteusement sur
le sol plutôt que d'avoir à soutenir une seule seconde
le regard de reproche et d'étonnement que lui lançait
l'homme très austère et très digne assis en face de
lui. Dans le silence épais qui suivit, le directeur général de l'agence d'enquêtes privées *Xander et associés*
mesura comme jamais l'étendue de ce qui le séparait,
lui bourgeois aisé mais simple *commoner,* de ce pair du
royaume qui avait sollicité son concours. Né pour être
obéi, éduqué pour donner l'exemple de la retenue et
de l'excellence en tous lieux et en toutes circonstances,
lord Bentham comptait parmi les très rares aristocrates anglais qui, même pour leurs valets de chambre,
savaient demeurer de grands hommes. En retour,
il considérait la mise en cause de la moindre de ses
décisions avec la même indulgence qu'un capitaine de

vaisseau une amorce de mutinerie aux abords du cap
Horn. Xander s'en voulut de s'être emporté aussi sottement. Quels que soient les arguments qu'il pût avancer
désormais pour amener son interlocuteur à revoir sa
stratégie, plus aucun n'avait de chance d'être entendu.
Résigné, il poussa un énorme soupir intérieur, rangea
ses dossiers dans sa sacoche, conclut de quelques banalités sa rencontre avec son commanditaire et regagna
la chambre d'hôtel qu'il occupait en ville depuis trois
jours.

Pachomius Xander voyageait peu. Se déplacer ne
correspondait pas à sa nature. Quitter Londres pour
la province était déjà pour lui une épreuve ; les hauteurs brunes de l'Écosse l'indisposaient ; les vallons
mauves du pays de Galles le rendaient mélancolique ; les
plateaux grisâtres de l'Irlande l'accablaient. Mais tout
cela n'était rien comparé aux désagréments dont il souffrait lorsqu'il devait franchir les frontières du royaume.
À Paris, il lui semblait que tous les Français empes-
taient l'ail. À Rome, les Italiens criaient plutôt qu'ils ne
parlaient. À Madrid, les Espagnols bousculaient tout
sens commun en dormant le jour et en vivant la nuit…
Mollusque irrité dès qu'une circonstance malheureuse
l'arrachait à son rocher, le directeur de l'agence Xander avait jusqu'alors pris soin d'éviter de se rendre aux
États-Unis. Quelques mois après la fin de la guerre
qui venait de déchirer l'Europe pour la seconde fois en
l'espace d'un demi-siècle, il avait cependant dû se résoudre à embarquer sur un transatlantique pour honorer
la convocation émise par lord Bentham, le client le
plus important inscrit au registre de son agence. Exilés
loin de la mère patrie depuis la disparition tragique
de leurs deux enfants, lord et lady Bentham avaient
choisi de s'établir définitivement sur la côte Est de l'an-

cienne colonie britannique. En Cornouailles, la demeure
ancestrale avait été rasée. Décor de la mort affreuse de
Sybil et Patrick Bentham, le château n'existait plus. Ses
pierres et ses briques avaient été déversées en mer du
haut d'une falaise selon les vœux expressément émis par
lady Bentham.

— Les cris de mes enfants font écho dans ces murs,
avait-elle dit d'une voix de prophétesse. Je les entends.
Chaque heure. Chaque minute. Cette maison tout entière
retient la mémoire de leurs souffrances. Nous devons
veiller à tout effacer de cet endroit…

Fermé par d'épaisses chaînes qui rouillaient au
portail, le domaine Bentham se réduisait désormais
à une longue bande de terre en friche où couraient
librement garennes et renards. Xander savait tout cela,
il le savait bien même. Il avait été présent dès le premier
jour, quelques heures à peine après la découverte des
corps du frère et de la sœur assassinés. Il savait aussi
qui étaient les meurtriers. Leur identité n'était pas un
mystère. Cependant, malgré ses meilleurs enquêteurs lancés aux trousses de Dalibor et Laüme Galjero, aucun
résultat tangible n'avait été obtenu. Certes, leur trace
avait parfois été signalée ici ou là. L'ambassadeur de
Grande-Bretagne en personne les avait rencontrés au
Japon en 1938. On savait qu'ils avaient séjourné aux
Indes et même que leur propriété de Calcutta avait abrité
les amours scandaleuses du roi Édouard et de sa maîtresse, Wallis Simpson. Mais rien de tout cela n'avait pu
déboucher sur une arrestation. À chaque fois, un retard,
un imprévu quelconque se produisait, empêchant qu'on
pût arrêter ce couple maudit dont la chance insolente
défiait l'entendement. Plusieurs enquêteurs mandatés
par Xander avaient déjà payé de leur vie ou de l'usage
de leur raison la chasse donnée aux Galjero. Un agent

avait disparu à Bucarest ; un autre à Nice. Un troisième était revenu fou à lier de Nankin… Toujours et partout, ces prétendus Roumains disparaissaient à l'instant même où l'on croyait les prendre. Réapparus un peu plus tard, un peu plus loin, commettant de nouveaux crimes, ils semblaient jouir d'une impunité totale, irrationnelle…

— Il faut nous rendre à l'évidence, Xander, lui avait dit un jour lord Bentham au cours d'une conversation téléphonique. Employer cette expression me répugne profondément, mais les assassins de mes enfants ne semblent pas soumis aux mêmes contraintes physiques que le commun des mortels. Ces gens défient les lois naturelles les plus élémentaires. Pour chasser pareils criminels, des hommes ordinaires comme vos agents ne sont pas de taille.

Xander avait détesté cette remarque. Ce n'était pas tant la sourde accusation d'incompétence de ses employés qui le chagrinait que la formulation par un autre du soupçon fou qui couvait au fond de lui, inexprimé, depuis trop longtemps. Oui, lui aussi pensait que les Galjero n'auraient pas pu éviter tous les pièges qu'on leur avait tendus s'ils n'avaient bénéficié pour le moins de quelque extraordinaire faculté d'anticipation inconnue du vulgaire. Dans la vie courante, Xander se méfiait des pressentiments, des impressions vagues et autres voix intérieures. Mais il était homme à pouvoir tirer un trait sous une addition. Or, il n'était pas un rapport concernant les Galjero qui ne fît état de quelque fait anormal, surnaturel, déprimant pour l'entendement. Pourquoi les armes à feu semblaient-elles se bloquer toujours lorsqu'on les mettait en joue ? Pourquoi des demandes officielles d'enquête – pourtant maintes fois réitérées – n'aboutissaientelles jamais ? Dans quel but les Galjero répétaient-ils partout dans le monde les mêmes meurtres d'enfants ou d'adolescents ? Pourquoi ces gens continuaient-ils à sévir impunément au nez et à la barbe de toutes les polices de l'Empire, alertées ?

Il y avait eu la longue période du conflit, au cours de laquelle de larges portions du globe avaient été retranchées du monde civilisé. L'Allemagne des nazis ou l'Italie des fascistes avaient constitué pendant long-temps des sanctuaires pour les Galjero, Xander le savait. Mais cela non plus n'expliquait pas tout… Loin de là… Fallait-il pour autant engager des mercenaires pour donner à cette chasse un nouveau rythme, une nou-velle chance, comme lord Bentham l'avait fait ?

— Des mercenaires, prétendez-vous, Xander ? Non ! avait objecté Bentham. Je ne considère aucunement ces gens comme des mercenaires. Ce sont mes partenai-res. Eux aussi ont affronté les Galjero. Aucun n'en est sorti indemne. Je ne fais qu'associer leurs haines à la mienne. Nous voulons tous la même chose. Dispersés, nous ne pouvons rien. Ensemble, peut-être serons-nous plus forts… N'oubliez pas qu'ils possèdent un énorme avantage sur le plus aguerri de vos limiers.

— Lequel, *sir* ?

— Ils savent pertinemment contre qui ils se dres-sent et ne prennent pas cette affaire à la légère. Pour eux comme pour moi, la mise hors d'état de nuire de ces assassins est une affaire personnelle, pas un métier qu'on exerce pour se nourrir. C'est ce qui fera toute la différence.

— Espérons-le, *sir*, espérons-le…

Mais Pachomius Xander était demeuré sceptique. Des membres du trio dont lord Bentham avait choisi de s'entourer, aucun ne lui inspirait confiance. Il les avait tous rencontrés au moins une fois, dans les bureaux de son agence à Londres, puisqu'il avait été convenu que *Xander et associés* constituerait la base arrière, le maillon logistique entre ces hommes et lord Bentham. Que l'un d'entre eux fût un colonel de l'armée britannique et qu'un autre portât le titre de sénateur des États-Unis ne modifiait en rien son appréciation. Tout cela n'était que vernis, poudre aux yeux.

Xander connaissait beaucoup du passé de ces hommes. L'officier supérieur David Tewp n'était qu'un benêt sans formation arrivé très jeune, et par le plus grand des hasards, au prestigieux MI6, les services de renseignements militaires. Muté à Calcutta quelques mois à peine après son recrutement, ce romantique au cœur tendre s'était amouraché du petit peuple des Indes au point de s'attirer la franche hostilité de ses frères d'armes et la méfiance de ses supérieurs. Son grade actuel de colonel n'était dû qu'à une suite d'événements rocambolesques dans lesquels il avait été plongé bien malgré lui. Passif, Tewp se donnait des airs d'importance sous la prothèse de cuir qui cachait une méchante blessure faite par Ostara Keller, un agent secret de l'Axe.

— Mis au tapis par une femme ! C'est dire l'efficacité de ce monsieur sur le terrain, avait un jour sournoisement commenté Xander, lors d'une réunion à huis clos avec ses plus proches collaborateurs.

— Le colonel Tewp me semble par ailleurs cultiver une certaine sympathie pour le bolchevisme, avait ajouté l'enquêteur Sébastian Piggot au cours de la même séance. Son amitié déclarée avec le commissaire politique de l'Armée Rouge Grigor Ténidzé m'incline fortement à le penser…

Un faible aux penchants communistes, voilà qui était

en réalité le colonel David Norman Tewp, selon le jugement intime de Pachomius Xander.

Le sénateur Lewis Monti ne bénéficiait pas d'une
opinion plus enviable, au contraire. Xander n'ignorait
pas que les services secrets américains s'étaient appli-
qués à effacer toute trace du véritable passé du politicien. Cependant, il avait réussi à collecter quelques
informations et ce qu'il avait appris l'avait à ce point
saisi d'effroi qu'il avait renoncé à en tenir informé lord
Bentham. Cessant toute recherche sur les années de
jeunesse de Monti, il avait plutôt consacré ses efforts
à étudier le parcours ô combien sinueux de Thörun
Gärensen, le dernier pilier du trio lancé sur la piste des
Galjero.

Contrairement aux deux autres qui, malgré tout,
avaient chacun à leur manière lutté pour la juste cause
des Alliés pendant la guerre, le Norvégien Gärensen
s'était voué corps et âme aux nazis dès son arrivée en
Allemagne, en 1931. L'explication que le grand Scandi-
nave avançait pour justifier ce ralliement sonnait comme
une histoire extravagante aux oreilles de Xander. Le
chantage, la manipulation diabolique dont il prétendait
avoir été la victime pouvait fort bien n'être qu'une fable
forgée de toutes pièces après coup pour justifier la fascination que le régime hitlérien avait de toute évidence
opérée sur lui. Gärensen était intelligent et plein de ressources, mais sa position dans le monde de l'immédiat
après-guerre était particulièrement dangereuse. Officier
SS de haut rang, longtemps familier de Heydrich et de
Himmler, il aurait très bien pu figurer sur la liste des
accusés au tribunal de Nuremberg, et rien – pas même
la protection que lord Bentham lui accordait provisoirement – n'assurait que la justice ne le rattraperait pas, un
jour prochain. Xander en était certain : quoi qu'il fît et

quels que soient ses mérites dans la chasse maintenant
donnée aux Galjero, Gärensen portait d'ores et déjà
autour du cou la corde qui, un jour ou l'autre, finirait
par le pendre...

Les soutiers du *Violetta*

Étouffant à demi comme sous la pression d'une main énorme, Thörun Gärensen s'arracha d'un coup à son mauvais sommeil. Tremblant, toussant, ouvrant grand la bouche pour emplir d'air ses poumons, il quitta sa couchette crasseuse et épongea son dos ruisselant de sueur avec un vieux chiffon qu'il prit sur le dessus d'une boîte à outils posée par terre. Dans la chambrée qu'on lui avait affectée, neuf autres matelots dormaient d'un sommeil de bête. Épuisés par leurs quinze heures de travail quotidiennes, ils n'avaient même pas entendu les gémissements que leur compagnon avait poussés juste avant son brusque réveil. Ses soupirs s'étaient perdus dans le fracas des tôles, le couinement de l'acier, le battement lourd des pompes et des moteurs à charbon qu'une simple paroi de métal séparait de la carrée des soutiers.

Depuis deux semaines que le cargo *Violetta* avait quitté le port d'Oslo, la tempête avait fait rage en Atlantique. Quinze longues journées de pluie ininterrompue, de froid, de brouillard et de vents tourbillonnants avaient creusé la mer en tous sens, la rendant plus que dangereuse pour le transporteur fatigué, vieux d'un bon demi-siècle. Au cinquième jour, une pale de l'hélice s'était fendue. Au septième jour, elle s'était définitivement brisée. Mais le capitaine avait refusé de faire demi-tour ou même de s'arrêter à Plymouth ou à Brest pour réparer. Obstiné, persuadé de la force de son navire, il avait voulu continuer le voyage. Mordant à peine l'eau, la vrille endommagée avait fait perdre beaucoup de puissance et de vitesse au *Violetta*. Face aux soubresauts de l'océan, les chaudières et les pistons devaient donner leur plein pour compenser la faiblesse de l'hélice. Si le moteur cassait, le cargo perdrait toutes ses défenses, et la première vague se déversant par son travers lui serait alors fatale. Tous les hommes d'équipage le savaient, tous les officiers aussi. Mais le point de non-retour avait été franchi depuis longtemps, et il n'y avait plus d'autre choix que de continuer à avancer en espérant que la mécanique ne rompît pas. En octobre, quelques minutes passées sans protection dans les eaux glacées de l'Atlantique nord équivalaient à une mort certaine, un destin funèbre ignoré de tous. Car le cargo était seul. Ce n'était plus le temps des convois de guerre où cent bâtiments et plus se protégeaient, prêts à se porter un secours immédiat en cas d'attaque. Non, l'année 1946 était une année de paix. La première que le monde eût connue depuis bien longtemps.

Pour quelques-uns des hommes montés à bord du *Violetta,* pourtant, les hostilités n'étaient pas terminées. Et même s'ils craignaient tous que la tempête ne les emportât au fond des eaux, cette peur ne parvenait pas à en effacer une autre, bien plus terrible et plus sourde que celle d'une mort accidentelle. L'angoisse qui les tenaillait était celle que ressentent les hommes traqués, gibier dont les traces sont suivies de trop près par une meute avide… Sur les dix-huit membres d'équipage que comptait le *Violetta,* sept étaient des fugitifs. Tous, sans exception, portaient à l'aisselle un tatouage mentionnant leur groupe sanguin. C'étaient d'anciens officiers nazis cherchant un refuge à l'autre bout du monde, loin des terres où ils étaient recherchés par les polices militaires alliées afin d'être jugés comme criminels de guerre. Ce tatouage bleuté, c'était leur marque d'infamie – l'équivalent de la fleur de lys au temps des galériens, ou de la marque diabolique à l'époque de la chasse aux sorcières. À coup sûr, il condamnait au cachot ; neuf fois sur dix, c'était la potence ou le peloton d'exécution assuré. Ces hommes savaient qu'il n'y avait rien à faire pour retirer ces marques indélébiles. Une brûlure, une taillade, une cicatrice à cet endroit faisait figure d'aveu.

Partout en Europe on ne parlait que d'épuration. Certes, le gros des condamnations et des règlements de comptes avait eu lieu à la fin de la guerre mais, dix-huit mois ou presque après la signature de l'armistice, aucune plaie n'était encore refermée. Bien au contraire. Les populations avaient appris l'existence des camps de concentration et le martyre des communautés juives ou tziganes des zones sur lesquelles l'armée allemande avait temporairement fait main basse. La diffusion de ces images aux actualités cinématographiques de Londres, New York, Paris ou Canberra avait provoqué une vague d'horreur comme jamais le monde n'en avait encore connue. La justice universelle exigeait réparation pour ces crimes, et ceux qui les avaient commis savaient désormais qu'ils ne pourraient jamais échapper à leur passé. Beaucoup de petits maîtres, de petits exécutants étaient déjà tombés. En Allemagne, mais aussi en Autriche, en Hongrie, en Yougoslavie… Certains avaient été pris par les forces régulières. Gardés en prison, ils attendaient encore d'être jugés, quand ils n'avaient pas déjà été passés par les armes. D'autres, tout aussi nombreux, avaient été sommairement exécutés par des vengeurs anonymes bien renseignés, qui agissaient dans la plus totale illégalité mais dont les agissements étaient pourtant soigneusement couverts par les autorités d'occupation.

De ces petits barons du nazisme assassinés au coin d'un bois ou pendus à l'aube dans la cour grise d'une prison, aucun n'avait été assez intelligent pour préparer sa fuite hors d'Europe quand il en était encore temps. Avaient-ils seulement entendu parler des réseaux qui s'organisaient déjà à l'époque où l'armée allemande entamait sa longue retraite sur le front russe ? Certainement pas. Hitler lui-même ignorait l'existence de ces filières d'évasion que se réservaient les plus hauts dignitaires de l'État et de l'armée. Et cela avait mieux valu pour ceux qui avaient la vue longue et l'envie irrépressible de sauver leur peau, quoi qu'il advînt. Découverts par le Chancelier, ces préparatifs auraient été considérés comme une preuve irréfutable de la lâcheté de son proche entourage, une trahison impardonnable envers la cause du national-socialisme. Et les candidats au départ auraient à coup sûr fini la gorge ouverte sur des crocs de boucher. Mais le secret avait été bien gardé. Dès le début de l'année 1943, d'énormes capitaux avaient été envoyés en Amérique du Sud, en Turquie, en Suisse, au Portugal et dans nombre de territoires neutres. Là, des trésors avaient été camouflés, des entreprises et des habitations achetées, des comptes spéciaux ouverts… Les sous-marins de l'amiral Dönitz avaient transféré des agents allemands par dizaines dans toute l'Amérique du Sud pour y préparer l'arrivée en masse des fugitifs.

Depuis l'accession de Hitler au pouvoir, la partie méridionale du Nouveau Monde avait tout particulièrement retenu l'attention des plus avisés parmi les stratèges nazis. Le Mexique, le Brésil, la Colombie, l'Argentine, le Chili, recelaient un potentiel phénoménal de ressources naturelles. Sourdement hostiles à leur grand voisin d'Amérique du Nord, leurs gouvernements, souvent corrompus, devaient compter avec la présence d'une très importante colonie allemande présente sur leur sol depuis le XIXᵉ siècle. Au Brésil vivaient plusieurs centaines de milliers d'Allemands. À Blumenau, à Florianapolis, dans l'État fédéral de Santa Catarina, le paysage, l'aspect physique des habitants rappelaient l'Allemagne. Il en allait de même dans plusieurs régions de l'Argentine. À Buenos Aires ainsi qu'à Tucumán, Formosa, Córdoba, Cordier, dans le Gran Chaco, dans la vaste étendue des Paraná Misiones, à San Carlo de Bariloche – cette Suisse de l'hémisphère Sud avec ses pins et ses cimes enneigées –, partout, des colonies allemandes s'étaient développées avec une rapidité vertigineuse. Au Paraguay, des dizaines de milliers de colons allemands avaient conquis les terres vierges à l'est d'Asunción, donnant à leurs villes des noms rappelant l'Europe – comme Hohenau ou Freiburg. Au Chili, dans le Sud du pays, la région entourant les cités d'Osorno et de Valdivia, l'île de Chiloé et la capitale même, Santiago, avaient été envahies depuis longtemps par des émigrants germaniques, qui s'étaient également installés au Pérou, en Uruguay, dans la jungle et jusqu'à la Terre de Feu.

Paradoxalement, la plupart des Allemands qui avaient choisi l'Amérique latine l'avaient fait pour fuir le régime autoritaire de Bismarck ou de Guillaume II. Pourtant, chaque fois que l'Allemagne s'était retrouvée en position de faiblesse face à un ennemi supérieur en nombre, des vagues d'émigrants revenaient en toute hâte s'engager sous les drapeaux de la mère patrie, oubliant l'autoritarisme du régime, pardonnant les vexations et les offenses passées. Les autres, ceux qui restaient, envoyaient comme ils le pouvaient argent, médicaments ou vivres en métropole. Pas un cœur allemand battant sous la Croix du Sud qui n'eût saigné à l'annonce de la défaite de 1918. Pas un qui n'eût été anéanti par l'invasion de leur vieux pays par les Soviétiques et les Américains. De ce ressentiment face à ce qui ressemblait à une nouvelle injustice, l'ambassadeur du Reich en Argentine, le docteur Wilhelm Faupel, avait habilement su jouer, en s'assurant le concours de nombreux sympathisants dans toutes les métropoles d'Amérique du Sud. Grand intendant et organisateur des principaux réseaux d'évasion hors d'Allemagne, il était le maillon tout ensemble initial et final de la chaîne qui avait garanti à bien des criminels de guerre une fuite confortable loin du vieux continent déchiré. Ses filières étaient si bien conçues que, malgré le travail de démantèlement systématique auquel se livraient les services de renseignements alliés, certaines d'entre elles fonctionnaient toujours parfaitement dix-huit mois après la fin des hostilités.

— J'ai connu Faupel lorsqu'il était président de l'Institut germano-ibérique en 37 ou 38, je crois… C'est un homme brillant. Remarquable. Nous pouvons avoir confiance en lui. Nous serons accueillis comme des rois en Argentine. Il sera aisé d'y refaire nos vies… Nous y reprendrons même la lutte peut-être… Avez-vous eu la chance de le rencontrer vous-même ?

Pour toute réponse, Thörun s'était contenté de hocher la tête évasivement. Depuis qu'il avait pris place à bord du *Violetta,* le Norvégien s'était méfié de l'homme qui avait mentionné l'ex-ambassadeur du Reich à Buenos Aires. Il n'avait pas non plus apprécié ses autres compagnons d'infortune. Aux premiers jours du voyage, lorsque la fatigue ne pesait pas encore sur leurs épaules, tous avaient cru devoir raconter leur histoire. Chacun avait dit comment il avait traversé par miracle la fin de la guerre. Beaucoup s'étaient cachés en forêt, mangeant parfois des racines et des feuilles pendant des semaines plutôt que de prendre le risque de quitter les bois.

— J'ai souvent pensé à me rendre, avait avoué un ancien général. Mais j'ai tenu bon… J'ai toujours su qu'il y aurait un moyen de quitter l'Europe. Toujours su que nos camarades ne nous abandonneraient pas…

— Moi, l'armistice m'a pris alors que je me battais encore en Serbie. J'ai arraché son uniforme à un soldat russe et j'ai marché toutes les nuits de Belgrade jusqu'en Suisse… Après, j'ai contacté un de nos anciens agents à Berne. C'est grâce à lui que je suis sur ce navire… Dieu le bénisse !

Puis était venu le tour de Gärensen. Il avait bien fallu qu'il se prêtât à ce jeu, sans quoi son silence eût fait naître trop de soupçons. La méfiance s'exacerbe pour ceux qui sont traqués. Muet sur son passé, Thörun aurait rapidement été considéré comme un traître potentiel. Mis à l'écart, il aurait certainement été égorgé pendant son sommeil, ou, plus sûrement encore, assommé avant d'être précipité dans une des immenses chaudières qui ronflaient dans les salles des machines. Thörun ne pouvait pas prendre un tel risque. S'il s'était efforcé de rester au plus près de la vérité pour décrire ses années passées à servir le Reich, il avait dû tout inventer des mois suivant la libération.

— J'ai été fait prisonnier en France et interné dans un camp près de Paris. Mais j'ai pu m'enfuir et suis resté longtemps caché chez ma maîtresse, à Montmartre. C'est là que j'ai attendu le moment propice pour retrouver certains de nos amis qui m'ont fourni des papiers, donné de l'argent et prévenu de ce moyen de passage vers l'Argentine… C'est tout…

Son histoire était simple, banale. Et parfaitement invérifiable. Elle ne souleva pas de questions. Seul un homme, celui qui l'avait interrogé au sujet de l'ambassadeur Faupel, tentait régulièrement de lier conversation avec lui. Il était grand et maigre. Ses joues creuses lui donnaient un air maladif. Mais ce n'était qu'une fausse impression. Vigoureux, il passait ses journées à enfourner sans fatigue apparente des pelletées de charbon dans les chambres de combustion. Cet homme se nommait Tilmann et disait avoir servi en tant que haut officier d'intendance auprès du maréchal Göring.

— Je crois me souvenir de vous, *Herr* Gärensen… Votre silhouette ne m'est pas étrangère. Vous êtes venu un jour à Karin Hall en compagnie de Reinhard Heydrich et de son épouse, Lina von Osten, si je me souviens bien… C'était lors d'une fête nocturne, n'est-ce pas ?

Thörun n'avait pu s'empêcher de ressentir comme une bouffée d'aigreur à l'évocation de ce très lointain souvenir.

— Votre mémoire est étonnante, *Herr* Tilmann. C'est exact. J'étais là…

Comment Thörun Gärensen aurait-il pu effacer de sa mémoire cette nuit si particulière… cette nuit où il avait fait la connaissance de Dalibor et Laüme Galjero ?

— C'est un événement qui reste cher à mon cœur, avait poursuivi Tilmann comme perdu dans un rêve. Oh, je ne comptais pas parmi les invités, bien sûr ! Je n'étais alors qu'un simple officier subalterne. Mais j'étais là, à l'écart, en charge de quelques broutilles d'intendance… J'étais un peu de la fête tout de même… Je me souviens de vous parce que vous avez tenu compagnie un instant à l'une des plus belles femmes du Berlin de l'époque. C'était une étrangère. Une excentrique. Comment se nommait-elle, déjà ?

Thörun n'avait pas voulu répondre. Pour lui-même, il avait déjà grand mal à prononcer le nom de Laüme. Enfermé dans les entrailles de fer du *Violetta,* dans les odeurs de graisse et le fracas des machines, dans les bruits de l'océan qui battait contre la coque, parler de cette femme à un inconnu lui était franchement impossible. Thörun avait haussé les épaules et l'autre n'avait pas insisté. Tous deux avaient repris en silence leur travail dans la soute à combustible, s'étourdissant de fatigue pour tromper l'inquiétude, la peur de l'inconnu et tous les regrets laissés en héritage par leur vie passée…

*

Le 3 novembre 1946, vers midi, le cargo *Violetta* pénétra enfin dans les eaux territoriales argentines. Cabotant péniblement le long de la côte, le navire mouilla au port de Buenos Aires quarante-huit heures plus tard. Là, un détachement de police monta à bord pour vérifier les marchandises, contrôler les papiers des hommes d'équipage et leur délivrer un permis de séjour provisoire.

Comme les sept fugitifs allemands tendaient sans appréhension leurs faux passeports à l'officier responsable, un civil en costume et chapeau clairs apparut sur la passerelle. Sans un mot, se contentant de s'appuyer nonchalamment à la paroi du poste de commandement où les formalités avaient lieu, il alluma une cigarette avant de jeter un coup d'œil appuyé aux silhouettes qui se tenaient à trois pas de lui. Plus que les visages, c'étaient les mains des prétendus matelots qui retenaient l'attention de l'inconnu. Mais, tels de véritables ouvriers, les fugitifs avaient les paumes calleuses et les ongles sales. Les semaines passées à remuer le charbon avaient épaissi leurs doigts et raidi leurs phalanges. Des relents de sueur et de cambouis montaient aussi de leurs vêtements, graissaient leurs cheveux ternes. Amaigris, épuisés, pâles de n'avoir pas quitté les coursives du *Violetta* depuis des semaines, ils ressemblaient davantage à des bêtes de somme qu'à des hommes. L'officier des douanes tamponna leurs papiers, leur souhaita la bienvenue sur le territoire argentin et repartit avec sa troupe aussi vite qu'il était venu. L'homme au chapeau posa une dernière fois ses yeux clairs sur chacun des Allemands, avant de s'éloigner sans donner quelque explication sur les raisons de sa présence à bord.

— Ce type était un *gringo,* sûrement, risqua Tilmann en descendant l'escalier pour rejoindre sa cabine et préparer ses affaires. Un contact du MI6 britannique ou de l'OSS américain. Mais il ne peut rien contre nous. Même s'il a deviné qui nous étions vraiment, Non, il ne peut rien…

Thörun était loin de partager cette opinion. Il savait pertinemment que l'Argentine était devenue en quelques mois le terrain de jeu privilégié d'une faune interlope composée d'autant d'ennemis que d'amis. À chaque minute, chaque seconde, tout pouvait basculer. Ici, accorder sa confiance était toujours un risque à quitte ou double. Surtout pour lui, qui avait plus encore à cacher que ses compagnons d'infortune.

— Qu'allez-vous faire maintenant que nous sommes arrivés dans notre nouveau foyer, *Herr* Gärensen ? reprit Tilmann sans prêter attention à la mine fermée du Norvégien.

— Un compte a été ouvert à mon nom dans une banque de la ville. Je vais prendre ce pécule et certainement acheter une ferme dans la pampa… J'aimerais élever des chevaux…

Thörun vit une ombre de désappointement passer sur le visage de l'ex-officier d'intendance de Göring. Il aurait certainement préféré entendre une vibrante profession de foi en faveur de la poursuite de la lutte, ici, en Amérique du Sud, comme beaucoup prétendaient vouloir le faire.

— Il paraît que les nôtres ont installé des camps dans la jungle. Nos ingénieurs travaillent à finaliser les armes qui nous permettront de rivaliser avec les États-Unis… La Bombe, *Herr* Gärensen… Nous pourrons enfin lutter d'égal à égal avec eux… Ou leur proposer notre alliance contre ces cochons de Soviétiques. Ils ne nous regarderont plus de la même manière, après ça. Nous reviendrons en maîtres chez nous ! Enfin !

Mais Thörun n'avait même pas esquissé un sourire à cette idée. Il savait que les rumeurs les plus insensées couraient parmi les clandestins, faisant naître des espoirs fous jusque chez les plus pessimistes. Pour beaucoup, la mort de Hitler était un grossier mensonge colporté par les Alliés pour briser le moral de la population allemande et lui ôter toute envie de rébellion.

— Je sais de source sûre que Dönitz a conduit le Führer dans une base construite par la *Kriegsmarin* dans l'Antarctique, avait raconté un colonel d'à peine trente ans, le premier soir passé à bord du *Violetta*. Des tunnels courent sous la glace jusqu'à une immense caverne transformée en paradis terrestre où poussent des palmiers et des arbres fruitiers en abondance. Une ville entière y a été construite avec des cinémas, des théâtres, des restaurants. J'ai vu les plans de mes propres yeux.

Je le sais bien, moi… Nous nous y installerons tous. Un jour ou l'autre, ceux qui se trouvent déjà là-bas reviendront nous chercher…

Une telle naïveté avait amusé Thörun. Quatorze années durant, il avait été un des plus hauts responsables de l'Ahnenerbe, cet institut parascientifique SS consacré à l'étude et à la promotion de toutes les formes de savoir non rationnel. Homme de paille de Reinhard Heydrich, le chef des services de renseignements du parti nazi, il avait notamment reçu pour mission de favoriser des recherches extravagantes dans le but de couvrir de ridicule un Himmler pathologiquement fasciné par l'occulte et le paranormal. Les légendes les plus insensées étaient sorties de son propre cerveau ou de celui de ses proches collaborateurs. Celle de mystérieuses divinités tibétaines bienveillantes envers ceux qui brandissaient le soleil noir de la svastika ; celle d'une civilisation primitive hautement évoluée, cachée quelque part dans une île perpétuellement nimbée de brouillard, loin au nord du monde ; celle d'un réseau de tunnels gigantesques menant au centre de la Terre… Himmler avait parfois mordu à l'hameçon. Avec un enthousiasme d'enfant, il avait financé et cautionné des expéditions archéologiques fumeuses dans le Caucase, les contreforts de l'Himalaya ou en Libye… Sans rien trouver, bien sûr. Mais tout cet argent dépensé en vain, tout ce gaspillage de temps et d'énergie n'avaient jamais profité à Heydrich. Hitler se moquait éperdument des lubies du chef de la SS. Trop efficace par ailleurs, trop fanatique, le petit homme noir à lunettes rondes était bien trop précieux au Chancelier pour que celui-ci le congédiât sous de tels prétextes. Et puis, la guerre était arrivée, s'étendant vite, déjouant toutes les prévisions de limitation que les stratèges de l'Axe avaient émises après

l'invasion de la Pologne. Les rivalités de cour, les que-
relles sourdes entre les grands barons du Parti avaient
été mises de côté pour que l'on pût faire face à de plus
grands défis. L'Ahnenerbe avait, malgré tout, continué
d'exister. Et les légendes qu'elle avait forgées avaient
ruisselé des cercles restreints du pouvoir jusqu'au petit
peuple qui, s'en emparant, les avaient encore ampli-
fiées, gonflant leur contenu de détails inédits, exagérant
toujours leur pittoresque, magnifiant leur merveilleux.
Détournées, déformées, enrichies encore, c'étaient elles
qu'avait retrouvées Thörun dans la bouche du petit
colonel. Cet imaginaire était si fort qu'il empêchait
bien des anciens nazis de sombrer dans le plus complet
désespoir.

La lettre brûlée

Son sac de marin sur l'épaule, une vieille casquette déchirée aux armes du *Violetta* coiffant ses cheveux blonds, Thörun Gärensen fut le dernier des clandestins à quitter le cargo. Sur le pont principal, il alluma une cigarette, en attendant que les types avec qui il avait fait le voyage s'éparpillent sur le port et se perdent dans les rues de la vieille ville. Mais les six Allemands avaient eu beau descendre le plus vite possible à terre, leurs premiers pas sur le sol argentin furent plus qu'hésitants. Nouveaux venus sur un continent inconnu, ne parlant presque rien de la langue locale, ils restèrent longtemps éblouis par le soleil étrange qui luisait au-dessus de ces terres du Sud. Thörun les vit d'abord partir en groupe vers la droite, puis revenir par deux, à quelques minutes d'écart, et repasser encore, avant de disparaître définitivement vers de grands hangars de tôle derrière lesquels se cachait le quartier de la Boca, à l'exacte jonction du Riachuelo et du Río de la Plata.

— Je ne leur donne pas un mois avant de se faire prendre. Vous, vous durerez peut-être un peu plus longtemps... Six mois... un an. Avec de la chance...

Les grosses mains du capitaine du *Violetta* serraient si fort le bastingage que ses phalanges blanchirent. C'était la première fois que l'homme adressait la parole

à Thörun. Bien sûr, il savait qui étaient les soutiers et
avait été grassement payé pour prendre ces fugitifs à son
bord. Ce n'était pas la première fois qu'il embarquait
d'anciens nazis. Passeur par besoin d'argent, il cultivait
aussi une certaine sympathie politique envers ses passagers en fuite. Par mesure de précaution, cependant, il
ne voulait pas les connaître. À trop les fréquenter, il se
serait attiré des ennuis. Et puis, il devinait trop bien ce
qui attendait ces pauvres types une fois en Argentine.
Même s'il avait applaudi lors de l'arrivée du petit nazi
Quisling au pouvoir à Oslo dès 1942, il avait pris acte
de la fin de la guerre et était entré de plain-pied dans le
nouveau monde qui avait surgi à la chute du Reich.

— À eux, un mois… À moi, six… Qu'est-ce qui vous
fait dire cela ?

— L'expérience, mon cher… Chaque fois que je
reviens ici, j'apprends que ceux que j'ai transportés la
fois précédente se sont fait pincer. Ils croient facile de
recommencer une vie ici. Rien n'est plus faux. Certes,
il existe une forte communauté allemande qui devrait
logiquement leur venir en aide, mais cela ne se passe
pas souvent ainsi. Les Germaniques d'ici ont encouragé
et soutenu leur pays lorsqu'il était en guerre. Ça oui !
Maintenant qu'il est occupé, rayé de la carte et pour
longtemps, ils considèrent que ce n'est plus leur affaire.
Ce sont des pragmatiques. Ils n'aiment pas les causes
perdues… Voulez-vous savoir ce qui va se passer pour
les types qui viennent de descendre ?

Tendant son paquet de cigarettes à l'officier de
marine marchande, Thörun leva le menton pour écouter le pronostic du marin.

— Sur six, quatre ne trouveront pas les contacts
qu'ils espèrent. En quelques jours, le peu d'argent qu'ils
ont sur eux sera dépensé. Dans une semaine ils dormi-

ront dans la rue. Dans trois, on les retrouvera morts dans un terrain vague. Dépouillés de tout par encore plus pauvres qu'eux… Fin de la carrière de ces brillants messieurs.

— Et les deux autres ?

— Avec un peu de chance, ils se feront embaucher comme commis chez un épicier bavarois ou un cordonnier venu de Silésie il y a trente ans. Ils vivront à cinq ou six dans une soupente et se raconteront leurs campagnes, le soir, en faisant briller leur Croix de fer… Et puis, un jour, ils en auront assez et se jetteront dans le fleuve. C'est tout.

— Et s'ils n'ont pas de chance, capitaine ?

— S'ils n'ont pas de chance, ils se feront coincer par ces chasseurs de nazis qui commencent à parcourir le pays en tous sens. Ces gars-là sont des enragés. Ils pensent accomplir une mission divine. La loi du talion des Juifs, vous savez, « œil pour œil, dent pour dent »… Vous pouvez imaginer ce que ça donne quand ils mettent la main sur un Allemand tatoué sous l'aisselle. Inutile de vous faire un dessin…

— Et moi ? Pourquoi me donnez-vous une chance de survie, légèrement supérieure ?

À cette question, le capitaine sourit et relâcha sa prise sur le bastingage. Thörun vit trois alliances d'or briller simultanément à son annulaire gauche.

— Simple pressentiment, rit le marin. Rien de plus sérieux qu'un pressentiment…

*

Laissant loin derrière lui la rouille et la graisse du *Violetta,* Gärensen s'enfonça à son tour dans Buenos Aires. Passé le vieux quartier du port, il déboucha sur une série de rues droites, tracées au cordeau, à la manière des villes d'Amérique du Nord. Cela faisait des semaines qu'il n'avait vu un visage féminin. Sous le regard que lui lança la première passante qu'il croisa, il se sentit sale et puant. Sa barbe avait poussé et ses cheveux frisaient sur sa nuque moite. Ses vêtements troués par endroits, rapiécés et mal assortis, étaient ceux qu'aurait pu endosser n'importe quel ouvrier ou manœuvre. Lui qui avait été habitué au luxe et à la facilité depuis son plus jeune âge se sentait affaibli et rabaissé par ce déguisement. Au fond de ses poches, il n'avait que quelques pesos en vieux billets roulés. Tout juste de quoi s'offrir un repas décent et une nuit d'hôtel dans un établissement de bas étage. Pourtant, cela ne l'inquiétait pas. Comme il l'avait appris à Tilmann, une grosse somme l'attendait dans une banque de la Calle Corientes. Cet argent ne provenait pas du réseau mis en place par l'ex-ambassadeur Faupel, mais appartenait à la famille Bentham et n'était aucunement destiné à acquérir un ranch dans la pampa. Non. Les cinq mille dollars américains déposés au nom de Gärensen étaient destinés à retrouver un homme, le seul sans doute qui pouvait encore mener au couple Galjero, le seul, surtout, que Laüme la sorcière avait un jour semblé craindre…

Depuis des mois, des années même, Thörun n'avait pas marché dans une ville qui n'eût été le théâtre d'atroces combats. Berlin, qu'il avait connu des mois durant labouré par les bombes, mais aussi Londres, dont il avait arpenté pour la première fois les artères au début 46 et qui portait encore les traces des fusées allemandes qui s'y étaient abattues au cours des derniers mois de la guerre… Venise, peut-être, était l'unique cité qu'il eût assidûment fréquentée au cours du conflit et qui n'avait pas été trop marquée par les combats. Il y croisait

encore des hommes en chemise noire dans les gondoles
et des *bersaglieri* assis au Florian, armes et casques à
plumes négligemment posés sur la banquette... Buenos Aires, en revanche, n'avait rien d'une ville assiégée
ou menacée. Le vent y était frais. La lumière y courait
librement dans le feuillage des arbres bordant les avenues larges et bien tenues. Ici, pas de drapeau rouge à
croix noire ; pas de bannière étoilée ou d'Union Jack
triomphants ostensiblement accrochés à chaque fenêtre ; pas de faucille et de marteau emblématiques non
plus. Rien qu'une ville affairée, bigarrée et moderne,
bien loin des ruines fumantes couvrant encore la moitié
de l'Europe...

Le long de l'Avenida Santa Fe, Thörun pénétra dans
une modeste pension où il prit une chambre. Rasé,
lavé, déjà un peu reposé, il ressortit au crépuscule. Des
oiseaux piaillaient dans les ramures. La lumière était
douce et chaude. Un peu de poussière voletait derrière
les automobiles à la mécanique huilée, qui glissaient le
long des restaurants et des boutiques déjà illuminées,
encore grandes ouvertes. Le Norvégien avait du mal à
retrouver une foulée naturelle en marchant. Les épaules,
voûtées, les muscles raides d'avoir trop longtemps travaillé dans les soutes du *Violetta,* il cherchait l'assurance
qui était sienne lorsqu'il arpentait autrefois crânement
les rues de Berlin au bras de l'actrice Margot Lion ou
d'une des danseuses de la troupe des Tiller Girls...

Cette époque était révolue. Plus aucune femme ne se
promènerait jamais au bras de Thörun Gärensen. Les
épreuves traversées l'avaient prématurément vieilli. Des
fils blancs étaient apparus dans sa chevelure et il sentait
chaque jour davantage que son corps n'était plus aussi
souple, aussi vif, aussi puissant qu'auparavant. Certes,
il était encore jeune et ses muscles répondaient bien à

l'effort, mais ce n'était plus comme avant. Par-dessus tout, il avait perdu toute envie vraie. La soif de vivre ne l'habitait plus. La nourriture lui paraissait fade, la beauté sans intérêt. Brisé, Gärensen ne tenait plus que par une ultime flamme, celle qu'avait allumée au plus profond de lui le terrible désir de prendre sa revanche sur ceux qui avaient permis l'assassinat de Fausta, son épouse, l'unique amour vrai qui avait eu un jour la grâce de croiser sa route…

Assis seul à la table d'un modeste restaurant, il resta sans appétit devant les plats qu'il avait commandés. Le peu qu'il se força à avaler le rendit nauséeux. La vue brouillée, les tempes battantes, il rentra en titubant à la pension. Affalé de tout son long sur son lit, il dormit aussi mal, et avec autant de mauvais rêves, que sur la couchette du cargo. Aux premières heures de la matinée, malgré le peu de repos qu'il avait pris, il se rendit à la banque et vida le compte de ses dollars américains. Sa petite fortune en poche, il se rendit chez un tailleur et paya au prix fort trois costumes de bonne facture dont il exigea qu'un fût coupé sur-le-champ. Souliers de daim clair aux pieds, panama tressé sur la tête et complet de lin sur les épaules, Thörun Gärensen retrouva immédiatement un peu de cette confiance en soi qui l'avait déserté depuis des semaines qu'il évoluait dans le dangereux milieu des clandestins. Comme midi sonnait au clocher baroque de l'église Nuestra Señora del Pilar, il s'assit chez un coiffeur qui rendit forme à sa chevelure en bataille. Un commis mit plus d'une heure à enlever toute trace de cambouis incrusté sous ses ongles.

— Quel parfum monsieur désire-t-il ? Lavande ou Cologne ? demanda l'artisan qui achevait son travail en brossant consciencieusement le col de chemise de son client.

Thörun refusa – répandre autour de lui un arôme de cocotte ne lui semblait pas convenir au rôle qu'il devait jouer. Donnant une pièce à l'apprenti, il quitta la boutique et rentra dans sa petite chambre. Réticent tout d'abord à confier sa clef à un locataire qu'il reconnaissait à peine, le visage du propriétaire de la pension finit par s'éclairer d'un large sourire. La transformation spectaculaire qui en quelques heures avait fait passer Thörun d'une apparence de marin misérable à celle de *gringo* aisé et respectable le comblait d'aise.

— Si vous avez besoin de quoi que ce soit, appelez-moi, *señor,* ajouta le tenancier, soudain très empressé. Je peux vous procurer tout ce dont vous avez besoin… de l'alcool… des filles… Vous n'avez qu'à me le faire savoir…

Thörun referma la porte de sa chambre sans un mot. Il ne ressentait aucun besoin.

Tout l'après-midi, il somnola sur son lit, les persiennes tirées, le ventilateur tournant lentement au plafond. Le soir, assis sur le rebord de sa fenêtre ouverte, il fuma la moitié d'une petite boîte d'excellents cigares qu'il avait achetés en même temps que l'exemplaire quotidien du *Buenos Aires Herald.* Les yeux perdus dans les nuages portés par un vent vif, il laissa longtemps vagabonder son esprit à l'écoute des bruits tranquilles de la rue. Puis, son dernier mégot écrasé sur la pierre, il extirpa une petite boîte en fer-blanc de son sac de toile. À la faible lueur de l'unique lampe de sa chambre, il en ôta le couvercle et saisit délicatement un papier mince, froissé et en partie brûlé. C'était une lettre, une lettre qu'il avait jetée au feu, sans même la lire lorsqu'il avait compris qui l'avait rédigée. Mais une lettre qu'il avait aussi retirée des flammes juste avant qu'elle ne s'embrasât et ne disparût. Elle renfermait quelques lignes qu'il connaissait par cœur pour les avoir trop souvent lues.

Thörun avait longtemps fréquenté l'homme qui les avait écrites. Il avait été pour lui un confident, un ami, presque un frère. Pour le sauver et l'arracher des griffes de Laüme Galjero, il avait accepté de s'humilier comme jamais face à une femme. Et qu'avait-il reçu de cet homme en retour ? La plus monstrueuse des trahisons, le plus abominable des crimes : Matthieu-Marie Dandeville avait comploté le meurtre de Fausta ! Thörun avait longtemps cru qu'il s'était vengé du Français. Sous ses yeux, Dandeville avait été enseveli sous un monceau de briques et de pierres brûlantes, à Berlin, lors d'une nuit où le phosphore des bombes alliées faisait ressembler la ville au cœur d'un volcan. Comment la mort ne s'était-elle pas emparée de lui à cet instant ? Mais le Norvégien avait été le témoin de trop d'événements extraordinaires pour chercher une réponse à cette question. Dandeville était vivant, Dandeville respirait quelque part… Non loin d'ici. Car la lettre que Thörun serrait entre ses doigts n'était pas ancienne. Datée de quelques semaines à peine, elle avait été postée à l'ancienne adresse italienne du couple Gärensen. Comme confiée au hasard… Dandeville l'avouait lui-même…

Buenos Aires, 4 octobre 1946

Thörun,
Bien sûr, et à plus d'un titre, tu penseras que cette lettre est étrange… Tout d'abord parce que, certainement, tu crois encore que mon corps s'est dissous dans l'incendie, la nuit où nous nous sommes battus… La nuit où je t'ai appris que j'avais tué ta petite femme juive avec le peu de savoir d'envoûteurs qu'Ostara Keller et moi avions grap-

pillé aux Galjero… Mais voilà qui est un fait : je compte encore aujourd'hui parmi les vivants, mon cher Thörun. Et même si je t'ai longtemps méprisé d'avoir si mal mené ta barque, voilà que je me prends souvent à te regretter aujourd'hui. Rien ne sera plus jamais comme avant… Nous ne grimperons plus sur les toits de Berlin pour y boire du vin et regarder les petites étudiantes sages traverser la cour de leur lycée… Tant pis. Nous avons eu du bon temps, je crois, même si tout cela se termine mal…

J'ignore à vrai dire si cette lettre te parviendra jamais. Je tente de l'expédier à l'unique adresse où, peut-être, elle pourra encore te parvenir : ta maison de Venise. Bien évidemment, je ne t'écris pas pour te présenter mes regrets ou vainement évoquer le passé. Tu me connais trop. Je n'ai jamais été sujet au remords et je n'apprécie que très accessoirement la nostalgie. Ma lettre a un autre propos. Je t'écris pour te mettre en garde. J'ai brièvement croisé ces jours derniers un de nos anciens amis. Notre rencontre fut brève, tapageuse, désagréable… Très désagréable… Je crains fort qu'il ne te cherche noise, à toi aussi. À choisir entre vous deux, mon cœur n'hésite pas. Tu es un faible, Thörun, un adolescent velléitaire et capricieux. Mais tu vaux mieux que Ruben Hezner. Je n'aimerais pas que tu tombes entre ses griffes. Lui et ses sbires ont tenté de me tuer il n'y a pas deux jours. C'est moi qui ai eu la peau de deux d'entre eux. Je ne sais au juste comment ils m'ont débusqué, ici, en Argentine, mais ce n'est pas cette question qui importe. S'ils ont pu retrouver ma trace, ils pourront aussi suivre la tienne. Quoi que tu sois devenu. Notre cher Hezner ne ressemble plus au petit homme timide que nous avons connu lorsqu'il fréquentait nos bureaux de l'Ahnenerbe. Devenu chef de bande, tu aurais dû entendre comment il donnait des ordres à ses affidés ! Un vrai capitaine zélote sur les remparts de Massada ! J'ai bien failli me faire prendre cette fois, mais j'ai plus d'un tour dans mon sac… Et une pilule de cyanure au cas où, un jour, les choses tourneraient mal… Bientôt Hezner se souviendra de toi, Thörun… Dans un an… Dans dix… N'importe quand… Sois prêt, mon ami…

Tanguería Caminito

De ses longues années passées à satisfaire les exigences domestiques du maréchal Göring, Baptist Tilmann avait tiré une surprenante aptitude à survivre parmi les fous, les mythomanes et les paranoïaques. Né dans les faubourgs de Kiel des œuvres d'une couturière et d'un marchand de bois, il avait cru dès sa plus tendre enfance que le destin lui permettrait un jour de quitter la condition d'homme du peuple dans laquelle une erreur de la Providence l'avait fait naître. Intelligent mais paresseux, sensible mais ignare, extravagant mais aussi terriblement ordinaire, Tilmann avait longtemps cultivé l'art des mauvais mélanges. Jusqu'à l'âge de vingt ans, sa vie avait été une suite d'événements plus ou moins insignifiants ou sordides qui ne lui avaient apporté qu'un surplus d'amertume et la conviction bien ancrée que son destin ne se jouerait pas parmi ceux, ouvriers, artisans ou hommes de peu, qui partageaient provisoirement son état. Molestant une vieille veuve dont le voisinage disait qu'elle gardait quelques pièces d'or dans une cache, il s'enfuit le soir de son forfait à Berlin où, les poches lestées de ce petit magot, il eut la prudence d'investir son bien plutôt que de le dilapider en filles faciles et en mauvais alcool.

Menant une vie frugale mais d'apparence honnête,

il eut l'habileté de se faire apprécier d'un directeur de chantier d'aviation, dont il devint un temps l'associé. Mais les promesses de l'industrie ne captivaient pas Tilmann. Elles n'étaient pas assez brillantes pour lui. Toujours insatisfait, il rêvait confusément d'autre chose. À la fin des années vingt, la petite usine d'avions reçut la visite d'un gros monsieur riant fort, grand connaisseur d'aéroplanes. As de la Grande Guerre, Hermann Göring était devenu depuis quelques années un des principaux chefs du parti national-socialiste. Tilmann fut impressionné par l'importance de cet homme qu'accompagnaient courtisans et jolies femmes. Découvrant un monde qu'il ne connaissait pas, son esprit saisit aussitôt toutes les possibilités qu'une carrière politique saurait seule lui offrir. Entré par mouvements ondoyants dans l'entourage de Göring, Tilmann adhéra au parti au moment où les bonnes places étaient encore à prendre. Son génie de l'adaptation et son instinct de survie hautement développé l'aidèrent à profiter des années fastes du régime. Œuvrant dans l'ombre des grands hommes mais sachant se rendre indispensable et grappiller plus que sa part, Tilmann collationna tous les jours au champagne et soupa aux vins de France jusqu'à l'entrée des Soviétiques dans Berlin. Malgré la débâcle, bien que son nom fût porté sur la liste des hommes recherchés par les Alliés, il put se fondre dans la foule des réfugiés et, se faisant passer aux yeux des autorités pour un ouvrier de chantier naval, il finit par embarquer sur le *Violetta* et voguer vers l'Argentine.

Si Tilmann était opportuniste, il n'était pas naïf. La méfiance l'ayant plus d'une fois aidé à survivre, il savait qu'un homme chassé n'a pas d'amis. Dans les soutes du cargo, travaillant comme les autres à nourrir les chaudières de boulets de charbon, il avait posé de longs regards inquisiteurs sur ceux qui, comme lui, fuyaient pour n'y jamais revenir un continent qu'ils avaient mis à sac. Profitant des brefs moments où ses camarades prenaient l'air sur le pont, il avait grossièrement fouillé leurs affaires et ce qu'il avait découvert dans le paquetage de l'un l'avait profondément intrigué. La lettre aux contours rongés par les flammes que Thörun Gärensen conservait dans une boîte métallique contait à coup sûr des bribes de l'histoire la plus étrange que Baptist Tilmann eût jamais lue...

*

Thörun Gärensen n'était pas homme à se complaire longtemps dans le sentiment d'hébétude et de découragement qui l'avait saisi à son arrivée à Buenos Aires. Malgré la moiteur ambiante et la fatigue accumulée lors de la pénible traversée, son corps et son esprit retrouvèrent vite leur énergie. Le second jour après son arrivée, il sortit très tôt de la pension, prit la première voie sur son travers et s'engagea au hasard dans la ville. Trois heures durant, il arpenta les rues sans éprouver aucun besoin de faire halte. La nouveauté, l'étrangeté même du décor inconnu qu'était pour lui la vieille cité baroque ne l'impressionnaient pas. Il en goûtait la beauté et le caractère, l'esprit libre, sans ressentir aucunement ce vertige enfantin, cette béate admiration qui saisit tant d'Européens dès qu'ils franchissent le tropique. De tous les types de physionomies qu'il croisait – indiens, noirs, métis, blancs ou asiatiques –, il ne prêtait attention qu'aux silhouettes d'Occidentaux. Dans le quartier de Palermo, le long des ambassades et des imposants sièges de banques ou de compagnies d'assurances, de lourdes Mercedes déposaient des hommes d'affaires, mallette de cuir au poing. Tous semblables dans leur costume gris de fin tissu, commandant des gestes de respect aux chauffeurs ou aux portiers qui les servaient, ils apparaissaient à Thörun comme les soldats d'une armée qui n'aurait pas voulu dire son nom. Dans un parc immense aux belles allées de poudre blanche, des enfants jouaient à pousser leurs petits bateaux de bois dans les bassins. Œil attentif et uniforme impeccable, leurs nourrices se tenaient droites, côte à côte, sur les bancs, sans se parler. N'eût été ce grand soleil d'automne irradiant une lumière crue et vive, Thörun aurait pu se croire à Paris, arpentant les chemins du jardin du Luxembourg, ou bien encore au Tiergarten, à Berlin, avant que les pelouses et les massifs aient été déchiquetés par les combats. Midi sonné, il eut faim et s'installa en terrasse face à l'océan. De son siège de paille, il observa longtemps un troupeau de lions de mer étendus sur les rochers brûlants à quelques mètres de lui à peine.

Son déjeuner terminé, il voulut encore se promener. À San Telmo, il pénétra dans une boutique d'antiquités plongée dans l'ombre. À la lueur de bougies qui éclairaient l'endroit comme une crypte d'église, il acheta deux ou trois livres anciens, sans réel intérêt, puis, les volumes serrés dans son poing, gagna une petite place commerçante. Un vieux bâtiment à colombages faisait l'angle avec une ruelle. Sur la façade, une statue de cigogne en stuc jauni se dressait au-dessus d'un faux nid de branchages en plâtre. Peinte en lettres gothiques, l'enseigne était celle d'une grande brasserie de style munichois. La porte ouverte laissait passer des odeurs fades de chou et de bière. Il entra. À cette heure de la journée, la grande salle n'était pas comble. Quelques personnes achevaient de déjeuner. D'autres buvaient seules, accoudées au comptoir, tandis que les serveurs nettoyaient les tables vides. Sur les murs pendaient de grands tableaux noirs où l'on avait inscrit le menu et les spécialités du jour à la craie rouge. Tout était rédigé en allemand. Pas un mot d'espagnol n'était audible dans la salle. Thörun s'installa dans une encoignure, près d'une fenêtre, et ouvrit au hasard un des ouvrages qu'il venait d'acheter. Courant rapidement sur les lignes, ses yeux n'accrochaient ni les mots ni les phrases. Son attention n'allait pas tant au texte qu'aux allées et venues des clients. La moitié de son après-midi se passa ainsi, à consommer du café en faisant semblant de lire. Des gens qui prenaient place tour à tour sur les sièges à côté de lui, il notait mentalement l'apparence, les détails du visage ou du comportement. Il était habile à cela. Sous la férule du maître espion Heydrich, il avait rédigé autrefois des centaines de fiches et traité autant de dossiers relatifs aux cadres du parti nazi. La plupart des informations confidentielles qu'il avait glanées à cette époque sur tel ou tel lui restaient encore en mémoire. Surtout, son esprit avait développé à cet exercice la faculté instinctive à déceler qui porte un secret et qui n'en a pas.

En deux ou trois heures d'observation passive, un seul personnage retint son attention. C'était un homme d'une cinquantaine d'années, un peu voûté, pas très grand, au teint rosé, à la démarche lente. Quelques mois auparavant, ce petit monsieur d'aspect doux et courtois était encore l'un des proches de Goebbels en France. Jouant longtemps le rôle d'un producteur de cinéma, il avait notamment financé des films de propagande antijuive et antimaçonnique diffusés sur les Grands Boulevards de la capitale française. Mais, sous ses allures de père tranquille, Anton Koenig était également un adepte de l'opium et des jolis garçons. À l'époque du SD, ni Thörun ni Heydrich n'avaient eu besoin d'utiliser ce qu'ils avaient découvert des vices de Koenig. L'homme n'était alors qu'un tout petit poisson, et s'appliquer à le faire chanter ne présentait aucun intérêt. Mais ici, à Buenos Aires, les choses en allaient différemment. Avoir localisé si vite une telle proie était une véritable aubaine pour Thörun. Un homme bien placé sur qui l'on possède un moyen de pression est un sésame capable d'ouvrir presque toutes les portes, de fournir presque tous les renseignements… Koenig ne s'attarda pas dans la brasserie. Son verre de bière avalé au comptoir, il décrocha sa canne de la tringle de cuivre à laquelle il l'avait suspendue, referma les boutons de sa veste et se dirigea d'un pas nonchalant vers la sortie. Thörun s'apprêtait à quitter l'établissement pour le suivre quand une longue tige de métal se leva au niveau de ses jambes pour lui interdire le passage. Maniée par une main ferme, une béquille d'aluminium faisait comme une barrière qui l'arrêta net.

— Gärensen ! Thörun Gärensen ! Je n'ai cessé de me poser la question depuis que je suis entré, mais maintenant que tu approches, j'en suis certain. C'est bien toi !

Surpris, gêné aussi, Thörun baissa les yeux sur celui qui se permettait d'agir d'une manière aussi désinvolte. Pendant quelques secondes, ce visage ne lui rappela rien. Caché derrière un haut dossier, l'homme avait échappé à toute observation tandis que le jeu oblique d'un grand miroir écaillé lui avait permis au contraire d'observer le Norvégien à loisir.

— Sacha ! Sacha Hornung ! continua l'Allemand sur un ton joyeux. Munich, 1931 ! Tu te souviens maintenant ?

*

Les retrouvailles inattendues de Thörun Gärensen et
de Sacha Hornung furent dignement célébrées. Hornung
avait été le premier ami véritable que Thörun s'était fait
en Allemagne, quelques semaines à peine après avoir
quitté sa Norvège natale pour occuper un poste universitaire dans la capitale bavaroise. Hornung et lui avaient
partagé plus que de simples débordements de jeunes
hommes insouciants. Prenant les mêmes filles, s'abreu-
vant aux mêmes bouteilles, fréquentant les mêmes
endroits à la mode, la passion du savoir les avait aussi
longtemps liés.

Fils de chirurgien, Sacha était géographe. C'était par
son entremise que Thörun avait rencontré au début des
années trente une partie de l'élite intellectuelle allemande
qui revivifiait alors l'antique et dangereuse science de
la géopolitique. Le sens critique lui faisant défaut à
l'époque, il ne s'était pas rendu compte que les augus-
tes professeurs qu'il fréquentait dans les amphithéâtres
lambrissés ou dans les salons mondains diffusaient une
vision du monde qui allait nourrir, quelques années plus
tard, les plus folles ambitions meurtrières. C'était au
cours d'une de ces nuits de frasques en compagnie de
Hornung que le destin de Thörun avait définitivement
basculé. Sottement amouraché d'une fille un peu secrète
croisée dans un bal, le jeune homme avait suivi celle-ci,
par un soir de pluie, jusqu'à son domicile… Des événements qui s'étaient précipités alors, Thörun n'avait
gardé que de vagues souvenirs, des images morcelées et
vibrantes comme celles qui vous restent à l'esprit après
un mauvais rêve. Il y avait eu un coup de feu résonnant
dans la maison, un corps allongé, baignant dans une
mare de sang, et puis un trou obscur dans lequel un
coup sur la nuque l'avait fait sombrer. Lorsqu'il avait
repris conscience, Thörun était devenu le jouet de Rein-

hard Heydrich, le responsable des services de renseignements nazis fraîchement créés. C'était Heydrich qui avait révélé à Thörun la véritable identité de la fille qu'il fréquentait. Un peu lourde, un peu vulgaire, coquette et capricieuse au-delà de tout, Geli Raubal était à la fois la nièce et la maîtresse d'un certain Adolf Hitler. Contraint de collaborer avec Heydrich sous peine d'être livré à la police avec des preuves accablantes l'accusant du meurtre de la fille, Thörun avait su, au fil des mois, gagner la confiance de celui qui le faisait chanter. Mais, alors qu'il aurait pu se dégager des griffes de Heydrich, il avait choisi de demeurer en Allemagne. Pris d'une fascination secrète pour le rôle qu'on lui faisait jouer, il avait travaillé longtemps à renforcer le pouvoir que son maître étendait sur toute la SS… Bien sûr, il n'avait jamais revu Sacha Hornung. Les dernières nouvelles qu'il avait pu obtenir concernant son vieux camarade le donnaient parti pour une expédition lointaine en terre asiatique. Jamais, au cours des quinze années passées au SD, il ne l'avait croisé dans les rues de Berlin ni n'avait entendu mentionner son nom. Et voilà que Sacha Hornung resurgissait du néant, réapparaissait à l'autre bout du monde tel un fantôme !

Hormis quelques rides au front et une courte barbe blonde bien taillée qu'il portait fièrement, le visage de Sacha n'avait que très peu changé. Ses cheveux étaient toujours aussi abondants, aussi lustrés. Ses joues toujours aussi pleines et ses yeux semblaient même plus vifs qu'auparavant. La seule transformation venait de son corps. Amputé d'une jambe, il se déplaçait à l'aide d'une béquille.

— J'y suis malheureusement contraint, expliqua-t-il, comme Thörun jetait un coup d'œil interrogatif à l'objet. On m'a coupé très haut sur la cuisse. Ma hanche

aussi était broyée. Mais cela fait une éternité maintenant, je m'y suis habitué.

— Je suis navré pour toi. Comment cela t'est-il
arrivé ? demanda Thörun en prenant place sur la chaise
qu'on lui désignait.

— Ce n'est pas très héroïque, je le crains. Un sol
détrempé au crépuscule, une glissade jusqu'au bas d'une
pente, et des rochers aigus au fond du ravin. Voilà tout…
C'était fin 37. Au Chili. J'y étais parti en expédition avec
quelques amis de la Société de géographie… Eux sont
repartis, évidemment. Moi, j'y ai vu comme un signe
du destin, un message. Une injonction, même. Immo-
bilisé ici, j'ai décidé de rester. Je ne suis jamais retourné
en Europe. J'ai seulement changé de pays. Je me suis
définitivement installé en Argentine au printemps 39.

— Et la guerre ? Comment l'as-tu traversée ?

La question – ou plutôt le ton angoissé de son
ami – fit rire Sacha. Ses dents étaient fortes, blanches
malgré quelques débuts d'aurification.

— La guerre ? Je l'ai vue venir de loin. Dès 36 ou
37 j'ai su ce qui allait arriver en Europe. Je suis un peu
lâche, tu sais ! J'ai voulu m'épargner ça. J'avais un bon
poste d'observation ici. Et puis j'avais du temps aussi…
Avec tout ce que je savais des nazis, je suis devenu une
sorte d'augure. Mes prévisions se sont toujours révélées exactes à peu de chose près. J'ai dit avant tout le
monde que la France tomberait en quelques semaines.
J'ai prévu l'attaque de l'URSS et aussi l'entrée en guerre
des États-Unis après qu'ils eurent poussé les Japonais
à la faute… Et tout cela, des mois avant que ça ne se
produise… Ils ne voulaient pas me croire au début, mais
après ils venaient sonner à ma porte pour que je leur
fasse des prédictions. Même Faupel, l'ambassadeur du
Reich, venait me trouver…

— Ils ? De qui parles-tu, exactement ?

Sacha Hornung eut un regard étonné. Balayant de la main les clients présents dans la grande salle, il s'exclama :

— Mais d'eux, bien sûr ! Les Allemands de Buenos Aires ! Enfin, tous ceux qui étaient déjà là à l'époque, pas les nouveaux venus, bien sûr… Quoique, ceux-ci auraient bien fait de connaître mon adresse, parce que j'avais aussi prévu la fin… Évidemment, cela a beaucoup moins amusé mes petits camarades que la prise de Paris ou l'avancée de notre armée jusqu'aux faubourgs de Moscou. J'ai connu une période creuse la dernière année de guerre.

— Tu parles comme si tu étais devenu voyant.

— Ce n'est qu'une manière de plaisanter, bien sûr… Je suis professeur à l'université. Rien de bien exaltant, mais j'en vis correctement. Et tranquillement surtout. Mais toi ? Dis-moi tout !

Thörun brossa un rapide tableau des années passées. Il n'avoua rien de la nature exacte des fonctions qu'il avait exercées à l'Ahnenerbe ni, surtout, des folles circonstances qui l'avaient conduit à croiser le couple Galjero, ces démons à visage humain maniant des pouvoirs défiant l'imagination. Il ne souffla pas un mot non plus de Fausta Pheretti, la femme dont il était tombé amoureux à Venise et qui était morte par sa faute, tuée par deux des mignons que les Galjero avaient un temps traînés à leur suite. Ses lèvres restèrent closes sur le long cauchemar qu'il avait vécu. Dans ses grandes lignes, il s'en tint au récit qu'il avait déjà donné aux soutiers du *Violetta*. L'histoire était rodée et cohérente. Sacha Hornung s'en satisfit fort bien. Il était presque cinq heures quand les deux hommes quittèrent ensemble la brasserie. Hornung insista pour garder Thörun avec lui tout au long de la soirée. Un taxi les conduisit d'abord au domicile de Sacha, un grand appartement aux plafonds hauts dans la Balcarce, le quartier des artistes et des *tanguerías,* ces établissements où les couples venaient danser le tango du crépuscule à l'aube.

— Nous irons au Caminito, ce soir, dit Sacha comme ils s'installaient dans des fauteuils, un verre de schnaps à la main. C'est juste de l'autre côté de la rue, et les plus jolies filles de toute l'Argentine y viennent y rouler des hanches.

Thörun força ses lèvres à s'étirer en une sorte de sourire convenu. Comment dire à Sacha que l'époque où il aimait à regarder les femmes était révolue depuis longtemps ?

— Est-ce que tu as entendu parler de ces commandos juifs venus ici chasser les nazis ? demanda abruptement le Norvégien qui ignorait comment aborder les questions qui lui importaient vraiment.

Hornung attrapa une pomme dans une corbeille et se mit à la peler avec un couteau à manche de corne tiré de sa poche. Il ne répondit pas ayant d'avoir écorché le fruit dans son entier, coupé et disposé les quartiers sur la table devant lui.

— C'est une question gênante, Thörun. Oui, j'ai entendu parler de ces gens. Ils plongent la communauté des nôtres dans une véritable angoisse. Les méthodes qu'ils emploient sont assez… déplaisantes, pour le moins.

— Comme celles que les nazis ont fait subir à leurs gens, je crois. Némésis ! Juste retour des choses peut-être, hasarda Thörun.

— Oui, fit pensivement Hornung. Peut-être as-tu raison. Nous n'aurions pas dû traiter le problème juif comme nous l'avons fait. Les Anglais sont plus malins.

Encore que cela leur coûte beaucoup en ce moment…

Devant le visage interrogatif de Thörun, Sacha tendit le bras jusqu'à une pile de journaux. Extirpant un vieux numéro d'une pile de *Buenos Aires Herald*, il tendit le quotidien à son ami.

Sous une photographie de ruines, un titre tapageur barrait la une du 21 juillet 1946 :

Carnage à Jérusalem. Des indépendantistes de l'Irgoun font exploser l'hôtel King David, quartier général anglais dans la ville sainte. Nombreux morts et blessés.

— Veux-tu que je te fasse l'honneur d'une autre de mes prédictions ? demanda le géographe en faisant claquer sa langue après une lampée de schnaps.

— Je t'écoute.

— Bien qu'ils s'en défendent encore et tout comme ils vont devoir quitter l'Inde, les Britanniques seront bientôt contraints de lâcher la Palestine. Poussés par les Américains, ils vont plier bagage pour permettre à un État juif d'apparaître sur la carte.

— Ce serait stupide de leur part, s'indigna Thörun. Les Arabes ne resteraient pas sans réagir. Cela provoquerait des guerres locales à n'en plus finir.

Sacha éclata de rire.

— Évidemment que cela provoquera des conflits ! Tu crois que ce que nous venons de traverser signe la fin des affrontements ? Bien sûr que non ! Au contraire ! Tout se met en place pour la suite du programme et nous n'avons pas fini d'en voir ! Et même si les quatre ou cinq prochaines décennies seront peut-être un peu plus calmes que les précédentes, sois certain que le siè-cle à venir est déjà gros des carnages les plus atroces de toute l'Histoire… Mais l'heure n'est pas à la prospective. Tu m'interrogeais sur les traqueurs qui cherchent ici à assouvir leur dette de sang. As-tu une raison quelconque de craindre de tels hommes ? D'après ce que tu m'as dit de ton parcours, tu n'étais qu'une sorte de fonctionnaire. Même si tu appartenais aux SS, tu n'as jamais tué personne. Tu ne ressembles en rien à un criminel de guerre.

— Avoir porté l'uniforme suffit, je crois, pour craindre le pire. J'ai quitté l'Europe pour refaire ma vie, Sacha. Pas pour mourir égorgé au fond d'une impasse en Amérique latine…

— La sécurité n'existe nulle part, mon petit camarade. Pas plus pour toi que pour moi. C'est le beau fardeau des hommes libres !

*

Thörun Gärensen et Sacha Hornung demeurèrent toute la nuit éveillés. Vers une heure du matin, ils quittèrent l'appartement du géographe pour aller écouter le chuintement des bandonéons à la *tanguería* Caminito. Comme Sacha l'avait, dit, la piste de danse était comble et de jolies Argentines lançaient leurs jambes en tous sens sur le parquet. Pour sensuel qu'il fût, le charme du spectacle ne parvenait pas à percer la carapace d'indifférence qui isolait maintenant Thörun du monde des sens. Heureux d'avoir retrouvé son ami mais ennuyé de gaspiller un temps précieux en sa compagnie, il fulminait secrètement d'avoir perdu la trace de cet Anton Koenig qu'il avait aperçu à la brasserie.

— Tu as l'œil morne d'un bœuf que l'on conduit à l'abattoir, lui souffla Sacha. Tu devrais être heureux au contraire ! Tu peux refaire ta vie comme tu l'entends… C'est un nouveau départ qui t'est offert. Tu en es conscient, au moins ? Si tu as besoin de quoi que ce soit, de l'argent, un nouveau nom, un certificat de dénazification ou un nouveau visage même, moi, je connais tout le monde ici. Je peux tout te procurer !

Thörun le dévisagea. Même s'ils ne dansaient pas, la chaleur et la promiscuité des corps en mouvement faisaient perler la sueur à leur front, luisant aux lueurs colorées des lampions.

— Ne me regarde pas comme ça, lança Sacha. Tu ne serais pas le premier à qui je rends service… Je suis encore patriote, mon vieux ! Si tu savais qui s'est assis avant toi dans mon bureau !

— Tu aides les fuyards ? C'est ça ?

— Mais bien sûr ! J'ai secondé Faupel lorsqu'il installait ses filières. Ici et jusqu'au Brésil et en Colombie… Je sais dans quels villages de jungle envoyer les gens quand ils ont vraiment besoin qu'on les oublie. Et quelques chirurgiens plastiques travaillent aussi pour moi. En deux opérations, ils te transforment un Souabe blond et rosé en parfait Italien des Abruzzes… Je t'assure que si tu crains vraiment pour ta vie, je peux te donner les moyens de te fondre dans la nature en moins de temps qu'il n'en faut pour le dire.

— Est-ce qu'un certain Matthieu-Marie Dandeville a requis tes services récemment ?

La question était trop importante pour Thörun. Elle avait fusé de ses lèvres sans qu'il prît le temps de se demander si l'endroit et le moment étaient bien choisis.

— Dandeville ? Le Français ? Oui, je l'ai rencontré il y a peu, quelques semaines tout au plus. Il était ici sous un nom d'emprunt mais ça ne l'a pas empêché de manquer de se faire prendre par une équipe de traqueurs de nazis. Il est en sécurité maintenant. Tu le connais ?

Les muscles du corps de Thörun se détendirent d'un coup. Levant son verre, il but un long trait d'alcool avant de répondre évasivement.

— Je l'ai un peu fréquenté à Berlin. Et je savais qu'il avait réussi son passage en Argentine. Je me demandais ce qu'il était devenu. Que lui est-il arrivé exactement ?

— Oh, je ne connais pas l'histoire en détail. Je crois qu'il s'est fait repérer dans une brasserie comme celle-ci il y a quelque temps. Les Juifs qui le cherchaient étaient nombreux et bien organisés. C'est un miracle qu'il s'en soit tiré. Je l'ai rencontré un jour ou deux après. Je lui ai fait quitter le pays et donné l'adresse d'une clinique où il pourra changer de visage. Il était assez arrogant mais n'a rien refusé de ce que je lui proposais…

Même s'il était avide d'en apprendre davantage, Thörun jugea préférable de museler sa curiosité. Un intérêt appuyé pour le cas Dandeville pouvant faire naître la suspicion, il décida d'avancer à petits pas dans ses recherches plutôt que de tout compromettre en pressant Sacha. Déjà satisfait par ces retrouvailles inespérées avec Hornung, il s'obligea à passer le reste de la nuit sans plus mentionner Matthieu-Marie ni ceux qui le chassaient.

À l'aube, tandis que se refermaient les portes du cabaret, il raccompagna Hornung chez lui et rentra à la pension pour y dormir un peu. Cela faisait vingt-quatre heures qu'il n'avait pas fermé l'œil mais il se sentait aussi vif et frais qu'un gardon.

Les quelques jours suivants, Gärensen et Hornung se fréquentèrent assidûment, déjeunant ensemble régulièrement à la brasserie allemande. Sacha présenta son ami à une vingtaine d'anciens militaires ou cadres du parti nazi réfugiés à Buenos Aires. À l'exemple d'Anton

Koenig, nombre de ces personnages avaient fait l'objet d'une enquête de la part du SD, et Thörun se rappelait le point faible de presque tous les fichés ainsi rencontrés. Pourtant, cette connaissance lui était devenue inutile : lentement, prudemment, sans violence ni contrainte, il en apprenait chaque jour davantage de la bouche même de Sacha. S'il n'avait pas cité de nouveau le nom de Dandeville depuis la soirée du Caminito, il avait néanmoins une idée assez précise de l'endroit où le Français s'était caché sur les conseils de Hornung. Ne manquait plus désormais qu'une preuve définitive.

Docteur Ruben Hezner

Au marché aux puces du quartier San Telmo où ils étaient convenus de se retrouver pour une promenade dominicale, Thörun attendit Sacha plus de deux heures sans que son ami se manifestât. Intrigué, vaguement inquiet, il quittait le banc où il patientait quand un homme grand, hâve, aux traits tirés, s'avança vers lui, la main tendue.

— *Herr* Gärensen ! beugla Baptist Tilmann. Quel hasard ! Je ne m'attendais pas à vous croiser en ville ! Je vous pensais déjà parti dans la pampa pour y élever des chevaux !

Thörun se contenta de hausser les épaules. Revoir Tilmann n'était pas la plus agréable des rencontres et être contraint de converser avec ce type ne lui procurait aucun plaisir. Un sourire vague aux lèvres, il s'efforça cependant à un minimum de courtoisie. Une dizaine de minutes durant, l'ancien officier d'ordonnance de Göring l'enivra de paroles aussi creuses que stupides, puis, passant devant une petite *cantina* qui proposait des tables tranquilles à l'ombre, il l'invita à boire un verre… La longue attente sous le soleil avait asséché la gorge de Thörun. Réticent tout d'abord à la proposition, il accepta quand l'autre lui assura avoir un rendez-vous à l'autre bout de la ville dans peu de temps.

— Juste un verre, Gärensen. J'ai moi-même des obligations. Je vous promets que je ne vous retiendrai pas longtemps…

Assis sur une chaise paillée, le Norvégien ne fit guère d'efforts pour alimenter la conversation émaillée de longs silences. S'appliquant plutôt à vider son verre, Gärensen sentit bientôt une douleur naître au creux de son ventre. Un roulement de tambour monta crescendo dans ses tempes. En une minute, il se sentit pâlir et s'affaiblir inexplicablement.

— Vous ne vous sentez pas bien, mon ami ? s'inquiéta Tilmann. Vous êtes aussi blanc qu'un mort… Vous êtes resté trop longtemps au soleil peut-être… Vous devriez aller vous rafraîchir…

Nauséeux, les yeux voilés de scintillements, Thörun s'arracha de son siège et se fit accompagner aux toilettes par un garçon. Appuyé sur le bras du serveur, il entra dans une petite pièce nauséabonde emplie d'un incessant bourdonnement de mouches. Les remugles qui le saisirent achevèrent de lui faire tourner la tête, son estomac se retourna d'un coup, lui faisant cracher un flot de bile sur le sol malpropre. Perdant toute force, Gärensen s'agenouillait sur le carrelage ébréché quand deux gaillards surgirent dans le cagibi, bousculèrent le garçon qui se sauva sans demander son reste et empoignèrent le malade sous les aisselles. Le soulevant de terre, ils passèrent par l'arrière de l'établissement et le traînèrent jusqu'à une ruelle discrète où attendait une voiture américaine. Thörun fut sommairement fouillé avant d'être poussé dans le coffre du véhicule. Il ne pouvait résister, son corps avait perdu ses muscles, ses nerfs. Il roula au fond de la malle et vit l'abattant se refermer violemment sur la lumière du jour.

*

Le voyage fut assez bref. Une trentaine de minutes après y avoir été enfermé, Thörun en fut arraché et, un bandeau sur les yeux, rapidement conduit dans des étages. Poussé sur une chaise, on lui attacha fermement les mains et les chevilles et l'on fourra une sorte de chiffon moisi au fond de sa gorge. Les douleurs qu'il ressentait toujours au ventre et au crâne lui faisaient perdre toute notion d'équilibre. Affaissé, tassé sur son siège, il tremblait de tout son corps. Ballottée comme une bouée dans la tempête, sa tête roulait sans qu'il parvînt à la maintenir droite. Puis, lentement, la sensation de vertige s'estompa. Son souffle redevint régulier, les spasmes de son estomac décrurent, se firent moins forts, l'étau autour de ses tempes se desserra, et il put enfin recommencer à penser.

L'identité de ses ravisseurs n'était pas pour lui une source d'interrogation. Convaincu d'être tombé aux mains de chasseurs de nazis conduits par Ruben Hezner, il s'inquiétait seulement de savoir s'il aurait le temps de converser avec le docteur avant d'être abattu. Mais de cela, au fond, il ne doutait pas vraiment. Ceux qui l'avaient pris s'étaient donné beaucoup de mal pour le capturer vivant. S'ils avaient eu l'intention de le tuer, une balle tirée au coin d'une rue aurait suffi. Cette opération d'enlèvement avait évidemment un but, et ce but ne pouvait en aucun cas être sa mort immédiate. Le cœur et l'esprit calmés par l'énoncé de cette évidence, Thörun attendit. Deux bonnes heures passèrent sans qu'on semblât s'intéresser à lui. De l'endroit où il était enfermé, il n'entendait aucun bruit. Enfin, la porte s'ouvrit et un pas lourd s'avança vers lui. Une grosse main arracha d'un geste brusque le bâillon dans sa bouche et le bandeau qui lui voilait les yeux.

— Alors, Gärensen, vous êtes remis de vos émotions, j'espère ?

Avant même que ses pupilles ne se soient accoutumées à la lumière, Thörun avait reconnu son agresseur à sa voix. Ce n'était pas celle de Hezner, mais la voix railleuse et vulgaire de Baptist Tilmann.

— Ne faites donc pas cette tête-là, Gärensen. Vous semblez déçu, on dirait ! À qui donc vous attendiez-vous ?

— Que me voulez-vous, Tilmann ? parvint à articuler Thörun malgré le feu qui consumait sa gorge.

Faisant crânement sauter une arme à feu dans sa main, l'autre se contenta d'abord de sourire. Puis, tirant un papier de sa poche, il se mit à lire à voix haute :

Thörun,
Bien sûr et à plus d'un titre, tu penseras que cette lettre est étrange.. Tout d'abord parce que, certainement, tu crois encore que mon corps s'est dissous dans l'incendie, la nuit où nous nous sommes battus… La nuit où je t'ai appris que j'avais tué ta petite femme juive avec le peu de savoir d'envoûteurs qu'Ostara Keller et moi avions grappillé aux Galjero…

À ces mots, le corps de Thörun se cabra violemment.

— Inutile de vous énerver, Gärensen. Vous débattre ne servira à rien. Nous sommes plusieurs ici à vouloir entendre vos explications sur le contenu de ce message. Je crois que vous avez beaucoup de choses à nous dire. À commencer par cette femme dont ces lignes mentionnent l'existence. Est-ce vrai ? Vous, un officier supérieur de la SS, marié à une juive ? Comment cela est-il possible ?

Comme Thörun restait silencieux, les yeux fixés sur ceux de Tilmann, celui-ci tira une chaise et s'approcha du prisonnier. À voix basse, il exposa ses conditions.

— Voilà quelle est votre situation, Gärensen. À bord du *Violetta*, j'ai fouillé vos affaires. Oh ! Ne vous croyez pas particulièrement visé, j'ai fouillé celles des autres aussi. Mais je n'ai rien trouvé chez eux qui me fasse penser qu'ils étaient des délateurs, des traîtres… Mes contacts à Buenos Aires savent que j'ai trouvé des preuves vous liant à nos ennemis. Si vous avez épousé une des leurs, tout porte à croire que vous êtes un espion travaillant maintenant à nous infiltrer. J'ai eu toutes les peines du monde à retenir mes camarades de vous abattre immédiatement comme le chien que vous êtes…

— Passons les préliminaires, Tilmann, cracha Thörun. Dites-moi sans fioritures où vous voulez en venir. Nous gagnerons un temps qui nous est précieux à tous deux.

— J'apprécie votre pragmatisme, mon cher. C'est de bon augure pour l'épanouissement de nos futures relations. Alors, voilà : que vous ayez vendu votre âme à nos adversaires n'est pas ce qui m'intéresse. Ce que je veux éclairer, ce sont les autres informations que contient cette lettre.

— Quelles autres informations ?

— Vous savez bien ! Celles relatives aux Galjero ! J'ai joué l'innocent quand je vous ai interrogé sur le cargo et j'ai fait semblant d'avaler votre histoire. Mais je vous avais reconnu. Vous apparteniez à l'Ahnenerbe, n'est-ce pas ? Cet institut qui s'occupait de mystères, de magie et d'alchimie. Surtout, je n'avais pas oublié la femme que j'ai vue avec vous à Karin Hall. Je n'ai jamais oublié son nom, ni celui de son mari… Dalibor et Laüme Galjero ! Je les ai vus plus d'une fois chez Göring. Le maréchal les admirait autant qu'il les craignait. Alors dites-moi,

Gärensen, est-ce que ces gens étaient vraiment des sorciers, comme la rumeur le prétendait ? Est-ce qu'ils possédaient des pouvoirs ?

— C'est pour ça que vous m'avez enlevé, Tilmann ? Pour que je vous révèle ce que je sais de Dalibor et Laüme Galjero ? Vous êtes décidément un imbécile, mon vieux ! Je l'ai su dès que j'ai posé le regard sur vous.

Comme tous les médiocres, Tilmann détestait par-dessus tout qu'on se moque de lui. La lourde crosse de son Lüger s'abattit sur la mâchoire inférieure du Norvégien, lui cassant une dent et lui entaillant profondément la langue. Malgré la douleur et le sang qui se répandait dans sa bouche, Thörun partit d'un rire dédaigneux.

— Vous n'êtes pas de taille, Tilmann. Malgré vos manières de brute, vous ne résisteriez pas une minute face aux Galjero. À supposer que vous les retrouviez, jamais vous ne tirerez d'eux quoi que ce soit. De plus intelligents que vous ont perdu la vie ou la raison à ce petit jeu.

— Alors, c'est donc vrai ? Ce ne sont pas de simples illusionnistes ? Ces gens possèdent vraiment des dons surnaturels ? Que peuvent-ils faire ? De l'or ? Donner la jeunesse éternelle ?

Thörun le vit aussi clairement que s'il avait regardé l'image d'un livre : l'esprit de Tilmann venait de basculer devant ce qu'il imaginait du pouvoir de Dalibor et de Laüme. Les yeux brillant d'excitation, les mains se tordant en tous sens, l'Allemand se voyait déjà apprenti sorcier, initié par ses nouveaux maîtres aux plus obscurs secrets de la vie et de la mort.

— Aidez-moi à les trouver, Gärensen, supplia Tilmann, hystérique. Ensemble, je sais que nous pouvons le faire !

Thörun sourit tristement. Beaucoup d'hommes de par le monde recherchaient les Galjero. Lui-même était du nombre et, aussi bien épaulé fût-il, il savait qu'il n'avait que très peu de chances de voir un jour sa quête aboutir. Qu'un pauvre hère tel que Tilmann songe à réussir là où lui-même et ses compagnons, Tewp et Monti, avaient toutes les probabilités d'échouer lui semblait le comble du grotesque.

— Vous ne savez rien de leur vie, rien de leurs pièges, Tilmann... Vous vous feriez broyer avant même d'avoir compris ce qui vous arrive. Je le dis pour votre bien : oubliez cette idée stupide.

Thörun n'avait pas le cœur à jouer. Certes, pour gagner du temps et recouvrer sa liberté, il aurait pu promettre d'aider son geôlier, mais il se refusait à tricher. Un élan mystérieux et puissant protestait au plus profond de lui et le lui interdisait.

— Livrez-moi à vos amis et qu'on en finisse, dit-il enfin d'une voix lasse. Une balle dans la nuque vaudra mieux pour moi et pour vous que si nous marchions ensemble jusqu'à ces gens.

Le poing de Tilmann se crispa de nouveau sur son arme comme pour frapper encore le visage du prisonnier. Retenant son geste, l'homme se mit à grincer des dents, taper du pied par terre et à grommeler un flot de paroles incompréhensibles. Ses gestes et son allure faisaient penser à un enfant capricieux en pleine crise de colère. Soudain, la porte s'ouvrit violemment et un homme en nage apparut.

— Tilmann ! Les amis de Gärensen sont là ! Ils viennent de tuer Jasper ! Ils montent !

Derrière la silhouette du nouveau venu, Thörun pouvait déjà distinguer des corps en mouvement. Dans les pièces adjacentes, on criait, on hurlait dans une langue qu'il ne connaissait pas… Il y eut des bruits de carreaux brisés et un premier coup de feu retentit, dont l'écho résonna sur les murs nus.

— S'ils viennent chercher Gärensen, c'est qu'on peut l'utiliser comme bouclier, dit froidement Tilmann en se penchant pour délier les chevilles du Norvégien.

Mais tout se passa trop vite pour que Baptist Tilmann pût mettre son plan à exécution. Trois rafales partirent tandis qu'il s'escrimait à défaire les nœuds trop serrés. La première abattit l'acolyte qui se tenait encore dans l'embrasure de la porte. La deuxième se perdit au plafond de la chambre, faisant pleuvoir une grêle de plâtre au sol. La dernière ouvrit de quatre impacts le dos de Tilmann, qui s'effondra en hurlant de surprise et de douleur. Cette mort rapide signa la fin de la fusillade. Apparemment, les deux gorilles qui avaient enlevé Thörun constituaient toute l'équipe réunie par l'ancien officier d'ordonnance. Le vacarme des détonations tout juste apaisé, Thörun vit s'approcher de lui une troupe de jeunes hommes aux yeux noirs et aux visages farouches. En costume civil, certains portaient néanmoins des bandes de cartouches croisées sur la poitrine. Aucun ne fit mine de le détacher. Le regard qu'ils portaient sur lui était plus terrible encore que celui de Tilmann, que celui-là même de Heydrich lorsqu'il avait menacé Thörun des pires représailles s'il ne cédait pas à son chantage.

— Bonjour, *Doktor* Gärensen, dit enfin une voix.

Devant Ruben Hezner, qui s'avançait dans la pièce, le rideau que formaient les sicaires s'écarta telle la mer Rouge devant Moïse. Le petit docteur, juif n'avait pas beaucoup changé depuis le temps où il travaillait aux côtés de Gärensen et de Dandeville à l'Ahnenerbe. Ses cheveux avaient légèrement blanchi sur ses tempes.

L'éclat de ses prunelles était peut-être un peu plus vif qu'auparavant. Mais Thörun retrouvait, quasi identique, la silhouette qu'il connaissait bien.

— Monsieur Hezner, dit-il, dois-je me réjouir de vous revoir ou êtes-vous venu jusqu'à moi pour me signifier ma fin ?

— Curieusement, ce n'est pas moi qui possède la réponse à votre question, je le crains. Oh non ! ce n'est pas moi, mais vous-même. Oui, nul autre que vous !

*

De nouveau traîné de force dans une voiture, les yeux bandés et les mains liées, Thörun avait pris le parti de se laisser conduire sans opposer de résistance. Outre qu'un baroud d'honneur eût été voué à l'échec, l'apparition providentielle de Hezner comblait ses vœux les plus chers. Dénicher Dandeville en Amérique du Sud n'avait jamais été que la première étape qu'il s'était proposée avant de retrouver le petit docteur. Si ce dernier traquait le Français, mettre la main le premier sur Dandeville lui semblait un atout de taille pour voir tôt ou tard Hezner sortir du bois. Seul Ruben Hezner l'intéressait vraiment. Car c'était lui qui, dans le combat engagé contre les Galjero, détenait – peut-être sans même le savoir – la pièce maîtresse indispensable à la victoire finale.

Après un court trajet en ville, Thörun sentit que la voiture quittait l'asphalte lisse pour s'engager sur une route de gravillons, qu'elle suivit longtemps. Elle ralentit considérablement son allure pour franchir une succession de bosses et de nids-de-poule. Enfin, le moteur s'arrêta. On le fit descendre du véhicule et on lui délia les mains. Avant même que le bandeau sur ses yeux ne fût également retiré, Thörun sentit une vague de fraîcheur humide glisser sur sa peau. C'était le soir et de la forêt toute proche sortaient d'épaisses nappes de brume.

— Votre journée n'a pas été agréable, *Herr Doktor*, dit Hezner. C'est le moins qu'on puisse dire. Je vais vous permettre de vous rafraîchir et de vous détendre un moment avant que vous et moi ne parlions un peu.

Thörun jeta un coup d'œil rapide alentour. Les chasseurs de nazis l'avaient conduit dans une sorte de ferme, une *hacienda* composée de trois corps de bâtiments en assez bon état, chaulés et propres. Noire comme une ligne tracée à l'encre, la lisière de la forêt vierge se devinait à une centaine de mètres de la propriété. Deux jeunes hommes poussèrent Thörun à l'intérieur de l'habitation principale. Éclairée de lampes à gaz, celle-ci était baignée d'une odeur d'encens. Tandis qu'il baignait son visage meurtri dans l'eau d'une cuvette émaillée, Thörun observa à la dérobée ses nouveaux geôliers. À coup sûr, leurs traits exprimaient des attentes bien différentes que celles du naïf Tilmann. Si les trois Allemands n'avaient été que de sordides crapules avides de pouvoir et d'argent facile, la troupe qui entourait Hezner était forgée d'un tout autre métal. L'allure des deux jeunes hommes silencieux et austères désignés pour surveiller sa toilette faisait irrépressiblement songer à des mystiques ou des chevaliers des anciens temps. La mission que s'étaient donnée ces hommes les emplissait tout entiers, les portait, les sublimait. Thörun sentait qu'ils avaient délibérément laissé une part de leur humanité derrière eux pour ne plus être que les outils implacables d'un devoir sacré. Cela le fascina et l'effraya tout à la fois…

— Tobie, Élie, laissez-nous seuls maintenant, voulez-vous ?

Ruben Hezner referma doucement la porte derrière eux. Tranquillement, il s'assit à la table et invita Thörun à prendre place.

— Ainsi donc, nous revoici face à face, *Herr* Gärensen… Comme autrefois, à l'Institut… Nous y avons tenu quelques conversations passionnantes, vous et moi. C'est un souvenir qui ne s'effacera pas.

— Sommes-nous ici pour évoquer le passé ou pour parler d'avenir ? s'amusa Thörun.

— Convenons plutôt de parler du présent. Qu'en dites-vous ? N'est-ce pas un sujet plus sage ? Moins sentimental que le premier. Moins hasardeux que le second.

— Soit, parlons donc du présent, concéda Gärensen. Je ne crois pas me tromper en avançant que vous attendez quelque chose de moi ?

— Je ne vous détromperai pas. J'attends effectivement quelque chose de vous. Et la réciproque est vraie, je pense. La question est donc : qui de nous deux abattra ses cartes le premier ?

Thörun soupira. Sa mâchoire meurtrie lui faisait mal et il en avait assez de jouer au chat et à la souris. Il prit le risque de jouer franc-jeu.

— Hezner, j'ai besoin de vous. Je cherche les Galjero. Ma motivation n'est pas noble. Je veux me venger d'eux. Ma femme est morte à cause d'eux. L'histoire est longue, mais je vais vous la raconter…

Jusqu'à minuit passé, Thörun raconta son odyssée à Hezner. Il ne lui cacha rien. Ni comment il en était venu à travailler pour le SD, ni comment il avait rencontré les Galjero et Fausta, ni comment sa femme était morte, lentement rongée par un mal vénéneux contre lequel personne ne pouvait rien… Il relata aussi comment il avait détruit le *palladium* de Berlin dans les souterrains du Wewelsberg, comment il avait retrouvé Ostara Keller au fin fond des neiges et comment il avait été le témoin de la mort de celle-ci, dépecée et brûlée vive par les enfants mêmes qu'elle se proposait de sacrifier au cours d'un rituel impie. Il dit encore comment, de longs mois durant, il avait travaillé en secret pour les Alliés sous la férule d'un agent américain, Lewis Monti, qui connaissait lui aussi les Galjero et qui les traquait. Tout comme deux Anglais, un colonel des services secrets et un lord qui les avait réunis tous trois et qui finançait maintenant leur traque à travers le monde.

Hezner l'écouta sans l'interrompre, sans se lever, sans quitter des yeux le visage de Gärensen. Il l'écouta comme les enfants tendent l'oreille pour ne rien perdre d'un conte atroce et envoûtant à la fois. Le récit du Norvégien terminé, Hezner demeura silencieux. Thörun ne pouvait le voir mais, sous la table, la main du docteur serrait dans sa poche un camée précieux, un bijou ayant appartenu à Laüme Galjero qui n'avait plus quitté Hezner depuis que celui-ci s'en était emparé.

— Votre histoire est trop folle pour être fausse, jugea-t-il enfin, et les détails trop extravagants pour avoir été inventés. La sincérité de votre voix finirait par emporter mes doutes si d'aventure j'en avais encore. Ce qui n'est pas le cas. En tout, donc, je vous crois. Qu'attendez-vous de moi ?

Thörun ne put s'empêcher d'éclater de rire. Ce fut comme si une digue avait cédé au plus profond de lui. L'adhésion de Hezner à sa cause – à leur cause à tous – venait de relâcher des mois d'insupportable tension, de questionnements perpétuels, de doutes taraudants. Hezner rejoignant la croisade, c'était une vraie chance de mettre un terme aux agissements de Dalibor et Laüme, car – à sa connaissance – Ruben Hezner avait été la seule personne capable de plonger Laüme dans des abîmes de désespoir, de la déstabiliser au point qu'elle en ressentît des crises violentes et, même, qu'elle en perdît connaissance.

— N'exagérez rien, Gärensen. Cela ne s'est produit qu'une seule fois. Et elle ignorait que je me tenais dans le cabinet attenant à sa chambre. C'est Dalibor lui-même qui m'y avait introduit, vous savez.

Oui, Gärensen savait, il n'avait pas oublié les confidences que lui avait faites Dalibor à l'époque où ils étaient amis. Des phrases prononcées alors par le Roumain, il avait conclu que Laüme était un poids pour son époux. Un poids terrible qui l'étouffait. Qu'il eût cherché un temps à s'en défaire par tous les moyens ne le surprenait pas.

— Dalibor Galjero vous a-t-il révélé la nature exacte de Laüme, Hezner ? Vous a-t-il dit comment l'abattre ?

— Dalibor Galjero n'est qu'une marionnette entre les mains d'un monstre. Je sais d'où elle vient. Je sais ce qu'elle est exactement et comment il convient de la nommer. Quant à savoir comment la tuer, Dalibor lui-même l'ignorait… Moi, je crois que je le sais.

— Alors, partons sur-le-champ ! s'enthousiasma Thörun. Dès demain nous pouvons quitter l'Argentine et rejoindre Londres. Je vous présenterai à lord Bentham et aux autres aussi… À David Tewp, qui vous a cherché en Palestine ; à Lewis Monti, qui nous accompagne… Partons tout de suite, Hezner, je vous en conjure !

— Mais je ne le peux pas, Gärensen ! J'ai une mission à accomplir ici… Elle sera longue et je m'y suis préparé depuis tant d'années que je ne puis y renoncer.

Thörun savait à quoi faisait allusion Hezner. Pendant des mois, au plus fort de la guerre, et alors que partout en Europe sous domination allemande les Juifs étaient poursuivis et massacrés, le petit docteur à barbe noire avait pris le risque de demeurer à Berlin. Clandestin, plus transparent qu'une ombre, il avait patiemment recueilli les indices, amassé les preuves pour mieux suivre dans leur exil ceux qui étaient condamnés à fuir pour survivre. Comme Hornung, qui l'avait prédit alors qu'il se tenait à des milliers de kilomètres des champs de bataille, Hezner avait vite compris que la défaite allemande était inévitable. Malgré la prise de Paris, malgré le Blitz sur Londres, malgré les victoires en Crète et la percée fulgurante en URSS. Il savait aussi que les crimes commis par les nazis ne devaient à aucun prix demeurer impunis. C'est pourquoi il était resté au cœur de la fournaise… Il ne pouvait trahir le vœu qu'il avait fait de ne jamais faillir à sa tâche et de ne pas se laisser détourner de sa quête.

— Mais les Galjero sont aussi des criminels de guerre ! insista Thörun. Ils étaient les intimes de Hitler, Göring, Himmler… Partout, on les recevait comme des dignitaires du régime. Ils ont mis leur savoir au service de ces gens… Comment pouvez-vous l'oublier ?

— Je ne l'oublie pas, *Herr* Gärensen. Comme je n'oublie pas que, vous aussi, vous avez porté le brassard à croix gammée. Mais les Galjero sont hors de la justice des hommes. Je crois qu'il appartient à d'autres que nous de les prendre et de les juger. Même si j'étais à vos côtés, je crains fort que vous n'ayez aucune chance face à eux.

De la plus vive exaltation, Thörun tomba brutalement dans le plus profond abattement. Comment cet homme osait-il se dérober ainsi après avoir fait naître tant d'espoirs ? Si d'autres que lui pouvaient aisément reprendre le flambeau de la traque aux nazis, Hezner était en revanche le seul capable de faire disparaître les

Galjero de la surface de la Terre. Lisant l'abattement sur le visage du Norvégien, le petit homme passa un instant sa main sur sa barbe puis, d'un air faussement naïf, il tenta :

— Peut-être existe-t-il après tout une manière de fortifier nos intérêts communs… Mais j'ignore si vous accepterez. Cela va vous coûter beaucoup d'efforts… Et une terrible crise de conscience, je n'en doute pas… Mais c'est le prix à payer si vous voulez mon aide.

— Quelle que soit votre exigence, je l'accepte ! lança Thörun.

— Ne vous hasardez pas sans savoir, tempéra Hezner. Parce que je ne vous laisserai pas reprendre votre parole, si toutefois vous me la donnez encore après avoir entendu mes conditions.

— Quelles sont-elles ? Parlez !

— Pour me prouver votre bonne foi et vous purifier des péchés que vous avez commis, je veux que vous abattiez votre ami. Oui, je veux que vous éliminiez le nazi Sacha Hornung !

Comment Hezner avait-il eu connaissance de l'amitié qui liait Gärensen à Hornung ? C'était un mystère. Il ne prit pas la peine d'expliquer l'exacte manière dont ses hommes avaient tiré le Norvégien des griffes de Tilmann, il n'y eut pas de commentaires sur l'origine des renseignements précis détenus sur Sacha. Sans qu'il soit besoin de longues phrases, Hezner fit simplement comprendre à Thörun que le géographe était tenu sous surveillance et que ses activités de passeur et d'organisateur de réseau étaient connues depuis longtemps.

— Pourquoi ne l'avez-vous pas éliminé vous-même plus tôt ? demanda Thörun. Et pourquoi voulez-vous le tuer ? Il vous serait infiniment plus utile vivant…

— En fouillant son appartement, nous découvrirons tout ce que nous avons besoin de savoir. En permettant à trop de criminels d'échapper à la justice, il s'est rendu coupable à son tour. Il doit payer maintenant. Et il importe pour la fortification de notre relation future que vous assuriez sa fin en personne.

Ce verdict énoncé, aucune négociation, aucun arrangement n'était possible. Hezner laissa Gärensen réfléchir jusqu'à l'aube à cette proposition. Enfermé dans une chambre sans fenêtre et sans autre meuble qu'un lit de fer, le Norvégien passa des heures à chercher une issue au piège où, une fois de plus, il était tombé. Assassiner Sacha était évidemment hors de question. Mais refuser d'accéder à la requête d'Hezner signifiait également perdre à tout jamais l'unique chance de retrouver un jour les Galjero. Le vieux matois l'avait expressément dit : si Hornung était assassiné, non seulement Hezner accepterait de contribuer à débusquer les Roumains, mais aussi il livrerait sans réserve tout ce qu'il savait de la nature de ces gens. C'était un dilemme insurmontable. La tête sur le point d'éclater, Thörun attendit qu'on vînt le chercher.

À l'aube, le dénommé Tobie, un jeune homme de dix-sept ou dix-huit ans, tout au plus, pointa un automatique sur son ventre et le conduisit devant son chef.

— Je vous écoute, Gärensen. Quelle réponse me donnez-vous ?

— C'est convenu. J'abattrai Sacha Hornung…

*

Deux jours durant, Thörun Gärensen fut gardé sous surveillance dans l'hacienda. Hezner et le gros de son groupe avaient regagné la ville. Des trois hommes seu-

lement qui demeuraient avec le Norvégien, seul Tobie
paraissait curieux de la personnalité de Thörun, mais
toutes les tentatives qu'il fit dans un mauvais anglais
pour entamer la conversation demeurèrent vaines.
Gärensen ne pensait qu'à échapper à son destin de
bourreau. Étudié sous quelque angle que ce fût, le problème lui paraissait insoluble. Certes, il pouvait tenter
une évasion. Mais à quoi bon ? Le sort de Sacha était
scellé, quoi qu'il fît : quelqu'un appuierait un jour ou
l'autre sur la détente de l'arme posée sur sa tempe. Si
Thörun s'enfuyait, se dérobait à sa parole, il ne sauve-
rait pas son ami pour autant mais il perdrait à jamais
tout espoir d'entraîner Hezner sur la piste des Galjero.

Au matin du troisième jour, la voiture américaine
réapparut sur la piste qui traversait la jungle. La terre
rouge qu'elle soulevait derrière elle faisait un nuage visible de très loin. Dès qu'il l'aperçut, Thörun sentit son
sang refluer dans ses veines.

— Le moment semble venu ! annonça Tobie en tentant d'atténuer son accent hébreu.

Assis sur la banquette arrière, Hezner ne prit même
pas la peine de descendre du véhicule. Ouvrant la portière, il fit signe à Gärensen de monter.

— Voilà. C'est pour maintenant. Dans deux heures
tout sera fini, dit-il, tandis que la voiture repartait déjà
pour Buenos Aires et que, par précaution, un bandeau
était noué sur les yeux de l'ancien SS.

— Comment cela va-t-il se passer ? demanda Thörun.
Qu'avez-vous prévu ?

— Oh, c'est très simple, murmura Hezner d'une voix
tranquille. Nous, allons vous déposer devant le domicile de Hornung. Il est chez lui. Nous nous en sommes
assurés. Vous aurez en main une arme avec trois balles
dans le chargeur. Vous les tirerez toutes les trois dans

le crâne de votre ami. Je me tiendrai à côté de vous…
Quelques gouttes de sang tacheront votre chemise, une
odeur de poudre flottera un instant dans la pièce, et ce
sera fini… Nous irons déjeuner. Voilà tout…

— Voilà tout ! ironisa Thörun.

— Oui, assura Hezner. Ce ne sera pas plus compliqué
que cela… Ensuite, je vous accompagnerai.

Thörun inspira une longue goulée d'air. Une affreuse
migraine monta dans son crâne et l'empêcha de penser encore. À tout prendre, cela valait peut-être mieux.
Enfin, la voiture atteignit la périphérie immédiate de
la grande ville. Puis le moteur stoppa et l'on dénoua le
bandeau sur ses yeux.

— Vous reconnaissez l'endroit, je pense, remarqua
Hezner.

Thörun jeta un rapide coup d'œil aux alentours. C'était
la rue où logeait Sacha.

— Venez, maintenant…

Ruben quitta son siège et se dégourdit les jambes
un instant sur le trottoir. Comme dans un film passé
au ralenti, le temps s'était dilaté pour Gärensen. Il se vit
quitter lui aussi la voiture avant de traverser la rue en
compagnie du docteur et d'un garde du corps. Il était
aux environs de midi. Il faisait chaud, le soleil luisait dans
un ciel sans nuages. Au bas du grand escalier menant
à l'appartement de Hornung, Hezner tira un revolver
de sa ceinture et le plaça d'autorité dans la paume de
Thörun.

— Il est chargé, prêt à faire feu. Vous savez comment
vous en servir… Évidemment, je garde moi-même une
arme braquée sur vous… Par sécurité.

Les trois hommes gravirent en silence quatre étages.
L'esprit de Thörun s'était comme totalement détaché
de son corps, flottant dans quelque espace inaccessible

à la tragédie sur le point de se jouer, et la raison du Norvégien était anéantie. Automate dénué de nerfs et de volonté, il ne s'appartenait plus. Hezner fit résonner une série de coups brefs à la sonnette de l'appartement de Hornung. Un visage se dessina dans l'entrebâillement de la porte. C'était celui du dénommé Élie, un des compagnons de Hezner. Pénétrant avec les autres dans le couloir d'entrée, Thörun fut immédiatement dirigé vers le bureau de Sacha. Le plus complet désordre régnait dans la grande pièce. Les livres, les papiers du géographe avaient été éparpillés sur le sol. Les meubles avaient été renversés, les bibelots brisés. Thörun reconnut, cassés ou déchirés, certains des objets que Hornung avait rapportés des nombreux voyages de sa jeunesse : un masque africain, une coiffure à plumes d'Indiens d'Amérique, un Stetson texan… Thörun les avait vus fièrement accrochés au mur de la chambre du jeune homme, à Munich, quinze ans auparavant. Une éternité… un autre monde…

Ligoté sur un fauteuil, Sacha était réduit à l'impuissance. Sa béquille en aluminium avait été tordue et gisait de façon grotesque sur le tapis. Un foulard lui couvrait les yeux. Il ne pouvait voir qui se tenait face à lui.

— Nous avons tiré de ce type tout ce que nous voulions savoir. À vous de faire votre œuvre désormais, lâcha Hezner d'un ton neutre.

Les battements de son cœur suspendus, jurant en son for intérieur que Hezner paierait lui aussi le prix fort pour l'horrible geste qu'il le contraignait à accomplir, Gärensen s'avança vers Sacha, le pistolet tendu, prêt à tirer.

— Une dernière chose ! l'arrêta Ruben juste avant qu'il ne pressât la détente.

Et sous le regard effaré de Thörun, le docteur s'approcha de la victime pour lui ôter le bandeau qui couvrait ses yeux.

— Cela fait partie de votre rédemption. Il faut qu'il sache…

Un éclat de haine pure passa dans le regard de Thörun. Une fraction de seconde, il amorça le geste de braquer Hezner plutôt que Hornung, puis, aussi vite qu'il put, sans se donner le temps de réfléchir, les mâchoires serrées à s'en faire éclater les dents, il visa son ancien camarade et pressa sur la détente à trois reprises.

Hornung s'affaissa sans un cri. Il était mort sur le coup, sans souffrir, Thörun aurait pu en jurer. Comme il aurait pu jurer que le Munichois avait parfaitement compris qui lui donnait la mort.

— Vous avez merveilleusement rempli votre part du contrat, Gärensen, le félicita Hezner sans ironie. En ce qui me concerne, cela vaut un certificat de dénazification en bonne et due forme. Maintenant, j'accepte de vous aider. Mais dites-m'en d'abord un peu plus sur ceux qui vous accompagnent. J'ai besoin de savoir d'où ils viennent et ce qui les motive…

Alors, Thörun parla. Pour s'étourdir, pour oublier le crime qu'il venait de commettre de sang-froid. Là, à quelques mètres du cadavre de son ami, il raconta tout ce qu'il savait de ses compagnons de chasse. Mais l'homme sur lequel il s'attarda longuement n'était ni lord Bentham ni même le colonel David Tewp. Non. L'homme qu'il décrivit le mieux était Lewis Monti. Et il rapporta son histoire mot pour mot, sans rien omettre, exactement comme lui-même l'avait un jour entendue de la bouche du Sicilien…

Premier Livre de Lewis Monti

La tresse de la Vierge

J'ai longtemps fait sauter dans ma main quatre petites plaques de cuivre. Quand j'étais enfant, je les avais dévissées des bancs de l'église où elles marquaient les places réservées aux personnages importants de mon village. Je les avais retirées pour ne jamais oublier. Et je n'ai pas oublié. Rien. Jamais. Pas un détail qui se fût estompé avec le temps… Cinquante ans après, ces noms, je les connais encore. Je les sais mieux que je ne sais celui de mon père, dont je n'ai jamais vu le visage, même en photographie. À l'époque, on ne connaissait pas ces choses-là.

Dix ans avant le nouveau siècle, les paysans de Sicile étaient pauvres parmi les pauvres. Les plus chanceux possédaient des vêtements du dimanche pour se rendre à la messe. C'était bien là toute la fortune des gens qui m'entouraient. Et encore, je les regardais avec envie, car ma mère et moi n'avions rien, ou presque… Notre maison était une vieille bergerie grossièrement aménagée pour des hommes, plutôt que des bêtes. Il y faisait sombre, et, à la mauvaise saison, souvent froid. Perdus dans les collines au-dessus du bourg, nous vivions isolés, satisfaisant la plupart de nos maigres besoins par nous-mêmes, sans rien demander à personne.

— Que les autres aient besoin de toi est une bonne

chose. Mais toi, fais en sorte de ne jamais avoir besoin d'eux, Luigi. C'est une leçon que tu dois retenir pour la vie ! me répétait sans cesse Leonora.

Grande, forte et peut-être belle, ma mère ne savait pas lire mais elle avait appris de je ne sais qui à tracer les lettres de son nom avec une brindille sur le sable. Giuseppina, ma grand-mère, ne le pouvait pas. Qu'importaient les livres et le savoir pour des femmes comme elles ? Non qu'elles fussent ignorantes, bien au contraire. Mais les connaissances qu'elles gardaient au plus secret d'elles-mêmes ne s'apprenaient pas à l'école. Le courage de lutter contre la nature pour en tirer subsistance ; l'âpreté à s'accrocher à la vie alors que tout vous est hostile... Cela ne se transmet pas en contemplant une feuille de papier, cela n'est écrit nulle part...

Les deux femmes vivaient seules avec moi. Sans homme pour les protéger, sans mari, ni fils, ni frère pour prendre soin d'elles. Des gens montaient nous voir, parfois, des bergers qui, à l'aube, arrivaient en portant une brebis tremblante sur le dos ou un chien malade dans les bras. Des femmes bien vêtues aussi, qui venaient du village avec un bébé fiévreux ou un enfant trop pâle... Quels qu'ils fussent, maîtres ou domestiques, artisans ou notables, ma mère invitait à entrer dans sa maison tous ceux qui réclamaient ses services. Elle ne faisait pas de différence. Sur la terre battue de l'unique pièce, elle dessinait des signes, marmonnait des prières dans une langue que nul ne comprenait. Assise près de la cheminée à manger des châtaignes ou à éplucher des racines, la vieille Giuseppina souriait de toute sa bouche édentée. Moi, je regardais l'animal ou le gamin retrouver lentement vie tandis que ma mère s'approchait d'eux et posait doucement ses mains sur le mufle humide, sur le front brûlant...

— Ma fille a le don ! claironnait fièrement Giuseppina aux visiteurs. Comme je l'avais autrefois… Et le petit l'aura aussi, n'ayez crainte. Toujours nous serons là quand vous viendrez nous chercher… Toujours !

Nous vivions ainsi, simplement, sans nous préoccuper d'autre chose que de cueillir des herbes pour confectionner des onguents, et en prêtant davantage attention aux quartiers de la lune qu'à la force du soleil. *Iettatrici !* Sorcières ! auraient jugé beaucoup. Et ils auraient eu raison. Pourtant, même si elles en avaient le pouvoir, jamais je ne vis ma mère ni ma grand-mère opérer un maléfice. Pas plus que je ne les entendis prononcer une mauvaise parole sur qui que ce fût. Ni envieuses ni méchantes, elles se satisfaisaient toutes deux de leur sort. Pauvres, certes, elles l'étaient, mais, ne travaillant pour aucun maître, elles étaient libres aussi. Et cela était à leurs yeux plus important que tout.

Solitaires mais femmes de bien, elles ne recevaient la visite que d'un seul visiteur régulier. Et de tous les habitants du village, c'était peut-être celui qui aurait dû se tenir le plus loin d'elles, le plus hostile même… Prêtre de la petite paroisse San Ezechiel, le père Vittorio avait renoncé depuis longtemps à mener les deux femmes sur le chemin de la foi chrétienne. Et même, c'étaient elles, je crois, qui avaient fini par le convertir un peu ! Non que Vittorio fût subitement devenu païen – il continuait de porter une bible sous le bras tout au long du jour –, mais c'était un homme authentiquement rempli d'amour et de compréhension envers son prochain. Indulgent, il connaissait – d'instinct plus encore que d'expérience – toutes les complexités de l'esprit humain et savait admirablement combiner la sévérité du dogme catholique aux excentricités ou aux besoins de ses paroissiens.

Pour complaire à cet homme dont l'amitié et la confiance la réchauffaient, Leonora accepta de me faire baptiser, et cette occasion marqua la première fois qu'elle pénétrait dans une église… D'aussi loin qu'il me souvînt, je revois la figure du vieux prêtre marchant à grandes enjambées sur le chemin de terre qui menait à notre enclos. Sa silhouette ronde était agile et ses jambes fortes, habituées à le porter par les vallons et par les bois où vivaient charbonniers et glaneurs, eux guère plus que nous familiers des Évangiles. Vittorio m'aimait bien, et je lui rendais son amour avec toute mon impétuosité de petit enfant. Ses visites étaient toujours le prétexte à m'apporter quelque babiole de la ville, une sucrerie achetée chez l'épicier, une image qu'il tenait d'un colporteur ou qui aurait été arrachée à un vieux livre de catéchisme…

Sa soutane noire et ses sabots ferrés emplis de paille ne m'impressionnaient pas. Ni sa voix profonde ou ses yeux enfoncés dans les orbites, et entourés de larges cernes bistre. Quel âge pouvait-il avoir ? Soixante ans ? Soixante-dix ? Peut-être plus. Moi, je n'en avais certainement pas plus de dix quand, par un crépuscule de printemps doux et paisible, je le vis une nouvelle fois franchir la porte de notre cabane. Ma mère était à tisonner son feu et la vieille Giuseppina, assise, chantonnait en ravaudant quelque vieux linge. Suspendues aux poutres, des brassées d'herbes et de fleurs achevaient de sécher.

— Je dois te parler de Luigi, Leonora…

Son chapeau noir posé sur la table, ses mains écartées sur le plateau de bois brut, le père Vittorio demanda ce soir-là à ma mère la permission de me conduire au village.

— Le monde change, lui dit-il. Cachées dans vos

collines, vous ne pouvez pas encore le voir, toi et Giuseppina. Mais moi, je le sais. Je le sens… Au village, ce n'est déjà plus comme avant. Il faut penser au petit. Il est vif, intelligent. Il le montre un peu plus chaque jour. Encore quelques saisons et ce sera un adolescent, presque un homme. Dans le monde qui vient, il sera un esclave s'il ne sait ni lire ni écrire. Tu dois me permettre de lui donner cette chance…

Mais le curé n'eut pas à supplier beaucoup. Obscurément, sans se l'avouer vraiment, Leonora désirait mieux pour son fils que la vie de sauvage qu'elle menait depuis son enfance. Parce que c'était le vieux Vittorio, sans élever de protestations, elle laissa faire…

*

J'ai toujours joui d'un cœur dur. Tout au long de ma vie, cela m'a été une aide plus qu'une souffrance. Laisser ma mère et ma grand-mère ne fut pas pour moi une réelle épreuve. Et puis, je savais très bien où l'on m'emmenait. Ce n'était pas à l'autre bout du monde, et ce n'était pas pour toujours… Sans ressentir de craintes, je quittai donc la cabane des femmes et, un balluchon sur l'épaule, suivis Vittorio sur le chemin qui descendait vers le bourg. C'était la nuit. Une lanterne à la main, le curé s'appuyait de l'autre sur une grosse perche de noisetier. Dans les profondeurs des bois, on entendait des sangliers fouiller la terre humide…

— Tu pourras revenir voir ta mère autant que tu le voudras, petit, me lança Vittorio en s'assurant que je trottinais toujours sur ses talons, surpris, peut-être, de ne pas m'entendre geindre ou pleurer.

Mais je n'étais pas inquiet. Je ne craignais pas le village ni les rencontres que j'allais y faire. Heureux de cette nouveauté, mon cœur battait à peine plus vite qu'à l'ordinaire.

Vittorio logeait dans le presbytère adossé à l'église. Dans la soupente de la maison, il avait déjà préparé une petite pièce pour moi : un lit de fer et une paillasse recouverte d'un vrai drap, un broc de fer-blanc rempli d'eau, une table et une vieille chaise boiteuse, un crucifix et un rameau de buis accrochés au mur... Tel était le maigre décor de mon nouveau royaume, mais cela me paraissait étrange et somptueux à la fois. Le vieil homme vivait seul. Avec quoi aurait-il pu payer une domestique, pauvre curé de campagne qu'il était ? Le soir même de mon arrivée et bien que minuit fût déjà passé, il me fit dîner d'une omelette, d'une tranche de pâté de lièvre et d'un demi-verre de vin coupé d'eau.

— Demain sera ton premier jour loin de ta mère, petit, me prévint-il. Tu dois te faire brave.

— Je le serai, père Vittorio.

Et je le fus, je crois... Très tôt – plus tôt que chez ma Leonora –, je devais aider le père à préparer l'église, puis, après l'office, m'acquitter encore de quelques travaux domestiques. Il y avait les lapins du clapier à nourrir, le sol de la maisonnée à nettoyer, la terre du potager à piocher et à retourner... J'accomplissais ces tâches sans plainte ni ennui.

Enfant, j'avais déjà un corps musculeux et une belle résistance physique et je pouvais travailler pendant des heures et presque sans fatigue. Une heure avant midi, le père m'appelait pour le repas. Nous déjeunions face à face à la même table, souvent en silence mais jamais sans nous sourire. Nous mangions les mets simples mais savoureux que Vittorio avait savamment préparés avec ce qu'il cultivait et ce que les commères ou les braconniers lui offraient.

— Observe toujours ce que les gens mettent dans leur assiette, Luigi, me disait-il. Regarde avec quoi ils la remplissent et la manière dont ils mangent. Tu en apprendras plus sur eux que si tu les entendais en confession… Crois-moi, mon petit, je sais de quoi je parle !

Après le déjeuner, ma journée d'études commençait. Dans la pièce de travail qu'il s'était aménagée, le père Vittorio me donnait des cours d'écriture, de lecture et de calcul. En quelques jours, j'appris l'alphabet et commençai à épeler passablement mes premiers mots puis à tracer mes premières lettres. L'endroit était calme et propre. Une belle odeur de cire d'abeille flottait dans l'air et se mêlait aux arômes du jardin qui parvenaient jusqu'à nous par la fenêtre toujours ouverte. Aux murs, de simples planches de bois supportaient deux ou trois cents livres, tous quasi neufs, dont la possession faisait la fierté de mon maître. De ma vie, je n'avais vu jusque-là qu'un seul ouvrage : la Bible, que le curé portait en permanence sous son coude ou, quand ses grandes mains étaient occupées, qu'il passait négligemment dans sa ceinture. Naïvement, je pensais qu'il n'existait pas d'autre livre au monde.

— Les livres sont aussi nombreux que les hommes sur terre, m'apprit Vittorio en me voyant ébahi et fasciné. Ils forment un peuple sage et fort comme nul autre, mais ce sont nos yeux à nous, les hommes, qui les font exister… Bientôt, quand tu sauras vraiment lire, ton regard les portera à son tour à la vie, et c'est un pouvoir immense que tu posséderas alors…

Nimbés d'une aura de mystère par ces propos, les livres exercèrent sur moi un attrait de plus en plus puissant à tel point que je redoublai d'efforts lors de mes leçons. En quelques semaines, j'appris à lire presque couramment, et je mettais autant d'ardeur à cet apprentissage qu'à mes travaux domestiques de la matinée. Ma première lecture ne fut ni l'Ancien Testament ni les Évangiles mais, placé dans ma petite paume par Vittorio lui-même, le premier volume de l'œuvre majeure de Dante.

— *Inferno* ! L'un des textes les plus magnifiques et les plus mystérieux de toute l'Histoire, Luigi, m'apprit le père sur un ton de comploteur. La plus belle langue de l'Italie aussi. Si tu te décides à apprendre quelque chose, il est nécessaire que ce soit toujours auprès des meilleurs maîtres. Sinon, ça n'en vaut pas la peine...

Qui était donc ce vieil homme pour veiller ainsi à l'éducation de l'enfant à demi sauvage que j'étais alors ? Qui était-il, surtout, pour se tenir avec autant d'aisance au carrefour des trois voies de l'Église, de la raison et de la superstition ? Il ne m'en fit jamais confidence mais, à des allusions qui parfois lui échappaient ou encore à des bribes d'aveux volontaires, je devinai que le père Vittorio n'était né ni pauvre ni paysan. Fils cadet ou benjamin d'une excellente famille de Palerme, sensible, intelligent, instruit – trop peut-être –, il avait choisi de quitter la position facile qui lui était faite pour s'engager dans la vie mystique. Un temps franciscain, il avait finalement préféré au cloître la modeste vie de curé de campagne – plus proche des gens, plus utile... Là, au contact du petit peuple de Sicile, il avait trouvé une manière de chercher et de louer Dieu qui lui convenait infiniment mieux que celle des frères de saint François. Peut-être même y avait-il découvert le secret qu'il avait fiévreusement cherché tout au long de sa jeunesse.

— Un berger de nos montagnes est plus proche du sacré que le pape dans son palais, me disait-il souvent quand il m'emmenait dans la campagne visiter les fermes isolées de l'arrière-pays. Ce sont eux, les gens comme ta grand-mère et ta mère, qui m'ont appris à distinguer Dieu du Divin…

Vouloir plus que Dieu : vouloir le Divin. C'est ce à quoi l'âme de Vittorio aspirait vraiment… Plus que dans les textes sacrés, il avait trouvé ce Divin partout à l'œuvre, du plus obscur de la terre au plus haut du ciel, dans le chant des oiseaux et dans l'arbre qui croît… Plus païen que chrétien, Vittorio savait trouver les mots justes pour se faire aimer des paysans les plus frustes, des charbonniers les plus méfiants. De lui, ils acceptaient une parole de douceur, un geste de réconfort ; ils écoutaient ses conseils mais craignaient aussi sa colère… À ne cesser ainsi de me glisser dans ses pas, malgré mon jeune âge, je me rendis compte bien vite que la robe d'ecclésiastique qu'il portait n'était finalement qu'une mince croûte, une apparence utile à tromper les regards superficiels… En réalité, en son for intérieur, Vittorio était un défroqué, un panthéiste revenu secrètement s'abreuver aux sagesses anciennes. Comme les humbles gens des campagnes, il croyait aux signes du destin, au langage des plantes et des bêtes, aux esprits nocturnes qui courent le long des sentes et des lisières.

— Il y a bien longtemps – des siècles de cela –, un empereur a déclaré que le monde avait été trompé par trois imposteurs, me dit-il un jour que nous étions assis à l'ombre d'un mur de pierre sèche à nous reposer après une marche interminable dans un paysage de blés mûrs et de coquelicots. As-tu une idée de qui cet homme puissant désignait, Luigi ?

Je n'avais pas douze ans. J'étais ignare ou presque. Même si j'apprenais à lire dans le Dante, comment donc aurais-je pu répondre à pareille question ?

— Tu ne sais pas ?

— Non, père Vittorio, répondis-je d'une voix déjà assombrie par la colère et la honte de me montrer si peu savant.

— Frédéric II, empereur du Saint Empire et roi de notre Sicile, a déclaré un jour que le monde avait été trompé par trois imposteurs : Moïse, Jésus et Mahomet... Les trois fondateurs des religions du Dieu unique... Il a été excommunié pour cela. Eh bien, vois-tu, je crois que cet empereur avait néanmoins raison. Toute l'Histoire des hommes devrait être relue à l'aune de ce constat. On y verrait plus clair sur la nature exacte de la déraison qui a saisi nos semblables et les a bien souvent poussés à d'horribles folies...

Si attentif et empli de bonne volonté que je fusse, je ne comprenais rien aux paroles du vieux prêtre. D'ailleurs elles ne m'étaient pas vraiment destinées. Il les prononçait pour lui-même, pour se convaincre que les pensées hérétiques qu'il nourrissait au plus profond de son âme avaient assez de force pour franchir ses lèvres et venir se glisser dans un autre esprit que le sien. Que cet esprit fût celui d'un garçonnet n'avait en somme que peu d'importance...

Se redressant soudain, il saisit alors d'une main sa solide hampe de noisetier et me tira de l'autre par la manche.

— Je dois te montrer quelque chose. Viens !

Cet après-midi-là, nous regagnâmes le village à vive allure, soulevant derrière nous un nuage de poussière. Nous passâmes la porte principale du bourg percée dans l'épaisse muraille de pierres jaunes tandis que les premières vieilles à se réveiller de la sieste ouvraient leurs volets pour se préparer au soir. Dans les ruelles, l'ombre était fraîche mais, sur le parvis dégagé de l'église, la lumière crue découpait les formes et aiguisait les angles

avec la netteté d'un tranchoir. Me faisant pénétrer à
sa suite dans la nef silencieuse, aussi étanche au jour
qu'une grotte des premiers temps, le père Vittorio s'assura d'abord que personne n'était venu y prier ou profiter de la fraîcheur pour dormir, puis, avec des airs de
conspirateur, prenant garde aussi que ses lourds sabots
ne résonnent point sur le dallage inégal de la grande
travée, il approcha une chaise paillée d'un pilier où,
posée dans une niche de pierre, on pouvait voir une
statue de la Vierge. Les bras tendus, le corps en équilibre
sur la chaise, Vittorio entoura précautionneusement la
figure de bois de ses grandes mains et redescendit de son
perchoir en tenant son trésor.

— Cette figure possède un mystère, Luigi. Un mystère sur lequel je n'ai cessé de méditer pendant d'innombrables années. C'est un mystère plus beau et plus
profond encore peut-être que ceux que l'on peut découvrir dans les livres du Dante. Regarde…

Tendant l'objet à hauteur de mes yeux, il le fit tourner lentement sur lui-même. Au premier regard, j'avais
compris que ce n'était pas l'œuvre d'un grand artiste.
Naïvement ciselée, presque maladroitement, c'était en
apparence une modeste et banale image votive, comme
en possèdent toutes les paroisses de campagne, comme
en abritent tous les calvaires de carrefour. Le visage
n'était qu'une ébauche et le corps ne respectait en rien
les proportions humaines. Mais ce n'était pas là ce qu'il
fallait remarquer. Invisible aux yeux des fidèles qui n'en
voyaient que la face, le secret de la Vierge résidait dans
son dos. Contrairement aux autres statuettes de Marie,
celle-ci n'était pas coiffée d'un voile mais portait une
épaisse tresse de cheveux, d'abord enroulée en couronne
sur le front et qui retombait ensuite depuis la nuque
en une natte effilée. Or, à mesure qu'elle approchait du

sol, cette natte se transformait en une queue écailleuse de créature fantastique, une Mélusine mi-femme mi-serpent, souriante, impudique et belle à qui la découvrait ainsi, lovée aux talons de la mère du Christ…

*

Pupille du père Vittorio, je ne tardai pas à être connu de tout le village. Parmi les habitants, nombreux étaient ceux qui avaient déjà rendu visite à ma mère ou à ma grand-mère. Pour une entorse, un membre brisé, une dent qui faisait mal ou même un enfant mal présenté à délivrer, ils avaient presque tous un jour confié leur souffrance aux rebouteuses. Ils savaient que j'étais issu de leur sang et, malgré les rumeurs qui couraient sur l'identité de mon père, on m'avait accepté dans l'enceinte du bourg sans rebuffades ni méchanceté. A force de courir les rues et de grimper aux remparts dès qu'il m'était permis de disposer de mon temps, j'étais vite devenu un élément naturel du décor, une petite anima-tion certes pas indispensable, mais qui, comme les trois vieux chiens sans maître qui, tantôt nourris par l'un, tantôt caressés par l'autre, appartenaient à tous, aurait fini par manquer si elle avait soudain cessé.

— Hé, Luigi ! Tu es occupé ce matin ?

— Non, *signore* Strello… Je peux vous faire une course si vous avez besoin.

— Va donc me chercher une pierre d'alun chez le barbier. Je me suis encore coupé avec ce maudit rasoir.

— Tout de suite, *signore* Strello.

Sous les ordres du fossoyeur Armando, je nettoyais les tombes en les frottant d'un os de seiche. Pour Clara et Teresa, les lavandières, je portais les corbeilles de linge au lavoir et étendais avec elles les chemises et les draps sur un pré d'herbe rase. Pour le coiffeur, je balayais les cheveux qui jonchaient le sol et cirais les chaussures des clients. On me remerciait de quelques piécettes, d'un mot aimable, d'un sourire. Et moi, tout heureux et tout fier, je ne voyais rien de mauvais dans le monde.

Quelques mois après mon arrivée au village, au début de l'automne, j'avais pris l'habitude de venir m'installer parfois sur une vieille redoute à l'écart pour y prendre le soleil. De mi-pente jusqu'au filet de rivière coulant en contrebas, une vaste oliveraie s'étendait au-dessous de la muraille en ruine. Un soir que j'étais assis là, à manger du fromage qu'une vieille m'avait donné pour lui avoir rendu quelque menu service, j'entendis soudain des cris monter du côté des arbres. C'étaient des enfants – trois ou quatre, de mon âge – qui lançaient des appels de détresse. Me précipitant à toutes jambes vers eux, je les trouvai agglutinés autour d'une des leurs, une petite fille qui venait de tomber d'une branche haute. Sa tête avait violemment heurté une pierre. Son corps, étendu par terre, était pris de convulsions et un filet de sang coulait de ses oreilles et des commissures de sa bouche. Sans réfléchir à ce que je faisais, je repoussai violemment les gamins, m'agenouillai auprès de la fillette et posai mes mains à plat sur son visage. Les yeux clos, pour essayer de me concentrer, je repensai à ma mère que j'avais vue un jour stopper ainsi une hémorragie sur une chevrette. À travers mes doigts, je sentis le liquide sanguin courir sous la peau. Une succession de couleurs fulgurantes, de sons aigus, d'odeurs violentes, de sensations inconnues transperça alors mon esprit et me saisit avec une force qui fit trembler mon corps aussi violemment que celui de la gamine. Autour de moi, les petits criaient, incapables de comprendre ce qui se passait, paniqués à l'idée que je pouvais tomber moi-même en convulsions. Mais la crise passa aussi rapidement qu'elle était apparue. Un grand calme m'envahit, mes muscles se relâchèrent. Je rouvris les yeux. La petite avait cessé de trembler. Son sang ne coulait plus. Je retirai mes paumes de son visage et la vis lentement ouvrir les paupières avant de se redresser à demi et d'essuyer d'un revers de manche les traces de sang qui maculaient son visage. La lourde tresse noire qui tombait jusqu'au bas de son dos me fit songer à la Vierge-Mélusine de notre église.

— Merci, Luigi, me dit-elle simplement, comme si j'étais un de ses plus vieux amis.

Pour ma part, j'ignorais qui elle était.

Médusés, les gosses me fixaient en silence avec autant de reconnaissance que d'inquiétude. Quelle sorte d'enfant étais-je donc pour sauver ainsi d'une prière une fillette au bord de la mort ?

*

La nouvelle de ce sauvetage ne tarda pas à se répandre dans le village. Pendant plusieurs jours, l'événement constitua le principal sujet de conversation des foyers. Le docteur Lurano, le seul médecin que comptait le bourg, traita quant à lui l'anecdote par un simple haussement d'épaules. Esprit fort, adepte des sciences exactes et seul guelfe perdu au milieu des gibelins, il n'accorda, comme de juste, aucun crédit au récit qu'on lui fit. Examinant la victime, il ne lui prescrivit que de l'arnica pour soigner ses bosses et se refusa à expliquer pourquoi saignements et convulsions avaient subitement cessé sous mes mains. Cette exception mise à part, les habitants ne se montraient guère surpris par la révélation de mes talents de guérisseur. Issu d'une lignée de rebouteuses, il était naturel, après tout, que j'en hérite les pouvoirs.

« Un seul sorcier pour dix mille sorcières, disait-on en parlant de moi. Mais quand un mâle reçoit le don, celui-ci est beaucoup plus puissant chez lui que chez les femelles… »

À partir de ce jour, on me sourit un peu plus et on me récompensa avec plus de largesse pour les services que je rendais. Seul Lurano tournait ostensiblement les talons quand je le croisais dans une ruelle. Il refusait même que je cire ses chaussures poussiéreuses lorsqu'il venait deux fois par semaine faire rafraîchir et brillantiner sa coupe. Le mépris dans lequel il me tenait atteignait un tel degré d'extravagance que son attitude devint un des sujets de plaisanterie favoris des villageois, qui se félicitaient d'avoir un nouveau motif pour se moquer du médecin.

Deux ou trois soirs après que j'eus sauvé leur enfant, les parents de la fillette vinrent frapper à la porte du presbytère. Le père Vittorio les connaissait bien. Ils tenaient une des deux épiceries du village et passaient presque pour des notables, dans ce pays de pauvres et de gueux. Après m'avoir fait cadeau d'un petit sac de toile rempli d'amandes et d'une boîte en fer-blanc venant des biscuiteries de Palerme, ils s'installèrent autour de la table de la cuisine pour boire un verre de vin et parler un instant. Je n'étais guère attentif à ce qui se dit alors, mais je me souviens du visage attristé de mon protecteur quand l'homme, un solide gaillard de quarante ans, lui apprit que, ses affaires périclitant, il songeait à quitter le bourg.

— Les usines de Palerme nous prennent nos gens, mon père. Ce n'est plus comme avant. Les fils partent dans les fabriques. Les filles se proposent dans les conserveries, ou trouvent des places de bonnes dans les grandes familles… Il y a beaucoup de riches, à ce qu'on dit. Ils paient bien et le travail y est moins dur que dans les champs. Nous, on ne fait plus nos affaires. Et puis, il faut penser aux enfants… Leur avenir est là-bas… Ou à Rome, même. On ne peut pas les laisser à l'écart de tout, vous comprenez ? Dans une semaine, c'est décidé, je ferme boutique et nous partons… Palerme d'abord, avant le continent, s'il le faut…

Ces gens n'étaient pas les premiers à déserter la paroisse. Depuis plusieurs années, les campagnes perdaient lentement leur population. Aspirés par les besoins nouveaux des grandes villes, les jeunes quittaient les villages sans qu'il semblât possible d'empêcher la saignée… Abattu par la nouvelle, le père Vittorio décida cet après-midi-là de ne pas me donner ma leçon de lecture habituelle. Enfermé dans son bureau jusqu'au soir, il ne cessa de songer à un projet qui germait doucement en lui depuis fort longtemps déjà…

Les cueilleurs de lune

— Aujourd'hui, je t'emmène voir ta mère, petit !
Prépare-toi. Aussitôt après la messe du matin, nous
partîmes en direction de la colline. C'était bientôt la
fin septembre. Les olives mûrissaient encore sur les
arbres. Au bord des chemins, on respirait des odeurs
de réglisse et de menthe. Je n'avais pas revu Leonora et
Giuseppina depuis le printemps. Je les trouvai égales à
elles-mêmes, portant leur éternel tablier de paysanne
par-dessus leur longue jupe noire et usée. Toutes deux
étaient heureuses de me voir, certes, mais elles ne le
montrèrent pas autant que l'auraient fait à leur place
des femmes d'un autre pays. En Sicile, les sentiments
profonds ne s'expriment guère. Ce sont des trésors que
l'on a la pudeur de cacher.

— Ton fils a bien appris, dit Vittorio à la mère. Il se
comporte aussi avec honneur. Sans rébellion ni lâcheté.
Sa tête est saine, et je voudrais encore la remplir, si tu le
permets.

— Il est en ta garde tant que tu le jugeras nécessaire,
répondit simplement ma mère, qui ne put s'empêcher
de passer avec fierté sa main dans mes cheveux.

— As-tu eu connaissance de ce qui s'était passé
au village ? T'a-t-on dit que ton fils avait sauvé une
fillette ?

— On me l'a rapporté. Je sais tout ce qui se passe là-bas, que des lèvres de chair prononcent de vraies paroles ou que je les entende en rêve...

— Alors, je crois qu'il est temps de montrer à Luigi d'où il tient son pouvoir. Je crois aussi qu'il faut que nous parlions d'une grande idée qui m'est venue...

Nous entrâmes tous les quatre dans la cabane de ma mère. Leonora s'approcha du foyer et, à mon grand étonnement, enfonça la pointe d'un couteau entre deux pierres grossièrement maçonnées. Effritant le joint, elle délogea facilement un moellon puis, de l'orifice ainsi révélé, tira un paquet de chiffon rouge, à peine plus grand qu'une main d'homme ouverte. Dans la pièce, le silence s'était soudain épaissi. La vieille Giuseppina avait, pour l'objet mystérieux que tenait maintenant sa fille, les mêmes regards d'admiration et d'adoration que les bigotes du village coulaient au saint sacrement. Je sentis la main de Vittorio se refermer sur mon épaule pour souligner encore la solennité de l'instant.

— Ceci est ce qui nous protège et nous fait vivre, Luigi, me dit ma mère en brandissant l'objet devant moi. C'est lui, et non toi, qui a guéri la fillette dans l'oliveraie. Toute ta vie, tu seras son serviteur plus qu'il ne sera jamais le tien... Regarde !

Alors, avec mille précautions, ma mère défit les plis du paquet et posa une figurine de terre cuite sur la table. L'objet n'avait rien de spectaculaire. Il était même assez laid avec son ventre rond, son esquisse de barbe qui lui mangeait la moitié du visage et son crâne lisse.

— Son apparence ne compte pas vraiment, Luigi. Ne t'attache pas trop à elle. Ce qui compte, c'est ce que la statuette contient.

— De l'or, maman ? Des richesses ?

— Rien de tout ça, mon gamin, ricana la vieille Giuseppina. Mais un secret bien plus précieux…

— Dans cette statuette réside une volonté, mon fils, continua Leonora. Une volonté émise par nos ancêtres. Le père du père du père du père de ta grand-mère ici présente, et peut-être au-delà encore… C'est l'esprit gardien de notre famille. Je ne sais pas qui l'a fabriqué, et Giuseppina l'ignore aussi, tout comme l'ignoraient ses ancêtres. Nous ne savons que son nom et comment le maintenir en vie… En échange, il nous procure des songes de voyant et guérit par nos mains les malades qui viennent à nous. C'est sa force qui est passée en toi lorsque tu as touché la fillette. Sans lui, tu ne peux rien faire, tu n'es qu'un enfant comme les autres… Bientôt, puisqu'il t'a choisi, son pouvoir m'abandonnera pour ne plus se manifester que par toi. C'est arrivé à ta grand-mère lorsque j'ai commencé à soigner à mon tour. Lentement, je vais perdre le don à mesure que tu le posséderas.

— C'est un mystère aussi ancien que les hommes, ajouta Vittorio d'une voix tremblante. Ne cherche pas à le percer. N'en tire pas vanité. Prends-le comme un cadeau inestimable et répands grâce à lui le bien autour de toi… Garde-le secret aussi. Car la révélation d'un tel trésor serait prompte à susciter la jalousie et la méchanceté. Sois-en sûr : ce serait alors le malheur sur toi et les tiens…

Je le sentais, l'avertissement n'était pas gratuit. Le père avait donné à sa dernière phrase une consonance si particulière que je sentis un frisson me courir sur l'échine.

— Et maintenant, Vittorio ? demanda ma mère. Voudrez-vous nous dire ce qui vous trotte dans la tête ?

J'entendis le prêtre prendre une grande goulée d'air

et hésiter encore avant de parler. Sans doute craignait-il la réaction des femmes à l'exposé de son projet...

— Giuseppina, Leonora... le village se meurt doucement. Depuis quelques mois les départs se précipitent. De plus en plus de fermiers quittent leur terre pour la grande ville... Si nous ne faisons rien, dans quelques années, il n'y aura plus que les vieux ici. Et quelque temps après, que des tombes, sans personne pour venir les fleurir ou lire les noms sur les dalles mortuaires.

— Je sais, acquiesça ma mère. Mais qu'y pouvons-nous ?

— J'ai peut-être une solution. Mais elle implique beaucoup de sacrifices de votre part à tous trois.

— Tu veux que nous vendions notre secret ? s'insurgea immédiatement Giuseppina. Tu veux que tout le monde sache ? Ce ne serait d'aucune utilité ! Ça ne les empêcherait pas de partir, tous autant qu'ils sont...

— Non ! Je ne pensais pas à ça. Votre secret restera vôtre... Mais nous pouvons l'utiliser en faisant passer l'action de votre fétiche pour des miracles divins... Des miracles ! Que chacun sache qu'ici des miracles se produisent !

— Tout le monde sait déjà cela, Vittorio. Tous les gens qui ont besoin de notre aide connaissent le chemin pour venir nous trouver.

— C'est vrai, mais ils en ont honte ! Vous êtes tolérées, au village, car vous soignez, mais on vous craint tout de même un peu et on ne parle de vous qu'à couvert. Imagine que nous cachions ton fétiche dans une statue de saint bien catholique et que celle-ci se mette soudain à produire des miracles, à guérir, à soigner... Une statue d'un bon saint Christophe ou d'une Vierge... Pour ces gens, ce sera toujours plus fréquentable qu'une fille des bois ! Ils pourront en parler autour d'eux, la

nouvelle franchira la vallée, la province… Jusqu'à
Palerme peut-être ! Des malades de toute l'île viendront
se faire soigner ici… On construira des maisons pour
les accueillir, des auberges, des commerces… Le village
s'étendra. Les habitants n'auront plus besoin de s'exiler
pour trouver du travail !

— Je ne pense pas que ce soit une bonne idée, Vittorio, lâcha ma mère en recouvrant brusquement la
figurine de son voile rouge. L'objet n'est pas aussi puissant que tu le crois. Il s'épuiserait vite si on le sollicitait
trop… Et puis, n'oublie pas que c'est par moi, et Luigi
maintenant, qu'il transmet sa force à ceux qui en ont
besoin. Comment justifieras-tu ce fait auprès de ceux
qui seront venus admirer ta statue miraculeuse ? Comment leur expliqueras-tu notre présence ?

— Il doit y avoir un moyen, s'échauffa Vittorio. Je
ne le connais pas encore mais je suis convaincu qu'il
existe… Réfléchis, Leonora. Je t'en prie, réfléchis…

Silencieuse, sombre, ma mère enveloppa la statuette
et la rangea derrière la pierre de l'âtre.

— Je vais lui demander un songe, dit-elle enfin. Cette
nuit, c'est lui-même qui me dira s'il accepte ton idée. Si
elle lui convient, il m'expliquera comment la mettre en
œuvre.

*

Il fut fait comme elle l'avait annoncé. Quand le curé
revint le lendemain, le fétiche avait opéré en songe.
Aujourd'hui encore, un demi-siècle après, j'ignore ce
que se sont dit exactement alors Vittorio et ma mère.
Pour je ne sais quelle raison, j'étais resté au village. Tout
l'après-midi, j'attendis impatiemment le retour du prêtre. Quand il revint des collines, la nuit était tombée et

l'heure des vêpres était bien près d'être passée. Il officia en hâte avant de venir me rejoindre.

— J'ai vu ta mère et ta grand-mère, Luigi. Nous avons beaucoup parlé. À partir de maintenant, tout ce que je vais te dire, il faudra que tu jures de le garder pour toi et de ne le révéler à personne. Penses-tu pouvoir nous le promettre ?

— Je le jure, dis-je, comme un soldat prête serment de combattre jusqu'à la mort afin de sauver son pays.

— Le fétiche a parlé pendant le sommeil de Leonora. Il ne veut pas être enfermé dans une statue de saint. Ce serait un sacrilège…

Une déception profonde m'envahit à l'écoute de ces mots. Depuis l'instant où m'avait été révélée l'existence de la statuette et où j'avais écouté le projet du vieil homme, j'étais incapable de penser à rien d'autre.

— Mais la statuette lui a montré une autre voie ! Une voie qui nous permettrait de fabriquer une véritable statue miraculeuse !

— Fabriquer nous-mêmes une autre statuette ? répétai-je comme pour me convaincre de ce que je venais d'entendre.

— Oui, c'est cela ! Nous devons nous mettre au travail tous les quatre dès maintenant. Cela sera long et fastidieux. Mais ta mère sait comment procéder, et nous aurons grand besoin de toi !

Pendant des semaines, à l'insu du village, nous travaillâmes d'arrache-pied pour fabriquer la statue. C'était de Leonora que venaient toutes les consignes. La plupart étaient étranges. Certaines concernaient des herbes à cueillir et des minéraux à se procurer. Quelques jours durant, je ne logeai plus chez le père Vittorio mais revins auprès de ma mère afin de l'aider à trouver en forêt les plantes et les matériaux dont elle avait besoin pour l'opération. La récolte du moindre brin d'herbe obéissait à un rituel très précis, long et fastidieux, auquel je devais participer.

— Aujourd'hui, nous cherchons du sureau. Il en faut peu mais le plant doit être beau.

Nous pouvions passer devant vingt taillis d'où jaillissaient les troncs qu'elle cherchait, il n'était pas question de nous arrêter avant d'avoir trouvé le spécimen qui lui convenait très précisément. Encore ne le cueillait-elle pas en coupant ou en arrachant la tige. Récolter une plante en lui conservant toutes ses vertus secrètes est un art délicat dans lequel ma mère excellait depuis bien longtemps. La fleur ou l'arbre aperçus de loin, il fallait s'en approcher dépouillés de nos vêtements ordinaires, les pieds nus et le corps recouvert d'un tabard – sorte de tunique de lin grossier, sans manches, retenue à la taille par une cordelette de chanvre. La vieille Giuseppina en avait taillé un pour moi dès que sa fille lui avait révélé le contenu du songe envoyé par l'esprit de la statuette guérisseuse. Tirant le curieux vêtement de sa besace, Leonora m'avait demandé de l'enfiler en prenant garde de ne conserver sur moi aucun objet.

— Surtout pas de fer ou de métal. Va derrière ces buissons et change-toi sans discuter.

Un peu honteux d'apparaître aux yeux de ma mère dans une tenue que je jugeais humiliante et ridicule, je rechignai à passer le tabard. Mais il fallut que j'abandonne mes réticences car, bien plus rapide que moi, ma mère me pressait :

— Dépêche-toi, Luigi. La plante sait que nous venons la chercher. La faire attendre la disposerait mal à notre égard… Vite ! Ne fais pas l'enfant…

Sortant enfin du taillis, je découvris ma mère qui se tenait, bras croisés, au centre d'une clairière où un rai de soleil tombait à la verticale. Pour la première fois de ma vie, je découvris Leonora dans un autre vêtement que sa blouse ordinaire de paysanne. Mon cœur se figea tant je la trouvai belle, les cheveux dénoués tombant sur les épaules, les reins cambrés et les jambes fuselées, nues jusqu'au-dessus du genou. Nous nous approchâmes en silence du plant de sureau. Dans sa main, ma mère tenait un silex pointu, taillé en lame de couteau de belles dimensions. S'agenouillant près du petit arbuste qu'elle convoitait, elle traça sur le sol, tout autour du tronc mince, un cercle avec la pointe de son caillou.

— Maintenant ferme les yeux, Luigi. Présente-toi à l'arbre. Dis-lui qui tu es. Explique-lui aussi ce que tu attends de lui. Enfin, demande la permission de le cueillir…

Ne m'attardant pas à discuter les ordres qu'on me donnait, je fis comme Leonora exigeait. Assis dans l'herbe à quelques pas du sureau, je m'adressai à lui comme s'il était une personne à qui j'avais une immense faveur à demander. Peut-être trouvais-je cela étrange, mais un grand calme m'envahit pendant l'opération. Un calme comme celui qu'on trouve lorsqu'on se recueille dans les églises ou les temples.

— Nous pouvons le prendre, maintenant, dit ma mère. Il nous a donné son consentement…

Pendant de longues minutes, Leonora dégagea les racines de la pousse à la pointe de son coutelas puis, passant la main sous la motte de terre, elle tira doucement à elle l'arbre fragile avant d'en envelopper la base dans un linge. Sans un mot nous reprîmes nos vêtements ordinaires et rentrâmes dans notre cabane pour y déposer notre premier trésor. Nous devions cueillir une plante à la fois, une seule par jour. Il y en avait treize à récolter. Chaque matin, juste après l'aube, nous partions courir les friches et les bois à la recherche d'une nouvelle prise. Après le sureau, vint le temps de la belladone, de la centaurée, de la renouée bistorte, de l'hysope… À chaque fois, le rituel se répétait.

À la quatrième ou cinquième opération, je perçus une sensation nouvelle lorsque je fermai les yeux auprès de la plante. Jusque-là, je n'avais ressenti qu'un grand apaisement du corps et de l'esprit, mais cette fois, il me sembla percevoir comme une vraie réponse de la fleur aux questions que je formulais. C'était comme une voix – une véritable voie humaine –, frêle et coupante à la fois, que j'entendais en écho tout au fond de moi…

— Maman ! Je crois que je l'entends ! La plante ! Elle m'a répondu !

Leonora me sourit d'un air triste et doux. Elle savait que son pouvoir commençait à la quitter et que, goutte après goutte, parcelle après parcelle, il passait inexorablement en moi. Cela la rassurait et l'effrayait simultanément.

— C'est bien, mon fils. Si la fleur t'a répondu, c'est toi qui dois la cueillir. Tu as bien observé comment j'ai fait ?

Tremblant, concentré, je pris la plante comme je l'avais vu faire.

— Le petit est devenu cueilleur, annonça Leonora à ma grand-mère quand nous rentrâmes ce jour-là.

— *Porca miseria !* répondit la vieille en joignant les mains. Si jeune ! Si jeune !

*

Quand nous n'étions pas partis à la recherche de nos plantes, nous consacrions beaucoup de temps à la préparation de celles déjà récoltées. Nous en fîmes fermenter certaines dans l'alcool. D'autres devaient sécher longuement sur une claie. Quelques-unes furent pilées au mortier alors qu'elles étaient encore fraîches... Le père Vittorio resta une grosse semaine sans passer nous voir. Quand il revint, il traînait derrière lui une petite charrette à bras, comme en tirent les vieilles qui vont couper au bord des routes de l'herbe tendre pour leurs lapins. Sous une couverture de foin, il avait dissimulé une caisse qu'il déchargea avec mon aide. À l'intérieur, protégée par de la paille et des chiffons roulés, reposait une grande statuette de Vierge.

— Penses-tu qu'elle conviendra ? demanda le curé à ma mère qui regardait l'objet avec un œil d'oiseau de proie.

— Elle est bien faite et bien tournée... Mais ce n'est qu'une enveloppe. Il faut qu'elle contienne notre œuvre sans que personne puisse s'en apercevoir. C'est tout ce qui m'importe.

— J'ai creusé un emplacement dans son dos, précisa le père. Regardez !

De ses ongles il dégagea une fine plaque à l'arrière de l'idole. Perdus dans les plis de la longue robe que portait la Vierge, les bords de la trappe étaient presque invisibles.

— C'est du beau travail, le félicita Leonora. La cache est assez grande. Maintenant que nous avons toutes les plantes, nous allons pouvoir confectionner le fétiche...

— Combien de temps cela prendra-t-il encore ? interrogea le curé.

— Une lunaison complète. Vingt-huit jours... Et la dernière nuit, tu devras lui donner le baptême en ton église. Comme à un véritable enfant.

Le visage du prêtre se figea. Aussi détaché du dogme catholique qu'il fût, accorder les premiers sacrements à un objet inerte devait lui apparaître comme un sacrilège.

— Le baptême ? à un fétiche ? Le faut-il vraiment ?

— Tu le dois. Sinon, l'objet refusera d'accomplir son œuvre pour les chrétiens. Aussi mauvais croyant que tu sois, tu possèdes le pouvoir d'introduire un être dans la communauté des fidèles du Christ. Moi, je ne le peux pas puisque ma tradition n'est pas celle-là.

Troublé, le père Vittorio nous quitta ce soir-là d'un air sombre. Dans l'enthousiasme naïf qui l'avait porté jusque-là, il avait oublié qu'il aurait lui aussi à payer le prix d'une certaine transgression...

La charrette que le curé avait montée jusqu'à nous ne contenait pas seulement la caisse de la Vierge. Dans un autre coffre, Vittorio avait plié trois draps propres et de grande taille, et rangé une grosse dame-jeanne en verre protégée de cerceaux d'osier. Trois nuits plus tard, alors que la pleine lune éclairait si nettement la campagne qu'il n'y avait nul besoin de chandelle pour courir les chemins, j'accompagnai ma mère et ma grand-mère jusqu'à un pré dégagé perché sur un petit plateau.

— Qu'allons-nous faire ? demandai-je à plusieurs reprises pendant notre marche. Ramasser encore des plantes ?

— Pas cette nuit, mon garçon, répondit Giuseppina toute guillerette. Cette fois, c'est la lune que nous allons cueillir !

Arrivés dans le pré, nous enfilâmes chacun nos tabards et, suivant les consignes de ma mère, je plantai dans le sol douze petits piquets de bois qu'elle avait préparés. Nous étendîmes les draps de Vittorio sur ces supports, en prenant bien soin que le linge ne touchât pas le sol.

— Notre travail est fini. Il reprendra à l'aube... Viens t'asseoir à côté de nous maintenant...

Assis dans l'herbe entre ma mère et ma grand-mère, serré contre elles pour avoir chaud, je passai la nuit à contempler la voûte céleste et à écouter les animaux nocturnes bruire dans la forêt toute proche. Des biches passèrent près de nous ; un couple de renards aussi ; et puis des hérissons et des lièvres... Nous, nous ne disions rien, partageant sans doute le sentiment d'être étrangers à ce monde sauvage si parfait, si éloigné des faiblesses des hommes... Humbles et silencieux, nous attendîmes ainsi le jour sans aucune lassitude... À l'aube, à l'instant même où le soleil passa juste au-dessus de l'horizon, ma mère se redressa et me fit signe de la suivre... Prestement, nous détachâmes les draps de leurs piquets et les tordîmes l'un après l'autre au-dessus du bec de la grande bonbonne de verre. Gorgés de rosée, les linges étaient aussi lourds que des sacs de graines, mais l'eau qu'ils contenaient possédait les vertus conjuguées du ciel et de la terre, de la lumière de l'aube et du plus obscur de la nuit. Notre office accompli, nous regagnâmes notre cabane pour y entreposer notre nouveau trésor.

— À quoi servira la rosée ? demandai-je tandis que nous enterrions la dame-jeanne bien à l'abri de la lumière dans une fosse creusée dans la terre d'un appentis.

— À nous lustrer quand nous ferons nos prières pour mettre en vie la créature. Et à la baigner quand celle-ci viendra au monde. À la nourrir aussi...

C'était ainsi. Nous parlions du germe à naître comme d'un enfant véritable qui vagirait bientôt sous notre toit. Je l'ignorais encore, mais ce que nous étions en train d'accomplir ne devait rien à la folie de ma mère ou à la fièvre d'un vieux prêtre. À mots couverts, de nombreux textes évoquent la possibilité de faire naître une créature à partir de quelques éléments naturels et de l'animer par la volonté que les hommes sont capables de projeter en eux. Des idoles vouées aux gémonies dans l'Ancien Testament aux aimables sylphes fréquentés par le comte de Gabalis ou bien du golem des légendes rabbiniques à la Vénus d'Ille du Français Mérimée, toutes sortes de textes témoignent à demi-mot de cette tradition antique... Je ne me posais pas de questions sur la *possibilité* d'un tel miracle. Si les trois adultes qui comptaient le plus pour moi croyaient en cette aventure, il était impensable que je n'y place pas moi aussi ma foi...

Travaillant sur une table sans ferrure, ma mère œuvra pendant trois jours à façonner une figure en cire d'abeille. Je n'avais pas le droit d'assister à cette phase de l'opération car, pour respecter le rituel, il était nécessaire que Leonora soit nue, son corps pas même recouvert du tabard qu'elle utilisait pour la cueillette. Condamné à errer tout le jour sans pouvoir entrer dans la maison, je lisais un ouvrage que m'avait apporté le père Vittorio le jour où il était venu livrer la statue de la Vierge. C'était *Pinocchio*, l'ouvrage de Collodi dans lequel une marionnette de bois naît subitement à la vie. Le choix de ce roman, j'en étais certain, ne devait que fort peu au hasard...

*

— Luigi ! Luigi ! Tu peux venir maintenant ! La figurine est prête !

Serrée dans sa robe de tous les jours et ses cheveux

ramenés en chignon sur la nuque, ma mère m'appela enfin pour contempler le fruit de son travail. Dans la pénombre de notre cabane, je vis alors, posée droit sur la table, une figurine de la taille d'une bouteille de vin, formée à la semblance d'une jeune femme. Ses mains étaient ouvertes devant sa poitrine et ses hanches bordées d'une façon de voile. Beaucoup plus esthétique que le personnage grossier qui reposait dans le manteau de notre cheminée, la sculpture pouvait passer pour un véritable travail d'artiste.

— Qu'elle est belle ! s'extasia Giuseppina. C'est pitié que de l'abandonner au curé. Tu es certaine qu'il le faut vraiment ?

Ma mère lança un regard noir à la vieille qui battit aussitôt en retraite avec des airs de poule apeurée.

— La statue est creuse, continua Leonora en se retenant de rire.

Basculant l'objet, elle me montra un orifice qui s'évasait en entonnoir, pratiqué au sommet du crâne de la figurine.

— C'est là que nous verserons les plantes mêlées à de l'huile. Régulièrement, nous devrons recharger la statue, la nourrir. Ce sera à toi de t'en charger lorsque ta grand-mère et moi aurons disparu...

L'instant arriva enfin où tout fut prêt pour la première cérémonie d'activation du fétiche. Ma mère m'expliqua que les plantes, la rosée et divers autres ingrédients récoltés ne formaient qu'un support sur lequel se condenserait le véritable principe actif destiné à résider dans la statuette comme le crustacé se cache dans sa coquille.

— La volonté et le désir humains. *Notre* volonté et *notre* désir. Voilà ce qui vivra vraiment dans la statue. La matière n'est là que pour fixer l'émotion, rien de plus.

Leonora, évidemment, n'était pas une érudite. Elle était peut-être même le contraire d'une érudite et, si on lui avait appris que ses propos étaient en substance ce que certains auteurs, philosophes ou sages avaient écrit sur le sujet, je crois qu'elle n'aurait pas fait pour autant un plus grand cas de son savoir. Ce qu'elle me transmettait, elle le tenait de ses songes, de son talent d'observatrice et de son expérience. Ce que j'ai reçu d'elle ne vient pas d'ailleurs et demeure mon héritage le plus précieux.

Nous attendîmes le début de la lune croissante pour débuter la phase la plus importante de notre préparation. Parce que je n'étais pas familier avec cette pratique, ma mère me conduisit un matin près d'une rivière qui coulait non loin de notre colline. Elle entra avec moi dans le courant et, me tenant allongé sur l'eau, elle me demanda d'imaginer comme dans un rêve l'action que je voulais que la Vierge miraculeuse effectuât.

— Pense fort à ces images. Ne pense qu'à elles. Essaie de te les représenter avec le plus de détails possible. N'oublie ni les odeurs, ni les couleurs, ni les bruits… Imagine que des malades se tiennent devant la statue et sont guéris par elle.

Oubliant la fraîcheur de l'eau qui engourdissait mon corps, je parvins à faire naître en moi les images voulues par ma mère. Aussi nettement que si j'assistais à la scène, je vis la nef de notre petite église remplie d'une foule si nombreuse que tous les habitants du village n'auraient suffi à la composer… Le parfum de l'encens baignait la voûte. Le soleil passait en traits miroitants par les trouées dans la pierre. Sur le sol, devant l'autel, la statue était là, couronnée de fleurs et ointe d'huile sacrée… Des enfants la contemplaient avec reconnaissance et dévotion. Tous, ils l'avaient priée, et elle les avait tous guéris… La scène était si belle, si intense, si vraie, que des larmes me montèrent aux yeux et qu'un sanglot, une plainte presque, me fit ouvrir les paupières. Les mains posées sous ma nuque pour que mon visage ne s'enfonce pas dans l'eau, ma mère me regardait en souriant.

— Ton imagination est forte, Luigi. Elle peut te faire voir beaucoup de choses, je crois. Réjouis-toi, car c'est une force. Mais, comme toutes les forces intérieures, elle est aussi dangereuse. Prends garde à la posséder sans qu'elle te possède jamais.

Les jours suivants, je n'eus plus besoin de retourner à la rivière pour songer à la statue. Les images venaient d'elles-mêmes dès que je les sollicitais. Toujours plus riches et détaillées. Giuseppina et Leonora pratiquaient elles aussi ces exercices. Ma mère dans un pré, à l'ombre d'un chêne ; ma grand-mère sur sa paillasse, à l'intérieur de la cabane ; moi, j'avais trouvé une large pierre plate de roche volcanique, noire et luisante, pour m'y étendre. Cette dalle dans laquelle toutes les énergies telluriques de l'île me semblaient vibrer, affleurait en haut d'une petite éminence. Aux quatre points cardinaux, ce n'étaient que des bois et des friches. Pas un champ cultivé à l'horizon, pas même une oliveraie ou un pâturage. Pas l'ébauche d'un sillon de route. Rien que la nature sauvage, sans signe de présence humaine…

Au troisième jour que j'étais allongé là, et alors que j'étais une nouvelle fois au bord des larmes en raison de l'intensité des scènes que j'imaginais, une chose mouillée et spongieuse me sauta soudain sur le visage. Surpris et sottement apeuré, j'ouvris les yeux en hurlant comme une fille. Je me relevai d'un bond, et vis à mes pieds un vieux crapaud gras, ridé et huilé. Hurlant de plus belle, le cœur battant, j'essuyai d'un revers de manche ma bouche et mon nez, que la bestiole avait souillés. À peine avais-je commencé à me frotter que j'entendis un hoquet étouffé monter d'un taillis tout proche. C'était la vieille Giuseppina qui, sortant de sa cachette, n'en pouvait plus de rire.

— Grand-mère ! C'est toi qui m'as fait ça ?

— Évidemment, mon garçon... Mais c'est pour le bien de la cause. C'est ta mère qui m'a demandé de te sortir brutalement de tes rêves. Il paraît que c'est comme ça qu'il faut faire maintenant. Moi, elle m'a versé de l'eau froide dans les cheveux. De l'eau ! Tu te rends compte ? Mon crapaud est plus doux !

Contrairement à ce que l'on pense, la sorcellerie n'est pas tant un art de livres et de grimoires qu'une réelle connaissance des réflexes humains vitaux les plus primaires. En rompant brutalement nos rêveries de statue et de miracles, Leonora contribuait à projeter nos visions dans le monde. Car un songe sorcier est pareil à un ballon de fête foraine échappé de la main d'un enfant. S'il est laissé à lui-même, il dérive, silencieux, au gré des vents, passant par-dessus les têtes, poursuivant un voyage sans fin et sans but au-dessus des toits... Si on le perce, en revanche, il éclate si violemment que chacun peut en percevoir le souffle...

Enfin arriva l'instant où toutes les plantes récoltées furent mêlées à de l'huile et versées à l'intérieur de la statuette. Ce jour-là, ma mère grava un signe sur le fétiche. Un signe étrange, ni lettre, ni chiffre, mais une sorte de ligne brisée, apparemment sans signification, qui faisait songer cependant à quelque langage secret, à un code.

— Ce n'est rien de tout ça, expliqua Leonora. Ceux qui voudront déchiffrer ce symbole ne feront que perdre leur temps. Ces lignes ne sont que la représentation imaginaire du nom de la statue. Ce signe, tu vas le recopier sur quatre feuilles de papier, Luigi. Chacun d'entre nous – le père Vittorio, ta grand-mère, toi et moi – portera désormais toujours ce signe dans sa poche. Ce sera le premier des deux liens qui nous uniront physiquement à l'objet.

— Et l'autre lien ? demandai-je.

— Nous nourrirons la créature d'un peu de notre sang...

*

Le père Vittorio consacra la statuette de cire lors d'une messe secrète qui eut lieu à minuit. Nous étions quatre dans l'église. Toutes les portes avaient été fermées à double tour et les fenêtres ou les ouvertures masquées par des tentures épaisses. Même si le bourg dormait, Vittorio ne voulait pas prendre le risque qu'un attardé surprît ou seulement suspectât notre manège. Les fonts baptismaux furent remplis de rosée et nous fîmes quelques ablutions avec les dernières gouttes d'eau lustrale. Enfin, avant que le curé ne prononçât les paroles du baptême, Leonora tira le couteau de silex de sa ceinture. D'un coup bref et décidé, elle se fit une entaille au poignet avant de laisser s'écouler quelques gouttes dans le goulot de la poupée. Chacun à notre tour, nous l'imitâmes avant que le fétiche fût définitivement scellé par un bouchon de cire.

— Comment devons-nous l'appeler ? interrogea Vittorio d'une voix mal assurée à l'instant de donner un nom à la créature.

— Elle se nomme Manea, répondit Leonora dans un murmure.

Notre-Dame-Sous-Terre

Ma mère nous avait mis en garde : rien ne se produirait dans l'immédiat. Il faudrait attendre l'achèvement d'un nouveau cycle lunaire pour que Manea commençât à agir. À la fin de la cérémonie de baptême, le père Vittorio plaça la statuette à l'intérieur du corps creux de la grande Vierge, puis il referma soigneusement la trappe qui dissimulait la niche.

— Maintenant que le processus est activé, un nouveau problème se pose, dit le curé. Comment faire venir des malades ? Et comment expliquer la présence d'une nouvelle Vierge dans l'église ? C'est que les paroissiens sont habitués à leurs vieux saints. Une telle nouveauté ne va peut-être pas leur plaire…

Leonora fronça les sourcils.

— Ça, c'est ton affaire, curé, pas la mienne !

Pour ma part, j'étais revenu vivre avec le père Vittorio. De nouveau, je courais d'un bout à l'autre du bourg et retrouvais les petites gens des rues.

— Luigi ! Où étais-tu donc passé ? On ne te voyait plus !

— J'étais chez ma mère, *signorina* Carla… Je vous ai manqué ?

— Mais oui, mon garçon ! Nous aimons bien quand tu es là…

Dans la rue où habitait la fillette dont j'avais stoppé les saignements dans l'oliveraie, l'épicerie était close désormais. Des volets de bois barraient la façade de l'échoppe et des planches clouées barricadaient la porte. Une vieille du voisinage qui me vit rôder autour de la maison m'appela par la fenêtre et me tendit quelque chose.

— Tiens, petit. La fille de l'épicier m'a donné ça pour toi, si un jour je te croisais...

De sa main tavelée par les ans, je pris un paquet carré enveloppé de papier brun et noué de deux tours de ficelle. À l'intérieur, protégée dans un joli mouchoir de lin blanc, une fleur de clématite finissait de sécher...

— Je crois que j'ai trouvé la solution, m'annonça fièrement Vittorio lorsque je montai les marches menant au presbytère.

Perdu dans les pensées naïves qu'avait fait naître en moi le cadeau de la fillette, je ne compris rien tout d'abord des paroles enfiévrées du curé.

— Eh bien ! La statue, voyons ! Je sais comment nous allons la présenter aux gens du village. Nous allons la cacher dans la crypte, faire comme si elle était là depuis des siècles. Puis je commanderai des travaux, je demanderai qu'on abatte le mur. Les ouvriers trouveront notre Vierge. Nous, nous n'y serons pour rien ! Alors ? Qu'en penses-tu ?

Haussant les épaules, je ne répondis rien. L'idée me semblait limpide, meilleure que tous les plans que j'avais échafaudés moi-même. Quatre ou cinq nuits durant, le dos courbé, les mains serrées autour de nos manches de pioche, nous creusâmes une cavité dans la terre du sous-sol de l'église. Cela nous demanda beaucoup d'efforts et nous devions nous arrêter souvent pour essuyer

la sueur qui coulait sur nos visages. Lorsque nous inter-
rompions le gros œuvre pour faire une pause, je laissais
mon regard se promener sur les piliers qui soutenaient
la voûte. Les fondations de l'église dataient de quatre ou
même cinq cents ans. Des motifs décoratifs remontant
à cette époque ornaient les colonnes les plus massives.
Nombre de ces figures représentaient des êtres étranges, grotesques, que je ne pouvais associer au peu que
je savais de la Bible. Je voulus interroger le père sur
la raison de ces images dans un tel lieu mais il ne me
donna que des réponses vagues et contradictoires, qui,
loin d'apaiser ma curiosité, ne firent que l'attiser.

— Sois donc à ce que tu fais, Luigi ! Remue ce mortier correctement au lieu de rêvasser !

Les mains pleines de boue, et de la chaux jusqu'aux
coudes, nous achevâmes enfin notre travail. Épuisé mais
satisfait du résultat obtenu, le père Vittorio se rendit à
la première heure le lendemain chez le maçon pour lui
commander de menus travaux dans la crypte. Il ne fallut
pas longtemps aux deux ouvriers descendus au sous-
sol pour défoncer de quelques coups de pioche le mur
factice élevé par nos soins avec tant de peine.

— Monsieur le curé ! Monsieur le curé ! Venez donc
voir !

Vittorio se frotta les mains en entendant les appels.

— C'est maintenant que tout commence, Luigi ! me
souffla-t-il à voix basse avant de rejoindre prestement
les tâcherons, leur lançant un « Que se passe-t-il, messieurs ? » d'une innocence confondante.

*

La nouvelle de la découverte d'une Vierge dans les
fondations de l'église ne tarda pas à se répandre et

occupa les conversations pendant quelques jours. Puis, après une cérémonie au cours de laquelle le curé installa la statue sur un socle près de l'autel en la consacrant Notre-Dame-Sous-Terre, la plupart des villageois n'y pensèrent plus… Une ou deux semaines s'écoulèrent sans que rien de notable ne se produisît. Quelques bigotes prirent juste l'habitude de faire leurs dévotions à la nouvelle Marie. Vittorio rongeait son frein. Son impatience croissait au fil des jours et entamait sa bonne humeur ordinaire.

— Tu as vu la vieille Vittorina, celle qui a du mal à marcher ? Elle n'avance pas plus vite depuis qu'elle allume tous les jours son cierge devant notre statue. Ses jambes sont toujours aussi raides ! Et la *signorina* Ornella ? Ses mains ne tremblent pas moins qu'avant !

Ornella Pirozzi était une vieille fille qui logeait non loin du presbytère. Deux ou trois fois par jour, elle se rendait à l'église pour prier. C'était là, je crois, la seule distraction qu'elle s'accordait, car son temps était consacré aux soins qu'elle donnait à son frère aîné, fou à lier, dont on entendait parfois les cris perçants malgré les volets toujours clos de leur maison. Couvreur, Pirozzi était tombé très jeune d'un toit et n'avait jamais recouvré la raison. Trop chrétienne pour le conduire chez ma mère, Ornella avait préféré confier ses espoirs aux saints catholiques mais, sans doute occupés à traiter des cas plus urgents, ceux-ci étaient jusqu'ici restés sourds à ses demandes.

Un soir qu'elle revenait de sa dernière dévotion quotidienne, elle trouva son frère en larmes, le visage enfoui dans les mains. Cela la surprit car l'homme, lorsqu'il n'était pas saisi par la plus vive agitation, n'exprimait aucune émotion.

— Je me suis vu dans le miroir ! dit-il entre deux sanglots à celle qui s'était tant ridée et avachie qu'il ne la reconnaissait pas pour sa sœur. Je me suis vu dans le miroir, je suis un vieillard maintenant ! Que m'est-il arrivé ? Mon Dieu, que m'est-il arrivé ?

L'émotion fut si forte pour Ornella qu'elle s'évanouit et tomba lourdement sur le sol. Ne sachant que faire, Pietro trouva à tâtons la porte d'entrée et sortit dans la rue pour appeler au secours. Dérangés, les voisins crurent d'abord que l'ancien couvreur avait échappé un instant à la surveillance de sa sœur. Pressés par leur épouse, deux ou trois chefs de famille quittèrent en maugréant leur soupe aux pois qui fumait et se préparèrent à ceinturer le forcené. Mais, au lieu d'un aliéné hurlant sans rime ni raison, ils trouvèrent un homme dont l'affolement ne l'empêchait pas de tenir des propos cohérents et d'éclairer son regard d'une belle lueur de conscience.

— *Ma !* Pietro ! Tu parles ? Tu n'es plus fou ?

— Fou ? J'ai été fou ? s'étonna l'homme qui regardait autour de lui en redécouvrant des lieux et des visages dont il avait longtemps perdu tout souvenir.

Peu de gens, au village et dans les alentours, passèrent la nuit sans apprendre que Pietro Pirozzi venait de reprendre ses esprits. On frappa bientôt à la porte du presbytère pour réclamer la présence de Vittorio. Le médecin Lurano lui aussi fut convié d'urgence à étudier ce cas. Il s'attarda tant à examiner le frère qu'il négligea de donner des soins à la sœur. Celle-ci dut soigner seule la plaie qu'elle s'était faite à la tête, tandis qu'on entourait Pietro de mille attentions.

— C'est un miracle de la Vierge ! s'exclama enfin Ornella quand on voulut bien l'écouter. La nouvelle... Celle qui est sortie de sous la terre... Je l'ai priée pour mon frère. Elle m'a écoutée. Elle l'a sauvé. C'est un miracle ! Un miracle !

Le docteur Lurano haussa les épaules et regarda la pauvre femme avec un air de souverain mépris. Ce fut le seul. Tous les autres prirent la Pirozzi au mot et leurs regards convergèrent vers Vittorio, qui se redressa de toute sa hauteur en s'efforçant de paraître modéré.

— Allons, Ornella, ne t'emballe pas...

Mais les lèvres du curé s'écartaient en un sourire aussi radieux que celui d'un gamin comblé par un cadeau de Noël inespéré. Du revers de la main, Ornella balaya les hypocrites tentatives de modération du prêtre. D'une voix pathétique et touchante, elle exigea de retourner sur-le-champ à l'église afin de s'agenouiller devant la statue. Un gros homme n'attendit pas l'autorisation de Vittorio pour soulever la vieille dans ses bras et la porter jusqu'à la nef avec autant de facilité que s'il s'était emparé d'un sac de linge. Voyant le groupe suivre le mouvement, le curé me glissa un clin d'œil avant de relever sa soutane sur ses mollets pour mieux lui emboîter le pas. Quinze ou vingt personnes avaient déjà fait leur entrée dans l'église quand nous y pénétrâmes à notre tour. D'un geste large, Vittorio écarta ceux qui nous empêchaient d'accéder à la statue. Tremblante, Ornella se tenait en silence près de la sculpture et se contentait de la fixer avec des yeux incrédules. Le recueillement le plus absolu régnait dans la chapelle. Lentement, l'un après l'autre, les hommes se découvrirent. Les femmes s'agenouillèrent et joignirent leurs mains. Tous se signèrent. D'une première gorge monta une prière, puis d'une autre, et d'une autre encore. Éclats vermeils sur lesquels venaient jouer les flammes des cierges, des larmes de sang coulèrent le long de la joue en bois...

*

Conjuguée à la découverte des larmes de sang roulant sur le visage de Notre-Dame-Sous-Terre, la guérison inexpliquée de Pirozzi plongea la population du bourg dans la stupeur. Les jours suivants, personne ne se rendit à son ouvrage, aucune commère ne prit son panier pour aller faire son marché. Quand bien même ils ne l'avaient pas vu personnellement, tous les habitants étaient au courant ; mais personne n'osait en parler. Ce fut comme si une peste s'était soudain abattue sur la place du village. Maisons et volets restèrent clos. Les chiens errants eurent beau gratter aux portes où ils avaient leurs habitudes, personne ne leur jeta des restes. Seul le docteur Lurano persistait à se promener comme si de rien n'était, faisant crânement résonner sur le pavé la canne d'ébène qu'il s'était offerte lors de son séjour à Rome, vingt ans plus tôt.

— Ce soir, j'ai encore dit ma messe pour les araignées et les rats… Personne n'était là. Personne ! Tu te rends compte, Luigi ?

Le père Vittorio ne savait que penser. Il avait cru naïvement que la nouvelle de la guérison miraculeuse plongerait le village dans l'effervescence et que l'église se remplirait d'une foule avide, passionnée, fervente… Or voilà que chacun se barricadait chez soi et refusait de se réjouir – comme si le retour à la raison de Pietro et les larmes de la Vierge étaient des secrets honteux qu'il fallait cacher à tout prix ! Au troisième soir, alors que le curé jetait un peu de bois dans sa cuisinière en fonte et que je m'appliquais à faire mes exercices de calcul sur une ardoise, des gravillons furent projetés contre notre fenêtre. C'étaient Leonora et Giuseppina qui, subrepticement, venaient aux nouvelles. En quelques mots, Vittorio leur raconta comment s'étaient déroulées l'intervention du fétiche magique et l'étrange réaction collective que cela avait provoquée.

— C'est un choc immense pour tous ces gens. Toi, tu ne t'en rends pas compte parce que tu portes en toi ce projet fou depuis le début, mais imagine combien ce doit être bouleversant pour qui n'y est pas préparé.

Ma mère parlait bien. Du haut de ses collines, elle jouissait d'une vue sur la situation bien meilleure que celle du pauvre prêtre accroché à son église comme une moule à son rocher.

— Oui, tu as peut-être raison, convint le curé. Laissons-leur encore un peu de temps pour accepter les faits. Mais une autre chose m'inquiète… Nous étions convenus que la créature que j'ai baptisée sache guérir les maladies, pas qu'elle rende la raison aux pauvres d'esprit…

— Nous ne sommes jamais tout à fait maîtres des énergies qui sortent de nous. Peut-être avons-nous mal fait… Mais que ce soit la fièvre ou la folie, cette statue guérit ! C'est tout ce qui importe. Je ne comprends pas en quoi cela te trouble.

— C'est qu'il y a beaucoup moins de fous que de malades ! s'énerva le curé. Nos chances de rendre notre statue populaire sont minces si elle ne traite que les simples !

Giuseppina pouffa. Prenant un des croquets sur la table, elle le trempa longuement dans son verre de vin afin de le ramollir pour ses gencives nues.

— On n'avait pas pensé à ça, pas vrai, *Luigettino* ? dit-elle en me regardant avec tendresse, ses yeux bleu clair luisant d'une douce malice.

Des claquements de fer retentirent soudain. Il y eut

un hennissement de cheval puis des appels prononcés par des voix inconnues.

— Curé ! Curé Vittorio ! Tu es là ? Je vois de la lumière chez toi !

Leonora et Giuseppina se levèrent vivement. Le père les fit prestement passer dans le bureau attenant. Quelle que fût l'identité du visiteur, il était préférable qu'il ne découvrît pas la présence des deux femmes au presbytère. Jetant un coup d'œil par la fenêtre, dans la faible lumière qui baignait la rue à cette heure avancée, je distinguai trois cavaliers qui stationnaient devant notre porte. Jamais je n'avais vu d'hommes aussi bien vêtus. Même les costumes trois boutons que portait d'ordinaire le docteur Lurano ne donnaient pas une telle impression de luxe et de prestance.

Vittorio rajusta sa soutane, balaya du plat de la main les miettes de biscuits qui la parsemaient, et sortit dignement à la rencontre des inconnus.

— Alors, monsieur le curé, c'est vrai ce que l'on raconte ? Vous avez une Vierge qui pleure du sang et qui guérit les incurables ?

— À qui ai-je l'honneur de m'adresser ? interrogea Vittorio d'un air de César.

L'homme se redressa sur ses étriers et ôta son chapeau en signe de respect. Son cheval était puissant et sa robe, d'un beau gris pommelé, faisait songer à la couleur de la lune. Sur l'encolure de la bête, deux fusils étaient glissés dans des fontes de cuir. Sur le perron, à demi dissimulé derrière la silhouette de l'ecclésiastique, je sentais monter jusqu'à moi l'odeur enivrante des animaux, des selleries et de la sueur des voyageurs. Cela me prit comme un vertige.

— Je suis Maurizio Giletti, mon père. Peut-être mon nom a-t-il franchi les frontières de cette vallée perdue ?

Vittorio recula d'un pas, comme sous l'effet d'un coup. De tous les personnages importants de Sicile, Giletti était bien le dernier dont il attendait la visite.

— Que puis-je pour vous, maître Giletti ? demanda-t-il d'une voix blanche, en se ressaisissant malgré sa surprise.

— D'abord, me faire entrer dans votre cure et m'offrir le vin de l'amitié. Ensuite, me parler de ce dont on ne cesse de me rebattre les oreilles depuis trois jours... Pensez-vous que ce soit possible ?

— Plus que possible, *mastro* Giletti...

Mettant pied à terre, Giletti confia la bride de sa monture à l'un de ses acolytes et grimpa prestement les marches du perron.

— Qui est ce petit ? demanda-t-il en m'apercevant.

— Un garçonnet des collines que j'éduque un peu. Je lui apprends à lire et à compter.

— Vous êtes un homme de bien, mon père, dit doucement Giletti en me souriant et en passant sa main rude dans mes cheveux. Alors ? Cette statue ? Elle produit des miracles, oui ou non ?

— Elle a rendu la raison à un malheureux. Et du bois dont elle est faite suinte du sang... On ne vous a pas menti.

— Je veux la voir ! Tout de suite ! Et qu'on amène aussi celui qui se prétend guéri.

Vittorio me fit signe d'aller quérir Pietro Pirozzi.

— Rejoins-nous à l'église, petit. Je conduis *mastro* Giletti jusqu'à la nef.

Courant à toutes jambes, j'allai frapper à la porte des Pirozzi pour mander l'ancien couvreur. D'abord, la vieille ne voulut pas m'ouvrir, mais quand je lui appris que c'était un dénommé Giletti qui exigeait la présence de son frère, elle s'exécuta aussi vite que le lui permettaient ses membres tremblants.

— Qui est-ce, *signorina* Pirozzi ? Qui est *mastro* Giletti ?

— Un homme qu'il ne serait pas sage de faire attendre, mon garçon… C'est un chef de famille. D'une grande famille. Il a beaucoup d'enfants, de neveux et de filleuls…

Comme on ne m'avait jamais expliqué le sens authentiquement sicilien de l'expression *chef de famille,* je ne compris pas pourquoi Giletti inspirait un tel respect. Mais peu importait. Après trois journées d'une insupportable marée basse, quelque chose – quelqu'un plutôt – semblait enfin en mesure de débloquer la situation. Une fois à l'église avec la fratrie Pirozzi, je trouvai le cavalier à genoux, plongé dans une fervente prière à la Vierge qui n'avait cessé de pleurer ses larmes vermeilles. Lorsqu'il eut achevé sa prière, il se tourna vers nous. Je remarquai qu'un peu de sang tachait le bout de ses doigts et le coin de ses lèvres.

— C'est toi, celui à qui Notre-Dame a rendu la raison ?

— Oui, c'est bien moi, *maestro.*

— Raconte. Que t'est-il arrivé exactement ?

Et Pirozzi relata son histoire. Comment il avait fait une mauvaise chute à vingt ans et comment il s'était soudain réveillé, trente années plus tard, vieilli, ravagé, mais de nouveau conscient, capable de parler et de comprendre ce qu'on lui disait.

— Les souvenirs te sont revenus ?

— Oh oui, *maestro* ! Tous mes souvenirs. Comme si c'était hier. Mais presque tous ceux qui les habitent sont morts à présent…

— As-tu rendu grâces à ta sauveuse ? gronda Maurizio. Le curé m'a dit que personne n'avait osé franchir le seuil de son église depuis le soir où la raison t'a été rendue.

Ne sachant que répondre, Pietro baissa humblement les yeux.

— Il faut qu'un puissant comme vous nous montre le chemin, bêla sa sœur. Une telle chose ! Pensez-vous ! C'est bien trop fort pour les petits que nous sommes !

— C'est bon, gamin, raccompagne ces gens chez eux maintenant, me dit Giletti. J'ai à parler avec monsieur le curé.

Ce que se dirent ce soir-là Vittorio et *mastro* Giletti, je n'en fus pas le témoin direct. Aussitôt après avoir quitté les Pirozzi, je voulus filer rejoindre Leonora et Giuseppina mais les deux femmes avaient déjà quitté la maison pour repartir telles des ombres.

— Que voulait *mastro* Giletti ? demandai-je au curé dès qu'il fut de retour.

Vittorio s'assit à la table sans me répondre et se versa un verre de vin qu'il but comme si c'était de l'eau.

— Ma gorge est sèche comme carton, mon garçon. Jamais je n'aurais pensé recevoir un jour cet homme dans ma paroisse.

— Mais qui est-ce, enfin ?

— Un personnage qu'il ne serait guère avisé de contrarier, Luigi. À sa façon, c'est un seigneur. Un protecteur. Mais il peut être terrible si on se met en travers de son chemin. Pas de maladresses avec lui, surtout ! Tu le reverras bientôt.

*

Comme l'avait annoncé Vittorio, *mastro* Giletti reparut le lendemain. Son arrivée, cette fois, fut moins discrète. Ce n'étaient plus deux cavaliers qui l'accompagnaient, mais une dizaine, tous armés. Certains portaient des cartouchières croisées sur la poitrine. Jamais je n'avais vu une telle compagnie stationner sur la place de l'église. Sur leurs chevaux, piaffants et lustrés, ces hommes me semblaient être des créatures surnaturelles, des centaures de la mythologie ou des chevaliers du temps jadis. Leur troupe protégeait une calèche à quatre roues, capotée et tirée par deux bêtes puissantes. *Mastro* Giletti en descendit et, donnant la main à une femme vêtue d'une longue robe noire, s'avança vers le curé qui les attendait sur le parvis.

— Voici la *signora* Giletti, dit le chef de clan en présentant sa compagne au prêtre. Elle veut prier la Vierge pour un de nos fils, qui est né sans esprit.

Tout au long de la matinée, l'épouse demeura seule face à Notre-Dame-Sous-Terre. Le village était encore plus silencieux qu'au cours des jours derniers. Même le docteur Lurano avait laissé sa canne d'ébène accrochée à la tringle de son armoire. Le *maestro* prit momentanément ses quartiers dans le bureau du prêtre, où il fuma plusieurs cigares. Vers midi, il réclama un verre de vin, une tranche de pain et du fromage. Comme je lui apportais un plateau, il me demanda comment je me nommais.

— Je m'appelle Luigi, *maestro*.

— Le curé t'apprend à lire et à compter, c'est ça ?

— Oui, *maestro*. Le père Vittorio est très bon avec moi. Comme il l'est avec tous.

— Et que veux-tu faire plus tard, Luigi ? As-tu déjà choisi ?

— Non, *maestro*. Je ne sais pas encore.

— Lorsque tu le sauras, si tu as besoin d'aide, viens

me voir… Peut-être pourrai-je t'aider à faire ton chemin dans le monde. Prends ça !

Fouillant dans sa poche, il me lança une pièce d'argent. C'était une pièce lourde, d'un style et d'un dessin que je n'avais jamais vus, une pièce ancienne au relief si usé qu'on le décelait à peine en passant le doigt dessus.

— Ce n'est pas une monnaie ordinaire, m'avertit Giletti. Ne fais pas la sottise de la dépenser, mais fais-la-moi parvenir si un jour tu veux me voir. Même des années après, je saurai que je l'ai donnée à quelqu'un qui m'a plu.

Qu'avais-je donc fait pour mériter l'attention du *maestro* ? Je n'aurais pu le dire. Je crois que cet homme aimait à se comporter en patriarche, même si, comme je l'appris bientôt, il était également capable de dévorer ses propres enfants, à l'image du dieu Saturne. Mon trésor serré dans la main, je quittai le bureau, tout empourpré d'avoir entendu Giletti s'adresser ainsi à moi. En début d'après-midi, la femme quitta enfin l'église et l'équipage repartit au galop dans un grand nuage de poussière…

Le silence revenu, une première vieille poussa ses volets, puis une deuxième, et une troisième… Le charme d'assoupissement qui semblait s'être abattu sur le village se dissipa d'un coup. Comme par magie, la visite des Giletti avait délivré la population de la pétrification dans laquelle le miracle Pirozzi l'avait plongée. Fichu sur la tête, rosaire au poing, une femme osa retourner à l'église. Un homme la suivit. Puis un couple… En quelques minutes, la vie revint irriguer le bourg. À la messe donnée ce soir-là par Vittorio, l'église était pleine. Des brassées de fleurs étaient étalées devant la statue de Marie. Au premier rang, main dans la main, le frère et la sœur Pirozzi pleuraient.

Fabiano

Quatre semaines après le premier miracle de notre Vierge, une dizaine de plaques votives entouraient la niche de la statue. Marbre blanc et lettres d'or, la plus belle était celle offerte par les Giletti. Le soir même de leur venue au village, leur petit garçon qui, depuis sa naissance, n'avait pas prononcé un mot ni fixé son attention sur rien, avait subitement commencé à balbutier quelques syllabes et à s'ouvrir au monde. Depuis lors, il faisait des progrès notables chaque jour sans que les médecins y entendent rien.

D'autres guérisons inexplicables avaient eu lieu dans la région. Dans une ferme éloignée de plus de vingt kilomètres, un vieil homme s'était soudain remis à marcher après des années de paralysie. Dans une autre, une fillette atteinte de fièvre maligne se portait désormais comme un charme. Vittorio était aux anges. Son église ne désemplissait pas, et la rumeur des miracles à répétition se répandait dans toute la région. Une première famille venue des confins de la province se présenta un jour à l'auberge. Quatre hommes, deux femmes. Il fallut en urgence nettoyer et préparer pour les héberger les chambres d'hôtes qui n'avaient pas servi depuis des années. Ils passèrent trois jours à prier. Si les femmes faisaient pénitence, les hommes, eux, mangeaient dru. Memmo, l'aubergiste, était ravi.

— Si ça pouvait continuer comme ça ! Si seulement… !

Non seulement cela continua, mais cela s'amplifia, et avec une rapidité époustouflante. En quelques semaines, ce ne fut plus une famille, mais cinq, puis dix, puis trente qui se présentèrent… Les capacités de l'auberge étant limitées, le maire décida qu'il fallait que les villageois ouvrent leurs demeures pour faire face à cette marée déferlante.

Combattant en première ligne, Memmo se découvrit le sens des affaires. Petit homme sec, inventif et travailleur, il se mit en rapport avec le notaire Galline. Associés, ils rachetèrent pour une bouchée de pain quelques maisons délabrées qu'ils restaurèrent dans le but de les transformer en hôtelleries. On fit venir des ouvriers des villages voisins, pour opérer les travaux, et, plutôt que de rentrer chaque soir chez eux, à des kilomètres de là, ceux-ci dormaient et mangeaient sur place. Les vieilles venaient leur vendre les tomates et les choux qu'elles cultivaient dans leur jardin ; les vieux, les lapins de leurs clapiers. Les jeunes se remirent à braconner le faisan ou le sanglier… Comme l'avait rêvé Vittorio, le visionnaire, une mécanique s'installait qui profitait à tout le monde. Le seul à se renfrogner était le docteur Lurano. Depuis que la Vierge soignait à sa place, sa salle d'attente – d'ordinaire déjà peu fréquentée – était carrément désertée. Pour un éternuement, les villageois préféraient aller s'agenouiller devant Notre-Dame-Sous-Terre plutôt que d'enlever leur chemise chez le médecin. Non seulement la statue était plus efficace, mais encore elle soignait sans prélever d'honoraires ! Fort heureusement pour lui, Lurano possédait une petite rente qui le faisait vivre assez bien sans qu'il eût besoin d'exercer sa profession pour manger. S'il souffrit de la concurrence de la Vierge, ce fut davantage dans son orgueil meurtri qu'à cause de la baisse de ses ressources.

Long manteau poussiéreux traînant jusqu'au sol, casquette à soufflet vissée sur le crâne et faux airs d'instituteur, un journaliste de Palerme arriva un jour à l'auberge. Curieux de tout, il voulut rencontrer longuement Vittorio à qui il posa mille questions sur l'origine des miracles. Puis, il alla constater *de visu* le phénomène des larmes de sang. Devant la statue, il s'effondra, en larmes, et repartit bouleversé. Quelques jours après, un long article portant sa signature parut dans le plus grand journal de l'île. Il ne tarissait pas d'éloges sur la gentillesse du curé, la simplicité et la courtoisie des habitants et, surtout, l'incroyable phénomène que constituaient à la fois les larmes de la Vierge et les guérisons inexplicables dont elle semblait à l'origine. Reprises par d'autres journaux, ces lignes mirent définitivement le feu aux poudres. Des gens affluaient de Palerme, Syracuse et Messine. Nous avions passé l'hiver et la douceur du printemps se révélait propice aux voyages. La route menant au village était dorénavant empruntée par autant de charrettes apportant du ravitaillement que de calèches amenant de belles personnes citadines afin qu'elles se prosternent devant notre Vierge. En quelques jours, le notaire Galline reçut plusieurs visites de Palermitains désireux d'acquérir des maisons dans le bourg. Eux aussi avaient flairé le bon filon et tenaient à s'emparer des meilleures places avant qu'il ne fût trop tard. En trois semaines, Galline gagna dix fois plus d'argent qu'il ne l'avait fait au cours de quarante années de rédaction de contrats de mariage et d'ouverture de testaments… Toutes les maisons à vendre trouvèrent acquéreur. La construction d'une dizaine d'autres fut commandée. Enfin, après un long silence, les autorités ecclésiastiques se manifestèrent. Émanant de l'évêché de Palerme, une lettre prévint Vittorio qu'un envoyé allait bientôt le visiter.

— Tu pensais qu'ils allaient te laisser faire tranquillement tes petits miracles dans ton coin sans s'en mêler ? ricana ma mère, un jour que le curé était venu la voir dans les collines. Tu es bien naïf, mon pauvre Vittorio. Fais attention qu'ils ne t'évincent pas et ne te volent ta cure… Veille surtout à ce qu'ils ne te traitent pas d'imposteur et d'hérétique !

— Ils ne peuvent rien contre moi. C'est la statue qui opère, pas moi. Je ne me pose pas en prophète. Et je ne demande rien pour moi-même !

— Je sais. Mais si les miracles rassurent les petites gens, ils effraient les puissants. Je suis certaine que l'évêque préfère une Sicile docile et sans miracles à une île où les fous reprennent sens mais où son pouvoir n'est plus aussi assuré.

— Notre Vierge ne le menace pas. Elle n'est pas politique. Elle ne fait que guérir les gens !

— Chose que lui et ses acolytes sont bien incapables de faire, relança Giuseppina la finaude. Espérons seulement qu'aucun d'eux n'en prendra ombrage.

*

Au dernier matin de mai, un jeune abbé vint tirer la cloche du presbytère. Il se nommait Fabiano Verdone et était mandaté par l'évêque de Palerme en personne. Son corps était mince et frêle comme celui d'un oiseau des marais. Il avait des lunettes rondes cerclées de noir et des souliers de cuir. Plus blanches que porcelaine, ses mains s'achevaient par des ongles propres qu'il portait un peu longs. Sans être doucereuses, ses manières aimables incitaient à la confiance. De la statue, il voulut tout connaître. Il la toucha, l'examina sous toutes les coutures, la fit tourner et la souleva de son socle sans rien trouver de suspect.

— C'est tout de même une bien étrange histoire que vous me racontez là, père Vittorio, conclut-il. Évidemment, je ne suis qu'un premier émissaire. D'autres viendront une fois que j'aurai rédigé mon rapport. Si le phénomène se confirme, il faudra envoyer la statue à Palerme pour qu'elle y soit étudiée par des autorités scientifiques…

Vittorio blêmit. Il n'avait pas songé à cela. Raisonnant comme un enfant, il n'avait prévu aucune des conséquences fâcheuses que l'annonce de miracles opérés par une statue au fin fond de la Sicile entraînait inévitablement.

— Si on emmène la statue, le pot aux roses sera découvert. On m'accusera de trucage… On me jettera en prison… Ce sera le déshonneur, se lamenta-t-il toute la soirée.

— Pas si le fétiche ne se trouve plus à l'intérieur de la statue, dis-je. Il suffira de l'en retirer avant qu'on emporte la Vierge. Elle cessera un moment de pleurer et de guérir, mais tout recommencera comme avant sitôt qu'elle retrouvera notre église. Voilà tout !

— Tu as raison, Luigi. C'est vrai qu'avec les miracles, nul besoin de chercher à tout expliquer !

Quelques jours après la visite de Fabiano, et malgré les protestations de la foule de pèlerins venus lui rendre grâces ou implorer son aide, la statue fut couchée dans une caisse et expédiée à Palerme. La veille au soir, le père Vittorio avait ouvert la trappe et retiré le fétiche

Manea. Aussi discrète fût-elle, la niche aurait été découverte au premier examen sérieux…

Une semaine durant, une commission d'experts se chargea de l'étudier. Bien entendu, ils ne trouvèrent rien de particulier car la Vierge avait cessé de pleurer des larmes de sang. Quelques méchants articles qui la dénigraient parurent dans la presse, puis, l'évêché semblant calmé, on nous rendit notre bien. Le lendemain de son retour, elle se remit à saigner et à guérir… Au cours des mois qui suivirent, le village devint un centre de pèlerinage de plus en plus important. La réputation de la statue avait franchi les frontières de l'île, on venait de Rome pour la voir, et même d'Autriche ou de Paris. Un jour, j'entendis des prières murmurées dans une langue qui me parut affreuse.

— Je crois que ce sont des Anglais, me souffla Vittorio.

L'évêché faisait étrangement profil bas dans cette affaire. De temps à autre, nous recevions la visite du père Fabiano, qui semblait avoir pris à cœur notre cas et à qui, je crois, nous devions notre relative tranquillité.

— Je dois vous avouer que cette Vierge me rend perplexe, lança-t-il un jour à Vittorio. Chez vous, elle saigne et guérit, c'est indéniable. Transportée ailleurs, elle retient ses larmes et refuse d'agir… Voilà qui est tout de même curieux, vous ne trouvez pas ?

— Sans doute s'est-elle consacrée à cette pauvre petite église… C'est l'endroit qu'elle a choisi. Tout le reste est mystère…

— Où l'avez-vous découverte ? Vous ne m'avez jamais montré le lieu exact.

— Dans la crypte. Je vous y conduis sur-le-champ si vous le désirez.

Je tins la lampe devant le père Fabiano pour descendre la trentaine de marches qui menaient jusqu'aux fondations, là où nous avions creusé trois nuits durant la fausse cachette de la Vierge. Les pieds dans la terre, Fabiano inspecta et fit un croquis grossier des lieux. Il dessina aussi longuement la Vierge sur son carnet, aussi fidèlement qu'il le put.

— Que dit l'évêque de tout cela ? s'enquit un jour franchement Vittorio.

— Tant que Rome n'émettra aucun avis sur la question, l'évêque ne bougera pas. Je crois, en fait, que beaucoup de choses tiennent à votre propre attitude.

— À mon attitude ? Comment cela ?

— Vous êtes un brave curé de campagne à qui il arrive une chose extraordinaire. Vous vous tenez bien. Sans vous mettre en avant. Sans rien réclamer. Tant qu'il en sera ainsi, vos supérieurs ne vous demanderont pas trop de comptes. Ils sont un peu embarrassés, vous savez. Une statue miraculeuse, de nos jours... Ne le prenez pas mal, mais cela fait un peu rétrograde... Aussi paradoxal que ce soit, l'Église préfère aujourd'hui passer sous silence de tels phénomènes plutôt que de les revendiquer. Au fil des siècles, nous avons toujours perdu face à la science, alors mieux vaut éviter la confrontation... Quelle que soit l'origine de ces prétendus miracles, il est préférable pour tout le monde de ne pas la connaître. Et puis, cette soudaine notoriété est bénéfique pour beaucoup, dans la région. On m'a dit que nombre de vos paroissiens s'étaient considérablement enrichis ces derniers temps. Votre village s'agrandit, ce sera bientôt une véritable petite ville. Tout cela est fort bon...

— C'est vrai, père Fabiano. Il y a plus de richesses qu'auparavant, et les paysans ne partent plus travailler dans les usines de Palerme puisqu'il y a du travail ici.

— Alors, père Vittorio, que craignez-vous donc ?

*

L'histoire de la Vierge miraculeuse fit la fortune de notre bourg et de nombreux mois s'écoulèrent sans que rien vînt étouffer l'expansion de sa prospérité. Régulièrement, dans le plus grand secret, Giuseppina, Leonora et moi réitérions les rituels afin de recharger le potentiel de la statue. Ainsi, nourrie de notre sang et des herbes sorcières, elle poursuivait tranquillement son œuvre bienfaitrice. Le notaire acheta des champs et des fermes. Memmo, l'aubergiste, acquit des immeubles de rapport à Palerme. Le maire Guglielmo prit des parts dans des sociétés d'assurance anglaises et des usines de Lombardie… Tous, d'une manière ou d'une autre, profitèrent largement des dépenses faites par les pèlerins. Seuls Vittorio et ma mère restaient pauvres. Des faveurs qu'on avait voulu lui accorder, Vittorio n'accepta que celles qui contribuaient à redresser un contrefort de son église ou à restaurer la toiture du clocher. En véritable homme de foi, il ne voulut rien pour lui. Le père Fabiano, un jour, le lui reprocha presque.

— Allons, père Vittorio, il est temps de penser un peu à vous. Vous êtes âgé, fatigué peut-être. Nous pourrions vous trouver un remplaçant. Ne vous tarde-t-il pas de vous retirer ? Nous pourrions vous destiner une part des offrandes faites à votre Vierge, ce ne serait que justice.

La suggestion faillit mettre en colère Vittorio mais, plutôt que de s'emporter, il préféra se calmer les nerfs en taillant la glycine de son jardin.

— Me retirer ? Moi ? Mais je suis ici chez moi ! Je n'ai besoin de rien d'autre… Et puis, je me sens plus gaillard qu'à vingt ans ! Tu m'entends, Luigi ?

— Je vous entends, mon père.

Pourtant, le troisième hiver après que la Vierge eut opéré son premier miracle, malgré ses rodomontades, le père Vittorio s'endormit un soir et ne se réveilla pas. Il était parti sans souffrance ni amertume. Tout le bourg assista à son enterrement sauf ma mère et ma grand-mère qui n'avaient osé se mêler à la foule et qui regardaient la scène de loin. Pour ma part, je marchais en tête du cortège derrière le corbillard. Ces deux silhouettes féminines étaient inconnues à bon nombre d'habitants, pour la plupart des nouveaux venus. On les toisa de haut. Même le maire, Guglielmo, qui autrefois se rendait souvent dans les collines pour faire soigner sa goutte, fit comme si ma mère et ma grand-mère n'appartenaient plus à la communauté. Il est vrai qu'avec leurs hardes rapiécées, elles n'avaient plus rien de commun avec les villageois tous vêtus d'habits neufs et dispendieux.

— Que vas-tu devenir, petit, maintenant que ton protecteur n'est plus ? me demanda la sœur Pirozzi à la fin de la cérémonie funèbre. Que veux-tu faire ? Tu ne vas pas retourner chez ta mère, tout de même…

J'avais été le premier à me poser cette question. J'avais treize ans – plus tout à fait un enfant, mais bien loin d'être un homme. Impossible de vivre seul, et pourtant retourner dans les collines pour y vivre en reclus me paraissait inconcevable après tout ce que j'avais connu…

— Je peux prendre le garçon avec moi, s'il veut bien… Je pourrais compléter par moi-même son éducation. Et même le faire entrer dans une véritable école. Il faudrait que sa mère approuve, évidemment…

C'était le docteur Lurano qui se proposait de remplacer Vittorio. Le docteur Lurano ! Celui qui tournait les talons quand il me voyait dans la rue ! L'homme qui devait me haïr le plus au monde pour avoir un jour stoppé comme par magie les saignements d'une fillette tombée d'un arbre ! La proposition était tellement grotesque que j'éclatai de rire au beau milieu du cimetière.

— Allons, tiens-toi, petit ! C'est une proposition sérieuse. Je devine que tu ne m'aimes pas. J'ai mes extravagances, et je sais que tu as les tiennes. Mais ni toi ni moi n'avons le regard de méchants hommes. Apprenons à nous connaître, veux-tu ? Il sera toujours temps de trouver une autre solution si nous ne nous convenons pas.

Résigné, j'abandonnai donc ma petite chambre du presbytère et emménageai chez le docteur Valentino Lurano. Les premiers jours, je redoutai le pire. L'affabilité dont le médecin avait fait preuve au cimetière me semblait un masque qui ne manquerait pas de craquer bientôt et de révéler la nature malveillante du bonhomme. À mon grand étonnement, tout se passa plutôt bien avec lui. Il nous arriva, certes, d'avoir quelques frictions, mais ces brouilles furent passagères. Très vite, je découvris un homme à la bonté et à la douceur tout aussi affirmées que celles du père Vittorio, bien que différentes. Lurano était plus cynique que le curé, plus détaché des choses et des gens. Il vivait en solitaire, dans le souvenir de son épouse morte très jeune, sans lui donner d'enfant. Mais comme Vittorio, il aimait les livres et m'ouvrit toutes grandes les portes de sa bibliothèque.

— Lis ce que tu veux, autant que tu veux. Il n'y a pas d'interdit, pas de restrictions. Pense par toi-même. Fais-toi ta propre opinion sur tout. Personne ne doit vivre ta vie à ta place, ni te dire quoi penser…

Dans le secret de son cœur, Lurano était un libertaire, une sorte d'anarchiste désabusé qui jugeait avec une

ironie égale la démocratie et l'absolutisme, le scientisme
et la foi…

— Tout cela se vaut, à mon avis. Il n'y a pas un système, pas une croyance qui soit supérieure à une autre.
Et même ? Réfléchir à cela présente-t-il seulement quelque intérêt ? Au fond, nous finirons tous dans la tombe.
Alors ?….

Mais le cynisme apparent de Lurano ne l'empêchait
pas de me porter un intérêt sincère. Tout le temps que je
vécus avec lui, il fut patient avec moi et m'apprit beaucoup, insistant même pour m'enseigner quelques rudi-
ments d'anglais, même si je persistais à trouver à cette
langue des sonorités caoutchouteuses fort désagréables
à l'oreille.

— L'Italie et la Sicile sont à la mode chez les Anglo-
Saxons, m'expliqua-t-il. Les rues de Florence et Venise
en sont bondées. Pour l'heure, les Britanniques sont les
maîtres du monde. Apprendre leur langue est la première arme qui te permettra de tirer un jour profit de
ces gens.

La paroisse ne resta pas longtemps sans curé. Quelques jours à peine après le décès de Vittorio, on apprit
qu'un nouveau prêtre avait été désigné par l'archevêque de Palerme en personne. Sous le vent et la pluie
de février, deux charrettes protégées de bâches huilées
s'arrêtèrent un matin face au presbytère. Quelques aides
transportèrent les biens du nouveau prêtre à l'intérieur
de la maison. Je leur proposai mon concours. Sur une
des lourdes boîtes qu'ils me confièrent, un nom était
inscrit : c'était celui de Fabiano Verdone.

Le carnaval noir

Le train de vie du père Verdone fut bien différent de celui auquel se soumettait l'humble Vittorio. Certes, les prêches qu'il donnait en chaire étaient plus vigoureux, mieux tournés que ceux du vieux prêtre. Fabiano avait l'éloquence d'un jésuite et la gestuelle d'un cardinal. Quelques jours après son arrivée, il commanda des travaux pour embellir l'église et la rendre plus attractive aux yeux des pèlerins et des curieux. Il fit décaper la nef ; il acheta des meubles et des bancs en bois pour les fidèles ; sur les prie-Dieu, il fit visser des plaques de cuivre étincelantes au nom des principales familles locales. Qu'il fréquentât l'église ou non, chacun eut la sienne, le libre-penseur Lurano comme l'aubergiste Memmo, le notaire Galline comme le maire Guglielmo ou le barbier Picarro. Seule ma famille avait été négligée... Depuis qu'il était venu pour la première fois dans nos collines, le père Fabiano Verdone n'avait rêvé que de devenir le prêtre de la paroisse aux miracles. Comme attendre la mort du père Vittorio avait dû lui coûter ! Et comme demeurer impuissant face à la résolution du vieil homme de ne pas quitter son poste avait dû le mortifier ! Mais ses manœuvres avaient enfin abouti et sa patience était récompensée ! Il était devenu le maître de Notre-Dame-Sous-Terre. Dès lors, il multiplia les cérémonies en l'honneur de la Vierge, les processions, les actions de grâces. Des calèches amenèrent des ecclésiastiques de toute l'Italie, et l'archevêque de Palerme se déplaça en personne. Un photographe immortalisa l'événement. Le père Fabiano commanda dix mille exemplaires de ces clichés et les vendit aux pèlerins. Il commanda aussi des médailles et des reproductions de la statue. Il ouvrit grandes les portes de notre bourg aux marchands du Temple. Parlant bien, portant beau, il prit un ascendant considérable sur tous. En quelques mois, grâce à lui, les fortunes déjà cossues des notables prospérèrent. Lui, évidemment, en profitait aussi. Non seulement il prélevait pour ses besoins personnels une part copieuse de ce que rapportait la vente des objets religieux liés à la Vierge, mais encore il s'assurait une position exceptionnelle au sein du clergé sicilien. Dans son ambition démesurée, qui sait s'il ne rêvait pas plus haut que la pourpre cardinalice ?

Trois ou quatre mois s'écoulèrent ainsi. Chaque jour, le curé bénissait la statue, la baignait d'encens, la faisait toucher par les fidèles en transe, toujours plus nombreux et fervents… Ma mère ne goûtait pas cette agitation autour de la Vierge. Elle sentait l'orage monter mais refusait de s'ouvrir à mes questions. Un jour, pourtant, je finis par lui arracher le secret qu'elle gardait au fond d'elle-même telle une peine.

— Le fétiche subit les influences de trop de messes. Cela ne lui convient pas. Chaque fois que le curé Fabiano la bénit de son rameau de buis, il altère l'essence du fétiche. Il l'affaiblit… Bientôt, tout notre travail sera défait.

— Est-ce grave ? objecta Giuseppina. La statue a fait son office. L'exode des habitants a cessé. Le village est sauvé. Et même mieux : les cochons sont devenus plus gras qu'il n'est possible de l'être… Tu as vu le Memmo ? Il éclate dans son costume. Et le Guglielmo ? Il suinte son trop-plein d'huile et de saindoux dès qu'il traverse une flaque de soleil. Ce n'est pas comme nous, qui sommes toujours aussi sèches que des pierres.

— Peut-être. Mais je crains que si nous laissons les choses aller leur cours, nous n'ayons tous les trois à en payer le prix fort.

— En payer le prix fort ? Que veux-tu dire, ma fille ?

— Je le vois dans mes rêves. Les prières, la ferveur dont est entourée cette statue l'ont modifiée. Elle n'est plus telle que nous l'avons conçue. Pendant quelque temps encore elle va guérir… une lunaison, deux peut-être. Puis tout se déréglera. Elle éprouvera de la haine, de la colère. Dans son dépit, elle se mettra peut-être à nuire au lieu de sauver. Nous, ses créateurs, seront les premiers contre lesquels elle se retournera. Elle enverra vers nous toute la force que les fidèles lui ont permis d'accumuler. Cela nous tuera !

— Tu veux dire que le fétiche est une créature vivante ? Qu'il peut ressentir des émotions ? des désirs ? des peurs ?

— Que croyais-tu donc ? Qu'il s'agissait d'une amusette sans conséquences ?

— Que faut-il faire, alors ?

— Reprendre le fétiche. Le reprendre et le détruire. C'est le plus sage…

*

Les propos de Leonora me plongèrent dans une grande angoisse. Je n'avais plus accès à la statue, je ne la voyais que de loin. Elle était maintenant protégée par d'épaisses grilles de fer, triplement cadenassées, que

Fabiano avait commandées au maître de forge ayant martelé les portes de la prison de Palerme. Il n'en existait qu'un seul jeu de clefs, enfoui dans les poches de la soutane de Verdone. Accéder à la Vierge était devenu impossible à tout autre que lui.

— Si on ne peut pas s'emparer du fétiche, alors il nous faudra le détruire de là où nous sommes. Il faudra donner pour lui une messe de mort.

— Une messe de mort ! hurla Giuseppina. Je n'en ai jamais dit, mais j'ai entendu maintes histoires là-dessus… Mon propre père en a donné une pour détruire un fétiche grâce auquel un mauvais homme faisait crever ses vaches et qu'il nourrissait avec du venin de serpent, des chardons et des guêpes écrasées. Quand ce sale bonhomme est mort, le fétiche s'en est pris aux enfants, aux femmes enceintes… Tous ont passé comme des bestiaux. On a appelé mon père alors. Il a su quoi faire mais il a aussi failli mourir…

— Ce ne sera pas dangereux cette fois, bonne mère, la rassura Leonora. Mais ça risque d'être tout de même compliqué. Maintenant, il faut agir vite…

Le fétiche vivait par cycles, au rythme de la lune. Selon les rêves fiévreux et prémonitoires qui assaillaient Leonora chaque nuit, il n'allait pas pouvoir résister longtemps aux assauts qui lui étaient portés. Si les messes continuaient à ce rythme, sa charge de guérison subirait bientôt une inversion totale et se révélerait d'un extrême danger pour tous. La pleine lune marquait l'instant critique où tout pouvait brutalement basculer. Il n'était plus question désormais d'attendre.

Nous commençâmes nos préparatifs au premier jour de la lune décroissante – le moment propice pour faire œuvre de destruction. Sous un prétexte quelconque, je quittai quelques jours la maison du docteur Lurano et retournai dans les collines. Trois matins d'affilée, j'allai cueillir seul les plantes dont ma mère avait besoin. Le tabard que ma grand-mère m'avait autrefois confectionné était devenu trop petit pour moi ; il m'en fallait un autre. En grandissant, je m'étais musclé, sans avoir cherché à exercer mon corps. Doté d'une grande force et d'une endurance naturelle, je ne ressentais presque pas la morsure du froid ni la chaleur accablante de l'été, et je pouvais cueillir à pleines mains les orties sans ressentir davantage qu'une démangeaison légère. Le silex de Leonora passé dans la cordelette qui me servait de ceinture, je partis donc ramasser les plantes comme me l'avait montré ma mère autrefois. Après les avoir préparées rituellement, il fallut passer à la phase, beaucoup plus désagréable, de rêves éveillés concentrés sur des images négatives de mort et de putréfaction.

— Je suis navrée de t'imposer cela, me dit ma mère. Mais je n'ai que toi et la pauvre Giuseppina pour m'aider. Seule, je n'y réussirai pas.

Je retrouvai donc le chemin de la pierre volcanique située au sommet de la colline. Allongé, les mains croisées sur la poitrine à la manière des rois momifiés d'Egypte, j'engageai une série de rêves – de cauchemars, plutôt –, qui sollicitaient toutes les pensées morbides que je pouvais faire naître. Au début, je dus me concentrer pour garder mon esprit focalisé sur ces sentiments de désolation et d'anéantissement.

Je commençai par rappeler le souvenir d'une charogne de cerf que j'avais vue un jour en forêt. Je tentai de retrouver dans le moindre détail l'image de ces chairs nobles maintenant décomposées, souillées d'une vermine infecte et grouillante. L'odeur de sucre et d'ammoniac me revint par bouffées, si fort que je vomis et sentis monter une migraine qui ne me quitta pas durant trois jours.

Passé cette première borne, d'autres visions naquirent bientôt d'elles-mêmes, sans que j'aie besoin de les solliciter. Cela me troubla beaucoup, car ces scènes étaient aussi vivantes, aussi nettes que si je les avais un jour contemplées de mes propres yeux. Ce fut d'abord un arbre aux pendus, quelque part dans un paysage fouetté par le vent. Ensuite, un grand lac noir, sans fond, aux eaux gluantes, au sein desquelles je me débattais avant de m'y dissoudre. Ce fut enfin – surtout ! –, dans une petite pièce obscure, un haut siège sur lequel on m'attachait avec des sangles de cuir pour m'y faire mourir… Ces images étaient aussi nettes que des photographies. Toutes étaient marquées du sceau du trépas, de la douleur, de la folie. Pendant des jours, elles devinrent des fardeaux dont rien ne put me débarrasser. Ma grand-mère et ma mère ne semblaient pas en meilleur état que moi. Elles aussi s'astreignaient à ces séances préparatoires à la messe que nous allions dire pour détruire le fétiche, et elles semblaient accablées par les fulgurances sombres et violentes qui ne cessaient d'éclore dans leur esprit.

— Le diable répond décidément bien vite quand on l'appelle, mon garçon, me dit Giuseppina.

Assise avec moi sur un petit banc près de notre cabane, elle pleurait à chaudes larmes et posait sa tête sur mon épaule pour trouver un peu de réconfort. À ce spectacle, mon cœur se serra si fort que je suppliai ma mère d'épargner cette épreuve à la vieille femme.

— Je comprends ta pitié, Luigi. Je la ressens moi aussi. Mais si nous n'unissons pas nos forces, le fétiche résistera. Ne sens-tu pas toute la violence qui couve déjà en lui ?

Je ne sus que répondre. Elle avait raison. Quelque chose vibrait non loin, je le devinais sans oser me l'avouer. C'était comme une présence qui flottait autour de nous et s'inquiétait de nos préparatifs. Quand Leonora décida que l'heure était venue, nous nous réunîmes tous trois, par une nuit d'encre, au carrefour de trois sentiers, sur la lande. Nous avions emporté les petits papiers sur lesquels j'avais autrefois tracé le signe propre au fétiche, son glyphe intime, la représentation symbolique de son nom qui n'était composée ni de lettres ni de chiffres. Nous accomplîmes les gestes rituels auxquels ma mère nous avait préparés, des mouvements qui ressemblaient à de la danse. Il fallut crier, appeler, supplier… faire couler notre sang et faire germer les semences de mort que nous retenions en nous depuis trop longtemps. Enfin, nous brûlâmes les glyphes sur un feu de sarments.

La cérémonie dura toute la nuit. Elle s'acheva à l'instant précis où le soleil atteignit l'horizon. Nous revînmes à la cabane brisés, épuisés, pantelants. Tel un saint Christophe portant l'Enfant Jésus, je dus jucher la vieille Giuseppina sur mes épaules pour lui faire traverser un gué. La pauvre s'endormit en une minute sur moi, je sentais son souffle mouillé sur mon cou. N'ayant pas le cœur de la déposer par terre, je la portais ainsi jusqu'à sa couche, en haut de la colline. Je crois que nous dormîmes tout le jour et la nuit suivante. Comme lors de la cérémonie de baptême, nous savions que rien ne se produirait avant l'achèvement d'un nouveau cycle lunaire. Après l'effort insensé que nous avions fourni, il fallut encore trouver en nous la force d'être patients, ce qui fut presque aussi pénible que de s'allonger sur la pierre noire pour y chercher des mauvais rêves.

Je revins chez le docteur Lurano. Chaque jour, j'allais à l'église me mêler à la foule des pénitents, pour essayer de voir si Notre-Dame-Sous-Terre pleurait encore ses larmes écarlates. Au vingt-neuvième jour après notre sabbat, la fontaine vermeille se tarit enfin.

*

L'assèchement des larmes fut pour le village une véritable catastrophe. Le père Fabiano devint aussi blême que la chasuble d'un enfant de chœur. Il s'installa une chaise paillée près de la statue, qu'il ne quitta plus des yeux de tout le jour. Aux premières lueurs de l'aube, après quelques heures de sommeil à peine, il revenait surveiller la madone, priait avec plus de ferveur encore qu'il ne l'avait fait au petit séminaire. Un instant, il songea même à mortifier sa chair au moyen d'un fouet plombé.

— Qu'est-ce donc là, monsieur le curé ? lui demanda un matin un bel homme aux cheveux argentés, venu tout exprès de Ravenne pour contempler la Vierge miraculeuse. Votre statue ne pleure pas, comme on me l'avait dit ! Et si elle ne pleure pas, c'est qu'elle ne soigne pas non plus ! Tout cela n'était donc que supercherie ? Je ne vous en fais pas compliment !

D'autres eurent des mots et des remarques pires encore. Des Anglais, des Français, des Autrichiens causèrent des esclandres et repartirent aussi vite qu'ils étaient venus. Les hôtelleries de Memmo se vidèrent de leurs clients, les pèlerins n'achetèrent plus de souvenirs, les visiteurs ne s'attardèrent plus. Des articles parurent sous peu dans les journaux de Palerme. Le même journaliste qui avait le premier mentionné l'affaire revint sur ses déclarations et, dans un long papier, aligna les suspicions qui pesaient sur la probité des habitants du village.

[...] *On connaît les conditions difficiles qui président aux jours de ces vallées perdues de notre beau pays. On connaît aussi l'esprit souvent frondeur et toujours ingénieux des autochtones. Peut-être l'héritage antique des guerriers africains d'Hannibal ou des Sarrasins de Mahmoud a-t-il laissé là-bas quelques traces de roublardises, quelques lambeaux de perfidie sur lesquels s'enracinent aujourd'hui encore des tentations de stratagème, des envies de complot...*

L'émotion provoquée par ces lignes venimeuses fut immense. Guglielmo et Fabiano convoquèrent une assemblée générale des habitants dans la vaste salle des fêtes attenante à la mairie que l'on venait d'édifier. Je n'y fus pas convié, bien sûr, mais Lurano m'en rapporta les épisodes.

— Le maire ne pouvait plus parler à la fin de la réunion, tellement il avait éructé. Le curé n'est plus que l'ombre de lui-même. Il a perdu de sa superbe. Ne comprend rien de ce qui arrive. Il se tient voûté sur sa chaise, les épaules rentrées, et parle à peine. Il a laissé à un autre le soin d'annoncer le plus terrible...

— Le plus terrible ? Que s'est-il passé ?

— La semaine dernière, trois estropiés ont quitté le village plus mal en point qu'ils n'étaient venus. Un boiteux de la jambe droite s'est mis à ne plus pouvoir bouger la gauche non plus ; l'œil valide d'un borgne s'est éteint à son tour et, pis que tout, un gamin tuberculeux a rendu son dernier soupir juste devant la statue. Encore un cas – un seul ! – comme ceux-ci, et tout le monde s'accordera à croire que la statue est devenue Notre-Dame de la Méchanceté. Vraiment, depuis le début, je n'entends rien à cette histoire !

Dès que je le pus, je filai dans les collines pour rapporter à mes mères ce que j'avais appris. Tout cela fit le bonheur de Giuseppina.

— Tant mieux ! s'exclama-t-elle en se frappant la cuisse du plat de la main. Tous ces idiots vont retrouver le chemin des vieilles rebouteuses que nous sommes. Cela nous remettra un peu de sous dans la caisse, il est temps ! Bien vrai, ma fille ?

Mais le visage de Leonora était sombre. Elle n'avait pas le cœur à rire.

— Je n'aime pas que la statue se soit mise à faire le mal. C'est le signe que nous sommes intervenus trop tard. La preuve aussi que l'esprit est fort et qu'il a une grande volonté de vivre. Il va nous falloir opérer plus radicalement que nous ne l'avons fait, si nous ne voulons pas qu'il nous nuise. La messe de mort dite au carrefour n'a pas suffi. Il en faut une autre, au lieu même où la créature est née : dans l'église !

Il existe plusieurs étymologies du mot *carnavale*. La moins linguistique qui soit, la moins scientifique, me paraît cependant convenir le mieux : *carnavale* dériverait du latin *carne levare,* retirer la chair. Eh bien, voilà de quoi il retournait concernant le fétiche. Nous ne devions plus nous contenter de symboles et de prières de destruction, il nous fallait détruire le support matériel caché dans la grande Vierge.

— Comment faire ? se lamenta Giuseppina. C'est qu'elle est derrière des barreaux, maintenant, la statue ! Ce n'est plus comme au temps du bon Vittorio ! Plus rien à voir, ah ça non !

Pendant quelques jours, le problème demeura insoluble, puis, par le docteur Lurano, j'appris que le père Fabiano avait décidé d'une grande rogation de la Vierge tout autour du village et jusque dans les sentiers courant au pied des collines.

— Il joue sa dernière carte, commenta le médecin. Il espère qu'une procession et un hommage général rendront la raison à la statue. Tous l'espèrent, à vrai dire. Cela fait si longtemps qu'ils ne vivent plus que par elle.

— Et vous, docteur Lurano ? Cela vous fait-il de la peine que les larmes de la statue aient cessé de couler ?

— Grand Dieu, si tu savais comme je m'en moque, Luigi !

*

C'était un jour de grand vent et de ciel gris. La veille, une pluie de gros grêlons s'était abattue sur le village, crevant des toits, brisant des carreaux, éclatant l'écorce épaisse des oliviers dans les vergers. Une soudaine coulée d'air froid stagnait depuis une demi-semaine dans la vallée, faisant se lever une brume épaisse qui ne se dissipait qu'aux approches de midi et retombait dès que le soleil commençait à baisser sur l'horizon.

— Un temps de Bretagne. D'Ecosse. D'Irlande. Un temps de mer d'Iroise et de naufrage... commenta Lurano en tisonnant son poêle à charbon. Un temps, surtout, à ne pas mettre une rogation dehors !

Et pourtant, malgré les rafales qui retournaient les baleines des parapluies, arrachaient les chapeaux et s'engouffraient sous les jupes en les faisant gonfler tels des ballons, la marche voulue par Fabiano eut lieu. Hissée sur un brancard porté par huit hommes, Notre-Dame-Sous-Terre fut promenée par toutes les rues du bourg. Pas une ruelle, pas un passage, pas un escalier minuscule reliant deux travées qui ne fût parcouru. Imprimant la cadence et montrant la direction, le père Fabiano marchait en tête, entouré des enfants de chœur, balançant un encensoir et récitant des psaumes. Derrière la statue, tout le village venait, une bible ou un rosaire à la main. Yeux baissés, mines contrites, pas lents, hommes, femmes, enfants, vieillards priaient – un peu – pour que les miracles reviennent, et – beaucoup – pour qu'à nouveau l'argent rentrât ! Afin d'exprimer que, malgré son scepticisme, le sort du village lui tenait à cœur, Lurano enfila son manteau, mit ses guêtres du dimanche et alla rejoindre la procession. Je crois qu'il me chercha partout dans la maison avant de se résoudre à sortir seul. Pour ma part, j'étais allé dans les collines rejoindre ma mère depuis longtemps déjà. Nous avions prévu de mettre à profit l'instant où la procession sortirait du village pour nous introduire dans l'église déserte, nous y cacher et attendre la nuit ; alors, une fois la statue revenue, nous tenterions de détruire l'objet magique qu'elle contenait.

— Je vais avec vous ! décréta Giuseppina. Pas question que vous me laissiez ici toute seule à me ronger les sangs en attendant votre retour.

Impossible à décourager, la vieille trottina comme elle put derrière nous jusqu'au bourg. La porte de l'église avait été laissée grande ouverte. Hormis un chat et un chien errant, personne ne nous vit nous glisser dans la nef.

— Où allons-nous attendre ? demanda Giuseppina. Pas dans un confessionnal tout de même ?

— Dans la crypte, soufflai-je. Personne n'y vient jamais. Et je sais comment l'ouvrir.

Heureusement pour nous, le père Fabiano n'avait pas cru utile de fermer à clé le presbytère. Dans le tiroir où la rangeait déjà Vittorio, je trouvai la clé qui permettait l'accès aux fondations. Nous descendîmes tous les trois la volée de marches menant à la crypte, où nous patientâmes jusqu'au soir, grelottant de froid, le cœur serré par l'impatience et l'appréhension du prochain sabbat. Nous perçûmes les bruits étouffés de la procession qui revenait. Deux messes furent dites, dont les échos nous parvinrent de manière étonnamment claire, puis tout fut silence. Vers minuit, nous quittâmes notre cachette et nous tînmes devant la statue, tout illuminée de cierges crépitant autour d'elle. Ma mère avait apporté dans un sac, outre les objets du rituel, une grande pince qu'elle avait empruntée à je ne sais quel paysan. Avec elle nous coupâmes un maillon de la chaîne qui fermait la grille, protégeant la chapelle dédiée à la Vierge. Au cœur de la nuit, le bruit résonna à nos oreilles avec la force d'un coup de canon. Pétrifiés, tétanisés, nous attendîmes de longues minutes pour nous assurer que le vacarme n'avait alerté personne et que nous pouvions continuer en paix. Chacun dans un coin d'ombre, nous enfilâmes nos tabards. Je me dévêtis sous le pilier décoré de la Mélusine secrète que m'avait autrefois montrée Vittorio. L'espace d'un bref instant, ce souvenir me serra le cœur. Lorsque nous fûmes correctement vêtus pour notre ouvrage, je pris la statue à bras-le-corps et poussai de tous mes muscles pour la retourner. Elle était lourde, faite d'un bois dense. Je parvins tout de même à mettre la trappe du fétiche à portée de nos mains.

— Surtout n'ouvre pas la statue tout de suite, Luigi. Il y a des paroles à prononcer et des rites à effectuer avant cela, avertit ma mère dans un murmure.

Quelques minutes durant, nous marmonnâmes des mots de mort à l'adresse du fétiche. Avec nos robes de bure, nos bras et nos jambes nus, nos yeux brillants, nous ressemblions aux sorciers des tableaux de Goya ou de Salvator Rosa. La vision de nos corps s'agitant ainsi pour une messe noire autour de la représentation de la Vierge devait être épouvantable. Enfin la litanie prit fin mais il nous fallait encore faire jaillir du sang de nos veines afin de dessiner avec des figures sur le sol et d'en barbouiller la statue avant d'ouvrir celle-ci. Avec son silex, ma mère entailla tour à tour nos poignets et s'agenouilla dans les flaques vermillon qui répandaient une odeur métallique pour tracer de son doigt des formes compliquées sur le dallage du lieu saint. Ces figures achevées, nous pressâmes tous trois nos mains couvertes de sang sur Notre-Dame... Ce fut à cet instant, alors même que je sentais sous mes ongles s'ouvrir la trappe qui fermait la cavité secrète, que le père Fabiano fit brutalement irruption derrière nous. Son visage était blanc de colère et de haine. Hurlant, il écarta ma mère et ma grand-mère d'un geste violent, puis il me saisit aux épaules afin de m'éloigner de sa chère statue.

— Profanateurs ! Démons ! Comment osez-vous souiller la mère de Jésus-Christ ?

L'énergie avec laquelle il m'empoigna me surprit. Cet homme malingre possédait une force contre laquelle il m'était impossible de lutter. Je roulai violemment sur le sol. Ma tête alla frapper la base d'une colonne et, l'espace d'un instant, je plongeai dans l'inconscience. Lorsque je repris mes esprits, l'église était devenue le centre d'une furieuse bataille. Ma mère se débattait comme une tigresse pour échapper à la prise de plusieurs hommes, des voisins que les cris de Fabiano avaient alertés. Je reconnus Memmo l'aubergiste, Galline le notaire, le maire Guglielmo et l'ancien fou Pirozzi... Derrière eux, le curé se lamentait et vomissait ses imprécations d'une voix de stentor.

— Attrapez-la ! Mais attrapez-la donc, la malfaisante !
La maudite !

Tremblant, les yeux voilés par le sang qui coulait de
mon front, je voulus me redresser pour porter secours à
Leonora. Je me jetai dans la bataille, griffant les visages,
mordant et frappant comme un louvart acculé au fond
d'un terrier. Si puissants que soient mes coups, ils ne
pouvaient rien contre mes adversaires dont le nombre
augmentait à chaque instant. Maintenus par les cheveux, nos tabards déchirés révélant nos corps nus, nous
fûmes traînés sur le parvis où une petite foule s'était
déjà rassemblée.

— Je les ai trouvés dans l'église à enduire notre
Vierge de leur sang ! hurla Fabiano. Ce sont eux les
responsables de l'arrêt des miracles ! Eux, les jaloux !
Les sorciers ! Les fidèles du Diable qui ne peuvent sup-
porter que notre Marie fasse le bien ! Honte à eux !
Malheur à eux !

On nous hua, on nous cracha au visage, on voulut
nous battre. La pauvre Giuseppina fut jetée en pâture
à un groupe qui la bourra de coups au ventre. Étendue sur le sol, j'entendis ses vieux os craquer sous la
semelle d'un homme qui pesa sur ses cuisses maigres de
ses chaussures ferrées. Moi aussi, on me frappa mais,
fou de rage, je ne sentais rien. J'eus beau crier que
Fabiano se trompait, qu'il y avait une explication à nos
gestes, que c'était à nous, et à nous seuls, que la Vierge
devait ses miracles, mes paroles furent noyées dans
le maelström de violence qui se déchaînait sur nous.
Enfin, après qu'on nous eut battus si fort que je perdis
encore conscience, quelqu'un lança une corde autour
d'une branche basse d'un des chênes qui ombrageaient
la place.

— Ça, c'est pour la fille, glapit Galline.

Et on fit un nœud autour du cou de ma mère. Dans ses yeux, je le vis, il y avait une haine froide, un mépris insondable pour ces gens qu'elle avait eu la faiblesse de toujours aimer. Elle ne me regarda pas tandis que trois rustres tiraient sur le chanvre pour la suspendre à l'arbre. Étranglée, suffoquant, elle resta là, à l'agonie, ses vertèbres ne se brisant pas, à battre l'air de ses pieds, à la recherche d'un air qui ne pouvait plus passer dans ses poumons. Sa fin fut longue et pénible. Enfin, son visage noircit et elle expira sous les applaudissements de l'assemblée.

— Au tour de la mère, maintenant ! hurla Memmo.

Comme il ne semblait plus y avoir de corde, on prit la résolution de jeter la vieille dans un puits, dans la cour d'une des rares maisons qui n'avaient pas encore été rachetées. Giuseppina était déjà morte, je crois, quand son corps bascula dans le trou et disparut à jamais.

— Le gosse aussi ! cria Pirozzi.

— Oui, au puits avec la vieille !

— Au puits ! Au puits !

Je sentis qu'on me soulevait. Passant de main en main, je fus poussé brutalement vers la margelle mais, alors qu'on allait m'y jeter, trois claquements secs résonnèrent au-dessus de moi, figeant tout mouvement, arrêtant net toute imprécation.

— Vous êtes tous devenus fous ! Lâchez le petit immédiatement ! Lâchez-le ou j'abats l'un d'entre vous, au hasard, comme les chiens que vous êtes !

Pistolet au poing, les traits durcis par la détermination, le docteur Valentino Lurano faisait seul face à la foule. Pointant tour à tour son arme sur les visages les plus proches, il m'attira à lui et, me jetant sa veste sur les épaules, me fit rentrer chez lui. Sans que nous échangions un mot, il pansa mes blessures, referma mes plaies, soigna mes contusions. À l'aube, enfin, il parla.

— Tu ne peux pas rester ici, petit. Tu le sais.

— Oui, docteur. Mais un jour, je reviendrai. Et je les tuerai. Tous.

— Je ne vais pas te faire la morale et t'encourager à revenir sur cette résolution. Peut-être la vengeance est-elle parfois le bon chemin, le seul chemin... Mais c'est à toi de décider. Pour l'instant, tu dois t'éloigner. Partir loin. Vite. Je vais te donner un peu d'argent et t'écrire un mot pour un homme que je connais. Il habite Palerme. Tu iras le voir de ma part. Il t'hébergera et saura quoi faire de toi. Moi, je ne peux plus rien...

— Vous m'avez sauvé la vie, docteur. C'est une dette que je n'oublierai jamais.

Mon corps avait été à ce point rompu que je restai deux jours sans pouvoir bouger. Au matin du troisième, je mis quelques affaires dans une valise et montai dans une carriole que le docteur avait louée pour la journée afin de me conduire à cinq lieues du bourg, là où passait un coche pour Palerme. Je ne pleurais pas. Ma haine et mon chagrin étaient trop intenses pour cela. Arrivé près de l'église, je demandai au docteur de s'arrêter un instant.

— Crois-tu que ce soit une sage décision, Luigi ? me demanda-t-il d'une voix brisée.

— J'ai une dernière chose à faire ici avant de partir.

Nous étions en pleine matinée. Des gens traversaient la place, vaquant tranquillement à leurs occupations. Le corps de ma mère ne se balançait plus au chêne. J'ignorais ce que l'on en avait fait. Sans doute l'avait-on jeté à la fosse commune, sans même une prière. D'un pas raide, j'entrai dans l'église. De tous ceux qui me virent – et ils étaient nombreux –, aucun n'osa m'arrêter. Lentement, sans me presser, je dévissai des bancs à la pointe d'un petit couteau quatre plaques de cuivre, que je regardai un moment avant de les fourrer dans ma poche. Elles portaient les noms de Memmo, Pirozzi, Guglielmo et Galline…

Les Anges de Palerme

J'arrivai à Palerme à la brune, trois jours plus tard. Jamais je n'avais vu une ville aussi vaste ni de maisons aussi hautes. Toutes les rues étaient éclairées au gaz, si bien qu'on pouvait s'y diriger comme en plein midi même en pleine nuit. Demandant mon chemin plusieurs fois, je finis par trouver l'adresse que m'avait donnée le docteur Lurano. C'était une demeure imposante située dans un quartier tranquille, sur une avenue bordée de palmiers. Impressionné par tant de majesté, j'hésitai à tirer la cloche mais, quand je me décidai enfin, un valet en pantalon noir et gilet jaune, moustache cirée et raie au milieu du crâne, m'apprit que son maître était décédé deux mois plus tôt et qu'un gamin au visage aussi cabossé que le mien ne serait assurément pas reçu par madame sa veuve, même si je prétendais être le porteur d'une lettre de recommandation. Il me claqua la porte au nez et ne daigna pas revenir lorsque je m'écorchai les poings à tambouriner au battant. Livré à moi-même, je marchai longtemps au hasard, ne sachant où porter mes pas. Au bout d'une longue travée déserte, un souffle frais et salé me balaya le visage. Mes narines palpitèrent à cause de cette odeur puissante que je ne connaissais pas et qui m'attira. Je me mis à courir vers un horizon qui s'ouvrait de plus en plus devant moi. Du sable crissa bientôt sous mes chaussures et ma course se heurta à un parapet. Derrière le muret, c'était la mer. Je la voyais pour la première fois. J'en eus comme un vertige. J'étais arrivé au bord d'un monde, que pouvait-il bien y avoir au-delà ? Je le savais à peine… À l'ouest, après les colonnes d'Hercule, c'était un océan encore plus vaste que la Méditerranée. Puis un autre continent que l'on disait jeune, plein de vie, bruissant d'envies et de richesses… Je trouvai un escalier qui descendait de la promenade jusque sur la plage. Je restai assis là, des heures durant, fasciné par le ressac paisible des vagues. Que la rencontre de la terre et de la mer s'opérât dans une telle sérénité me sidérait. Quand, étudiant avec Vittorio ou avec le docteur Lurano, je regardais des cartes de géographie, j'imaginais toujours que les régions côtières étaient des lieux de bouillonnement, de fracas et de tempête. Ici, le mariage des éléments se faisait dans la douceur, presque en silence. Le ciel était clair et la brise nocturne encore tiède. La lumière d'un phare brillait sur un éperon tout proche. Balayant le décor, il me révélait par fragments le front de mer, les silhouettes des grues du port, les rochers lointains…

Il me fallut trouver un endroit où passer la nuit. Ma valise à la main, je marchai jusqu'à un parc tranquille où je me recroquevillai sur un banc pour dormir. Tôt le matin, les oiseaux se mirent à piailler si fort dans les branches qu'ils me réveillèrent. La lumière était mauve et rosé. J'avais faim et j'avais soif. Sur un marché qui s'installait, je dépensai quelques piécettes pour m'acheter des pommes que je dévorai assis sur le rebord d'un abreuvoir à chevaux. Ma fortune était maigre et ne pouvait me durer longtemps. Il fallait à tout prix que je trouve une occupation qui m'assure le gîte et le couvert. Je revins vers les étals et demandai aux marchands s'ils avaient besoin d'un commis. On ne me proposa pas de travail régulier mais, à la fin de la matinée, on me donna quelques piécettes et un demi-pain pour avoir aidé à charger des carrioles. Je revins le lendemain et le lendemain encore. On s'habitua peu à peu à ma présence. Je dormais toujours dans le parc mais plus sur le banc puisque je m'étais creusé une sorte de bauge dans la terre meuble, sous les branches basses d'un taillis poussant contre un mur. C'est là que j'avais caché mes affaires, à l'abri des regards, exaspéré que j'étais d'avoir toujours à traîner ma valise avec moi.

— Pourquoi ne vas-tu pas proposer tes services sur le port ? me suggéra un jour un maraîcher. Tu m'as l'air d'être un solide gaillard et ils ont toujours besoin d'aide pour décharger les navires. Eux te paieront bien.

Près des quais, je traînai un moment à regarder les forts saisir les caisses de marchandises pour les charger dans les cales ou les débarquer sur les pontons. Je me savais capable de transporter tout aussi bien qu'eux les ballots d'un demi-quintal qu'ils jetaient sur leur dos en soufflant.

— Toi, petit ? Tu veux faire le docker ? Mais tu n'as pas fini de grandir ! Retourne téter le lait de ta *mamma,* tu reviendras quand tu auras fini de la traire !

Mes poings se crispèrent quand j'entendis la réponse grossière d'un chef d'équipe. Son air hilare, ses yeux moqueurs et, plus que tout, cette évocation de ma mère me voilèrent l'esprit. Mes coups partirent, sans que j'en maîtrise la puissance. Touché au menton, à l'estomac, au plexus, le gros gars roula à terre en gémissant. Je voulus encore me jeter sur lui mais, accourus de partout, ses hommes me saisirent et me tinrent à l'écart. On me donna une bonne correction puis on me jeta, pantelant, meurtri, dans une benne de zinc où pourrissait du fumier. Certaines blessures que j'avais reçues dans l'église s'étaient rouvertes sous cette nouvelle volée de coups, et du sang avait taché ma chemise déchirée, achevant de me donner l'air d'un vagabond. Clopin-clopant, je m'éloignai des quais, plein de rage. Soudain, deux mains se posèrent simultanément sur mes épaules.

— On t'a vu te battre. Et tu n'as pas crié quand on t'a rossé. Tu es un garçon fort et courageux. Tu cherches de quoi manger ?

Deux silhouettes m'encadraient : celles d'un jeune homme et d'une jeune fille de seize ou dix-sept ans tout au plus. Étonnamment semblables. Étonnamment beaux.

— Je suis Angelo, dit le garçon.
— Je suis Angela, dit la fille.

*

Plusieurs mois durant, je demeurai en compagnie des jumeaux. Une vieille maison isolée des faubourgs, un palais en ruine entouré par un parc devenu terrain vague constituait leur repaire. Angelo et Angela étaient les chefs d'une bande de gamins des rues, de petits voleurs à la tire et autres voyous du port. Le plus âgé de leurs vassaux devait avoir dix-huit ans ; les plus jeunes, à peine sept. Ils firent de moi une sorte de garde du corps. Quand les choses risquaient de mal tourner pendant le partage d'un butin ou lorsqu'un enfant tentait de garder pour lui une partie de ses larcins, je devais montrer mes muscles et secouer un peu les mauvaises têtes. Je n'étais pas tout à fait remis des coups reçus au village, mes traits en étaient presque devenus laids. Souvent, il me suffisait de prendre l'air féroce et je n'avais même pas à me servir de mes poings. Les jumeaux ne me demandèrent jamais de participer aux activités criminelles de leur bande. Je me contentais de surveiller les gosses et de me tenir au côté des maîtres afin d'assurer leur protection.

Ceux-ci s'étaient réservé le second étage de la bâtisse délabrée. La plupart des objets de valeur que les petits allaient piller dans les maisons bourgeoises finissaient là, à composer un décor fantastique et somptueux où les jumeaux évoluaient comme dans un théâtre. Ils étaient amants et ne le cachaient pas. Ils vivaient leur passion avec une fougue dévorante et, de la petite pièce qu'ils m'allouèrent au même étage, je pouvais toutes les nuits les entendre rugir d'amour de longues heures durant. Quant à moi, mon esprit s'était comme vidé. C'était tout juste si je me souvenais de mon nom et de mon histoire. Toujours, je gardais dans ma poche les quatre plaques de cuivre enlevées aux bancs de l'église mais j'étais comme engourdi, anesthésié par la mort horrible de Leonora et de Giuseppina au point que tout sentiment de vengeance semblait m'avoir déserté. J'avais un toit et je mangeais correctement presque tous les jours. Les jumeaux rétribuaient mes services et je n'avais pas à penser. Le temps s'était arrêté, je refusais de songer à mon passé, j'ignorais toute notion d'avenir. Seul le présent comptait – et encore, si peu...

— Me diras-tu un jour ton secret ? me demandait souvent Angela d'un ton enjôleur.

Je ne répondais pas et cela la faisait rire.

— Tu es le seul qui me résiste, Luigi... Crois-tu que je vais tolérer cela longtemps ?

La fille était blonde, fine et blanche. Ses yeux étaient les plus clairs que j'aie jamais vus jusqu'alors. Pourtant, elle ne m'attirait pas. L'amour était un sentiment inconnu pour moi, le besoin charnel également. Cela la

piqua au vif, elle qui aimait par-dessus tout provoquer
le désir. Elle se donna à quelques gosses de la bande,
croyant susciter ma jalousie, et me défia plus ouvertement encore en me convoquant pour des broutilles
et en dégrafant sa robe sous mes yeux. Mais cela ne
fit rien naître en moi. La contemplation de ses seins
en forme de poire et de ses cuisses fuselées ne me rendit pas à la vie. Furieuse, elle finit par laisser tomber
son jeu pervers et me laissa en paix, ne m'adressant
même plus la parole, comme si je n'étais qu'une ombre.
Angelo, lui, s'amusa de la défaite de sa sœur et s'opposa violemment à elle quand, dans une ultime tentative de vengeance, elle lui demanda de m'exclure de la
bande. Frêle comme une fille, ne devant son ascendant
sur ses troupes qu'à son extraordinaire talent oratoire
lié au plus froid des cynismes, le frère avait trop besoin
d'un supplément de force physique. Silencieux, fidèle
et fort comme un chien, j'étais une recrue idéale, et
il ne pouvait se permettre de me sacrifier aux lubies
d'Angela.

— Luigi, j'ai confiance en toi, me dit-il un jour. Je
vais te confier un secret. Ma sœur et moi préparons
notre départ. Je veux que tu nous accompagnes.

— Où allez-vous ?

— Palerme, nous en avons assez. Il nous faut respirer
un autre air, voir plus grand. Nous allons partir pour
l'Amérique.

L'Amérique ! Quelques années avant le début du
nouveau siècle, c'était le point de mire, le rêve, l'espérance de tous les gueux d'Europe. Un pays où l'on disait
qu'un va-nu-pieds débarqué sur la côte Est pouvait devenir banquier trois mois plus tard sur la côte Ouest. Un
pays de chimères mais aussi un pays violent, où il n'y
avait place ni pour l'hésitation ni pour les scrupules.

— Tout le monde part. Dans notre île, il n'y a pas d'espoir pour des gens comme nous, et à Rome on méprise les Siciliens. À New York, les bonnes places sont encore à prendre. C'est le moment ou jamais.

Sous une planche du vieux parquet fendu de la chambre, il avait dissimulé trois billets pour le passage sur un transatlantique qui larguerait les amarres quinze jours plus tard.

— Je les ai achetés la semaine dernière. Les deux premiers tickets sont pour Angela et moi. Le dernier, je te le donne. Viens avec nous, Luigi...

Mécaniquement, je pris l'imprimé, le fourrai dans ma poche et repartis à mes occupations comme si de rien n'était. Quitter la Sicile indifférait la petite brute que j'étais devenue, et la perspective de ce voyage n'était pour moi que la promesse d'un changement de décor.

Quatre ou cinq jours avant le départ prévu, je partis me promener au hasard, les poings dans les poches, regardant le sol plutôt que le ciel, mordillant un brin d'herbe sans penser à rien. Quand je revins au repaire, de lourdes calèches noires attendaient devant l'entrée du parc. Caché dans un recoin, j'entendis des coups de sifflets, puis des appels et même le claquement de quelques coups de feu. La police avait cerné le palais et chassait les gamins affolés dans les couloirs. Si je n'étais pas parti me promener, j'aurais été moi aussi pris au piège. Les sergents de ville jetèrent un à un les membres de la bande au fond des carrioles ferrées de la maison de force. Je vis le petit Muzo tenu par le col comme un lièvre, les jambes battant l'air, les mains essayant encore de griffer les gendarmes. Carmine était assommé et du sang coulait sur sa tempe. Hiero pleurait. Les jumeaux furent embarqués les derniers. Angela, les mains liées dans le dos, fut jetée elle aussi dans le fourgon. Sa chevelure blonde défaite et mouvante fut la dernière vision que j'eus d'elle. Imprudemment, je me redressai. Juste avant de monter à son tour dans la voiture, Angelo m'aperçut.

— Vas-y en Amérique, Luigi ! hurla-t-il en se tordant pour que sa voix porte mieux. Vas-y pour nous ! Va ! Va !

Tous les regards des policiers se tournèrent dans ma direction. Plus rapide que les autres, l'un deux se mit à courir vers moi. Je détalai à toutes jambes, et ne m'arrêtai que lorsque je fus certain de ne pouvoir être rattrapé. Essoufflé, en sueur, je m'assis au bord d'un trottoir, les pieds dans l'eau d'un caniveau. De nouveau, j'étais seul au monde.

India Occidentalis

À l'aube d'une chaude matinée d'été, j'embarquai comme passager de troisième classe sur le paquebot *Ferreol,* qui assurait la liaison Palerme-New York. Ce n'était pas un beau navire ; des lignes de rouille couraient le long de sa coque et son bastingage crasseux n'inspirait pas confiance. Les ponts réservés aux voyageurs les plus pauvres grouillaient de rats et de vermine. J'ignore comment l'on traitait ceux qui payaient bien, mais cette traversée me parut atrocement longue et pénible. Il n'y avait rien à faire qu'attendre, et je n'aimais pas cette inactivité forcée.

Nous étions douze dans le dortoir que j'occupais. À l'exception de deux Sardes à la peau olivâtre et au regard dur, nous étions tous siciliens. Trois étaient de Palerme, quatre de Messine, les deux autres venaient de provinces que je ne connaissais pas. Aucun n'était originaire de ma région. Juste avant de partir, j'étais revenu fureter dans le palais des jumeaux pour vérifier si la cache où le frère et la sœur entreposaient des billets et quelques pièces d'or avait été découverte. Malheureusement, tout avait disparu. Ma propre cachette, en revanche, était intacte. Protégée par une fourmilière, une vieille souche au milieu du parc dissimulait le peu d'argent que j'avais épargné. Personne ne l'avait trouvée car il fallait pour cela plonger la main au milieu des insectes.

Ce petit pécule me permit de survivre tout au long du voyage en bateau. Le prix du billet n'incluant pas la nourriture, je ne mangeais qu'une fois tous les deux jours à la cantine du rafiot. Je devais avoir seize ou dix-sept ans et j'étais maigre comme un loup au sortir de l'hiver, tout en muscles, un peu plus fort chaque jour, un peu plus farouche. Nul ne recherchait ma compagnie et je ne désirais en retour celle de personne. Enfin, on nous annonça que nous arrivions en vue d'Ellis Island. Je montai parmi les premiers à l'air libre, pour voir ce pays qui attirait de façon magnétique tant de monde sans que je comprenne pourquoi. La ville inconnue ne ressemblait à rien de ce que j'avais vu auparavant. J'aperçus d'abord une pointe de rochers bruns qui passait doucement dans l'ombre. Au couchant, un soleil couleur de soufre effleurait l'horizon. Devant moi, c'était l'île de Manhattan et son rostre, Battery Park, avec son immense bâtiment de douane d'architecture française. La marée montante courait vers un double estuaire. Au nord, c'était la rivière Hudson, sans aucun pont, dont les premiers explorateurs pensaient qu'elle était la route directe vers les Indes. De l'autre côté, c'était East River, ponctuée d'une immense arche de briques et fer : le tout nouveau pont de Brooklyn… Et puis je vis les premiers gratte-ciel s'effilant à contre-jour sur le ciel doré. De loin, on les aurait dits découpés dans du carton, sans épaisseur ni consistance. On me poussa du coude. Aussi hébété que moi, mon voisin désigna du doigt une nouvelle masse, plus proche, celle-là : la statue de la Liberté. Le navire se dirigeait droit sur elle… Je vis une vedette rapide venir à notre rencontre tandis que le *Ferreol* ralentissait son allure et faisait rugir ses sirènes.

On descendit l'échelle de coupée pour que le pilote du port puisse monter à bord et mener le vaisseau en sûreté jusqu'au dock, ce qui prit encore du temps. Quand nous accostâmes enfin, la nuit était tombée et il faisait trop sombre pour qu'on nous fît débarquer. Nous patientâmes donc à bord jusqu'au lendemain matin. À cinq heures, nous fûmes rassemblés. Je n'avais presque rien avec moi ; un pauvre sac troué contenait toutes mes affaires. Le serrant dans mes bras, je pris place dans la longue file des immigrés qui, pas à pas, empruntaient les passerelles avant de se diriger vers les bâtiments administratifs où la police les attendait. La plupart ne possédaient aucun papier. Beaucoup ne savaient ni lire ni écrire dans leur propre langue. Très peu d'entre eux comprenaient l'anglais. Pendant des heures, on nous fit encore patienter dans un vaste hall glacé qui n'avait cependant rien de triste ; juste sous les grandes verrières qui donnaient tout l'éclairage, pendaient de longues bannières américaines aux couleurs fraîches. Toute l'Europe était là. Des Ukrainiens se mirent à jouer du violon ; assis sur leurs valises, des Tyroliens fumaient leur pipe en porcelaine ; des Français jouaient aux cartes ; des Hongrois en bottes molles essayaient de comprendre ce que braillaient des Albanais en melon vert... Les passagers de cinq navires étaient mêlés, ce qui représentait quinze mille personnes peut-être...

En fin d'après-midi, douze heures après avoir débarqué, ce fut enfin mon tour de passer. Le premier fonctionnaire que je vis fut un médecin qui m'ausculta et me trouva bonne figure, malgré ma maigreur. Il me fit passer dans une salle où, nu, j'eus à subir une friction de poudre désinfectante et une douche au jet. On me conduisit ensuite par des corridors sans fin jusqu'à un autre fonctionnaire. J'eus d'abord du mal à saisir ce que celui-ci me disait, mais heureusement mon oreille s'habitua vite à son accent. Il fut surpris que je sache un peu d'anglais et cela le mit dans de bonnes dispositions à mon égard. À cette époque, la loi des quotas n'avait pas encore été votée et l'autorisation d'entrée sur le territoire américain était laissée à la libre appréciation des douaniers. Certes, il y avait des refoulés, mais il suffisait de paraître sain, d'accepter de respecter la Constitution et de réciter un des versets de la Bible inscrit en cinquante langues sur un tableau noir pour recevoir son ticket de passage.

— D'où viens-tu, petit ? me demanda le douanier.

— Du *Ferreol,* en provenance de Palerme.

— Quelle est ta date de naissance ?

— Je ne sais pas précisément. J'ai peut-être dix-sept ans.

— Il me faut une date.

— Peu importe. Mettez celle que vous voulez.

— Alors ce sera le 14 mars, comme moi. Mettons de l'année 1882. À partir de maintenant, tu as officiellement dix-sept ans. Ça te convient ?

— Oui, monsieur.

— Comment t'appelles-tu ?

— Luigi Monti, monsieur.

— Je vais mettre Lewis, plutôt que Luigi. Ça fera plus américain. Qu'en dis-tu ?

— Cela me semble bien, monsieur.

— Tu n'es pas contrariant, toi, au moins. Tu feras une bonne recrue. Tu sais écrire, n'est-ce pas ? Paraphe ton nom au bas du registre. Et n'oublie pas que tu t'appelles Lewis, maintenant.

Je pris la plume crissante que l'employé à manchettes et visière me tendait, et je m'inventai une signature.

— C'est bien. Maintenant, je tamponne ce document et t'en rédige un double. Ne le perds surtout pas. Il te donne droit de séjour ici. Dans quelque temps, si tu restes et que tu n'as pas eu d'ennuis avec la justice, tu deviendras citoyen américain. C'est aussi simple que ça. Bonne chance, mon garçon.

À tous les arrivants qui passaient les formalités avec succès, on offrait des vêtements et un repas chaud. Je trouvais l'accueil bien organisé et les Américains souriants. Une grande tablée était réservée aux Juifs, à qui l'on préparait une nourriture spéciale. Moi, un paquet de linge neuf sous le bras et mon restant d'argent italien changé pour trois dollars américains, je dînai d'une soupe et d'un morceau de lard avant de monter dans le bac à aubes qui menait d'Ellis Island au continent. Sur l'eau croisaient des ferries aux étages illuminés, des gabarres bourrées d'ordures à ras bord, des remorqueurs qui filaient vers le port et des paquebots à cheminées rouges et à coque noire qui repartaient, presque à vide, pour une Europe d'où ils reviendraient bientôt alourdis de bétail humain…

Sur le dock, je trouvai sans trop de difficultés un petit hôtel où je passai ma première nuit sur le sol américain. Fort de mon expérience palermitaine, j'eus moins de peine à me faire engager le lendemain comme docker. En quelques mois, mon corps s'était renforcé et le travail était tel ici que tous ceux qui se proposaient étaient embauchés sur-le-champ. À remuer les caisses, mes muscles forcirent encore. Je n'étais pas si mal payé et je pouvais manger deux fois par jour à ma faim. Je dormais à l'hôtel, dans une chambre que je partageais avec un gars de Trieste, à peine plus vieux que moi, dont j'ai oublié jusqu'au nom. Je travaillais tous les jours, même le dimanche.

En six mois de cette vie, je ne sortis pas une seule fois du quartier portuaire mais j'améliorai beaucoup mon anglais, que je me forçais à pratiquer même si je trouvais cette langue toujours aussi laide à l'oreille. Parce que j'étais catholique, un Irlandais de l'équipe de déchargeurs avec qui je travaillais voulut se lier d'amitié avec moi. Comme de juste, il était roux, se faisait appeler Shannon et, même lavé, puait comme un bouc. Son ventre était aussi rond que celui d'un évêque. Sa famille avait émigré en 1847, lors de la grande famine qui sévissait alors en Irlande. C'était un mauvais garçon qui aimait boire et trousser les filles publiques le samedi soir après la paye. Il jouait le reste de son argent aux cartes et trichait assez bien. Il m'apprit des chansons, qu'il fredonnait d'une voix de basse juste et claire, où il était question d'Anglais à pendre et de protestantes à besogner.

— Tu es un sacré gaillard, Luigi. Et tu es jeune. Tu pourrais faire ton chemin dans le monde si tu décidais de te remuer un peu les fesses. Tu es sicilien. Pourquoi ne demandes-tu pas l'aide des tiens, plutôt que de rester à faire la mule toute la sainte semaine ?

— L'aide des miens, Shannon ? Mais je suis seul ici. Je ne sais pas de quoi tu veux parler.

— Vraiment ? Pourtant, j'ai entendu dire que les gens de ton île s'y entendaient pour s'entraider. Tu ne sais pas de quoi je parle ?

— Non.

Shannon semblait surpris de mon ignorance. Je sentais qu'il avait envie de poursuivre, mais quelque chose le retenait. Il se racla la gorge, tortilla les poils de sa moustache et cracha par terre avant de me montrer sa main aux doigts bien écartés en un signe que je ne compris pas.

— Eh bien… Il y a des familles, à ce qu'on dit. Si tu pouvais plaire au membre de l'une d'elles, peut-être bien qu'il pourrait te faire une place dans sa communauté. Un costaud comme toi, dans une ville grouillante comme celle-ci, ça peut vite grimper les échelons.

Shannon m'indiqua un quai où travaillaient plus spécifiquement les Italiens. Un soir, à tout hasard, j'allai y battre la semelle.

— Qui es-tu, toi ? On ne te connaît pas. Qu'est-ce que tu viens chercher ? Des ennuis ou des amis ?

Je m'approchai du type en blouse de travail et pantalon rayé qui m'avait interpellé. Ils étaient trois avec lui, à se chauffer près d'un feu de planches et à manger assis sur des caisses. Ils se versaient du chianti dans de petits verres et se coupaient des tranches de fromage dur qu'ils mangeaient sur du pain frotté d'une gousse d'ail et dégoulinant d'huile d'olive.

— D'où tu viens, *piccolino* ?

— De Sicile. D'un peu de Palerme et d'un peu d'ailleurs.

— Ah ! Tu es sicilien comme nous. C'est bien. Et pourquoi on ne t'a pas vu avant ? Tu viens de débarquer ? Tu as besoin de quelque chose, fils ?

— Je travaille sur un autre dock, expliquai-je. Mais je préférerais me retrouver avec des *paesani,* des gens de mon pays.

— Sûr que tu aimerais ! s'amusa le type. Viens avec nous. Tu seras mieux avec des Siciliens qu'avec des étrangers, je t'en fiche mon billet. Moi, mon nom, c'est Navone. Et toi ?

— Luigi. Luigi Monti.

Si le travail sur les quais avec les Siciliens ne différait guère du précédent, la fraternité qui régnait entre nous était chaleureuse, et cela me plut. Shannon avait été un camarade pour moi, mais Navone fut un véritable ami. Le premier que j'avais eu jusque-là. Trente ans peut-être, les yeux noirs, le visage en triangle et des dents blanches que son rire découvrait souvent, il connaissait tout de la ville.

— Nous, on ne travaille pas le dimanche, m'expliqua-t-il à la première heure de mon embauche. Le jour du Seigneur, c'est sacré. Tu iras à la messe, comme nous, pour te faire pardonner tes péchés. Et puis tu t'amuseras à en commettre d'autres, pour pouvoir te les faire ôter le dimanche d'après…

Je ne voulus pas le suivre à l'église et cela l'étonna.

— Quel Sicilien es-tu donc pour ne pas croire en Dieu ?

À voir ma mine se renfrogner, il eut la finesse de ne pas insister.

— Ton âme ne regarde que toi, *piccolino,* admit-il avec un grand bon sens. Mais quitte tout de même ton grabat du port. Ça, je t'interdis de refuser.

Je suivis donc Navone dans le quartier de Brooklyn, une des trois Little Italy que comptait New York à l'époque. À l'orée du xxᵉ siècle, trois cent mille Italiens vivaient là. Ils s'étaient regroupés pour la plupart à Brooklyn, Harlem et dans le Queens. Dans le secteur de Navone, cinq rues étaient complètement italiennes. Une, intégralement sicilienne. Le voisinage immédiat était occupé d'un côté par les Irlandais – avec qui les choses se passaient plutôt bien –, de l'autre par les Chinois avec lesquels il y avait des histoires. Au-delà, c'étaient les rues d'Europe centrale, hongroises, polonaises, serbes… qu'on ignorait. Au-delà encore, le ghetto juif qu'on ne voulait surtout pas connaître. La petite Italie de Brooklyn n'usurpait pas son titre. Les vitrines étaient remplies de bocaux d'olives noires, de

parmesan, de jambons crus, de tomates, de pains toscans... Assis sur les marches des maisons de brique,
les hommes fumaient de longs cigares Garibaldi, noirs,
serrés, renflés en leur centre. Comme à Palerme, des
filles aux manches retroussées battaient leur linge à la
fontaine publique en chantant et en s'éclaboussant de
temps à autre avec de grandes volées de rires. Au-dessus,
les hirondelles plongeaient en criant dans la tranchée
des rues et s'amusaient à tournoyer autour des hauts
immeubles en rasant les murs.

— Je vais te chercher une chambre près de chez moi,
piccolino, me dit Navone. Ici, tu seras bien.

Il ne lui fallut pas longtemps pour me trouver une
pièce propre, claire et calme, que louait une vieille
mamma de Syracuse.

— Je suis arrivée ici avec mon fils il y a vingt ans,
m'expliqua-t-elle. Il est parti un jour pour l'Ouest
quand il a entendu dire qu'on y trouvait de l'or. Misère !
Il n'est jamais revenu !

Chaque jour, j'allais chercher Navone et nous nous
rendions ensemble au travail ; nous revenions de même,
le soir, fourbus, les muscles douloureux, l'esprit vide,
comme engourdi par la fatigue. Il était très pieux et ne
ratait jamais une messe dominicale. Moi, je ne pouvais
franchir le seuil d'une église. Je l'attendais sur le parvis
en faisant les cent pas ou en regardant les chats guet-
ter les rats dans les allées sombres. Au troisième ou au
quatrième dimanche, tandis que je scrutais la foule des
fidèles sortant de l'office pour y retrouver mon ami,
mes yeux s'arrêtèrent sur une silhouette que je reconnus immédiatement. Quelques années s'étaient écoulées
depuis que j'avais vu pour la dernière fois cet homme. À
l'époque, il montait crânement un cheval gris, nerveux et
souple. Cet homme, c'était *mastro* Maurizio Giletti...

*

« Si un jour tu veux me voir, fais-moi parvenir cette pièce d'argent, m'avait dit Giletti dans le petit bureau du père Vittorio. Même des années après, je saurai que je l'ai donnée à quelqu'un qui m'a plu. »

La pièce du *maestro* était toujours avec moi. Comme il me l'avait demandé, je ne l'avais pas dépensée, même lorsque j'avais eu faim ou froid. Dans ma main, elle était lourde d'un poids qui me rassurait. Tout l'après-midi de ce dimanche où j'avais vu mon homme descendre les marches de l'église au bras de son épouse, je n'avais plus pensé qu'à lui, prêtant une attention superficielle à la conversation de Navone. Agacé, celui-ci finit par exploser.

— Tu n'écoutes rien de ce que je te dis, *piccolino* ! Je pourrais te cracher au visage que tu ne réagirais pas. À quoi penses-tu donc ? À une fille ?

En quelques mots, je lui racontai que j'avais vu un homme de chez moi qui m'avait donné autrefois un moyen de le contacter en cas de besoin.

— Alors c'est la Providence qui te bénit, Luigi, Oh ! Rends-toi compte ! Le bon Dieu te fait un clin d'œil, mon fils. Tu dois aller voir cet homme. S'il le faut, je te jette pieds et poings liés devant lui si tu n'oses pas lui adresser la parole !

— Que vais-je lui demander ? Je ne sais même pas ce qu'il fait ici.

— L'important, c'est qu'il y soit en même temps que toi, mon gamin. Laisse la vie faire le reste… Laisse faire…

La semaine suivante me parut interminable. Enfin, à la sortie de la messe de dix heures, je m'avançai vers Giletti. Ôtant ma casquette pour le saluer, je lui tendis la pièce qu'il m'avait donnée des années plus tôt, alors que je n'étais qu'un gosse.

— *Mastro* Giletti, dis-je, un peu tremblant. Je ne pense pas que vous vous souveniez de moi, mais vous m'avez offert cela lorsque j'étais enfant.

Les yeux de Giletti s'arrondirent. Il me dévisagea longuement, puis il m'ouvrit ses bras.

— Toi, je crois que je te reconnais ! Tu étais le gamin que gardait un curé… Je me trompe ?

— Non, *maestro,* c'est bien cela. Vous m'avez dit de venir vous voir si un jour j'avais besoin d'aide.

— Et tu as fait tout le chemin depuis la Sicile pour ça ? Qui t'a dit que j'étais en Amérique maintenant ?

— Ce n'est que le hasard, *maestro.* Je suis arrivé ici sans savoir que j'allais vous y retrouver.

— Tu appelles ça le hasard ? sourit Giletti. Moi, j'appellerais cela le destin, plutôt ! Allez, viens, je t'emmène !

Giletti me prit par l'épaule et me fit entrer dans une trattoria toute proche où on le reçut comme un prince.

— J'ai mes habitudes ici, me dit-il comme on nous menait vers une table tranquille, au fond de la salle.

Pendant deux heures, je demeurai avec Giletti. Sans lui mentir, j'évitai cependant de répondre à ses questions sur les conditions qui avaient présidé à mon départ de l'île. Ayant lui-même émigré trois années plus tôt sur le continent américain, il ne savait rien des événements qui s'étaient produits au village.

— Cette histoire de miracles avec la Vierge, je n'y ai jamais vraiment cru. Il est vrai que le fils pour lequel ma femme avait voulu venir prier a connu durant quelques mois une santé meilleure. Mais dès que nous avons traversé l'Atlantique, il est devenu encore plus fou qu'auparavant, et son état s'est dégradé très vite.

Nous l'avons enterré au cimetière de Santa Cruz, ici, à Brooklyn, dix jours après notre arrivée.

— Je suis désolé, *maestro,* dis-je en baissant les yeux et en me sentant presque coupable du décès de cet enfant.

— Tu n'y es pour rien, mon garçon. Ni ton curé. Ni ta Vierge. Après tout, les faibles doivent partir avant les forts. C'est la loi naturelle, n'est-ce pas ? Mais parlons d'autre chose. Alors tu es venu chercher fortune en Amérique ? C'est bien. Tu as raison. C'est un pays où tout peut arriver... Moi, j'ai du travail pour toi, si tu veux. Du travail qui te rapportera beaucoup plus d'argent que de décharger des caisses sur le port. Tu ne vas pas rester docker toute ta vie. Un jeune homme à qui un curé a appris à lire et à écrire mérite mieux que cela. Qu'en penses-tu ?

— Je ferai ce que vous me direz de faire, *maestro.*

— C'est bien, petit. Alors baise-moi la main maintenant, en signe de respect.

Je restai un instant hésitant. Devais-je vraiment prendre cette main épaisse, couverte de poils gris, pour la porter à mes lèvres ? Curieusement, j'y étais réticent, pressentant confusément peut-être que ce geste allait m'engager pour longtemps. À la fin, pourtant, je fis ce que Giletti exigeait.

— Bien. Voilà qui fait presque de toi un membre de ma famille... Pour y être reçu définitivement, tu devras t'en montrer digne. Mais j'ai confiance en toi, tu y parviendras vite.

— Que dois-je faire, *maestro* ?

Giletti fit signe au garçon et demanda qu'on lui apporte du papier et de l'encre. Sur un coin de nappe, il griffonna un mot qu'il cacheta avec la cire de la bougie qui se consumait sur la table.

— Demain matin, tu te rendras à l'adresse que je vais te donner et tu réclameras un dénommé Polizzi. Il te dira tout ce qu'il y a à savoir. C'est avec lui que tu apprendras. Je te reverrai bientôt, mon garçon…

Giletti roula soigneusement sa serviette à carreaux, prit son chapeau sur la patère et sortit sans payer. Gêné, je n'osais quitter la table de peur qu'on me demandât de régler l'addition.

— *Il signore* prendra autre chose ? demanda le garçon en me souriant.

Je fis signe que je ne désirais rien d'autre mais on m'apporta tout de même un café avec un verre de grappa.

— Je n'ai sûrement pas de quoi les payer en plus des repas, avouai-je, rouge de honte.

— Payer les repas, *signore* ! Mais il n'en est pas question ! Vous êtes l'invité de *mastro* Giletti et *mastro* Giletti est ici chez lui.

*

— Alors c'est toi, le poulain que je dois débourrer, pas vrai ?

Le lendemain matin, je trouvai le dénommé Polizzi qui m'attendait dans l'arrière-boutique d'un teinturier. Assis sur une énorme lessiveuse, il portait une veste claire et une culotte de golf assortie, une chemise rose pâle et des chaussures de daim immaculées. Une énorme chevalière brillait à son doigt. Cette élégance rare m'impressionna beaucoup.

— Mon nom est Polizzi, me dit-il en me toisant. Je suis ton aîné. Tu dois me vouvoyer et me marquer du respect. C'est compris ?

— Oui, *signore* Polizzi. J'ai compris.

— La première des choses que nous allons faire est

t'habiller correctement. Un jeune homme comme toi qui travaille maintenant pour *mastro* Giletti ne peut se montrer dans un tel accoutrement. Nous sommes des représentants, comprends-tu ? Oui, c'est ça ! Des représentants de la maison Giletti, À ce titre, nous ne devons pas être négligés. Alors, qu'est-ce que tu veux ?

— Ce que je veux, *signore* Polizzi ?

Polizzi leva ses yeux au plafond et, du menton, me désigna les vêtements qui y étaient suspendus, accrochés à des tringles de cuivre.

— Tu as une couleur préférée ?

— Je ne sais pas… non, *signore* Polizzi…

— Puisque tu ne te décides pas, c'est moi qui prends l'affaire en main.

S'emparant d'une longue perche de bois surmontée d'une griffe de métal, Polizzi décrocha d'autorité une veste et un pantalon de costume qui lui semblaient correspondre à ma taille.

— Commence par enfiler ça. Ensuite, il te faut un chapeau… Voilà !

Un melon gris qu'il avait tiré d'un panier vola jusqu'à moi.

— Allez, dépêche-toi de te changer. Ici, il n'y a pas de chaussures, mais nous t'en trouverons une paire dans la boutique voisine.

Les vêtements m'allaient bien mais, épinglée au revers de la veste, une étiquette désignait le nom du propriétaire.

— Je crois que ces habits appartiennent à quelqu'un, *signore* Polizzi. Je ne peux pas les prendre !

— Évidemment qu'ils appartiennent à quelqu'un, petit idiot ! Mais s'ils te conviennent, je te les donne. On dédommagera celui qui les portait de quelque manière, ne t'en fais pas pour ça !

J'étais dans les vêtements d'un autre et cela m'était désagréable. Ils avaient beau être les plus élégants que j'aie jamais possédés, j'eus du mal à m'habituer à eux. Chez un cordonnier voisin, la même opération se répéta pour les chaussures.

— Donne-nous quelque chose de propre et qui n'a pas été trop porté, indiqua Polizzi au boutiquier.

Je reçus en dotation une paire de bottines montant haut sur la cheville, que le marchand me graissa et me cira avec conscience. Avant de partir, il me fit aussi cadeau de deux paires de lacets neufs que je voulus lui payer, ce qu'il refusa. Polizzi me jeta un regard noir.

— Surtout, ne paye pas, petit malheureux ! Cela trahirait ta faiblesse !

— Mais tout le monde paie, d'ordinaire, *signore* Polizzi !

— Seuls les faibles le font, mon garçon. Les forts, eux, se font servir, et c'est très bien comme ça !

Ainsi donc, j'appris que je me trouvais désormais du côté des forts. Sans que j'en tire de l'orgueil, cette sensation me plut…

Je me fis vite au travail avec Polizzi car il ressemblait beaucoup à la fonction que j'occupais, à Palerme, auprès des jumeaux Angelo et Angela. Seule la dimension changeait. Maintenant, c'était l'Amérique, tout était plus grand ! Tout se *faisait* en plus grand ! La journée, je battais le pavé de Brooklyn et devais surveiller que personne d'autre que les Italiens ne tente de s'y tailler un territoire. La nuit, je montais la garde devant des lieux de mauvaise vie pour y protéger les filles. Très vite, je connus là mes premières rixes. J'étais nerveux et souple. J'aimais jouer des poings et je ne sentais pas les coups quand, par extraordinaire, ils passaient mes défenses. En quelques semaines, je me taillai une répu-

tation de bon bagarreur. Polizzi lui-même se mit à me
traiter avec plus d'égards.

— Petit, je n'ai pas à me plaindre de toi, me dit-il
un jour. Tu seras bientôt un homme fait et tu auras ma
voix pour rejoindre officiellement la famille.

La famille ! Depuis que j'avais quitté les docks pour
venir travailler en ville, je n'entendais plus parler que
de cela. Les premiers jours, je n'avais rien compris de
toutes les allusions qu'on y faisait. Plutôt que de me
ridiculiser à poser des questions, j'avais préféré me taire
et écouter. Il ne m'avait pas fallu beaucoup de temps
pour comprendre.

A cette époque, New York était encore une ville à
prendre. Liée au percement du canal qui la reliait aux
Grands Lacs et la plaçait à la tête de toutes les voies
d'eau de la côte Est, la ville ne cessait de s'étendre et
de gonfler. Tous les métiers y étaient représentés, toutes
les races du monde, toutes les vertus et tous les vices
aussi. Et ceux-ci ne formaient pas le dernier des secteurs
où l'on pouvait amasser de l'argent. Pour ma part, le
hasard avait voulu que je prenne couvert dans cette cuisine du Diable. Après ce que j'avais traversé en Sicile,
cela ne me posa pas de problème de conscience. Ici, à
New York, *mastro* Giletti était l'un des chefs respectés
de ce qu'on appelait alors plus volontiers la Main Noire
que Cosa Nostra. À Brooklyn, il partageait le pouvoir
avec un autre parrain, un dénommé Battista Balsamo.
En 1895, cet homme était arrivé comme moi de Sicile
et il avait connu le centre de transit d'Ellis Island où il
avait eu la malchance de rester en quarantaine durant
plusieurs mois car les médecins américains soupçon-
naient chez lui un début de pneumonie infectieuse.
Quand enfin il arriva en ville, il se plaça sous la protection de Giuseppe Morello, qui contrôlait un petit

territoire dans l'Est de Harlem. Très vite, Balsamo prit de l'ascendant sur son parrain et il le supplanta tout à fait. Il n'avait pas vingt-cinq ans qu'on le gratifiait déjà du titre de *don.* Les vieux eux-mêmes ôtaient leur chapeau sur son passage. En quelques mois, ce fut lui qui structura l'ensemble de la Main Noire, attribua les territoires et énonça les règles.

Au tournant du nouveau siècle, les Italiens de New York vivaient sous sa loi, bien plus que sous celle du maire ou du président de Washington. Si l'organisation faisait main basse sur toutes les activités, elle tirait le plus gros de ses revenus de la protection qu'elle accordait aux commerçants. En échange d'une dîme, les boutiques étaient assurées de n'être ni incendiées ni pillées, les tenanciers battus ou même assassinés. Ceux qui refusaient de s'affilier voyaient bientôt apparaître sur leur devanture la trace d'une main noire. C'était le premier avertissement. S'ils persistaient dans leur refus, leurs enfants étaient enlevés, leurs filles violées et leurs boutiques saccagées. Les Siciliens étaient habitués à ce système. Il était leur et ne les choquait plus. Pendant de nombreux siècles, l'île avait souvent changé de maître. Les Carthaginois, les Arabes, les Normands, les Germains, les Byzantins, les Français, les Autrichiens l'avaient exploitée tour à tour sans qu'aucun d'entre eux se souciât de la condition du petit peuple. À l'époque des guerres napoléoniennes, tous les régiments de soldats et de gendarmes furent envoyés sur le continent. Livrés à eux-mêmes, les Siciliens des villes et des campagnes se tournèrent vers des hommes forts, les *prottetori,* qui garantirent leur sécurité en échange d'un impôt. Au milieu du XIXe siècle, ces *protettori* s'allièrent à l'organisation politique secrète des Carbonari afin de chasser de l'île la dynastie des Bourbons, imposée par une puissance étrangère. La victoire leur donna l'assise qui leur manquait. Légitimés par leurs actions durant la guerre de libération, ils prirent racine dans l'imaginaire et les coutumes et, puisque les Siciliens venaient en masse à New York, il était normal que les *protettori* les y accompagnent. Personne, dans la communauté, n'y trouvait à redire.

— Même si on n'en parle pas, chacun le sait. Il n'y avait que toi pour être passé à côté, me dit Navone, un dimanche que j'étais venu lui rendre visite. Tu étais vraiment naïf. Tu dois avoir été élevé dans les bois pour ne pas avoir compris tout ça plus tôt.

Élevé dans les bois, oui, je l'avais été. Mais maintenant, c'était différent. J'étais devenu un homme des villes et, même si je n'avais pas encore dix-huit ans, j'étais désormais certain que c'était ici, à New York, qu'il faudrait me battre pour m'imposer.

Soldato della famiglia

Deux mois environ après avoir commencé à travailler pour *mastro* Giletti, Polizzi me conduisit un soir dans un immeuble d'habitations que je ne connaissais pas. Au dernier étage, il me fit attendre dans l'antichambre d'un appartement, sans répondre à mes questions. Après une heure, il revint me chercher et, par un pas de souris, nous gagnâmes la maison voisine. Là, dans un nouvel appartement très semblable à celui que je venais de quitter, *mastro* Giletti m'attendait, assis dans un fauteuil crapaud. Trois hommes se tenaient debout derrière lui. Je n'en reconnus aucun.

— Polizzi m'a beaucoup parlé de toi, Luigi, commença solennellement mon *protettore*. Il te recommande à moi et j'en suis heureux. Cela prouve que je t'avais bien jugé lorsque je t'ai rencontré. Nous sommes rassemblés ici pour t'accepter en tant que nouveau membre de notre famille. Tu vas entrer dans l'honorable société de Cosa Nostra, laquelle n'accueille que des hommes valeureux et loyaux. Il y a des règles. Tu devras jurer de les respecter. Es-tu prêt à les entendre ?

Les battements de mon cœur s'accélérèrent. Je me sentais calme, pourtant. Froidement, je répondis que j'acceptais.

— Tu entres vivant parmi nous. Tu n'en sortiras que

mort. Le pistolet et le poignard sont les instruments par lesquels tu vis et tu meurs. Dans ta vie, Cosa Nostra passe désormais avant toute autre chose : avant ta femme, avant tes enfants, avant ton pays, avant Dieu. Tu dois accourir dès qu'on t'appelle, même si tes proches agonisent sur leur lit de mort. Il y a deux lois auxquelles tu dois obéir sans restriction : jamais tu ne trahiras les secrets de la société, jamais tu ne porteras la main sur l'enfant ou sur la femme d'un autre membre. La violation de l'une de ces lois entraîne la mort sans jugement, sans avertissement. Maintenant, tends ta main et fais jaillir une goutte de sang au moyen de ce couteau…

Je pris la lame que le *maestro* venait de poser sur la table. D'un coup sec et décidé, je m'entaillai la paume.

— Le sang que tu verses volontairement symbolise ton entrée dans notre famille. Désormais, tu as un nouveau père. Moi. Et de nombreux nouveaux frères… Tu ne fais plus qu'un avec nous jusqu'à la mort. Comme nous ne faisons plus qu'un avec toi. À présent, tu es un homme fait, un *amico nostro,* un *soldato della famiglia* et rien, jamais, ne pourra effacer le serment d'allégeance que tu viens de prêter.

Beaucoup de choses changèrent dans ma vie de ce jour. De la main de *mastro* Giletti, je reçus vingt dollars en billets neufs – une somme importante à l'époque – ainsi que le grand couteau de chasse qui avait été utilisé lors de cette cérémonie.

— C'est ta première arme. Garde-la toujours sur toi. Il se pourrait qu'elle te sauve la vie…

Je quittai également le giron de Polizzi puisqu'on m'affecta pour nouveau tuteur l'un des trois types qui avaient assisté à ma prestation.

— On m'a raconté que tu étais doué pour la bagarre, me dit cet homme. Avec moi, tu auras ton content !

Cet homme se faisait appeler Lupo – le Loup. Quarante ans, un peu épais, les cheveux noirs et le teint bistre, il était plus petit que moi et portait un revolver à six coups toujours passé à sa ceinture ou plongé dans sa poche. Avec lui, je quittai les fonctions de surveillance du quartier pour passer aux expéditions punitives.

— De temps en temps, un gars se met en tête de ne plus payer l'impôt. Je ne sais pas ce qui prend ces gens-là. C'est idiot de leur part. Peut-être se croient-ils soudain vraiment en Amérique ? Nous, on se charge une première fois de leur rappeler bien gentiment les bonnes manières. Si ça ne suffit pas, on revient et on casse tout… C'est un travail facile.

Ma première semaine avec Lupo se déroula sans que nous ayons à intervenir. Nous nous contentions de nous faire voir, prenant nos repas dans des restaurants différents, sans payer la note, bien sûr. Tous les matins, Lupo commençait sa journée chez le barbier : à sept heures précises, il s'installait dans le grand fauteuil de cuir que le coiffeur faisait basculer pour lui enduire plus commodément le visage de savon crémeux. Un gosse lui cirait les chaussures, tandis que je devais lui faire la lecture des pages sports du *New York Herald.* La seule chose qu'il avait prise de l'Amérique était un intérêt passionné pour le base-ball. Il soutenait l'équipe locale, dont il connaissait personnellement tous les joueurs.

— Le sport ! me disait-il souvent. Personne chez nous n'y réfléchit encore, mais je suis certain que c'est un domaine où il y a beaucoup d'argent à se faire. Le sport ! Penses-y, petit…

J'eus beau me creuser la tête, je ne voyais pas comment on pouvait gagner de l'argent autrement qu'en tenant des paris clandestins. À l'époque, je n'étais pas encore visionnaire.

Le premier jour de la seconde semaine, nous eûmes à sermonner un quincaillier qui renâclait à payer son dû à notre famille. L'homme sentait mauvais et tremblait comme une poule qui voit le renard entrer dans le poulailler. Lupo me lâcha sur lui comme on lâche un chien. Je n'eus aucun scrupule à le secouer et à le gifler jusqu'à ce qu'il nous remît l'argent. En sortant, je remarquai que, dans ses gesticulations, le bonhomme avait déchiré ma veste. Ce fut le seul détail qui me contraria.

— Polizzi n'avait pas exagéré tes qualités, Luigi, me félicita Lupo. Tu es fort comme un bœuf, et la bagarre ne paraît pas t'effrayer. Il faudra vite songer à te donner autre chose qu'une simple lame…

Car les fonctions de Lupo ne se bornaient pas à terrifier quelques commerçants apeurés. Des menaces plus sérieuses existaient, et elles étaient nombreuses.

— Ce n'est pas la police qui nous pose problème, évidemment, m'expliqua Lupo. Ses rangs sont maigres, ses gens peuvent être facilement corrompus, et les policiers préfèrent patrouiller dans les beaux quartiers. Nos problèmes viennent des autres communautés qui tentent de grignoter nos territoires. Les Chinois sont forts à ce jeu-là. Les Noirs aussi. Il faut prendre garde à ce qu'ils ne sortent pas de leurs limites.

Sous la férule de *don* Balsamo, les familles italiennes ne se faisaient pas la guerre. Au contraire. Le *don* veillait jalousement à ce que l'harmonie régnât entre les clans.

— Les affaires exigent la tranquillité, disait-il à ceux qui venaient lui demander conseil. L'agitation n'est pas bonne pour le commerce. Arrangez-vous à l'amiable. Faites preuve de bonne volonté les uns envers les autres. Ce n'est que comme cela que vous durerez. Ne sortez les armes que contre les *stranieri*.

Si la paix régnait entre nous, les hostilités étaient effectivement déclarées contre les réseaux similaires étrangers. Dans ce que l'on nommait alors les *tong-wars,* les guerres des clans, les Irlandais étaient nos seuls véritables alliés. À l'époque, ils pâtissaient des incursions chinoises. Une loi interdisant l'entrée des femmes asiatiques sur le sol américain, les Jaunes en étaient réduits, pour se reproduire ou étancher leurs besoins, à frayer avec des Noires, des Européennes ou des Juives, qu'ils enlevaient pour les violer tout leur soûl dans des maisons de passe cachées et mieux protégées que des coffres de banque. Après les Russes et les Allemands, c'était au tour des Irlandais de subir ces terribles razzias.

— Ça viendra bientôt par chez nous, prédit Lupo. Quand les Chinois se seront lassés des taches de rousseur, ils viendront s'en prendre à nos brunes.

Lupo avait vu juste. Quelques jours avant Thanksgiving 1899, un important groupe de Jaunes s'engagea dans nos rues pour nous provoquer et s'emparer de quelques-unes de nos filles. Il faisait froid. Une pluie verglacée recouvrant la chaussée d'une pellicule de givre, les coches ne circulaient plus. Les chevaux étaient restés aux écuries. Lupo et moi nous chauffions au poêle d'un café quand un gosse du quartier vint nous chercher en courant. Le gamin était tombé plusieurs fois et s'était vilainement meurtri au visage.

— *Signori* ! nous dit-il en retirant respectueusement sa casquette de velours. *Signori* ! Il faut que vous veniez. *Mastro* Giletti vous fait appeler !

En hâte, nous courûmes dans la direction que le petit nous avait indiquée. Très vite, nous entendîmes des cris et des appels. Au premier carrefour, nous vîmes une cinquantaine de coolies, blouse bleue, pantalon étroit, nattes soyeuses tombant au bas du dos, occupés à briser des vitrines et à traîner des femmes hors des maisons. Deux ou trois des nôtres, isolés, tentaient de résister mais ils étaient balayés par la vague des assaillants. Lupo marqua un temps d'arrêt. Lentement, il tira son arme de sa poche puis il resta là, les bras ballants, à ne savoir qu'en faire.

— Ne bougeons pas, dit-il, ils sont trop nombreux. Attendons nos frères.

Sa résignation fit monter en moi une rage immense.

— Pas question ! dis-je.

Lui arrachant le revolver des mains trop vite pour qu'il pût m'en empêcher, je me mis à courir en hurlant vers une grappe de Chinois à ma portée. Tendant le bras et pressant frénétiquement la détente, je fis feu jusqu'à épuisement de mes munitions. Une, deux, puis trois silhouettes s'écroulèrent sous la pluie de balles. Pris d'une soudaine panique, les autres refluèrent aussitôt en désordre, abandonnant les femmes qu'ils avaient capturées. Pas un ne possédait d'arme à feu. Ils n'avaient que des manches de pioche et des couteaux pour se défendre. En une demi-minute, la place se vida. Au sol, trois corps gisaient, immobiles, en sang. C'étaient mes premiers morts.

*

Cette action d'éclat me valut d'être présenté à *don* Balsamo en personne. Je fus étonné par les marques de déférence dont même *mastro* Giletti entourait cet homme, de trente ans son cadet. Baisant sa main comme j'avais baisé la sienne, il ne lui parlait que les yeux rivés au sol. Cela me déplut.

— Alors, c'est toi, le petit qui a fait fuir les Chinois et sauvé l'honneur de tant de filles, de sœurs et d'épouses, me dit enfin *don* Balsamo quand il daigna m'adresser directement la parole.

— Je n'ai pas réfléchi à ce que je faisais, *don*, répondis-je d'un ton humble que je pus moduler. Ce n'était pas du courage. Seulement un réflexe.

— C'est que tu possèdes de bons réflexes ! s'amusa Balsamo. Et nous, nous avons de la chance de te compter parmi nous. Tu recevras une récompense pour ce que tu as fait. *Mastro* Giletti te la donnera de ma part. Maintenant, va, et sois toujours un bon fils pour lui.

— Je le serai, *don*.

Des mains de Giletti je reçus une montre et une chaîne en or, ainsi que dix billets de cinq dollars.

— L'arme de Lupo, tu la lui as rendue ?

— Oui, *maestro*.

— Je lui dirai de te la donner. Tu la mérites plus que lui.

Lupo n'apprécia pas de devoir se séparer de son revolver. Il me le tendit avec beaucoup de réticences. J'eus beau lui expliquer que je n'avais pas délibérément agi contre lui, il ne cessa de me regarder méchamment, ne m'adressant presque plus la parole.

— Les choses ne vont pas bien avec Lupo, me dit *mastro* Giletti, quelques jours plus tard. Je vais vous éloigner l'un de l'autre jusqu'à ce que la honte et la colère le quittent. Ce sera plus sage. J'en ai parlé avec *don* Balsamo. Tu te mettras à son service quelque temps. Il t'apprécie et te réclame. L'occasion est propice pour toi.

Un peu à regret, je quittai donc *mastro* Giletti pour entrer dans la bande dont s'occupait *don* Balsamo. Ce dernier n'avait pas aimé la tentative d'intrusion des Chinois et tenait à leur rendre la monnaie de leur pièce. Il choisit deux reîtres parmi ses vassaux et m'adjoignit à eux. Il nous réunit un soir dans un atelier de tôlerie déserté pour la nuit. Sur un établi, il posa une sacoche de cuir comme en portent les médecins, un ballot de linge et trois boîtes à chaussures.

— Je veux que vous donniez une leçon aux Jaunes, nous dit-il. Les femmes siciliennes ne seront jamais leurs esclaves. Il faut qu'ils le sachent. Dans la valise, il y a des bâtons de dynamite et un détonateur. Débrouillez-vous comme vous l'entendez pour faire sauter une de leurs pagodes de Doyer's Street, de Pell ou de Dott, peu m'importe.

— À nous trois ? demanda un des types, effaré. Mais comment, *don* ?

Balsamo délia le nœud qui fermait le paquet de linge et défit le balluchon. Je reconnus des pantalons étroits, des blouses bleues, de grands chapeaux coniques…

— Vous allez enfiler les vêtements des Jaunes que Luigi a tués et vous cacherez vos visages sous des foulards. Enfin, vous fixerez ça sur votre nuque.

« Ça », c'était, sorties des boîtes à chaussures, les nattes qu'on avait coupées aux trois cadavres avant de les brûler sans cérémonie dans la chaudière d'un immeuble. Avec une grande répugnance, nous accrochâmes les postiches à nos cheveux grâce à des épingles, puis nous revêtîmes les habits des morts. Les pantalons s'arrêtaient à mi-mollet et il n'y avait pas de souliers.

— Tant pis, nous, dit le *don,* vous resterez pieds nus. Ils le font bien, eux…

Nous passâmes ensuite dans la réserve d'un marchand de charbon. Nous nous enduisîmes le visage et les mains de poussière noire, relevâmes des foulards sur notre nez et prîmes chacun sur notre dos un gros sac de boulets.

— Donne-moi ton sac, Luigi, m'ordonna Balsamo. Je vais y cacher la dynamite.

Avant de le plonger sous les grosses boules brunes, notre maître nous montra comment régler le mécanisme d'explosion et il nous accompagna par un circuit de rues désertes jusqu'aux abords du quartier chinois.

Légèrement vêtus et les pieds nus pataugeant dans la neige fondue, les deux autres tremblaient de froid. Moi, c'est à peine si j'en ressentais la morsure... Très vite, je pris la tête du groupe et m'enfonçai dans des ruelles inconnues. Enfin, au bout de quelques centaines de mètres, je vis les premiers lampions de couleurs éclairer des façades. Nous courbâmes encore les épaules et rajustâmes les foulards sur nos visages. C'était une bonne idée de se faire passer pour des livreurs de charbon : on pouvait ainsi garder la face masquée sans attirer l'attention.

Pas plus que mes acolytes, je ne savais exactement où me rendre. J'avais tout juste compris l'objectif véritable de notre entreprise : il fallait faire sauter une pagode et j'ignorais ce que le mot signifiait.

— C'est une sorte d'église, m'avait expliqué un des types avec lesquels je marchais, avant que nous ne pénétrions la zone dangereuse. Une église rouge et noire avec un toit pointu tout doré...

Avec cette seule description pour tout repère, nous errâmes pendant près d'une heure dans les rues du quartier ennemi. Personne ne prêtait attention à nous. Nous passâmes devant de somptueux bazars à kimonos et soieries, sur le devant desquels pendaient des affiches de laque peinturlurées d'idéogrammes barbares. Sur leurs petites carrioles, des vendeurs ambulants préparaient de la soupe aux ailerons de requin et découpaient de gros poulpes gélatineux... Même au beau milieu de la nuit, toutes les boutiques étaient grandes ouvertes. Devant leurs bocaux d'herbes colorées, des pharmaciens se grattaient le dos avec une main d'ivoire miniature montée sur un long manche. Plus loin, des joueurs de mah-jong fumaient l'opium en avançant leurs pions... Je notai que, dans cette foule affairée, il n'y avait pas une femme, pas un enfant... que des hommes. Certains s'échangeaient par liasses crasseuses des billets d'un dollar contre quelque mystérieuse substance ; d'autres portaient comme nous des ballots sur la tête, de grands miroirs destinés à je ne sais quel palais mystérieux caché parmi des habitations de pauvres, aussi petites, serrées et étroites que des nids d'hirondelles.

Enfin, à force de détours, nous aperçûmes notre objectif. C'était, au coin d'une travée, un édifice plus haut que les autres, plus étrange aussi. Jamais je n'avais vu pareille architecture. Assurément, il s'agissait d'un bâtiment chinois d'importance et le détruire porterait un coup à leur communauté tout entière. Un simple échange de regards avec mes frères de la Main Noire suffit à nous accorder sur cette cible. Impossible d'entrer de front dans l'enceinte avec nos sacs sur le dos sans nous faire remarquer. Nous contournâmes donc la bâtisse pour trouver un accès. Dans une ruelle jonchée de détritus que le vent faisait rouler sous nos pieds gelés, nous posâmes nos sacs contre le mur pour souffler un instant. Quand nous fûmes certains que personne ne pouvait nous surprendre, nous nous risquâmes à échanger quelques mots.

— Il suffit de trouver un endroit où poser la dynamite et d'actionner le minuteur. C'est facile, dit un des types.

Peut-être cela lui semblait-il aisé, mais il refusa tout net de porter la charge quand j'ouvris mon sac pour en extirper la sacoche protégeant l'engin de mort.

— C'est à toi que *don* Balsamo a confié cette chose. C'est toi qui dois t'en occuper jusqu'au bout ! me lança-t-il.

Haussant les épaules, j'ouvris la sacoche toute souillée de poussière de charbon et pris les quatre bâtons d'explosifs que reliait un fil branché à une horlogerie rudimentaire. Fourrant l'ensemble sous ma blouse, je me mis à fureter dans la ruelle à la recherche d'une entrée dérobée sous le regard inquiet des deux autres. Brassant un monceau de détritus pour vérifier si un soupirail ne se cachait pas derrière, j'eus la bonne surprise de distinguer un rai de lumière jaunâtre derrière les ordures. Me penchant, j'écartai les papiers gras et les poutres noircies qui bouchaient la vue et je collai mes yeux à la petite vitre rectangulaire bientôt dégagée. Ce que je vis alors m'écœura. Sur une natte posée à même le sol, une fille blanche, rousse et nue, était attachée. Un bâillon sur la bouche, elle supportait les assauts de deux Chinois à barbiche et aux ongles aussi longs que des griffes de tigre. Dès que mon cerveau comprit la situation, mes paupières se fermèrent et je reculai vivement. Par le plus grand des hasards, je venais de découvrir l'un des bordels clandestins où les Jaunes retenaient leurs prisonnières. Revenant au pas de course vers mes compagnons, je leur décrivis la scène dont je venais d'être le témoin.

— Il faut intervenir, dis-je. Et vite.

— Si elle est rousse, c'est que c'est une Irlandaise. Ça ne nous regarde pas. Au mieux, on préviendra des gens de chez elle… Tant que ce n'est pas une Sicilienne, je ne risque pas ma peau ! dit l'un.

— Ni moi la mienne ! renchérit l'autre.

J'avais envie de les frapper pour leur lâcheté. Mon sang bouillait et je me sentais incapable d'abandonner cette pauvre fille à son sort – pas plus elle, d'ailleurs, que celles qui devaient être traitées de semblable façon dans le réseau de caves s'étendant sous la pagode.

— Je propose une chose, dit enfin l'un des types. On règle la minuterie à vingt secondes seulement avant de lancer la bombe contre la porte principale du temple. Le bruit et l'agitation que ça causera arrêteront au moins les clients du bordel. Avec un peu de chance, personne ne reviendra profiter des filles pour le restant de la nuit.

— Mais ensuite ? dis-je. Demain ?

— Peut-être que le *don* décidera de faire quelque chose. Maintenant que nous savons où ils gardent les femmes, nous pourrons mieux intervenir.

Ça semblait être la bonne conduite à adopter. Rageant néanmoins de ne pouvoir mettre un terme immédiat au calvaire des prisonnières, je lançai la dynamite contre l'entrée de la pagode. L'explosion fut formidable. Bien que nous ayons détalé au plus vite, le souffle nous rattrapa et nous plaqua violemment à terre. Un de mes camarades en perdit deux incisives du haut. La bouche en sang, il ne put s'empêcher de jurer en italien. Quelques regards se détachèrent du spectacle des flammes qui léchaient les boiseries laquées rouge et noir du temple pour venir se poser sur nous.

— *Santa Madonna* ! On ne sortira pas d'ici vivants ! hurla celui qui n'avait pas été blessé.

Son cri finit de lancer les Chinois à nos trousses. Sous l'effet d'une bouffée d'adrénaline, je pris mes jambes à mon cou. Me dirigeant au jugé, je tentai de retrouver le chemin par lequel nous étions arrivés mais on me bloqua le passage dans une rue, si bien que je dus obliquer brutalement et perdis aussitôt tout sens de l'orientation. Derrière moi, mes deux compagnons tentaient de suivre le rythme, mais ils étaient moins jeunes, moins endurants, et ils ne tardèrent pas à perdre du terrain. Même le danger que représentaient les Jaunes lancés à nos trousses ne parvenait pas à leur insuffler un regain d'énergie. Nos poursuivants jaillissaient toujours plus nombreux de leurs pas-de-porte, et des renforts prenaient le relais de ceux qui avaient initié la course.

Zigzaguant entre les échoppes de planches, glissant telle une anguille entre ceux qui tentaient de me barrer le chemin, je saisis mon pistolet, et tirai un premier coup de feu pour tenter de disperser la masse hurlant à quelques mètres de nous. Un homme tomba, mais cela n'arrêta pas les autres. Un Chinois brandissant un bâton jeta soudain son gourdin dans les jambes du Sicilien le plus proche. Fauché, celui-ci s'étala de tout son long. Il n'eut pas le temps de se relever que déjà une multitude de silhouettes l'entouraient, le frappaient, le mettaient à mort.

— Luigi ! Ne t'arrête pas, me cria l'autre comme je me retournais pour porter secours au malheureux. Cours ! Cours, petit !

Je savais qu'il avait raison. Les assaillants étaient maintenant si nombreux que vider mon barillet sur eux n'aurait servi à rien. Me remettant à courir, je m'aperçus bientôt avec horreur que j'atteignais le fond d'une impasse. Un haut mur de briques nous barrait le chemin !

— Grimpe sur mes épaules, Luigi ! éructa mon compagnon. Vite ! Une fois là-haut, tu me hisseras !

Il n'y avait pas à réfléchir. Le type se mit à genoux et je m'installai à califourchon sur ses épaules avant qu'il ne se relevât. Étendant les bras, je pus atteindre le sommet du mur et me hissai sur le rebord tandis que l'autre me poussait par en bas. Je lui tendais la main pour le soulever jusqu'à moi lorsque les Chinois fondirent sur lui et l'arrachèrent à ma prise. Ce fut comme s'il se noyait dans une mer déchaînée. Je le vis disparaître sous des bras brandissant machettes, pics, crochets… Une gerbe de sang s'éleva. Pressant la détente, je fis feu autant de fois qu'il me restait de balles. Chaque coup porta mais ce ne fut pas suffisant pour sauver mon frère de la Main Noire. Quand les Chinois en eurent fini avec lui, ils se tournèrent vers moi et tentèrent de me faire basculer de mon perchoir. Mais, passant la jambe de l'autre côté du mur, je me laissai choir sur le sol. La neige amortit ma chute. De ce côté-ci, ce n'était plus le quartier chinois. Pour cette fois, j'étais sauvé…

*

— Tu as bien agi, Luigi, admit *don* Balsamo lorsque je lui racontai en détail ma triste équipée. Pour les nôtres, c'est dommage. Mais ils seront vengés, tu peux me faire confiance. Et leurs veuves ne connaîtront pas le besoin. Je veillerai personnellement sur elles et leurs *bambini*.

— *Maestro,* qu'allez-vous décider pour les filles du bordel ? demandai-je. Nous ne pouvons pas les laisser prisonnières.

Balsamo se caressa longuement le menton. Cette affaire, visiblement, l'ennuyait. Je le sentais tiraillé entre son égoïsme, les devoirs de sa charge et une certaine idée chevaleresque qu'il se faisait de lui-même.

— Évidemment, admit-il enfin. Même si ce ne sont pas des Siciliennes, nous ne pouvons pas rester sans rien faire. Mais, il faut me comprendre, Luigi, je ne peux pas agir directement non plus. Nos gens n'admettraient pas qu'on risque la vie de quelques-uns des nôtres pour des *stranieri*… Comme au billard, il va falloir agir par la bande. Si tu le veux bien, cela devra rester notre secret à tous deux. Jamais tu ne devras en parler à quiconque.

— Je le jure, *don* !

À midi, le lendemain de l'attaque du quartier chinois, Balsamo et moi nous rendîmes au fin fond des quais de Brooklyn, à la rencontre d'un dénommé Dinny Meehan. Meehan était alors le chef de la pègre irlandaise. Comme les Italiens en ville, il contrôlait les bordels du port, rançonnait les patrons pêcheurs et tenait sous sa coupe deux ou trois tripots clandestins. À cette époque, les Irlandais étaient moins bien structurés que nous autres. Plus brouillons, ils n'en étaient pas moins efficaces, pragmatiques et soucieux de leur honneur. Ombrageux, méprisants ils ne respectaient que les Siciliens, dont ils admiraient l'organisation et enviaient la discipline. En début d'après-midi, après que nous eûmes transité par plusieurs intermédiaires, on nous mit enfin en présence de Meehan. C'était un très grand type d'un bon mètre quatre-vingt-dix, nourri de bière et de viande, pesant ses deux cent cinquante livres. À côté de lui, nous ressemblions à des nains. En quelques phrases, *don* Balsamo expliqua comment j'avais découvert un des lieux de séquestration des Irlandaises dans le quartier chinois. Quand il entendit ces propos, Meehan s'empourpra et tapa violemment du poing sur la table.

— Dès ce soir, je sors les filles de là ! Tu peux me tracer un plan, petit ?

— Oui. Mais si vous faites une descente, je veux aussi vous accompagner, m'exclamai-je. Deux de mes compagnons sont morts là-bas. La dette de sang doit être soldée.

En réalité, le sort des Siciliens m'était totalement indifférent et je ne ressentais aucun chagrin à cause de leur perte. Ce qui me motivait était bien autre chose, une chose que j'avais ressentie de manière violente quand j'avais jeté la bombe contre la pagode et que j'avais dû lutter férocement pour sauver ma peau la veille au soir. C'était l'attirance irrésistible que je me découvrais pour le danger, l'odeur de la poudre et du sang…

— Si *don* Balsamo l'autorise, déclara Meehan avec déférence, tu seras évidemment le bienvenu parmi nous.

— Cela ne peut être que profitable à la bonne entente entre nos deux communautés, répondit Balsamo sur un ton onctueux de Florentin.

Balsamo regagna seul Little Italy ce soir-là. Moi je restai en compagnie des Irlandais pour préparer le coup de main que nous effectuerions en plein Chinatown. Meehan rassembla une trentaine de gaillards à l'abri des regards dans une cale sèche. Il fallut à nouveau que je raconte ce que j'avais vu. Mon récit souleva des exclamations de colère et des cris de vengeance. En début de soirée, Meehan nous conduisit sous un hangar où des pistolets et des barres de fer étaient cachés dans une charrette, sous de la paille. Les hommes se servirent tandis que je m'emparais d'une boîte de cartouches pour mon arme.

Le plan élaboré par Meehan n'était pas des plus subtils : une première équipe était désignée pour occuper le gros des Chinois en provoquant une mêlée générale, tandis qu'un second groupe se chargerait de foncer à la pagode récupérer les filles. Cette double charge de taureau risquait de nous causer de lourdes pertes et de nous valoir un échec sanglant, mais Meehan n'était pas homme à revoir sa stratégie pour d'aussi futiles considérations. Il répartit ses gars entre les équipes et me plaça avec celui de ses lieutenants qui menait l'assaut contre le bordel. Le type était frisé et se faisait appeler

John. Nous n'étions que dix dans cette troupe, mais tous pourvus d'armes à feu. Quand l'heure convenue fut arrivée, je conduisis les Irlandais jusqu'à l'impasse par laquelle j'étais sorti du quartier chinois la veille. En nous faisant la courte échelle, nous franchîmes à tour de rôle le mur de brique et nous dissimulâmes dans l'ombre. De la poche de mon gilet, je tirai la montre offerte par *don* Balsamo. Grâce au peu de lumière qui tombait dans cette ruelle, je scrutai les aiguilles jusqu'à ce qu'elles indiquent le moment où la vague d'assaut principal était supposée se déchaîner. N'entendant ni clameurs ni fusillade, nous hésitâmes un instant mais John se décida enfin et me demanda d'ouvrir le chemin. Plusieurs fois, j'avais mentalement refait le parcours de ma fuite depuis la pagode jusqu'à ce cul-de-sac où j'avais failli me faire prendre. Je m'élançai donc d'un pas rapide, les yeux baissés au sol. Nous restâmes autant que possible à couvert mais, dès la seconde rue, nous fûmes repérés. Des exclamations s'élevèrent et l'on commença à nous invectiver mais nous entendîmes aussi, à cet instant, des coups de feu qui venaient du cœur du quartier chinois.

— La bataille est commencée, murmura John. Accélère, petit…

Je m'élançai à toutes jambes et refis en sens inverse le trajet que j'avais parcouru vingt-quatre heures auparavant. Sans que personne parvienne à nous arrêter ou même entame une vraie poursuite, nous arrivâmes en vue de la pagode, dont la façade abîmée et les montants de bois calcinés témoignaient de la violence de l'explosion et de l'incendie qui s'était ensuivi.

— C'est là, dis-je en désignant le bâtiment.

Aussitôt, deux types épais passèrent devant moi et enfoncèrent d'un coup d'épaule la porte légère qui avait provisoirement remplacé celle soufflée par la dynamite. Nous pénétrâmes à l'intérieur en hurlant comme des diables pour effrayer les Chinois autant que pour nous donner du courage. Un premier Jaune fut renversé et bourré de coups de pied tandis que je cherchais frénétiquement un accès aux caves, sans me soucier du décor de panneaux de laque, de frises d'or et de dragons sculptés, qui s'étalait tout autour de moi. Au hasard, je poussai un rideau de velours grenat. Derrière, allongés sur des nattes, une dizaine d'opiomanes s'adonnaient à leur vice et n'eurent même pas la force de réagir à notre intrusion. Je poursuivis mon chemin sans leur prêter attention et m'engageai dans un long couloir percé d'une multitude de portes. Impossible de savoir laquelle choisir. Pris de court, je tirai un premier coup de feu en l'air et me mis à crier à tue-tête :

— Les Irlandaises ! hurlai-je, bientôt relayé par mes compagnons. Les Irlandaises ! Ce sont vos frères ! Où êtes-vous ?

Un Chinois me sauta sur le dos avant que j'aie entendu une réponse. D'un vigoureux coup de reins je parvins à me dégager et à faire tomber mon adversaire, à qui je fracassai la mâchoire de mes souliers cloutés. Un autre apparut devant moi, agitant deux courts bâtons reliés par une cordelette. Il essaya de me frapper à la tête avec ce fléau mais son coup dévia et je lui logeai une balle en plein front, à bout portant. Le coup de feu n'avait pas encore fini de résonner dans la pièce que je perçus des cris de filles. Galvanisé, je bondis dans leur direction et découvris derrière un panneau un escalier abrupt qui s'enfonçait sous la bâtisse. John et deux de ses types étaient sur mes talons pendant que les autres gardaient l'entrée ou exploraient les étages.

Au bout d'un tunnel qu'éclairaient des bougies énormes, nous découvrîmes une succession de chambres étroites et froides qui servaient aux passes. Des filles étaient retenues là, beaucoup de Blanches et quelques Noires, vêtues de peignoirs crasseux ou de corsets déchirés. Nous abattîmes sans un mot les clients nus qui erraient, désespérés, à la recherche d'une issue. Je tins au bout de mon arme un des deux hommes dont j'avais surpris les ébats la veille et l'achevai d'une balle qui le fit basculer violemment contre le mur. Sous le choc, ses ongles longs se cassèrent comme du verre.

Au bout d'une dizaine de minutes, nous avions réuni une trentaine d'esclaves dont beaucoup, effectivement, venaient d'Erinn. Nous les regroupâmes au rez-de-chaussée avec la douzaine d'autres, trouvées ailleurs dans la pagode.

— Le plus dur, c'est maintenant, me fit remarquer John. Comment allons-nous sortir du quartier avec toutes ces filles qui tremblent et sont incapables de courir ?

— Pas par le mur que nous avons franchi, dis-je en remettant des balles dans mon barillet. Ça nous prendrait beaucoup trop de temps de les faire passer par-dessus. Je ne vois que deux solutions : les toits ou bien les égouts !

Je n'étais pas certain que les toits nous assurent un passage praticable. Je savais en revanche où trouver l'entrée du réseau de canalisations souterraines.

— Suivez-moi, vite !

Je sortis de la pagode en trombe et tournai dans le boyau où je m'étais caché un moment, la veille au soir, en compagnie des deux types de la Main Noire. Sur le sol, j'avais remarqué alors une plaque d'égout d'où s'élevait une colonne de vapeur grasse. Un Irlandais m'aida à soulever la fonte et John descendit le premier sous terre. Les filles suivirent. À mon tour, je sautai le dernier dans le puits. L'odeur était immonde et les couloirs grouillaient de rats gros comme des lièvres. Malgré l'obscurité et la pestilence, malgré la peur et le froid, les filles restèrent silencieuses jusqu'au bout du chemin. Nous dirigeant au jugé, nous pataugeâmes plus d'une heure dans ce cloaque avant de trouver une sortie sûre. Lorsque nous sortîmes enfin de cet enfer, le jour pâle et gris se levait sur Brooklyn...

*

La nouvelle s'était répandue de bouche à oreille dans les quartiers mais les journaux ne parlèrent jamais de cette nuit où trente Irlandais et un Sicilien avaient arraché quarante pauvresses à un sort affreux. Miraculeusement, notre groupe n'avait pas déploré de pertes. Celui conduit par Dinny Meehan, en revanche, avait laissé cinq hommes au carrefour de Doyer's Street et de Pell. Meehan lui-même, malgré sa stature de colosse, avait été blessé.

— Rien de grave, dit-il à *don* Balsamo, qui était venu lui rendre visite en ma compagnie. Vous pouvez vous vanter d'avoir un sacré courageux dans vos rangs, lui lança-t-il ensuite en me regardant. John m'a raconté que votre Luigi s'est comporté comme un vrai général. Votre sang est fort. Nous autres, Irlandais, sommes heureux de compter parmi vos amis.

Comme moi, Balsamo crispa ses mâchoires pour contenir un sourire. Le compliment nous honorait et nous faisait plaisir, mais l'admettre aurait été dégradant pour notre fierté sicilienne.

Main Noire contre Main Blanche

Après l'épisode de la libération des filles, les *tong-wars* s'intensifièrent pendant quelques mois. Les Asiates recrutèrent des *desperados* mexicains, qu'ils envoyèrent en représailles contre nous. Il y eut des morts dans le Queens et dans Harlem. Puis la guerre contre les Jaunes baissa brusquement d'intensité après que la police se fut décidée à opérer un grand coup de filet dans Chinatown. Elle captura plusieurs chefs chinois et démantela des tripots, des fumeries, des maisons closes… Assommées pour un temps, les triades nous laissèrent enfin en paix. Quant à moi, toujours au côté de Balsamo, j'avais combattu aux cours de ces affrontements. Mon tableau de chasse s'était augmenté de cinq ou six types mis au tapis. Bien qu'il m'appréciât beaucoup, Balsamo me renvoya cependant au début de l'été vers *mastro* Giletti.

— C'est à lui que tu appartiens, Luigi, me rappela le *don.* Il faut respecter ça. Et puis, si tu restais encore avec nous, tu finirais par faire de l'ombre à mes propres hommes. Pour l'instant, ils t'aiment comme un frère, et je ne veux pas que cela change. Va donc leur faire un peu oublier que tu es brave. Tu n'en seras que plus cher à leur cœur…

Quand je le retrouvai, *mastro* Giletti me sembla avoir vieilli. En quelques mois, ses cheveux avaient blanchi, ses traits épaissi, son ventre s'était arrondi et il s'appuyait maintenant sur une canne pour marcher. Le temps était fini où il caracolait sur sa monture, faisant monter derrière lui un nuage de poussière dans la campagne sèche de notre île. Je retrouvai également Lupo. L'homme avait ravalé sa bile, il me serra la main avec un sourire franc pour marquer mon retour.

— Luigi ! Bienvenue parmi les tiens, mon frère.

Il me donna l'accolade et insista pour que nous déjeunions ensemble. Il me conduisit chez Dolmenico, un véritable restaurant dans Mulberry Street. La salle était immense, enfumée, et grouillait de monde.

— C'est New York ! dit Lupo en allumant un cigare à la fin du repas.

J'ignore ce qui l'avait changé durant mon absence mais Lupo me semblait désormais s'intéresser à quantité de choses bien différentes des pages sports du *New York Herald*.

— Nous avons franchi la porte du nouveau siècle, Luigi, me dit-il. Nous sommes en 1900. Tout va changer ! Il faut voir à long terme et penser à la mesure de ce continent qui nous tend les bras et où nous nous comportons encore comme les paysans que nous étions au pays. C'est dommage ! Il y a tant à faire ici…

— Tu as des idées derrière la tête, toi…

— Des idées encore imprécises, avoua-t-il. Mais des envies, ça oui !

Ensemble, nous allâmes nous promener dans les beaux quartiers. Quittant la ville basse et ses rues nommées à l'européenne, nous gagnâmes les grandes avenues nouvelles marquées de lettres et de chiffres. Sur toute sa longueur ou presque, nous descendîmes la ligne de crête de la Cinquième Avenue. Entre elle et l'Hudson, c'étaient les rues Ouest. De l'autre côté, les artères couraient jusqu'à l'East River. La Cinquième Avenue, c'était un tout autre monde que Harlem ou Brooklyn. Ici, pas de maisons rouges avec du linge suspendu aux fenêtres. Pas de cris horrifiés de mammas après des enfants sautant à pieds joints dans l'eau des caniveaux. Pas de petites frappes comme nous au coin des blocs pour surveiller le quartier et méditer de mauvais coups. Dans la contre-allée, des messieurs en jaquette bleue à queue-de-pie, chapeau haut de forme et bottes brillantes montaient au petit trot des alezans nerveux. Sur la chaussée, c'était la mode récente des cyclistes qui marquait le rythme de la circulation. Canotiers de toile cirée, pince de fer retenant le bas des pantalons à carreaux, les hommes pédalaient nonchalamment sous le regard contrit de quelques vieilles dames très dignes engoncées dans leur robe bouffante... Très peu de Noirs – seulement des valets – suivaient humblement à cinq pas, prenant soin de ne pas piétiner l'ombre de leur maître. Pas de Jaunes ni d'Hispaniques... Et puis des boutiques de luxe où des produits importés d'Europe se vendaient à prix d'or, des fourreurs, des bijoutiers, des marchands de tableaux et des antiquaires...

— Voilà qui me plaît, dit Lupo. Tant que nous en serons réduits à regarder toutes ces choses sans pouvoir les toucher, tant que nous n'aurons pas la fortune pour les acheter plutôt que de les voler, nous ne serons rien... La vraie richesse est là, Luigi. Dans la Cinquième Avenue. Pas dans le Bronx ou Harlem. Pas dans le Queens ou Brooklyn...

Dans une rue transversale, nous entrâmes dans une sorte de petit théâtre qui proposait comme attraction nouvelle des photographies animées.

— Cela se nomme cinématographe, nous apprit le caissier comme nous lui donnions trente *cents*.

Il y avait deux salles. L'une était interdite aux femmes et aux enfants. Nous la choisîmes, bien sûr. Sur une sorte de tableau blanc défilaient des images saccadées montrant des messieurs en train d'observer au coin d'une rue les robes de demoiselles soulevées par le vent. On voyait le mollet des dames. Cela nous fit bien rire.

— À minuit, on passe des images qui en montrent plus, nous dit un type à côté de nous. Je le sais : je viens tous les soirs.

Mais ni Lupo ni moi n'avions envie de rester enfermés dans cette salle sombre et bondée, qui empestait la sueur.

— Le cinématographe ! s'exclama Lupo. Ça aussi, ça pourrait rapporter de l'argent.

Mais la remarque n'alla pas plus loin, puisqu'il ignorait comment procéder pour exploiter cette invention, sinon en mettant à la rançon les tenanciers de salles.

Pendant quelques semaines, je repris ma petite vie dans la Little Italy de Brooklyn. Ma réputation y était faite et je n'avais même plus à jouer de mes poings pour obtenir le versement d'une traite impayée. Je n'avais qu'à apparaître pour que l'imprudent trouvât soudain l'argent qu'il devait. Comme Lupo, je pris l'habitude de commencer mes journées chez le barbier. J'avais désormais un peu d'argent et je pouvais m'offrir quelques petits luxes. Je portais enfin des vêtements et des chaussures à moi, que j'avais fait faire sur mesure chez un tailleur et un bottier de chez nous. Fièrement, je les avais payés rubis sur l'ongle. Deux ou trois gosses s'étaient attachés à mes pas et me tournaient autour dès que je sortais. Pour dix *cents par* semaine, j'en fis mes indicateurs. Ils me rapportaient les faits et gestes des gens du quartier et cela me permit de percer bien

des petits secrets. Pour un rien, mes teigneux se battaient entre eux, roulant sur le trottoir, se mordant,
se déchirant à belles dents... Avant de les séparer si
l'un d'eux risquait vraiment de se faire amocher, je
les observais sans intervenir. Ce n'était pas cruauté
de ma part, mais curiosité. C'est en les regardant eux,
de simples gosses, que j'ai vraiment appris à me battre ! Les enfants sont de formidables professeurs de
combat. N'ayant jamais rien appris sur la manière de
se tenir face à un adversaire ou de lancer les poings
contre une mâchoire ou un estomac, ils agissent à l'instinct, sans perdre de précieuses fractions de seconde
à réfléchir. L'esprit tout entier à la lutte, ne se sou-
ciant aucunement de style, ils visent les parties essen-
tielles du corps. Les yeux sont leurs premières cibles.
Les oreilles, si faciles à décoller d'une simple traction,
viennent ensuite. En dernier lieu, ils lancent les pieds
de toute leur force contre les tibias de leurs adversaires.
Un coup franc brise ou fend un os très facilement et
paralyse l'ennemi aussi sûrement que s'il recevait une
balle dans le genou. Depuis que j'ai observé ces gosses, je me suis toujours battu à mains nues exactement
comme eux, avec une hargne absolue, ne calculant pas
mes coups mais les portant sans réfléchir, et toujours
concentrés sur les globes oculaires, les oreilles et les
jambes. Personne, pas même un boxeur professionnel,
pas même un adepte des arts martiaux asiatiques, n'y
a jamais résisté.

De temps à autre j'allais rendre visite à mes amis
irlandais. J'étais toujours bien reçu et Dinny Meehan
s'arrangeait pour venir me saluer quand il savait que
je tramais dans son quartier. Depuis que j'avais aidé à
sauver les filles de la pagode, j'étais comme chez moi
dans son secteur. Il m'offrit libre accès aux bordels qu'il

tenait mais, comme je déclinais l'offre en termes choisis, il me regarda d'un air suspicieux :

— Qu'est-ce qu'il y a ? Tu n'aimes pas les filles ?

Savoir si j'aimais ou non les filles était une question que je ne m'étais jamais posée. L'amour n'était pas un sentiment qui me préoccupait et je n'avais jusqu'alors ressenti de désir charnel pour personne. Même lorsque la belle Angela s'était dévêtue devant moi, mon cœur ne s'était pas mis à battre plus vite. Mon esprit était trop abîmé pour ces choses.

— Tu ne vas pas me dire que tu n'as pas encore goûté à la gueuse ? me dit Meehan en riant. Il faut vraiment réparer ça !

Presque de force, il me traîna dans une de ses maisons où je me retrouvai dans une chambre tendue de chintz rosé. Sur le lit, une jeune femme en dentelles s'appliqua à me dévêtir. Je trouvai l'expérience plus désagréable et humiliante que plaisante. La fille était jolie, certes, avec sa peau blanche toute voilée de taches de son, mais les contorsions de nos corps et les compromissions que cela implique me parurent au bout du compte pénibles et, surtout, fort peu honorables. Je n'avais pas fait trois pas dehors que déjà mon esprit avait tout oublié de cette mésaventure…

Meehan ne se mêla plus de cet aspect de ma vie. En revanche, il ne cessait de m'interroger sur la façon dont Balsamo avait organisé la Main Noire. Naïvement, je lui livrais le peu que je connaissais et il profita de mes informations pour renforcer sa propre structure. Fortifiée, mieux hiérarchisée et dotée de véritables objectifs, il la rebaptisa Main Blanche.

*

À la fin de l'année 1900, la fraternité avec les Irlandais commença à se distendre. De toute évidence, Meehan cherchait à sortir des frontières du port de Brooklyn et se mettait à fureter sur nos terres. Lorsque ses intentions se révélèrent, les choses tournèrent vite assez mal et je n'osai plus visiter le quartier irlandais. Une première rixe éclata dans le quartier de Harlem. Il s'agissait de prendre le contrôle d'une rue qui, jusque-là, était un territoire neutre. Les Irlandais avaient décidé d'en réclamer la propriété, alors que les Italiens militaient pour le *statu quo*. La situation s'envenima et l'affrontement eut lieu, déclenchant les hostilités générales. Balsamo réunit les parrains et tous ensemble nous repoussâmes les Irlandais dans leur pré carré. Nous avions gagné mais c'en était fini de la fraternité entre nous et les hommes de Meehan.

Peu après, nous eûmes à lutter également contre les Noirs qui nous avaient crus affaiblis par notre précédent face-à-face. Le petit parrain de première ligne, Benedetto Madonia, réussit à lui seul à chasser nos adversaires du commerce de la prostitution autour de Harlem. Il devint pour un temps l'étoile montante de la Main Noire mais il commit une erreur qui brisa sa carrière naissante. Par mes informateurs, j'avais appris en effet que Madonia fournissait de riches clients de l'Ouest de Manhattan en gamins pour des parties fines. La nouvelle mit Balsamo hors de lui.

— Nous sommes des assassins et des voleurs, certes ! Mais pas des corrupteurs d'enfants ! Madonia doit être emmené à la promenade.

« Faire la promenade. » C'était l'une des nombreuses expressions signifiant la mise à mort d'un compagnon dont la conduite était jugée déshonorante.

— L'information vient de toi, Luigi, me dit Bal-

samo. C'est toi qui te charges de régler cette histoire.
J'ai confiance en toi. Fais ça vite et bien !

Assassiner Madonia était mon premier vrai contrat
de tueur. Jusque-là, je n'avais tué que dans le feu de
l'action. Là, il me fallait préparer mon coup pour être
certain de ne pas rater ma cible. Pendant deux jours, aidé
de mes gosses et de Lupo, je suivis Madonia pour épier
ses habitudes. Le type était méfiant et ne se déplaçait
jamais sans deux ou trois gardes du corps. C'était une
sorte d'esthète, l'un des tout premiers parmi nous à avoir
acquis une magnifique automobile dans laquelle il aimait
cajoler des prostituées. Ce fut là, à l'arrière de sa voiture,
alors qu'il était occupé à peloter des filles, que je l'abattis
avec une *lupara,* un fusil à canon scié. J'avais dû égorger
auparavant les deux gardes, qui étaient sortis du véhicule
pour laisser davantage de place aux mouvements de leur
maître. Comme à chaque fois que je tenais une arme
et que je sentais l'odeur piquante de la poudre et du
sang, mon cœur s'était emballé jusqu'à la frénésie.

— Tu es un tueur-né, me félicita Balsamo. J'apprécie
ta froideur et ton absence de scrupules. Mais je crois
qu'ils me font aussi un peu peur… Tu es un garçon terrible, Luigi… Tu vas bientôt avoir l'âge de fonder une
famille. Je peux te donner un travail moins exposé au
danger, si tu le désires…

M'éloigner du danger ? Me préserver de la rue alors
que je commençais à m'y sentir bien ? Pas question ! Et
qu'aurais-je fait, d'une famille, moi qui ne m'intéres-
sais à personne ? Je pris la proposition de *don* Balsamo
non comme une insulte mais comme la preuve que je
l'effrayais vraiment. Je crois que la découverte de ma
nouvelle puissance me fit rire…

Bien qu'il m'eût officiellement rendu à *mastro* Giletti,
Balsamo fit souvent appel à moi au cours des mois qui

suivirent. Du statut de simple *soldato,* j'étais passé à celui, rare et envié, de *torpedo,* tueur confirmé, à qui l'on pouvait confier des missions difficiles. Après la lutte contre les Chinois, les Irlandais et les Noirs, vint le temps en effet où la police commença à nous causer de sérieux problèmes. Au cours des premiers mois de 1905, un petit inspecteur s'était mis en tête de réunir toutes les informations possibles au sujet de la Main Noire. Avec vingt subordonnés sous ses ordres, le lieutenant Petrosino commandait la brigade italienne de New York. Du printemps à l'été, il avait réuni assez de preuves à charge pour jeter en prison quelques-uns des nôtres. Il devint l'homme à abattre le jour où le prodige italien Enrico Caruso arriva à New York pour y donner une série de récitals.

— Nous allons mettre le ténor à l'amende, décréta Balsamo, certain de pouvoir impressionner l'artiste.

Faisant d'abord mine de céder au chantage, Caruso contacta le lieutenant Petrosino pour lui rapporter les menaces dont il était l'objet. Un piège fut tendu à ceux de nos hommes que nous avions désignés pour récupérer l'énorme rançon de quinze mille dollars réclamée au chanteur. Tous furent pris et, une fois jugés, ils écopèrent de très lourdes peines, au terme desquelles ils furent définitivement expulsés vers l'Italie. Sous la promesse d'une protection policière et d'une remise de peine conséquente, l'un d'eux trahit le serment fait à la famille et livra de nombreuses informations sur la Main Noire. Heureusement, il ne put fournir assez de preuves pour impliquer directement Balsamo dans l'affaire Caruso, mais cette défection coûta au *don* quelques nuits blanches qui le mirent dans d'exécrables dispositions.

— Nous devons abattre Petrosino. Ce n'est encore qu'un chiot mais si nous le laissons grandir, il nous

arrachera la main dans six mois… Luigi ! Charge-toi
des détails, veux-tu ?

Régler son compte à un gars de chez nous qui avait
fauté ne requérait que peu d'efforts. Madonia avait été
le premier d'une liste qui comptait déjà presque une
dizaine de noms. Abattre un officier de police constituait, en revanche, un problème d'une tout autre nature.
La conception du stratagème que j'allais employer me
vint néanmoins immédiatement. Complet et détaillé,
mon plan surgit dans mon esprit comme si j'avais toujours su ce que j'avais à faire… Disparaissant de Little
Italy sans prévenir personne d'autre que Balsamo et
Giletti, je revêtis des guenilles, cessai de me raser, barbouillai mes cheveux de graisse et me frictionnai les
joues au whisky… Pour protéger mon corps contre le
vent et modifier la corpulence de ma silhouette, j'avais
glissé du papier journal sous mes vêtements.

Une semaine durant, j'arpentai le quartier du commissariat où officiait Petrosino, roulant devant moi une
vieille poussette d'enfant chargée de bric et de broc.
Afin que personne ne soupçonnât mon imposture, je
dus me contraindre à vivre la vie des vrais mendiants.
Nous étions en septembre et il n'y avait pas eu d'été
indien cette année-là. Il pleuvait des cordes et de fortes
bourrasques balayaient les rues. L'humidité me glaçait
jusqu'aux os. Toute la journée, je faisais mine de cuver
mon alcool, avachi au coin d'une impasse, non loin du
poste de police. Le soir, je me secouais un peu et tendais la main aux flics qui quittaient leur service. J'allais
ensuite avaler mon seul repas de la journée, un bouillon
et une tranche de pain distribués par une cantine de
l'Armée du Salut, à trois blocs de là.

Dès la seconde matinée, je repérai Petrosino. C'était
un homme plus petit que moi, en uniforme, toujours

suivi d'au moins un membre de son équipe. Les jours ordinaires, il arrivait et quittait le commissariat à pied, à heures fixes. Je fis en sorte qu'il s'habitue à ma figure. J'y parviens si bien que, le sixième soir, il me donna vingt *cents* quand je lui demandai l'aumône. Une journée encore s'écoula, à l'image des autres, puis, lorsque je fus certain qu'il ne se méfierait pas quand il me verrait de nouveau m'approcher de lui, je vérifiai le mécanisme de la *lupara* que je cachais sous ma houppelande et j'attendis jusqu'au soir en maudissant les poux et les puces dont j'étais infesté. Au crépuscule, je sortis de sous le tas de couvertures mitées qui m'abritaient et commençai à arpenter de long en large le trottoir à vingt mètres du commissariat. Devant le poste de police, un flic à cheval attendait son officier pour entamer sa patrouille ; il ajusta sa capote huilée autour de ses épaules car une nouvelle ondée tombait en gouttes lourdes et serrées. Les passants se mirent à courir pour chercher un abri. Coiffe de dentelle blanche sur son chignon brun et grand parapluie ouvert protégeant un gamin hurlant qu'elle traînait par la main, une bonne d'enfant passa en hâte près de moi en me bousculant presque. Lentement, indifférent à l'eau qui pénétrait mes vêtements et ruisselait maintenant sur tout mon corps, j'avançai vers le central de police. Les trombes d'eau de plus en plus denses voilaient la masse carrée du building, les caniveaux débordaient. Par grappes, des rats noirs affolés quittaient en couinant les égouts soudain noyés. Je grimpai les quelques marches qui donnaient accès au bâtiment, faisant mine de vouloir me protéger sous l'auvent qui surplombait l'entrée. Prenant pitié de ma silhouette dépenaillée et dégoulinante, le garde en faction ne me chassa pas.

— Temps de chien, pas vrai, *dagos* ? me dit-il en utilisant le terme d'argot policier qui désignait alors les immigrés du Sud de l'Europe.

— Pour sûr, capt'ain'!

Nous restâmes là une minute ou deux, côte à côte, à danser d'un pied sur l'autre ou à souffler dans nos mains pour nous réchauffer. Puis le battant de la porte s'ouvrit, projetant un éventail de lumière jaune devant nous. Deux officiers apparurent sur le perron. Je reconnus aussitôt la carrure et le profil au nez fort du lieutenant Petrosino. Ma main se serra sur la crosse de mon fusil de chasse à canon scié et je sortis l'arme cachée sous mes frusques. Petrosino pas plus que son collègue ne remarqua mon geste car tous deux m'avaient dépassé et s'étaient arrêtés à la lisière des marches sèches pour boutonner leur capote. En revanche, la sentinelle m'avait vu et elle portait déjà la main à sa hanche pour dégainer quand je pressai la première des deux détentes de la *lupara*. Le coup atteignit le pauvre type en pleine poitrine et le tua net. Son corps ne s'était pas encore effondré que je braquais déjà le canon à hauteur de la nuque de Petrosino mais, plutôt qu'un claquement de tonnerre, je n'entendis qu'un pitoyable chuintement de poudre mouillée… Au bout d'une seconde, un bref trait de flammes sortit enfin du canon mais la balle resta obstinément rivée à sa douille. Exposée depuis une semaine à une humidité constante, cette cartouche avait fini par faire long feu ! Utilisant le fusil à la manière d'un gourdin, je lançai à toute volée la crosse au visage du petit lieutenant qui venait à peine de se retourner et n'avait pas encore compris la situation. D'un coup tout aussi violent et rapide, je me débarrassai de son collègue. Je voulus ensuite revenir vers le policier mort pour m'emparer de son revolver et m'en servir contre le chef de brigade qui gisait, inconscient, sur les marches, mais un policier apparut, qui m'empêcha d'atteindre le cadavre. Le type comprit sur-le-champ ce qui venait de se passer et il se mit à vider son barillet, au jugé, dans ma direction. Je dévalai les marches et m'enfonçai dans l'obscurité. Alors que je me croyais sauvé, une masse énorme et chaude surgit soudain devant mes yeux. Je la percutai de plein fouet. C'était l'agent à cheval qui venait d'éperonner sa bête pour la propulser contre moi et stopper ma course. Tombé à la renverse sur le bitume, ma tête ayant tapé fort le sol dur, je vis l'homme dégainer son arme et me viser. Mais sur le perron du commissariat, l'agent n'avait pas cessé son tir de hasard. Miraculeusement, une de ses balles fit exploser le crâne du cheval, qui s'effondra d'un coup sans même hennir et, pris sous le corps de sa monture, le cavalier lâcha son arme. Bondissant sur mes pieds pour reprendre ma course, je laissai le rideau de pluie et de nuit se refermer enfin sur moi…

Cet échec n'entama pas la confiance que m'accordait *don* Balsamo. Il loua au contraire mon stratagème et mon esprit d'initiative.

— Si seulement tous nos garçons possédaient ta détermination et ta loyauté, la ville entière serait nôtre, Luigi.

— Je vous promets qu'un jour elle le sera, *don*…

*

Le lieutenant Petrosino passa deux semaines à l'hôpital. Mon coup de crosse lui avait fendu la mâchoire et fait sauter quelques dents.

Vexé par cet échec, je voulus reprendre le contrat sur lui et j'imaginai un nouveau plan. Aidé de Francesco et Carlo, deux compagnons que *don* Balsamo désigna lui-même, je parvins à m'emparer d'un des collaborateurs du lieutenant à la brigade italienne. Nous conduisîmes le type près du port et menaçâmes de le tuer s'il ne nous révélait pas l'adresse privée du lieutenant. Mon plan était d'entrer chez lui lors d'une de ses absences et d'attendre tranquillement son retour pour l'abattre. Nous eûmes beau frapper le policier et le menacer des plus terribles représailles contre sa famille s'il ne parlait pas, l'homme était courageux. Pas un mot ne franchit ses lèvres.

— Il faut agir autrement, me suggéra Carlo. Francesco et moi connaissons une méthode à laquelle personne ne résiste.

Avant que j'aie eu le temps de donner mon approbation, Carlo sortit de sa poche une corde à piano qu'il enroula vivement autour de la gorge du pauvre type. Tuméfié, sanguinolent, son visage était horrible à voir. Si étroitement serrée autour de son larynx qu'il ne pouvait pas crier, la corde ne l'étranglait cependant pas tout à fait. Francesco se plaça devant lui et, au moyen d'un stylet très fin, l'énucléa sans hésiter.

— Si tu ne parles pas, je t'arrache l'autre œil ! cracha-t-il au gars que secouaient d'horribles convulsions silencieuses.

Le spectacle de cet homme attaché, couvert de sang et désormais mutilé m'arracha un haut-le-cœur. Donner des coups de poings et de pieds, je le pouvais. Tuer de sang-froid aussi. Mais, au fond de la ruelle silencieuse où nous avions conduit ce flic, je découvris qu'il existait également une borne à ma cruauté. Oui, j'avais frappé des hommes à terre. Oui, j'avais ouvert le feu sur des ennemis désarmés. Je ne le regrettais pas et cela n'avait jamais assombri ma conscience. Mais la torture froide, méthodique, calculée, n'entrait pas dans ce que je pouvais tolérer.

— Arrêtez ! ordonnai-je immédiatement aux deux Italiens. Arrêtez ou c'est moi qui vous descends !

Tirant mon arme de ma poche, je mis en joue mes compagnons.

— Luigi ! Qu'est-ce qui te prend ? s'étonna Francesco en essuyant négligemment la lame de son couteau sur le costume de sa victime, à présent inconsciente.

Ce furent là les dernières paroles du demi-sel. Rendu fou par une rage soudain incontrôlable, j'appuyai frénétiquement six fois sur la détente. Criblés de balles, Carlo et Francesco s'effondrèrent l'un sur l'autre. Calmement, je rechargeai mon barillet et achevai le flic d'une balle en pleine tête. C'était ce qu'il y avait de mieux à faire pour lui. Pour la première fois de ma vie, je venais d'enfreindre une des lois sacrées de la Main Noire : j'avais tué deux frères qu'aucun parrain n'avait auparavant condamnés. Je demeurai là dix ou vingt minutes, à me demander comment j'allais me sortir de cette situation. Si la famille venait à connaître la vérité, *don* Balsamo ne pourrait faire autrement que de lancer un contrat sur ma tête. Un instant je songeai à filer immédiatement à la gare de Grand Central pour monter dans le premier train en partance pour la Californie. Une minute plus tard, j'envisageais de prendre le bateau pour retourner en Europe… Mais mon indécision passa rapidement. J'étais à New York. C'était là que j'avais décidé de faire ma vie, et rien ni personne ne parviendrait à me chasser de cette ville. Posément, j'enfermai les trois corps dans des fûts que je trouvai dans une arrière-cour attenante. Lestés de pierres et de pavés arrachés à un chantier de voirie, j'installai les bidons sur une charrette à bras et, après avoir enveloppé les roues ferrées de chiffons pour étouffer les bruits de roulement, je poussai ma charge jusqu'au dock le plus proche. J'avais gardé de l'époque où je travaillais sur le port une assez bonne connaissance des lieux. En quelques minutes, j'atteignis sans me faire voir un embarcadère situé derrière un hangar isolé. Je plongeai alors un à un les tonneaux dans l'eau noire…

Bien entendu, il fallut que je donne une raison plausible à la disparition de Francesco et de Carlo. J'inventai de toutes pièces le récit d'une fusillade les ayant opposés à notre captif.

— L'enlèvement a mal tourné. Le flic est parvenu à désarmer l'un de nos gars tandis que je m'étais éloigné un instant pour vérifier que personne ne rôdait aux alentours. Quand je suis revenu, tous trois s'étaient entre-tués.

— C'est fâcheux… Qu'as-tu fait des corps ? me demanda Balsamo.

— Je n'ai pas pu les ramener, *don*. Je les ai coulés sous une plaque de béton dans un chantier voisin, mentis-je, inventant la réponse en même temps que je la formulais.

Je ne crois pas que Balsamo ait jamais nourri quelque doute quant à cette version. J'avais donné trop de preuves de ma loyauté auparavant pour qu'il soupçonnât ma soudaine faiblesse.

— Cela remet-il en cause le contrat sur le lieutenant Petrosino ? demandai-je.

— Le contrat demeure. Mais toi, je t'interdis désormais de t'occuper de cette affaire. Quand la chance se dérobe deux fois, mieux vaut ne pas insister…

Renoncer n'était pas pour me plaire. Mais je jugeai plus prudent de ne pas contester cette décision. Petrosino échappa miraculeusement à une nouvelle tentative d'assassinat effectuée par un autre torpédo, puis il tomba finalement sous nos coups non en Amérique, mais Piazza Marina, à Palerme, où il s'était rendu afin d'établir des contacts avec la police sicilienne.

— Tu vois, Luigi, me dit alors *don* Balsamo, les ennemis déclarés de la Main Noire finissent toujours par recevoir leur dû. Ceux qui la trahissent aussi…

La nuit de la Cinquième Avenue

Le tout début de l'été 1907 marqua le huitième anniversaire de mon arrivée aux États-Unis. Cette année-là, j'obtins la nationalité américaine.

— Quel est votre métier ? me demanda alors l'employé municipal avant de tamponner mon certificat de naturalisation.

— Je suis comptable dans un bureau d'import-export, répondis-je.

Ce n'était pas tout à fait un mensonge. Puisqu'il me fallait une occupation officielle, Giletti m'avait fait coucher sur le registre des employés d'une de ses sociétés écrans. Les premiers temps, cela n'avait été qu'une mascarade, mais le *maestro* m'avait conseillé de m'intéresser de plus près à la mécanique financière. Au fil du temps, je m'étais découvert un intérêt réel pour les chiffres – bien entendu, la seule comptabilité qui me concernait était celle des tripots et des bordels.

L'année 1907 fut également celle où Nalfo, le fils aîné du *maestro*, remplaça son père à la tête du clan. Comme j'avais autrefois baisé la main du vieil homme, je dus poser les lèvres sur les doigts tendus de Nalfo en signe de soumission. Je connaissais mal ce type d'une trentaine d'années, aux cheveux courts et au teint foncé, qui était toujours resté dans l'ombre de son géniteur.

C'est à peine si je savais qu'il s'intéressait aux femmes et traînait une réputation de buveur.

— Cela lui passera avec les responsabilités, nous assura le *maestro,* qui avait réuni ses meilleurs hommes dans son bureau pour les informer de son départ. Nalfo a des qualités. Laissez-lui juste un peu de temps afin qu'il les exprime au grand jour. Soyez indulgents. C'est la dernière faveur que je vous demande…

Sur cette ultime requête, le vieux *protettore* s'était retiré de nos vies. Incapable de marcher depuis plusieurs mois, souffrant atrocement de la goutte et d'un voile au poumon qui rendait sa respiration pénible et chuintante, il quitta dignement la Main Noire, regretté de tous ses hommes et salué par ses pairs.

Contrairement à ce que je pressentais, l'accession de Nalfo au pouvoir se déroula étonnamment bien. Travaillant aux affaires de la famille quinze heures par jour, sérieux, disponible et juste, il semblait avoir racheté sa conduite passée. « J'ai beaucoup de respect pour mon père. Je veux simplement me montrer digne de lui. C'est la moindre des choses qu'un fils puisse accomplir », se plaisait-il à dire.

Sous sa direction, les affaires prospérèrent et nous étendîmes nos activités de la prostitution et des paris clandestins au trafic de tabac et d'alcool, ainsi qu'à l'exploitation de machines à sous. Les bénéfices ainsi dégagés permirent à Nalfo de mettre en œuvre une réforme spectaculaire de nos habitudes.

— J'y songe depuis longtemps, nous expliqua-t-il, un soir qu'il avait invité trente d'entre nous au restaurant Delmonico. Décidément, je crois que nous devrions peu à peu cesser nos anciennes activités d'extorsion de fonds aux commerçants du quartier. Cela ne constitue plus d'importantes sources de revenus et cela nuit considérablement à notre réputation. Pire, cela pousse de plus en plus de gens exaspérés à devenir indicateurs et à collaborer avec la police. Nous avons tout à perdre à continuer ainsi.

Pour nombre de mes frères, cette annonce constituait une mauvaise nouvelle. La plupart ne vivaient en effet que du racket qu'ils imposaient aux petites gens.

— Vous allez changer d'activités, messieurs, c'est aussi simple que ça ! leur lança Nalfo tandis que, derrière lui, je vis Lupo me sourire largement en faisant craquer son havane entre ses doigts.

Les nouveaux domaines d'activités voulus par Nalfo nous enrichirent plus vite qu'aucun d'entre nous n'aurait pu l'espérer. Nous arrachant à l'ère du père, le fils nous fit définitivement entrer dans le XXᵉ siècle.

— Regardez le monde qui change autour de vous ! ne cessait-il de dire. Les Italiens de New York étaient trois cent mille il y a quinze ans, ils sont aujourd'hui un demi-million. Qui sait combien ils seront en 1930, en 1950 ? Notre devoir est de penser à long terme. Si nous voulons que notre famille prospère, nous devons anticiper les besoins futurs, exploiter les inventions récentes et, surtout, les nouveaux vices ! L'argent coule à flots dans la ville haute. Une banque, une entreprise y sont créées chaque minute. Nous ne devons pas demeurer à l'écart de ce mouvement…

Les intentions de Nalfo étaient bonnes et il voyait juste. Lupo était parvenu à s'introduire auprès de lui et il lui soufflait les idées qu'il mûrissait depuis des années. La famille prit des parts dans une petite société de distribution de films et elle contrôlait une agence de placement pour chanteurs et comédiennes de théâtre dont Lupo obtint la direction. Je n'étais pas jaloux des grâces dont bénéficiait ce dernier. Moi aussi je profitais de l'expansion de nos affaires. J'habitais désormais une maison particulière dans une rue de Harlem. J'y vivais seul mais je payais une *mamma* pour s'occuper de l'intendance. Mon seul compagnon était Tabs, un épagneul au pelage roux que j'avais trouvé un jour, maigre et malade, allongé sous mon préau et que j'avais soigné avant de l'adopter. En 1908, j'acquis ma première voiture, une Ford blanche qui ressemblait à un gros insecte brillant et que je conduisais à quarante kilomètres/heure dans des rues de plus en plus désertées par les chevaux. De temps en temps j'allais aux filles, plus pour me distraire que par besoin. J'avais pris mes habitudes auprès de deux d'entre elles, Lisa et Fosca, que je louais ensemble une ou deux nuits par mois. Le reste du temps, j'étais aux ordres de *mastro* Nalfo pour les affaires quotidiennes, ou de *don* Balsamo qui ne me faisait appeler que lorsque des problèmes sérieux surgissaient. Ainsi, en février 1909, le chef de la Main Noire me demanda. Dans son grand bureau aux stores toujours baissés, même en hiver, il m'exposa les termes d'un nouveau contrat.

— C'est un avocat d'affaires. Un homme qui pourrait nous faire perdre beaucoup d'argent et retarder de nombreux projets en cours si, par malheur, il faisait gagner son client.

— Pourquoi ne pas abattre plutôt celui-ci ? suggérai-je.

— Parce que ce type n'est rien. L'avocat, lui, s'il remporte la mise cette fois-ci, saura qu'il peut avoir gain de cause sur d'autres dossiers... Je préfère éliminer la menace tout de suite.

— *Don,* osai-je respectueusement, je tuerai cet homme puisque vous me le demandez, mais préparez-vous à supprimer tous les juristes de la ville si vous craignez de perdre un jour un procès d'affaires.

Ma remarque assombrit *don* Balsamo.

— Ne prends pas ce contrat à la légère, Luigi. Je connais personnellement celui que tu vas abattre... Quelque chose d'étrange réside en lui, quelque chose de malsain. Tu penseras que c'est superstition de ma part, mais, *Santa Madonna,* je te jure que j'ai vu au fond de ses yeux verts briller une lueur... diabolique ! Cet homme doit être éliminé le plus vite possible. C'est ainsi... Ne discute pas.

Je quittai *don* Balsamo presque en riant. Enfin un défi à ma mesure !

*

L'homme que semblait tant redouter le chef de la Main Noire n'était pas sicilien. Il n'était même pas italien. Son nom était Preston Ware et personne ne savait d'où il venait ni quel était son pays d'origine. Comme toujours, j'avais mené au préalable ma propre enquête sur ma cible, m'aidant pour cela de mes petits *thugs* du quartier, que je payais maintenant un demi-dollar par semaine. Les enfants trouvent invariablement le moyen de passer là où un adulte susciterait la méfiance. Je les lançai telle une meute aux trousses de Ware. En trois ou quatre jours, ils m'apprirent sur mon homme tout ce que j'avais besoin de savoir. Stefano, quatorze ans, le plus doué, se débrouillait très bien avec un crayon et il parvint à me croquer un portrait du type saisissant de vérité. Le dessin montrait un homme d'une cinquantaine d'années, chauve, au cou épais, aux lèvres fines et aux yeux d'Asiate. En le découvrant, je compris sur-le-champ la nature du malaise de *don* Balsamo face à cet homme. Les traits de l'avocat ne semblaient pas tout à fait humains. On aurait dit un bouddha méphitique sorti du fond des âges, une divinité antique posant sur le monde un terrible regard d'aigle.

— Ware ne sort pas de chez lui, m'apprit Stefano. C'est là qu'il reçoit ses clients. Il dort toute la journée et ne consulte que la nuit, de dix heures du soir jusque vers trois heures du matin. Il ne plaide jamais lui-même mais laisse cette tâche à ses subordonnés. C'est lui qui monte tous les dossiers, pourtant. Il est installé à New York depuis dix-huit mois et n'a jamais perdu un procès. Il travaille exclusivement pour des grosses sociétés : United Steel, Standard Oil, Canadian Pacific, ou traite les affaires privées des *tycoons.* C'est un intime des familles Rockefeller et Vanderbilt...

— Il est protégé ? Des gardes du corps ?

— Je n'en ai vu aucun.

— Comment es-tu parvenu à le dessiner ?

— Il ne sort qu'une seule fois par semaine, de façon régulière.

— Pour voir les filles ?

— Non, rit Stefano. Pour fouiller les boutiques des antiquaires ! Il collectionne les vieux livres...

Pourvu de ces renseignements, approcher Ware me semblait la chose la plus facile du monde. Je me fis tout simplement passer pour un client lorsque je parlai à sa secrétaire au téléphone.

— Maître Ware ne reçoit que la nuit. Je peux vous proposer vingt-trois heures. C'est le plus tôt que je puisse faire. Cela vous convient-il ?

— Je préférerais une heure plus tardive, si c'est possible. Je dirige un théâtre sur Broadway, inventai-je, et je suis encore occupé bien après minuit.

— Alors je vous inscris pour trois heures. Vous serez le dernier client.

— Ce sera parfait, mademoiselle.

Au jour et à l'heure convenus, je me rendis à pied chez Ware. Il logeait dans un tout nouvel immeuble de luxe proche de la Cinquième Avenue. À la manière Art nouveau, une mode venue de Vienne et de Paris, la façade était tout émaillée d'or et d'azur. On y voyait des fresques où des corps de femmes se mêlaient à ceux de serpents ou d'hommes à face d'animal. Galonné et raide dans son étroit manteau rouge, un concierge austère veillait à l'entrée. Il ouvrit la grille de l'ascenseur et m'accompagna jusqu'à l'étage où résidait Ware. L'avocat vint ouvrir en personne en réponse à mon coup de sonnette. Les murs de son cabinet étaient entièrement tendus de noir, ce qui donnait l'impression de pénétrer dans une caverne, ou plutôt dans le sanctuaire de quelque religion primitive et barbare. Une odeur d'encens flottait, comme dans une église. Presque sans un mot, Ware me fit entrer dans son bureau, m'indiquant un siège d'un vague mouvement de sa main potelée. Dans ma poche, ma paume se crispa sur la crosse de mon arme juste avant que mes yeux ne croisent enfin pour la première fois ceux du type.

— C'est donc à vous que revient la charge de me tuer, annonça alors Ware comme une évidence, sans que la moindre trace de crainte altère sa voix.

On aurait dit que c'était un événement qui allait se produire sans qu'il tente un geste pour s'y opposer.

— Qui vous a averti ? demandai-je, saisi.

— Je possède de bons informateurs, les meilleurs qui soient, répondit-il sur un ton de banale conversation. Vous-même n'en rémunérez pas d'aussi efficaces. Un renseignement m'a été refusé, cependant. On ne m'a pas livré votre identité véritable. Puis-je la connaître avant que vous pressiez la détente ?

J'étais abasourdi. Comment Ware pouvait-il savoir

que j'étais un tueur ? Et pourquoi n'essayait-il pas de me convaincre de l'épargner ?

— À quoi cela vous avancerait-il de connaître mon nom, monsieur Ware ? répliquai-je. Vous savez quelle est ma fonction. C'est là l'essentiel… Mais je suis curieux. Qui sont vos informateurs et pourquoi ne vous opposez-vous pas au contrat lancé contre vous ?

— Mes informateurs ? s'amusa l'avocat. Mais ce sont les rêves et les signes ! Ils s'accumulent autour de moi depuis des semaines. Je les vois, je les note. Et puis, surtout, ce sont les morts… Oui, monsieur l'assassin… Les morts m'ont dit que vous alliez venir me prendre. Je ne cherche pas à vous distraire de votre tâche car je suis attendu de l'Autre Côté… L'heure est venue pour moi de percer des mystères qui m'obsèdent depuis toujours et qui ne se dévoilent que si l'on fait le sacrifice de son corps. J'ai mis mes affaires en ordre. Je suis préparé à mon oblation. Ce soir, vous êtes mon Charon, mon Passeur… Vous allez faire votre office et c'est bien ainsi. Mais avant, laissez-moi vous rétribuer pour votre peine…

Ware se renversa légèrement dans son fauteuil et ferma un instant les paupières. Posées à plat sur le bureau, les doigts écartés, ses mains se mirent à trembler légèrement. Quand il rouvrit ses yeux, je vis que ses pupilles étaient maintenant si dilatées que la couleur verte de l'iris ne formait plus qu'un mince anneau à peine décelable.

— Merci ! dit-il enfin en montant sa voix. Merci ! Je vois que celui qui va me donner la mort n'est pas un être ordinaire. Cette nuit va mettre un terme à mon existence et changer aussi la vôtre, monsieur Monti… Cette nuit est celle d'une métamorphose pour nous deux ! Nous franchissons une porte, moi vers la lumière, vous vers

encore plus de ténèbres. Oui, Monti ! J'ai eu la vision !
Vous pensiez avoir traversé l'enfer, vous pensiez avoir
souffert plus que votre part, avec les meurtres de Leonora et Giuseppina. Mais cela ne va pas s'arrêter là. La
Mort vous cerne. Elle vous berce et vous cajole… Elle
est votre amour, et vous ne le savez pas… Elle vous prendra et vous rejettera, Monti. Telle la vipère des Médicis,
elle vous avalera, vous recrachera, puis prendra ceux
parmi les vôtres que vous chérissez le plus… Elle se
tient déjà sur votre épaule ! Je la vois ! Je la vois !

En sueur, pris d'une panique soudaine, et ne suppor-
tant plus qu'une seule prophétie sortît de la bouche de
ce devin satanique, je pressai la détente de mon arme
sans même prendre le temps de la sortir de mon manteau. Six balles s'écrasèrent dans le corps mou de Ware.
L'avocat s'affaissa sur son bureau, son plastron inondé
de sang. Je restai là plusieurs minutes, sans bouger, sans
me soucier de savoir si les coups de feu avaient été entendus. Mon esprit était ailleurs. Comment Ware avait-il
soudain eu connaissance de mon histoire ? Comment
avait-il su pour ma mère et ma grand-mère ? Moi-même,
j'avais comme effacé ce drame de ma mémoire. Jamais
je ne l'évoquais pour moi-même et il ne me revenait
que sous forme de cauchemar durant mes nuits. J'avais
même occulté le serment de vengeance que j'avais fait
au docteur Lurano avant de quitter le village. Alors,
comment Ware avait-il pu savoir ? Je finis par me relever et, frénétiquement, commençai à fouiller le cabinet
de l'avocat. Tout y passa. Son bureau, d'abord, dont
je forçai chaque tiroir pour consulter grossièrement les
dossiers, puis le reste de la pièce, où je ne trouvai que
des papiers professionnels sans intérêt pour moi. Derrière un sas formé de deux portes matelassées de cuir,
j'entrai enfin dans ses appartements privés. La visite de

la chambre ne donna rien, pas plus que la mise à sac de deux petits salons meublés d'antiques. La bibliothèque, en revanche, m'arrêta… C'était une pièce étrange, tout en longueur, à peine plus large qu'un couloir, aux murs couverts d'étagères sur lesquelles couraient des milliers de livres anciens. Des tableaux, éclairés de petites lampes vertes, ponctuaient l'alignement rigoureux des volumes. Tous sans exception avaient pour personnages principaux des démons grimaçants, des alchimistes à l'œuvre dans leur antre ou des sorcières au sabbat… Les livres, eux, portaient uniquement sur la magie, l'alchimie ou le spiritisme. Je décryptai au hasard : *Clefs de la magie noire,* de Stanislas de Gaïta ; *Hermippus redivivus ou Victoire sur le tombeau,* de Cohausen ; *Le Livre des esprits, de* Kardec ; *Viridarium chymicum,* de Stolcius ; *Letters on Demonology,* de Scott…

Encastrée dans une niche profonde, une table de travail était couverte de feuilles griffonnées d'horoscopes ou de pentacles tracés à l'encre rouge. Près d'elle, sur un lutrin, je vis une sorte d'énorme catalogue, ouvert, dont l'écriture serrée ne ressemblait à aucun des alphabets que je connaissais. Comme une bulle qui éclate soudain à la surface d'une eau stagnante, la voix de ma mère remonta en écho à ma mémoire. Aussi clairement que lorsque j'étais enfant, je l'entendis répéter les phrases qu'elle prononçait autrefois pour nous expliquer ses actes lors de la création du fétiche miraculeux.

« Écrire le nom du fétiche à l'aide d'un signe inventé fixe l'esprit de ce nom et en garde le secret pour nous seuls… »

Une écriture inventée par Ware et réservée à son seul usage. Voilà exactement à quoi ressemblaient les pages de ce volume. Des générations de savants auraient beau se pencher sur ces lignes, aucun ne pourrait en découvrir la clé puisque celle-ci n'appartenait qu'à l'homme qui l'avait inventée. Malgré la révélation de cette évidence, je tournai à rebours les pages du grimoire. Encadrés telles des enluminures de livres d'heures, je découvris bientôt des esquisses ou des plans d'architecte. Puis mon cœur se dilata. Sur deux pages se faisant face, l'avocat avait ébauché l'exacte représentation de San Ezechiel, la petite église du père Vittorio. J'en reconnus les contours et l'allure. Il n'y manquait rien, ni les crevasses dans la tour du clocher, ni la volée de marches menant au presbytère attenant, ni la perspective du parvis ! À ma surprise horrifiée, je vis surtout qu'une silhouette de femme à moitié nue pendait à la branche d'un chêne, sur la place, grotesque et désarticulée. Ce fut comme si le sang se retirait tout à coup de mon corps. Je me sentis défaillir, mais un ultime sursaut nerveux me fit conserver un brin de conscience. Haletant, je tournai une à une les pages de ce livre démoniaque à la recherche d'indices qui pourraient enfin me révéler d'où Ware tenait ses visions, mais je sentis soudain se poser sur ma nuque la bouche froide d'un revolver tandis que mes mains étaient brutalement rabattues dans mon dos, et j'entendis le claquement sec de menottes de police qui se refermaient sur mes poignets.

Blackwell's Island

Le pénitencier de l'île de Blackwell, au beau milieu de l'East River : c'est dans cette fosse que je fus jeté après mon arrestation chez Preston Ware. C'était une suite de bâtiments sinistres, d'allure médiévale, érigés pour la plupart près d'un siècle plus tôt, en granit noir. Trois pavillons de quatre étages étaient réservés aux meurtriers, aux voleurs, aux proxénètes et aux violeurs. Une dernière bâtisse faisait office d'asile d'aliénés. Nous étions neuf cents ou mille prisonniers peut-être, vêtus de bure grise, chaussés de sabots, mal nourris, maltraités, constamment en proie aux rebuffades des gardiens qui faisaient pleuvoir les coups de trique dès que nous n'avancions pas assez vite dans les travées ou que notre regard croisait le leur. « Vous êtes ici pour souffrir. Vous êtes ici pour expier », avertissait un immense panneau tracé au goudron surplombant le réfectoire.

J'ai beaucoup souffert à Blackwell. Mais je n'ai rien expié. Rien. Aussitôt qu'on m'eut pris chez l'avocat, je fus inculpé d'assassinat. L'enquête fut rapidement conduite par des policiers et un juge trop heureux de l'aubaine. L'arme qui avait tué Ware était encore dans ma poche. Je ne perdis pas mon temps à nier. À quoi bon ? En revanche, jamais personne ne put m'arracher le nom de mon commanditaire ou quelque aveu que ce fût sur les activités de la Main Noire.

— La seule façon de vous sauver et d'échapper à la peine capitale est de nous révéler l'identité de celui pour le compte duquel vous avez agi, m'avertit le juge en fronçant les sourcils à la manière d'un maître d'école croyant impressionner un garnement.

Sa remarque me fit rire.

— Eh quoi ? répliquai-je. Vous me faites miroiter une vie entière passée entre quatre murs plutôt qu'une mort rapide ? Vous pensez vraiment me proposer un marché à mon profit ?

Le magistrat soupira. La bataille était perdue d'avance, et il le savait.

— Votre procès aura lieu dans quelques semaines. Le dossier est transparent. N'espérez rien.

Cette remarque-là aussi m'arracha un mauvais sourire. Depuis que j'avais senti les menottes à mes poignets, je connaissais le terme du voyage pour lequel je venais d'embarquer. À Blackwell, on me trouva une paillasse dans une cellule où dix hommes se partageaient un espace déjà réduit. Mon arrivée provoqua des remous, des plaintes, une bousculade et enfin une altercation générale. Les gardes n'intervinrent pas. En prison, il n'y a nulle part où se cacher, nulle part où fuir, personne à qui adresser un appel. Je reçus un coup, et je frappai en retour. Aveuglément. Sans me soucier de qui venait sous mes poings. J'assommai un type, puis un autre, et un troisième encore… La force et la violence dont je fis preuve me valurent qu'on me laissa en paix. Au prix – minime – d'une côte fêlée et d'un cuir chevelu dégoulinant de sang, je gagnai mon droit de résidence. En attendant mon procès, je restai là, parmi ces autres dont je ne voulais rien savoir et qui ne me demandaient rien. Depuis que nous avions franchi les portes de fer du pénitencier, nous ne comptions plus parmi les humains. Notre passé, nos ambitions, nos espoirs, tout cela n'existait plus sur cette bande de terre longue d'un peu moins de deux miles, large de huit cents yards, qui s'étendait juste en face de la 51e à la 88e Rue de Manhattan. Manhattan ! À vingt minutes de nage à peine pour un homme robuste. Et à l'autre, bout du monde, pourtant... Comme tous ceux qui arrivaient ici, j'avais été transporté dans l'île par un bac spécial qui faisait l'aller-retour deux fois par jour entre la prison et le grand dépôt général de la police. À Blackwell, tous les prisonniers travaillaient. On me versa à l'équipe en charge de construire une digue près du phare, jusqu'à ce qu'on énonçât officiellement ma sentence, au terme d'un procès expéditif qui dura moins d'une matinée.

— Monti Lewis, vous êtes condamné à la peine de mort par électrocution à l'unanimité du jury...

La chaise électrique, voilà le sort qu'on me réservait. Je me préparais à cela depuis des semaines. Je n'en fus ni surpris ni effondré. Le pauvre avocat qui avait essayé de me défendre paraissait plus peiné que moi.

— Vous n'avez rien fait pour m'aider, Monti, geignit-il en m'adressant la parole pour la dernière fois. Si seulement vous aviez avoué qui vous avait envoyé chez Preston Ware !.... Votre seule chance maintenant, c'est la grâce du nouveau président Taft. Il vient d'être élu. Peut-être voudra-t-il faire un geste ?....

Mais Taft n'intervint pas. Pourquoi l'aurait-il fait ? Tout cela ne m'importait plus d'ailleurs. Mon seul chagrin était de mourir dans l'ignorance de ce que Ware avait su de mon histoire et, surtout, de la manière dont il avait appris les détails de la mort de ma mère et de ma grand-mère. C'était ce mystère qui occupait toutes mes pensées, rien d'autre.

La sentence édictée me valut un changement de cellule. Le soir même de mon procès, on me transféra dans le pavillon des condamnés à mort. C'était un petit immeuble, moins haut mais plus sinistre encore que les autres. Une double ceinture de murailles l'isolait de l'asile de fous, son voisin immédiat. On m'enferma dans un cachot individuel, une sorte de tombe, déjà, où ne filtrait vers midi qu'un filet de lumière dégringolant d'un soupirail protégé par des barbelés et des barreaux d'acier gros comme mon poing. Une planche de bois fixée au mur pour couchette, un matelas de crin humide, un pot en terre cuite pour les besoins… rien d'autre… Vingt-trois heures par jour à rester là, sans sortir, sans voir personne, sans savoir quand l'exécution aurait enfin lieu pour me délivrer de cet enfer de solitude et de désespoir…

Un peu avant le soir, j'avais droit à une heure de promenade, fers aux pieds, menottes aux poignets, avec un seul compagnon d'infortune et sous la surveillance de trois gardes armés, perchés sur des miradors qui tenaient leur fusil comme un bébé au creux de leurs bras, le chien déjà relevé pour faire feu plus vite en cas de rébellion de notre part. Le premier type avec qui je partageai cet instant était un petit Allemand qui avait étranglé cinq ou six prostituées dans le quartier de Hell's Kitchen, à l'angle de la 39e Rue et de la 10e Avenue. Des yeux de souris, un front fuyant, un menton mou… il parlait à peine l'anglais et je n'entendais rien de son sabir. Il ne me manqua pas le jour où il fut exécuté. On le remplaça par un Mexicain qui avait empoisonné toute sa famille pour toucher un maigre héritage. Longtemps nous nous promenâmes ensemble, dix ou douze

mois peut-être, avant qu'il ne fût emmené à son tour.
J'eus un ou deux autres compagnons d'infortune puis,
au bout de presque deux années, un grand type qui bou-
geait bizarrement, mêlant la souplesse d'un danseur à
la brutalité d'un animal, fut placé avec moi. Son nom
était Maddox Green. Quand il me vit, il sourit comme
on imagine qu'un vieux loup puisse le faire lorsqu'il
flaire la piste d'un faon égaré.

*

— D'abord, on te rasera…
— Qu'est-ce que tu racontes, Green ?
— Je te dis que, d'abord, on te rasera. Complètement… Ton corps devra être lisse pour diminuer la
résistance au passage du courant électrique. Puis ils
t'attacheront sur la chaise avec des liens de cuir…
La cour était trop petite. Impossible d'échapper à
Maddox Green, à son regard de fou, à ses mots, surtout,
qui me décrivaient avec des détails atroces tout ce qui se
passerait lors de mon exécution. En prison, nulle part
où se cacher. En prison, nulle part où fuir. Dans la cour
des condamnés à mort encore moins qu'ailleurs.
— Sur ton crâne nu, ils feront ruisseler une éponge
avant de fixer une coiffe de métal tout hérissée d'élec-
trodes. Un autre fil sera placé au bas de ta jambe. Ils te
banderont les yeux juste avant de se retirer dans la pièce
d'observation. Alors le bourreau abaissera la poignée
qui libérera un courant de deux mille volts…
— Bon Dieu, ferme-la, Green !
— Deux mille volts, Luigi, pendant trente secondes !
Mais tu ne crèveras pas tout de suite… Ah ça, non, ce
serait trop beau… D'abord, tes muscles vont se contrac-
ter et tes mains se serrer autour des accoudoirs de la

chaise tandis que tes jambes se secoueront si fort à vouloir rompre leurs liens que tu t'en briseras les os. Une odeur de brûlé montera tout autour de toi, si pénétrante que tu pourras la sentir, malgré la douleur ! Alors tes yeux vont exploser. Ou prendre feu. Ou sortir de leurs orbites et pendre sur tes joues comme des boules au bout de leurs ficelles de nerfs. Tu vomiras du sang et de la bile. Tes intestins se videront parce que tes organes internes seront en train de cuire...

— Ferme-la, je te dis !

— Ta peau... Ta peau noircira et se craquellera. Elle se mettra à fumer et à cloquer. Tu voudras hurler mais ta langue ne sera déjà plus qu'un petit morceau de charbon dans ta bouche ! Alors, le bourreau relèvera la manette. Si tu as de la chance, tu seras mort, Luigi. Un médecin viendra la vérifier. Mais, souvent, une autre décharge est nécessaire. Trente secondes de plus ! Et même une troisième, parfois. Le cerveau et le cœur mettent longtemps à griller, ce sont de grosses pièces de boucherie. Ils grésillent comme du bacon qu'on jette dans une poêle trop chaude... Ceux qui seront là, derrière la vitre, à te regarder, vomiront eux aussi. Certains s'évanouiront. L'odeur de ta chair carbonisée sera si forte qu'ils seront obligés de se débarrasser de leurs vêtements... Si ta femme est là, Luigi, si ta mère est là, elles devront se raser les cheveux parce qu'il leur sera impossible d'enlever l'odeur infecte qui les aura imprégnés à jamais...

À chaque promenade, Green me répétait la même scène d'horreur. Le soir, je savais que j'entendrais à nouveau la description de ce qui se produirait dans la salle d'exécution. Le crépuscule était devenu un cauchemar pour moi. Je demandai aux gardes qu'on changeât l'heure de ma sortie ou qu'on me laissât même croupir dans ma cellule plutôt que de m'imposer le regard de dément et les paroles immondes de Maddox Green, mais les gardes ignorèrent mes requêtes. En prison, nulle part où se cacher. Nulle part où fuir...

Et puis un jour, après des semaines de ce manège, Maddox Green se tut enfin. C'était un soir d'été brûlant, orageux. Des nuages noirs couvraient la ville. À travers le grillage tendu au-dessus de notre cour, je ne voyais plus le soleil, et la seule lumière était celle des éclairs de chaleur qui lacéraient ce ciel de fin du monde. De l'asile de fous tout proche montaient les cris des malades excités par la touffeur et l'imminence de la tempête. Le vent se leva en bourrasques... Maddox se taisait. Il regardait fixement les nues, humant l'air comme un animal l'aurait fait. Moi, j'avais plaqué mon dos contre le mur dans un coin. J'avais du mal à trouver mon souffle. Mes poumons semblaient se rétrécir au fil des secondes. Je me mis à claquer des dents, la tête me tourna et je m'affaissai par terre dans un cliquetis de chaînes. Alors je vis Maddox Green venir à moi. Sa silhouette n'était qu'une grande ombre noire, ses traits étaient brouillés, aussi indistincts que ceux d'un fantôme. S'accroupissant à mon côté, il plaqua sa bouche à mon oreille.

— C'est toi qui as tué Preston Ware, pas vrai ? me dit-il d'une voix remplie de haine.

Mais je ne pouvais répondre. Pris de tremblements, les nerfs tendus à craquer comme si déjà les milliers de volts de la chaise électrique me parcouraient, je voulus le repousser mais il n'y avait plus aucune force dans mes muscles...

— Il y a un secret, Luigi, poursuivit Green sur un ton plus doux. Ware m'a parlé. Il m'a demandé de te transmettre un message... Tu veux l'entendre ? Il ne franchira pas mes lèvres tant que tu ne m'auras pas dit que tu le veux, Luigi !

Mes paupières cillaient comme des papillons de l'enfer. Il me sembla que le visage de Green soudain se modifiait. Son front se bomba, ses mâchoires s'épaissirent et s'allongèrent comme celles d'un chien. Une fourrure brune couvrit sa face et l'iris de ses yeux se fendit de la pupille rectangulaire des boucs ! Son odeur infecte tomba sur moi tel un drap mouillé. Je savais pourtant que tout cela n'était pas vrai, que j'étais en train de sombrer dans un cauchemar provoqué par la fièvre. Je fis appel à mes dernières ressources pour répondre à Green.

— Je veux entendre le secret, parvins-je à bredouiller. Parle.

Mes yeux se fermèrent et je sentis la main du monstre me passer dans les cheveux, tandis qu'il s'accordait le plaisir d'un ricanement avant sa révélation.

— Les religions mentent, Luigi. Les hommes n'ont pas d'âme… Après la mort, il n'y a rien. Rien, tu entends ! Pas même le vide. Ni le noir. Ni le silence. Tout cela n'existe plus. Tu comprends ça, Luigi ? La mort est le grand terminus ! Mais il y a une exception, une seule pour ceux qui ont eu le courage de se forger une âme de leur vivant. Preston Ware l'a fait, et il veut que tu le fasses aussi. Il ne te laissera pas crever sur la chaise électrique. Preston Ware ! L'homme que tu as débarrassé de son écorce de chair pour que son esprit vive à jamais. Il te sauvera ! Il sait que tu as une grande œuvre à accomplir et veut te remercier de ce que tu as fait pour lui… Fais-lui confiance, Luigi ! Fais-lui confiance !

Malgré l'étau de douleur qui m'enserrait le crâne, je me mis à rire… Maddox n'était qu'un aliéné, et je l'étais autant que lui, moi qui voyais toujours son mufle d'animal penché sur moi.

— Pourquoi ris-tu ? aboya-t-il alors. Tu ne crois pas ce que je dis ? Tu doutes ? Tu refuses d'avoir foi en ta mission ? Fou que tu es !

Son poing s'abattit sur ma tempe.

— Tu seras sauvé, Luigi Monti ! Tu seras sauvé ! Tu vas le comprendre enfin ? hurla-t-il tout en me frappant sur la tête, le ventre, la poitrine…

J'entendis les gardes appeler du haut de leurs miradors. Il y eut des hurlements. Mes yeux se fermèrent et mon corps se tassa dans l'angle du mur. Je sentis qu'on arrachait Green à la prise qu'il s'était assurée sur ma tunique. Le tissu se déchira, en même temps un coup de tonnerre roula et les premières gouttes de pluie s'écrasèrent sur le ciment. La sensation de l'eau coulant sur moi me rendit un peu de forces. Me redressant, je vis Maddox aux prises avec les gardes. Trois ou quatre hommes tentaient de le maîtriser mais, malgré les lourdes chaînes qui l'entravaient, le prisonnier était un adversaire redoutable. Son énergie décuplée par la rage et la folie, Maddox précipita les gardes au sol l'un après l'autre. L'un d'eux tomba avec une telle violence que sa tête heurta le sol. Son sang rouge vif, presque fluorescent à la lueur des éclairs incessants, était la seule couleur dans cette scène d'enfer en noir et blanc. Perdus dans les roulements du tonnerre, des coups de feu claquèrent. Deux, puis trois, puis dix, peut-être… Maddox s'écroula près de moi. Sa chemise était en lambeaux, un grand tatouage courait sur son torse. C'était une grande figure de Vierge entourée de serpents aux crocs suintant de venin…

*

Les mots que prononça Maddox Green juste avant sa mort ne cessaient de me hanter. Malgré son absurdité, l'impossible prophétie qu'il avait proférée constituait l'unique récif sur lequel mon esprit naufragé pouvait prendre appui. Je ne comprenais pas comment Green avait pu savoir que j'avais exécuté Preston Ware. L'avait-il lu dans les journaux avant d'être lui-même enfermé à Blackwell ? D'autres prisonniers le lui avaient-ils appris ? Mais pour quelle raison l'auraient-ils fait ? Rien de tout cela n'avait de sens. Le mystère Ware ne faisait au contraire que s'opacifier... Toutes ces pensées me consumèrent. Dans l'obscurité et le silence quasi absolu, dans la solitude et le froid, je finis par m'engager sur le chemin qui menait aux confins de la folie. À moi aussi, comme à Maddox, les morts se mirent à me parler. Je vis l'ombre du gangster Madonia que j'avais abattu dans sa voiture, celles des assassins Francesco et Carlo que j'avais tués dans une ruelle parce qu'ils torturaient un pauvre type... Je vis le visage du policier que j'avais assassiné sous la pluie... Et puis je revis Leonora et Giuseppina... Le souvenir des deux femmes était celui qui me revenait le plus souvent en mémoire... Elles me disaient qu'il fallait que je sois brave... Que mon heure allait bientôt venir et que ma délivrance était proche... La silhouette de ma mère était affreuse. Elle portait encore la corde que Galline le notaire lui avait passée au cou. Ses vertèbres étaient brisées et sa tête penchait sur son épaule de manière grotesque. Sa peau était marbrée de noir... La vieille Giuseppina, pour sa part, dégoulinait de l'eau du puits dans lequel elle avait été précipitée. Ses chairs étaient gonflées et partaient en lambeaux. Elle ne parlait pas mais sa bouche édentée me souriait.

— Prisonnier Monti, Lewis, préparez-vous !

Le guichet de ma porte s'ouvrit brusquement, me tirant de mes songes. L'heure était venue. Dans quelques minutes, j'allais mourir. Il n'y avait rien à faire contre cela et j'en éprouvai un soulagement immense. L'attente avait été longue. Une épreuve bien plus terrible que la douleur physique à laquelle j'étais promis. D'ici une heure, je disparaîtrais de la surface de la Terre, et le seul regret qui m'habitait était celui de n'avoir pas étranglé de mes propres mains les gens du village qui avaient hurlé après nous quand nous avions voulu détruire le fétiche guérisseur caché dans le dos de la statue de Marie... La porte s'ouvrit et un prêtre catholique entra.

— C'est l'heure, mon fils. Voulez-vous vous confesser ?

— Je me suis toujours passé des sacrements, mon père. Je ne désire pas modifier ma conduite aujourd'hui.

Un garde vêtu d'une blouse pénétra à son tour dans ma cellule. Comme Maddox me l'avait raconté d'innombrables fois, on me rasa entièrement et on me demanda si je voulais prendre un dernier repas, mais je refusai.

— Que la chose soit faite vite. C'est tout ce que je demande. Je n'exprime pas d'autre volonté.

Mes chaînes furent vérifiées puis on me conduisit jusqu'à un étage inférieur. Il devait être dix heures du matin environ. Il y eut des procédures qui n'en finissaient pas. Un juge était en retard, un médecin aussi. On me fit attendre juste devant la chaise, dans une pièce exiguë, nue hormis l'instrument de mort. Des traces charbonneuses maculaient le fauteuil... Enfin, je vis que, derrière une vitre, un homme en civil faisait signe aux gardes de m'installer. Il me sembla que mon cœur cessait de battre, que mon sang se figeait dans mes veines. Toute pensée était suspendue en moi. Je m'assis sans résistance. D'épais bracelets de cuir vinrent enserrer mes chevilles et mes poignets, et le bourreau pressa une éponge imbibée sur mon crâne. L'eau était froide, elle me dégoulina dans le cou, les yeux et le nez. Je sentis qu'on fixait un objet de métal lourd sur mon crâne nu. Un type s'avança avec un bandeau mais je fis signe que je n'en voulais pas. Mon calme dut l'impressionner ; il recula. Enfin, je fus laissé seul. Le bourreau s'approcha du tableau électrique. Sa main se posa sur la manette de bois et resta un instant immobile. Il attendait l'approbation du juge. À travers la vitre je voyais tout. Gros homme à la moustache blanche et aux cheveux coiffés en brosse, le magistrat fit un petit signe du menton. La manette s'abaissa, lâchant le courant. Mais rien ne se produisit... C'est à peine si je perçus un grésillement en train de monter jusqu'à moi. Je ne ressentis aucune brûlure, aucune douleur... Des exclamations s'élevèrent dans la salle d'observation.

— Qu'est-ce que vous attendez ? Recommencez ! ordonna sèchement le juge au préposé à l'exécution.

Le mécanisme fut réenclenché et la manette à nouveau abaissée. Tout comme la première fois, l'électricité refusa de quitter son accumulateur. Une troisième et une quatrième tentatives échouèrent de même. Un tohu-bohu indescriptible emplit les lieux.

— Qui est en charge du bon fonctionnement de l'installation ? hurla le juge, empourpré de colère. Qu'on me l'amène immédiatement !

Des techniciens vérifièrent les circuits. Tout fut ausculté sans qu'aucune anomalie fût décelée. On me détacha du siège et m'y replaça encore pour une ultime tentative, qui échoua aussi pitoyablement que les autres.

— Il faut reporter l'exécution, déclara enfin l'homme à la moustache blanche. On ne peut pas continuer ainsi… Monsieur ; le directeur, vous êtes responsable de vos locaux ! Pouvez-vous m'expliquer ce qui se passe ?

Pris de court, le directeur de la prison ne savait que dire ni que faire. Mille fois, il promit de vérifier au plus vite l'intégralité du réseau électrique, ce qui ne le dispensa pas de subir une tornade d'injures de la part du juge. Je les entendais encore s'invectiver lorsqu'on me ramena dans ma cellule.

— Tu peux dire que t'es un sacré veinard, mon gars, me souffla un geôlier avant de refermer la porte sur moi. Une exécution qui rate, c'est du jamais-vu à Blackwell !

Avant la fin du jour, la nouvelle avait fait le tour de l'île. De ma cellule, j'entendis le vacarme que faisaient les prisonniers qui scandaient frénétiquement mon nom en tapant sur leur gamelle… À l'heure de la promenade, on me fit parcourir seul la courette. Je passai ma main sur mon crâne chauve en riant… Maddox Green ne m'avait pas menti : Preston Ware venait bel et bien de me sauver la vie !

Deux ou trois mois s'écoulèrent encore sans qu'on revînt me chercher pour me replacer sur la chaise. Mes gardes m'avaient rapporté certaines rumeurs. On disait qu'une sentence terminale qui échoue équivalait à une grâce et que l'administration me signifierait bientôt la conversion de ma peine de mort en réclusion à vie. D'autres pensaient au contraire que je retournerais dans les mains du bourreau, quoi qu'il arrivât, ici ou dans un autre pénitencier s'il le fallait. Mourir ou passer ma vie à Blackwell… Pour moi, cela ne faisait guère de différence.

Une chose, pourtant, avait changé, depuis le matin où j'avais été lié sur la chaise électrique, une chose que personne d'autre que moi ne pouvait remarquer et qui modifiait cependant la donne du tout au tout ! Une soudaine envie de vivre m'avait pris, une envie de lutter de toutes mes forces contre le sort contraire qui s'était abattu sur moi depuis le jour où ma mère avait été tuée. Il m'avait fallu presque quinze années pour me débarrasser du fardeau qui pesait depuis lors sur mes épaules. Pour cela, je m'étais enfoncé de mon plein gré dans la violence et le meurtre, je m'y étais oublié jusqu'à parvenir au seuil de la folie et de la mort… Mais aujourd'hui je me redressais, je voulais être un homme debout… Dussé-je creuser le sol de mes mains ou de mes dents, je voulais quitter Blackwell afin de renaître au monde !

Un soir de décembre, je fus conduit à la promenade par un gardien que je n'avais encore jamais vu. Alors que nous faisions une courte halte dans un sas, il se pencha vers moi.

— Tes frères ne t'oublient pas, Monti. Ils préparent quelque chose. Je te dirai quand l'heure sera venue.

Ces mots m'encouragèrent au-delà de tout. La Main Noire, enfin, se souvenait de son fils ! Fébrile, j'attendis encore plusieurs semaines avant qu'une odeur d'incendie ne me réveillât en pleine nuit. Quand j'ouvris les yeux, des vapeurs s'infiltraient déjà sous ma porte. Le tocsin retentit, puis le hululement d'une sirène enfla. Par mon soupirail, je ne voyais pourtant rien d'autre que l'encre d'une nuit sans lune. J'entendis qu'on courait dans les couloirs. Une clé s'engagea dans ma serrure et le gardien qui m'avait parlé à la promenade apparut sur le seuil, revolver au poing.

— Monti, c'est l'heure où tu dois fuir ! Viens avec moi !

Le type m'entraîna au-dehors. Une lumière rouge et vacillante éclairait le corridor. L'incendie faisait rage dans notre bâtiment et en dévorait en partie la structure. Les prisonniers étaient tirés l'un après l'autre de leur cellule pour être conduits au loin. Plutôt que de suivre le mouvement de panique générale, nous remontâmes le flot humain des condamnés et des gardes qui couraient en désordre vers la sortie principale.

— Il faut traverser les flammes, dit l'homme. Si nous passons, tu seras libre ! Viens !

M'entraînant par la manche, il me fit gagner un couloir tapissé de fumée puis me poussa un instant dans un vestiaire. D'un placard de fer il tira deux grands manteaux de toile cirée, ainsi que deux foulards imbibés d'eau.

— Enfile ça et plaque le tissu sur ton visage, m'ordonna-t-il tout en se préparant lui-même.

Ainsi protégés, nous quittâmes la pièce par la porte du fond et fonçâmes droit vers le brasier. Le type savait ce qu'il faisait. Sans montrer aucune hésitation mais en vérifiant que je mettais mes pas dans les siens, il nous fit traverser une succession de salles en flammes avant de s'arrêter pour défoncer une fenêtre dépourvue de barreaux. Tandis que l'appel d'air alimentait encore la vigueur du feu, nous nous jetâmes au-dehors... La chute fut rude mais nos corps s'écrasèrent sur un tas de terre meuble, et non sur des pierres. Nous relevant au plus vite, nous continuâmes notre course jusqu'à l'enceinte. Une petite porte n'y était ni fermée ni gardée.

— De l'autre côté, à deux cents yards, il y a la rive. C'est la partie la plus dangereuse. Un bâtiment de gardes se dresse entre nous et l'eau. Impossible de l'éviter. Nous devons courir et nous en remettre à la chance. Tu es prêt ?

Prenant une longue bouffée d'air, je bandai mes muscles et me préparai à l'effort. Nous parcourûmes cinquante yards sans être repérés avant que des coups de feu claquent dans notre direction.

— Continue ! Continue ! hurla mon complice.

Sortant son arme, il répliqua au hasard, courbé en deux, sans ralentir sa course. Enfin, la rive fut en vue. Nous plongeâmes tous deux droit dans l'eau sombre et glacée, sans un regard en arrière. Devant moi, suave et riche, Manhattan vibrait, telle une chaude montagne de lumières...

Sixième tombeau des chimères

Les nouveaux joueurs

Buenos Aires, octobre 1946.

— Savez-vous pourquoi le mensonge est utile, Gärensen ?

Thorun Gärensen serra les mâchoires et s'abstint de répondre.

— Le mensonge est utile car il permet à la vérité de se reposer ! poursuivit Ruben Hezner en feignant de ne pas remarquer la mauvaise humeur de son compagnon.

Gärensen posa sur lui un œil las. La manière dont Hezner avait pris l'habitude d'émailler ses conversations d'aphorismes au fumet prétendument kabbalistique avait le don de lui mettre les nerfs à fleur de peau. Bien qu'une phrase cinglante lui vînt à l'esprit, le grand Norvégien préféra la mesure et se força au silence. Accoudé à la balustrade d'une terrasse de l'aéroport de Buenos Aires, il porta son regard sur le gros Dakota civil en approche. Frappé de plein fouet par le soleil de midi, le fuselage de l'appareil était un miroir incandescent, tout nimbé d'étincelles blanches. D'un coup sec, Gärensen fit tomber sur son nez les lunettes aux verres fumés qu'il portait négligemment sur le front.

— C'est lui ! dit-il à Hezner… C'est le vol du colonel Tewp. Venez…

Les deux hommes descendirent jusqu'à la salle d'attente, en face du hall de débarquement.

Sanglé dans un austère costume civil qu'il portait avec la raideur d'un uniforme, le colonel David Tewp les y rejoignit. C'était la première fois que l'Anglais se rendait en Amérique du Sud, mais son corps était habitué depuis longtemps au climat des pays chauds. Comme il lui tendait une main franche et que le visage de Tewp s'éclairait d'un sourire, Gärensen ne put réprimer une exclamation.

— Pardonnez ma grossièreté ! s'excusa-t-il, comme s'il venait de commettre le plus blessant des impairs.

Au lieu de sembler vexé, Tewp s'amusa de son trouble.

— Le choc est bien normal, Gärensen… Jusqu'ici, vous m'avez toujours vu contraint d'arborer un masque. Le changement ne peut que vous surprendre.

Dans les neiges d'Europe orientale, alors qu'il l'avait enfin retrouvée après des années d'une improbable traque, l'agent des services secrets nazis Ostara Keller avait tranché le nez de Tewp au cours de leur dernier combat. La blessure n'avait pu être effacée et seul un cache de cuir était venu combler l'horrible béance qui défigurait depuis lors le colonel. Mais, à Jérusalem, Tewp avait rencontré un artisan et un rabbin dont les mystérieux savoirs conjugués avaient créé un objet parfait, un nez de corail et d'ivoire si fin, si délicat, qu'il se différenciait à peine de la chair de l'Anglais.

— Je n'ai jamais vu de prothèse aussi parfaite ! murmura Gärensen qui ne pouvait détacher les yeux du visage de son ami. Qui vous l'a faite ?

Tewp sourit.

— C'est une longue histoire. Je vous la raconterai plus tard. Faites plutôt les présentations…

Se dandinant d'un pied sur l'autre, Hezner laissait paraître tous les signes de la plus vive impatience. Il n'entendait rien aux échanges des deux hommes et savait à peine que le Britannique l'avait cherché en vain en Palestine quelques semaines auparavant.

— Je suis le docteur Ruben Hezner, dit-il d'autorité.

— Gärensen m'a beaucoup parlé de vous. Je suis enchanté qu'il soit parvenu à vous convaincre de travailler à nos côtés désormais.

– M. Hezner n'agit pas par bonté d'âme, intervint Gärensen. Je lui ai versé des honoraires. Des émoluments extrêmement élevés…

À son tour, Tewp regarda les deux hommes avec étonnement, sans comprendre. Comment aurait-il pu deviner que le prix exigé avait été celui du sang ? Le sang de Sacha Hornung…

— Notre petit arrangement est maintenant réglé, conclut Hezner. Il est temps d'oublier nos aigreurs personnelles si nous voulons faire progresser nos recherches. Nous sommes réunis pour trouver les Galjero, n'est-ce pas ? Savez-vous, colonel, que je mets quelques-uns de mes hommes à votre disposition ? Ils sont quatre à s'être proposés. Voilà qui constitue une bonne nouvelle pour vous, je l'espère.

— Une bonne nouvelle, certainement, approuva l'Anglais.

*

— Eh bien, Hezner, par quoi commençons-nous ? demanda le colonel d'un ton plein d'énergie.

Dans un salon privé du grand hôtel où Tewp et Gärensen occupaient désormais des chambres mitoyennes, la première réunion de travail venait de débuter. L'Anglais s'était seulement accordé une douche avant de rejoindre ses compagnons. Il les avait trouvés assis face à face, silencieux et fermés, peinant à contenir leur hostilité réciproque. Songeur, Ruben Hezner lissa sa barbe touffue comme crin sans daigner répondre à l'invite du colonel.

— Aidez-nous ou ne nous aidez pas, Hezner, prévint Tewp, déjà agacé par les poses du docteur. Mais je vous prierais de vous décider maintenant sans nous faire perdre notre temps.

— Je vous aiderai, assura Ruben. Je l'ai promis, je le ferai. Cependant, au risque de vous décevoir, je ne peux vous révéler précisément où se cachent les Galjero. Toutefois, *Herr* Gärensen connaît déjà le conseil que je vais vous donner, colonel. N'est-ce pas, *Standartenführer* ?

Malgré le ton badin, le propos était délibérément blessant. Ce n'était pas par simple maladresse que Hezner avait rappelé l'appartenance du Norvégien à la soldatesque nazie.

Thörun se tassa dans son fauteuil et baissa les yeux au sol, tel un boxeur qui accuse le coup.

— Pour trouver le maître, il faut trouver l'élève. C'est ce que vous voulez dire, n'est-ce pas, Hezner ? lâcha-t-il entre ses dents.

— Exactement… Mais cet élève, Gärensen, vous aurez beaucoup moins de mal à l'abattre que votre ami Sacha Hornung. Matthieu-Marie Dandeville est responsable de la mort de votre épouse, n'est-ce pas ? Voilà qui devrait vous aider à appuyer sur la détente quand l'heure sera venue.

Dix-huit mois plus tôt, Thorun avait enseveli le cadavre de Fausta Pheretti au cimetière de Venise, sur l'île San Michele. Bien avant qu'elle ne rendît l'âme, le corps de la jeune femme s'était décomposé, rongé par une lèpre qu'aucun médecin, aucun prêtre même n'avait pu combattre. Ce chancre avait été la vengeance de Dandeville et Keller, deux satellites des Galjero, apprentis sorciers, âmes torves associées dans le mal et la perversion. Si la fille Keller avait été tuée par Thörum, l'homme, lui, courait toujours.

— Vous étiez autrefois très liés avec Dandeville, n'est-ce pas ? relança Hezner qui prenait un plaisir constant à rappeler combien le Norvégien avait pu se compromettre avec les pires individus avant de choisir d'aider les Alliés au cours des dernières années de la guerre.

— Comment trouverons-nous cette personne, ce Dandeville ? coupa Tewp qui ressentait l'importance d'une intervention immédiate pour calmer la tension qui montait entre le Norvégien et Hezner.

— Comment trouverons-nous cette personne ? coupa Tewp qui ressentait la nécessité d'intervenir pour calmer la tension entre les deux hommes.

— Mon équipe a failli s'emparer du Français il y a très peu de temps. Ici même, à Buenos Aires. Aussitôt après nous avoir filé entre les doigts, ce monsieur a recherché l'aide de Sacha Hornung, passeur au service de criminels de guerre en fuite – à ce titre, aussi coupable qu'eux et déjà puni comme tel… C'est dans les archives de Hornung que réside la réponse à votre question. Dandeville est au Mexique. À Tijuana, pour être précis. C'est là qu'il faut maintenant aller pour le débusquer !

— Tijuana ? Pour quoi faire ? Ce n'est qu'une étape supplémentaire ou bien il veut s'y fixer ?

— Comment le saurais-je ? À nous d'aller voir ! Ensemble, ils firent donc route vers le nord. De

Buenos Aires, ils trouvèrent un avion en partance pour
la Bolivie. À La Paz, ils durent rester cinq jours à se
morfondre dans un hôtel, où l'eau sortait brune et
malodorante de tuyauteries hors d'âge. Une tempête
de poussière s'était levée, paralysant la ville, cloîtrant
les habitants chez eux et clouant les appareils au sol.
Enfin, ils purent reprendre leur long périple à travers le
continent. Franchissant la cordillère des Andes, ils ne
firent que transiter à Lima. Ils ne virent du Pérou que
les briques jaunes de l'aéroport international, un bâtiment délabré qui n'avait pas même la taille d'une gare
de province en Europe. Ce furent ensuite la Colombie
puis, en chemin de fer cette fois, le Panama et le Costa
Rica, le Nicaragua, le Honduras et le Guatemala, jusqu'à Mexico, enfin.

— Êtes-vous sûr de vos informations, Hezner ?
n'avait cessé de demander Tewp tout au long de cet
interminable périple.

— Je ne possède aucune information, répétait patiemment Ruben. Je n'ai pour nous guider que les conclusions tirées de l'examen des archives trouvées chez
Hornung. Mais rassurez-vous, colonel. Ces conclusions
sont bonnes. Ayez confiance.

Avoir confiance ? Comment Tewp aurait-il pu avoir
confiance ? Autant lui demander de porter sur le monde
un regard d'enfant... Depuis qu'un jour de 1936 il avait
débarqué de l'*Altaïr* pour se frayer un chemin à travers
la foule dense du port de Calcutta, il avait perdu bien
plus que sa capacité à croire sur parole les individus
louches de la trempe de Hezner.

À Mexico, les trois hommes prirent leurs quartiers dans un hôtel du centre où ils demeurèrent près
d'une semaine car, avant même leur départ de Buenos
Aires, Ruben avait envoyé ses agents en éclaireurs et il

souhaitait attendre leur retour avant d'effectuer la dernière partie du trajet.

— Pourquoi ne pas agir maintenant ? s'impatientait Gärensen. Dandeville peut nous filer entre les doigts à chaque instant ! À supposer qu'il soit vraiment là où vous le pensez, Hezner.

— J'ai vu de mes yeux Dandeville nous échapper en Argentine. Nous avions cerné le troquet où il était assis. Nous avions des armes à feu. Nous avons tiré sur lui à bout portant quand il nous a repérés… Il s'en est sorti tout de même ! Je ne tiens pas à répéter la même erreur ! Nous allons agir avec une grande prudence, beaucoup de méthode, et faire comme je l'entends… C'est à cette condition que vous disposerez de mes services.

— Vous êtes peut-être intelligent, Hezner, mais à coup sûr vous êtes odieux !

— Et vous, Gärensen ? Qu'êtes-vous donc ? Un charmant garçon qui s'est laissé prendre au piège à cause de personnes malintentionnées, ou bien un faible, un opportuniste qui s'est contorsionné toute sa vie de manière à se retrouver toujours du bon côté du manche ?

À chaque altercation entre Thörun et Ruben, Tewp devait déployer des trésors de diplomatie pour étouffer les braises du conflit qui couvait entre les deux hommes. Ajouté à la tension de la traque et au climat difficile du pays, ce souci constant l'épuisait. Enfin, le sixième soir après leur arrivée à Mexico, un jeune éclaireur de l'équipe de Hezner revint de Tijuana. Maigre, le visage longiligne et les lèvres fines, il portait des vêtements trop petits pour lui. Pâles et osseux, ses avant-bras dépassaient pour moitié des manches de sa veste élimée, trop épaisse pour le climat mexicain.

— Dandeville est là, comme vous l'aviez deviné, docteur, dit-il en froissant sa casquette à carreaux entre ses doigts minces. Il a loué une petite maison où il vit seul.

— Que fait-il de ses journées ? interrogea Tewp.

— Peu de chose, apparemment. Il sort peu et de manière irrégulière. Une fois par semaine, il se rend aux arènes. Mais il reçoit souvent des visites. Deux ou trois hommes. Toujours les mêmes. Nous ne savons pas encore exactement qui ils sont.

— Des Allemands ?

— Je ne crois pas, monsieur.

— Des *gringos,* alors ? Des Américains ?

— Nous n'en sommes pas encore certains, et c'est pour cela que j'hésite à vous le dire, mais nous pensons que ce sont des Russes, monsieur.

Cette dernière phrase tomba avec la pesanteur d'un couvercle sur un cercueil. Gärensen se frotta la nuque. Tewp soupira. Hezner leva les yeux au ciel.

— Des Russes ? dit-il. Qu'est-ce qui te fait penser ça, Tobie ?

— Rien que leurs silhouettes et la forme de leur visage. Une impression. Rien de tangible, mais les autres partagent mon avis.

— Vous les avez vus de près ? demanda Tewp.

— Seulement depuis une voiture garée à vingt yards, répondit le garçon en lui lançant un regard dur.

— Pas assez proche pour déterminer un type avec certitude, jugea Gärensen. Je crois que vous vous faites des idées. Quel intérêt des Russes pourraient-ils avoir à fricoter avec Dandeville ?

— Les mêmes intérêts que les nôtres, risqua Tewp. Peut-être sont-ils eux aussi à la recherche des Galjero.

— À moins que ce ne soit tout autre chose qui les attire, colonel, dit Hezner en souriant. Et tout cela ferait sens. Comme les Alliés, les bolcheviques cherchent à recruter les anciens nazis qui pourraient leur être utiles. Dandeville occupait un haut rang dans l'organigramme de l'Ahnenerbe. Peut-être essaient-ils de le convaincre de mettre ses connaissances à leur service ?

— Votre supposition est tout simplement idiote, Hezner, cracha Gärensen en triturant une boulette de papier. Que les Américains et les Soviétiques soient à la recherche d'experts en balistique, de chimistes, de biologistes ou d'ingénieurs, je le conçois aisément. Mais l'Ahnenerbe n'était qu'un réservoir d'aliénés qui se vouaient à l'étude de sujets saugrenus. Les Russes ne perdraient pas leur temps avec ça !

— Vous avez la mémoire courte, *Standartenführer* ! Vos arguments, je les réfute ! Tout d'abord, souvenez-vous que les Russes se sont fait très sérieusement distancer par les Américains en matière d'armement. Les États-Unis sont le seul pays à posséder la bombe atomique à l'heure qu'il est. Et ils ont montré par deux fois qu'ils n'étaient pas regardants quant à son emploi. Il est évident que Moscou panique à l'idée de ce retard. À la place de Staline, j'essayerais donc de jouer sur tous les tableaux en explorant méthodiquement chacune des pistes pouvant, de quelque manière que ce soit, compenser ce déséquilibre des forces. *Ergo* : pourquoi pas le surnaturel ? En second lieu, l'Ahnenerbe était peut-être à l'origine une arnaque pure et simple montée par votre grand ami Heydrich pour discréditer Himmler, reste que les présupposés de l'ésotérisme et de la magie ne sont pas seulement des songes. Vous l'avez vécu dans votre chair, Gärensen, et vous dans la vôtre, colonel Tewp. Si nous savons tous trois que la sorcellerie est une réalité, pourquoi les Russes l'ignoreraient-ils ? Les croyez-vous plus stupides que nous ? Ne commettez pas cette erreur ! J'ai grandi dans l'empire des tsars, au temps de Raspoutine. Les Russes sont des mystiques, des exaltés, mais ce ne sont pas des idiots. Moi aussi, je sais de quoi je parle !

La tirade avait été longue, mais convaincante. Gärensen et Tewp se rendirent à ses arguments.

— Alors ? Que faisons-nous maintenant que nous souffrons d'une nouvelle concurrence ?

— On accélère le pas ! On prend le pion Dandeville avant qu'il ne soit éjecté de l'échiquier par les joueurs rouges…

— C'est donc une partie à trois adversaires, docteur ?

— Il nous faudra vérifier cette hypothèse, bien sûr, mais elle est malgré tout fort probable, colonel.

*

Accompagnés de Tobie, Tewp, Hezner et Gärensen arrivèrent à Tijuana trois jours avant la fête des morts. Les préparatifs de la célébration populaire étaient manifestes en ville. Pas une rue, pas une vitrine qui ne fût déjà décorée de squelettes découpés dans du papier, de crânes modelés en terre cuite, de petits cercueils taillés dans du balsa. La touffeur était intense et d'énormes nuages noirs bouchaient tout le ciel. À peine le moteur de leur automobile se fut-il arrêté dans une petite rue silencieuse que les premières gouttes d'un violent orage se mirent à tomber comme des shrapnells.

— Nous avons loué une maison juste ici, dit Tobie en relevant sa veste sur sa tête. Venez !

Courant dans les flaques, le jeune homme saisit un jeu de clés dans la poche de son pantalon et se dirigea vers une habitation anonyme à un étage, au toit plat et au mauvais crépi de façade. Tewp n'aurait pu dire exactement pourquoi ce gosse le mettait mal à l'aise. C'était un grand brun dégingandé, filiforme, qui ne semblait pas complètement sorti de l'adolescence ; le colonel était certain de ne jamais l'avoir rencontré auparavant, même si les traits de son visage lui rappelaient quelqu'un sans qu'il pût dire de qui il s'agissait. Pourtant, ce n'était pas tant ce sentiment étrange qui le troublait que le comportement de Tobie à son égard. À de nombreuses reprises, Tewp l'avait surpris en train de couler vers lui des regards noirs, accusateurs, presque haineux… Il n'y avait pas prêté attention tout d'abord, pensant que son imagination lui jouait des tours, puis, lorsque les faits s'étaient répétés, il avait bien été obligé de les prendre en considération.

— Qui est exactement ce Tobie ? demanda le colonel à Hezner lors d'une halte sur la route du nord-ouest menant de Mexico à Tijuana.

— Un gamin dévoué. Très volontaire. Ni lui ni sa famille ne se trouvaient en Europe au moment de la guerre, mais il hait les nazis comme si ses parents étaient morts dans les camps. Pourquoi cette question, colonel ?

Tewp fit un geste vague de la main comme pour signifier que c'était simple curiosité de sa part. L'énigme, en réalité, ne cessa d'occuper son esprit tout au long du voyage. Elle s'effaça pourtant d'elle-même dès que les hommes chargés de surveiller Dandeville firent leur premier rapport.

— Le Français se trouve toujours dans sa villa. Il ne manifeste aucune intention de la quitter pour l'instant.

— Sort-il ?

— Très peu et selon des horaires imprévisibles à l'exception du lundi après-midi, lorsqu'il assiste à la corrida. Hormis cela, il n'a pas d'habitudes particulières.

Parfois, il est accompagné par les hommes qui viennent lui rendre visite.

— Vous pensez toujours que ce sont des Russes ? interrogea Gärensen, une pointe de scepticisme dans la voix.

— Effectivement. Nous pouvons facilement en avoir le cœur net en fouillant leurs affaires, puisque nous savons où ils logent.

S'introduire chez les inconnus n'exigeait pas une lourde organisation logistique. Peu méfiants, les cinq types sortaient ensemble presque tous les soirs pour se soûler au mezcal dans les *cantinas* de la ville.

— Cela ne ressemble pas à un comportement d'agents de renseignement responsables, ironisa Gärensen. Je crois décidément que vous vous êtes monté le bourrichon, Hezner. Vous nous avez fait peur pour rien.

— Nous ne pourrons en être sûrs que lorsque nous nous serons introduits chez eux. À votre place, je ne parierais pas encore sur mon erreur. Je reste persuadé d'avoir raison.

Le premier soir de la fête des morts, à onze heures, Tewp, Gärensen, Hezner et deux de ses hommes forcèrent la porte de l'appartement loué par les mystérieux contacts de Matthieu-Marie Dandeville. Au-dehors, c'était la cohue et la liesse. Des chants, de la musique, des cris retentissaient de partout, si bien que nul ne leur prêta attention. Dans les chambres des Occidentaux, le docteur fila vers la penderie et vérifia les étiquettes des vêtements suspendus aux cintres. Poussant un petit cri de victoire, il brandit une veste de costume sous les yeux de Thorun.

— Du cyrillique, Gärensen ! Une marque de tailleur rédigée en cyrillique ! Je vous l'avais bien dit. C'est vous, l'imbécile !

— Qu'y a-t-il d'inscrit, au juste ?

— Rien d'autre que le nom et l'adresse d'un couturier à Moscou. Mais cela suffit à prouver le bien-fondé de mon hypothèse !

Dans un tiroir, Tewp découvrit trois pistolets Tokharev et une petite boîte de métal contenant une seringue, un garrot de caoutchouc et quelques fioles d'un produit clair comme de l'eau.

— Il y a quelque chose d'inscrit sur les flacons. Qu'est-ce que cela signifie, Hezner ?

Ruben prit une des ampoules et la porta à hauteur de ses yeux pour déchiffrer l'inscription.

— Penthotal.

— Penthotal ? demanda Thörun. Qu'est-ce que c'est ?

— Un désinhibant, répondit le colonel du MI6. On l'utilise pour faire parler les prisonniers. C'est un produit si puissant qu'on l'a surnommé « sérum de vérité ».

— Vous pensez qu'ils l'ont utilisé sur Dandeville ?

— Peut-être cela lui était-il destiné à l'origine, suggéra Hezner. Mais le Français s'est apparemment décidé à collaborer tout seul. Regardez !

Du tiroir d'une commode, le petit homme venait de tirer une machine à écrire portative et un dossier de feuilles dactylographiées qu'il parcourait rapidement.

— Alors ? le pressa Tewp. Quelque chose d'intéressant ?

— C'est le compte rendu des entretiens accordés à ces types par Dandeville… Il détaille par le menu la manière dont il a été conduit à travailler pour l'Ahnenerbe. Un vrai roman ! Tiens, il vous mentionne, Gärensen. Ses propos ne sont guère flatteurs. Voulez-vous que je vous en fasse la lecture ?

— Hezner ! s'emporta l'Anglais. Nous n'avons pas le temps pour ces enfantillages ! Dites-nous seulement si vous découvrez quelque chose d'intéressant concernant les Galjero.

Comme Hezner étudiait les feuillets un à un, Thörun tira David Tewp par la manche pour l'entraîner à l'écart.

— Ni vous ni moi ne lisons le cyrillique, murmura fiévreusement le Norvégien. Hezner peut nous raconter ce qu'il veut, impossible de vérifier. Peut-être va-t-il garder pour lui des informations capitales !

— Comment faire autrement ? rétorqua Tewp. Nous en sommes réduits à lui faire confiance.

Gärensen haussa les épaules et poussa un soupir de mécontentement.

— Alors, Hezner, toujours rien ? demanda-t-il en revenant jeter lui-même un coup d'œil sur les pages, comme si une soudaine inspiration lui donnait la capacité de les déchiffrer.

— Dandeville expose les activités de l'Ahnenerbe. Les champs de recherche. Les résultats obtenus. Les noms des collaborateurs…

— Oui, mais… les Galjero ?

— Toujours rien pour l'instant… Oh ! Attendez !

Le visage du docteur s'était crispé brusquement.

— Oui ! Il en fait mention maintenant ! À propos des protections subtiles que Hitler avait fait établir autour de lui… Dandeville énumère les attentats auxquels le chancelier a miraculeusement échappé grâce aux génies fabriqués par Dalibor et Laüme…

— Et le *palladium* de Berlin ? La pierre protectrice que les Galjero voulaient mettre en place pour la capitale ? Y fait-il allusion ?

— Ah ! Je ne sais pas… pas encore, dirait-on… Mais

le rapport est loin d'être achevé… Le Français garde peut-être ça pour la fin, comme pièce de résistance…

— Je crois que nous en savons assez pour ce soir, décréta Tewp. L'heure tourne, messieurs. Je suggère de tout remettre en ordre et de filer d'ici au plus vite. Nous avons découvert ce que nous voulions savoir. À chaque jour suffit sa peine…

En quelques minutes, les cinq hommes remirent en état l'appartement, si bien que seul un œil expert aurait pu s'apercevoir que les lieux venaient d'être méthodiquement visités. Lorsqu'ils rentrèrent de leur nuit de fête à Tijuana, les Soviétiques dépêchés par le NKVD pour prendre contact avec Matthieu-Marie Dandeville ne jouissaient heureusement pas de toute la lucidité requise pour le remarquer…

*

— Je vous vois chagriné, Gärensen. Serait-ce parce que mes conclusions se sont révélées exactes et les vôtres erronées, ou bien une pensée plus sombre vous tracasserait-elle ?

Plusieurs fois désagréablement sermonné par Tewp à ce sujet, Thorun choisit de ne pas répondre. Il alla chercher une bouteille dans un placard et se rassit dans le canapé défoncé, buvant une gorgée au goulot et essuyant ses lèvres du revers de la manche, sous le regard noir de Hezner et des quatre chasseurs de nazis qui lui servaient de gardes du corps. Dans l'équipe du docteur, chacun savait qui était Gärensen. Pour des hommes comme eux, côtoyer au quotidien un ancien officier de l'armée allemande était une épreuve, et la tension que cela générait devenait chaque jour plus

palpable. Tewp le savait, il pressentait qu'un incident
éclaterait tôt ou lard entre Gärensen et les Juifs, incident
qu'il lui serait impossible de contrôler, il commençait
même à regretter d'avoir approuvé la venue de Ruben
Hezner dans le groupe réuni par lord Bentham.

— De quelle manière intégrons-nous le nouveau
paramètre que constitue l'arrivée des Russes dans la
partie ? demanda-t-il pour recentrer l'attention de tous
sur le problème Dandeville.

— On les élimine. C'est le plus simple ! grommela
Thörun sur le ton de quelqu'un qui choisit par ennui et
par paresse la solution de facilité.

— L'option n'est pas mauvaise, admit Hezner, contre
toute attente. Quand il y a péril en la demeure, on ne
discute pas du sexe des anges. Pour ma part, va pour
l'élimination pure et simple ! Notez que cela ne fera que
déplacer le problème, même si nous gagnons un peu de
temps grâce à cela.

— Déplacer le problème ? Vous voulez dire que les
Soviets ne lâcheront pas le morceau quoi qu'il arrive ?

— Staline n'est pas plus que Hitler une colombe, et
récupérer d'authentiques sorciers est une opportunité
qu'il ne manquera pas. Si, *via* Dandeville, il persuade les
Galjero de travailler pour lui, il se croira peut-être assez
fort pour lancer ses troupes plein ouest. Vous imaginez
la suite !

Gärensen reprit une gorgée d'alcool avant de poser
la bouteille loin de lui, raisonnablement.

— Vous n'avez encore rien dit. Quelle est votre opinion sur le sujet, colonel ? demanda-t-il à David Tewp.

Tirant sur ses bras pour sortir du fauteuil défoncé
dans lequel il avait pris place, l'Anglais marcha sans un
mot jusqu'à la cuisine attenante. Restant silencieux tandis qu'il posait une bouilloire sur un réchaud électrique,

il éleva la voix pour se faire entendre lorsque l'eau se mit à chuinter dans le récipient de métal.

— Abattre froidement des agents soviétiques sur le territoire mexicain ne me semble pas une affaire anodine. Cela peut vite tourner au désastre. Nous devrions essayer de nous emparer de Dandeville d'une manière plus subtile. Sans faire de vagues. Notre homme a ses habitudes aux corridas, n'est-ce pas ? Pourquoi ne pas profiter de cette occasion pour l'enlever ? Avec l'agitation ambiante, l'effervescence de la fête des morts conjuguée à celle des joutes, cela devrait nous être facile.

— Et si les Russes l'accompagnent ? objecta Hezner.

— Alors nous trouverons un autre moyen, murmura l'Anglais. Pour l'heure, privilégions la discrétion à l'affrontement, voulez-vous ?

En compagnie de Tobie et Nathan, Tewp passa toute la journée du lendemain à repérer les abords de la grande arène de Tijuana. Avec une application d'écolier, il dessina une série de croquis détaillant les abords du champ de foire. Tous les accès et sorties y étaient détaillés. Trois, quatre, cinq fois, le colonel fit le tour du cirque que des ouvriers achevaient de pavoiser de blanc, rouge et vert, aux couleurs du Mexique. Personne ne l'inquiétait, personne ne prêtait attention à lui. Pour les locaux, Tewp n'était qu'un *gringo* à la peau blanche et à l'iris clair, avec qui ils ne partageaient rien et à qui ils n'avaient rien à dire. Même les gamins traînant dans les rues, en bande, les mains dans les poches, ne lui réclamaient pas l'aumône ni ne lui jetaient un coup d'œil. Le désordre provoqué par la fête des morts était trop grand aussi pour que quiconque s'inquiétât du comportement étrange d'un Anglo-Saxon.

Vers quatre heures de l'après-midi, un attroupement se fit à l'arrière du théâtre. Le renversant presque, des mioches à la tignasse raide de crasse filèrent entre les jambes de Tewp pour s'agglutiner contre des barrières de planches. Derrière un vaste enclos, des camions à ridelle soulevaient des nuages de poussière en se rangeant les uns contre les autres. Tewp ne parlait pas espagnol, mais nul n'était besoin de saisir la langue pour comprendre ce qui provoquait la curiosité des badauds. Sur le plateau de chaque véhicule, une énorme cage aux barreaux de fer épais était amarrée. À l'intérieur, mugissant et bavant, un taureau de combat attendait d'être débarqué. Dès qu'il eut compris ce qui attirait la foule, Tewp ne s'attarda pas à regarder les animaux. Il profita au contraire de l'attroupement que les fauves provoquaient pour fouler lui-même le sable de l'arène et s'imprégner de la topographie des lieux, Tobie et Nathan vinrent le rejoindre contre la porte d'un toril, côté soleil.

— Apparemment, Dandeville n'a pas de place nominative, expliqua Nathan. Les deux fois où nous l'avons suivi ici, il s'est assis un peu en dessous du dixième rang, face à la sortie des taureaux. Côté ombre, évidemment.

— Pensez-vous qu'il vous ait repérés ? demanda Tewp en mettant sa main en visière pour observer l'endroit désigné par Nathan.

— Non. Aucun risque, répondit l'autre avec assurance. Depuis que nous chassons les nazis en fuite, nous avons beaucoup amélioré nos techniques de filature et de repérage. Il y a longtemps que nous ne sommes plus des novices. Je peux vous assurer que Dandeville ne nous a pas remarqués. Évidemment, il ne faudrait pas que le docteur Hezner ou l'Allemand se montrent ici. Eux, le Français les connaît trop.

— Thörun Gärensen n'est pas allemand, Nathan, releva Tewp avec une pointe d'agacement.

— Peut-être, colonel. Mais les Norvégiens étaient tout de même pronazis pendant la guerre, non ?

Refusant d'engager la polémique, Tewp traversa silencieusement la grande arène et s'éloigna à pas lents des abords du bâtiment. La manière dont il allait s'emparer de Dandeville occupait toutes ses pensées. Nathan avait raison. Sur cette opération, il était le seul à pouvoir monter en première ligne. Si affronter un homme face à face ne l'effrayait plus depuis longtemps, le colonel redoutait cependant que le Français fût protégé de toute tentative d'enlèvement par un gardien subtil, un nouveau *therapon* selon la terminologie de Gärensen. L'échec subi par Hezner à Buenos Aires pouvait fort bien avoir été provoqué par un tel esprit. Si tel était le cas, rien ne serait possible sans qu'on eût détruit au préalable ou du moins affaibli un tel objet protecteur.

— Je ne le sais que trop bien, déclara Hezner quand Tewp lui eut fait part de ses réflexions. Mais nous devons agir comme si Dandeville ne bénéficiait d'aucune protection particulière. Messieurs, nous sommes condamnés à agir sur le plan de la matérialité la plus stricte.

— Pourquoi cela ? demanda Gärensen. Vous êtes bien un peu kabbaliste, non ? Certains rituels de magie juive sont destinés à donner la mort. Pourquoi ne pas les utiliser contre le *therapon* de Dandeville ?

— Parce que j'ai été un mauvais élève, Gärensen. Je dois l'avouer, je n'ai rien retenu de grand des maîtres que j'ai fréquentés. Le peu que j'ai appris d'eux ne me suffirait pas à monter un envoûtement de mort. Et puis, même si j'y parvenais, cela nous prendrait trop de temps. Provoquer une mort rapide par voie magique est extrêmement complexe. Je n'en suis pas capable. Cela est aussi très dangereux pour l'opérateur, je pourrais y

perdre la raison. Je ne mettrai pas celle-ci en gage pour
nous emparer de Dandeville.

— Force est de constater qu'il n'existe donc pas
d'issue au problème ! soupira Tewp en se passant une
main lasse dans les cheveux.

— Ne soyez donc pas abattu, mon cher ami, rugit
alors Thörun comme s'il se réveillait soudain d'un long
sommeil. J'ai une suggestion à vous soumettre…

*

Sous le soleil vertical d'un grand lundi de corrida,
l'*alguazil* était vêtu à l'espagnole. Le visage passé à la
poudre de riz, un chapeau sur la tête comme dans les
tableaux de Vélasquez, une culotte bouffante envelop-
pant largement ses cuisses, un pourpoint sombre des-
sinant sa taille un peu lourde et une épée de parade,
suspendue au côté, il éperonna sa bête. Sur les gradins, pas une place n'était libre. Serrés les uns contre
les autres, les Mexicains attendaient depuis des heures
le début du spectacle. Mangeant, buvant, chantant,
ils étaient comme une houle remuée de courants mystérieux sur lesquels David Tewp n'avait aucune prise.
Noyé dans la foule, juché sur un des plus hauts bancs et
totalement étranger à l'atmosphère de fête qui montait
autour de lui, l'Anglais n'avait d'yeux que pour une
petite silhouette en contrebas, un point clair qu'il savait
être Marie-Matthieu Dandeville.

Dans son costume de lin blanc bien coupé, sans se
laisser distraire, le Français regardait s'avancer l'*alguazil*. Au petit trot, l'homme fit faire deux fois le tour de
l'arène à sa monture tandis que le brouhaha de la foule
décroissait, se réduisait à un murmure et s'éteignait tout
à fait. Devant la loge officielle où le maire et des nota-

bles avaient pris place, le maître de cérémonie arrêta sa course. Ôtant respectueusement son couvre-chef, il entama un long discours compliqué pour finalement demander l'autorisation d'ouvrir les jeux. D'un geste théâtral, le maire lui jeta une énorme clé d'argent, qu'il reçut dans ses mains grandes ouvertes. Brandissant le symbole, il se déplaça sur le côté tandis que la porte principale des arènes s'ouvrait et que commençait le défilé des toreros et des aides. Trois greffiers municipaux ouvraient la marche dans leur habit de satin noir. Vinrent ensuite les *picadores,* pesants et massifs, impressionnants comme des chevaliers avec leur longue lance et leurs chevaux tout caparaçonnés de cuir et de toile dure. Neuf *espadas* et vingt *banderilleros* les suivaient, devançant de quelques pas seulement les toreros en habit de lumière croulant de passementeries, ruisselant de couleurs acides, une lourde cape rouge passée au bras gauche. Ceux chargés de donner le coup de grâce, les *puntilleros,* fermaient la marche, tout comme les *chulos,* des paysans en veste et casquette rouges menant trois quadriges de mulets harnachés de pompons et décorés de colliers de fleurs, bêtes maigres et sales équipées de travois auxquels on accrocherait bientôt les cadavres des taureaux sacrifiés.

Il y eut encore une parade de cavaliers mexicains exécutant des acrobaties et des voltes, tandis que les derniers préparatifs étaient effectués dans le secret des coulisses. Puis, sous les hurlements de la foule, on fit sortir le premier combattant. C'était un animal énorme, d'un blanc roux assez laid, aux cornes longues et courbées vers le ciel. Cinq ou six jeunes gens s'élancèrent vers lui, le lardant de piques qui s'allumaient en feux de Bengale en se plantant dans la chair de l'animal. Lorsque le taureau se fut essoufflé à courir vainement après les *banderilleros,* on conduisit un *picador* tout près de lui. Le cheval du piquier avait été aveuglé par un bandeau passé autour de ses yeux mais cela ne l'empêchait pas de sentir la présence de l'animal ni de respirer à pleins naseaux l'odeur du sang déjà répandu. Nerveux, engoncé dans ses protections, il fit un mauvais écart alors même que le piquier enfonçait la pointe de son arme dans le garrot du taureau. Se libérant du fer par une torsion agile, celui-ci profita de ce déséquilibre pour charger de toute sa puissance. Ses cornes affûtées trouvèrent leur voie au travers de la dérisoire armure matelassée. Éventré, le cheval hennit atrocement et s'écroula sur le sable dans un souffle de poussière. Pris sous la carne secouée de tressaillements d'agonie, le *picador* tendait ses mains vers des *chulos* qui s'étaient précipités pour lui porter secours, mais le taureau revint qui égailla la meute des aides aux quatre coins de l'arène, empêchant quiconque d'approcher à moins de trente pas du prisonnier. Le manège dura ainsi deux ou trois minutes sans que personne pût rien faire. La situation semblait amuser tout le monde, mais Tewp, lui, ne parvenait pas à comprendre pourquoi on ne prenait pas des mesures radicales pour abattre immédiatement une bête qui mettait en danger la vie d'un homme.

— *Hoy ! Hoy ! Corre ! Corre !* hurlait la foule alors que le taureau revenait vers le cheval et enfonçait à nouveau furieusement ses cornes dans ses entrailles.

Cette nouvelle attaque souleva la masse inerte et permit au cavalier de dégager sa jambe. Se remettant aussitôt sur ses pieds, le *picador* courut aussi vite qu'il put jusqu'au premier paravent de bois sans être inquiété par la bête toujours occupée à fouailler les viscères fumants étalés sur le sol. Les spectateurs applaudirent lorsqu'on fit entrer trois vaches noires pour calmer le combat-tant.

— Les femelles ! Il n'y a que ça qui puisse tempérer les ardeurs d'un taureau rendu fou par le sang…

Tewp se retourna pour voir qui venait de lui adresser la parole par-dessus son épaule.

— Gärensen ! Vous ne devriez pas être là, dit l'Anglais. Dandeville ne doit pas vous voir !

— Rassurez-vous, colonel. Je ne suis monté vous voir que pour un instant. Je vous apporte une bonne nouvelle. Hezner et moi venons de découvrir un fétiche dans la villa de Dandeville… Nous l'avons corrompu à l'arsenic, comme je l'ai fait autrefois avec les *therapoi* gardés par Ostara Keller. Si la statuette était celle d'un ange gardien, celui-ci ne devrait plus nous poser de problème. La voie est libre pour s'attaquer au Français. Maintenant, c'est à vous de jouer.

— Vous avez été rapides ! Comment cela s'est-il passé ?

— J'ai longtemps pratiqué Dandeville, colonel. Je connais ses petites manies et les endroits qu'il préfère pour dissimuler ses trésors. Heureusement pour nous, il n'a pas modifié ses habitudes depuis l'époque de l'Ahnenerbe… Je vous attends maintenant avec Hezner dans la voiture. Prenez votre temps. Je suppose que vous allez choisir l'instant de la sortie pour agir ?

— Oui, confirma Tewp. Nathan et les trois autres vont coincer Dandeville dans une des travées d'évacuation. Il y aura tellement de monde que personne ne nous prêtera attention, j'en suis convaincu.

— Bonne chance tout de même, colonel…

Tapant amicalement sur l'épaule de Tewp, Gärensen s'éclipsa, laissant l'Anglais à nouveau seul. Le pénible spectacle de la corrida s'éternisa pendant trois lon-

gues heures encore. Pas une fois Dandeville ne quitta
sa place. Applaudissant en connaisseur aux plus belles
passes, il s'enthousiasmait tout autant que les Mexicains pour cet office cruel que Tewp considérait avec
répulsion comme une sordide séance d'abattoir. Enfin
l'*alguazil* rendit la clé des jeux au maire et les trom-
pettes sonnèrent une dernière marche tandis que les
spectateurs se levaient pour se diriger vers les portes
de sortie.

Tewp se dressa à son tour, priant pour ne pas perdre
Dandeville des yeux. Il savait que, d'un peu partout
dans les gradins, quatre autres paires d'yeux suivaient
les mouvements du Français. Tobie, Ariel, Benny et
Nathan avaient commencé à se rapprocher de Marie-
Matthieu qui piétinait dans les escaliers derrière un
petit homme en costume gris. Tewp enjamba deux
rangées de bancs pour gagner une travée et rejoindre
Benny et Nathan avant qu'ils ne s'engagent sous une
large colonnade menant à l'extérieur. Dandeville n'était
qu'à dix yards devant eux. Dans sa main, Benny tenait
une bouteille vide par le goulot et Nathan dissimulait
une trique plombée roulée dans un journal. Tewp, lui,
avait des cordelettes enroulées dans ses poches. Jouant
des coudes et des épaules pour se rapprocher de leur
cible, les trois hommes gagnaient du terrain à chaque
seconde. Arrivé enfin à la hauteur du Français, Benny
allait simuler une altercation quand ses yeux se posèrent sur deux hommes aux cheveux couleur de paille qui
attendaient à l'extrémité du passage.

— Les Russes ! souffla-t-il en se retournant vers le
colonel anglais. Deux au moins. Sûrement plus. Ils
attendent Dandeville ! Que fait-on ?

Tewp n'hésita pas.

— Impossible de se débarrasser des Russes sans attirer l'attention, jugea-t-il. On laisse tomber. Prévenez les autres !

Rageant, Tewp vit Dandeville marcher droit sur les agents du NKVD et se perdre avec eux dans le soir qui tombait.

— On peut peut-être les coincer dans une ruelle, suggéra Nathan.

— Il y a trop de monde en ville. Tout Tijuana est dehors. Même des Américains de San Diego ont fait le déplacement pour les festivités. Tant que ces Russes seront là, nous aurons toutes les peines du monde à nous emparer de Dandeville.

— Alors éliminons-les, répondit Nathan avec à peine plus d'émotion dans la voix que s'il évoquait des pucerons à purger d'un rosier. Ce sera la manière la plus simple de procéder…

*

— Soit, nous avons raté notre enlèvement et nous devons nous rabattre sur une solution plus radicale, admit Gärensen. Mais avec quoi allons-nous faire le coup de feu contre les Ivans ? Avec des pétards vendus un demi-peso au coin de la rue ? Tout ça n'est pas sérieux, Hezner.

— Nous ne pouvons pas reculer, *Herr* Gärensen. Puisque le grabuge semble inévitable, autant profiter de la liesse populaire pour noyer nos tirs éventuels dans le vacarme général. C'est une chance que nous soyons arrivés ici à cette période.

Toute la journée du lendemain fut consacrée au démontage et au nettoyage des armes que Tobie, Nathan, Benny et Ariel avaient pu se procurer assez aisément au marché noir. Tewp récapitula les acquisitions.

— Nous avons deux Sten avec trois chargeurs chacune, un Beretta 9 mm et un Remington à barillet. C'est
loin d'être un arsenal conséquent, mais cela suffira ;
nous avons le bénéfice de la surprise.

— Et de la clarté d'esprit, ajouta Hezner. Les Russes vont certainement se joindre à la beuverie générale.
Avec un peu de chance, ils ne se rendront pas même
compte de ce qui leur arrive.

— Il n'empêche que cela ne fait que quatre armes,
alors que nous sommes sept. Je me demande qui sont
les trois suicidaires qui avanceront désarmés ?

— Le colonel Tewp, vous et moi, bien sûr, répondit
Hezner en souriant comme si la chose était depuis longtemps convenue. Ne vous inquiétez pas, nous prendrons
les Tokharev que les Russes laissent dans leur tiroir.

À onze heures du soir, au milieu des pétarades, le
colonel Tewp et Thorun Gärensen montèrent dans la
grosse Buick avec laquelle ils étaient venus à Tijuana.
Les sièges étaient encore couverts de la poussière rouge
des déserts qu'ils avaient traversés. Les rues étaient
encombrées de danseurs, de musiciens, de gamins qui
couraient en hurlant, des feux de Bengale crépitant à
la main. Nathan, le conducteur, se retourna vers l'Anglais et le Norvégien en pestant.

— Fêter la mort ! C'est bien les catholiques, ça ! Vous
deux, au moins, vous êtes protestants. Vous êtes comme
moi : vous ne comprenez pas ça, hein ?

Par sa vitre baissée, Thorun ouvrit la main pour saisir
une tortilla qu'une fille à la peau brune lui tendait en
souriant. Tout en mordant dans sa crêpe, il ferma les
yeux et renversa la tête en arrière en attendant d'arriver à destination. Plongé dans ses pensées, Tewp était
aussi fermé que son compagnon. Ce soir, des hommes
allaient mourir, et il n'aimait pas cette idée. Même s'il

avait souvent donné la mort depuis qu'il avait croisé le chemin d'Ostara Keller et des Galjero, aux Indes, dix ans plus tôt, il n'avait jamais pu s'habituer à la violence, à l'odeur de la poudre, au regard glacé des cadavres. Le sang, le crime n'étaient pas dans sa nature. Et pourtant, il avait plus d'une fois prouvé qu'il était doté d'un extraordinaire instinct de survie. Les paupières closes, tentant de faire abstraction du vacarme qui l'entourait, il songea à ce qu'il serait devenu si un malheureux concours de circonstances ne lui avait fait intégrer les rangs du MI6. Une carrière tranquille de fonctionnaire anonyme l'attendait, une vie simple, comme en mènent des millions d'hommes en Occident, une existence balisée, que même la guerre ne serait pas parvenue à bouleverser. Une vie sans éclat au côté d'une femme et d'enfants, mais aussi sans les fantômes de tant d'amis perdus dans les jungles d'Asie, les neiges d'Europe ou les sables de Palestine…

— Nous arrivons, colonel !

La main de Gärensen pressait le bras de l'officier anglais. Tewp rouvrit les yeux. Nathan tourna la clé de contact pour couper le moteur et attendit que Hezner vînt à leur rencontre. Le véhicule du docteur était garé un peu plus loin. À l'intérieur, Tobie, Ariel et Benny ne bougeaient pas.

— Préférez-vous attendre ici ou venir avec nous ? demanda Hezner en ouvrant à demi la portière.

— Venir, évidemment !

Cachant leur Sten sous de longs imperméables, Benny et Ariel ouvrirent la marche vers l'appartement des Russes. Aucune lumière ne brillait aux fenêtres. Comme chacun le pensait, les hommes du NKVD, le service de renseignements soviétiques, avaient dû sortir pour faire la tournée des bars. Pénétrant sans plus de difficultés que la fois précédente dans le local, les sept hommes s'installèrent dans l'ombre pour attendre le retour des Russes. Ils n'avaient trouvé les automatiques Tokharev ni dans le tiroir de la commode, ni dans les autres meubles.

— Pourquoi auraient-ils pris leurs pistolets pour aller se soûler ? Ça n'a pas de sens, s'inquiéta Tewp.

— Aucune importance. Mes hommes sont bien armés, c'est la seule chose qui compte, répondit Hezner en s'asseyant à même le sol, à l'abri d'un gros sofa de tissu élimé.

Tout près de Hezner, Tewp rumina quelques minutes avant de se décider à chuchoter au docteur ce qui ne cessait de le tourmenter.

— Au final, je ne pense pas que nous soyons obligés d'assassiner ces gens. Nous pouvons les maîtriser simplement en les menaçant et en les ligotant. Cela reviendrait au même, sans nous contraindre au meurtre.

— Vous rechignez à vous salir les mains, colonel ? Je suis surpris. On m'a confié beaucoup d'histoires à votre sujet. Certaines très récentes, d'ailleurs. Aucune ne fait mention de votre sensiblerie…

— Mais nous pourrions interroger les Russes. Le penthotal pourrait nous servir, plaida l'Anglais. Pourquoi ne pas essayer d'en savoir plus sur leurs intentions ?

— Nous connaissons déjà la raison de leur présence ici. Et puis, nous sommes en guerre, colonel. Une guerre non déclarée, non officialisée par des discours, mais une guerre tout de même… Nous ne sommes pas des assassins mais des combattants. Les Russes ne pensaient pas et n'agissaient pas autrement du temps du tsar. Voulez-vous que je vous montre les marques qui m'en restent ?

— Votre argument n'est pas recevable, Hezner. Laissez-moi vous dire mon impression : tout ce qui vous anime est l'esprit de vengeance. J'ignore contre qui il est réellement tourné, mais il vous aveugle et compromet gravement les chances de réussite de notre mission !

Tewp se levait pour interpeller Gärensen quand un rai de lumière passa soudain sous la porte d'entrée.

— Baissez-vous ! souffla Nathan. Ils arrivent !

Pris entre deux mouvements, Tewp demeura pétrifié un instant. Il vit la poignée de la porte tourner et une silhouette noire s'attarder une seconde sur le seuil, tâtant le mur à la recherche d'un interrupteur. Il avait à peine amorcé son mouvement de descente qu'une clarté blanche et crue tomba du plafond. Hezner comprit sur-le-champ que les types du NKVD n'avaient pas passé leur nuit à boire ou à danser dans les rues. Ils ne braillaient pas comme des ivrognes et ne titubaient pas. Leurs gestes, au contraire, témoignaient d'une conscience intacte. Les hommes entrèrent en paquet serré dans l'appartement ; le second n'avait pas encore accroché son chapeau à la patère du vestibule que le premier poussa une exclamation et porta sa main à sa ceinture pour dégainer son arme et viser David Tewp à la tête… Nathan le devança, fit cracher sa Sten, sauvant la vie du colonel. Grand et corpulent, l'agent soviétique s'écrasa sur un guéridon qui se brisa sous son poids. Gärensen voulut plonger vers lui pour s'emparer de son pistolet mais une balle ennemie vint le toucher à l'épaule, lui causant une douleur fulgurante. Il battit en retraite de son mieux derrière un meuble, tandis qu'une nouvelle cartouche ricochait tout près de lui. Tobie et Benny se dressèrent ensemble pour former le tir de barrage le plus puissant et le plus rapide possible. Chauffant à blanc leurs canons, ils vidèrent leurs chargeurs d'une traite, sans voir sur qui ils tiraient… Tewp entendit des corps s'effondrer parmi le martèlement des balles déchiquetant le bois, faisant jaillir le plâtras, brisant des vitres... Quand tout fut terminé, dans les vapeurs de poudre qui emplissaient la pièce, l'Anglais vit Hezner se relever pour aller vérifier l'état des corps.

— *Abroch !* l'entendit-il jurer. Nous avons un nouveau problème.

Comme Tewp, à son tour, quittait son recoin, il vit Hezner penché sur le cadavre d'un homme mince et brun qu'il ne connaissait pas.

— Je vous présente Matthieu-Marie Dandeville, lui dit sobrement Hezner.

Gärensen s'approcha à son tour, le visage blême et la main plaquée sur son épaule en sang.

— Vous avez tué Dandeville ? hurla-t-il. Bande d'imbéciles ! Vous avez agi comme des amateurs ! Vous êtes des incapables ! Des incapables ! Tous !

Hezner le regarda en souriant mais ses yeux étaient emplis de mépris.

— Vous ne vous êtes pas opposé au plan, *Standartenführer.* Mis à part vous vautrer dans un fauteuil une bouteille à la main, vous n'avez pas fait grand-chose ces derniers temps. En plus, il va falloir vous soigner, à ce que je vois... Enfin, la mort imprévue de votre ami vous évitera la pénible tâche d'avoir à l'exécuter vous-même.

— Dandeville n'est pas mon ami, cracha Gärensen. Sa mort m'indiffère. Mais comment tirer de lui des renseignements, maintenant ? Vous savez faire parler les morts, vous ?

Hezner se renfrogna et préféra fouiller les poches du Français plutôt que de répondre.

— Qu'est-ce que Dandeville faisait, ce soir, avec les Russes ? interrogea Tewp qui avait entraîné Thörun dans la salle de bains sous prétexte de s'occuper de sa blessure.

— Aucune idée… Et maintenant, nous ne le saurons probablement jamais… Tout ce temps gâché à rechercher Hezner, tous ces efforts… vous en Palestine, moi en Argentine… Et pour quel résultat ! La première intervention de ce type tourne à la catastrophe. Quel idiot j'ai été de penser qu'il pourrait nous aider !

— Tout n'est peut-être pas encore perdu, murmura Tewp en désinfectant la plaie avec un antiseptique trouvé dans l'armoire de toilette. Même si j'avoue soupçonner que Hezner et ses types nous cachent certaines choses.

— C'est aussi mon opinion… Mais regardez !

De la poche de son pantalon, Thörun tira une petite boîte en fer-blanc.

— Le penthotal, murmura-t-il. Je l'ai pris discrètement pendant la fusillade. Personne ne l'a remarqué.

— Vous comptez vous en servir contre Hezner ?

— En cas de besoin, oui…

Tewp acheva le bandage de fortune sans un commentaire. La plaie était propre et la balle avait traversé les chairs de part en part sans endommager l'os. Si elle restait saine, la blessure guérirait d'elle-même en peu de temps. Les deux hommes revinrent au salon, où Tobie et Nathan s'occupaient d'aligner les cadavres des Russes et du Français contre le mur, tandis que les autres ouvraient les tiroirs et rassemblaient dans des valises tous les documents sur lesquels ils pouvaient mettre la main.

— J'étudierai l'ensemble à tête reposée, expliqua Ruben. Mais je peux déjà vous apprendre que nous n'avons pas perdu notre soirée…

Il tenait à la main un jeu de documents imprimés sur lesquels se discernait un drapeau rouge frappé d'un croissant de lune et d'une étoile.

— Des billets maritimes à destination de la Turquie, émis aujourd'hui même ! Nous venons de vérifier : tous portent les noms des agents que nous venons d'abattre, sauf le dernier, qui est au nom de Dandeville…

— Alors ? demanda Gärensen en jetant un dernier coup d'œil sur le corps sanguinolent du Français.

— Alors ? ricana Hezner. Prochain arrêt : Istanbul !

Second livre de Lewis Monti

Roaring Twenties

New York, décembre 1914.

Don Giuseppe Battista Balsamo ! Après plus de quatre années passées au pénitencier de Blackwell's Island, j'étais à nouveau assis dans le bureau sombre du chef de la Main Noire. Je n'avais pas revu ce dernier depuis le jour où il m'avait chargé d'exécuter l'avocat Preston Ware. Jamais il ne s'était manifesté au cours de ma réclusion. Pas un mot, pas un signe, pas une aide... Cela ne m'avait pas surpris. C'était la règle de la Main Noire ; je la connaissais et l'avais acceptée depuis longtemps. Pourtant, cette règle avait été finalement transgressée. Si, par miracle, j'avais échappé à la mort sur la chaise électrique, mon évasion avait été orchestrée par une volonté bien humaine, celle de *don* Balsamo...

En cinq années, l'homme avait beaucoup vieilli. Je le trouvais fatigué, usé. Ses rides s'étaient creusées et sa chevelure était tombée par plaques, laissant apparaître son crâne fragile... Moi, la prison m'avait amaigri mais j'étais un homme jeune : mes muscles et ma chair étaient là, nerveux, avides de retrouver toute leur vigueur et de dépenser leur énergie...

— Mon fils ! s'exclama Balsamo. J'ai contracté envers

toi une dette terrible. Penses-tu qu'il me soit possible un jour de l'acquitter ?

— Une dette, *don* ? C'est à vous que je dois d'avoir recouvré ma liberté. Aucune dette n'existe entre nous.

Balsamo hoqueta d'un petit rire clair.

— Je t'ai laissé à Blackwell presque cinq années sans rien faire pour toi. Je t'ai laissé condamner à mort… Je t'ai laissé monter sur la chaise électrique, Luigi… Et tu penses vraiment que je ne te dois rien ?

— Le jour où j'ai coupé ma main pour verser mon sang devant *mastro* Giletti, j'ai compris et accepté les lois qui nous régissent, *don*. Nous sommes siciliens, nous appartenons à la Main Noire. Nous n'obéissons pas aux règles ordinaires. Il y a un prix à cela. J'ai toujours accepté de le payer.

— Tu parles avec droiture, Luigi. Mieux encore : tu *agis* avec droiture. Tu m'en as toujours donné la preuve. J'ignore quelle est la force qui t'a sauvé des mains du bourreau. Mais que ce soit Dieu ou Diable, je l'en remercie avec la même ferveur… Quand j'ai appris que tu avais survécu, j'ai compris que cela ne devait rien au hasard. J'ai compris que tu *devais* survivre, c'était une nécessité. Il existe un grand dessein te concernant, et j'ai moi aussi un rôle à jouer dans l'accomplissement de cette destinée. Nous avons organisé ton évasion. Maintenant que tu es à nouveau parmi nous, j'ai des projets pour toi, Luigi. De grands projets.

— Comme auparavant j'exécuterai vos contrats, *don*. Rien n'a changé.

— Tu te trompes, tout a changé au contraire. Tout ! À commencer par le monde qui n'est plus celui que tu as connu. L'Europe est entrée en guerre. Le sais-tu seulement ?

— Non, *don* Balsamo. J'ai vécu dans l'ignorance de ce qui se passait au-dehors de ma cellule.

— Là-bas, c'est la guerre de tous contre tous. Il s'y livre des batailles comme le monde n'en a encore jamais connu. Cela va changer l'équilibre des forces. Pour l'instant, l'Amérique n'a pas encore choisi son camp. Peut-être le fera-t-elle, peut-être restera-t-elle neutre… Cela n'a pas d'importance. Quelle que soit la voie qu'elle empruntera et quel que soit le parti victorieux en Europe, ce sont les États-Unis qui rafleront la mise. Et cette mise sera énorme ! Énorme !

Je saisis d'abord mal où *don* Balsamo voulait en venir. Puis, soudain, je compris le sens de son discours et son rapport avec la Main Noire.

— L'argent européen va arriver ici, n'est-ce pas ?

— Oui, Luigi. Il arrive déjà… Après trois mois de guerre à peine… Un nouveau millionnaire par jour sur le sol américain grâce aux morts en Europe… Tu imagines ce que cela signifie si ce conflit s'étend encore ? S'il dure un an ? Deux ans ? Quatre, peut-être ? Tout sera changé, mais nous, nous ne craignons rien ! Nous sommes sur une île. Personne ne peut envahir les États-Unis. Quoi qu'il arrive, nous regarderons toujours les choses de loin, protégés par les océans… La situation est idéale pour le commerce. Tous les boutiquiers et les banquiers d'ici vont devenir gros et gras ! L'Amérique est la nouvelle Babylone, Luigi… Et toi…

— Moi ?

— Toi, tu ne resteras pas un simple exécuteur. L'époque où tu n'étais qu'un *torpedo* est révolue, ou presque. Il te reste un homme à tuer avant de tourner définitivement cette page de ton histoire.

— Qui est-ce ? demandai-je un peu étourdi par le discours enflammé du vieil homme.

— Nalfo Giletti, le fils de ton premier *protettore.* Dès que ce dernier contrat sera rempli, tu prendras sa place à la tête de son clan.

— Nalfo Giletti ? Qu'a-t-il fait pour vous déplaire, *don* ?

— C'est un garçon qui ne mérite plus sa place parmi nous. Ses vices l'ont repris, l'alcool, les femmes, la drogue aussi… Ils ont empiré et le ravagent. Sa maison est désormais au bord de la ruine. Ses propres hommes le méprisent, ils n'ont plus confiance en lui. Si nous n'intervenons pas, son clan disparaîtra et notre organisation entière en sera affaiblie. Il est de mon devoir de trouver un nouveau chef à cette famille. Tu l'ignores encore mais il se trouve que ton prestige est immense, Luigi. Ce qui s'est produit dans la chambre d'exécution te nimbe d'une auréole de saint. Ton arrivée au pouvoir sera vécue comme un grand honneur. Un honneur qu'il serait inconcevable pour toi de refuser.

— Mais je suis un fugitif, *don.* Un condamné à mort évadé. Je ne peux diriger une famille dans ces conditions.

Balsamo rejeta l'objection du revers de la main.

— Les premiers temps, tu resteras discret, bien sûr. Mais dans quelques années, qui se souviendra encore du prisonnier Monti ? Ton juge ? Nous le surveillons. Quel document prouvera ton arrestation ? Ton dossier dans les archives de la police ? Nous le détruirons. Le registre de la prison de Blackwell ? Assurément non car aucun rapport spécifique n'a été rédigé à la suite de ton exécution manquée… New York est gigantesque. Tous les jours elle avale et recrache des hommes. Les identités s'y brassent, s'y mêlent et s'y oublient aussi vite. Rien ne s'oppose à ce que tu resurgisses bientôt au grand jour. Je m'occuperai de tout afin que personne ne vienne jamais te lancer au visage cet épisode de ta vie, Luigi. Il sera effacé. Ta liberté sera totale. Alors, qu'en dis-tu ?

L'élimination de Nalfo Giletti fut simple et rapide. La disparition naturelle du *mastro* Maurizio Giletti, son père, deux ans plus tôt, avait balayé le dernier scrupule que j'aurais pu éprouver en appuyant sur la détente. *Don* Balsamo avait tout organisé. Les gardes du corps qui accompagnaient d'ordinaire Nalfo s'étaient retirés d'eux-mêmes lorsque j'étais arrivé pour abattre leur maître. Plongé dans le sommeil, abruti d'alcool et de morphine, le dernier des Giletti ne se rendit pas même compte qu'un assassin pénétrait dans sa chambre et se penchait sur lui. Trois balles dans le front et trois autres dans le cœur mirent un terme définitif à sa déchéance. Je ne rencontrai aucune objection en arrivant à la tête de l'ancienne famille Giletti. Officiellement adoubé par Balsamo devant tous les autres parrains de New York et du New Jersey, je reçus à mon tour le titre de *don*. Nous étions mi-janvier 1915. Je n'avais pas encore tout à fait trente-trois ans…

— Quelque chose te tracasse, *figlio mio*, je le vois bien. Veux-tu m'en parler ?

La voix de *don* Balsamo était douce mais impérieuse. Il est vrai que j'avais sollicité un entretien avec lui et que, depuis mon arrivée dans son bureau, j'employais toute mon énergie à éviter l'unique sujet qui me tenait vraiment à cœur.

— Preston Ware, murmurai-je enfin. L'avocat que j'ai tué pour vous… Qui était-il vraiment ?

Les yeux de *don* Balsamo se clorent un instant et je crus entendre un mince soupir s'exhaler à travers ses lèvres fines.

— Lorsque je t'ai donné le contrat concernant cet

homme, je t'ai révélé tout ce que je savais alors de lui. Il aurait pu nous faire perdre beaucoup d'argent, envoyer certains des nôtres en prison. Moi-même, peut-être, si nous l'avions laissé faire… Je ne t'ai pas menti, Luigi. Pour notre sécurité, cet homme devait être éliminé. Mais il est vrai également que ce n'est pas tout. Des événements sont survenus depuis sa mort, des rêves… Me croiras-tu, Luigi, si je te dis que cet homme vient parfois me visiter dans mes songes depuis que tu l'as abattu ?

— Je vous crois, *don* Balsamo, dis-je dans un souffle à peine audible. Mais que vous dit-il ?

— Il me parle de toi, bien sûr… Oh, son âme ne cherche pas vengeance, Luigi, rassure-toi. Bien au contraire… Elle semble plus heureuse et plus puissante là où elle se trouve qu'en ce bas monde, prisonnière de son ancien corps. Mort, il peut tout, ou presque. C'est lui qui t'a sauvé de la chaise électrique. Tu le sais, n'est-ce pas ?

Je ne pus répondre par des mots. Mon visage s'inclina vers le sol, comme si ma nuque se chargeait soudain d'un fardeau trop lourd.

— C'est un miracle que je ne comprends pas… Un mort qui parle encore et qui cherche vengeance ni contre son meurtrier ni contre celui qui a réclamé son exécution. Un mort qui les aide au contraire… C'est une énigme. Toi, tu en perceras peut-être un jour le secret. Quant à moi, je préfère considérer Ware comme un cadavre parmi d'autres, une dépouille depuis longtemps tombée en poussière… Le secret qui vous lie, je ne veux pas le percer. Ne tente pas toi-même de le faire avant que l'heure ne soit venue, mon garçon. Sois patient. Un jour, sûrement, tu comprendras…

Malgré le conseil du *don*, j'eus la tentation immédiate

de retourner sur la Cinquième Avenue, là où j'avais abattu Preston Ware six ans auparavant. Mais à quoi cela m'aurait-il servi, sinon à conduire mon esprit sur les chemins de la folie ? Devant le mystère que me posait Preston Ware, je résolus pour un temps de m'effacer, choisissant la fuite et l'oubli dans les problèmes de la vie concrète.

Les deux premières années que je passai à la tête de mon clan furent donc consacrées à la remise en ordre des affaires. Peu à peu, je fis reconquérir à mes hommes tous les territoires que nous avions perdus face aux bandes étrangères. Nous affrontâmes les triades chinoises et les bandes mexicaines ou noires de Harlem. Il n'y eut que très peu de morts dans nos rangs ; nous en fîmes en revanche beaucoup chez nos adversaires. Sous le mandat de Nalfo, notre famille avait souffert d'une terrible réputation de faiblesse. Il fallait corriger cela au plus vite. Je montais moi-même en première ligne aussi souvent que possible, pour me faire respecter par mes troupes tout autant que redouter par nos ennemis.

— Vous êtes l'homme qui a survécu à la chaise électrique, *don* Luigi. Vous êtes l'homme dont la mort n'a pas voulu. Vous n'avez plus aucun besoin de prendre des risques inutiles désormais. Imaginez la perte subie, si par malheur vous preniez un mauvais coup !

C'était Lupo qui me disait ces mots… Le temps était bien loin où lui et moi entrions chez les boutiquiers de Little Italy pour les menacer de représailles s'ils oubliaient de verser la dîme à la Main Noire. Survivant de la purge que j'avais effectuée dans l'ancienne famille Giletti à mon arrivée, Lupo m'était devenu très proche. Les années l'avaient bonifié et presque rendu sage. Comme *don* Balsamo, il pensait que la guerre en Europe était notre chance. Il s'occupait toujours avec ardeur de sa maison de placement pour acteurs, et en avait fait l'une des rares entreprises écrans de notre clan à demeurer bénéficiaire du temps de Nalfo. Depuis que j'étais revenu de Blackwell, il n'osait plus me tutoyer.

— Vous vous souvenez du jour où vous et moi nous sommes promenés sur la Cinquième Avenue, *don* ? Nous sommes entrés dans une salle de cinématographe.

— Je m'en souviens comme si c'était hier, mon ami.

— Il s'est ouvert cent salles comme celle-là, depuis lors. Des studios gigantesques ont été créés sur la côte Ouest. C'est une nouvelle industrie qui est en train de naître. Je n'arrive même plus à satisfaire la demande des producteurs qui me réclament sans cesse des nouvelles recrues pour leurs tournages. Entre Hollywood et Broadway, je croule sous les contrats...

— Tu as enfin trouvé ta voie, Lupo. J'en suis heureux pour toi. Fais de l'argent avec ces gens. Aides-en quelques-uns à devenir des vedettes. Fabrique des chanteurs et des comédiens. Fais en sorte que ces gens nous soient redevables. Leur notoriété pourra toujours nous être utile, le jour venu...

— C'est exactement ce que je pense, *don* !

Lupo en avait les larmes aux yeux. Peut-être était-ce la première fois qu'il recevait un assentiment aussi complet à sa conduite, à ses projets. Son émotion me fit éclater de rire.

— Nous allons construire un empire, Lupo, lui confiai-je. La prison m'a donné faim ! Atrocement faim ! Maintenant que nous avons quasiment regagné ce que nous avions perdu, nous allons faire feu de tout bois pour nous étendre. Et je compte te mettre fortement à contribution. Parle-moi donc de cette industrie du cinématographe qui te passionne tant...

Ce fut à cette période, en visitant un soir les bureaux

de l'agence dirigée par Lupo, que je rencontrai une jeune femme brune, petite et fine, qui se disait actrice, sagement assise dans la salle d'attente, les mains posées sur les genoux telle une écolière attentive. Elle n'était pas la plus belle des filles dans l'attente d'un contrat. Son visage était trop pointu pour être vraiment régulier et sa bouche trop fine pour être sensuelle. Mais elle me plut. Immédiatement… Follement…

— Comment vous appelez-vous, mademoiselle ? lui demandai-je en m'approchant doucement.

— Carla, monsieur. Carla Pulciano…

Après huit mois d'une cour assidue, patiente et chaste, Carla Pulciano accepta de devenir ma femme. D'origine italienne, elle était née aux États-Unis et avait vécu jusque-là de petits rôles à Broadway. L'existence que je lui offris la tira de sa misère. Ensemble, nous nous installâmes dans la villa que je venais de faire construire dans le quartier de Greenwich. À cette époque, déjà, j'étais riche. Pas encore millionnaire mais sur le point de le devenir. Sur la pelouse qui s'étendait derrière notre maison courait Tabs, le chien que j'avais recueilli malade et affamé, des années plus tôt. La *mamma* que j'employais alors comme intendante n'avait pas eu le cœur d'abandonner la bête après mon arrestation. Dès qu'elle avait su que j'étais revenu, elle était accourue pour me baiser les mains et me rendre mon animal. Enfin, je connus le plus grand bonheur de ma vie lorsque, quelques semaines avant la fin de la guerre en Europe, Carla mit au monde notre fils, que nous baptisâmes Gian.

— Je suis heureux pour toi, Luigi, me félicita *don* Balsamo. Un homme sans épouse et sans fils… bah ! ce n'est pas naturel. Éduque-le bien, ton *bambino,* enseigne-lui nos valeurs. Qu'il se montre digne de son père, surtout… Maintenant que la guerre est sur le point de s'achever, les possibilités sont immenses. Je te l'avais dit, rappelle-toi. Ce conflit a tenu toutes ses promesses : l'Amérique possède désormais les atouts pour devenir le premier pays au monde. Jusqu'ici, nous n'étions que des artisans dans un pays encore balbutiant. Maintenant sonne vraiment l'heure de Cosa Nostra !

*

Roaring Twenties. C'est ainsi que fut familièrement dénommée la décennie fabuleuse – et terrible – qui débuta alors. Le 16 janvier de cette année-là est à marquer d'une pierre blanche pour les criminels. C'est à cette date en effet qu'entra en vigueur le 18e Amendement de la Constitution qui validait le Volstead Act, un décret qui fut vite beaucoup mieux connu sous le nom de *loi sèche.* Il inaugurait la grande époque de la prohibition, l'interdiction de toute boisson alcoolisée, qui acheva de faire la fortune de toute la gent criminelle des États-Unis et provoqua aussi des affrontements sans fin entre bandes rivales. À l'époque, New York n'était qu'un immense chantier où des gratte-ciel de plus en plus hauts étaient élevés chaque jour. Les chevaux avaient totalement disparu des rues. On ne circulait plus qu'en automobiles. Tout le monde en possédait au moins une, souvent deux, parfois trois ou quatre. Le téléphone s'installait chez les particuliers et les orchestres faisaient danser le fox-trot aux femmes qui se coiffaient à la garçonne, s'habillaient court et avaient jeté leur corset pour mieux s'encanailler dans nos tripots clandestins. La manne que représentait le trafic d'alcool était énorme et fit sauter bien vite tous les traités de paix et alliances de l'ancien temps. Chacun voulait sa part du gâteau. Même entre Italiens, même entre Siciliens, nul n'était prêt à renoncer au trésor. Pressentant le danger, *don* Balsamo entreprit de réorganiser une dernière fois les familles, afin d'éviter que naissent trop de dissensions internes. Il savait que, si nous nous dressions les uns contre les autres, la police parviendrait facilement à nous abattre.

Alors que les rivalités se calmaient entre nous et que Battista Balsamo répartissait équitablement les activités, un nouvel ennemi surgit dans notre dos. Depuis longtemps, nous pensions en avoir fini avec la Main Blanche – les Irlandais de Dinny Meehan. Au prix de lourdes pertes, nous étions parvenus à les chasser peu à peu des bordels, des tripots et des syndicats de dockers sur lesquels ils avaient la main. Il ne leur restait, à l'époque, que le contrôle des flottes de pêche des ports de New York et du New Jersey. Mais tout cela changea avec l'arrivée d'un nouvel homme à leur tête.

Bill Lovett était un héros de la grande guerre. Le corps truffé d'éclats d'obus, portant toujours la *Cross of Distinguished Service* épinglée au revers de sa veste, il souffrait d'une très petite taille, n'était charpenté par aucune musculature et semblait d'une extrême fragilité. Ses taches de rousseur, ses grands yeux de poisson, ses oreilles décollées et l'éternel canotier de paille dont il se coiffait, même en plein hiver, achevaient de lui donner l'allure d'un clown, un Buster Keaton miniature incapable de commettre le moindre méfait. Sous cette apparence lunaire se dissimulait cependant un redoutable tueur.

Il arriva aux États-Unis début 1919. Six mois plus tard, il avait assassiné de sa main les onze chefs irlandais de la Main Blanche et s'était proclamé général des gangs d'Erinn. Son territoire s'étendait du pont de Brooklyn à la zone des quais de Greenpoint et Red

Hook. En février 1920, Lovett nous déclara une guerre ouverte. Le samedi 26, vers six heures du soir, il fit pénétrer quelques-uns de ses hommes au Stauch's Dance Hall, un dancing de Surf Avenue, proche de Coney Island, qui appartenait à l'un des nôtres. Les Irlandais ouvrirent le feu sans distinction. Trois *amici nostri* tombèrent ce soir-là. Mais ce ne fut pas leur mort qui provoqua le plus d'émotion ; une jeune danseuse italienne de dix-neuf ans avait elle aussi été froidement abattue. Lorsqu'on porta son corps en terre, toute Little Italy suivait le cortège funèbre pour la pleurer. Une heure à peine après qu'on eut enseveli cette pauvre gosse au cimetière de Santa Cruz, je me retrouvai chez Balsamo, en compagnie de l'état-major de nos familles. Nous étions une soixantaine au bas mot.

— Nous devons frapper la cupule des Irlandais, hurla le *don* en frappant du plat de sa main sur la table. Je veux que la *vendetta* soit spectaculaire !

La cupule… C'était ainsi que l'on nommait le conseil supérieur des organisations criminelles. Tout le monde approuva, bien sûr. Nous ne pouvions pas laisser passer la provocation du Stauch's Dance Hall sans réagir.

La première victime de nos représailles fut Charleston McFarlane, un des plus proches conseillers du petit Lovett, peut-être même celui qui lui avait soufflé l'idée de l'attaque du dancing. Nous le prîmes alors qu'il était en train d'effectuer la tournée des cafés irlandais pour ramasser la dîme. Le coffre de sa voiture était bourré de sacs de billets. Nous exécutâmes McFarlane et laissâmes son cadavre dans un bateau vide du port, entouré de l'argent répandu sur le sol. Il devait être évident pour tous que le motif du crime était la vengeance, et non un vulgaire vol.

Après ce premier assassinat, les Irlandais redoublèrent de précautions et il nous fut beaucoup moins facile de les approcher. Tous les personnages importants de la Main Blanche ne se déplaçaient plus qu'accompagnés de trois ou quatre gardes du corps. Il nous fallut attendre de longs mois avant de pouvoir abattre Edward Fletcher, ami d'enfance de Lovett. Nous le tuâmes en pleine représentation du Brooklyn Court Theatre… Alors que nous nous attendions à notre tour à subir des représailles, un événement inattendu survint. À Chicago, le parrain suprême était un certain Alphonse Capone. Il informa Balsamo que le meurtre de Fletcher l'indisposait grandement car l'homme était son indicateur de haut rang au sein de la mafia irlandaise. Déjà puissant à l'époque, Al Capone pouvait nous causer bien des ennuis. Il était hors de question d'ouvrir les hostilités contre lui. Conscient de son faux pas, Balsamo sacrifia un pion pour contenter Capone : celui de nos hommes qui avait planifié la fusillade du théâtre fut livré pieds et poings liés à la Mafia de Chicago. Les Irlandais, à leur tour, trouvèrent un moyen de nous porter un coup. Comme il arrêtait sa voiture pour permettre à des écolières de traverser la chaussée, Tony Desso, le filleul de *don* Balsamo, fut pris sous le feu de plusieurs hommes maniant des armes lourdes. Son corps fut coupé en deux par la centaine de balles qui le frappèrent. Cet événement rendit furieux *don* Balsamo. Il ordonna que la tête de Lovett lui fût apportée sur un plateau le plus vite possible. New York devint dès lors le décor d'un véritable champ de bataille entre les Irlandais et nous. L'un après l'autre, nos torpedos abattirent les sbires de Lovett. En dix-huit mois d'affrontements, d'échanges de coups de feu dans les bars, de courses-poursuites en voiture le long des quais et jusqu'en plein cœur de Manhattan, cent vingt-deux personnes trouvèrent la mort. Des Italiens, des Irlandais bien sûr, mais aussi des innocents, de simples passants qui avaient eu pour seul tort de se trouver au mauvais endroit au mauvais moment.

La guerre qui faisait rage n'empêcha pas Lovett de tomber amoureux et de préparer son mariage. La veille de la noce, il choisit d'enterrer sa vie de garçon au Lotus Club, le soir d'Halloween... Il y fit la fête jusqu'à cinq heures du matin. Ses gardes du corps et lui-même burent tant qu'ils s'écroulèrent sur les divans pour y cuver leur alcool. Prévenus par le patron du cabaret, cinq d'entre nous entrèrent par une porte de derrière et découvrirent le puissant patron de la pègre irlandaise dormant à poings fermés. Ils l'assassinèrent en plein sommeil, exactement comme j'avais moi-même abattu Nalfo Giletti.

— Tu te rappelles, Luigi, ce que je t'avais dit il y a longtemps ?

— Quoi donc, *don* Balsamo ?

— Les ennemis de la Main Noire meurent toujours... Quoi qu'il arrive...

*

À la fin de l'année 1923, Giuseppe Battista Balsamo choisit de se retirer. Son temps était fini, et il le savait. Sa dernière action d'éclat avait été d'éliminer la menace que représentait pour nous la Main Blanche dominée par Lovett.

— Fais attention, Luigi, me prévint-il lorsqu'il me reçut en audience privée pour la dernière fois. Capone ne va pas se contenter de son fief de Chicago. C'est un homme redoutable. Prends garde à ne pas l'affronter directement. Ne lui déclare jamais une guerre ouverte.

Ne lui fais pas allégeance non plus. Efforce-toi de rester neutre vis-à-vis de lui. Tu auras suffisamment de problèmes avec la nouvelle génération.

La nouvelle génération, c'était surtout celle de Frankie Yale, l'homme qui s'était taillé la part du lion lors du conflit avec les Irlandais. Malgré son nom, Yale était bel et bien italien. Son ambition démesurée et ses premiers succès le poussèrent rapidement à la faute. Persuadé qu'il pouvait s'emparer impunément du réseau de distribution d'alcool frelaté que Capone en personne avait mis en place dans les restaurants et les bars de New York, Yale entreprit de ronger la clientèle du parrain de Chicago. Cela ne dura qu'un temps. En juillet 1928, six tueurs à gages descendirent en gare de Grand Central. Dans leurs malles, ils transportaient chacun un pistolet-mitrailleur Thomson à chargeur tambour. Vingt-quatre heures plus tard, Frankie Yale fut abattu sur la 44ᵉ Rue alors qu'il conduisait sa toute nouvelle Chevrolet. Le soir même, les tueurs rendaient compte à Capone, qui leur tendit une enveloppe de cinq mille dollars chacun.

À l'époque, New York n'était plus le centre des activités du syndicat du crime. Ce n'était qu'une province, comparée à la véritable métropole des activités mafieuses : Chicago. Corrompue par un Capone richissime et tout-puissant, l'administration de la capitale de l'Illinois était aux ordres du truand. Celui-ci pouvait tout tenter, tout se permettre, tout acheter, et il ne laissait personne se mettre en travers de son chemin. Comme nous, il avait dû affronter des Irlandais avant d'asseoir un pouvoir sans partage. Sa fortune était colossale : un litre d'alcool frelaté lui rapportait cinq dollars ; chaque nuit, deux cents litres s'en écoulaient dans chacun des mille trois cent quatre-vingt-cinq bars clandestins qu'il possédait. Une seule nuit de beuverie à Chicago lui faisait donc empocher deux cent soixante-dix-sept mille dollars ! En regard, le bénéfice d'un million et demi de dollars que généraient mensuellement ses maisons closes était presque anecdotique...

Comparé à lui, je n'étais rien. Il était l'empereur du crime. Je n'étais qu'un modeste capitaine et, même si je parvenais à gagner de très grosses sommes, je n'eus jamais la possibilité de rivaliser avec la démesure de Capone. Bien entendu, nous nous connaissions. Comme tous les chefs de famille de la côte Est, j'avais été invité dans son fief, en janvier 1927, dix-huit mois avant qu'il ne décrétât la mort de Frankie Yale. Capone avait alors décidé une réunion générale sous le prétexte d'aplanir certains désaccords. En réalité, il tentait de s'imposer officiellement à nous en tant que premier *capo di tutti capi,* chef de tous les chefs, tentative qui échoua malgré tous les efforts de séduction qu'il déploya.

Une journée avant la réunion officielle, il me fit venir à lui. Notre rencontre eut lieu dans le quartier de Cicero, au vingt-deuxième étage de l'hôtel Hawthorne, là où il louait à l'année une suite de six cents mètres carrés avec trois majordomes, quatre femmes de chambre, deux barbiers, six coursiers, deux cuisiniers, trois secrétaires, quatre avocats et deux ou trois nouvelles prostituées chaque soir... Je trouvai Capone affable, courtois, extraordinairement charmeur. Sorti d'un ruisseau de Brooklyn, cet homme plus jeune que moi aurait indéniablement pu devenir un exemple sur lequel calquer ma conduite, voire un maître à suivre. C'était d'ailleurs pour m'acheter qu'il m'avait fait venir jusqu'à lui. Il était trop intelligent pour en faire mystère.

— *Don* Monti, me dit-il après m'avoir offert un cigare et un verre d'excellent cognac, vous êtes une figure respectée parmi nous. *Don* Balsamo vous aimait comme un fils, chacun le sait. Pensez-vous jouir vraiment de la position que vous méritez à New York ? Ne croyez-vous pas que nous pourrions ensemble voir plus grand pour vous ?

Impossible de heurter Capone de front. Sa réputation de susceptibilité était grande et je n'avais aucune intention de lui donner un motif de s'en prendre à moi. Multipliant les circonlocutions, je parvins néanmoins à me tirer de ses griffes et à garder mon indépendance. Dans le conflit qui l'opposait à Yale, je promis de rester neutre. Je n'avais pas beaucoup à me forcer. Cette affaire ne me concernait pas et je ne nourrissais de claire sympathie ni pour l'un ni pour l'autre. Comme à tous, la prohibition me rapportait beaucoup d'argent, certes, mais contrairement à beaucoup, je possédais également une parfaite connaissance des forces et des faiblesses de mon clan. Pour survivre, il me fallait la paix. Seule la tranquillité permet les affaires et la prospérité ; la guerre fait toujours baisser les profits de ceux qui sont contraints de monter en première ligne…

En mai 1928, Capone commit une erreur d'apparence banale, mais qui allait provoquer l'enchaînement d'événements menant finalement à sa chute. La scène se déroula sur l'aéroport de Chicago, à l'instant où le photographe du *Chicago Daily News* déclencha le phosphore de son appareil. Sur la plaque qu'il venait d'impressionner se trouvait Capone, serrant chaleureusement la main du commandant Francesco di Pinedo, un aviateur italien lancé dans un tour du monde à bord de son aéroplane pour transmettre un message d'amitié du gouvernement de Mussolini aux communautés italiennes expatriées. Un large sourire aux lèvres aux côtés du consul Canini et de Bernard Barasa, le représentant du maire, Capone semblait désormais faire partie intégrante de la bonne société locale. Cette photographie fut mise sous les yeux de Calvin Coolidge, qui occupait alors le Bureau ovale à la Maison-Blanche. Ce fut la goutte d'eau qui fit déborder le vase. Coolidge entra dans une rage folle en découvrant que Capone se permettait de représenter les autorités officielles de la nation, alors que son statut de criminel était connu de tous. Le Président en fit une affaire personnelle, au point qu'il envisagea un temps de rapatrier les Marines stationnés au Nicaragua pour les faire patrouiller dans les rues de Chicago... Cependant, ce ne furent pas les militaires qui se dressèrent contre Capone, mais une alliance de trois hommes hors du commun : l'attorney général George Johnson, le lieutenant de police Eliot Ness – sorte de nouveau Petrosino de l'Illinois – et Arthur Madden, le chef local du service des impôts, unirent leurs forces et commencèrent à donner les premiers coups de boutoir contre l'organisation du mafieux. Cela fit voler en éclats le *statu quo* que Capone avait tant bien que mal réussi à imposer.

Le maître du syndicat du crime fut attaqué comme un vieux loup par une meute de jeunes chiens, qui ne rêvaient que de le voir à terre pour se partager son empire. La bande de Bugs Moran fut la première à passer à l'attaque en opérant sur des terrains qui ne lui avaient pas été accordés lors de la réunion de 1927. Des cargaisons d'alcool furent détruites, des tripots attaqués, des hommes abattus. Capone répliqua vite et fort en envoyant ses hommes faire une descente punitive au quartier général de Moran. Le 14 février 1929, jour de la Saint-Valentin, sept collaborateurs de Bugs Moran tombèrent sous les balles de tueurs revêtus d'uniformes de policiers. L'avertissement porta sur-le-champ, car les attaques contre Capone cessèrent aussitôt et Moran lui-même disparut sans laisser de traces, tandis qu'un nouveau Président remplaçait Coolidge à Washington… Herbert Hoover poursuivit l'œuvre de son prédécesseur avec plus de hargne encore, et ce fut sous son mandat que Ness et ses hommes parvinrent enfin à arrêter Capone pour fraude fiscale. Condamné, celui qui avait fait régner la terreur à Chicago entra en prison au moment où on abolissait la loi sèche. La prohibition prenait fin, mais une toute nouvelle ligne de front s'ouvrait désormais. Une ligne de front vers laquelle j'étais moi aussi promis à monter.

L'empereur et l'éminence

Si elle marquait la fin d'un certain âge d'or pour la Mafia, la chute d'Al Capone ne mit pas un terme aux activités du syndicat du crime. L'abrogation de la loi interdisant la consommation d'alcool sur le territoire américain nous fit perdre, certes, une de nos ressources principales, mais j'avais prévu le tarissement de cette corne d'abondance. Depuis longtemps, j'avais donc placé mes pions en conséquence. Je fus peut-être un de ceux qui souffrit le moins de cette nouvelle donne ; mes sources de revenus étaient le jeu, les paris, les courses... J'étais également devenu propriétaire de deux ou trois des plus élégantes boîtes de nuit de New York où je produisais des vedettes comme Cab Calloway, Bennett Carter ou Don Redman... C'était l'époque du Cotton Club et de L'Onyx, avec lesquels je rivalisais assez bien. Grâce à Lupo, je m'étais introduit dans d'autres milieux artistiques ; tous les directeurs de Broadway me connaissaient, les producteurs d'Hollywood également. Je pris des parts dans leurs sociétés – la RKO, la Paramount... – et les aidai à débloquer des financements pour leurs films. En retour, des vedettes du cinéma ou du music-hall venaient s'afficher dans mes clubs et dîner à ma table. J'eus pour invités réguliers Charlie Chaplin, James Cagney, Bela Lugosi, Gary Cooper...

Bien qu'irlandais, John Wayne passait me voir chaque fois que ses tournées de promotion l'appelaient à New York. Il était jeune à l'époque, mais sa notoriété ne faisait que s'affirmer au fil de ses tournages. Gian, mon fils de quatorze ans, l'adorait. L'acteur n'était pas encore très connu, mais à ses yeux il était déjà un dieu vivant.

— Tu as vraiment un chouette gosse, me disait John après avoir joué une heure au base-ball sur la pelouse avec le gamin et le vieux Tabs qui jappait derrière eux en essayant de leur voler la balle.

Carla et moi les regardions en catimini, par la grande baie vitrée de mon bureau. Alors, je prenais la main de ma femme et j'étais fier…

Mais la succession de Capone n'alla pas sans de nombreuses effusions de sang. Une nouvelle guerre interne éclata, qui mit aux prises Salvatore Maranzano à l'un de ses anciens lieutenants, Lucky Luciano. Il y eut alors des règlements de comptes pires que le massacre de la Saint-Valentin. Maranzano ne m'avait jamais inspiré confiance, et j'eus la chance de miser très tôt sur le vainqueur. Pour asseoir son pouvoir, Luciano commandita des meurtres de possibles opposants dans tout le pays. À la mi-septembre 1931, il avait atteint la position qui avait toujours été refusée à Capone : *capo di tutti capi.* Ce fut une révolution dans notre monde car Luciano, rompant avec une ancienne coutume, s'entoura de gens qui n'étaient pas tous italiens. Son plus proche collaborateur était un Juif, un type nommé Meyer Lansky, avec lequel il était lié depuis l'enfance. Dès lors, les derniers vestiges de la Main Noire disparurent pour laisser place à un véritable syndicat du crime couvrant tout le pays et mêlant de multiples nationalités…

En 1935, j'avais un peu plus de cinquante ans. J'étais riche et respecté. Mes affaires étaient toujours fructueuses malgré la grande dépression économique que connaissait le pays. Je m'étais protégé de manière à ce que la loi ne pût rien contre moi. En apparence, je n'étais qu'un entrepreneur qui avait fait fortune à force de travail et de courage... Mon fils avait dix-sept ans et étudiait dans la meilleure université. J'aimais Carla et elle m'aimait en retour. Jamais je ne l'avais trompée depuis notre nuit de noces. L'idée même ne m'avait jamais effleuré l'esprit...

— Luigi, me disait Clara de plus en plus fréquemment, que penserais-tu de te retirer bientôt des affaires ? Tu n'as plus rien à prouver depuis longtemps et nous avons plus d'argent qu'il n'en faut pour offrir à Gian ce qu'il y a de mieux et ne nous priver de rien. Nous pourrions facilement quitter la ville, finir tranquillement nos jours là où il nous plairait... Peut-être sous un ciel plus chaud... Peut-être même en Italie... Pourquoi pas ?

Me retirer ? Oui, j'y songeais, et même je préparais d'ores et déjà discrètement ma succession. L'homme que j'avais choisi n'était pas Lupo. De presque vingt ans plus âgé que moi, le pauvre vieux avait bien vécu et beaucoup profité des petites actrices à qui il avait fait passer des auditions sur le profond canapé de son bureau... L'une d'elles lui avait laissé la syphilis en souvenir. Son état empirait chaque jour, et rien ne pouvait désormais le sauver. Sur son lit d'hôpital, le cerveau rongé par le mal, il eut tout de même assez de lucidité avant de mourir pour m'interroger encore.

— Alors, *don* Luigi ? Qui avez-vous choisi ? À qui allez-vous confier notre clan ? Au petit Gian ?

— Non, mon ami, répondis-je, très ému. Pas à Gian. Il est trop jeune et je ne veux pas qu'il risque sa vie... Personne ne viendra l'abattre par-derrière quand il sera assis dans sa loge au Metropolitan avec sa femme et ses enfants. Et aucun juge ne le condamnera à la chaise électrique… Gian ne prendra pas ma succession… C'est Stefano que j'ai choisi.

Stefano Gorgia était celui de mes petits *thugs* qui, en 1909, avait suivi l'avocat Preston Ware et dessiné son portrait. En 1935, c'était un homme fait. C'était moi qui lui avais fait prêter le serment d'allégeance à Cosa Nostra, exactement de la même manière que *masiro* Giletti avec le docker de dix-huit ans que j'étais en 1900. Stefano était rusé comme un renard et doté de nombreux talents. Pendant quelques années, il avait assuré les fonctions de premier torpedo à mon service. Gaucher, il avait longtemps utilisé une technique dangereuse mais redoutable : s'avançant vers sa future victime tout sourire et la main droite tendue, il profitait de ce que la paume de sa cible fût enserrée dans ses doigts pour paralyser toute riposte et dégainer tranquillement de la main gauche. La manœuvre ne rata jamais, mais il eut aussi la prudence de l'abandonner avant que sa ruse ne fût éventée. Je ne connaissais pas de vice majeur à Stefano. Sa figure longue et son air doux plaisaient aux femmes. Il gardait la tête froide et n'abusait ni de son charme ni des facilités que lui donnait la position de plus en plus importante que je lui accordais à mes côtés. C'était également un excellent comptable, qui n'oubliait jamais ce qu'on lui devait et ne laissait pas un petit intermédiaire détourner le moindre dollar.

Je savais ma confiance bien placée en cet homme et c'est pourquoi je m'assurai de sa présence le jour où un individu que je n'aimais guère insista pour me rencontrer. Carmine Ferrara était le représentant du parti fasciste à New York. J'avais fait sa connaissance quelques années auparavant, à Chicago, lors d'une soirée donnée par Capone, lui-même proche d'Ugo Galli, le représentant des mussoliniens de l'Illinois. Ferrara était grand, gros, vigoureux. Il sentait le vin. Terriblement bavard, le front constamment perlé de gouttes de sueur qu'il épongeait au moyen d'un mouchoir à carreaux, il portait les cheveux trop longs, et un nuage de pellicules graisseuses saupoudrait les épaules de sa veste sombre.

— Je suis heureux de pouvoir enfin parler directement avec vous, *don* Luigi, me dit-il après avoir pris place dans un fauteuil réservé aux invités. Cela fait longtemps que j'attends cette occasion. Mais comme tous les hommes importants de notre communauté italienne, vous êtes difficile à contacter...

Le ton de Ferrara était prudent et onctueux. Exactement celui d'un être qui attend de vous que vous lui rendiez un service de taille.

— Que puis-je pour vous, *signore* Ferrara ? Votre visite est-elle d'ordre, privé ou professionnel ?

— Pas plus professionnel que privé, *don.* Ma visite a la politique pour sujet.

Ferrara marqua une pause pour dramatiser son propos. Comme je me contentais de le regarder sans relancer la conversation, il fut bien obligé de se découvrir. Je le sentis furieux d'avoir raté son effet.

— L'Union des fascistes de New York souhaiterait savoir si vous songez à apporter votre contribution à sa cause, dit-il enfin.

— Je ne me suis jamais préoccupé de politique, *signore* Ferrara. Connaissant mal ce terrain, je ne le pratique pas. Je juge cette attitude plus prudente pour moi et plus courtoise envers les autres.

— C'est tout à votre honneur, *don.* Mais les temps changent. La politique est partout désormais. Que vous le vouliez ou non, elle vous rattrapera vous aussi... L'Europe bouillonne à nouveau, vous ne pouvez pas l'ignorer. De grands événements s'y préparent qui se répercuteront ici, aux États-Unis… Certaines causes méritent d'être défendues, *don* Luigi. Même si vous n'y songiez pas auparavant.

— Et c'est la cause fasciste que vous souhaitez me voir épouser ?

— Évidemment, répondit Ferrara avec un sourire qui se voulait engageant. Le fascisme, c'est l'avenir de l'Europe. C'est aussi l'avenir de l'Amérique.

— Pourquoi cela ?

— Parce que c'est la cause de l'homme blanc, *don* Luigi, tout simplement ! Cela transcende les frontières et les continents. Monsieur Hitler l'a bien compris. Mais c'est notre Duce, Mussolini, qui montre l'exemple… Vous êtes italien. Comme chacun de nous, vous devez le suivre.

— Nous sommes aux États-Unis, il me semble. Nous en respirons l'air, nous en foulons le sol. Mon passeport est frappé de l'emblème de l'aigle américaine. Pas de l'*aquila* romaine. Votre croisade n'est pas la mienne, monsieur Ferrara.

Le gros type se tortilla un peu sur sa chaise. Il comptait encore sur son bagout naturel pour me séduire.

— Dans quelques années, toute l'Europe sera fasciste. La France, l'Espagne, la Grande-Bretagne même… Oh, je vous vois sourire, *don,* mais c'est une erreur de votre part. L'Angleterre compte chaque jour un peu plus de partisans séduits par nos programmes et nos succès. Des gens très haut placés… On dit même que le prince de Galles se montre extrêmement sensible à notre point de vue. Comme nous, il redoute le bolchevisme des Asiates de Russie. Comme nous, il craint le pouvoir financier des Juifs. Comme nous, il craint la fécondité des peuples d'Afrique, qui un jour nous submergeront si nous n'y prenons garde... L'accession au trône du prince pourrait bien augurer d'un brusque renversement d'alliances sur le Vieux Continent. Concevez-vous cela ? L'entente cordiale franco-anglaise dynamitée, les îles Britanniques se rapprochant de leur sœur germanique continentale... ? Cela vous laisse-t-il toujours indifférent ?

— Aussi froid qu'un marbre de Carrare dans lequel on sculpte les bustes de votre héros, dis-je en guise de plaisanterie. Le fascisme vous fascine parce qu'il fait défiler de pauvres types en uniforme. Il vous plaît surtout parce qu'il exalte des valeurs qui vous font défaut... *Signore* Ferrara, vous êtes un homme médiocre. Je vous ai toujours jugé comme tel et je ne change pas d'opinion aujourd'hui. Votre Duce ne m'intéresse pas. Mieux encore, il m'indispose. Je ne pense pas que l'Europe se convertisse jamais tout entière aux vues que vous me décrivez. Si une telle chose arrivait, ce ne pourrait être qu'à la suite d'un monstrueux coup de force. Cet épisode serait donc momentané, car l'Histoire montre qu'aucun dictateur n'a jamais tenu le continent longtemps sous sa coupe sans subir de terribles revers... Et quand bien même les habitants de Londres ou de Paris enfileraient de leur plein gré une chemise noire, jamais les Américains ne le feront... Sur ce, je vous souhaite le bonsoir, *signore.*

Faisant craquer les accoudoirs sous son poids, Carmine Ferrara se leva lentement de son siège puis, tout en ajustant son borsalino, il crut bon de cracher une sorte d'avertissement.

— Nombreux sont vos pairs qui nous ont déjà rejoints, *don* Luigi. Ils sont plus clairvoyants que vous, car nous avons de notre côté une arme contre laquelle vos vieilles pétoires Thomson ne pourront rien...

— Est-ce une menace ? demandai-je calmement, tandis que je sentais Stefano tendu à côté de moi.

— Prenez plutôt cela comme l'énoncé d'une évidence dont vous n'êtes pas encore conscient, *don* Luigi.

*

La tirade aux vibrants accents antimussoliniens que j'avais prononcée ce jour-là n'était pas le fruit d'une analyse. Depuis son accession au pouvoir en 1922, je ne m'étais jamais vraiment intéressé à Benito Mussolini ni n'avais réfléchi à ce qu'il représentait. Plus versé en politique que moi, peut-être *don* Balsamo aurait-il pu m'éclairer sur le sens profond qu'il fallait donner à l'arrivée des fascistes à Rome, mais la rivalité avec les Irlandais de Moran, la prohibition et la montée de Capone ne nous avaient guère laissé le temps à l'époque de méditer les questions de politique internationale. S'il recherchait l'appui de la Mafia aux États-Unis, Mussolini lui avait déclaré une guerre sans merci au pays. En Sicile, des chefs de Cosa Nostra étaient arrêtés et condamnés à la pendaison. À Naples, la Camorra subissait le même traitement. Cela, je le savais de source sûre, et le double discours de cet ancien professeur socialiste désormais casqué et botté ne me plaisait guère. De fait, mon analyse se bornait à ces constats. Plus jeune et conscient d'avoir à vivre peut-être longtemps à l'ombre de Mussolini, Stefano s'appliqua mieux que moi à décrypter les sous-entendus de Ferrara.

— Ce type est détestable, *don,* me dit-il en ouvrant les fenêtres de mon bureau pour chasser l'infecte odeur de rance que le gros homme avait laissée comme un poison derrière lui. Mais il vient d'étaler devant nous un jeu de cartes que nous ne pouvons ignorer.

— Peut-être, Stefano… Peut-être…

Au cours des semaines qui suivirent, nous essayâmes tous deux de prêter une oreille plus attentive aux rumeurs qui couraient dans la communauté italienne. Je m'aperçus que les passions, déjà, s'y trouvaient à fleur de peau. Certes, depuis longtemps j'avais vu dans les petits commerces de Little Italy des affiches de propagande fasciste. Mais le visage de Mussolini était épinglé au côté d'une gravure de Madone ou d'une vue de Rome ou de Florence. Facile à faire et à défaire, l'opinion du petit peuple ne m'alarmait pas. Je ne pensais pas que le mal était profond. J'avais tort. Carmine Ferrara et ses sbires avaient bien travaillé, et nombreux étaient les mafieux importants qui éprouvaient une grande sympathie pour le Duce.

— Ce n'est pas encore visible si l'on n'y prête pas attention, mais une fracture est en train de s'opérer, c'est évident, m'avertit Stefano. Il y a les pour et les contre. La situation pourrait s'envenimer si les choses tournent mal en Europe. Dès lors, la neutralité sera un mauvais choix puisqu'elle nous désignera comme ennemis de tous.

— Tu penses que la guerre est inévitable en Europe ?

— Sans en être certain, je le crains, oui.

— Dans ce cas, serons-nous pour ou contre les fascistes ?

Stefano fronça les sourcils, comme si ma question était une insulte personnelle.

— Pourquoi me demandez-vous cela, *don* ?

— Parce que tu auras bientôt la charge du clan. Je ne veux pas m'engager maintenant sur un terrain que tu n'approuves pas.

— Pour ou contre, me demandez-vous ? Mais contre, évidemment !

— Parfait, c'est aussi mon opinion.

Au cours des mois suivants, les signes de la confrontation à venir entre sympathisants et opposants au fascisme ne firent que s'accentuer. En sortant de mon bureau, Carmine Ferrara avait compris la leçon que je lui avais donnée. Il s'attaquait dorénavant aux familles non en visant la tête, comme il avait maladroitement tenté de le faire avec moi, mais en gagnant d'abord les *soldati* des rues, les torpedos et les petits officiers intermédiaires.

Je profitai d'un jour où je rencontrais l'empereur Lucky Luciano et Meyer Lansky, son éminence grise, pour aborder franchement le sujet avec eux. Nous étions en été 1935, et nous déjeunions à la Villa Tamaro, un restaurant de Coney Island réputé pour son excellente cuisine de poisson et sa vue sur la mer. À ma grande surprise, je trouvai les deux hommes préoccupés par l'activisme fasciste croissant aux États-Unis. Lansky, en particulier, avait médité la question. Petit homme maigre toujours vêtu d'un complet trop large pour lui, il s'enflamma sur-le-champ.

— Le rapport de forces se modifie, dit-il en suçant la carcasse d'une grosse langoustine. Les frères jumeaux fasciste et nazi font tache d'huile en Europe. Ces gens préparent leurs pions en vue d'une nouvelle confrontation générale.

— Ils préparent leurs pions ici ?

— Bien sûr, Monti… Ce n'est pas la tardive intervention de l'Amérique en 1917 qui a fait pencher la balance du côté des Alliés. La guerre aurait juste duré quelques mois de plus si les *boys* n'avaient pas traversé l'Atlantique, mais le résultat aurait été le même : Guillaume II fichu par terre et l'Empire austro-hongrois rayé de la carte. Cependant, l'Amérique d'aujourd'hui n'a plus rien de commun avec celle qu'elle était il y a vingt ans. Nous sommes maintenant immensément riches et puissants. Que Washington entre en guerre contre les Allemands au côté des Anglais, et Hitler ne résistera pas longtemps. Quant à Mussolini, il suffirait de lui souffler dessus depuis une vieille canonnière pour qu'il tombe de son trône. Il faut regarder les choses en face, messieurs : les Italiens sont d'excellents francs-tireurs, mais de très mauvais soldats. Aucune troupe de chez vous n'est en mesure de défendre sérieusement le régime.

— Ta conclusion ? demanda Luciano sans relever la pique.

— C'est bien simple : l'Amérique ayant le pouvoir d'entraver l'expansion fasciste en Europe, il est normal que Rome ou Berlin tente par tous les moyens de paralyser le géant avant que celui-ci ne se réveille.

— Mais le syndicat du crime, dans tout ça ? Pourquoi nous mêler à ces histoires politiques ?

— Ne jouez pas au naïf, *don* Luigi, sourit Lansky. Nos familles sont très puissantes. Ce sont elles qui contrôlent les rues, en réalité. Qui contrôle la rue contrôle le gouvernement... L'équation est d'une simplicité enfantine.

— C'est bien pour ça que ce cochon de Mussolini combat la Mafia à l'intérieur de ses frontières quand il la cajole ici, s'étouffa Luciano.

— Il la cajole même un peu trop à mon goût, continua Meyer. Il y a peut-être une grosse anguille sous roche.

— À quoi pensez-vous ? demandai-je.

— Je l'ignore encore. Mais si j'étais dictateur et que je voulais lier poings et pieds un pays comme celui-ci, je mettrais en premier lieu dans ma poche les syndicats de travailleurs, afin de prendre le contrôle des infrastructures de transport, d'énergie et de communication. J'infiltrerais également le milieu criminel pour m'en faire comme une milice prête à agir aux quatre coins du pays quand l'heure viendra. Enfin, je me trouverais un homme de paille pour me représenter aux yeux du bon bourgeois.

— Carmine Ferrara ?

— Oh, certes non ! Pas Carmine Ferrara, ni Ugo Galli, d'ailleurs. Ces types ne sont que des sergents recruteurs... Non. Je choisirais un homme déjà connu des Américains. Un héros, un homme sans tache. Un pur.

— Vous semblez sur le point de désigner nommément quelqu'un, Meyer.

Lansky pointa son doigt vers le ciel. Très haut, noir sur fond d'azur, un petit avion vrombissait à pleine vitesse.

— Ça ne vous évoque rien ?

— Un pilote ? Charles Lindbergh ? répondis-je, incrédule. Meyer Lansky s'amusa de ma surprise.

— Précisément, Lindbergh, dit-il avant de faire éclater dans sa bouche un gros grain de raisin blanc.

*

Depuis qu'il avait effectué en 1927 sa traversée sans escale de l'Atlantique, Charles Lindbergh était un héros national. Le drame que sa famille avait traversé quelques années plus tard, lors de l'enlèvement et du meurtre sordide de son fils, avait bouleversé l'Amérique et lui avait valu un élan de sympathie renouvelée. Mais Lindbergh possédait un autre visage que celui du chevalier héroïque frappé par le destin : l'aviateur s'était découvert un talent pour la politique. Ses idées étaient celles d'une certaine caste intellectuelle américaine, qui prenait une importance croissante au fil du temps, en élaborant une alternative de plus en plus charpentée à la politique menée par Roosevelt et son entourage.

Meyer Lansky avait compris que ses propos, au restaurant de Coney Island, avaient grandement éveillé mon intérêt. Nous prîmes l'habitude de nous voir de plus en plus fréquemment pour évoquer ces problèmes. Sans doute possible, Meyer était une sorte de génie politique. C'était lui qui, dans l'ombre, avait placé Luciano là où il se trouvait et l'avait encouragé à abandonner les petits trafics pour se lancer dans le négoce ouvert afin d'acquérir le vernis de respectabilité qui lui manquait et, surtout, les appuis politiques indispensables à la tranquillité de ses affaires. Meyer était une sorte de Machiavel. Il possédait la stature d'un homme d'État mais était né bien trop bas dans l'échelle sociale pour espérer un jour accéder aux plus hauts échelons. C'était également à son initiative que les meilleurs torpedos des diverses familles avaient été regroupés au sein de ce nous connaissions comme la Murder Incorporated, une société d'assassins professionnels aux ordres de la cupule de la Mafia.

— Il faut bien comprendre les États-Unis, *don* Luigi, et notamment leur situation géographique et leurs origines culturelles, pour bien juger de leur politique étrangère. On tire de cette étude des enseignements remarquables… Oui ! Absolument remarquables !

— Quelle sorte d'enseignements, Meyer ?

— D'abord, les États-Unis ont conservé la flamme qui animait les pères pèlerins. Ce pays se pense d'abord comme la contrepartie positive d'une Europe corrompue, territoire chaotique d'où les protestants anglais les plus stricts ont été rejetés. L'Amérique, c'est d'abord la terre des élus. Et ces élus ont pour mission d'éclairer le monde. C'est bien le symbole de la statue de la Liberté, non ?

— Oui. Mais ce n'est rien d'autre qu'une image.

— Détrompez-vous, *don* Luigi. Les images concentrent les désirs. Ne les examinez pas avec condescendance, mais prenez-les pour ce qu'elles sont vraiment : la représentation d'aspirations profondes et simples à la fois. Pour ceux qui pensent que les États-Unis sont le modèle universel à suivre, le Président à Washington est le nouveau vicaire de Dieu sur terre. Bien plus que le pape à Rome.

— Donc les États-Unis se pensent comme un modèle, selon vous ? Soit. Ils pratiquent pourtant la politique de l'isolement.

— C'est une vérité qui n'est plus d'actualité avec notre nouveau Président Roosevelt. Son New Deal est condamné à l'échec. La Cour suprême est contre lui, les militaires de la Ligue navale également. La grande crise économique est camouflée, mais pas terminée. Vous vous souvenez du scandale de la Commission Nye, l'an dernier ?

— Le rapport du sénateur Nye ? Celui qui a révélé que le Président Wilson n'avait lancé les États-Unis dans la guerre en 1917 que pour éviter la faillite de ses clients français et anglais ?

— Oui. Eh bien, les cendres de la crise financière couvent encore. Il n'y a d'autre remède que la guerre pour les étouffer, et Roosevelt va changer de politique pour se lancer sur cette voie. Il n'a pas le choix. Oh, bien sûr, il ne frappera jamais le premier, il doit sauver les apparences. Mais il va s'arranger pour qu'il y ait des provocations de la part des Japonais ou des Allemands.

D'ici quatre à cinq ans, quelqu'un mettra le feu aux poudres d'une manière ou d'une autre.

— Et nous, Lansky ? Que devrons-nous faire ?

— Fermer les yeux sur les motivations profondes des occupants de la Maison-Blanche et être plus patriotes que jamais. Le grand danger, c'est le fascisme, le nazisme et le bolchevisme. Je préfère encore avoir un sale hypocrite de goy protestant dans le Bureau ovale que de voir la faucille et le marteau, ou la croix gammée, flotter sur le Capitole. Dans la guerre qui s'annonce, *don* Luigi, ce sera l'union sacrée derrière la bannière étoilée. Sans hésiter.

Mais si, pour Meyer Lansky, l'hésitation n'était pas de mise, tous dans la Mafia ne partageaient pas ce point de vue, et les réunions publiques de soutien aux fascistes d'Italie comptaient de plus en plus de participants. Discrètement, j'envoyai quelques-uns de mes hommes à ces congrès. Ils en revinrent porteurs de nouvelles alarmantes.

« Les salles sont bourrées à craquer, m'apprirent certains. Les discours de Carmine Ferrara sont applaudis à tout rompre et on dit qu'il songe sérieusement à se porter candidat à la mairie de la ville. »

« Dans les rues, les *soldati* se bourrent le crâne avec des projets de guerre civile. Ils se voient déjà marcher sur Washington, comme Mussolini a marché sur Rome avec ses Chemises noires. De plus en plus d'Italiens et d'Allemands suspects débarquent au port. C'est à croire qu'un mauvais coup se prépare », me dirent d'autres.

Ces renseignements ne constituaient pas une preuve formelle de complot, mais je voulus prendre la menace au sérieux. En accord avec Meyer Lansky et Lucky Luciano, je fis mine de revenir sur mon opposition à

Ferrara. Lui demandant un nouvel entretien fin 1935, je tentai de jouer double jeu avec lui afin de percer le mystère qu'il me semblait dissimuler.

— Je suis très surpris que vous ayez cherché à me revoir, *don* Luigi, déclara-t-il tout d'abord d'un air supérieur. J'avais cru comprendre que vos positions étaient bien marquées, et qu'elles ne nous étaient pas favorables.

— Il est vrai qu'à l'époque j'ai rejeté en bloc votre proposition. Mais notre conversation a éveillé en moi des intérêts que je ne me soupçonnais pas. Depuis notre dernière rencontre, je me suis beaucoup intéressé à la politique. Un champ que j'avais toujours préféré négliger jusque-là. À tort, je l'admets aujourd'hui.

— Je peux vous comprendre, *don,* dit Ferrara, radouci. Vos affaires passaient avant tout, c'est bien normal…

— Mais les conclusions que j'ai tirées de mes lectures m'amènent à partager nombre des points de vue du parti fasciste. Je dois avouer que j'ai commis l'erreur de porter un regard trop rapide sur Mussolini et Hitler. En premier lieu, il m'apparaît qu'ils ne sont ni l'un ni l'autre des ennemis pour les États-Unis. Au contraire. Ils peuvent assurer la stabilité du vieux monde beaucoup plus efficacement que les démocraties parlementaires…

Le visage de Carmine Ferrara devint rubicond. Ses yeux se mirent à pétiller. Mon discours le fit gazouiller de plaisir. Conscient d'avoir ferré mon poisson, je décidai de porter sans plus attendre ma botte fatale.

— J'aimerais que vous et moi fassions la paix, Carmine. Et j'aimerais aussi effectuer une donation au parti fasciste.

— Le parti accepte avec gratitude tous les dons. Et avec plus de gratitude encore votre ralliement à notre cause. Votre aide nous sera précieuse, *don* Luigi. Nous nourrissons de grands projets pour l'Amérique !

— Alors, vous m'annoncez une bonne nouvelle, me forçai-je à répliquer en souriant. Je n'aimerais pas que mon fils Gian fasse sa vie d'homme dans un pays dirigé par les Noirs et les métèques de tous horizons. Notre nation a besoin de grandeur. Franklin Delano Roosevelt n'est pas l'homme qu'il nous faut à la Maison-Blanche.

— Venez donc à notre prochain gala de fin d'année, proposa aussitôt Carmine. Vous y rencontrerez des gens remarquables. Et que votre fils et votre épouse vous accompagnent. Ce sera pour moi un réel plaisir de faire enfin leur connaissance.

Shelton Building

— J'ai toujours aimé te voir porter l'habit, Luigi...
Tu es un si bel homme...

Carla redressa légèrement mon nœud papillon. Ses
mains étaient fraîches et douces. Je les saisis dans mes
paumes pour les embrasser. Malgré toutes les années
passées côte à côte, nous n'étions pas lassés l'un de
l'autre. À mes yeux, Carla était toujours la jeune fille
serrée dans sa robe sage qu'un soir de 1918 j'avais osé
aborder dans le bureau de notre agence de placement
pour artistes. Lorsque je regardais son visage, que je
détaillais sa silhouette, j'éprouvais la même émotion,
le même sentiment amoureux qu'auparavant. Pour sa
part, en dépit de mon visage cabossé et de mes manières
un peu frustes, je savais qu'un seul homme au monde
pouvait rivaliser avec moi dans son cœur : Gian, le fils
que nous chérissions par-dessus tout.

J'avais d'abord été très réticent à demander à mon
épouse et à mon garçon de m'accompagner à la soirée donnée par Carmine Ferrara, mais Meyer Lansky
m'avait convaincu de jouer le jeu pleinement, jusqu'au
bout.

— Le pire que vous puissiez faire maintenant, c'est
de vous contenter de demi-mesures, m'avait conseillé
l'éminence grise du *capo di tutti capi*. Lorsque j'ai fait

part à Lucky Luciano de votre intention d'aller voir par vous-même ce que fricote la clique que Ferrara a réunie autour de lui, il en a été soulagé. Il vous donne son approbation et sa confiance, tout comme je vous donne les miennes. Mais prenez garde ! Personne du camp d'en face ne doit soupçonner vos véritables intentions. Jouez leur jeu aussi complètement que possible. C'est la seule manière de mettre au jour leur plan.

J'avais donc suivi à la lettre les directives de Lansky. Puisqu'il me fallait rentrer dans les bonnes grâces de Ferrara, autant supporter les mondanités jusqu'au bout. Évoluer en bon époux et bon père de famille parmi les fascistes était une assez bonne façon de prouver que je rejoignais leurs rangs sans cultiver ni peur ni arrière-pensées. Je quittai donc la maison en compagnie de Carla et Gian, vers sept heures du soir le 21 décembre 1935, pour gagner en voiture le Shelton Hotel, sur Lexington Avenue. Stefano pilotait la longue Cadillac à l'odorante sellerie de cuir que j'utilisais pour les grandes occasions. Noire et luisante, la voiture filait en silence dans les rues de la ville sur laquelle se déversaient les premiers gros flocons de l'hiver. Carla était silencieuse et regardait la neige tourbillonner autour des flèches éclairées des buildings. Gian, lui, battait du pied la mesure en sifflotant un vieil air de Cab Calloway…

I'm the world's most happy creature,
Tell me, what can worry me ?
I'm crazy 'bout my baby
And my baby's crazy 'bout me !

Puis nous arrivâmes devant le Shelton Building, un gratte-ciel massif, impressionnant. La façade rouge et sombre du bâtiment et l'absence de toute fenêtre visible lui donnaient l'air d'une tour médiévale. Un instant, je repensai aux murs de granit noir du pénitencier de Blackwell, et un frisson me parcourut l'échine.

— Tu ne te sens pas bien ? s'inquiéta tout de suite Carla.

Mais je rassurai mon épouse et, relevant moi-même le col de fourrure autour de sa nuque, je lui pris le bras pour que nous franchissions ensemble le seuil du Shelton. À trois pas derrière nous, Gian nous dominait de sa haute taille. Au quarantième étage, on nous fit pénétrer dans un vaste salon déjà bruissant de convives. Sur une estrade, un petit orchestre jouait une musique entraînante mais sans grand caractère. Dès qu'il nous aperçut, Carmine Ferrara fendit la foule pour venir nous saluer. Cette soirée devait revêtir une particulière importance à ses yeux car il avait fait couper ses cheveux et brosser son *tuxedo*. Même ses ongles étaient propres.

— *Don* Luigi, je suis si heureux de vous compter parmi nous ! C'est une soirée que vous n'oublierez pas, je vous le promets.

À peine eut-il accordé un regard aimable à Carla et Gian qu'il m'entraîna à la rencontre de silhouettes qui s'étaient tournées vers moi dès mon arrivée. Beaucoup d'Italiens parmi les invités. Beaucoup de gens que j'avais déjà croisés çà et là, au cours d'occasions les plus diverses. Quelques mafieux, bien sûr, avec lesquels j'échangeai l'accolade usuelle aux membres de la famille. Ce n'étaient pas des parrains d'envergure mais, réunis, ils devaient compter près de deux milliers de *soldati* sous leurs ordres. Le plus important d'entre eux était Petrone « Peppo » Bari, un homme de ma génération, napolitain, réputé pour sa cruauté. On racontait quantité d'anecdotes sur « Peppo » Bari. J'ignore si toutes étaient vraies, mais les moins sanglantes d'entre elles étaient déjà effrayantes. On disait par exemple qu'il n'utilisait ses torpedos que pour lui amener les victimes qu'il assassinait en personne et dont il conservait les têtes dans des bocaux de formol entreposés dans les coffres d'une banque. Si Ferrara n'était rien d'autre qu'une sorte de bœuf, Petrone était un taureau sauvage, court, râblé, extraordinairement puissant et résistant. Je savais qu'il jalousait Luciano et détestait Meyer Lansky par-dessus tout. Antisémite farouche, il ne supportait pas que le *capo di tutti capi* ait ouvert les familles de la Mafia aux étrangers.

— *Don* Luigi, s'exclama-t-il après m'avoir serré sur son torse court, je suis émerveillé de vous voir parmi nous. Moi qui vous croyais une créature de Luciano ! Ferrara m'a rapporté vos propos sur l'avenir de notre pays. Je vous approuve totalement ! Roosevelt est un poison pour l'Amérique. Pire : un poison pour l'Occident tout entier…

— Assurément, *don* Petrone, approuvai-je sobrement en me forçant à sourire. La situation s'aggrave tous les jours. Nous devrions nous résoudre à nous passer de l'éléphant républicain pour écraser l'âne démocrate.

— Ha ! s'esclaffa joyeusement Ferrara. Vous nous enlevez les mots de la bouche, *don* Luigi… Venez donc… Nous serons plus à l'aise dans un endroit tranquille pour bavarder sérieusement.

En dépit de la lavande dont il s'était abondamment aspergé, Carmine recommençait à exhaler des relents d'étal de boucherie. Je dus presque me pincer le nez pour supporter son odeur tandis qu'il m'entraînait à l'écart, « Peppo » Bari dans notre sillage. Ferrara se dirigea vers une porte à double battant dont l'accès était protégé par deux gardes en smoking. Sous leur aisselle se devinait la boursouflure d'un holster.

Nous pénétrâmes dans un petit fumoir au décor de club anglais : lumières tamisées, fauteuils profonds, murs tapissés de livres et de tableaux, tapis épais... Dix ou quinze personnes s'y trouvaient déjà installées, certaines totalement inconnues de moi et d'autres dans lesquelles je reconnus des mafieux. Mais aucun n'était new-yorkais. Il y avait là Cello Altieri, d'une petite famille de Baton Rouge ; Jillo Leopardi, d'Orlando, en Floride ; Paolino DiCastello et Hiero Zadamante, de La Nouvelle-Orléans...

Se tenant presque au centre de cette réunion, je vis la seule femme du groupe. Vêtue elle aussi d'un tailleur-pantalon noir, portant souliers cirés à lacets et montre au poignet, elle fumait négligemment un long cigare qui la nimbait d'une fumée bleue et lourde, aussi enivrante qu'une nappe d'encens. Coiffée à la garçonne, sa chevelure crantée et gominée à la manière berlinoise de la fin des années vingt, la peau très blanche et la bouche bien dessinée soulignée d'un rouge profond, elle dégageait un charme animal, une sensualité de panthère qui magnétisait tous les regards. Au cours des dernières années, de nombreuses actrices ou meneuses de revue célèbres s'étaient succédé à ma table, me donnant l'habitude de côtoyer de très jolies femmes. Cela ne m'impressionnait plus depuis longtemps. La sculpturale Theda Bara en personne, une habituée des rôles dénudés de reine d'Orient du temps du cinéma muet, s'était bien souvent frottée à mon bras, jouant ingénument avec les perles cascadant dans son décolleté, sans jamais approcher cependant la puissance érotique que dégageait l'inconnue. Avec mille fanfaronnades obséquieuses, Ferrara coula son gros corps jusqu'à elle et saisit le prétexte de me présenter pour se pencher vers sa joue.

— Je vous présente *don* Luigi Monti, un des plus importants représentants de notre communauté italienne de New York et, depuis peu, un très généreux donateur et adhérent à notre cause.

— Je suis Laüme Galjero, me dit-elle en me tendant sa longue main aux ongles laqués couleur de sang.

De la manière la plus furtive possible, j'effleurai ses doigts du bout des lèvres et pris place dans le fauteuil que Ferrara me désignait.

— Ainsi donc, vous rejoignez notre cause, *don* Luigi… Pouvons-nous connaître la nature des réflexions qui vous ont menés jusqu'à nous ? me demanda un homme auquel je n'avais pas été présenté et qui n'avait jusque-là pas attiré mon attention.

Il s'exprimait avec un fort accent traînant, typique de la Louisiane. Dans la pénombre, je distinguais mal ses traits.

— L'honorable intervenant est M. Ephraïm Cassard, glissa Carmine Ferrara comme pour excuser l'impolitesse du Sudiste. Planteur à Baton Rouge et à La Nouvelle-Orléans. Une des grosses fortunes des rives du Mississippi…

— Ce n'est pas le plus important, corrigea Cassard. Ce n'est finalement rien d'autre qu'une façade, derrière laquelle se massent quatre millions de nos concitoyens.

— Une façade ? lança le parrain Hiero Zadamante en pouffant. Dites plutôt un masque. Un masque blanc et pointu ! *Don* Luigi, cela ne doit pas être un mystère pour vous : notre ami, M. Ephraïm Cassard, est le sorcier suprême du Ku Klux Klan…

Mes mâchoires se serrèrent. Jusque-là, jamais mon chemin n'avait croisé cette organisation secrète qui, depuis la fin de la guerre de Sécession, avait débuté ses activités en faisant la chasse aux Noirs dans les États du Sud, puis avait rapidement étendu son champ de haine aux catholiques, aux juifs et à tous les nouveaux immigrants, quelle que fût leur origine, quelle que fût leur couleur de peau. D'un ton d'abord assez morne, je me mis à répondre de façon convenue à Cassard. Cela sonnait assez creux, mais il parut s'en contenter. La conversation ricocha puis roula quelques minutes sans que je sois plus sollicité. J'en profitai pour observer du coin de l'œil les silhouettes autour de moi. J'ignorais pourquoi puisque sa position et sa fonction ne m'avaient pas été précisées, mais Laüme Galjero me semblait être l'arbitre des débats. Si elle ne parlait elle-même que très peu, son approbation était attendue par tous. Même Cassard, dominateur avec n'importe lequel d'entre nous, redevenait humble en s'adressant à elle. Très vite, je notai que Ferrara ne cessait de consulter sa montre. Il la tirait de son gilet et regardait les aiguilles avec une sorte d'impatience et d'appréhension mêlées. Il sentit mon regard interrogateur et cela le fit sourire. D'une manière bien familière, il me fit un clin d'œil, exactement comme s'il quêtait ma complicité pour une surprise qu'il préparait de longue date. Enfin, après que le manège se fut répété cinq ou six fois en une vingtaine de minutes, il agita les mains pour demander la parole.

— Madame, messieurs, dit-il d'un ton de Monsieur Loyal bouillant d'annoncer le clou d'un spectacle de cirque, je dois vous interrompre pour vous faire une révélation importante…

Si quelques « Ah ! » et « Oh ! » de surprise s'échappèrent bien de certaines gorges, la plupart des visages prirent une lourde expression de connivence, et le silence se fit aussitôt.

— Pour ceux qui l'ignorent encore, commença Ferrara, ce soir sera à marquer d'une pierre blanche dans l'histoire des États-Unis d'Amérique. D'une pierre blanche, ai-je dit ? Certes ! Mais c'est une autre couleur qui éclairera cette nuit d'hiver : une couleur vive, une couleur de feu, le rouge de la flamme de notre renouveau ! Et, surtout, le rouge du sang de nos ennemis !

L'orateur s'enfiévrait au fur et à mesure de son discours. Je ne pus m'empêcher de songer à une caricature de Mussolini ou de Hitler : il s'empourprait comme l'un et tonnait comme l'autre.

— Mes amis ! À l'heure à laquelle je vous parle, les nôtres par dizaines se serrent dans leurs automobiles et foncent à travers rues jusqu'à leurs cibles. Ce soir, le traître Lucky Luciano ne sera plus ! Ce soir, le juif Meyer Lansky sera abattu ! Ce soir, tous les parrains de Cosa Nostra qui n'ont pas rejoint la bannière du fascisme triomphant seront effacés de notre route !

Des applaudissements s'élevèrent. Laüme Galjero tira une bouffée de son cigare et sourit de toutes ses dents. Cassard leva son verre dans ma direction et me fit un léger signe de tête. Son regard, néanmoins, était empli d'ironie. « Tu l'as échappé belle, mon gaillard, semblait-il me dire. Tu as embarqué juste à temps sur le navire de la nouvelle révolution américaine ! Bienvenue ! Mais je te tiens quand même à l'œil ! »

Je lui rendis son salut et me forçai à paraître joyeux. La nouvelle, pourtant, me terrifiait. Bien que je me sois appliqué à n'en rien laisser paraître, mon cœur s'était mis à battre la chamade et mon corps s'était couvert de sueur froide. Mes pensées se tournaient vers un seul but : trouver le moyen de m'éclipser sans attirer l'attention, afin de prévenir Luciano et Lansky du danger qui fondait sur eux… Peut-être était-il déjà trop tard mais, si j'en croyais les dires de Ferrara, les tueurs venaient seulement de quitter leur base. Avec de la chance, si je parvenais à joindre par téléphone le *capo di tutti capi* ou son lieutenant, il leur serait possible de fuir ou, tout au moins, de se préparer à l'attaque imminente dont ils étaient la cible. Je parcourus des yeux la pièce, à la recherche d'une sortie discrète, mais le fumoir ne possédait d'autre issue que la porte par laquelle on m'avait fait entrer. J'attendis une petite minute que les conversations reprennent de plus belle autour de moi. Nourri par l'annonce sensationnelle, le flot de paroles ne cessait d'enfler. Lorsque je vis que plus personne ne s'intéressait à moi, je quittai mon siège et fis mine de me diriger vers le bar pour remplir mon verre. Une minute encore, j'attendis dans l'ombre de la bibliothèque, sans bouger, presque sans respirer. Personne ne semblant remarquer mon fauteuil vide, je tournai la poignée de la porte et quittai le salon privé. À quelques mètres de là, j'eus la chance de repérer la longue silhouette filiforme de Gian, en grande conversation avec des jeunes gens et jeunes filles de son âge. Je lui fis signe de s'approcher.

— Gian, lui soufflai-je à l'oreille en l'entraînant dans le renfoncement d'une alcôve. Gian, j'ai besoin de toi ! Il se passe un événement d'une extrême gravité, et je n'ai pas le temps de t'en faire le détail, alors écoute-moi bien et fais ce que je te dis sans poser de questions. File tout de suite au garage retrouver Stefano et demande-lui de t'emmener chez Lucky Luciano. Prévenez Lucky que des tueurs envoyés par Carmine Ferrara, *don* Petrone Bari et un certain Ephraïm Cassard, de La Nouvelle-Orléans, sont sur le point d'arriver chez lui. Un autre groupe doit s'occuper de Meyer Lansky. Tu as saisi ?

Gian acquiesça en silence. Je compris à sa mine grave que l'urgence et le sérieux de la situation ne lui avaient pas échappé.

— Maintenant, tu vas surtout me promettre ceci, lui dis-je encore en posant les mains sur ses épaules. Je veux que Stefano te remette une de ses armes. Mais ne l'utilise qu'en dernier recours, et seulement pour te défendre. Quoi qu'il arrive, je t'interdis de t'approcher de Luciano ou de qui que ce soit si des combats sont déjà engagés. Je t'envoie là-bas, mais si tu comprends que tu arrives trop tard, bats aussitôt en retraite avec Stefano. Tu m'as bien compris, fils ?

— Oui, père. Je vous promets d'être prudent et de ne pas risquer ma vie inconsidérément. Je respecterai cet engagement.

Son regard était franc et je savais qu'il n'y avait aucune duplicité chez lui. Jamais mon fils ne m'avait fait défaut auparavant ; ce qu'il m'avait promis, il l'avait toujours tenu.

— C'est bien. Va, maintenant... Et sans te faire remarquer.

Tandis que je laissais Gian voler vers Luciano, je traversai la salle de bal à la recherche de Carla. J'eus beau scruter l'espace bondé avec la plus vive attention, il me fut impossible de distinguer sa petite silhouette parmi la houle mouvante des invités. Rageant, je me mis en quête d'un téléphone.

— Vous trouverez des téléphones dans les facilités, monsieur, m'apprit un groom en livrée rouge.

Au fond d'un couloir, au-delà des lavabos de marbre et un grand miroir sans cadre, je trouvai deux petites portes battantes aux panneaux de verre cathédrale. L'une des cabines était déjà occupée. J'entrai dans l'autre, sans me soucier de l'identité de mon voisin. Fébrile, plus anxieux encore pour la vie de Gian que pour celles de Luciano et Lansky, je demandai le numéro de Luciano à l'opératrice. Pendant une minute, la sonnerie retentit dans le vide.

— Personne ne répond au numéro demandé, monsieur. Dois-je insister encore ? me dit la préposée au standard.

— Non ! Composez pour moi un autre appel, je vous prie. Je donnai cette fois le numéro de la résidence privée de Meyer Lansky. Trois sonneries demeurèrent sans réponse. À la quatrième, enfin, on décrocha. Avec un soupir de soulagement, je reconnus le timbre aigrelet du conseiller de Luciano.

— Meyer, dis-je sur un ton affolé. Luigi Monti à l'appareil... J'ai une information extrêmement urgente à vous livrer...

En quelques mots, j'exposai la situation et donnai les noms des principaux conjurés. À l'autre bout du fil, Lansky m'écoutait, sans m'interrompre. Enfin, quand je lui eus tout dit, il parla à son tour :

— Je file immédiatement et je préviens Lucky... Pour votre part, quittez immédiatement le Shelton Building et rendez-vous dans deux heures à Coney Island, au restaurant Tamaro, là où nous avons déjeuné avec Luciano au mois d'août. Nous aviserons...

Un peu rassuré, je reposai le combiné. Au moins, je n'étais plus seul à connaître l'existence de la purge en cours au sein de Cosa Nostra. Une des principales cibles était avertie de l'imminence du danger et l'autre le serait bientôt. J'allai me passer un peu d'eau sur le visage pour me rafraîchir. Une large baie vitrée donnait sur l'extérieur mais il était impossible de voir la ville puisque les hauteurs de la tour étaient prises dans un épais banc de nuages. Des flocons gros comme des châtaignes s'écrasaient violemment sur la fenêtre, plaqués par un vent fort et fantasque. Loin au-dessous de moi, je devinais la circulation fortement ralentie par la tempête qui s'était levée au cours de la dernière heure. Le mauvais temps avait dû gêner les tueurs envoyés en mission par les conjurés, mais en contrepartie il entravait également la progression de Gian et de Stefano vers Lucky Luciano. J'étais occupé à me sécher les mains quand la porte des toilettes s'ouvrit dans mon dos. À ma grande surprise, ce n'était pas un homme mais Laüme Galjero qui venait d'entrer. Refermant doucement la porte derrière elle, la jeune femme alluma un nouveau havane. Négligemment, elle s'appuya contre le mur, carrelé de faïences bleutées à la manière d'une ziggourat de cinéma. Une main dans la poche, l'autre occupée à cercler son cigare, elle plia la jambe, la semelle de son soulier posée à plat sur la cloison, fit sauter les trois boutons de sa veste et se cambra. Les pointes de ses seins nus dardaient sous la soie de son chemisier blanc. Malgré sa pose et son air provocants, je fis mine de ne pas prêter attention à elle et continuai un instant à me sécher les mains, comme si j'étais toujours seul. Mais ce pauvre prétexte ne put tenir bien longtemps et, à la fin, il fallut bien que je me retourne.

— *Don* Luigi Monti, c'est bien ça ? me demanda-t-elle alors en souriant.

— C'est cela, dis-je simplement en faisant mine de gagner la sortie sans plus attendre.

— C'est votre fils qui a quitté précipitamment le building il y a quelques minutes à peine, n'est-ce pas, *don* Monti ?

Mon cœur s'arrêta de battre un instant.

— La nuit, à New York, est dangereuse, reprit-elle. Vous n'auriez pas dû le laisser seul. Les jeunes garçons tels que lui sont des créatures si tendres, si fragiles, malgré les airs d'homme fait qu'ils aiment à prendre…

Si son accent européen était assez prononcé, elle maniait l'anglais avec l'aisance d'une véritable Anglo-Saxonne. Les airs de chatte en chaleur qu'elle se donnait ne m'impressionnant pas, je plantai mes yeux droit dans les siens d'un air menaçant.

— Mon fils va où il juge bon de se rendre et quand cela lui plaît. Seuls sa mère et moi avons le droit de nous mêler de sa vie. Personne d'autre !

Nos visages étaient tout proches maintenant et nous nous regardions avec une expression de défi. La scène se figea un instant, puis Laüme fit ostensiblement palpiter ses narines, tel un animal carnassier relevant soudain la piste d'une proie.

— J'aime le parfum que vous portez, *don* Luigi, dit-elle enfin, mais je déteste votre odeur… C'est un relent aigre, que j'ai trop souvent respiré pour ne pas le reconnaître… C'est l'odeur de la duplicité et de la trahison ! Vous, *don* Luigi, êtes un traître à notre cause, n'est-ce pas ?

Sans me laisser le loisir de répondre, Laüme Galjero tapa deux fois contre la cloison de faïence. Aussitôt la porte s'ouvrit et trois gorilles se jetèrent sur moi. L'attaque s'était produite trop vite pour que je réagisse efficacement. J'eus à peine le temps de lancer grossièrement mon poing au hasard, je fus ceinturé par les gardes.

— Inutile de créer un scandale ici, messieurs, déclara Laüme Galjero. Débarrassez-vous de Luigi Monti sans que cela se remarque. Que plus personne ne le revoie jamais vivant, c'est compris ?

— Oui, madame, acquiesça le type qui semblait être le meneur.

Laüme tourna les talons sans même m'accorder un regard. Stagnant derrière elle, le parfum de son tabac fut bientôt le dernier vestige de sa présence.

— Allez, Monti, c'est ton tour de goûter à la promenade. Tu l'as souvent fait faire à d'autres, à ce qu'on dit. Tu devais bien te douter que ça t'arriverait un jour….

Tandis que ses deux acolytes me tenaient fermement sous les aisselles, le chef arma son bras et me lança d'affilée trois ou quatre bons directs dans l'estomac. Le gars savait où et comment frapper, son efficacité trahissait l'expérience d'un ancien boxeur. Je faillis perdre connaissance. Je fus ensuite traîné dans un escalier de maintenance en béton, et jeté la tête la première dans une étroite cage d'ascenseur grillagée. Ma tête heurta brutalement la paroi de la cabine, ce qui acheva de m'assommer. Écroulé au sol, entre les jambes des trois types qui se tassaient autour de moi, je sentis que nous montions. Il n'y eut pas d'arrêt avant une bonne dizaine d'étages. Enfin, on me releva et me poussa encore dans un dédale de couloirs sombres. Le boxeur déverrouilla un cadenas à l'aide d'une clé tirée de sa poche et il ouvrit d'un coup de pied une porte en fer gondolée, toute piquetée de rouille. Je sentis aussitôt le vent glacial passer sur mon visage. D'énormes flocons s'engouffrèrent dans le couloir et se posèrent sur mon *tuxedo*. Le froid me ranimant un peu, j'aurais pu me redresser, je choisis au contraire de peser de tout mon poids afin de mimer l'inconscience et d'endormir la méfiance de mes gardiens. Tandis qu'ils me soulevaient pour me faire franchir le seuil surélevé menant au toit du building, je m'arc-boutai de toutes mes forces contre le mur et poussai violemment sur mes jambes. La soudaineté de ma réaction surprit un de mes gardes, qui perdit brièvement l'équilibre. Emporté par son élan, il tomba en arrière sans pouvoir se retenir, dégageant ainsi un de mes bras. Le voile rouge de la rage passa à cet instant devant mes yeux, court-circuitant toute raison en moi. Sans réfléchir, je saisis l'oreille de mon adversaire le plus proche et tirai. L'amarre est fine entre le crâne et cet organe ; elle se déchire vite et provoque une douleur terrible qui paralyse toute autre réaction. Le type hurla et tomba à genoux devant moi, la main plaquée sur sa tempe d'où s'écoulait un ruisseau de sang. Quant au troisième, sidéré par le brusque retournement de la situation, je ne lui laissai pas le temps de porter la main à son aisselle pour dégainer et lançai de toutes mes forces mon pied contre son tibia. L'os craqua comme une branche morte, le faisant gémir et pleurer de douleur.

En une poignée de secondes, j'avais réussi à mettre mes trois adversaires au tapis. J'arrachai l'arme de celui que j'avais mutilé et lui tirai une balle en pleine tête. Déplaçant le canon de mon arme de quelques pouces, je fis exploser la calotte crânienne du second avant de viser le premier, celui que j'avais seulement déséquilibré. Mais le gars s'était déjà relevé et il se traînait dans la neige en espérant se perdre dans la tempête. Il s'était fait mal en tombant car une mince tramée rouge s'effilochait derrière lui. Je fis feu une ou deux fois au jugé dans sa direction puis dus plonger à mon tour au-dehors car, déjà, ma cible était parvenue à se glisser hors de mon champ de vision. Une balle siffla près de moi. Une seconde s'écrasa dans le béton sur ma droite à la hauteur exacte de mon visage. Avançant courbé, je suivis les traces que le type laissait dans la neige. À cette altitude, les rafales de vent étaient si violentes que je pouvais à peine me tenir debout. Ballotté, je tanguais dangereusement, menaçant d'être emporté à chaque pas et je devais pousser fort sur mes cuisses pour n'être pas balayé comme un fétu de paille. Je suis un homme à la lourde charpente et aux muscles épais. Plus longiligne et plus léger que moi, un gabarit comme celui de Stefano n'aurait pas été en mesure de résister au souffle qui rugissait sur la plate-forme.

Enfin, je me retrouvai face au boxeur. Sa figure était couverte de sang mais je ne comprenais pas quelle était la blessure dont il souffrait. L'homme en avait assez de fuir. Ne se cachant plus, il me faisait signe d'approcher, comme s'il voulait entre nous un duel digne de l'Ouest sauvage.

— Monti ! Venez, Monti ! Et que le meilleur gagne !

C'est à peine si je percevais ses paroles au milieu des hurlements de la tempête, mais cela n'importait pas. Nous fîmes feu ensemble, lui sans bouger, moi en m'approchant toujours, tendant un rideau de balles autant pour me protéger que pour l'atteindre. Nous fûmes aussi malchanceux l'un que l'autre ; je ne sais si les turbulences faisaient dévier nos projectiles ou si un décret émis par un dieu obscur exigeait que nous en venions aux mains, mais son chargeur et le mien se vidèrent exactement en même temps ! Alors, tandis que le boxeur fouillait dans ses poches à la recherche de nouvelles munitions, je lui lançai mon automatique au visage. Il y eut un son de dents cassées. Le type tituba en étouffant un juron, son pied glissa dans la neige et il bascula en arrière, dans le vide... J'ignore s'il s'en était rendu compte, mais il avait choisi de m'affronter au bord de la terrasse, là où aucune rambarde ne court contre la saillie du toit... Combien de temps un corps met-il avant de s'écraser au sol après une chute de cinquante étages ? Tout ce que je sais, c'est que le cœur, lui, est victime d'une syncope. Lors d'une telle chute, c'est la peur qui tue. Et elle tue bien avant la réalité du choc cinétique.

Revenant sur mes pas, je fouillai les corps sans vie des deux autres gardes afin de m'emparer de leurs armes et cartouches de réserve. Après ce premier combat, une seule idée m'obsédait : retrouver Carla au plus vite et lui faire quitter le traquenard fourmillant d'ennemis qu'était subitement devenu le Shelton Building. Malgré l'urgence de la situation, je préférais éviter d'utiliser l'ascenseur qui, je le savais d'expérience, n'était qu'un cercueil vertical dans lequel beaucoup d'*amici nostri* étaient entrés un jour sans méfiance pour ne jamais plus en ressortir. Je dévalai donc dix étages dans l'escalier de service avant de me donner une minute pour retrouver mon souffle et remettre de l'ordre dans mes vêtements. Enfonçant les deux automatiques au creux de mes reins, je regagnai la salle de réception par le chemin des toilettes carrelées de faïences bleues. Un dernier coup d'œil dans le miroir me permit d'effacer les filets de sang qui souillaient mon nez et la commissure de mes lèvres. Peu de temps s'était écoulé depuis le moment où Laüme Galjero avait lâché ses chiens sur moi. Dix ou quinze minutes, tout au plus…

Dans la salle, l'orchestre jouait toujours et rien, dans l'attitude des invités, ne laissait deviner que des événements sanglants venaient de se dérouler, quelques étages, au-dessus de leurs têtes. Les femmes tenaient une coupe de champagne de leur main alourdie de bijoux et les yeux des hommes brillaient à s'abîmer dans leur décolleté plongeant ou à remonter la fente de leur robe. Je scrutais la foule à la recherche de Carla quand je sentis qu'on me saisissait soudain par le bras.

— Gian n'est pas avec toi, Luigi ? me demanda mon

épouse qui commençait à comprendre que quelque chose d'inhabituel s'était produit.

— J'ai envoyé Gian au-dehors avec Stefano, répondis-je. Je t'expliquerai. Maintenant, il va falloir que nous sortions tous deux le plus rapidement possible. Suis-moi… Dès que nous serons hors d'ici, je t'expliquerai tout ce qu'il y a à savoir.

Sans insister ou sembler s'inquiéter, Carla affermit sa prise sur moi et se montra disposée à quitter le Shelton sur-le-champ. D'un pas tranquille, nous nous dirigeâmes vers le vestiaire où nous récupérâmes nos manteaux comme si de rien n'était. Au moment où j'appuyais sur le bouton d'appel de l'ascenseur, j'entendis un brouhaha monter derrière nous. Me retournant, je vis Ephraïm Cassard déboucher au coin du couloir, quatre de ses sbires sur ses talons. Au-dessus de l'élévateur, la flèche indiquait que la cabine se trouvait seulement entre le vingtième et le trentième étage.

— À terre ! hurlai-je à Carla. Couche-toi au sol, vite !

Tandis que ma femme se baissait, je sortis mes deux automatiques de ma ceinture et fis feu sur les hommes de Cassard. Les deux premiers, touchés au torse, s'effondrèrent sans avoir le temps de répliquer mais les deux suivants plongèrent l'un derrière une grosse commode ventrue, l'autre dans l'encoignure d'une porte. Cassard, lui, recula doucement, sans paraître le moins du monde effrayé. Je lâchai une courte bordée dans sa direction sans parvenir à le toucher, mais je dus très vite renoncer à cette cible pour répliquer aux balles de ses mercenaires. À ma gauche, l'acajou du meuble ventru explosa en une pluie d'échardes sous mes impacts. À ma droite, c'était le plâtre que je faisais gicler… Une balle adverse se perdit dans le plafond, une autre brisa un grand miroir bordé d'or, une troisième ricocha dans un lustre dont elle brisa les ampoules. Des cris d'affolement s'élevèrent de la salle de réception. Cassard hurla une phrase que je ne compris pas. Continuant à faire feu pour me couvrir, je jetai un coup d'œil angoissé à la flèche de l'ascenseur qui se rapprochait maintenant rapidement de nous. À l'instant où la cabine arrivait enfin, le percuteur d'une de mes armes claqua dans le vide.

— Carla, debout ! Dans l'ascenseur, vite !

C'était une folie que de monter dans la cabine, je le savais. Seul, j'aurais tenté ma chance dans les escaliers, mais ma femme n'était pas aussi aguerrie ni aussi vive que moi. Même si elle était dangereuse, il fallait donc opter pour la solution la plus rapide. Poussant Carla par les portes coulissantes, je lâchai une dernière balle derrière moi et m'engouffrai dans la cabine. Un groom s'y tenait, recroquevillé dans un coin, la tête entre les bras, tremblant et gémissant. Carla, qui contrairement à lui n'avait rien perdu de son sang-froid, avait appuyé sur le bouton pour descendre. Les portes se refermèrent sur nous dans un chuintement et la descente s'amorça. Je pris dans mes poches les munitions volées aux morts du toit et je remplis méthodiquement mes deux chargeurs tout en m'efforçant de respirer à fond et de calmer mon cœur battant. Je fis signe à Carla de se placer juste derrière moi. Une minute s'écoula encore avant que nous arrivions enfin au rez-de-chaussée. Les bras tendus devant moi, je surgis de la cabine, prêt à faire feu sur le premier adversaire qui se manifesterait, mais personne ne tenta de nous arrêter. Les rares personnes présentes dans le hall du Shelton nous regardèrent avec effroi, un air d'incompréhension totale sur le visage. Apparemment, ni Cassard, ni Ferrara, ni *don* « Peppo »

Bari n'avaient eu le temps d'organiser convenablement la traque lancée contre nous... Après avoir passé la porte à tambour du building, nous traversâmes le parvis en courant. La neige tombait de plus en plus drue et un vent glacé soufflait aussi fort dans la rue qu'au sommet.

— Taxi ! hurlai-je en apercevant un cab.

Entraînant Carla par la main, je la fis monter et pris place à son côté, vérifiant une dernière fois que personne ne nous suivait. Blanche comme un linge mais ne tremblant pas, ma femme était concentrée, tendue, encore prête à tout.

— Où est-ce qu'on va, m'sieur ? interrogea le chauffeur.

— Direction Harlem, répondis-je en haletant. Je vous donnerai l'adresse exacte une fois là-bas.

— Pourquoi Harlem ? me demanda Carla d'une voix neutre.

— Je t'emmène en lieu sûr... chez un ami...

Murder Incorporated

Murphy Drop était l'un des grands caïds noirs de Harlem. Les bonnes relations que j'entretenais avec lui dataient du jour où j'avais accepté de lui ouvrir la porte d'un de mes cabarets. À l'époque, le Cotton Club ou le Sugar Cane – mes deux principaux rivaux – étaient strictement interdits aux clients de couleur. Sur la scène, des filles au corps de bronze se déhanchaient au son des tambours, mais tout cela n'était qu'une sinistre mascarade car, dans la salle, seuls les Blancs étaient autorisés à jouir du spectacle. J'avais laissé entrer le premier des Noirs dans mes établissements. Cela m'avait valu quantité de reproches et bien des rebuffades, voire, pendant un temps, une inquiétante perte de clientèle. Mais les choses s'étaient peu à peu calmées et, si j'avais vu s'éloigner définitivement de moi quelques relations importantes, j'avais en contrepartie gagné de nouvelles amitiés très fructueuses. Drop comptait indiscutablement parmi celles-ci. Dès qu'une jolie fille aux velléités de danseuse se présentait dans son quartier, il me l'envoyait en audition. De même, lorsqu'une chanteuse de gospel se faisait remarquer le dimanche à l'office, il la dirigeait aussitôt vers mes directeurs artistiques. C'était en grande partie grâce à lui que j'avais fait quelques-unes de mes plus belles découvertes et que mes clubs jouissaient d'une réputation d'originalité et de qualité au moins égale à celle d'autres grandes affiches de la ville.

Drop n'était pas un homme exubérant. Il menait ses affaires à peu de chose près comme je menais les miennes. Un peu plus jeune que moi, il n'utilisait la violence que lorsque c'était nécessaire et ne cherchait qu'à pérenniser le petit royaume qu'il s'était taillé au sein de sa communauté sans manifester d'ambitions démesurées. Préférant une arrivée discrète dans son antre, je fis stopper le taxi bien avant de pénétrer au cœur de Harlem, puis, prenant ma femme par la main, je m'engageai dans les artères obscures. Tandis que nous avancions de bloc en bloc, nous avions l'impression de nous enfoncer dans le passé. Ici, pas de façades pimpantes comme dans Little Italy, mais de vieilles maisons mal entretenues, le long desquelles pendaient des fils électriques parfois dangereusement dénudés… Nous descendîmes ainsi toute la 51e Rue Ouest et nous longeâmes pendant deux cents mètres la ligne du métro aérien, jusqu'à atteindre une esplanade où une patinoire avait été grossièrement aménagée pour les gosses du quartier. Mais la tempête avait chassé tout le monde ; les lampes à arcs brillaient sans éclairer plus personne. Derrière la patinoire, nous entrâmes dans un tunnel qui sentait l'urine et le cambouis. Trois types étaient assis contre le mur, à se chauffer près d'un bidon dans lequel se consumaient des planchettes. Ils nous laissèrent passer sans même nous regarder. À l'autre bout du tunnel, nous remontâmes un escalier et nous traversâmes un porche peint en rouge. Au fond d'une cour pavée se dressait un atelier de menuiserie où l'on fabriquait le matériel pour les enterrements. Des cercueils couverts de neige s'alignaient contre un mur. Je frappai à une porte. Un gandin aux cheveux laineux m'ouvrit, effaré de voir un couple de Blancs.

— Je suis Luigi Monti, lui dis-je sans lui laisser le temps d'exprimer sa surprise. Murphy Drop me connaît bien. Allez le prévenir tout de suite que je veux le voir !

Le portier nous fit entrer et nous demanda de patienter dans le couloir tandis qu'il disparaissait dans les profondeurs de la bâtisse. D'une porte toute proche filtraient des bruits de repas familial toujours en cours : cliquetis de couverts, babillages de gamins, voix féminine ronde et faussement menaçante... Une odeur d'épices vint frapper nos narines. Je tentai un sourire rassurant à Carla.

— Tout va bien se passer, lui assurai-je. Tu seras en sécurité ici.

Mais je savais bien que ce n'était pas son sort personnel qui la préoccupait. Ses pensées étaient tournées vers Gian tout d'abord, puis vers moi, car elle avait compris depuis longtemps que j'allais bientôt repartir affronter de nouveaux périls. En quelques mots, je lui expliquai la situation. Cela sembla la calmer un peu car rien n'est plus affolant que de savoir qu'un danger rôde sans en connaître la nature.

— Que se passera-t-il si Luciano et Lansky sont assassinés bien que tu les aies avertis ? me demanda-t-elle après une longue minute de réflexion.

— Si nous ne parvenons pas à maîtriser la situation par nous-mêmes, nous devrons nous résoudre à porter cette affaire à la connaissance des autorités. Il ne s'agit plus seulement de règlements de comptes entre bandes. C'est un coup d'État que Ferrara et les familles du Sud préparent, ni plus ni moins... Ce soir, Carla, nous devons cesser d'agir comme de simples Siciliens immigrés. Ce soir, nous sommes avant tout des Américains !

— Je ne crois pas avoir jamais cessé de l'être, dit-elle en me regardant droit dans les yeux.

Ses joues et le bout de son nez étaient rouges et je vis qu'elle frissonnait sous sa robe du soir. Je la pris dans mes bras et la serrai étroitement pour la réchauffer. Je lui frottais vigoureusement le dos lorsque la porte s'ouvrit. Une petite dame à la face ronde, robe de couleur vive et créoles d'or brillant aux oreilles, nous apporta deux bols de soupe sur un plateau.

— Pas un temps à mettre des Blancs dehors ! nous dit-elle en nous tendant les récipients brûlants. Buvez ça ! Ça vous réchauffera !

Carla se confondait en remerciements quand Murphy Drop fit son apparition au fond du couloir.

— *Don* Luigi ! Soyez le bienvenu ! Mais que se passe-t-il ?

— J'ai un service à vous demander. Ce soir, le blizzard n'est pas la seule tempête à s'être levée…

*

Drop accepta sans aucune réticence de prendre soin de Carla.

— Je ne vais pas seulement m'occuper d'elle, me promit-il. Je vais aussi m'occuper de vous ! Je prends quelques-uns de mes hommes et je vous accompagne à Coney Island. Si Luciano est éliminé, tous les gangs se jetteront sur nous sans que personne les retienne. Et il ne fera pas bon être noir à Harlem !

D'un garage tout proche sortit alors une somptueuse Bugatti Royale bleu électrique, aux chromes rutilants. Deux types en long manteau et chapeau mou montèrent à l'avant. Je pris place dans l'habitacle au côté de Murphy Drop. La belle mécanique mordait l'asphalte malgré l'épaisse couche de neige qui recouvrait la chaussée. Silencieuse et rapide, elle fila en trombe jusqu'à la côte. Quand nous fûmes presque arrivés à destination, Drop tira un long étui de sous la banquette.

— Servez-vous, me dit-il en faisant sauter les fermetures de laiton.

À l'intérieur luisaient deux pistolets mitrailleurs Thomson et leurs chargeurs ronds. Sans un mot, je pris le premier, fixai d'un coup sec le tambour dans l'encoche et fis monter une balle dans le canon. Drop me regardait avec appréhension. Ce que je lui avais appris du complot des familles du Sud contre Luciano et Lansky l'inquiétait visiblement beaucoup. La voiture ralentit. Le chauffeur se retourna pour nous faire signe que nous arrivions. La Bugatti se rangea face à la mer, le long d'une jetée. Au-dehors, un rideau de neige nous empêchait de voir à plus de dix pas. Jetant un coup d'œil par la vitre, je reconnus cependant l'endroit où nous étions. Le restaurant Tamara se trouvait à une cinquantaine de mètres de là. Relevant mon col et saisissant ma Thomson, je quittai la tiédeur de la voiture pour m'enfoncer dans le blizzard. Derrière moi venaient Drop et ses hommes, aux aguets. Il devait être un peu plus de minuit, et la seule lumière planant sur ce décor lugubre était celle dispensée par la grande roue de la fête foraine, toute proche.

— C'est anormal, lâcha Drop en désignant le manège. Personne ne vient au parc d'attractions pendant l'hiver. Pourquoi les ampoules sont-elles allumées ? Il vaudrait mieux aller voir, vous ne croyez pas, *don* Monti ?

M'éloigner du restaurant ne me plaisait pas. J'avais

hâte de savoir si Lansky avait pu joindre Lucky Luciano, et j'espérais surtout que Gian, mon fils, était déjà lui aussi sur place, en compagnie de l'Empereur et de Stefano. Maugréant, j'acceptai néanmoins de suivre Drop vers le terrain de jeux. Courbés pour lutter contre le vent, nos chapeaux enfoncés au ras du front et nos gants de cuir serrant nos armes, nous longeâmes un grillage jusqu'à trouver un passage vers la foire. Pendant trois ou quatre minutes, nous tentâmes de trouver un moyen d'entrer dans l'enclos mais, tous nos efforts demeurant vains, et ne voyant rien d'anormal, nous décidâmes enfin de gagner les abords du Tamara sans nous attarder. Vu de loin, le restaurant n'était qu'un bloc de ténèbres ; pourtant, dès que nous approchâmes, nous vîmes une lampe briller dans la grande salle. Je frappai doucement contre la vitre avec la bouche de mon canon...

— Lansky ? C'est Monti ! Lansky ? Vous êtes là ?

La porte principale s'ouvrit et Danny Levine apparut sur le pas de la porte. Danny était une des grandes figures de Murder Incorporated, le syndic de tueurs à gages monté par Meyer Lansky. Je le savais fidèle parmi les fidèles de Luciano.

— Entrez, *don* Luigi, souffla Levine en regardant avec surprise Drop et ses tueurs noirs. Entrez. Meyer vous attend.

À ma suite, les trois hommes de Harlem pénétrèrent dans la trattoria plongée dans la pénombre. Lansky était attablé au fond de la salle, un verre de scotch devant lui.

— Meyer, Murphy Drop m'a prêté assistance, expliquai-je. Il est aussi concerné que nous par ce qui se passe en ville. Il nous propose ses services...

Murphy et Meyer se connaissaient mal. Ils se jaugèrent

une demi-seconde avant de se serrer la main chaleureusement. Sans un seul mot, leur alliance était conclue.

— J'ai réussi à joindre Lucky, nous apprit Meyer. Il devrait nous retrouver d'une minute à l'autre, maintenant. Pour ma part, j'ai fait poster des gens de confiance un peu partout autour d'ici.

— Il y a quelqu'un à vous dans la grande roue ? demanda Drop.

— Mickey Cohen est un tireur de précision. Il est monté dans une nacelle avec un fusil à lunette. Je ne sais pas s'il sera très efficace, avec toute cette neige, mais c'est une assurance supplémentaire. Pourquoi ?

Murphy ne répondit pas mais sourit de toutes ses dents. Il avait deviné juste pour la grande roue, cela suffisait à lui faire plaisir.

— *Don* Luigi, racontez-moi dans le détail cette soirée au Shelton. Que s'est-il passé exactement ?

Je pris quelques minutes pour relater les événements des dernières heures. Mon récit laissa Meyer Lansky pensif et troublé.

— Que « Peppo » Bari et Carmine Ferrara se soient associés dans cette entreprise grotesque ne me surprend pas et ne me fait pas peur. Ce sont des minables, l'un comme l'autre. Du menu fretin facile à balayer. Mais les autres m'inquiètent, ceux de La Nouvelle-Orléans, d'Orlando et de Baton Rouge… Ils m'inquiètent parce qu'ils sont puissants, autonomes, rebelles dans le sang et maintenant alliés au Ku Klux Klan… Ils ont les moyens de soulever tout le Sud du pays et même de lancer une seconde guerre de Sécession, s'ils échouent à prendre le pouvoir par les urnes à Washington…

— Les choses ne peuvent pas en arriver là ! s'exclama Drop. Ce serait quand même un peu exagérer leur pouvoir.

— Détrompez-vous. Les États-Unis souffrent de terribles faiblesses internes. Le temps de la guerre civile n'est pas si éloigné que cela. Elle reste dans les mémoires de toutes les familles des anciens États confédérés… Les vieilles haines sont faciles à rallumer, surtout quand des étrangers ont tout intérêt à souffler sur de telles braises.

— Vous connaissez Ephraïm Cassard ? demandai-je encore. Quelle réputation lui fait-on ?

— C'est un descendant de planteurs français, à ce que je sais. Son arbre généalogique compte un ou deux officiers supérieurs de l'armée du général Lee. Mais il ne s'est jamais ouvertement mêlé de politique, à ma connaissance.

— Eh bien, le loup vient ce soir de sortir du bois, et ses crocs me semblent démesurément longs… Et cette femme, cette Laüme Galjero dont je vous ai parlé ?

— Une Européenne, apparemment, d'après les manières que vous me décrivez. Je ne la connais pas. Certainement une agitatrice envoyée par Rome ou Berlin… Peut-être jouit-elle d'un statut de diplomate ? Je vais prendre mes renseignements.

— Et maintenant, Meyer ? intervint Drop. Quel est votre plan ?

— Nous allons pouvoir en discuter tous ensemble avec Lucky. Je crois qu'il arrive…

Nos regards glissèrent vers l'entrée, où Danny Levine, l'arme au poing, ouvrait à nouveau la porte. Lucky Luciano entra et tapa ses chaussures recouvertes de neige sur le tapis. Derrière lui, je reconnus les silhouettes maigres de Gian et de Stefano.

— Votre fils a bien fait son travail, *don* Luigi, me

félicita l'Empereur en me donnant l'accolade. Il est venu à moi une minute seulement après que Meyer m'eut contacté ! Merci de tout cœur de me l'avoir envoyé. Je n'oublierai jamais le sacrifice auquel vous avez consenti pour me sauver la vie.

Sa remarque me toucha. Luciano savait pertinemment que je projetais d'éviter à Gian la charge de mon clan, et il avait d'ores et déjà approuvé le choix de Stefano pour me succéder. Nous nous installâmes autour de la plus grande table du Tamara, sans distinction de rang, de religion ou de race.

— Nous allons perdre beaucoup des nôtres, ce soir, commença solennellement Luciano. Autant qu'il m'a été possible de le faire, j'ai lancé des appels et des mises en garde à tous ceux qui pouvaient être visés par le complot de Bari et Ferrara. Maintenant, nos amis sont dans la main de Dieu. Nous ne pouvons rien entreprendre de plus pour les sauver. En revanche, nous pouvons dès maintenant lancer une contre-offensive.

— Il faut frapper aussi vite que possible, approuva Meyer. Et frapper la tête.

— À partir de cet instant, Cosa Nostra lance des contrats sur Carmine Ferrara, Petrone Bari, Cello Altieri, Jillo Leopardi, Hiero Zadamante et Paolino di Castello… Vous souvenez-vous d'autres traîtres à ajouter sur la liste noire, *don* Luigi ?

Rapidement, je livrai les noms de chacun des petits parrains croisés au cours de la soirée au Shelton, puis je conclus par Ephraïm Cassard et Laüme Galjero. Luciano sembla surpris par l'énoncé de ce dernier patronyme.

— Nous ignorons encore qui est cette femme, intervint Lansky. Mais elle semble se situer au cœur du complot. Elle a lâché ses tueurs sur *don* Luigi.

— Alors elle sera éliminée comme les autres, adjugea Luciano. Maintenant, passons à l'action !

Meyer Lansky demanda à Danny Levine de faire entrer l'un après l'autre les hommes de Murder Incorporated qui protégeaient le bâtiment. Même Mickey Cohen dut descendre de sa nacelle sur la grande roue pour venir écouter les ordres de Lucky. Cohen était un type au regard torve et aux manières brusques, et je préférais le savoir à mes côtés plutôt que de le retrouver en face de moi. Les autres assassins patentés n'étaient pas plus engageants que lui. Mis à part Levine, dont les manières et l'allure s'apparentaient à celles d'un gentilhomme du temps jadis, tous étaient des individus dangereux, aimant le sang, aimant le meurtre, des chiens de meute qui ne vivaient que lorsqu'une proie leur était désignée. Le petit Calabrais Roberto avait tué son premier homme à onze ans avec une fourche. Le Vénitien Jacoppo maniait aussi bien le poison que le couteau ou le Colt 45. Le Sarde Constanzo signait toujours ses meurtres en déchargeant une balle dans l'entrejambe de sa victime. Le gros « Bubble » Lemona était le fils d'un aubergiste de la région de Sienne qui assassinait ses clients isolés. Le père avait montré à son rejeton de huit ans comment leur enfoncer un poinçon dans la carotide sans faire gicler trop de sang. Quant au dernier, Zino Saporta, sa spécialité était la torture à l'acide… Tous ces types étaient des assassins de la pire engeance mais c'était sur eux, pourtant, que reposait cette nuit-là le sort de l'Amérique tout entière !

— À l'heure qu'il est, Bari et Ferrara ne peuvent encore savoir que leur plan a été déjoué. Ils espèrent sûrement apprendre d'une minute à l'autre la mort de Lansky ou la mienne, dit Luciano. Peut-être même se trouvent-ils encore au Shelton. Qu'en pensez-vous, *don* Luigi ?

— Je doute qu'ils aient pu rester là après la fusillade. À mon avis, il faut chercher ailleurs.

— Où cela ?

— Au Chrysler Building, suggéra Lansky. Ephraïm Cassard possède deux étages tout en haut.

— Ce sera peut-être un coup de sonde donné pour rien, dis-je, mais je ne connais qu'une seule façon d'en avoir le cœur net. Je m'y rends immédiatement avec Murphy et ses hommes.

— Hors de question, Monti, s'emporta Luciano. Vous restez avec Meyer, Levine et moi… C'est Murder Incorporated qui doit honorer le contrat. Certainement pas vous.

— Non ! Nous ne pouvons nous permettre une trop grande prudence ! Seuls Meyer et vous restez ici. Si les choses tournent mal, vous pourrez encore redresser la barre. Tous les autres viennent avec moi…

Luciano voulut encore argumenter mais Lansky posa la main sur son avant-bras pour le calmer.

— *Don* Luigi a raison, Lucky. L'enjeu est trop important ! Abattez Ferrara et Bari, Monti. Abattez Cassard aussi. Il faut décapiter leur groupe au plus vite. Pas de quartiers. Ce soir, c'est eux ou nous !

Tirant mes automatiques de ma ceinture, je les lançai tous deux à Gian.

— Tu ne le diras pas à ta mère, mais tu viens avec moi, fils. Que ça te plaise ou non !

— Je crois que j'aime ça, père, dit mon garçon en soupesant les armes.

*

Quelques minutes avant quatre heures du matin, nos voitures s'arrêtèrent devant le fronton du Chrysler. Si ce n'était pas le gratte-ciel le plus élevé de New York, ce bâtiment présentait assurément la plus belle architecture de toutes les tours de la ville. Ceint de gargouilles de bronze stylisées, son faîte poli encore surélevé d'arcades brillait comme un phare au-dessus de Manhattan dès le lever du soleil. Mais à cet instant, perdue dans la neige et la nuit, la cime du building demeurait invisible. Armés comme pour la guerre, nous quittâmes nos véhicules, traversâmes la rue silencieuse et puis la haute porte à tambour de l'immeuble. Le hall était désert. Sur un tableau de cuivre, je vérifiai les étages à atteindre.

— Cassard & Associates, cinquante-sixième…

Nous montâmes à bord de trois cabines d'ascenseur en groupes déjà constitués. Levine conduisait Zino Saporta, Mickey Cohen, Roberto et Jacoppo. Murphy Drop travaillait avec ses deux hommes, auxquels « Bubble » Lemona s'était joint. Gian, Stefano et Constanzo m'encadraient. Nous étions convenus que Levine déboucherait directement au cinquante-sixième étage, là où nous pensions que les conjurés s'étaient réunis. Murphy arrêterait sa cabine, quant à lui, un niveau au-dessus pour prendre position dans les escaliers, abattre les fuyards éventuels et se tenir prêt à intervenir par les portes de service, en cas de besoin. Moi, j'attaquerais de front, par l'ascenseur, mais avec deux minutes de décalage par rapport à Levine… Mon pouce appuya sur le bouton marqué du numéro 56. Tandis que nous commencions à monter, je remarquai que le tableau de commande sautait directement du 56 au 58, sans laisser la possibilité d'atteindre le niveau 57.

— Sûrement l'étage privé de Cassard, dit Stefano, qui venait de noter la même anomalie.

Parvenu au cinquantième, j'arrêtai enfin la course de la cabine.

— Je relance dans un peu plus d'une minute trente, dis-je alors à mes compagnons. Tenez-vous prêts !

Mon esprit était tout entier tendu vers ce que nous étions venus accomplir. Pas une seule seconde je ne m'autorisai à penser que mon fils de dix-sept ans se trouvait juste derrière moi, serrant dans ses poings des revolvers. Je devais me comporter avec lui comme avec n'importe quel membre de Murder Incorporated, sans chercher à le protéger davantage que les autres. C'était le prix à payer pour ne pas commettre d'erreur de jugement en plein combat – et surtout pour demeurer fixé, quoi qu'il arrive, sur l'objectif que nous nous étions fixé : éliminer Carmine Ferrara, « Peppo » Bari et leurs acolytes. Dans le silence de la cabine, le seul bruit perceptible était le tic-tac de ma montre. Trente secondes après avoir interrompu notre ascension, je jugeai que le groupe Levine devait enfin avoir atteint le bon niveau.

— Danny est sûrement arrivé maintenant, dis-je en fixant stupidement le plafond de la cabine comme si mes yeux pouvaient percer les cloisons.

Le silence se fit plus épais encore, chacun de nous retenant sa respiration pour essayer de capter des bruits indiquant ce qui se passait six étages au-dessus. *Tic tac, tic tac,* faisait ma montre au bout de sa chaîne en or… Puis un claquement sourd vint couvrir le cliquetis des petits rouages, un deuxième et encore un troisième…

— Des coups de feu ! souffla Stefano. Nous devons monter !

Frénétiquement, je nous fis repartir. Plaquant la Thomson sur ma hanche, je bloquai ma respiration jusqu'à ce que la porte coulissante s'ouvrît devant nous. Je vis aussitôt le premier mort, baignant dans une mare de sang. C'était Jacoppo, le Vénitien. Je le reconnus à ses guêtres blanches car son visage avait été martelé et défoncé par une rafale reçue en pleine face. Sans perdre une seconde à m'apitoyer sur son sort, je me baissai pour lui prendre son arme et la fourrer dans ma poche tout en avançant dans le corridor piqueté d'impacts de balles. L'étage se composait de bureaux ordinaires. La société Cassard & Associates ne semblait guère briller par un sens révolutionnaire de l'aménagement de ses espaces de travail. Juste devant les ascenseurs, un grand comptoir en bois de rose devait abriter les demoiselles préposées à l'accueil. Alignés le long du mur, des canapés faisaient comme une petite salle d'attente, un peu plus loin. Des plantes en pot, des photographies de champs de coton et de puits de pétrole sur les murs blancs complétaient la décoration, avant que ne s'amorcent les interminables successions de couloirs où une centaine d'employés devaient se côtoyer chaque jour.

— Danny ! hurlai-je, ignorant vers où me diriger car plus aucun bruit maintenant n'était perceptible.

— Ici, *don* Luigi, répondit Levine du fond d'un corridor.

Courant pour le rejoindre, je vis Danny et le reste de son groupe encerclant deux types à terre. Une tache rouge marbrait la chemise de l'un. L'autre était maintenu face contre le sol par le pied qu'avait posé Mickey Cohen sur sa nuque. La Thomson de Saporta était pointée sur son crâne.

— Je crois que ces deux types sont seuls, souffla Danny. Ils ont eu Jacoppo dès que nous sommes entrés. On vient juste de les coincer. Mais il n'y en a qu'un seul en état de parler maintenant.

Nous relevâmes le type encore valide et le fouillâmes rapidement. Attaché par un élastique à son mollet, nous trouvâmes un couteau de chasse. La lame portait le poinçon d'un armurier de La Nouvelle-Orléans.

— Tu viens de Louisiane ? Tu as été amené par Cassard ?

Mais l'homme refusait de répondre. Nous le secouâmes sans plus de résultats.

— Inutile d'attendre, cracha Saporta. Je sais ce qui le fera parler.

De sa poche, Zino sortit une petite bouteille de verre protégée par une coque d'acier. Dévissant le bouchon, il brandit le flacon sous le nez du Sudiste.

— Acide sulfurique, lui dit-il d'un air gourmand. Regarde bien ce que ça fait !

Saporta s'empara d'une lampe de bureau et rapprocha du cadavre de manière à éclairer son visage, puis il versa quelques gouttes sur les yeux du mort. Les chairs se mirent aussitôt à grésiller et à cloquer, provoquant d'horribles vagues à la surface de la peau. Les globes oculaires fondirent et disparurent, laissant les orbites creuses.

— Si tu ne veux pas que ça t'arrive, tu vas répondre à nos questions, maintenant !

La démonstration de Saporta avait produit son petit effet. Le prisonnier était vert de peur et claquait des dents. Malgré son dégoût et sa terreur, il ne pouvait s'empêcher de regarder l'amas de pulpe rouge qu'était devenue la tête de son camarade.

— Alors ? Sais-tu où est Cassard ? Sais-tu aussi où sont les autres ?

L'homme leva les yeux au plafond.

— Au-dessus. Juste au-dessus, répondit-il simplement. Vous trouverez un ascenseur privé dans le bureau du patron. Mais aucun de nous trois ne possède la clé pour le faire fonctionner.

Il n'y avait plus rien à tirer de lui. Un coup de crosse l'assomma et nous le ligotâmes avant de partir à la recherche du bureau de Cassard. Alors que nous étions en train de le mettre à sac pour découvrir la fameuse clé donnant accès au cinquante-septième étage, une balle surgie de nulle part atteignit Constanzo le Sarde en pleine moelle épinière. Il n'avait pas encore touché terre que des rafales balayèrent la pièce, faisant voler le crin et le cuir des profonds fauteuils. Danny Levine reçut plusieurs balles dans les jambes et s'écroula, sans connaissance, derrière une table renversée. Roberto fut atteint en pleine poitrine. Son corps s'emmêla dans les rideaux avant de s'effondrer dans un craquement de tissu déchiré. Gian plongea derrière un canapé avec Stefano, tandis que Cohen et Saporta s'accroupissaient sur leur position. Assis derrière le large bureau de chêne de Cassard, je tendis la main pour récupérer la Thomson que j'avais négligemment posée sur le plateau et parvins sans trop de mal à l'amener à moi. Les autres ripostaient déjà, au hasard, sans voir sur qui ils faisaient feu. À mon tour, je lâchai une bordée au jugé. Je n'avais aucune idée du nombre et de l'identité de nos assaillants. Je jetai un coup d'œil vers Gian. Protégé par un gros meuble, il ne risquait pas d'être touché s'il ne quittait pas sa cachette. Cohen et Saporta avaient doucement battu en retraite et s'étaient trouvé eux aussi des manières d'abris. Je savais cependant qu'ils ne tiendraient pas longtemps ainsi. Je me levai comme un diable surgissant d'une boîte pour vider mon chargeur.

— Zino, Mickey ! hurlai-je tandis que les balles de mon tambour faisaient voler en éclats une baie vitrée. En arrière ! Avec moi !

Saporta parvint à ramper à mes côtés mais Mickey resta coincé sous le feu de la contre-attaque.

— *A broch !* cracha méchamment Zino en yiddish.

De nouveaux coups de feu éclatèrent plus loin dans les bureaux. La fusillade ne dura pas assez longtemps pour que nous puissions nous en mêler. Au bout de quelques secondes, le silence retomba au cinquante-sixième étage du Chrysler Building, et Murphy Drop, mitrailleuse fumante au poing, apparut dans l'encadrement de la porte.

— Piégeur piégé ! dit-il en faisant voler une boule de pepsine dans sa bouche.

En hâte, nous nous occupâmes de panser grossièrement les plaies de Danny Levine avant que « Bubble » Lemona le charge sur son dos pour l'évacuer.

— Regardez un peu ce que je viens de trouver, dit Stefano qui revenait d'explorer les alentours à la recherche d'un survivant éventuel parmi nos assaillants.

Sur le bureau couvert de poussière de plâtre, il posa deux mallettes en forme de carton à chapeau. Aucune serrure ne fermait les boîtes, que nous ouvrîmes. Reposant au milieu de la sciure, nous y découvrîmes les têtes tranchées de *don* Teodore Ulico et *don* Pietro Rogo, deux petits vassaux directs de Lucky Luciano.

— « Peppo » Bari doit être au-dessus lui aussi, dis-je sombrement en refermant les mallettes. Il n'y a que lui pour collectionner ce genre de trophées.

— L'un des porteurs possède donc la clé pour les lui apporter, conclut Gian.

Frénétiquement, nous fouillâmes les corps des hommes tombés sous les balles de Murphy Drop. Dans la poche de gilet de l'un, mes doigts trouvèrent enfin ce que nous cherchions.

— Je l'ai ! dis-je en faisant tourner l'objet dans la serrure de l'ascenseur.

L'espace réduit ne suffisait pas à nous contenir tous. En nous serrant, je pris avec moi Stefano, Murphy, Zino et Mickey. Les autres, à contrecœur, durent se résoudre à nous attendre. Je lançai le monte-charge vers l'étage 57. Au bout de mon bras, la Thomson ne pesait plus aussi lourd qu'en pénétrant dans l'immeuble ; son chargeur était déjà presque vide. L'index crispé sur la détente de nos armes, nous surgîmes de la cabine tels des fauves échappés de leur cage. Nous avançâmes dans un vaste salon décoré de panneaux de laque et de soieries orientales. Un garde était là, assis face à l'ascenseur. Il n'avait rien entendu du vacarme que nous avions causé au niveau inférieur et s'attendait à voir arriver de nouveaux livreurs de têtes coupées plutôt que des ennemis armés jusqu'aux dents. Nous le cueillîmes à froid, lâchant nos balles sur lui avant qu'il ait pu porter la main à son revolver. Nous avançâmes encore, uniquement soucieux de tuer tous ceux qui se placeraient sur notre chemin. Mickey Cohen n'avait pas oublié de renvoyer l'ascenseur vers les compagnons que nous avions laissés derrière nous. Nous savions que leur renfort arriverait bientôt et cette pensée nous stimulait encore. Nous nous débarrassâmes de quelques gardes assez facilement, sans subir de pertes. Contrairement à ce que j'avais craint, l'étage n'était pas transformé en forteresse. Incapable d'imaginer que nous pourrions le traquer dans son repaire dès cette nuit, Cassard avait commis la grave erreur de ne pas le faire garder correctement. Peut-être lui et ses alliés avaient-ils lancé trop de contrats contre les nôtres par comparaison avec le nombre de tueurs dont ils disposaient. Plaçant tous leurs pions en attaque, il ne leur restait plus qu'un mince rideau de défense…

Après avoir nettoyé le grand salon, nous poussâmes l'unique porte qui s'ouvrait au fond de la pièce. C'était une antichambre. Sur une commode s'alignaient quatre jarres de verre contenant de nouvelles têtes baignant dans le formol. Les visages gonflés et sanguinolents étaient ceux d'amis proches, des *amici miei*…

Écumant de rage, je poussai le battant du sas qui menait aux pièces suivantes. Derrière un double vantail tendu de molletons de cuir, je pénétrai dans une chambre à l'éclairage feutré. Sur un lit gigantesque aux draps défaits, « Peppo » Petrone et Carmine Ferrara étaient vautrés, nus, morts l'un près de l'autre… Des bouteilles de champagne gisaient au sol comme après une orgie. En avançant vers les deux hommes, mes chaussures piétinèrent les éclats de cristal de coupes brisées. Lancés au hasard de la pièce, sur des meubles et sur les tapis, j'aperçus les différents éléments d'un *tuxedo* noir, une jaquette, un pantalon à pinces, un chemisier de soie… Tandis que mes hommes entouraient Bari et Ferrara en roulant des yeux incrédules, je m'accroupis pour saisir le plastron blanc. Froissé entre mes doigts, il exhala le parfum que j'avais respiré lorsque, quelques heures plus tôt, je m'étais penché vers Laüme Galjero pour lui baiser la main.

— Ils sont encore chauds, constata Cohen en tâtant les fronts de Carmine Ferrara et Petrone Bari. Ils viennent d'être saignés juste à l'instant.

À mon tour, je m'approchai pour examiner les cadavres. Une fine fente à leur gorge avait suffi à les vider. Leurs chairs étaient souples et leurs muscles non encore contractés.

— C'est cette fille, dis-je. C'est Laüme Galjero. Elle a dû les tuer dès qu'elle a entendu les coups de feu dans le salon.

— Alors elle ne doit pas être loin, chuchota Saporta, soudain très excité à l'idée de pouvoir tuer une femme.

— Certainement tout près de nous, renchérit Stefano en coulant son regard vers les coins d'ombre de la pièce.

Murphy nous rejoignit et découvrit à son tour le spectacle des corps.

La chambre donnait sur un jeu de couloirs qui dessinaient comme un labyrinthe. Silencieusement, je dis-
persai mes hommes à la recherche de Laüme Galjero
tandis que je gardais Gian à mes cotés pour fouiller
moi-même cette pièce. Dans les tiroirs et les placards,
je ne trouvai rien d'intéressant, puis, comme je venais
de tâter en vain les poches du smoking de Laüme, j'entendis des cris et un coup de feu résonna dans une pièce
attenante.

— Elle a eu Stefano ! hurla Murphy. Tirez ! Tirez !

Je n'eus que le temps de saisir ma Thomson. La porte
s'ouvrit devant moi à toute volée et une silhouette fine
et blanche apparut devant mes yeux... C'était Laüme,
un poignard dégouttant de sang à la main, qui courait en direction du grand salon... Je voulus la faucher
d'une rafale mais mon percuteur claqua dans le vide.
Lâchant mon arme lourde, je pris dans ma poche le
pistolet que j'avais récupéré sur le cadavre de Jacoppo
et me mis à courir sur ses talons. Je passai l'antichambre
et la suivis dans le lobby. Les deux truands de Harlem
qui accompagnaient Murphy Drop étaient là, à monter la garde près de l'ascenseur. Dès qu'ils virent la
fille, ils la mirent en joue et ouvrirent le feu... Alors se
produisit une des choses les plus extraordinaires que
j'aie jamais vu. Dans la pénombre de la pièce, Laüme
Galjero, entièrement dévêtue, courut droit sur le torrent
de balles qui la visaient. Personne au monde n'aurait
pu échapper aux salves qui claquaient tout autour de
son corps. Personne... sauf elle ! À la vitesse du vent,
la femme parvint à la hauteur des deux grands Noirs
qui vidaient toujours leurs chargeurs sans aucun effet...
En deux revers de main aussi précis que des gestes de

chirurgien, elle leur trancha la gorge avant de plonger dans la cabine d'ascenseur. Tandis que les portes se refermaient, j'eus le temps de la voir, sereine et amusée, lécher sensuellement sa lame huilée de sang. Elle souriait. Sous la lumière jaune et crue qui tombait droit sur elle, je vis que son ventre était lisse…

— Cette garce ne descend pas ! Regardez l'indicateur ! Elle va aux terrasses !

Murphy Drop pointait son doigt sur les aiguilles indiquant les mouvements de l'élévateur. Cinquante-huit… Cinquante-neuf… Soixante…

Nous rappelâmes l'engin et je montai avec Drop et Cohen jusqu'à l'étage où la Galjero s'était arrêtée.

— Je suis désolé pour Stefano, dit Murphy tout en rechargeant sa Thomson. Elle a surgi dans le noir derrière lui et lui a planté son stylet dans la nuque. Je n'ai rien pu faire…

— Son compte va être vite réglé maintenant, répondis-je, sans croire moi-même à mes paroles.

Une fenêtre avait été ouverte dans le couloir du soixantième étage où nous débouchâmes. Enjambant le parapet, nous sautâmes sur la terrasse qui, tel un chemin de ronde, faisait le tour du building. Au-dessus de nous s'élevaient le dôme et la flèche d'acier qui couronnait le Chrysler… La neige tombait toujours mais l'aube commençait à teinter de gris le ciel encore sombre de cette interminable nuit de solstice d'hiver. Des traces de petits pieds nus étaient visibles dans la poudreuse. Faciles à suivre, nous les pistâmes sur vingt ou trente yards, jusqu'au promontoire d'où s'élançaient les gargouilles… Les empreintes couraient jusqu'au bout d'une des figures monstrueuses et disparaissaient soudain.

— Vous croyez qu'elle a sauté ? demanda Cohen.

— Pas d'autre solution, constata Murphy en jetant

un coup d'œil impressionné au gouffre vertigineux qui s'ouvrait juste en dessous de nous.

— Pas d'autre solution en effet, confirmai-je en rangeant mon arme dans ma poche.

Nous nous regardâmes une seconde sans rien dire. Aucun de nous n'était dupe. Mais nous préférions nous en tenir à ce mensonge rassurant plutôt qu'énoncer clairement une vérité impossible.

Le peuple des bayous

Meyer Lansky portait son costume des grands jours. Dans sa propre demeure, il avait réuni tous les membres influents de Cosa Nostra demeurés fidèles à Luciano.

— C'est grâce à *don* Monti que nous sommes aujourd'hui vivants, commença-t-il. Tous, nous lui sommes redevables. Il nous a prévenus de l'existence du complot monté par Bari et Ferrara et n'a pas hésité à tirer lui-même contre nos ennemis. Les deux traîtres sont morts, désormais. Murder Incorporated s'est chargé de leurs principaux lieutenants, ici, à New York, ainsi que dans les villes du Sud. Mais il nous reste une figure à abattre : le *tycoon* Ephraïm Cassard avait pris place au cœur du complot ; il doit payer comme les autres… Cependant, l'action menée au sein de nos familles n'était que la première phase d'un plan plus vaste, un plan politique… Un coup d'État, certainement préparé depuis un pays d'Europe ! La patrie d'origine de beaucoup d'entre nous, peut-être…

Pour la plupart des mafieux, cette révélation était un véritable coup de théâtre. S'ils pensaient jusque-là avoir été victimes d'une nouvelle lutte intestine entre gangs, ils étaient cruellement détrompés par le discours de Lansky. Des exclamations s'élevèrent de toutes parts et Lansky dut répondre à quantité d'interrogations.

Moi-même, je dus livrer tout ce que je savais au sujet de l'affaire… Lorsque la curiosité générale parut satisfaite, Meyer reprit la direction des débats.

— Mes amis ! clama-t-il d'un ton solennel. Mes frères ! Je vous ai réunis autour de moi, de *don* Monti et de notre chef, Lucky Luciano, pour vous demander d'approuver une démarche que nous n'effectuerons qu'avec votre consentement…

— Que faut-il approuver ? demanda l'un.

— Oui, quelle démarche ? renchérit un autre.

— Nous pensons que la collusion entre le parti fasciste, quelques familles dévoyées de la Mafia et le grand sorcier du Ku Klux Klan justifie amplement que nous transmettions aux *feebies,* aux agents fédéraux du FBI, toutes les informations dont nous disposons sur ce sujet.

Un silence glacial tomba sur l'assemblée. Prononcer les trois lettres « F.B.I. » aux oreilles d'un membre de la famille est pire que de parler de corde dans la maison d'un pendu. Une minute au moins s'écoula sans que nul n'osât réagir. Chacun fixa les yeux sur ses chaussures ou sur le plafond. Quelqu'un toussa. Un autre sortit un mouchoir et s'épongea le front.

— La chose est à considérer sérieusement, intervint enfin Luciano en personne. Je suis persuadé que c'est la bonne marche à suivre et nous ne réclamons que votre approbation. Jamais votre nom ne sera mentionné. Nous prendrons toutes les précautions nécessaires, soyez-en assurés.

— Dans ce cas… oui… Peut-être faudrait-il avertir les *feebies,* admit un vieux Sicilien que je connaissais pour avoir travaillé avec lui du temps de *don* Balsamo.

— Je ne suis pas bien aise de l'admettre, mais cela

me semble également indispensable, reconnut un petit parrain du Bronx.

— Je vote pour !

— Moi aussi…

— Et moi !

L'une après l'autre, les mains se levèrent en signe d'approbation. Personne ne s'abstint, et personne ne s'opposa.

— Ainsi donc, c'est convenu, conclut Luciano. Dès la fin de la réunion, j'avertis mes contacts… *Don* Monti, dit-il enfin en se tournant vers moi, puisque vous êtes déjà monté en première ligne, je crains d'avoir à nouveau besoin de faire appel à vous !

*

Le jour même de la réunion chez Lansky, je suivis le cortège funèbre qui emportait notre cher Stefano dans sa dernière demeure, au cimetière Santa Cruz. Carla était effondrée et pleurait à chaudes larmes sous sa voilette noire. Moi, un crêpe de deuil au revers de mon veston comme si j'enterrais un second fils, je jurai de tenir un jour la meurtrière au bout de mon canon. Le visage de Gian était décomposé. Comme pour sa mère et pour moi, Stefano avait toujours beaucoup compté pour lui. Il savait aussi qu'ayant perdu mon bras droit, je ne pouvais plus songer à perpétuer mon clan sans me tourner maintenant vers lui pour prendre ma succession.

Quand nous rentrâmes à la maison, Gian demanda à me parler immédiatement. Dans mon bureau, il m'ouvrit son cœur.

— J'ai beaucoup réfléchi au cours de ces dernières heures, père. Je suis prêt à vous suivre dans vos affaires si vous me le demandez.

— Nous avons encore le temps d'en parler, je crois. Ce qui s'est passé au Chrysler Building redistribue les cartes pour quelque temps. Je ne peux plus me retirer aussi vite que je l'avais prévu. Cela te laissera au moins la possibilité de terminer tes études de droit à l'université. Ensuite, nous reparlerons de ton avenir avec un peu plus de sérénité qu'aujourd'hui.

Gian soupira et me regarda droit dans les yeux.

— Je veux venger Stefano, père. Je yeux être à vos côtés quand vous tuerez Cassard et cette femme.

Je n'ai jamais considéré la volonté de vengeance comme un sentiment condamnable. Quand on reçoit une blessure, il est sain de réagir en voulant en infliger une en retour, la nature nous a faits ainsi. Je ne tentai même pas de persuader mon fils d'étouffer sa haine.

— Si cela est possible, je te promets de te prendre avec moi lorsque l'heure sera venue.

Gian se leva et prit ma main pour y poser les lèvres.

— Ceci n'est pas le serment du soldat, me dit-il avant de quitter le bureau. Ce n'est rien d'autre que la gratitude d'un fils envers un père qui le comprend et ne le méprise pas.

*

Au cœur de Manhattan, L'Algonquin était l'un de ces bars de luxe où il était impossible d'être admis sans être un acteur, un écrivain ou un politicien connu… Georges, le maître d'hôtel, n'ouvrait le cordon turquoise barrant le couloir d'entrée qu'à ceux qu'il reconnaissait pour avoir vu un jour leur visage dans les journaux. Si je n'avais jamais fait les titres moi-même, un des deux hommes qui m'accompagnaient, en revanche, avait eu son portrait plusieurs fois imprimé dans les pages politiques du *New York Evening Journal,* du *New York Post,* du *New York Sun,* du *New York Sunday Mirror* ou du *New York Times…* Cet homme, c'était Allen Welsh Dulles, un des jeunes loups évoluant dans le sillage de John Edgar Hoover, le directeur de la police fédérale depuis 1924. Très anglais d'apparence, Dulles ne bourrait sa pipe que de tabac du Cap, commandait ses costumes de jour chez Pope & Bradley à Dover Street, ceux du soir chez Leslie & Roberts à Savile Row et ses vêtements d'intérieur chez Slash & Borington, à Piccadilly.

— Bonjour, George ! lança Dulles au portier comme s'il le connaissait depuis sa plus tendre enfance. Qui de riche et célèbre, aujourd'hui, dans vos murs ?

— Miss Gloria Swanson et M. Fred Astaire occupent une table au fond, avec quelques amis. Nous avons également M. Orson Welles qui écrit, un peu à l'écart. Et puis MM. Howard Hughes et Rockfeller en pleine discussion…

— Que du beau monde, donc !

— Oui, monsieur Dulles. Comme à l'accoutumée. Mais sans plus.

— Ce George souffre d'un snobisme extravagant, vous ne trouvez pas, Monti ? me souffla Dulles une fois que nous fûmes installés dans une alcôve feutrée.

Je n'avais pas le cœur à rire, et je me contentai d'un vague sourire pour toute réponse. Malgré ses manières compassées et son vernis apparemment sans défaut, l'armature psychique de Dulles n'était faite que de contradictions. Ambitieux, intelligent, déjà influent malgré sa petite quarantaine d'années, il avait choisi de faire carrière dans ce qu'il nommait par euphémisme les « affaires spéciales ». À l'époque, les services secrets des États-Unis étaient pour ainsi dire inexistants. Sous prétexte que le Président Wilson trouvait indigne d'ouvrir le courrier de gens soupçonnés de comploter contre les intérêts de l'Etat, les rares services dédiés aux activités de renseignement pendant la guerre avaient été dissous depuis longtemps. C'était donc au FBI qu'il revenait à l'époque de traiter les affaires de contre-espionnage. Dulles aimait particulièrement cette atmosphère de ténèbres, de complots et de dangers qu'exhalait le monde des truands et des espions. Sans rien lui faire perdre de sa perspicacité et de son efficacité – bien au contraire –, cela lui fouettait le sang et l'esprit.

— Nous sommes presque désarmés face aux contestations intérieures qui nous menacent. Mais les choses vont changer, m'expliqua Dulles. Hoover le veut, Roosevelt aussi, même si sa volonté est peut-être plus accessoire. Nous sentons bien que nous ne sommes plus à l'abri. Et l'histoire que Luciano et vous nous rapportez aujourd'hui en est la preuve…

Si Dulles fréquentait les salons politiques, il n'avait jamais oublié le vieil adage selon lequel le pouvoir réside autant dans la rue que dans les cabinets des ministères. C'était pourquoi il entretenait avec un certain bonheur un réseau d'indicateurs dans les bas-fonds. Luciano le savait, et c'était ainsi que la connexion entre les deux hommes s'était faite.

— Luciano ne tarit pas d'éloges à votre propos, monsieur Monti. Je dois dire que je suis moi-même très impressionné de vous rencontrer. Savez-vous pourquoi ?

Sans répondre, je laissai Dulles finir sur sa lancée.

— Je suis très impressionné parce que je n'avais jamais entendu parler de vous auparavant ! Or, au dire de Luciano, vous êtes un homme très écouté au sein de la communauté italienne…

— Parlons franc, Dulles. L'heure n'est pas aux fleurets mouchetés. Je suis un truand mais j'aime ce pays. Je m'y suis installé il y a maintenant très longtemps. J'y ai traversé de véritables cauchemars mais aussi de grands bonheurs qui compensent et dépassent tout ce que j'ai pu y endurer. Aujourd'hui je vous propose mon aide dans une affaire qui ne fait pas se dresser *feebies* contre *mobsters,* policiers contre criminels, mais patriotes contre comploteurs. N'essayez pas de la jouer trop en finesse avec moi, je suis un vieux renard et je ne vous laisserai pas gagner sur tous les tableaux.

Dulles se racla la gorge, l'air un peu contrit. Celui qui l'accompagnait parla pour la première fois, essayant de rattraper le faux pas commis par son collègue.

— Nous avons parfaitement compris la situation, monsieur Monti. Je peux vous assurer que si vous nous apportez votre pleine et entière collaboration dans cette affaire, non seulement vous ne serez en aucun cas inquiété, mais peut-être pourrons-nous même vous offrir des compensations intéressantes en échange de vos efforts.

Cet homme se nommait Virgil Tulroad. C'était un lieutenant du FBI qui avait travaillé longtemps sous les ordres directs d'Eliot Ness à l'époque de la confrontation avec Al Capone. Tulroad était un ancien de l'équipe que les journaux avaient fait connaître au grand public sous le sobriquet de « *the Untouchables* », les Incorruptibles.

— Hoover exige une discrétion absolue sur ce dossier. Les prémices d'une tentative de coup d'État… Vous comprenez… ce n'est pas ordinaire… Alors, Monti ! Racontez-nous maintenant en détail votre version des faits.

D'une serviette que j'avais apportée avec moi, je tirai un rapport dactylographié en double exemplaire.

La nuit précédant la rencontre avec Dulles et Tulroad, j'avais mis sur le papier tous les éléments dont je disposais sur le complot Ferrara/Cassard. Je remis les feuillets aux deux hommes avant de raconter une nouvelle fois mon histoire. Lorsque j'eus terminé mon récit, Dulles retira ses lunettes pour les essuyer à l'aide du bord de nappe. Son front était couvert d'un fin voile de sueur et ses lèvres tremblaient légèrement.

— Je n'avais pas idée que les choses étaient allées aussi loin ! avoua-t-il, l'air penaud.

Tulroad, lui, semblait moins surpris. Il savait que des événements sanglants s'étaient déroulés dans la soirée du 21 décembre au Shelton et au Chrysler, même s'il ignorait les détails de l'affaire.

— Bien, monsieur Monti… dit enfin Allen Dulles en rechaussant ses lunettes en écaille. Je crois que nous avons frôlé la catastrophe, c'est un fait… Je préfère avoir Luciano à la tête du crime organisé qu'un fou politisé admirateur de Mussolini. Selon vos dires, Petrone Bari est de toute façon éliminé. De même que le responsable des fascistes de New York, Carmine Ferrara… Vous dites aussi que leurs lieutenants ont été la cible de… euh ? Comment nommez-vous vos ordres d'exécution, déjà ?

— Contrats, monsieur Dulles.

— Ah oui, c'est cela ! Contrats ! Pittoresque, n'est-ce pas ? Eh bien, on peut donc dire en somme que l'affaire est close. Pas vrai ?

— Il reste Ephraïm Cassard, monsieur, rappela Tulroad. Notre bureau de La Nouvelle-Orléans est sur sa trace, mais nous n'avons pas de nouvelles pour l'instant. Il semble s'être volatilisé.

— Le grand sorcier du Ku Klux Klan ! tonna Dulles en serrant les poings, à la manière d'un gosse pris d'une soudaine colère. Il faudra que je demande un jour à Hoover de donner un bon coup de pied dans cette infecte fourmilière !

Tulroad me regarda d'un air navré. Manifestement, Dulles avait une propension à exagérer son importance, et ce n'était pas exactement du goût de l'ancien Incorruptible.

— Vous pensez que Cassard est retourné dans son fief ?

— Ce serait logique, répondit Tulroad. En Louisiane, il peut bénéficier d'un réseau d'entraide qui lui fait défaut à New York. Mais décrivez-nous plutôt cette femme que vous mentionnez dans votre rapport, cette Laüme Galjero… En aviez-vous déjà entendu parler auparavant ?

— Pas une seule fois, répondis-je. J'ignore absolument d'où elle vient. Une Européenne, je crois, à en juger du moins par son accent et ses attitudes.

— Je prendrai mes renseignements sur cette fille. Elle ne peut pas être sortie de nulle part, tout de même !

Mal à l'aise à l'évocation de Laüme Galjero, je repensai à la manière dont elle s'était enfuie du Chrysler Building. Comme venait de le faire remarquer Tulroad, elle n'était certainement pas sortie de nulle part. Mais elle avait malgré tout disparu sous mes yeux exactement à la manière d'un esprit.

*

Je quittai Tulroad et Dulles à l'heure où les employés achèvent leur journée. Seul, les poings enfoncés dans les poches, je marchai longtemps dans Manhattan. Je descendis la 42ᵉ Rue, tout embrasée dans le brouillard qui tombait. Bien que les chaussées aient été dégagées et sablées, peu d'automobiles se risquaient au-dehors car le gel et la nuit tombante rendaient la conduite dangereuse. Enveloppés dans leur lourde pèlerine noire, la casquette enfoncée sur le crâne, les agents de police tapaient du pied aux carrefours en attendant la relève. Cela faisait des années que j'avais perdu l'habitude d'errer seul en ville. Le coup de grâce que j'avais autrefois donné à Nalfo Giletti et ma consécration en tant que *don,* si elles m'avaient conféré la puissance, m'avaient aussi privé de la simple liberté des anonymes. Toujours à me méfier, toujours à redouter l'irruption d'un torpedo dans mon dos... J'avais passé toutes les années de la prohibition entouré de gardes du corps. Stefano avait ensuite remplacé à lui seul ce lourd dispositif, mais je ne me souvenais pas d'avoir jamais fait autre chose en sa compagnie que me déplacer en voiture d'un point à un autre sans jamais m'accorder le temps de flâner.

Une autre raison, intime, secrète même, m'avait poussé à éviter le quartier de la Cinquième Avenue tout au long de ces années. Cette raison, c'était le souvenir de Preston Ware, l'avocat chez qui j'avais découvert des dessins de l'église San Ezechiel. L'hermétisme de ses propos, le mystère de ses prophéties et de ses visions, celui des liens aussi qu'il avait entretenus par-delà la mort avec le fou Maddox Green étaient toujours aussi épais. Rien n'avait pu m'aider à lever le voile sur ces énigmes qui avaient bouleversé ma vie. Comme après la mort de Giuseppina et Leonora, mon esprit avait basculé dans un autre horizon lorsque je m'étais échappé du pénitencier de Blackwell's Island. Certes, au fond de moi, je n'avais rien oublié, ni une parole prononcée par Ware ni une imprécation sortie de la bouche de Green... Mais comment aurais-je pu continuer à vivre ou même simplement survivre si j'avais laissé mon esprit s'enserrer dans les rets de ces impossibles événements ? Cela m'aurait conduit droit à la folie. Aussi avais-je préféré effacer de ma conscience les visages de l'avocat et du condamné. Ils me revenaient parfois en rêve, mais je me retournais alors aussitôt vers Carla et, dans ses bras, je trouvais la force de chasser les fantômes de mon passé.

Aujourd'hui pourtant, avec les événements qui venaient de se produire, et surtout à cause de la rencontre avec Laüme Galjero, les vannes de ma mémoire s'ouvraient à nouveau toutes grandes. « Ware sait que tu as une grande œuvre à accomplir », avait hurlé Green avant de tomber sous les balles des gardiens de prison. Une grande œuvre à accomplir ? Laquelle ? Me faire une place dans la pègre ? Certainement pas. Alors ? Obscurément, je sentais que cette sentence était liée à la femme Galjero. Selon toute logique, cela n'avait aucun sens, mais pourquoi alors ce sentiment était-il aussi intense ?

Je voulus cesser de réfléchir. Levant les yeux, je vis que j'avais quitté la 42e Rue pour m'engager dans la Cinquième Avenue ! Malgré moi, mes pas me conduisaient là où, vingt-cinq ans auparavant, se dressait l'immeuble à la façade décorée de nymphes et de démons où logeait Preston Ware. Mais ce n'était plus ce bâtiment qui occupait maintenant l'adresse. L'ancien building avait été rasé et une nouvelle tour s'élevait sur son emplacement. J'en fus soulagé, un peu comme si un exorcisme avait été prononcé… Soudain vidé de toute énergie, je sentis mes jambes se dérober sous moi et il fallut que je prenne appui contre le mur pour ne pas tomber. Je restai là longtemps, le dos collé à la pierre, respirant l'air du large qui pénétrait dans la ville par la porte du double estuaire.

C'est alors que je la vis ! Elle, Laüme Galjero ! Elle se trouvait sur le trottoir d'en face, portait un long manteau de fourrure noire qui la faisait ressembler à un fauve. Ses yeux étaient braqués sur moi et elle me souriait d'un air de défi, le même que celui qui s'était dessiné sur son visage juste avant que les portes de l'ascenseur ne se referment sur elle, dans la tour Chrysler. Agissant par réflexe, je passai la main sous mon aisselle pour y saisir l'arme que je gardais sur moi. Mise en joue, la fille ne bougea pas. Je fis feu mais le mécanisme de mon automatique, inexplicablement, se bloqua. Je tentai de réarmer tandis qu'elle traversait nonchalamment la chaussée, sans crainte. Autour de nous, les rares passants ne prêtaient aucune attention à la scène.

— Laissez donc ce jouet inutile, me souffla Laüme qui s'était approchée. Cette arme ne vous sera d'aucune utilité contre moi.

Je m'attendais à tout instant à voir briller dans sa paume un stylet, un poignard... Mais non ! Elle se contenta de me sourire.

— Je savais que je vous retrouverai ici. Ce n'est pas un hasard. Vous avez survécu au Shelton, et vous avez survécu au Chrysler... Je sais maintenant qui vous êtes, *don* Luigi Monti. J'ai beaucoup appris sur vous... Vous possédez un allié puissant. Plus puissant que vous ne l'imaginez vous-même. C'est à lui que vous devez d'avoir traversé votre pire épreuve à ce jour. Lui qui vous a fait survivre à Blackwell. Lui qui vous protège encore et qui tente de vous sauver de moi... Mais cela n'arrivera pas, *don* Monti. Ma puissance est plus grande que la sienne. Je percerai ses défenses ! Un jour prochain, je saurai trouver le chemin jusqu'à vous !

Adossé au mur, j'étais incapable de bouger. La meurtrière de Stefano se tenait là, à quelques pouces de moi, et mes membres étaient aussi figés que ceux d'un insecte sous la morsure d'une araignée. Mes mâchoires s'étaient fermées et ma gorge ne pouvait articuler aucun son. Si elle l'avait voulu, Laüme aurait pu me tuer à cet instant, aussi facilement qu'un boucher martèle un bœuf à l'abattoir ! Mais elle ne le fit pas. Reprenant son pas tranquille, elle s'éloigna de moi et disparut dans la nuit tandis que, peu à peu, je sentais la vie irriguer à nouveau mon corps et courir dans mes veines.

*

— Coûte que coûte, je veux retrouver cette fille, hurlai-je dans le bureau de Meyer Lansky. Les contrats sur les parrains du Sud n'ont pas tous encore été achevés. Laissez-moi aller à La Nouvelle-Orléans…

— Vous croyez vraiment que c'est là-bas que vous retrouverez Laüme Galjero ?

Meyer regarda Lucky Luciano d'un air interrogateur. Ni l'un ni l'autre ne semblaient enthousiastes à l'idée de me voir partir en Louisiane.

— Tulroad et Dulles pensent qu'elle pourrait y être, en tout cas. Le FBI a réussi à remonter sa trace depuis son arrivée aux États-Unis, il y a quelques mois. Elle vient de Berlin, où la journaliste Merry Groves, qui renseigne l'ambassade, les a rencontrés plusieurs fois, elle et son mari. Ce sont des proches des hautes sphères du pouvoir nazi.

— Parce que cette tigresse est mariée ?

— Avec un Roumain, un Dalibor Galjero. Souvent vu aux États-Unis au début de la décennie, mais pas enregistré sur la liste des visas depuis 1933. Il n'est pas avec elle en ce moment.

Luciano souffla puissamment, comme pour chasser le

trop-plein de réflexions compliquées qui embrumaient son cerveau.

— Des Roumains qui vivent à Berlin et conspirent avec des Italiens et des nostalgiques de la confédération des États du Sud ! Navré, messieurs, mais c'est un mélange qui me reste sur l'estomac.

— L'Histoire prend toujours des chemins complexes. Qui eût cru qu'un petit Juif comme moi et un Sicilien comme toi s'associeraient pour mettre la main sur la plus grosse organisation criminelle des États-Unis ? lança Meyer.

— Galjero a longtemps séjourné chez Cassard. Le FBI pense qu'ils sont tous deux retournés en Louisiane. Nous avons du travail à faire là-bas. Je crois qu'il est temps de reprendre activement la chasse. Je pars dès ce soir avec Tulroad.

— Prenez aussi des gens de chez nous, insista Luciano. Je n'aime pas l'idée de vous faire accompagner uniquement par des *feebies*. Je vous détache « Bubble » Lemona, par exemple. Il connaît assez bien la région et son frère travaille pour une de nos connexions. Je vais donner des ordres pour qu'il se mette à votre service dès votre arrivée.

En gare de Grand Central, nous prîmes le train express pour la Louisiane. « Bubble » Lemona était du voyage, Gian aussi. Malgré les protestations de sa mère, j'avais voulu tenir la promesse que je lui avais faite dans mon bureau. Oui, il serait bien présent lorsque j'abattrais Laüme Galjero !

Nous occupions un grand compartiment Pullman, et les regards que nous échangeâmes au début du trajet avec les deux agents fédéraux encadrant Virgil Tulroad n'avaient rien d'aimable. De toute évidence, les deux enquêteurs étaient dévorés par l'envie de nous passer illico les menottes aux poignets. Heureusement, Tulroad veillait. Lorsque le ton monta soudain entre Lemona et l'un d'entre eux à propos d'une broutille, il dut leur faire encore la leçon. L'ambiance électrique s'atténua pourtant au fur et à mesure du voyage, si bien que, quand le train entra en gare de La Nouvelle-Orléans, « Bubble » et les types s'appelaient par leurs prénoms…

Rien ne se passa le premier soir. Nous ne fîmes que prendre nos quartiers dans un grand hôtel du centre pour nous habituer à l'étrange climat qui régnait en ville. De ma vie je n'étais jamais descendu plus bas que la Floride, en 1928, pour un court séjour de travail. Du Sud profond, je ne connaissais rien. Nous venions tout juste de passer Noël et, alors qu'il gelait à pierre fendre à New York, l'air des bords du Mississippi était moite et doux. Impossible de parcourir plus de cent yards sans transpirer abondamment sous nos chauds vêtements de Yankees…

Au centre local du FBI, Tulroad ne mentionna pas ma véritable identité, évidemment. Je fus présenté comme un simple conseiller civil. La méthode ne devait pas être étrangère aux traditions de l'institution puisqu'on n'objecta rien à ma présence au côté de l'ancien Incorruptible. Dans une pièce consacrée à la consultation des archives, on nous apporta tout ce qui pouvait concerner Cassard. La pile de coupures de presse était volumineuse, et il aurait fallu plus d'une semaine pour en lire l'intégralité. Nous n'avions pas autant de temps devant nous. Tulroad commença néanmoins à éplucher méticuleusement les dernières recensions concernant le grand sorcier du Ku Klux Klan. Je le laissai là. Moi, j'avais des affaires privées concernant nos familles à régler au plus vite…

« Bubble » Lemona me présenta son frère, Damiano,

un peu plus âgé que lui mais avec les mêmes yeux globuleux et le même front planté bas de cheveux drus. Avec eux, en divers endroits de la ville, j'abattis en deux jours cinq traîtres à Luciano…

— Je crois maintenant que le ménage est fait, *don* Luigi, dit enfin Damiano en rayant le dernier nom figurant sur la liste des contrats.

— Le ménage ne sera pas terminé tant que Cassard n'aura pas payé. Et il nous doit encore beaucoup !

Le même soir, lorsque je retrouvai Virgil Tulroad, je compris tout de suite à son sourire qu'une piste venait soudain de se dégager.

— Oh, ce n'est rien peut-être qu'un début, tempéra aussitôt le lieutenant, mais je ne sais pas pourquoi, je sens que l'indice pourrait être fructueux !

— Dites-moi !

— Un de nos informateurs infiltré au sein du Ku Klux Klan vient de nous apprendre qu'une réunion importante aura lieu dans deux jours dans une ferme abandonnée des marais. Tous les grands chefs de la région sont conviés. Même si Cassard n'est pas dans le lot, il y a fort à parier que l'un de ces messieurs costumés au moins saura où il se cache.

L'occasion était trop belle pour que nous la laissions passer. Pendant les quarante-huit heures qui suivirent, je laissai donc les hommes du FBI préparer leur plan sans intervenir. Il avait été convenu avec Tulroad que Lemona, Gian et moi resterions en arrière des opérations tandis que les forces de police agiraient en première ligne. J'avais accepté le marché. Pour moi, Cassard n'était pas la proie principale ; celle qui m'intéressait vraiment, c'était Galjero, la meurtrière de Stefano et la détentrice des secrets concernant Preston Ware. Cette femme, je la voulais pour moi seul et au plus vite. Si cela pouvait me conduire à elle, abandonner toute prétention sur Ephraïm Cassard n'était pas un prix trop élevé à payer. Tôt, le matin de la date donnée par l'informateur, deux unités de police de la ville au grand complet quittèrent leur caserne pour s'enfoncer dans la campagne jusqu'à quatre-vingts miles environ au nord de La Nouvelle-Orléans. Tulroad et ses deux agents suivaient le convoi dans une voiture banalisée. Lemona, Gian et moi fermions le cortège.

— Ces routes sont infectes, pesta « Bubble » Lemona, alors que nous avions quitté les routes bitumées depuis une bonne heure pour nous engager sur des pistes sableuses, défoncées et étroites.

La mécanique souffrait beaucoup sur ces sentiers de mousse qui se faisaient de plus en plus spongieux au fur et à mesure que nous approchions des marais. Deux fois, nous dûmes prêter main-forte à un véhicule qui s'était embourbé. Deux fois aussi, nous dûmes rebrousser chemin, car même les pilotes expérimentés se perdaient à emprunter ces voies perpétuellement changeantes sous les assauts conjugués d'une végétation folle et de nappes d'eau au niveau instable.

« Ce bras de rivière a débordé. Il faut reculer… »

« Ce ponton est rongé de vermine et ne tiendra pas sous nos roues. Nous devons faire demi-tour… »

Après presque sept heures de ce régime, le voyage s'arrêta enfin au bord d'une plaine grise, où le vent soufflait en rafales. Il devait être trois heures de l'après-midi et nous avions encore cinq miles à parcourir à pied avant d'atteindre les abords du domaine où devait se réunir le Klan.

— Les véhicules restent ici, dit Tulroad. Nous ne pouvons pas nous permettre d'avancer plus près en voiture, nous risquerions de nous faire repérer. Navré de vous imposer cela, mais il va falloir marcher si vous voulez venir avec nous.

— Bien sûr que nous venons !

Tandis que trois hommes restaient près des camions et des voitures, nous suivîmes les silhouettes noires des policiers. Protégés par leurs hautes bottes, les hommes avançaient plus vite que nous, qui n'avions pas prévu d'équipement particulier pour un tel périple. Traverser la plaine d'herbes sèches et jaunes ne fut pas très difficile, mais nous pénétrâmes bientôt sous un couvert d'arbres qui dissimulait des fondrières dans des buissons de ronces. Là, nous nous enfonçâmes jusqu'aux chevilles dans une boue molle, malodorante, qui collait aux chaussures.

— Des souliers à trois cents dollars ! se plaignit Lemona. Et un costume à neuf cents ! Misère !

Si nous avions pu conserver nos armes de poing, Tulroad ne nous avait pas autorisés à utiliser nos Thomson.

— Trop visibles ! Les flics avec qui nous allons travailler poseraient des questions. Quoi qu'il en soit, tout est prévu pour que l'opération se passe en douceur.

— Vous ne craignez pas de résistance ? avais-je demandé.

— Des fusils de chasse, tout au plus… C'est l'arsenal habituel du Klan, me répondit négligemment le lieutenant en allumant une cigarette.

Pour ma part, je n'étais pas certain que les Sudistes se rendraient sans résistance. Surtout si Cassard se trouvait parmi eux.

Après les fondrières, ce furent les marais. Le sentier qui filait entre les plans d'eau n'était pas plus large qu'une poutre. Nous marchions en file indienne, silencieusement, dans ce décor vert et noir où le soleil ne pénétrait déjà plus. Un flic du cru marchait devant moi. M'ayant entendu glisser dans la boue, il se retourna pour m'aider.

— Ne tombez pas, monsieur ! L'eau est profonde. Elle grouille d'alligators et de sangsues…

— Mais qui diable vit là ? lui demandai-je. Il faut être fou pour être fermier ici…

— Ce sont les Cajuns, monsieur. Et ils sont tous plus fous les uns que les autres. C'est congénital…

Les Cajuns ! À peine savais-je que ces gens existaient. Pour moi, ils étaient comme les Indiens des plaines sauvages de l'Ouest, ou comme les Eskimos sur la banquise ; une peuplade hors de l'Histoire et du temps, voire des créatures avec lesquelles on effraye les enfants.

— Les Cajuns sont des déportés français venus du Canada quand les Anglais les en ont chassés, murmura le policier. Ils vivent ici depuis deux siècles, et ne sortent presque jamais des bayous. Ils se marient entre eux… Ça fait qu'ils ont tous la même tête et ne sont pas forcément très intelligents.

— Oui, mais ils sont costauds et connaissent les marais comme leur poche, ajouta le type qui marchait devant lui et prêtait l'oreille à notre conversation.

— Ils sont membres du Klan ?

— Ça oui ! Ils n'aiment pas les Noirs, c'est sûr… D'ailleurs, ils n'aiment personne. Beaucoup ne parlent que leur patois à eux et n'articulent jamais un mot d'anglais.

Pendant près de deux heures encore nous pataugeâmes dans le cloaque d'où s'échappaient par instants des poches de gaz qui s'enflammaient en feux follets. « Bubble » Lemona claquait des dents dans ses vêtements trempés. Gian, lui, marchait plutôt bien. Il s'était taillé un bâton dans une branche épaisse et semblait le plus déterminé d'entré nous. Alors que nous n'avancions plus qu'à la lueur de quelques lanternes, l'un des deux hommes de Tulroad se tordit la cheville et nous dûmes l'abandonner, appuyé contre une souche, car son handicap nous aurait retardé. Enfin, après l'enfer des marais, nous atteignîmes une sorte de lande encore humide mais couverte d'une végétation moins dense que la mangrove. C'est là que nous fîmes halte pour la première fois depuis notre départ. Les *feebies* consultèrent des cartes et puis Tulroad vint m'informer de la situation.

— Nous ne sommes plus qu'à trois cents yards de la ferme. Nos hommes vont se déployer en arc de cercle tout autour. Je vous propose quant à vous de passer plutôt de l'autre côté, afin de longer la route principale. Vous vous dissimulerez là et cueillerez les fuyards éventuels. Si nous faisons bien notre travail, il n'y en aura pas, mais on ne sait jamais !

— Soit, je refermerai la nasse. Donnez-moi tout de même quelques hommes supplémentaires. À trois, nous risquons de laisser passer du monde…

Un médiocre plan en main, je guidai Gian, Lemona et deux policiers qui nous avaient été affectés à travers une nouvelle étendue bourbeuse, puis, après une succession de fossés trop larges pour être sautés et dans lesquels nous dûmes plonger jusqu'à la taille, nous arrivâmes en bordure d'une route de poussière grise. Gian et Lemona se postèrent d'un côté tandis que je m'aplatissais dans les fourrés d'en face avec les agents. Glacés par l'eau qui imbibait nos frusques, nous attendîmes en silence pendant près d'une heure, n'entendant que le hululement des hibous et le clapotis des ragondins

courant dans les canaux. Un bruit de moteur monta
enfin dans la nuit. Nous vîmes au loin deux puis quatre points lumineux dans l'obscurité. De seconde en
seconde, les phares se rapprochaient… Deux camions
aux ridelles débâchées passèrent en trombe devant
nous. Sur les plates-formes, une dizaine de types se
tenaient aux montants de fer. Beaucoup portaient déjà
l'aube du Klan, d'autres semblaient vêtus de simples
salopettes ou tuniques de travail. Dans leurs mains à
tous luisaient des armes…

— Pas seulement des fusils de chasse, dis-je doucement comme pour moi-même lorsque les camions
furent passés.

— Pardon, monsieur ? fit l'un des policiers à mes
côtés.

— Ce sont des pistolets-mitrailleurs que tiennent ces
Sudistes. Pas de simples fusils à chevrotines !

— Je crois bien, oui…

Une minute plus tard, un autre convoi composé de
quatre camionnettes passa à notre hauteur. Puis ce fut
encore trois groupes de huit ou dix cavaliers arrivant
au petit trot, et deux voitures particulières dans lesquelles se serraient des silhouettes elles aussi vêtues de
blanc…

— Au jugé, ils sont près de soixante-dix, annonçai-
je au flic. C'est beaucoup plus que ce qu'avait précisé
l'indicateur.

— Navré, monsieur. Je ne suis pas au courant de cela.
Mais ces gens sont au moins deux fois plus que nous,
ça, c'est certain !

Deux fois plus que nous, aussi bien armés et connaissant parfaitement un terrain traître où le moindre faux
pas pouvait coûter la vie ! Les choses s'annonçaient
beaucoup plus mal que prévu. Je me demandais si

Tulroad aurait le culot ou la folie de lancer l'assaut mal-gré tout. Un instant, je songeai à revenir sur mes pas pour le prévenir du danger, mais à peine avais-je décidé de me relever que nous entendîmes claquer les premiers coups de feu.

— L'attaque est lancée, monsieur. Il faut rester là où nous sommes, ce sont les ordres, murmura le policier en posant son bras sur moi pour m'inciter à rester couché.

Il avait raison et je le savais. À quoi aurait donc servi maintenant que je coure à travers bois pour avertir Tulroad ? L'assaut était donné, il n'y avait plus rien à faire pour l'arrêter. Autant rester sur nos positions… Anxieux, les yeux braqués sur la route, nous écoutâmes la fusillade s'intensifier au cours des minutes suivantes. Aux rafales répondaient d'autres rafales. Gela semblait interminable. Et toujours aucun fugitif à cueillir ! La route restait désespérément déserte…

— Écoutez ! On dirait que ça se calme !

L'agent avait raison. Peu à peu, les échanges s'atté-nuèrent avant de cesser tout à fait.

Gian sortit en courant de son buisson pour venir me rejoindre.

— J'ai regardé ma montre quand l'assaut a com-mencé. C'était il y a quarante minutes…

Quarante minutes de combat ! La bataille avait été exceptionnellement longue. Cela signifiait que les hom-mes du Ku Klux Klan n'avaient pas été pris par sur-prise, qu'ils s'attendaient probablement à une opération de police. Cela prouvait aussi qu'ils avaient chèrement vendu leur peau.

— Que faisons-nous maintenant ? demanda mon fils.

— Nous allons doucement remonter la route jusqu'à rejoindre le lieutenant Tulroad.

Je fis signe à Lemona de se lever et, tous ensemble, nous commençâmes à marcher lentement en direction du nord, là où devait se trouver la vieille ferme cajun théâtre des affrontements. Nous n'avions pas parcouru deux cents yards qu'un bruit de moteur monta devant nous.

— À couvert ! ordonnai-je.

Nous bondîmes dans les taillis juste avant qu'un des camions sudistes nous prît dans ses phares. Pétrifiés d'horreur, nous vîmes les hommes en blanc assis sur la ridelle. Leur attitude n'était pas celle de fuyards battant en retraite. Non, leur attitude était celle de soldats victorieux après un âpre combat ! Un second camion passa, puis un troisième, et un quatrième quelques secondes plus tard...

— Regardez ! murmura Gian en pointant l'horizon, lorsque les véhicules eurent disparu.

Le noir de la nuit, soudain, n'était plus aussi noir. Des flammes s'élevaient au bout du chemin, rougissant l'obscurité.

Je me levai et me mis à courir sur le sentier. Les policiers hurlèrent mais je ne répondis pas à leurs appels. Il fallait que je voie ce qui s'était vraiment passé aux abords de la ferme... Mes jambes ne sentaient plus la fatigue, ni mon corps le froid, et je débouchai sur une petite cuvette au bord de laquelle je m'arrêtai. Devant moi, ligotés sur trente croix enflammées, grillaient les corps arrosés de pétrole des policiers lancés à l'assaut du Klan... La chaleur du brasier était telle que je dus reculer, la manche de mon manteau plaquée sur ma bouche et mon nez pour ne pas respirer l'odeur infecte, atrocement sucrée, des chairs qui se consumaient... Sur mes talons, Gian et Lemona découvrirent à leur tour le spectacle infernal.

— Sainte Mère de Dieu ! lâcha Lemona.

Et lui qui n'avait jamais prié de sa vie se laissa tomber à genoux pour se signer.

— Il n'y a plus rien à faire pour ces pauvres types, dis-je en reculant. Venez, inutile de rester là…

— Mais les autres ? hurla Gian. Où sont les autres membres du Klan ? Où est Cassard ?

— C'était un piège et nous avons foncé dans le panneau, dis-je. Cassard n'est certainement pas là…

— Il faut en avoir le cœur net ! Toutes les voitures et les chevaux ne sont pas repassés devant nous. Nous devons savoir où ils sont allés !

Sans que je puisse le retenir, Gian dévala la pente en direction des croix en feu. Passant en courant au milieu d'elles, il disparut en quelques secondes de mon champ de vision.

— Le petit a raison, *don.* On ne peut pas s'en aller comme ça après ce que ces salauds viennent de faire. Il faut les retrouver !

Armant mon revolver, je m'élançai à la suite de mon fils. La chaleur de four sous les croix dévorées par les flammes était si forte que mes vêtements se mirent à fumer malgré l'eau dont ils étaient imbibés. Je me débarrassai de mon manteau et continuai à courir droit devant moi jusqu'à rejoindre mon garçon. Il s'était accroupi derrière une barrière de planches, et observait la ferme.

— Ils sont encore là ! Des chevaux sont attachés à l'écart et deux voitures sont rangées à côté. J'ai vu un type en bure blanche sortir du bâtiment principal. Les autres doivent se trouver à l'intérieur.

— Combien sont-ils, à ton avis ?

— Une dizaine au moins. Peut-être un tout petit peu plus.

— C'est beaucoup trop pour nous trois.

— Cassard ! s'énerva Gian. Au moins abattre Cassard !

— À supposer qu'il soit avec eux, tu ne pourras pas t'approcher de lui à moins de trente pas. Ce n'est pas la bonne méthode…

— Que faire, alors ?

— Attendre, petit. *Don* Luigi a raison… Nous ne sommes même pas lourdement armés… On ne peut pas faire grand-chose.

— À moins d'utiliser les vieilles ruses de Sioux ! lança Gian.

Depuis sa plus tendre enfance, mon fils avait une passion pour les films de western, particulièrement ceux dans lesquels jouait son ami John Wayne. Je n'aurais jamais pensé que ces réservoirs de puérilités puissent un jour nous être utiles.

— Mis à part celle qui vient de sortir, je n'ai pas vu de sentinelles. Ils doivent se sentir en sécurité. Je pense que nous pouvons au moins les éparpiller en nous attaquant à leurs chevaux.

— Mais à quoi cela va-t-il nous servir ? geignit Lemona. À trois, le risque est beaucoup trop grand !

— A cinq, monsieur, si vous le permettez !

Sans que nous les ayons entendus, les deux policiers nous avaient rejoints. Leurs Thomson étaient les bienvenues et renforçaient nos chances, mais la balance penchait encore en notre défaveur dans l'affrontement qui s'annonçait. Gian persista dans son idée d'égailler les chevaux.

— Ça les fera sortir, au moins. Et nous pourrons en cueillir un bon nombre avec les mitrailleuses postées en tir croisé. Ensuite, on verra !

— Le petit a raison, monsieur. C'est tenter le Diable, mais puisqu'il s'est déjà échappé de son enfer ce soir, autant jouer le jeu jusqu'au bout...

Lemona fit claquer la lame d'un couteau à cran d'arrêt qu'il avait toujours en poche, puis il rampa vers les voitures et les chevaux en prenant garde de rester contre le vent pour ne pas effrayer les animaux. Malgré les rondeurs qui lui avaient valu son surnom, Lemona était agile, puissant et souple. Il arriva en silence derrière le garde et le poignarda avant que sa victime ait eu le temps de réagir. Je fis signe aux deux policiers de se placer en batterie aussi près que possible de la porte principale de la vieille ferme, et j'allai rejoindre Lemona près des véhicules tandis que Gian se dissimulait derrière une citerne dévorée par la mousse et la rouille. Nous détachâmes les brides des chevaux et les chassâmes en direction des bois mais seules quelques bêtes partirent en trottant. Les autres refusèrent obstinément de quitter l'enclos.

— Sales carnes ! s'exclama Lemona. Puisque c'est comme ça, on va employer les grands moyens.

À la pointe de son couteau, il déchira deux lambeaux de tissus dans sa chemise, les tordit en mèche et les inséra dans le réservoir des voitures. L'essence monta dans les fibres comme dans une éponge. À la flamme de son briquet, « Bubble » enflamma les amorces et partit à toutes jambes se réfugier derrière des tôles où j'avais déjà pris place. Les deux réservoirs explosèrent coup sur coup, lançant des débris de métal très haut dans le ciel rouge et blessant à mort certains des chevaux restés trop près. Le hennissement des bêtes et la violence des détonations firent aussitôt sortir cinq ou six types vêtus de blanc, portant les cagoules pointues caractéristiques de leur clan. Dès qu'ils apparurent sur le seuil, les Thomson crachèrent leurs premières salves et les fauchèrent tous, sans exception.

— C'est maintenant qu'il faut foncer, dis-je à Lemona. Suis-moi !

Pistolet en main, nous courûmes droit sur la ferme au mépris des balles qui s'écrasaient encore sur les planches disjointes de la façade. Ne pas donner à nos adversaires le temps de réagir, de s'organiser, leur faire croire que nous étions sûrs de nos forces et, surtout, que nous étions beaucoup plus nombreux qu'eux. C'était la seule façon de les déstabiliser et de prendre barre sur eux. Hurlant, beuglant autant que nous pouvions, nous fîmes irruption dans la cabane sombre, éclairée par des chandelles collées à même la table, et nous déchargeâmes nos armes sur les silhouettes drapées de blanc qui nous faisaient face. Cela se finit au corps à corps lorsque nos chargeurs furent vides. Lemona planta son couteau dans le cœur d'un gros type qui rugissait en patois cajun, et je lançai mon arme contre le front d'un homme en cagoule. Sous l'impact, le tissu se tacha aussitôt d'écarlate et le type tomba de tout son long. Brisant les fenêtres à coups de crosse, les deux policiers éliminèrent les derniers résistants, tandis que Gian, au-dehors, en abattait deux qui tentaient de s'enfuir. Moins de trois minutes s'étaient écoulées depuis l'explosion des voitures.

Nous retirâmes leur toge aux morts, un à un. Chaque fois que je relevais un masque, j'espérais découvrir les traits d'Ephraïm Cassard, mais tous ceux qui se dissimulaient sous la cagoule pointue du KKK m'étaient inconnus. Il me semblait qu'un grand nombre de visages avaient un indéniable air de famille.

— Les Cajuns sont consanguins, me rappela un policier en remarquant mon trouble. Ils se marient et se reproduisent entre cousins depuis des générations. Cela donne un résultat étrange. Les Yankees comme vous n'y sont pas habitués…

— Qui donc pourrait s'habituer à ça ? cracha Lemona en jetant un regard d'intense mépris à ces faces lunaires.

C'est alors que le second policier, qui était parti fureter dans les profondeurs de la bâtisse, revint et me fit un signe discret.

— Je crois qu'il y a encore du monde ici, me dit-il à voix basse. J'ai entendu une lame de plancher craquer au fond du couloir.

Rechargeant mon arme, j'avançai prudemment avec lui le long d'un corridor tendu de toiles d'araignées, aux murs tapissés d'énormes champignons d'humidité. Lentement, je posai la main sur le loquet d'une porte, glissai la bouche de mon arme par l'entrebâillement et m'avançai dans la pièce. Une odeur de rance me frappa les narines. Une odeur humaine aussi, indiscutablement... Mais je ne pouvais rien voir dans cette obscurité. Le policier dans mon dos alluma sa torche électrique. Dans le rai de lumière, nous vîmes alors un corps allongé. Ce n'était pas un Cajun, ni même un homme du Ku Klux Klan. Cet homme, c'était le lieutenant Virgil Tulroad ! Ses membres étaient parcourus de frissons et sa peau était aussi blanche et luisante que celle d'un noyé. Laissant tomber mon arme à terre, je me précipitai vers lui pour le secourir. Ses yeux étaient révulsés au point que je n'en voyais plus les iris ; de sa bouche ouverte sortait une écume jaunâtre qui lui couvrait le menton et ruisselait dans son cou. Aucune blessure n'était pourtant visible ; pas de sang, pas d'hématomes.

— *Santeria !* dit, affolé, le policier qui tenait la lampe au-dessus de moi.

— Que dites-vous ?

— *Santeria !* répéta l'agent. Vaudou ! De la magie

noire ! J'ai déjà vu ça un jour dans le quartier français de La Nouvelle-Orléans ! Sur son ventre ! Regardez !

Et comme j'observais mieux l'abdomen, j'aperçus des croûtes claires qui dessinaient des arabesques étranges juste sous son sternum.

— Un pentacle dessiné à la cire de bougie, murmura le sergent. Des dessins du Diable !

Alors, du plus lointain de ma mémoire remonta un souvenir enfoui depuis longtemps. Je me revis, enfant, penché au-dessus d'une fillette qui tremblait de tous ses membres après être tombée d'une branche d'olivier. Un trait de feu passa de mon cœur à mes mains, que je posai sur les tempes de Tulroad. De toutes mes forces, de toute mon âme, je voulais sauver cet homme. Je sentais que j'en possédais l'obscur pouvoir. Mais il était déjà trop tard. Dans l'écume qui s'écoulait de sa bouche apparurent des petites taches noires, mouvantes, rapides… Puis ces taches grossirent, grouillèrent… Par centaines, des araignées, des lombrics, des scolopendres longues comme une main tendue s'échappèrent du corps de l'agent fédéral et coururent dans la pièce, remontant aussi sur nous, envahissant nos bras, nos jambes… Le policier paniqua. Dans son agitation, il tenta de se débarrasser des bestioles qui grimpaient sur lui jusqu'à son visage ; le faisceau de sa lampe se mit à tourner dans la pièce. Je ne voyais plus Tulroad, mais cela n'avait plus d'importance. Mes paumes sentaient que toute vie venait de le quitter. Alors, tandis que je me relevais, le pinceau électrique éclaira une silhouette blanche dissimulée près de la porte. Cette silhouette, c'était celle d'Ephraïm Cassard ! Immobile, il me souriait. Je cherchai mon Colt mais je l'avais laissé tomber dans mon empressement à secourir Tulroad.

— Laüme Galjero m'a confié ceci pour vous, *don* Monti ! susurra le sorcier.

S'approchant d'un pas, il ouvrit la main et souffla puissamment dans sa paume pour faire s'envoler jusqu'à moi une poudre fine, couleur d'absinthe, qu'il conservait dans son poing serré... Mais ce ne fut pas moi qui respirai l'infâme mixture. Surgissant du couloir, Gian s'était précipité pour me protéger de l'attaque de Cassard. Le visage couvert de poudre verte, il hurla affreusement en aspirant à plein la préparation démoniaque. Un coup de feu claqua derrière nous, qui atteignit le grand sorcier du Ku Klux Klan en pleine poitrine. Cassard tomba lourdement par terre tandis que le policier tirait une seconde balle.

— Qu'est-ce que tu as fait ? hurlai-je au moribond dont les yeux devenaient vitreux. Qu'est-ce que tu as fait à mon fils ?

— Demande à Galjero, Monti, balbutia Cassard dans un dernier défi. Laüme Galjero ! C'est elle qui sait...

La face aux mille visages

Nous regagnâmes La Nouvelle-Orléans après cette nuit terrible, parcourant en sens inverse le chemin que nous avions pris depuis les camions arrêtés dans la plaine d'herbes sèches. Lemona avertit les hommes qui étaient restés à garder les véhicules.

J'avais lavé du mieux que j'avais pu toute trace de particules sur le visage de Gian, le forçant même à vomir le contenu de son estomac. Pendant plus d'une heure, mon fils était resté hébété, à la limite de la conscience. Puis, lentement, il était revenu à lui. Son visage était pourtant défait, et les mots sortaient difficilement de sa bouche mais il était vivant et sa santé parut s'améliorer au fil des heures.

En ville, le FBI nous garda longtemps pour prendre nos dépositions avant qu'Allen Dulles en personne ne descendît de New York pour venir nous chercher. La mort des trente hommes de l'escouade menée par Tulroad l'avait profondément meurtri, et la manière dont le lieutenant avait péri ne cessait de le hanter.

— Faut-il que nous ne connaissions rien aux mystères du monde, Monti ! Faut-il que nous soyons ignorants !

— Nous le sommes, en effet...

« Les mystères du monde », avait dit Dulles. Depuis

toujours, j'en étais le témoin, je leur faisais face. Pendant des années, j'avais voulu les occulter, les refouler. Mais toujours ils revenaient, comme les vagues viennent battre obstinément le même rocher. Dans le train qui filait vers Grand Central, en regardant mon fils dont le visage et le corps n'avaient pas retrouvé toute leur vigueur, j'en vins à admettre que la fuite n'était pas une solution. Quoi que je fasse, les *mystères du monde* s'imposeraient à moi. Peut-être était-il temps de faire mienne cette évidence…

— Le Bureau et moi-même avons beaucoup apprécié votre aide à nos côtés, Monti.

La voix de Dulles me parvenait à peine. Bercé par le roulement du train, fatigué par cette expédition en Louisiane, et surtout préoccupé par la santé de Gian, j'eus du mal à entrer dans la conversation.

— J'ai parlé hier soir au téléphone à Hoover… Il ne l'a évoqué qu'à demi-mot mais je crois qu'il nourrit de grands projets pour vous.

— John Edgar Hoover ? Le directeur du FBI ? m'étonnai-je. Quel projet pourrait-il nourrir à mon encontre, sinon souhaiter me mettre sous les verrous ?

— Vous êtes un homme étrange, Monti, expliqua Dulles en regardant défiler par la fenêtre un morne paysage de plaine. Hoover l'est aussi à plus d'un titre… Vous êtes de la même race, au fond. La seule chose qui vous sépare, c'est qu'il se trouve du côté de la loi tandis que vous…

— Moi, je ne m'y trouve pas…

— Oh ! Il suffirait de si peu de chose pour que vous passiez la barrière… Ou plutôt pour qu'on l'abaisse devant vous.

— Vous voulez faire de moi un homme respectable, Dulles ? Ça ne marchera pas.

— Respectable, vous l'êtes déjà. Du moins en apparence, et c'est ça qui compte, n'est-ce pas ? Non, je ne veux pas vous changer. Edgar non plus.

— Alors quoi ?

— Vous avez prouvé votre attachement aux valeurs qui fondent notre nation, Monti. Voilà tout ce qui importe à nos yeux. Peut-être aimeriez-vous encore vous rendre utile ? Pourquoi ne pas entamer une carrière politique, par exemple ?

— Une carrière politique ? Vous êtes fou ! Mon passé n'est pas inattaquable. Je ne résisterai jamais à une enquête sérieuse menée contre moi...

Tulroad sortit sa pipe de bruyère et prit le temps de la bourrer de tabac du Cap avant de pousser son argumentation.

— C'est la révélation de votre séjour à Blackwell's Island que vous redoutez ? Rassurez-vous. Il n'est dans l'intérêt de personne de ressortir cette histoire. Seul Hoover et moi possédons une trace de votre condamnation et de votre évasion. Et quand bien même quelqu'un ferait le rapprochement entre vous et un obscur condamné à mort échappé de l'île, il y a vingt-cinq ans, comment le prouver ? Et, surtout, qui s'en soucie ? Un passé se fabrique, Monti, Surtout ici, aux États-Unis, pays des hommes sans racines ni mémoire !

— Que mijotez-vous, Dulles ?

— Hoover vous le dira mieux que moi. Mais je crois pouvoir vous apprendre qu'il aimerait faire de vous quelque chose comme un membre du Congrès... Ou alors un sénateur, pourquoi pas ?

— Je serai sa créature ?

— Bien entendu ! Nous le sommes tous, d'ailleurs. Mais, pour machiavélique qu'il soit, Hoover n'est pas fou. Il veut le bien de la nation. Et vous aussi...

— Je veux le bien de l'Amérique, c'est vrai, mais je veux aussi la mort de Laüme Galjero...

— Il semblerait que ces deux intérêts soient étroitement liés. Réfléchissez au pouvoir qu'une carrière politique vous donnerait ! Vous, un homme respecté et écouté dans votre communauté ! Un lien entre le monde de la lumière et celui de l'obscurité. Un lien entre la Loi et le Crime... Quelle grande œuvre vous pourriez accomplir ! Voyez cela comme une destinée !

*

Je dois avouer que la proposition de Dulles me trotta dans la tête pendant quelques jours. Mais un autre sujet de préoccupation vint bientôt se substituer à cette fumeuse perspective de carrière politique. La santé de Gian se dégradait de jour en jour. Revenu de La Nouvelle-Orléans affaibli mais encore lucide, il sombra quelques jours plus tard dans une somnolence incessante dont rien ne pouvait le tirer. Ne se nourrissant plus, il donna les premiers signes d'un dépérissement sévère. Son teint se brouilla et les capillaires de ses yeux s'injectèrent de sang. Sa mère et moi fîmes venir à son chevet plusieurs médecins, puis, devant leur impuissance, des professeurs et même un spécialiste canadien que l'on nous avait recommandé. Aucun des traitements prescrits ne se révéla efficace. Bien au contraire, l'état de Gian s'aggravait de jour en jour. Ses membres se paralysèrent et il fallut le nourrir par perfusion. Ses joues creuses, le chuintement rauque de sa respiration et le filet de salive qui coulait en permanence au coin de ses lèvres me faisaient penser aux derniers instants du lieutenant Tulroad. J'avais confié à un laboratoire d'analyses médicales le mouchoir avec lequel j'avais nettoyé le visage de mon fils lorsque je l'avais débarrassé de la poudre verte dont Cassard l'avait éclaboussé. Le résultat ne m'apprit rien. C'était un mélange de plantes anodines, dont aucune ne comportait un poison, une substance urticante ou un allergène. Gian ne souffrait d'aucune maladie répertoriée, d'aucun syndrome connu. Radiographiés, ses organes se révélèrent sains.

— Peut-être est-ce une dégénérescence cervicale, nous suggéra un neurologue. Pour le savoir, il faudrait trépaner. Mais cela représente un gros risque et n'implique pas que nous soyons en mesure de le guérir.

Trépaner Gian ? À quoi bon ? Je savais que la médecine officielle ne pouvait rien pour lui. Une sorte de sorcier l'avait envoûté – ou plutôt une sorcière. Si le poison venait d'elle, il était certain qu'elle possédait aussi le remède. Plus que jamais, retrouver Laüme Galjero était vital… Lorsque je le rencontrai à nouveau à L'Algonquin, je demandai à Dulles de me livrer sans restriction toutes les informations que le FBI possédait sur elle.

— Je vais vous aider, promit-il. Mais sachez que cela risque de vous entraîner loin et de vous coûter beaucoup plus cher que vous ne pensez. Je ne parle pas d'argent, cela va de soi.

— Si je perds mon fils, je perds tout. Que peut-il arriver de pire à un homme ?

Allen Dulles sortit alors un mince dossier de sa mallette. À l'intérieur, classées « Confidentiel », quelques pages résumaient les connaissances du bureau fédéral sur le couple Galjero. Je lus attentivement ce rapport, de la première à la dernière ligne.

— La plupart des informations proviennent de notre agent Merry Groves à Berlin. Officiellement, elle est la correspondante du *Chicago Tribune*. Officieusement, elle nous livre d'excellents renseignements sur la cour du chancelier Hitler. Les Galjero y sont en grâce, actuellement. Ils ont une réputation de mages, d'illusionnistes ou je ne sais quoi… Un peu comme Raspoutine à l'époque du tsar Nicolas II.

— Laüme Galjero est retournée en Allemagne, n'est-ce pas ?

— Non. Selon une autre source, elle est arrivée à Rome il y a quelques jours. Mais nous ignorons par quel moyen elle a quitté les États-Unis. Sans doute a-t-elle passé clandestinement la frontière du Mexique.

— Pourriez-vous m'obtenir un visa pour l'Italie ?

— Vous comptez la poursuivre là-bas ? Seul ?

— S'il le faut, oui…

— N'y comptez pas, Monti. Pas en l'état actuel des choses… Je ne peux pas vous laisser partir. Si vous vous mettez en tête de traverser l'Atlantique par vos propres moyens, je doute que les mussoliniens vous réservent un bon accueil. Votre Mafia n'y est pas bien vue, vous savez… S'ils vous mettent le grappin dessus, vous finirez pendu, et je ne pourrai rien faire pour vous sortir de là.

— J'ai compris, Dulles…

Pour l'heure, il n'y avait plus rien à tirer du collaborateur de Hoover. Nous nous séparâmes et notre poignée de main fut comme un adieu. Il savait ce que j'allais entreprendre, et n'ignorait pas que ma tentative était vouée à l'échec. Mais que pouvais-je faire d'autre que de rechercher celle qui avait empoisonné mon fils ?…. Sinon prier pour qu'un miracle se produise ? Mais prier qui ?

« Elle se nomme Manea… »

La voix de ma mère ! La voix de ma mère remontant du passé le plus lointain, éclatant dans mon esprit comme une bulle à la surface d'un magma… Manea, le fétiche guérisseur qu'elle avait fabriqué lorsque j'étais enfant… Qu'était-il devenu ? Était-il toujours dissimulé dans le corps de la Vierge en bois, derrière les grilles de fer forgé de l'église San Ezechiel ? Était-il encore actif ? Et pouvais-je encore l'implorer ? Étais-je seulement en droit de le faire ?

Toute la nuit je demeurai seul, à mon bureau, hanté par le souvenir de Notre-Dame-Sous-Terre. Elle avait opéré des miracles, d'authentiques miracles, je le savais… Il y avait eu ce fou de Pietro Pirozzi à qui elle avait rendu la raison, et beaucoup d'autres guéris au-delà de toute espérance… D'un tiroir fermé à clé, je sortis une bourse en tissu que je vidai sur mon sous-main. Quatre petites plaques de cuivre tintèrent sous mes yeux… Quatre plaques gravées au nom des assassins de ma mère et de ma grand-mère : Pirozzi, Galline, Memmo, Guglielmo. Quatre noms qui résumaient la complicité du village tout entier… Qu'étaient devenus ces gens ? Combien d'années avais-je laissé s'écouler sans accomplir ma vengeance ? Quel âge pouvaient-ils avoir aujourd'hui ? Soixante-dix ? Quatre-vingts ans ? S'ils n'étaient pas déjà morts, ce n'étaient que des vieillards. Des vieillards que j'avais eu la faiblesse de laisser vivre en paix, tandis que le corps de la vieille Giuseppina pourrissait dans un puits et que le cadavre de ma mère se balançait à la branche d'un chêne… Honte à moi ! Honte à moi !

Lentement, je rangeai les plaques de cuivre et refermai le tiroir. Une ombre s'avança alors vers moi et je levai les yeux. C'était Gian, debout, qui semblait presque vigoureux… Mon cœur sauta dans ma poitrine. Un sourire illumina mon visage.

— Gian ! dis-je simplement en me levant pour me précipiter vers lui et le prendre dans mes bras.

Mais comme il restait là, sans bouger, au centre de la pièce, je vis que son regard était toujours aussi vitreux et absent. Je tendis la main pour lui caresser la joue. Il saisit mon poignet et le serra avec une force titanesque… Je criai de douleur.

— Gian ! Lâche-moi !

Mais mon fils ne m'entendait pas. Sa main libre se referma sur ma gorge. Je suis un homme fort, pourtant, contre la folie meurtrière qui s'était emparée de mon garçon, je ne pus rien. L'oxygène me manqua. J'étouffai. Je tentai encore de me libérer mais je n'étais qu'un enfant luttant contre un ogre à la poigne de fer… Je vis l'instant de ma fin et mes yeux se fermèrent. Alors, il y eut un grondement de tonnerre et l'air se remplit de l'odeur de la poudre. Un liquide chaud, gluant, aspergea mon visage. La prise de Gian se desserra et je pus aspirer une longue goulée d'air qui me ramena à la conscience. Lorsque mes paupières se rouvrirent, mon fils gisait par terre, le crâne partiellement emporté par la balle qui l'avait tué net. Carla se tenait devant moi, mince et fragile dans sa robe noire, une arme fumante à la main… Je m'effondrai à genoux au côté du cadavre de Gian.

— Il était déjà mort, dit Carla d'une voix tremblante. Déjà mort quand tu l'as ramené de La Nouvelle-Orléans… Je te maudis, Luigi !

Et avant que je puisse l'en empêcher, elle plaqua le canon du revolver sur sa tempe et fit feu.

*

Ma femme et mon fils furent ensevelis le même jour, dans le même caveau, au cimetière Santa Cruz. Trois hommes seulement m'accompagnèrent à leur enterrement : Meyer Lansky, Lucky Luciano et Allen Dulles.

En quelques jours, j'avais perdu tout ce qui avait fait ma vie pendant tant d'années. De nouveau, les êtres qui m'étaient chers venaient de m'être enlevés. Lansky récita la prière juive des morts et Luciano déposa un lys blanc sur chaque cercueil. Dulles resta silencieux, aussi bouleversé que les deux *amici miei*.

— Si vous souhaitez toujours capturer Laüme Galjero, me dit-il après l'office, je suis décidé à vous aider de toutes les manières possibles.

— Il ne me reste que la vengeance pour seule consolation, lui dis-je. J'ai commis une fois déjà la faute de négliger une dette de sang. Je ne répéterai pas cette erreur aujourd'hui. Avec ou sans votre aide, je tuerai Laüme Galjero.

— Notre aide vous est acquise, Monti. Nous organisons votre passage pour Rome. Hoover est d'accord. Il le demande, même. Cependant, il y aura une contrepartie, je le crains…

Je regardai Dulles avec plus d'impatience que d'étonnement.

— Une contrepartie qui risque de ne pas vous être agréable, continua l'agent du FBI. Une mission, en quelque sorte. Oui, c'est cela, une mission que vous accomplirez pour nous en Italie, en même temps que votre *vendetta* privée.

— Cessez de tourner autour du pot, Dulles, c'est insupportable. Dites-moi franchement ce que Hoover a derrière la tête.

— Je résume sa pensée : il croit, exactement comme le Président Roosevelt, qu'une guerre éclatera en Europe tôt ou tard.

— Cela, nous le savons tous, maintenant.

— Certes. Mais beaucoup parient encore que les Etats-Unis n'interviendront pas. Le parti pacifiste se renforce, et il réunit de grands noms. Parmi d'autres celui de Charles Lindbergh. Tous ces gens restent persuadés que l'Amérique est une île et qu'elle ne doit pas se mêler des affaires du monde… L'Amérique aux Américains et l'Europe aux Européens, c'est leur credo. Ils n'ont pas encore compris que les affaires ne marchaient plus comme au bon vieux temps du Président Monroe. Nous ne sommes plus au milieu du XIXe siècle.

— Je ne vois toujours pas où vous voulez en venir, Dulles. Passez les préambules, je vous prie.

— Alors voilà ! Il faudrait que vous preniez contact avec vos amis de la péninsule et que vous sondiez leurs intentions au cas fort probable où les États-Unis viendraient à en découdre avec le fascisme.

— Mais je n'ai pas d'amis en Italie ! J'ai quitté ce pays il y a presque quarante ans !

— Je ne parle pas d'amis personnels. Je parle des membres de la famille… Votre Mafia… Vous avez bien des contacts ? Luciano me l'a confirmé.

— Les liens ne sont pas totalement rompus, certes, concédai-je prudemment.

— Nous voudrions rendre la monnaie de leur pièce aux mussoliniens. Ils ont envoyé leurs émissaires pour retourner la pègre italienne contre nous. Pourquoi n'en ferions-nous pas autant ?

— C'est envisageable, en effet. Mais c'est risqué. Vous projetez un coup d'État ?

Dulles s'esclaffa.

— Oh non ! Un coup d'État, vous n'y pensez pas ! Nous n'aurions aucune chance ! En revanche, si un conflit éclate, je vous prédis que nos GI déjeuneront un jour sur la Piazza Navona, alors que les *bersaglieri* ne monteront jamais sur la terrasse de l'Empire State Building pour jouir de la vue.

— Carthage est-elle donc si certaine de pouvoir envahir Rome ?

— Si nous rallions les clans de Sicile et de Naples à notre cause, prendre la péninsule sera presque un jeu d'enfant.

— Hoover et Roosevelt ont concocté ce plan ensemble, dites-vous ?

Dulles se contenta de hocher la tête.

— Très bien. J'accepte cette proposition. Aidez-moi à me rendre en Italie, je me charge de recruter une armée de bandits pour votre future guerre.

— Alors, à la grâce de Dieu ! s'enflamma Dulles en frappant des mains comme un gosse applaudissant à quelque tour de magie.

— Dites plutôt : à la grâce du Diable !

*

Dulles avait parfois les manières d'un dandy, mais il faisait bien son travail. Grâce à lui, j'obtins une fausse identité, et les autorités italiennes m'accordèrent rapidement un visa. À minuit, par un soir d'avril 1936, j'embarquai sur un transatlantique qui, en un peu plus d'une semaine, gagna la Méditerranée. Je n'avais pas revu le ciel d'Europe depuis plus de trente-cinq ans... Dans le vaste hall de la douane, des portraits de Mussolini étaient suspendus aux murs. Des slogans et des images colorées vantant les vertus du fascisme étaient placardés partout, on les voyait aussi sur des papiers jonchant le sol comme des prospectus publicitaires.

— Motif de votre visite, *signore* ?

— Commerce, répondis-je. Je suis négociant en vins à New York. Je viens signer de nouveaux contrats avec des viticulteurs ici et en Sicile.

— Bienvenue chez nous. Et bonne chance pour vos affaires…

À Rome, je descendis dans un hôtel modeste mais propre et tranquille. Le surlendemain, second jour de mon arrivée, je rencontrai Merry Graves, le contact recommandé par Dulles.

— Vous recherchez les Galjero, n'est-ce pas ? me demanda cette dame d'une quarantaine d'années, au visage épais et aux manières disgracieuses.

— Particulièrement la femme. L'homme ne m'intéresse pas en tant que tel. Sauf s'il peut servir d'appât.

— Laüme Galjero n'a fait que transiter par Rome avant de filer à Berlin. Je ne sais pas au juste quand elle reviendra, mais ses allées et venues entre les deux capitales sont assez fréquentes. Elle réapparaîtra à un moment ou à un autre. Dalibor, son époux, a été vu en revanche il y a fort peu de temps dans le Nord du pays, à Venise…

— Qu'y fait-il ?

— Nous l'ignorons. Nous avons un agent là-bas, quelqu'un de très bien. Je vais vous confier à lui. Il pourra certainement vous en dire plus.

De Rome, je pris donc le train pour la gare de Santa Lucia. Nous étions tout début mai et le vent de l'Adriatique rendait supportable la chaleur déjà lourde dans le Latium. Après avoir déposé ma valise, je descendis jusqu'à Saint-Marc et je m'assis sur un banc de pierre, face à la lagune, là où mouillait jadis le *Bucentaure,* le navire de combat des Doges. Trois torpilleurs gris étaient maintenant amarrés le long du quai, prêts à faire la guerre. Devant moi passèrent des officiers de marine à écharpe et dragonne d'or. Puis une jeune femme portant jupe noire et veste cintrée vint prendre place à mes côtés.

— Vous êtes Lewis Monti, n'est-ce pas ? Je vous aurais reconnu entre mille. Merry Groves a brossé de vous un portrait étonnamment fidèle.

La fille était jolie. Ses grands yeux et son teint clair la faisaient ressembler à une princesse de conte de fées. Elle devait avoir vingt ans.

— Je suis Fausta Pheretti, poursuivit-elle. Oh ! Vous souriez, *signore*. Vous ne devriez pas, vous savez…

Il est vrai que, malgré le chagrin qui me rongeait depuis la mort de Gian et de Carla, j'avais souri lorsque la *signorina* Pheretti m'avait dit son nom. Ce n'était pas méchanceté ou moquerie de ma part, mais comment ne pas être saisi de surprise en voyant une jeune personne aussi fraîche et aussi innocente se présenter à vous comme l'émissaire d'un réseau de renseignements ? N'importe qui aurait esquissé une moue d'étonnement. Mais *signorina* Fausta ne me tint pas rigueur de ma réaction. C'était un être d'une trop vaste intelligence pour cela.

Elle était la fille d'un des plus grands orfèvres de la ville, un tailleur de pierres précieuses au talent exceptionnel. Elle-même dessinait des bijoux. Lapidaire experte, capable au premier coup d'œil de donner la valeur en carats d'un diamant, elle savait également dire le pays d'origine d'une agate ou d'une opale rien qu'en prenant le caillou dans sa paume. Mais ce n'était – si j'ose dire – que la moindre facette de ses dons multiples.

Son père avait élevé Fausta Pheretti selon les principes de la religion d'Abraham et de Moïse. Si elle respectait le sabbat et ne prononçait jamais le Nom de Dieu, elle vivait aussi comme une jeune femme de son temps. En 1936, en Italie, l'antisémitisme n'avait rien de commun avec celui qui sévissait en Allemagne. Mussolini lui-même était loin de suivre l'exemple de Hitler sur ce terrain. Évidemment, les Israélites y faisaient profil bas, mais ils n'étaient pas persécutés comme ils étaient mal-traités et molestés dans les provinces du Reich. Rome n'avait pas promulgué de lois équivalentes à celles de Nuremberg, interdisant aux Juifs de posséder des entre-prises et prohibant les mariages mixtes.

— Peut-être cela se produira-t-il un jour prochain, monsieur Monti, me dit Fausta tandis que nous mar-chions au hasard dans les ruelles au dallage en forme d'arête de poisson qui serpentaient derrière Saint-Marc. Oui, cela arrivera peut-être, mais pas sans que nous ayons lutté auparavant de toutes nos forces !

— Vous préférez risquer votre vie ici plutôt que de choisir l'exil ? Pourtant, l'Amérique vous accueillerait à bras ouverts, vous et votre père.

— C'est à Venise que je suis utile, *signore* Monti. C'est ma ville. Personne, jamais, ne m'en chassera.

L'exaltation, l'exigence de pureté, la soif d'absolu animent de nombreuses jeunes filles. Le caractère che-valeresque de Fausta, cependant, n'était ni un artifice de séduction ni un avatar au cours des métamorphoses qui mènent de l'enfance à l'âge adulte.

Non, l'intransigeance de la *signorina* Pheretti était sa flamme intime, le noyau irréductible de sa personnalité. Je compris pourquoi Merry Graves lui vouait autant d'estime.

— Vous recherchez un étranger, ici, reprit-elle. Vous recherchez Dalibor Galjero. C'est bien cela ?

— Si cet homme constitue la clé menant à Laüme Galjero, son épouse, alors oui, c'est bien lui que je recherche.

— Croyez-vous aux coïncidences, *signore* Monti ?

La question, cette fois, me fit vraiment sourire.

— Non, *signorina*. Je ne crois pas aux coïncidences.

Fausta marqua le pas et s'appuya au parapet d'un pont qui enjambait un *rio* calme. Un chaton noir somnolait là, lové sur les pierres poreuses où s'était concentrée la chaleur du jour. D'un geste doux, la *signorina* s'empara de lui et le tint dans ses bras, contre son cœur, tout en lui caressant longuement la tête. L'animal était si tranquille et si heureux qu'il n'ouvrit même pas les yeux.

— J'ai fait la connaissance d'un homme, il y a de cela quelques mois. Un homme jeune, un étranger. Il voyageait en compagnie de votre Dalibor ici même, à Venise. Selon lui, Galjero se rendait chaque jour dans un palais des quartiers du Nord.

— Qu'allait-il y faire ?

— Je l'ignore, monsieur. Mais c'est le seul indice que je possède vraiment pour l'instant.

Reposant le chat, Fausta prit le chemin du Canareggio, le *sestiere* septentrional de la ville. Le soleil était bas sur l'horizon. Nous longeâmes un marché qui s'achevait. Les vieilles ramassaient les brassées de menthe, d'origan ou de cresson invendues et les enveloppaient dans des linges frais. Le doux visage de pomme ridée et la silhouette de brindille de l'une d'elles me rappelèrent Giuseppina, ma grand-mère. Fausta s'aperçut de mon trouble.

— Seriez-vous né en Italie, *signore* Monti ?

— Je suis né dans les collines de Sicile, *signorina*. Je ne sais si l'on peut dire que je suis tout à fait italien.

— Mais vous aimez ce pays, n'est-ce pas ? Vous aimez notre peuple. Je le vois bien à la manière dont vous observez ces gens humbles, sur le marché. Votre regard est tendre.

Je refusai de répondre. Le fond de ma pensée aurait

pu choquer la jeune fille, et je ne voulais pas prendre ce risque. Je savais depuis longtemps que les « humbles », comme Pheretti les nommait non sans naïveté, portent en eux les mêmes tares, la même férocité que les nantis. Peut-être même en ont-ils davantage…

— Où m'emmenez-vous au juste ? demandai-je pour détourner la conversation.

— Je veux vous montrer l'endroit où Galjero se rendait chaque jour. Ou chaque nuit, pour mieux dire, car les portes du palais Caetano passent pour rester obstinément closes entre le lever et le coucher du soleil.

*

Je restai longtemps cette nuit-là devant le portail de la haute bâtisse austère, au plâtre moisi, que Fausta Pheretti m'avait indiquée comme étant le domicile du comte Caetano, Vénitien de très ancienne lignée. C'était pour visiter cet homme que l'époux de Laüme Galjero s'était rendu récemment dans la lagune. Dès que Fausta m'avait quitté pour rejoindre son père, à la nuit tombante, j'avais frappé à la porte et appelé. Personne n'était venu m'ouvrir ni ne s'était inquiété de ma présence. Le palais n'était pas abandonné, pourtant. Des lumières brillaient à quelques fenêtres. J'avais même vu des ombres passer devant elles et un visage, encadré dans une lucarne à l'étage, m'avait observé, sans craindre que je le remarque. Mais j'eus beau tambouriner à la porte jusqu'à minuit passé, tous mes efforts demeurèrent vains.

Le lendemain, lorsque je retrouvai Fausta, je lui livrai les détails de la mésaventure.

— Caetano est un excentrique. S'il a décidé de ne pas se montrer, il peut rester des semaines, voire des mois, sans sortir de chez lui. Vous n'aurez aucun moyen de le rencontrer.

Malgré ces propos pessimistes, je décidai de tenter de nouveau ma chance le soir même. J'arrivai au Canareggio beaucoup plus tard, au cœur de la nuit. Il devait être près de trois heures du matin lorsque je cognai à l'épaisse porte de bois du palais. Comme la veille, pourtant, on refusa de m'ouvrir. J'insistai encore, sans plus de succès, puis, alors que, adossé de l'autre côté de la ruelle, j'étais sur le point de jeter l'éponge, j'entendis un loquet se défaire et une clé grincer dans la serrure. Le portail s'entrouvrit et un homme d'une cinquantaine d'années, en costume gris impeccablement coupé, sortit d'un pas élastique pour se diriger droit sur moi.

— Je ne me trompe pas, vous cherchez à me rencontrer, n'est-ce pas ?

— Si vous êtes le comte Caetano, vous n'êtes pas dans l'erreur, répondis-je un peu sèchement.

— Je suis Caetano, en effet. Faïtes-moi l'honneur de me suivre, voulez-vous ?

Sur ce, sans même se retourner pour s'assurer que je le suivais, Caetano fila droit dans son antre comme une souris retourne dans son trou. Je pénétrai à mon tour dans la maison. Après quelques pas dans un couloir sombre dénué de décoration, le comte s'effaça pour me faire entrer dans une pièce de travail chichement éclairée. Des tentures pendaient aux murs et des piles de livres jonchaient le sol gondolé, dallé de noir et de blanc. Caetano prit place à son bureau, un peu à la manière d'un praticien de médecine recevant un patient à son cabinet. Une odeur particulière flottait dans l'air, une odeur que j'avais déjà respirée, sans parvenir à me rappeler en quelle circonstance. Le décor, l'ambiance, l'attitude et les poses mêmes de Caetano ne m'étaient pas étrangères, curieusement. J'étais certain, pourtant, de n'avoir jamais rencontré cet homme, mais plus les secondes passaient et plus une impression prégnante de déjà-vu me gagnait, comme un cauchemar lent provoqué par une drogue inconnue. Tel un pianiste avant un concert, Caetano délia ses doigts longs et fins et les fit craquer. Résonnant au milieu du silence, ce bruit d'os me fit l'effet d'un coup de fouet.

— *Signore,* dit enfin le comte, de quel sujet avez-vous donc à m'entretenir pour faire depuis deux nuits le siège de mon hôtel, à l'image du Grand Turc plantant sa tente devant Byzance ?

De plus en plus mal à l'aise, la bouche sèche et l'esprit engourdi, je ne sus quoi répondre. Cherchant mes mots, je balbutiai une phrase longue, mal tournée, que je ne finis jamais, car le comte leva la main pour m'interrompre.

— Je m'en veux de vous avoir posé cette question. C'est très grossier de ma part puisque, en réalité, je connais déjà le motif de votre présence ici.

— Comment cela ? articulai-je péniblement.

— Je possède de bons informateurs. Les meilleurs qui soient…

Ces mots ! Ces mots, *exactement* ! Eux aussi, je les avais déjà entendus ! Un homme, assis derrière un bureau, dans une pièce au décor quasi identique, les avait prononcés un jour lointain, sur le même ton, dans un petit building de New York ! Vingt-sept ans s'étaient écoulés depuis lors. Vingt-sept ans depuis que j'avais assassiné Preston Ware ! Tout me revint alors avec la violence de la foudre. L'odeur qui flottait dans ce palais vénitien était la même que celle qui baignait le cabinet de l'avocat ! Les livres sur le sol, les tentures aux murs et jusqu'aux motifs courant sur le bois du bureau… Même le sourire tranquille sur le visage du comte se superposait à celui qu'avait arboré Ware une minute avant que je vide mon chargeur sur lui !

— Les mystères de la vie et de la mort, *signore* Monti, poursuivit Caetano sans se préoccuper de la panique qui me gagnait. Ce sont les seuls sujets auxquels les hommes devraient accorder leur attention. Vous en connaissez beaucoup à leur propos, n'est-ce pas ?

— Que voulez-vous dire, comte ? J'ai vu des choses ; c'est vrai… Beaucoup étaient inexplicables. Mais jamais je n'ai eu la révélation d'aucun mystère.

— La claire révélation, peut-être pas. Ou pas encore. Mais certains individus n'ont pas besoin de passer par l'intellect pour recevoir l'initiation. Elle leur est donnée par le destin, ou bien par les épreuves qu'ils traversent. Et c'est tout particulièrement votre cas, n'est-il pas vrai ?

— Je n'entends toujours rien à ce que vous voulez dire…

— Souhaitez-vous que d'autres que moi vous l'expliquent, *signore* Monti ?

Alors, comme l'avait fait Preston Ware à New York, Caetano étendit les mains devant lui et renversa la nuque en arrière tout en fermant les paupières. La transe ne dura en réalité qu'un instant, bien que l'opération me parût se dérouler pendant un siècle… Quand il rouvrit les yeux, je vis que, de noir, la couleur de ses iris était passée au bleu très clair, presque blanc. Ses traits aussi s'étaient modifiés. Les rides s'étaient estompées, le nez et les pommettes s'étaient comme effacés. On aurait dit de la cire vierge sur laquelle un autre visage commençait à naître. Je crus que je devenais fou mais, tout au fond de moi, bien plus forte que ma volonté consciente, une voix secrète m'intimait l'ordre de rester ici à tout prix, quels que soient les sacrifices à consentir. Sur l'écran blanc qu'était devenu le faciès du comte, se dessinèrent la bouche édentée et le menton pointu de Giuseppina… Revenue des limbes, la vieille avait les cheveux défaits et ses yeux roulaient librement dans leurs orbites comme les sangles de leurs nerfs s'étaient rompues.

— Luigi, mon Luigi… *Luigettino*… Quel bel homme tu es devenu ! Comme tu es fort et riche !…. Tu te souviens de moi ? Je suis ta grand-mère ! Je t'ai lancé un crapaud sur la bouche quand tu étais allongé sur la pierre noire, tu te souviens ? Ça m'a tant fait rire, *piccolino*…

Au beau milieu du hoquet suraigu de Giuseppina, dont les traits s'effacèrent brusquement, surgirent le visage et la voix du père Vittorio.

— Luigi ! hurla-t-il d'un ton de colère. À chaque instant je prie pour toi ! Voilà donc comment tu as profité de mes leçons ? Voilà comment tu me remercies de t'avoir appris à lire et à écrire ? En devenant un assassin qui s'est enfoncé toute sa vie dans la voie de la malhonnêteté et du crime ? Tu mérites tes malheurs, Luigi ! Tu les mérites car tu les as fabriqués de tes mains couvertes de sang !

La figure du curé se brouilla et disparut sous l'irruption d'un nouveau spectre. C'était Carla, cette fois, qui remontait des abîmes pour me tourmenter.

— Ô Monti ! J'ai rejoint notre fils parmi les ombres… J'ai voulu le sauver, mais même parmi les morts le démon qui lui a pris son âme ne la lui a pas rendue ! Honte à toi, Monti ! Regarde-le tel que Laüme Galjero l'a condamné à errer pour l'éternité ! Contemple son œuvre ! Et contemple la tienne !

Aussitôt les traits de ma femme s'évanouirent, remplacés par ceux de Gian. C'était une émotion trop forte pour moi. Je me précipitai vers cette ombre blanche, mains tendues, cœur battant, et le suppliai de me parler… Mais il resta sourd à mes appels, indifférent à mes suppliques, et désespérément muet. Son regard était vide et de sa bouche entrouverte coulait le filet de salive que l'on voit aux lèvres des idiots… Pleurant, tremblant, je voulus toucher son visage mais dès que je l'effleurai le dessin se troubla pour changer encore.

— Monti ! C'est moi ! Green ! Maddox Green, le condamné à mort, celui qui te racontait la manière dont tu étais promis à griller sur la chaise électrique ! Tu me croyais fou, Monti. Mais qui est le plus fou de nous deux désormais ? Dis-moi, qui ?

Je voulus frapper la face immonde de Maddox Green mais une nouvelle métamorphose s'opéra et je reconnus le cou épais, les yeux en amande et les lèvres fines de Preston Ware.

— Monsieur Monti ! Que d'épreuves devez-vous endurer ! Que de chemins obscurs devez-vous emprunter ! Vous rappelez-vous vos premières lectures avec le curé Vittorio, monsieur Monti ? Vous souvenez-vous qu'il vous enseignait les lettres et les mots dans le *Dante* ?

Pour la première fois, la voix de l'esprit était sereine. Plus de haine ou d'hystérie dans son ton. Ses modulations, au contraire, étaient presque apaisantes. Si apaisantes, en vérité, que ma nervosité retomba d'un coup.

— Au commencement de l'*Enfer,* monsieur Monti, un guide accompagne Dante. Ce guide, c'est Virgile. Je suis votre Virgile, Luigi Monti. Je conduis vos pas à travers le Pandémonium. N'ayez crainte, avec moi pour compagnon, les démons ne vous toucheront pas.

— Qui êtes-vous, Ware ? Est-ce vraiment vous qui m'avez sauvé à Blackwell ?

— Votre vie terrestre, Monti, a plus de valeur que vous ne le pensez. Vous êtes l'élu. Votre condamnation par les hommes n'était pas valide. Elle ne *pouvait* avoir lieu ! Je n'ai fait qu'appliquer un décret qui me dépasse. Moi, je ne fais que préparer votre voie sans être certain de deviner ce qui vous attend au bout du chemin.

— À quoi suis-je promis ? hurlai-je.

Mais Preston Ware posa le doigt sur sa bouche pour me signifier qu'il était tenu au secret.

— Cette révélation m'est interdite car elle étoufferait tous vos efforts et gâterait les fruits de vos sacrifices. Je ne peux rien dire. Je suis lié à une force qui me possède et qui vous possédera aussi.

— Quelle force ? Quelle force ? suppliai-je encore.

— Retournez à San Ezechiel, *don* Monti. L'idole vous attend. Manea est encore en vie ! Elle réclame un peu de votre sang. En retour, elle vous aidera à trouver celle que vous cherchez. Elle vous guidera jusqu'à Laüme Galjero.

Sur ces mots, le modelé de Ware se brouilla et disparut. Le masque redevint vierge, gris et lisse, à l'image du mercure. Je m'attendais à un nouveau surgissement mais ce furent les traits de Caetano qui émergèrent du miroitement incertain.

— D'autres ombres se pressent encore pour vous parler, *signore* Monti. Beaucoup sont hostiles, ce sont les restes de ceux que vous avez assassinés… Certains m'ont révélé leur nom – un certain Nalfo, et aussi Francesco et Carlo… Mais la liste est longue. Voulez-vous que nous recommencions l'expérience ? Pour ma part, j'y suis prêt.

— Non ! implorai-je. Laissez vos morts là où ils sont. Leur voix n'est pas faite pour les vivants.

Caetano ricana. Loin d'être épuisé par la séance, il

me paraissait plus vif qu'auparavant. Peut-être, en bon passeur d'esprits, avait-il prélevé sur chaque spectre sa dîme de vigueur.

— Je n'ai pu faire autrement qu'écouter les discours de ceux qui sont revenus des tréfonds pour vous. J'ai entendu un nom, *signore* Monti, un nom que je connais bien. Laüme Galjero… C'est à cause d'elle que vous êtes ici, en réalité, n'est-ce pas ?

— Oui, admis-je en me laissant tomber lourdement contre le dossier de mon siège. Je sais que son mari vous a rendu de nombreuses visites récemment. J'ai besoin de les retrouver.

— Vous voulez vous venger ? Ils ont tué votre fils.

— C'est elle, murmurai-je entre mes dents, la responsable de sa mort.

— Vous ne seriez pas le premier à vous lancer à ses trousses. D'autres – beaucoup d'autres – s'y sont essayés avant vous. D'aussi loin que je les connaisse, ces gens ont toujours eu des poursuivants à leurs basques. Mais cela s'est toujours très mal terminé pour les inconscients qui présumaient de leur force dans cette confrontation. Si vous voulez en croire le conseil d'un très vieil homme, renoncez à votre entreprise. Rentrez chez vous, Monti. Ravalez votre rancœur, oubliez votre orgueil et même l'amour que vous portiez à votre enfant. Refaites votre vie avec une femme jeune si vous le pouvez. Donnez-vous un nouveau fils. Vous en avez encore le temps…

D'un haussement d'épaules, je repoussai cette suggestion. Même si ma quête était vouée à l'échec, je préférais mourir en l'accomplissant plutôt que vivre en y renonçant.

— Vous vous obstinez ? Soit, à votre aise, *signore* Monti… Mais je ne jouerai pas votre jeu. Pour votre propre bien, mes lèvres resteront closes.

— Vous ne pouvez pas me faire ça, Caetano ! éructai-je tandis que la panique montait en moi. Vous ne pouvez pas me laisser dans l'ignorance alors que vous savez !

— Vous êtes un homme fort. Un esprit protecteur veille sur vous. Il vous a déjà sauvé de la mort. C'est à lui de vous conduire à travers la *selva oscura,* la forêt obscure. Il vous l'a dit : il est votre Virgile, votre guide. Obéissez à celui qui se fait appeler Preston Ware, *signore* Monti. Il sait mieux que moi comment vous préparer.

— J'ai abattu Preston Ware, à New York, sans rien connaître de lui. Aujourd'hui, près de trente ans après, je ne sais toujours rien de cet homme. Qui est-il vraiment ?

— Il est votre maître de chasse, *signore* Monti. Suivez aveuglément ses conseils ou bien cessez immédiatement de poursuivre les Galjero. Hormis ces deux voies, je ne vois pour vous aucun chemin.

*

J'avais quitté le palais Caetano juste avant l'aube et marché longtemps au hasard, dans les ruelles encore désertes, jusqu'à retrouver les quais du Grand Canal. Alors, lâchement, je traversai en courant le Rialto, continuai ma course par les quartiers San Paolo et Santa Croce pour, par le ponte degli Sclazi, gravir à toutes jambes l'escalier de la gare et frappai au premier guichet ouvert. Pour quelques lires, un employé aux yeux éteints me donna un billet à destination de Naples où, sans valise, les joues creuses et le corps moite de transpiration, j'arrivai au terme de mon périple. De là, après une halte de vingt-quatre heures pendant lesquelles je me procurai malle et vêtements neufs, je repartis, non par le train, mais par le bateau. Un vieux vapeur faisait la liaison entre le continent et la Sicile. Ce voyage aussi fut long, pénible. En mer, nous croisâmes de nombreux navires de guerre anglais qui patrouillaient, menaçants et déjà hostiles à tout vaisseau battant pavillon de la péninsule.

— J'ai hâte que nous déclarions la guerre à ces *stranieri* arrogants et que nous les chassions enfin de notre Méditerranée ! C'est mon rêve le plus cher !

Un militaire se tenait à côté de moi, accoudé au bastingage. Il était jeune et son uniforme était celui d'un officier de marine.

Je me contentai d'approuver ces propos d'un sourire de façade. Pour, ma part, je pensais qu'à tout prendre les Britanniques valaient mieux que les fascistes, et si le prix à payer pour que Mussolini fût abattu était de voir quelques chaloupes anglaises caboter le long de nos côtes, somme toute, ça ne me semblait pas excessif. Mais comment exposer mon point de vue à un jeune Italien élevé dans l'empire de carton-pâte des Chemises noires ? Et à quoi bon, d'ailleurs ? Ses illusions finiraient par s'écrouler d'elles-mêmes lorsque les trois coups de la tragédie mondiale qui s'annonçait seraient frappés. Tout ce que j'avais vu de l'Italie jusqu'à présent m'avait fait l'impression d'une scène d'opéra, un théâtre où chacun feignait d'être heureux. Un jour ou l'autre, l'imposture prendrait fin : les masques tomberaient et le pouvoir révélerait sa véritable nature de dictature militaire. C'était inévitable. C'était écrit. Tel était le destin de ce régime, aussi vrai que, moi, j'avais ma propre destinée à accomplir.

Manea

Cela m'avait frappé en plein sommeil et je l'avais aussitôt reconnu. Inutile de monter sur le pont, inutile même d'ouvrir les yeux pour le mesurer. À tout étranger le subtil changement ayant altéré la texture de l'air à l'approche de l'île aurait été imperceptible. Mais pas à moi, pas au Sicilien que j'étais resté, malgré toutes ces années passées à l'autre bout du monde... Une fois descendu à terre, je gagnai à pied le centre de Palerme, où je louai une chambre dans le premier hôtel venu.

— Vous êtes américain ? me demanda le concierge avec étonnement en ouvrant mon passeport. Notre établissement est trop modeste pour un Américain ! Vous allez vous sentir mal, ici, *signore*. Pourquoi ne pas descendre plutôt dans un palace, le Capitale ou le Ducale, comme tous les touristes ?

Je ne voulais surtout pas me mêler au commun des étrangers. Et puis, je savais que les hôtels de luxe regorgent d'indicateurs et attirent par nature une faune interlope qu'il était plus prudent d'éviter. Au fil de mon périple depuis Venise, j'avais eu le temps de calmer mes nerfs et rassembler mes esprits bien ébranlés par la nuit passée au palais Caetano. Mentalement, j'avais tracé une ligne, une frontière très nette entre les impératifs de la mission que j'avais promis à Dulles et

Hoover d'exécuter et la recherche de la femme Galjero. Jusqu'à ce que j'aie établi un contact favorable avec les insulaires que je voulais rencontrer, j'étais résolu à oublier tout ce que j'avais vu ou entendu à Venise. Cette détermination était artificielle, je le savais, mais c'était l'unique façon de ne pas sombrer tout à fait dans la déraison.

Palerme avait peu changé en quatre décennies – bien moins que New York dans le même laps de temps. Ici, pas de gratte-ciel, pas de foule constamment pressée, pas de circulation automobile non plus. Un peu moins de charrettes qu'à l'époque où je servais de garde du corps aux jumeaux Angelo et Angela, certes, mais toujours autant de poussière dans les rues, de linge pendu aux fenêtres, de *mamma* criant après des *bambini* qui couraient sur le trottoir et piétinaient les flaques aux abords des fontaines. C'est à Palerme, que, pour la première fois depuis que j'étais arrivé en Italie, je vis des affiches de Mussolini souillées ou partiellement arrachées. Sous les habituels extraits des discours du Duce reproduits à la peinture noire sur les murs, on avait inscrit des grossièretés que personne n'avait pris la peine d'effacer. Même sous le régime des Chemises noires, l'île avait su conserver son caractère rebelle.

Vingt-quatre heures après mon arrivée, don Ludo Ritti m'accorda audience dans un petit bar à vins d'une rue tranquille. Nos relations étaient anciennes, même si nous ne nous étions jamais rencontrés auparavant. *Don* Ritti comptait au nombre de mes contacts « familiaux » dans l'île : mes sociétés d'import-export avaient souvent fait affaire avec ses entreprises et nos contacts s'étaient toujours assez bien déroulés pour que ni lui ni moi ayons eu à nous déplacer afin d'aplanir un différend. L'homme était vigoureux, affable, certainement plus jeune que je ne l'avais imaginé. Il manifesta tout de suite d'excellentes dispositions envers moi et ne s'assombrit pas lorsque je lui révélai le véritable motif de ma présence en Europe.

— Je me doutais un peu que votre venue n'était pas liée à nos affaires, *don* Monti. J'ai une sorte de flair pour ce genre de chose.

Le flair ! Quel *don* n'ai-je pas rencontré qui ne se soit targué de posséder une prescience, un sixième sens l'avertissant du danger ou le mettant sur la piste d'une opportunité non encore décelée par les autres ? Comme la chance, l'intuition fait partie du talent. Et il en faut beaucoup pour survivre lorsqu'on est chef de famille en Sicile…

— Surtout à notre époque ! précisa Ludo Ritti en se faisant resservir un verre de vin par une jolie soubrette. Mussolini nous rend la vie impossible. Nous sommes peut-être le seul pouvoir qu'il craint vraiment. Du moins ici et dans le Mezzogiorno. La police et même des enquêteurs de l'armée sont sur nos talons. Il y a des rafles dans les campagnes. Heureusement, cela ne donne pas grand-chose. Les Siciliens n'aiment pas parler, vous savez ça. Et puis quand l'un transgresse cette habitude, il ne reste pas assez longtemps en vie pour s'en vanter…

— Mais le Duce ne semble pas vouloir abandonner la lutte pour autant. Il ne lâchera pas l'os tant qu'il ne l'aura pas broyé.

— Il s'y cassera les dents. Nous autres sommes là depuis toujours. Lui n'est qu'un parvenu. Le fascisme est une péripétie temporaire qui s'écroulera sous le poids de ses contradictions. Nous serons là le jour où il faudra lui porter le coup de grâce. Il est de notre intérêt d'en finir avec lui et de nous mettre en république.

Bien entendu, ce n'était pas une profession de foi politique que *don* Ritti émettait là. Pragmatique, comme tous ceux qui sont à la tête d'un clan, il savait pertinemment que, dissimulés derrière les grotesques gesticulations du chef, ce sont d'authentiques fanatiques qui fourbissent les armes d'une dictature.

— C'est un fait et vous n'y pouvez rien, déclara Ritti. Un pouvoir fort attire les âmes éprises d'absolu comme un aimant fait venir à lui les épingles. Et ces âmes rudes sont convaincues du bien-fondé de leur mission. Elles sont dures à corrompre. La démocratie, au contraire, c'est le règne des flatteurs, des roublards et des médiocres. Ceux-là s'achètent ou s'effrayent facilement… Nos affaires se porteraient mieux avec des gens mous au pouvoir, c'est certain.

— Et les communistes ? demandai-je. Ont-ils beaucoup de partisans ?

— Beaucoup sur le continent, je crois. Moins ici. Nous autres n'aimons pas ceux qui prêchent l'égalité entre tous. C'est contre nature… Les Romains sont portés à gober ces fadaises. Ce sont des idiots.

— Et si les choses venaient à empirer et que les États-Unis entrent en conflit avec les puissances de l'Axe ?

— Les États-Unis, *don* Monti ! Mais c'est le rêve pour nous ! Un pays qui ne songe qu'à l'argent ! Pensez-vous ! Nous serions certainement prêts à jouer le cheval de Troie, si c'est ce que vous voulez m'entendre dire. La situation est encore plus simple pour Roosevelt que pour Agamemnon : nous, nous sommes déjà dans la place !

*

Ludo Ritti ne fut pas le seul à me tenir peu ou prou le même discours. Sept ou huit *Seegies* – c'est ainsi que les émigrés d'Amérique nommaient les mafieux siciliens dans leur argot – confirmèrent les grandes lignes de son analyse.

— Attention, *don* Monti ! m'avertit toutefois le dernier d'entre eux. Palerme n'est pas toute l'île, loin de là. En cas de conflit, c'est dans l'arrière-pays que se jouera vraiment la partie. La capitale n'est en aucun cas une clé de voûte.

Cet homme avait entièrement raison : on ne tient pas un pays en se retranchant dans sa ville principale. Si les campagnes sont acquises, en revanche, les villes tombent tôt ou tard. La cause était donc entendue. Le lendemain même, je quittai Palerme dans une voiture rapide que m'avait fournie *don* Ritti. Deux de ses hommes m'accompagnaient en guise d'escorte. Nous filâmes d'abord vers l'est, vers Cefalù, où nous demeurâmes presque cinq jours avant que je sois reçu par deux parrains locaux – qui me réservèrent un accueil assez froid, soupçonnant peut-être quelque piège que leur aurait tendu la police mussolinienne.

— Il faut les comprendre et leur pardonner, *don* Monti, m'expliqua le jeune Tomaso, un des gorilles alloués par Ritti. La préfecture a été très efficace contre les familles de la région. Quantité de nos frères se sont fait prendre. Il y a eu des déportations et des pendaisons. Hormis cette période de méfiance initiale, je retrouvai dans la bouche de ces gens quasiment les mêmes paroles que celles que m'avaient tenues les Palermitains.

— Nous sommes en 1936 et Mussolini s'accroche au pouvoir depuis 1922 ! se désola un très vieux *don* à l'étrange crâne chauve en forme de pain de sucre. À Dieu ne plaise qu'il crève avant moi !

Et de cracher par terre sur le sol carrelé pour exprimer tout le mépris qu'il portait au Duce.

De Cefalù, nous gagnâmes Messine, où j'établis d'autres contacts favorables. Nous redescendîmes ensuite le long de la côte ionienne en direction de Catane et de Syracuse. Dans une grande ferme au milieu des collines de Raguse, je rencontrai un soir un jeune *protettore* que les questions de politique internationale semblaient passionner.

— Vous croyez vraiment que les États-Unis vont intervenir en Europe si une guerre survient ? me demanda-t-il. Ce choix ne semble pas se dessiner dans leur diplomatie…

— Je ne suis pas à même de vous répondre formellement mais la politique de neutralité de Washington a volé en éclats en 1917. Aux mêmes causes les mêmes effets. Le parti isolationniste ne sera pas assez puissant pour empêcher la participation américaine dans un nouveau conflit mondial, c'est pour moi une évidence.

— Et c'est pour préparer des appuis aux futures troupes d'occupation que vous êtes ici ? On ne pourra pas reprocher à l'Oncle Sam de manquer de prévoyance !

— Je ne prépare rien de formel, rétorquai-je. J'établis des contacts. Je parle. Je prends le pouls des *amici nostri*… Nous espérons tous que le fascisme et le nazisme s'épuiseront d'eux-mêmes un jour prochain, sans qu'une intervention extérieure soit nécessaire.

— Ni l'un ni l'autre n'en prennent le chemin, déplora le *don*. Mussolini paraît plus fort que jamais. Les succès de l'expédition d'Abyssinie ont renforcé sa popularité. Tous les Italiens sont derrière lui. Il n'y a que Cosa Nostra pour lui en vouloir, et quelques agitateurs communistes, peut-être. Quant à l'Allemagne, elle s'apprête à recevoir dans quelques semaines le monde entier à

Berlin pour les jeux Olympiques. Tout cela ne ressemble guère au chant du cygne des régimes en bout de course. Mais, dites-moi, *don* Monti, pourquoi les USA prêtent-ils tant d'attention à notre île ? Uniquement parce que la communauté sicilienne est bien représentée à New York ?

— La Sicile est un merveilleux porte-avions. Qui la contrôle verrouille potentiellement toute la Méditerranée occidentale, de Gibraltar à l'Afrique du Nord française et à l'Egypte. Stratégiquement, l'île est d'un intérêt vital pour des belligérants opérant dans le Sud de l'Europe.

Le *don* caressa un instant sa courte barbe pointue et soupira bruyamment.

— Je suis navré, *don* Monti, mais vous n'êtes pour moi qu'un traître qui complote pour le compte d'un gouvernement étranger. L'espionnage est une activité que j'abomine. Je vais vous demander maintenant de poser les mains sur votre nuque sans protester !

L'homme fit surgir sa main de sous la table. Dans son poing luisait un revolver au chien déjà relevé.

D'un coup d'œil, je fis le tour de la pièce dans laquelle il m'avait introduit pour converser. L'unique fenêtre était close par des volets de fer et il n'y avait pas d'autre porte que celle par laquelle nous étions entrés. Deux hommes du *protettore,* en habit de paysan mais portant des fusils de chasse en bandoulière, m'en interdisaient l'accès. Peut-être aurais-je tenté de faire le coup de feu si je m'étais muni d'une arme, mais je n'avais que mes poings nus pour me défendre, pas même un couteau à cran d'arrêt attaché à la cheville, comme « Bubble » Lemona. Pour l'heure, il n'y avait rien d'autre à faire que d'obéir. Résigné, je croisai donc les doigts sur la nuque.

— Qu'allez-vous faire de moi ? M'emmener faire la promenade ?

Le *don* se mit à rire.

— Nous ne sommes pas à New York, ici. Les choses se déroulent différemment. Je vais vous remettre à la police. Tout simplement. En bon citoyen que je suis.

— C'est donc ainsi que vous achetez votre tranquillité ? Vous pactisez avec les Chemises noires et vous leur livrez les vôtres ? C'est vous, le traître !

— C'est une question de point de vue, *don* Monti. Nous pourrions en discuter sans fin sans parvenir à tomber d'accord, je crois. Tenons-nous-en à ce simple fait : je vous tiens en joue et vous êtes mon prisonnier. En conséquence de quoi, vous avez tort et j'ai raison !

Sur un signe de son maître, un des deux hommes lança à toute volée sa crosse contre mon crâne. Assommé, je glissai dans un abîme de ténèbres qui, pour quelques heures, effaça tout autour de moi. Ce fut une odeur qui me ranima, une odeur de médicament, écœurante, qui m'évoquait l'hôpital, la salle de chirurgie et l'amputation. Le parfum violent de l'éther montait autour de moi. C'était donc ça ! Le coup sur la nuque n'avait pas été suffisant, mes geôliers avaient prolongé mon évanouissement en plaquant un tampon d'anesthésique sur ma face. Où étais-je maintenant ? Aux mains de qui ? Sous moi, le sol tanguait comme si je me trouvais sur le pont d'un navire. Mais non ! Ce roulis n'était pas celui d'un bateau, c'était celui d'un wagon de chemin de fer…

— Vous vous réveillez enfin, Monti ! dit une voix grave et douce.

Comme je parvenais à ouvrir les paupières malgré la douleur qui résonnait encore sous mon crâne, je vis un homme en costume civil installé face à moi dans un compartiment dont nous étions les seuls occupants. Le visage du type était plutôt avenant, les cheveux très noirs, le nez fortement busqué comme ceux des Toscans. Son accent était différent de tous ceux que j'avais entendus auparavant dans l'île.

— Est-ce vrai ce que l'on m'a dit ? reprit l'inconnu. Est-il exact que vous êtes un homme important en Amérique ?

— Je l'ignore, répondis-je péniblement, la bouche sèche. Ici, en tout cas, je ne suis qu'un pauvre type menotte aux chevilles et aux poignets face à quelqu'un qui connaît mon nom sans que je sache le sien.

La remarque sembla chagriner mon interlocuteur. Fouillant aussitôt dans la poche de son veston, il en tira une carte qu'il me tendit.

— Hilario Grazziani. De la police de Palerme… Je suis aussi membre du parti fasciste, ajouta-t-il avec un petit sourire en guise d'excuse.

— C'est là que vous m'emmenez, je suppose ? À Palerme ? Dans une salle d'interrogatoire ? J'ai déjà connu la prison, vous savez. Et même pire ! Cela ne m'effraie pas…

— Je n'ai nullement l'intention de vous faire peur, *signore* Monti, se défendit Grazziani. Bien au contraire. Je suis là pour négocier. S'il est vrai que vous êtes un riche Américain, moi, je suis un Italien à vendre !

— Très bien, dis-je sobrement car le retournement de situation ne me surprenait guère. Énoncez vos services et donnez-moi votre prix.

— Oh, je suis un homme modeste. Je n'ai pas de gros besoins. Je saurai me contenter de peu. Disons… Vingt mille dollars suffiront. Je suis un être médiocre, *signore* Monti, mes tarifs sont calqués sur mon peu d'importance. En échange de quoi, eh bien… je vous rends votre liberté. Je vous remets votre passeport. Et j'oublie que j'ai été appelé par un certain personnage peu recommandable pour prendre livraison d'un homme soupçonné d'organiser des mouvements de rébellion au profit d'une puissance étrangère... Voilà, comme vous l'avez vous-même excellemment résumé, l'énoncé de mes services. Alors ? Qu'en pensez-vous ?

Grazziani ne sut jamais ce que je m'apprêtais à répondre, car à cet instant la porte s'ouvrit violemment. Un poignard à la main, Tomaso plongea sans hésiter sur le policier et le larda frénétiquement de coups de couteau au ventre, à la poitrine, au cou... Le sang gicla, souillant indistinctement les rideaux, les banquettes, le sol de linoléum et nos propres vêtements. Grazziani glissa par terre dans un gargouillis répugnant.

— Pardon, *don* ! s'excusa aussitôt Tomaso en essuyant maladroitement ses mains. On n'a rien pu faire pour vous quand les autres vous ont pris. On a déjà eu du mal à s'en tirer nous-mêmes ! Ils voulaient nous faire la peau, mais on a réussi à les semer et à vous retrouver... On attendait votre réveil pour vous délivrer... Impossible de vous porter sur notre dos tant que vous étiez inconscient !

— *Cazzo di Cristo !* jura l'autre homme de *don* Ritti en entrant à son tour dans le compartiment et en voyant tout le sang répandu.

Nous trouvâmes les clés des menottes dans les poches d'Hilario Grazziani mais c'est en vain que nous fouillâmes ses affaires à la recherche de mon passeport. La perte de mes papiers me jetait dans la clandestinité et me forçait à voyager désormais comme un véritable paria. Nous attendîmes que le train ralentît suffisamment pour pouvoir sauter par la fenêtre sans risque. Heureusement, la région que nous traversions était

toute modelée de collines et de talus herbeux qui faisaient peiner l'antique locomotive à vapeur de notre
tortillard. Souple et vif, Tomaso montra l'exemple en
se jetant le premier hors du convoi. Je suivis un peu
plus lourdement, mais sans trop de mal toutefois. Notre
compagnon fut moins chanceux et se déboîta l'épaule
en tombant en porte-à-faux sur le ballast. Je le fis ados-
ser à une souche et, d'un coup violent, tirai sur son bras
pour remettre en place l'épaule. Il hurla et se mordit la
langue jusqu'au sang, mais put gagner avec nous une
grange isolée où nous passâmes la nuit allongés sur des
bottes de paille. À l'aube, nous reprîmes notre route,
Tomaso en tête, moi derrière et le blessé pour fermer
la marche.

— Le plus sage est de rentrer chez *don* Ritti, dit
Tomaso qui voulait nous faire prendre le chemin du
nord. Il saura comment vous tirer de ce mauvais pas.
Mais revenir à mon point de départ ne me semblait pas
la bonne solution. Enfoncé dans l'arrière-pays, je voulus
continuer le périple plutôt que d'avoir à le reprendre
depuis Palerme.

— Nous resterons sur les sentiers, voilà tout…
Tomaso se rendit de mauvaise grâce à mon point de
vue. Pendant deux jours, il ne manqua pas une occasion de montrer sa mauvaise humeur en me rappelant
sans cesse que j'étais désormais un homme traqué et
qu'au moindre incident je serais pris par les autorités sans aucun espoir de m'évader, cette fois. J'étais
tout autant que lui conscient du danger. Le meurtre
de l'officier de police Grazziani avait dû lâcher contre
moi des escadrons entiers de *carabinieri* mais j'étais sûr
de pouvoir échapper à leur poursuite si je m'en tenais
aux chemins de traverse et délaissais les routes et les
grandes villes.

— Nous devrons redoubler de prudence lorsque nous rencontrerons nos amis, avertis-je seulement. À partir de maintenant, je ne veux plus parler qu'à des gens avec qui *don* Ritti a des relations directes.

Par des coulées de contrebande à travers les montagnes, nous traversâmes presque un quart de l'île, de Caltanissetta à Agrigente puis à Sciacca. Notre vie était celle de vagabonds, dormant à la belle étoile ou dans des bergeries à côté des bêtes, nous nourrissant de fruits cueillis ou d'un peu de fromage et d'œufs crus que des paysans voulaient bien nous donner. Notre voyage dura un peu plus de vingt jours, au cours desquels je rencontrai encore quelques chefs de famille choisis pour la confiance que Ritti leur accordait.

Tous me certifièrent que le *don* qui m'avait trahi et vendu aux fascistes n'était qu'une brebis galeuse, l'exception parmi des clans tous plus hostiles les uns que les autres au Duce et à sa clique.

— Vous pouvez assurer à votre monsieur Roosevelt que les vrais patriotes se tiendront prêts à l'instant où il faudra agir. Ici, en Sicile, comme dans le Sud de la péninsule…

Au fil des jours, l'humeur de Tomaso s'était éclairée et sa compagnie m'amusait. Je crois qu'il prenait plaisir lui aussi à ce curieux voyage de rouliers auquel il ne s'était pas attendu. Nicolino, mon autre compagnon, celui dont j'avais remis l'épaule déboîtée, était d'un naturel plus taciturne et plus fruste, mais il connaissait bien la vie au grand air et savait poser des collets pour attraper les lièvres ou faire partir un feu sur du bois trempé. Il buvait dans les flaques, lapant l'eau comme un chien, et mastiquait de grandes sauterelles qu'il cueillait d'un geste vif sur les coquelicots ou les mauves au bord du chemin. Tomaso s'en amusait et se moquait de lui, mais

Nicolino, fier comme un prince barbare, se redressait, marmonnant pour toute réponse en patois quelques obscurs jurons qui relançaient encore les petites agaceries du gamin.

— Parlez-nous de l'Amérique, *don* Monti, répétait Tomaso. Est-ce vrai que New York est la plus belle ville du monde ? Celle où l'on peut s'enrichir le plus vite ?

— New York est aussi belle que dangereuse, tempérai-je. Beaucoup y ont fait fortune, c'est vrai, mais bien plus encore y sont morts miséreux en regrettant amèrement d'avoir quitté leur patrie.

— Et les filles ? Les Américaines ? Elles sont sacrément belles à ce qu'on dit… Toutes comme des vedettes de cinéma, pas vrai ?

Je ne répondis rien à cela. La seule femme dont la beauté avait touché mon cœur était Carla, mais repenser à elle provoquait en moi une souffrance et une tristesse que je préférais éviter.

À quelques miles d'Alcamo, je décidai de me séparer de Nicolino et Tomaso. Un soir de grosse lune, alors que nous avions talé un lit d'herbes sous des oliviers gris, je leur fis part de mon intention de les quitter à l'aube.

— Demain, vous continuerez seuls votre route vers Palerme. Quant à moi, j'oblique maintenant vers l'ouest. Dites à *don* Ritti que je reviendrai vers lui d'ici peu… J'aurai à nouveau besoin de son aide pour quitter l'île.

— Où allez-vous, *don* Monti ? me demanda Nicolino le taciturne, une pointe d'inquiétude dans la voix. Pourquoi ne pouvons-nous pas marcher encore avec vous ?

— Je retourne au village de mon enfance, répondisje. Il n'est pas très loin d'ici, et j'ai une vieille dette de famille à y régler.

Aucun des garçons n'eut la maladresse d'insister. Ils étaient frustes et n'avaient reçu aucune éducation, mais, pour instinctif qu'il fût, leur comportement tombait toujours juste. Aux premières lueurs du jour, nous nous donnâmes l'accolade et partîmes, eux vers le nord, moi vers le couchant. Il me fallut cinq jours de marche solitaire avant d'apercevoir enfin, du haut d'une éminence caillouteuse, le clocher de l'église San Ezechiel. Midi n'avait pas encore sonné et il faisait chaud comme au cœur de l'été. Je voulus attendre le soir et profiter de l'ombre pour descendre au village.

Dans l'attente du crépuscule, je me promenai dans les bois en direction de l'ancienne clairière où Giuseppina et Leonora avaient eu leur cabane. Je retrouvai l'endroit avec difficulté car, si ma mémoire n'avait rien oublié de la topographie de ces collines, les sentiers d'autrefois avaient disparu sous les assauts d'une végétation sauvage, où aucun signe de présence humaine n'était perceptible. Indifférent aux ronces et aux buissons d'épines, je forçai mon chemin jusqu'à la trouée. Les fondations de la baraque étaient là, mais envahies par la mousse et un lichen brun qui pourrissait entre les jointures des pierres. Le toit s'était partiellement effondré et la porte de planches avait été arrachée de ses gonds… À l'intérieur, ce n'était qu'un vide obscur confit d'odeurs rances. Le peu de mobilier avait depuis longtemps disparu, pillé, certainement, par les charbonniers et les forestiers ayant fréquenté l'endroit lorsqu'ils venaient s'y faire soigner en échange d'un faisan ou d'un lapereau braconnés. Je fis quelques pas jusqu'à l'âtre en tentant de me rappeler derrière quelle pierre ma mère avait caché le fétiche guérisseur dont elle se servait pour rebouter.

Je grattai le vieux mortier qui tenait le moellon ; derrière, je trouvai le chiffon couvrant la figurine mais, dès

que je la saisis dans ma main, je sentis qu'elle s'effri-
tait sous la pression de mes doigts. Alors, avec beaucoup de précautions et de douceur, je la déballai dans
ma paume. Rongée par le temps, elle s'était fissurée
et écaillée. Tout le liquide contenu à l'intérieur s'était
évaporé. Privée depuis presque quarante ans des rituels
dans lesquels elle puisait son énergie, la statuette était
désormais aussi sèche qu'un cadavre... Le ciel, peu à
peu, se teinta d'or puis s'obscurcit. Lorsque je sentis
que la forêt commençait à rendre l'humidité du soir, je
quittai la cabane et descendis au bourg. Sous la protection du docteur Lurano, j'avais autrefois quitté un
village prospère, presque une petite ville. Aujourd'hui,
tout était mort, ou presque... Dans les rues sombres,
je ne croisai personne, pas un enfant, pas un chien, pas
un vieux ou une vieille prenant le frais sur le pas de sa
porte... Quelques maigres lumières étaient visibles dans
deux ou trois maisons, mais pas un bruit n'en sortait.
La boutique du barbier Strello était barrée de planches
clouées sur la façade. De même, celles de l'ancien bou-
langer et du cordonnier. De l'herbe haute poussait entre
les pavés disjoints d'une placette où l'eau de la fontaine
ne coulait plus. La maison du docteur Lurano était à
l'abandon, elle aussi. Des carreaux étaient brisés aux
fenêtres du rez-de-chaussée mais la plaque profession-
nelle du médecin était encore vissée sur la porte à la
peinture boursouflée. Verdie, oxydée, elle était devenue
indéchiffrable...

Le cœur plus serré que jamais, j'avançai jusqu'à
l'église. Tous les chênes entourant le parvis avaient
été abattus et leurs souches arrachées. L'arbre où l'on
avait pendu ma mère n'existait plus... Un vieil homme
se tenait là, sur un banc. Ses mains tremblantes et par-
cheminées posées sur le pommeau de sa canne, il était la

première figure humaine que je croisais dans ce village fantôme. Le bruit de mes pas lui fit tourner la tête. Dans l'obscurité, je ne reconnus pas son visage, et pourtant ses traits ne m'étaient pas inconnus. Quel âge pouvait-il avoir ? Soixante-quinze ans ? Quatre-vingts, peut-être… Un homme mûr à l'époque du massacre de Leonora et Giuseppina. Y avait-il participé ? Avait-il hurlé avec les autres ? Avait-il battu ma mère et ma grand-mère ? Comment savoir ? Doucement, je m'approchai et m'assis à côté de lui. Le vieux me regarda avec des yeux blancs. Aveugle, il persistait malgré tout à vouloir percer les ténèbres pour savoir qui pouvait prendre place sur le même banc que lui.

— Qui es-tu donc, toi ? me demanda-t-il sans préambule. Je ne te reconnais pas.

— Je suis un homme qui a passé son enfance ici, répondis-je simplement. Je suis Luigi Monti, fils de Leonora et petit-fils de Giuseppina, les guérisseuses qui vivaient dans les collines…

— Ah ! Tu es Monti ! Oui, je me souviens, bien sûr… Dis-moi, mon garçon, tu en as mis du temps avant de te décider à revenir ! Qu'est-ce qui t'a donc retenu ?

La réaction du vieux me laissa interdit. J'avais soixante ans, ou presque, mais je me découvrais bien ignorant et naïf quant aux étranges réactions des hommes. Je m'étais attendu à de la peur ou du remords de mon nom. Au lieu de ça, j'avais un visage serein, presque rieur devant moi…

— Vous n'êtes pas surpris ? dis-je en reconnaissant enfin l'aubergiste Memmo sous les rides et les tavelures de l'ancêtre.

— Tout le monde t'a attendu, Luigi… On pensait bien que tu reviendrais tôt ou tard pour te venger. Le docteur Lurano n'arrêtait pas de nous prévenir : « Je le connais, le gamin ! » qu'il nous disait. « Dès qu'il en aura la force, il reviendra tous vous égorger dans votre lit ! Et vous ne l'aurez pas volé, bande d'assassins que vous êtes ! » Ah ça oui ! Il nous a bien fait peur, le Lurano ! Si peur que beaucoup sont partis… De toute façon, il n'y avait plus rien à faire ici… La ville s'était vidée aussi vite qu'elle s'était remplie lorsque les guérisons miraculeuses ont commencé…

— Vous êtes bien resté, vous…

— Moi, c'est autre chose. Au début, je dormais avec un fusil près de mon lit. Mais après, comme tu ne te décidais pas à te montrer, j'ai pensé qu'il t'était arrivé un mauvais tour, ou que tu étais devenu trop lâche pour t'en prendre à nous. Alors, j'ai décidé de ne pas bouger. Et puis, à quoi bon ? J'étais ruiné et j'avais fait toute mon existence ici. Je ne me sentais plus la force de m'en aller.

— Où sont les autres ? Guglielmo ? Pirozzi ? Galline ? Et le curé Fabiano ?

Memmo tendit son pouce par-dessus son épaule en un petit mouvement sec.

— Fabiano s'est fichu à la rivière deux jours après ton départ. Les autres sont allongés dans leur tombe maintenant, mon fils. Et tu peux m'y mettre aussi… Moi, je me moque bien que tu me tues ! Au contraire… Ça m'arrangerait même.

Mes mains se contractèrent et se tendirent vers la gorge décharnée du vieillard. Mais mes paumes ne se refermèrent pas sur sa trachée saillante. Lentement, je me levai et plongeai inutilement mes yeux dans ses prunelles translucides.

— Je te laisse crever dans ta bile, Memmo ! Profite bien de ton obscurité tranquille, car je te promets que celle de l'au-delà est peuplée d'ombres que tu n'aimeras pas…

Tandis que je quittais la place, Memmo partit d'un rire dément qui ricocha longtemps sur les façades du village déserté. Indifférent, je marchai jusqu'au cimetière. Poussant la grille rouillée, j'errai parmi les pierres funéraires jusqu'à trouver les marbres de Pirozzi, Galline et Guglielmo. Le premier était mort en 1902, le deuxième un an plus tard et le dernier en 1917. Plantées dans l'ancien carré des fosses aux pauvres – ceux qui n'avaient pas assez d'argent pour s'offrir une tombe maçonnée –, je vis enfin deux croix de bois, sans aucune mention de date. Elles portaient les noms de Leonora et Giuseppina Monti…

Longtemps je restai là, debout, immobile, face aux sépultures de ma mère et de ma grand-mère. Sans murmurer de prière, sans formuler intérieurement aucune parole… J'attendis mes larmes, mais elles ne vinrent pas. Au contraire, ce fut la colère qui grandit en moi, et qui me donna la force que j'attendais pour franchir enfin le seuil de l'église San Ezechiel et m'emparer du fétiche Manea. Car je n'avais rien oublié des paroles proférées par le fantôme de Preston Ware, dans le cabinet du Vénitien Caetano, je n'avais songé qu'à elles durant tout mon voyage solitaire jusqu'au village.

« L'idole vous attend, avait prédit le spectre. Elle vous attend et réclame un peu de votre sang. En retour, elle vous aidera à trouver celle que vous cherchez, Laüme Galjero… »

Le vent de la nuit s'était levé et faisait osciller les hauts cyprès noirs qui bordaient l'enclos des morts. Une chouette hulula, tout près. Je traversai le parvis de l'église. Memmo avait quitté son banc et plus aucune silhouette n'était visible au clair des étoiles. Je poussai la lourde porte de l'église. Un seul et unique cierge brillait misérablement, tout au fond de la nef. J'avançai

jusque-là et le décollai de son socle pour m'en éclairer.
Le brandissant, je gagnai la chapelle où le curé Fabiano
avait autrefois installé Notre-Dame-Sous-Terre mais
je ne trouvai qu'une niche béante derrière les épaisses
grilles de fer. La statue était non loin de là, pourtant,
je le sentais, j'en étais sûr... Me dirigeant instinctivement, je retrouvai le chemin de la crypte, là où je m'étais
caché avec ma mère et ma grand-mère lors de la grande
rogation d'expiation voulue par Fabiano pour ranimer
les miracles de la Vierge... D'un coup d'épaule, j'enfonçai la vieille porte vermoulue sans me soucier du
vacarme que je causais ainsi. À en juger par la crasse
qui recouvrait le sol et les bancs de prière, les rideaux
du confessionnal rongé par les rats et l'absence d'eau
dans le bénitier, le presbytère n'était plus habité. Depuis
combien de temps n'avait-on pas célébré une messe, ici ?
Cinq ans ? Dix ans ? Plus, peut-être...

La cire blanche dégoulinant sur mon poing, je descendis les escaliers de pierre jusqu'aux entrailles du lieu
saint. Je la reconnus tout de suite. Elle était là, posée en
équilibre contre un gros pilier carré, intacte, semblait-
il, une couronne de fleurs fanées enserrant son front de
bois. Je posai mon cierge par terre et saisis la statue à
bras-le-corps pour la retourner. Mes ongles se cassèrent à déloger la trappe dans son dos mais cela n'avait
pas d'importance. Enfin, je sortis de la niche le fétiche
fabriqué par ma mère. Gris de poussière, il était encore
solide et ne semblait pas avoir été altéré par le temps.
En le secouant près de mon oreille, je perçus même un
léger clapotis qui prouvait que des résidus de charge
magique s'y trouvaient encore. Serrant l'objet contre
moi comme un trésor, je remontai dans la nef et me
mis à courir à travers le village, à courir sans m'arrêter
à travers les friches et les bois jusqu'à m'effondrer, pan-

telant, au seuil de notre ancienne cabane. Comme une bête, je demeurai quatre ou cinq jours sans autre souci que celui de ranimer le fétiche.

J'étais d'abord retourné m'allonger sur la pierre noire, cette dalle volcanique sur laquelle j'avais eu autrefois quelques rêves étranges. Là, débarrassé de tout vêtement, j'étais resté des heures à explorer les marges entre veille et sommeil, entre raison et inconscience... Quand je m'étais redressé, je n'avais aucun souvenir précis de mes visions, mais je savais parfaitement ce que Manea réclamait pour revenir pleinement à la vie. Dans les taillis, j'allai cueillir les végétaux qu'elle m'avait désignés au cours de mon délire et les préparai selon les indications qu'elle m'avait données. Comme autrefois, je m'approchai de la valériane, de la stramoine ou de l'origan avec la plus sincère humilité, me présentant préalablement aux plantes et leur expliquant pourquoi j'avais besoin de leur aide avant de les extraire doucement de l'humus... Deux nuits durant, je tendis aussi ma chemise sur l'herbe pour recueillir la rosée, comme ma mère l'avait fait à l'aide de draps tendus sur des piquets. À la fin, une fois que j'eus versé toutes les préparations dans le corps du fétiche, il fallut encore que je scelle l'opération de mon sang. À l'aide d'un os pointu trouvé sur un squelette de renard, je m'entaillai une veine et laissai couler un long trait de liquide rouge à l'intérieur de la statuette, parachevant ainsi toutes les opérations de recharge du fétiche. Puis, le lendemain, au crépuscule, je revins m'allonger sur la pierre sombre, Manea tout à côté de moi, si proche de moi que je la touchais...

— Je sais ce que tu veux, Luigi, mon père... Tu veux que je te parle du démon que tu poursuis... Je suis l'expression même de ta volonté. Je suis les paroles qui gisent au fond de toi et que tu n'entends pas. Je suis ton ombre, père... Je t'aiderai...

Je ne savais pas si j'étais éveillé ou si la voix de la statue n'était que celle de mon cauchemar. Mon esprit, je le sentais, était appelé vers le bas, vers l'abîme... C'était là que Manea m'attendait, là qu'elle voulait me livrer ses secrets. Je me vis, comme sorti de moi-même, spectateur de ma propre chute, glisser dans un gouffre de ténèbres et y tournoyer longuement, avant de percer ce rideau opaque pour plonger vers une étincelle, une lumière qui m'attirait comme un soleil. Au cœur de cette étoile si lumineuse, j'atteignais un espace blanc, tranquille, où ma chute s'arrêtait sans brusquerie. En face de moi, Manea m'attendait. C'était une jeune femme de chair identique à la poupée que ma mère avait sculptée : une Vénus grande, fine, les mains ouvertes à hauteur du torse et un voile de lin ceignant ses hanches.

— Luigi, mon père ! C'est ta volonté et ton sang qui me font revivre... Pour toi, je veux être généreuse... Regarde !

Alors s'élevèrent de nouvelles images, confuses, que je ne compris pas tout d'abord. On aurait dit les couleurs et les formes d'un kaléidoscope... Puis les contours se précisèrent... Je vis un astre éclatant luisant sur une sorte de stade antique où bruissait une foule immense en proie à la fièvre. Deux ombres terrifiantes étaient nichées au sein de cette masse humaine, autour desquelles fusaient des éclairs d'une énergie fiévreuse... Cette énergie, c'était l'âme collective de la foule et ces deux silhouettes, des vampires qui la magnétisaient pour la concentrer dans une pierre noire, maléfique et couverte de symboles... Cette première vision s'évanouit pour laisser place au visage d'un inconnu. C'était un jeune homme à la peau rose et à l'air doux. Il portait gauchement un costume clair et marchait dans des rues peuplées d'indigènes en saris colorés. Il ne quittait pas des yeux une fille blonde, qui marchait à trente yards devant lui, en direction de bûchers funéraires installés le long d'un fleuve boueux… Je vis ensuite Laüme Galjero, une robe ancienne drapant son corps, montant un cheval noir en amazone. Sous les sabots de son lourd destrier de bataille, des hommes mouraient, leur armure ouvragée crevant sous le poids de la bête… Ce fut encore Laüme, penchée au-dessus des corps d'enfants sacrifiés, fouillant de la pointe d'une dague les entrailles chaudes pour y découvrir quelque infect secret de nécromant…

Longtemps, je restai à chercher un lien entre ces visions. Pour la plupart, j'étais incapable de comprendre si elles concernaient le passé, le présent ou l'avenir…

— Plus ! Tu dois m'en montrer plus ! dis-je à Manea en revenant m'allonger sur la pierre la nuit suivante.

— Je ne le peux pas, répondit le fétiche. De nombreuses défenses sont placées autour de l'être que tu recherches. Mes forces ne sont pas assez vives pour les franchir. Si tu veux en savoir davantage, tu dois consentir à me nourrir encore…

— Tout mon sang, je te le donne !

— Ton sang, je le connais et j'en suis rassasiée, Luigi, mon père. C'est le fluide d'une nouvelle créature que je te réclame désormais. Pars sur les chemins et je te désignerai qui je convoite…

Bondissant aussitôt sur mes jambes, je me précipitai droit devant moi. Nu, les yeux révulsés, le corps fouetté par les ronces et les cheveux tout emmêlés de feuilles, je ne sentais ni douleur, ni fatigue. J'ignorais où ma course me menait mais qu'importait, puisque Manea me guidait ? Je surpris une biche qui somnolait dans un taillis.

— Elle ! C'est elle que je veux ! s'écria le fétiche.

Aussitôt, je sautai sur la petite créature et lui déchirai le cou de mes dents. Elle s'effondra, tandis qu'un flot rouge et tiède inondait ma bouche, noyait ma gorge et remontait jusqu'à mes narines... L'animal palpitait encore lorsque je le chargeai sur mes épaules pour revenir la jeter sur la pierre noire. De mes mains gluantes, je barbouillai la statuette puis je pinçai une veine pour faire couler le sang par le goulot.

Tandis que je rassasiais Manea, mes yeux se posèrent sur la ligne d'arbres au-dessus de laquelle le soleil montait. La forêt n'était pas faite de cent couleurs, mais de mille... La brise m'apporta des senteurs nouvelles, que je sus cependant identifier sur-le-champ. À trois cents pas derrière moi, je le savais aussi sûrement que si je l'avais vue, une laie était en train de mettre bas. Un peu plus près, protégée par un tronc tapissé de mucus vénéneux, une portée de renardeaux attendait dans le terrier le retour de ses parents, tandis qu'une vipère passait dans les herbes juste au-dessus... Étourdi par tant de sensations nouvelles, je me laissai choir, la paume crispée sur l'idole.

— Tu as obtenu ce que tu voulais, lui dis-je. Maintenant, montre-moi encore ce que je t'ai demandé.

Mais nulle image ne me vint à l'esprit car Manea se contenta de me parler. Elle avait un sourire d'ange et son visage était celui d'une madone, mais ses pieds nus trempaient dans le sang de la biche qui s'étendait en une large flaque brillante comme de la laque.

— Luigi, mon père... J'ai un cadeau pour toi... Un objet qui va t'aider dans ta quête et qui te conduira là où tu trouveras des indices te menant vers celle que tu cherches… C'est un présent que même des rois et des empereurs n'ont jamais obtenu !

— Qu'est-ce que c'est ? Cet objet, quel est-il ?

— C'est une main de gloire, répondit Manea en passant sa langue pointue sur ses lèvres innocentes. C'est la main d'une pendue ! C'est la main qu'aujourd'hui même tu dois couper au poignet de ta mère, Leonora ! Elle aussi veut se tenir à tes côtés lorsque tu châtieras celle qui a causé la mort de Gian. Elle me l'a dit ! Elle t'aidera, puisque ton enfant est aussi son petit-fils. Va placer ta paume dans la sienne comme le bon fils que tu as toujours été… Maintenant !

Tremblant, fiévreux, je rouvris les paupières et vis que le jour entier avait passé. J'avais fermé les yeux à l'aube et maintenant c'était un ciel noir que je contemplais au-dessus de moi ! Tel un automate, je revins à la cabane pour prendre mes vêtements et descendis au village pour pousser une nouvelle fois la grille du cimetière. Dans la hutte du fossoyeur, je m'emparai d'une pelle, dont j'enfonçai le fer dans la terre dure du carré des pauvres. Je travaillai longtemps pour dégager le cercueil de zinc dans lequel on avait placé Leonora, mais personne ne vint interrompre ma besogne. Enfin, comme la lune atteignait son zénith, je crevai le couvercle avant de l'arracher à mains nues… À l'intérieur, un linceul gris couvrait la morte. Comme si elle avait voulu me faciliter la tâche, seule sa main dépassait du tissu. Momifiée par le temps, la chair brune et fripée adhérait encore aux os. D'un violent coup de bêche, je tranchai le poignet, glissai la relique dans ma poche et m'enfuis sans même prendre le temps de refermer la tombe…

— C'est bien, me félicita Manea lorsque je revins vers elle. Ton acte sera utile, je te l'assure.

— Montre-moi encore la Galjero ! Où se cache-t-elle maintenant ?

Répondant à ma supplique, Manea me fit don d'une nouvelle vague d'images désaccordées. J'y vis d'abord Laüme, enveloppée dans un long manteau tombant sur une robe en panier, errer dans une ville en guerre où à chaque coin de rue se dressait une barricade de pavés, charrettes renversées, grilles arrachées... Ce fut ensuite un inconnu, grand, blond, portant un uniforme noir, galopant dans un marécage où couraient des enfants à demi nus, chassés par des chiens...

— Je ne comprends rien à ce que tu me fais voir ! Ça ne m'aide pas !

— Le sang de la biche était insuffisant pour la tâche que tu m'assignes, Luigi, mon père ! geignit Manea. Il me faut une épice plus forte ! Va ! Mais pas sous les arbres ! Je veux un animal des champs, cette fois !

Toute la matinée, j'errai dans les prés pour trouver de quoi satisfaire l'appétit du fétiche. Alors que je longeais un chemin creux, j'entendis soudain une voix aigrelette monter vers moi... Cette voix, c'était celle d'une gosse, une paysanne qui fredonnait une chansonnette. Dès qu'elle me vit, la gamine s'arrêta, pétrifiée.

— Attrape-la ! me cria Manea. Si tu me la donnes, j'y puiserai toute la force dont j'ai besoin pour te servir. Prends-la ! Prends-la, te dis-je !

Je me mis à courir. La fillette eut beau fuir à toutes jambes, elle ne put m'échapper. L'attrapant par son vêtement, je la fis rouler sur le sol, l'y maintins sous mon poids et lui plaquai ma main crasseuse sur la bouche pour étouffer ses cris.

— Oui ! applaudit Manea. Son sang, maintenant ! Fais jaillir son sang !

Etendant mon bras encore libre, je trouvai à tâtons

une pierre coupante que je brandis tel un poignard de sacrifice au-dessus de la gorge fine de l'enfant. Alors que j'allais frapper, je compris soudain toute l'ignominie de mon geste. Saisi d'horreur et de panique, je lâchai la gosse et m'éloignai au plus vite, disparaissant dans les hautes herbes jaunes.

— C'est ainsi que tu me remercies, Luigi, mon père ? gronda Manea. N'ai-je pas toujours fait ce que tu me demandais ? N'ai-je pas guéri autrefois les faibles et les demeurés ? N'ai-je pas rendu la raison à Pirozzi ? N'ai-je pas guéri les maux des pèlerins qui venaient prier dans l'église ? N'ai-je pas été une sainte ? Pourquoi ne pourrais-je pas vivre, moi aussi, maintenant ?

Retourne dans le chemin et tue cette gosse pour que je me désaltère… Je t'aiderai encore, si tu le fais…

Je ne répondis pas. Manea s'était pervertie et ne cherchait qu'à me leurrer. C'était un monstre qui m'avait pris dans ses rets et dont il fallait que je me délivre au plus tôt, sous peine de basculer sans retour dans la folie… Malgré les suppliques qu'elle m'adressait, je brisai la statuette sur la pierre noire, de plusieurs coups violents. Toute la matière qu'elle contenait – plantes broyées et caillots hématiques – se répandit sur la dalle lisse.

— Manea ! Je te détruis ! Par ces mots et par ma volonté, comme autrefois je t'ai fait naître, aujourd'hui tu meurs !

Il y eut un souffle, comme un gémissement, puis un courant fort traversa mon corps, le secouant si brutalement que j'en perdis l'équilibre. Mes yeux s'accrochèrent au soleil et je perdis toute conscience…

*

— Seigneur Dieu, *don* Monti ! Dans quel état êtes-vous ?

La voix de Ludovico Ritti trahissait, je le percevais, une inquiétude sincère. La silhouette qui lui faisait face – ma silhouette – n'avait rien de commun avec celle de l'honorable *don* américain qui lui avait rendu visite, quelques semaines plus tôt, dans sa maison de Palerme. Une barbe épaisse, parsemée de fils gris, me mangeait les joues. Mes yeux brillaient sous l'effet de la fièvre, mon corps était amaigri et mes vêtements se réduisaient à des loques puantes mangées de vermine.

— Mon apparence n'est rien, *don* Ludovico, dis-je d'un air las. Donnez-moi un rasoir, un savon, une chemise et tout cela s'arrangera... L'important, c'est que je sois de retour chez vous. Avec toute ma raison...

Avec toute ma raison ? En étais-je si sûr ? Car si j'avais conservé assez de lucidité pour détruire le fétiche Manea, je ne m'étais pas résolu à me débarrasser de la main de ma mère coupée au cimetière. Chez Ritti, je me procurai une petite boîte dans laquelle, en secret, je rangeai la relique.

Après que j'eus passé deux ou trois jours à dormir et manger pour reprendre quelques forces, mon hôte frappa doucement à la porte de ma chambre.

— *Don* Monti... Êtes-vous visible ? J'ai là une personne avec qui vous devriez vous entretenir.

À la suite de Ritti, Merry Groves pénétra dans la pièce.

— J'ai organisé votre départ d'Italie, don Monti, m'apprit-elle. Ça n'a pas été facile, mais votre ami, Allen Dulles, a le bras long et tient beaucoup à vous, semble-t-il.

— Dulles vous a fourni un nouveau passeport ?

— Non. Nous ne pouvons pas vous faire quitter le pays par les voies ordinaires. Vous êtes accusé du meurtre de l'officier Grazziani et votre photographie a été distribuée aux postes frontières. Votre évacuation se déroulera différemment…

Un soir, après la visite de Graves, le jeune Tomaso et son acolyte, Nicolino, vinrent me chercher pour me conduire au port. Là, nous embarquâmes sur un chalutier qui largua aussitôt les amarres. Naviguant plein ouest pendant vingt-quatre heures, nous mouillâmes soudain au beau milieu de nulle part, sur une mer presque aussi étale qu'un lac de montagne. Aucune côte n'était en vue.

— Nous sommes à l'heure, me dit le capitaine en regardant sa montre. Celui avec qui nous avons rendez-vous ne devrait plus tarder maintenant.

Pendant dix ou quinze minutes encore, rien ne se produisit. Nicolino et Tomaso demeuraient silencieux, rêvant peut-être de l'Amérique, ce pays de cocagne que j'étais promis à regagner et où ils n'iraient probablement jamais. Puis un bouillonnement d'écume monta brusquement des profondeurs de l'eau, et la tourelle d'un submersible perça la surface. Sur la peinture sombre de l'engin brillait l'étoile blanche de l'US Navy…

Un certain Thörun Gärensen

— Monti, mon cher, on peut dire que vous êtes un sacré veinard !

La voix d'Allen Dulles était joyeuse comme jamais. Depuis qu'il avait réalisé l'exploit de réveiller en pleine nuit un amiral pour lui intimer l'ordre de dérouter un de ses sous-marins afin de me récupérer, il se sentait ragaillardi, plein d'une importance et d'une force nouvelles.

— Regardez ! me dit-il en sortant d'un tiroir une photographie dans son cadre. Vous le reconnaissez ? C'est celui qui est venu vous chercher. Je me suis fait donner ce cliché par le service des armées. Je vais l'accrocher au mur... Quel souvenir pour moi !

Soupirant, je fis mine une seconde d'examiner l'image du sous-marin amarré en rade militaire, tout l'équipage au garde-à-vous sur le pont.

— Magnifique, dis-je en lui rendant son trésor. Merci de me l'avoir envoyé... Il est vrai que, sans lui, je ne sais pas comment j'aurais pu rentrer.

— C'est l'Amérique, ça, Monti ! Un seul de ses fils est en péril, et *hop* ! nous envoyons la cavalerie... Trêve de plaisanterie. J'ai lu votre rapport sur les contacts que vous avez pris avec vos amis de Sicile. Tout cela me

semble très prometteur. J'ai remis ce dossier à qui vous
savez…

— Le Président Roosevelt ? m'exclamai-je.

— Ah non ! À Hoover, bien sûr… Il est plus qualifié
pour s'occuper d'une telle manière. Il en a pris connaissance et l'a soigneusement rangé en espérant n'avoir
jamais à s'en servir. Mais soyez certain qu'il le ressortira
à bon escient si les choses se gâtent. Maintenant, parlons un peu de votre avenir, Monti. Avez-vous réfléchi à
notre dernier entretien à ce sujet ? La politique ne vous
tente toujours pas, vous en êtes sûr ?

— Pas tant que cela, en fait…

— Ah ! s'exclama Dulles en tapant du plat de la main
sur la table. Je le savais ! Un lion comme vous, Monti !
Vous êtes promis à un grand avenir ! Alors, qu'est-ce
qui vous ferait plaisir ? Nous pouvons vous arranger
un poste au Sénat. Cela vous conviendrait-il ?

— Va pour le Sénat… dis-je en riant. Cela couron-
nera très convenablement une vie de crimes et de mal-
honnêtetés.

— Bah ! Cessez donc de faire l'enfant ! Vous ne serez
pas le premier à qui de telles choses arrivent !

Encore une fois, Dulles et Hoover firent les choses
en grand. Après avoir confié l'ensemble de mes affaires
mafieuses à Meyer Lansky, qui assurait avec *don* Vito
Genovese l'intérim de Lucky Luciano pendant le séjour
en prison de ce dernier, je dus jouer quelque temps le
jeu des tournées électorales et des réunions de parti.
Cela ne dura pas longtemps et ne me causa nul souci.
Mes protecteurs aplanissaient les difficultés au fur et à
mesure qu'elles se présentaient devant moi, si bien que,
avec la double bénédiction du FBI et du syndicat du
crime, j'obtins effectivement un siège au Sénat au tout
début de 1939.

Je ne peux pas dire que cette nouvelle vie me déplaisait. Ma seule contrariété fut de devoir quitter New York pour m'installer à Washington. Je me découvris vite un relatif talent pour la haute politique et du goût, surtout, pour les charges qu'elle impliquait et les dossiers qu'elle traitait.

Avec Dulles et Hoover, je militai pour la création d'un véritable service de renseignements dont nos armées étaient privées depuis la fin de la guerre de 1917-1918. Les Français avaient leur 5e Bureau, les Anglais leur MI5 et leur MI6, les Allemands leur Abwehr et leur SD, les Russes leur NKVD... Nous, nous ne possédions rien d'aussi efficace et centralisé. Le FBI était généralement désigné pour traiter les affaires de contre-espionnage, mais il le faisait au coup par coup, de manière désordonnée et sans efficience véritable – comme la coalition du Ku Klux Klan et des familles promussoliniennes réunies autour de Carmine Ferrara l'avait malheureusement prouvé. L'armée avait, de son côté, son propre service de renseignements, ainsi que le Département d'État et les services du Trésor, mais aucune cellule de coordination ne venait chapeauter tous ces départements qui agissaient en francs-tireurs sans se communiquer mutuellement leurs informations. L'intérêt que je portais à la mise en place d'un réseau de renseignements américain digne de ce nom n'était pas uniquement patriotique : j'espérais que les contacts que je nouerais au sein de l'armée, de la police, des administrations financières ou judiciaires me permettraient un jour de retrouver la piste des Galjero. À Berlin, où je savais qu'ils résidaient, les Roumains étaient pour moi inaccessibles. Mais j'attendais un faux pas, une occasion. Tôt ou tard, une opportunité surgirait, j'en étais convaincu..

En octobre 1937, je reçus une longue lettre en provenance d'Italie. Postée de Venise, elle émanait de Fausta Pheretti. C'était une missive étrange, à la fois un témoignage de bonheur et une sorte d'appel au secours. La jeune femme y mêlait l'annonce de son mariage avec un prétendu universitaire norvégien et une confession rédigée à demi-mot. De ses phrases peu claires, équivoques, je déduisis que l'amour qu'elle portait à cet homme était également pour elle une cause de grande souffrance. Tout cela, pourtant, restait trop mystérieux et trop vague pour que je puisse en tirer des conclusions sérieuses sur les raisons de son trouble. Oubliant le contenu de sa lettre quelques minutes après en avoir pris connaissance, je dictai une réponse convenue à mon secrétaire puis, lorsque le feuillet passa dans mon parapheur, j'y griffonnai mécaniquement ma signature, sans même le relire.

*

— Eh bien, cette fois, le train est parti ! lança Allen Dulles en pénétrant, sans se faire annoncer, dans mon bureau, comme s'il s'y trouvait chez lui.

— De quel train voulez-vous parler, Dulles ?

— Je vous apporte la nouvelle ! Elle doit rester confidentielle une heure ou deux, mais cela n'a pas d'importance. Les Allemands viennent d'envahir la Pologne ! C'est la goutte d'eau qui fera déborder le vase. Les Anglais vont déclarer la guerre à Hitler. Les Français aussi…

— Une nouvelle guerre en Europe ? Vous en êtes certain ?

— Autant qu'on peut l'être, sénateur. Je tiens mes informations de notre ambassadeur Kennedy à Londres.

Downing Street l'a officiellement informé des intentions des Britanniques.

— Et nous, dans tout ça ? Nous nous en tenons à notre politique de neutralité ?

— Pour l'instant, oui. Vous savez comme nous sommes… Mais nous nous arrangerons pour provoquer un *casus belli* en notre faveur dès que nous serons capables de faire tourner à plein nos usines d'armement.

— Comment cela se fera-t-il ?

— Comptez sur ce vieux renard de Roosevelt. Il nous mijotera contre les Japonais un de ses coups tordus dont il a l'habitude et les poussera à la faute, d'une manière ou d'une autre. Probablement en les étouffant économiquement. Il ne leur laissera pas le choix. L'Empire devra réagir ou se laisser étrangler à petit feu. Mais, connaissant la réactivité des Japs, je dirais qu'ils choisiront de faire un coup d'éclat. Qui leur sera fatal.

— Et contre l'Allemagne ?

— Nous verrons comment les choses se dérouleront. Peut-être n'aurons-nous besoin d'intervenir qu'en toute fin de partie, comme il y a vingt ans… L'heure d'activer vos réseaux en Sicile n'est pas encore venue, Monti, mais tenez-vous prêt au voyage, tout de même !

Protégée du conflit qui faisait rage en Europe par la largeur d'un océan, l'Amérique regarda avec étonnement la ligne de front se figer entre les opposants. De septembre 1939 à mai 1940, aucune opération d'envergure ne fut lancée. Cette immobilité inhabituelle des armées germaniques me conduisit un temps à penser que les rumeurs qui circulaient sur la remilitarisation de l'Allemagne par les nazis étaient un tissu de mensonges. Je me pris donc à espérer que le régime de Hitler ne résisterait pas à la première offensive sérieuse des Alliés et que les Gàljero, enfin, reviendraient à ma portée. Hélas, le printemps balaya tous mes espoirs : Paris tomba, et Londres elle-même fut attaquée. Washington, pourtant, ne se décidait toujours pas à intervenir.

— Le parti pacifiste est bien plus fort que nous ne le pensions, avoua Dulles. Charles Lindbergh et son mouvement, America First, sont de plus en plus populaires. Roosevelt commence à le craindre.

— Un rival pour les prochaines élections ?

— C'est une éventualité. En ce cas, vous pourrez dire adieu à votre siège au Sénat et moi à ma position au FBI… Hoover lui-même sera éjecté.

Mais les choses ne se déroulèrent pas ainsi. Soutenu par les milieux d'affaires et la très puissante Ligue navale fondée par l'amiral Mahan à la veille de la Première Guerre mondiale, Roosevelt parvint effectivement à pousser les Japonais à la faute. En décembre 1941, les États-Unis entrèrent en guerre contre les puissances de l'Axe après l'attaque par les Japonais de la flotte US ancrée dans la rade de Pearl Harbor. Ces nouvelles hostilités, je le savais, allaient précipiter les événements, pour moi tout autant que pour des centaines de milliers de nos jeunes gens qu'on envoyait combattre dans le Pacifique et, bientôt, en Europe…

Aux premiers jours de l'année 1942, Allen Dulles me présenta William Joseph Donovan, un homme d'environ mon âge, au visage rond, aux yeux vifs et à l'allure volontaire. Ses cheveux gris étaient coiffés en brosse, à la manière des militaires.

— « Wild Bill » Donovan est chargé par Roosevelt d'organiser nos services de renseignements, m'annonça Dulles. Je crois qu'il était temps que vous vous rencontriez enfin.

Je serrai la main de Donovan et le fis asseoir face à moi tandis qu'il tirait de sa serviette un épais dossier marqué de trois lettres mystérieuses : OSS.

— OSS, dit-il en notant mon regard arrêté sur ce sigle inconnu. Cela signifie *Office of Strategic Services.* Tel est le nom retenu pour notre future centrale d'espionnage.

— Ça sonne bien, dis-je négligemment. Je vous promets un beau succès avec ça !

Ma pauvre remarque n'amena même pas une ébauche de sourire sur les lèvres de « Wild Bill », qui enchaîna sur le motif de sa visite.

— Sénateur Monti, l'OSS va recruter dans tous les milieux, et pas seulement chez les militaires. Dulles et Hoover m'ont parlé de votre voyage mouvementé en Italie, il y a quelque temps. Votre aide nous sera très précieuse car nos plans d'attaque en Europe sont déjà arrêtés. Bientôt – dans quelques mois à peine –, se produira le débarquement en Afrique du Nord pour aider les Anglais à sécuriser la Méditerranée. Ensuite, nous attaquerons le continent, par le sud. Par la Sicile… C'est une étape idéale pour nous propulser en Italie et, de là, droit jusqu'à Vienne et Berlin.

— Mais nous avons un problème, ajouta Dulles. L'île est en cours de fortification. Il est fort probable que des troupes allemandes y seront prochainement mutées pour épauler les Italiens. La bataille sera rude. Plus que jamais, nous avons besoin de vous renvoyer là-bas pour rallier les clans et organiser des opérations de harcèlement derrière les lignes ennemies. Évidemment, nous avons pleine conscience de votre âge, Monti. Nous savons que nous vous en demandons beaucoup…

— C'était prévu depuis longtemps, n'est-ce pas ? objectai-je. Nous savions tous que cela pouvait arriver.

Je suis prêt. Ma volonté est d'attaque, et mon corps l'est aussi !

« Wild Bill » Donovan sourit pour la première fois depuis qu'il était entré dans mon bureau.

— Sénateur Monti, dit-il, vous êtes notre homme ! À n'en pas douter !

*

S'il fallut officiellement attendre juillet 1942 pour que l'OSS vît le jour, je partis clandestinement pour l'Italie bien avant cette date. Une nouvelle missive de Fausta Pheretti m'était parvenue, qui m'avait profondément troublé. Cette fois, c'était clairement un appel à l'aide. Un appel si pressant, si impérieux, que je ne pouvais pas l'ignorer. Dulles considérait que c'était pure folie, mais le fait même que cette jeune femme se raccrochât à moi après tant d'années était si imprévu, si improbable, que je ne doutais pas que le sujet fût d'importance.

— C'est la seule condition que je mets à mon départ, Allen. Faites-moi d'abord transiter par Venise avant de m'envoyer dans le Sud. Sinon, je reste à Washington et vous trouverez quelqu'un d'autre pour faire le boulot. Sortez Luciano de sa prison de Dannemora et para-chutez-le au-dessus de l'Etna. Il fera un bien meilleur travail que moi !

Dulles leva les yeux au ciel et joignit les mains comme pour une prière.

— Nous avons déjà passé des accords avec Luciano. Il nous aide, mais depuis sa cellule. Pas question de le faire sortir pour le moment. Et puis, je doute qu'il en ait envie. Il mène une vie dorée là-bas, vous savez ? Chaque jour, des types en livrée du Celano's – son restaurant préféré de Little Italy – lui apportent ses repas. Les autres prisonniers mangent des lentilles et des pois, lui du caviar et du faisan ! Je serais très étonné qu'il troque ce confort pour aller courir les bois en Italie sous les balles des partisans de Mussolini...

— Mais moi, je suis assez bon pour cela, n'est-ce pas ?

— Ce n'est pas ce que je voulais dire, Monti, vous le savez bien... Soit ! Je vous accorde votre lubie véni-tienne. Mais il y a là-bas moins de mafieux qu'en Sicile, donc moins d'aide pour vous. Gare à vous si vous vous faites prendre, vous serez traité en espion. C'est-à-dire pire qu'un criminel.

— Je prends le risque. Emmenez-moi à Venise. Fausta Pheretti a toujours été un bon contact pour nous. Je ne veux pas la perdre...

La nuit précédant mon départ, je fis un cauchemar dont l'intensité et l'horreur furent telles que je me réveillai en sursaut. Pour la première fois depuis mon retour d'Italie, j'avais rêvé de Manea et des jours ter-ribles au cours desquels le fétiche m'avait dépouillé de toute mon humanité, au point de me faire quasiment commettre le plus atroce des crimes. Je me revis, errant dans les chemins creux, à la recherche d'une victime à sacrifier à l'idole. Je revis le visage affolé de la petite paysanne que j'avais agressée, et la tombe de ma mère que j'avais profanée...

Poussé par je ne sais quel instinct morbide, je me levai alors et, sans savoir pourquoi, je me rendis dans mon bureau pour y ouvrir mon coffre-fort. À l'inté-rieur se trouvait la boîte de fer que l'on m'avait donnée chez *don* Ritti et dans laquelle j'avais entreposé la main que j'avais tranchée au cadavre desséché de Leonora. Jamais je n'avais rouvert la boîte depuis lors. Ce soir-là, pourtant, après ce cauchemar où j'avais revu toutes les

images de la Galjero que Manea avait fait surgir dans
mon esprit, je sus instinctivement que le moment était
venu pour moi de soulever le couvercle du reliquaire.
Le geste lent et le cœur battant la chamade, je déga-
geai le membre momifié du tissu dans lequel je l'avais
enveloppé. Il était dans un état de conservation presque
parfait. La peau était brune et fendillée par endroits,
mais l'ensemble, malgré un processus de dessiccation
naturel, ressemblait étonnamment à une main *vivante*...
Dans le silence de la maison – tous les domestiques
avaient depuis longtemps regagné leur chambre dans
les étages –, je laissai enfin ma main se glisser dans celle
de ma mère... Les doigts de la morte, aussitôt, s'agrip-
pèrent à mon poignet, tandis qu'une chaleur intense se
dégageait des chairs sèches. J'aurais dû hurler, éprouver de la peur et du dégoût devant un tel prodige ; au
contraire, une vague de paix et de bien-être m'envahit.
J'avais été le témoin de trop de choses impossibles au
cours de ma vie pour être surpris par ce nouveau « miracle ». Du poignet sectionné s'effilocha un trait de brume
dorée qui, en quelques instants, prit de la densité jusqu'à former le reste du corps de Leonora. Elle se tenait
devant moi comme lorsque je l'avais vue, enfant, vêtue
de son tabard de guérisseuse qu'elle portait pour aller
cueillir les plantes dans les collines... Son visage était
doux et il me souriait. Des fleurs étaient piquées dans ses
cheveux, dont le parfum frais s'exhalait jusqu'à moi.

— Luigi, mon enfant, me dit alors ma mère. Je suis
si heureuse d'être à nouveau à tes côtés. Si heureuse de
sentir ta paume dans la mienne. Ne crains rien de moi,
surtout. Je suis une ombre mais mon amour pour toi
reste intact et ne peut être corrompu. Rien ne peut le
souiller. Chair de ma chair tu fus, chair de ma chair tu
demeures.

Les larmes me montèrent aux yeux et je ne pus parler. J'aurais tant voulu lui dire, pourtant…

— Luigi, je suis venu à toi car de grands dangers te guettent. Depuis toujours les esprits des morts t'entourent. Ni moi ni ta grand-mère, Giuseppina, n'avons voulu t'en faire révélation lorsque tu étais petit garçon, mais nous savions toutes deux que tes dons, s'ils étaient promis à surpasser de beaucoup les nôtres, allaient aussi attirer vers toi des êtres étranges, souvent nocifs, des êtres capables de franchir le seuil entre le territoire des spectres et celui des vivants. Certains se sont déjà manifestés à toi, Luigi. D'autres encore vont venir… Mais le plus grand danger vient de cette femme…

— Laüme Galjero, parvins-je à murmurer.

— Tu peux contrarier ses efforts, Luigi… Tu *dois* le faire…

— Comment, mère ?

— Prends la main que tu as tranchée à mon corps terrestre. Emporte-la avec toi là où tu dois te rendre. Tu rencontreras un homme à qui tu devras la confier. Un homme qui a traversé, comme toi, bien des épreuves. Elle lui sera utile… À cet homme tu donneras ma main en prononçant un mot que je te soufflerai alors…

— Quel mot ? Et qui est cet homme, mère ?

Mais Leonora ne me répondit pas. Son visage esquissa un ultime sourire, son corps de brume s'évanouit sous mes yeux et ses doigts libérèrent mon poignet. Lorsqu'il n'y eut plus aucune trace du fantôme, la relique tomba sur le sol avec un bruit mat.

Jusqu'aux premières lueurs du jour, je restai assis, la tête entre les mains, à ne plus savoir que penser. Depuis le jour où le père Vittorio s'était mis en tête de fabriquer une statue miraculeuse en suivant les anciens rites païens, ma vie n'avait été qu'une succession d'aventures dramatiques dans lesquelles le surnaturel semblait se tailler une part toujours croissante. Il était vain de refuser ce constat. Comme un roseau sous le vent, il fallait ployer sous l'évidence, au risque que ma raison ne se brise à vouloir résister… Ramassant la main qu'un rayon de soleil venait de frapper, je la replaçai dans sa boîte et rangeai celle-ci dans le sac à soufflets qui constituerait mon unique bagage.

*

Je quittai les États-Unis fin mars 1942. J'embarquai sur un sous-marin de la Navy à destination de Gibraltar. Naviguer sur un bâtiment de surface était trop dangereux. Si les combats entre la *Kriegsmarin* et la Royal Navy y étaient encore fréquents, c'étaient surtout les submersibles de Dönitz qui faisaient peser sur tout navire allié une menace permanente. Passer à nouveau une dizaine de jours à bord d'un vaisseau de guerre ne me dérangeait pas. J'avais pour moi une petite couchette individuelle et j'étais autorisé à pratiquer mes ablutions dans la douche réservée aux officiers.

Le voyage se déroula sans incident notable. Ne croisant la route d'aucun bâtiment ennemi, nous filâmes droit devant nous, plein est, jusqu'aux côtes espagnoles. À l'entrée de la Méditerranée, l'équipage devint toutefois plus tendu. La bonne humeur qui avait présidé jusque-là céda la place a une concentration accrue lorsque le commandant rappela à tous, par l'intercom, que la zone était truffée de mines dérivantes posées par les Allemands et qu'à chaque instant nous pouvions heurter un de ces engins. Mais nous franchîmes le goulet des colonnes d'Hercule sans difficulté, accostant même à Gibraltar avec deux jours d'avance sur notre feuille de route initiale. Sur le quai même où nous nous amarrâmes attendait mon premier contact. C'était un type de Chicago qui avait bien connu Merry Groves à l'époque où elle était encore correspondante à Berlin.

— Nous n'avons plus d'agent dans la capitale du Reich pour l'instant, déplora-t-il. Enfin... plus d'agent sérieux. Les Anglais en ont quelques-uns. Mais ce sont les Soviétiques qui nous fournissent principalement des informations sur l'état de la capitale et du pays. Vous pensez bien qu'ils nous racontent ce qu'ils veulent et qu'ils gardent les meilleurs morceaux pour eux... Au fait, je me nomme Hardy. Arthur Hardy... Oui, je sais, c'est pénible à prononcer...

Hardy était un brave garçon. Un peu pataud, un peu brouillon, mais intelligent et compétent. Il avait un talent de linguiste et parlait avec un débit stupéfiant de nombreuses langues romanes.

— L'italien, le portugais, le français, l'espagnol... Je me débrouille en roumain. Par ailleurs, je parle l'allemand correctement, encore qu'avec l'accent bavarois, paraît-il.

C'était Hardy qui devait m'emmener de Gibraltar à Venise. Il était mon guide, mon assurance-vie.

— En Espagne, nous n'aurons pas trop de problèmes. Franco tient à la neutralité de son territoire plus qu'à la prunelle de ses yeux. Tout incident embarrassant est réglé dans la plus grande discrétion. En France, ce sera un peu plus difficile car le gouvernement de Vichy joue maladroitement double jeu avec les *Krauts,* et on ne sait jamais sur qui l'on tombe, chez eux. Ça va du pétainiste convaincu au résistant exalté. Heureusement, la plupart des Français ne se mêlent de politique que lorsqu'ils sont certains de pouvoir se ranger du côté du vainqueur.

— Et comme la partie est encore incertaine, ils préfèrent ne pas choisir de camp pour l'instant, c'est cela ?

— Oui. Exactement.

Ainsi que Hardy l'avait prévu, nous traversâmes l'Espagne du sud au nord sans être inquiétés. Chaque fois que nous étions arrêtés, il suffisait que nous montrions nos passeports américains pour qu'on cessât aussitôt de nous poser des questions, et l'on nous laissait filer alors avec tous les égards. Dans les Pyrénées, la frontière avec la France était évidemment fermée, et nous dûmes faire appel à des passeurs pour traverser les forêts entre les deux versants de montagnes. Nous marchâmes de nuit, par un temps clair, en restant sous le couvert des arbres. En France, l'avancée fut moins facile. Grâce à Hardy, cependant, qui parlait la langue aussi bien qu'un indigène et s'était déjà ménagé des contacts sur place, nous trouvâmes dès Perpignan des gens prêts à nous aider. Accompagnés d'un jeune couple et de leurs deux fillettes, nous nous rendîmes en train à Montpellier puis à Marseille, sans éveiller l'attention. Je portais une des gosses sur mes épaules lorsque nous avancions sur les quais d'une gare ou les trottoirs d'une ville. On avait dit à la petite qu'elle devait faire comme si j'étais son grand-père et se comporter avec moi le plus familièrement du monde. Ce sont toujours les infimes détails qui sauvent ou précipitent les situations périlleuses. En l'occurrence, cette petite et sa sœur m'ont, je crois, évité quantité d'ennuis car la police française était aux aguets dans les gares et vérifiait au hasard l'identité des passagers. Mais sans doute parce que nous donnions l'image d'une famille heureuse, on nous laissa passer sans prendre garde à nous…

À Marseille, pourtant, le couple et les enfants durent nous quitter. De nouveau seul avec Hardy, je longeai

la côte de village en village, dans ces autobus inconfor-
tables qui conduisent en ville les gens des campagnes.
Nous mîmes presque deux jours à atteindre Nice. Là,
dans un modeste hôtel des faubourgs, nous attendîmes
un nouveau contact qui nous fit enfin passer en Italie, un peu au-dessus de Monte-Carlo. Je ressentis un
grand soulagement une fois la frontière franchie. Non
seulement je quittais des pays dont je ne comprenais pas
la langue, mais je pouvais enfin me raccrocher, dans la
péninsule, à mon propre réseau d'informateurs et de
complices. J'avais beau me sentir en confiance avec
Hardy, je préférais compter sur mes propres ressources
plutôt que sur celles des autres.

Nous arrivâmes à Venise en cinq jours et descendîmes
dans une pension tenue par un Palermitain marié à une
Vénitienne. *Don* Ritti m'avait assuré que l'homme était
sûr et qu'il répondrait à toutes mes exigences, ce qui fut
effectivement le cas. Dans l'heure même suivant mon
arrivée dans la lagune, je me rendis Riva degli Schia-
voni, là où demeurait Fausta Pheretti. La jeune fille
parut à la fois surprise et heureuse de me voir. Je crois
qu'elle avait écrit sa lettre comme on jette une bouteille
à la mer, sans espoir fondé que le message parvînt un
jour à son destinataire. Nous marchâmes quelque temps
tous deux sur le quai en échangeant des banalités. Cela
faisait six ans que nous ne nous étions pas vus, et pourtant je ne la trouvai guère changée. De légères rides au
front... Une voix un peu plus grave. Bien qu'elle se fût
mariée en 1937, je ne remarquai aucune alliance à son
doigt.

— Je vous ai lancé cet appel parce que je suis déses-
pérée, *signore* Monti. Je ne sais comment vous dire...

Il fallut encore que nous parvenions à un *campo*
désert pour que Fausta se décidât enfin à parler. Les

poings crispés comme une petite fille prise en faute, souvent au bord des larmes, elle m'avoua comment, bien
avant la guerre, elle était tombée éperdument amoureuse
d'un homme que tout aurait dû la pousser à haïr. Cet
homme, c'était un étranger, un Norvégien, qui vivait
en Allemagne depuis les années 1930. Il se nommait
Thörun Gärensen, et elle me raconta tout de son histoire. Comment, jeune homme innocent, il était arrivé
à Berlin et comment il avait été pris au piège par Heydrich au point d'être contraint à intégrer la SS. Comment il avait rencontré Dalibor et Laüme Galjero et
comment, depuis le début de la guerre, Fausta essayait
vainement de le convaincre de déserter… Quand elle
eut terminé son récit, ma gorge était sèche et mes mains
tremblaient si fort d'excitation que je dus les plonger
dans mes poches pour cacher mon trouble à la jeune
femme. Dans mon esprit fusaient déjà mille possibilités
d'exploiter les talents, la position qu'occupait ce singulier personnage, et surtout les rapports qu'il entretenait avec le couple Galjero. J'eus une peine infinie à me
concentrer sur les souffrances de Fausta. Enfin, après
avoir fait semblant de déambuler quelques instants de
long en large sur le *campo* pour mieux réfléchir à sa
situation, je revins vers elle.

— Qu'attendez-vous exactement de moi, Fausta ?
Que je vous aide à tirer votre époux des griffes des nazis,
c'est cela ?

Honteuse de quémander un tel service, elle baissa les
yeux sans répondre.

— Je ferai tout ce qui est en mon pouvoir pour le
sauver, je vous le promets, Fausta…

*

Lorsque je revins auprès de Arthur Harding, ce soir-là, mon esprit bouillonnait de perspectives et d'interrogations mais, si taraudantes que soient ces idées, je ne pus m'en ouvrir que partiellement à mon comparse. Comment aurait-il pu accepter les connexions que je venais de faire entre les aveux de Fausta et les prophéties tenues par le fantôme de Leonora, la veille de mon départ ? Pour m'en tenir à la sphère de la rationalité, je dressai donc à Harding un tableau des opportunités qu'ouvrait pour nous le ralliement de Gärensen à notre cause.

— C'est un proche de Heydrich, soulignai-je. Un proche de Himmler aussi. Sa position est remarquable. Si nous nous révélons en mesure de le retourner, les renseignements qu'il nous fournira surclasseront sans aucun doute ceux que les Soviétiques récoltent avec leurs taupes.

— Si elle existe, je peux me débrouiller pour nous faire communiquer sa fiche de renseignements dressée par les Anglais du MI6. Il suffirait de se procurer un poste de transmission à système morse. Vos amis doivent bien avoir ça sous la main, je pense.

Dans la chambre que nous partagions à la pension, on nous apporta très vite ce que Harding réclamait. Dès qu'il eut réglé l'appareil, Arthur cliqueta sa demande au centre d'opérations anglais de Gibraltar. Dans la soirée, nous reçûmes en retour une longue émission détaillant les états de service recensés de Gärensen.

À ma grande surprise, les meilleurs renseignements émanaient, non de nos alliés britanniques, mais de notre agent, Merry Groves, qui avait rencontré notre homme à plusieurs reprises avant la guerre, à l'occasion de diverses réceptions mondaines. Elle avait flairé en lui une personnalité trouble, velléitaire et malléable, si bien qu'elle avait passé beaucoup de temps à collecter des informations le concernant. D'un commun accord, Harding et moi décidâmes d'informer Dulles et Donovan de notre découverte cette nuit même. En attendant leurs instructions à ce propos, je retournai plusieurs fois auprès de Fausta afin de la rassurer et d'essayer d'en apprendre davantage sur la nature des relations que son époux entretenait avec les Galjero. Se livrant à chaque fois un peu plus, Pheretti en vint, avec mille précautions cependant, à me parler des épreuves traversées par son époux au château du Wewelsberg, la forteresse médiévale restaurée sur l'ordre de Himmler pour abriter les cérémonies du culte de l'ordre SS.

— Dans la crypte… Il y avait une sorte de pierre, m'a-t-il dit. Une pierre noire que les Galjero destinaient à protéger la ville de Berlin tout entière. Je sais que c'est stupide et que vous n'allez pas me croire, mais c'est la vérité pourtant. Il vous le dira lui-même… Un *palladium* frotté de sang…

— Une longue pierre noire ? Une pierre creuse baignée par les souffrances d'enfants sacrifiés ? Une pierre gravée de symboles anguleux ?

— Comment le savez-vous ? balbutia Pheretti, incrédule.

— J'ai vu cet objet. On me l'a montré il y a des années. J'en ai eu la vision !

Il fallut bien qu'à mon tour je me confie. Et Fausta apprit de ma bouche comment j'avais été initié par ma mère au mystère des esprits protecteurs, de ces anges pétris par la volonté et le sang qui sont des serviteurs si efficaces mais prompts à se retourner contre leur créateur. Juive, Fausta était issue d'un peuple de prêtres, un peuple qui avait bâti toute sa foi sur le rejet des idoles et la soumission à un dieu unique, extérieur à ce monde.

Les fibres les plus intimes de sa conscience lui disaient que je ne mentais pas.

— Moïse contre le Veau d'or, dit-elle pensivement. Et aussi le golem du rabbin de Prague, cette statue d'argile animée par la magie pour protéger le ghetto. Des Livres saints à la légende, nous connaissons bien ce thème de la matière qui se met à vivre sous la main de l'homme. C'est ce même secret que les érudits et les simples partagent. Votre mère, *signore* Monti, l'a appris instinctivement ; les Galjero, plus sûrement je pense, par l'étude. Et c'est pour cette raison que Dalibor se rendait chez le comte Caetano. Afin de parfaire sa connaissance de ces secrets… Car il y a plus que cette pierre unique…

Alors, Fausta m'apprit que le *palladium* de Berlin n'était pas la seule œuvre des Galjero. Thörun, son époux, lui avait aussi révélé l'existence de fétiches, très semblables à celui qu'avait fabriqué ma mère, pétris non pour guérir mais pour protéger…

— Hitler en possède un, bien sûr, et c'est pourquoi toutes les tentatives d'attentat contre lui ont toujours inexplicablement échoué. Himmler est protégé lui aussi. Heydrich également…

Je revins vers Harry Harding, sombre et bien incapable de lui exposer les raisons de mon pessimisme. Je connaissais la puissance des anges fabriqués par des mains humaines. Je savais aussi que la Galjero était un être d'une puissance dépassant de cent coudées les frustes savoirs de Leonora et Giuseppina. Comment espérer la vaincre ? Et pourtant, il le fallait bien…

— Un ordre est tombé pendant votre absence, me dit Harding. Un message de Dulles et Donovan. Ils veulent que nous utilisions Gärensen pour éliminer Heydrich.

Cette dernière nouvelle m'anéantit. Impossible de télégraphier à Donovan qu'à l'image de tous les dignitaires nazis, Heydrich était protégé par des procédés de magie noire – à supposer que Harding lui-même accepte de coder et d'envoyer une telle information ! Mieux valait gagner du temps et, surtout, rencontrer Gärensen le plus vite possible pour mieux juger du personnage.

Je pressai donc Fausta de faire venir son époux à Venise. Elle insista tant que, à la mi-avril, elle put enfin m'annoncer que son mari venait de quitter Berlin pour la rejoindre. Ce fut dans un petit appartement de rapport inoccupé, appartenant à l'aubergiste sicilien, que je rencontrai pour la première fois Thörun Gärensen. Malgré mon air dur et sûr de moi, j'étais fortement impressionné par ce grand type à l'allure de Viking qui me dépassait d'une bonne tête. Ma maladresse dut lui faire mauvaise impression. Il me regardait souvent avec un mélange d'incrédulité et d'hostilité qu'il ne cherchait pas à cacher. Une fois ou deux, il menaça de me livrer sur-le-champ aux autorités fascistes mais, lorsque je lui parlai enfin des Galjero et des anges gardiens, toutes ses défenses s'effondrèrent. Infiniment plus cultivé que moi, Gärensen avait pour habitude de nommer les fétiches protecteurs *therapoi,* un mot de grec ancien désignant les écuyers porteurs de bouclier qui, sur les chars de combat, assuraient la défense du héros.

— Si les services secrets alliés veulent éliminer les dirigeants nazis, il faut d'abord abattre les protections magiques dressées tout autour d'eux. C'est la seule façon d'en venir à bout. Mais je ne sais ni où se trouvent ces statuettes, ni comment les détruire, déclara tristement le Norvégien.

Le problème était insoluble. Lentement, je m'approchai de la fenêtre aux persiennes tirées pour nous protéger de la chaleur de l'après-midi. Le soir était venu. Voulant trouver un peu de fraîcheur après cette longue discussion, je poussai légèrement les volets pour laisser passer l'air de ce soir d'avril. C'est alors qu'une évidence me frappa, tandis que des images éclataient soudain dans mon esprit. Revoyant ce que le fétiche Manea m'avait montré lorsque j'étais étendu au sommet de la colline, je me concentrai sur cette mystérieuse silhouette de jeune femme blonde marchant vers le bûcher. Un souffle passa dans ma conscience. C'était la voix de ma mère qui me révélait, d'un mot, le nom de cette femme... Sûr de moi, je me retournai vers Gärensen.

— Je sais qui garde les *therapoi,* lui dis-je sans que mes traits trahissent rien du miracle qui venait de se produire.

Thörun ne parut pas surpris à l'énoncé du nom de Keller. Il avait croisé cette fille longtemps auparavant et savait qu'elle avait noué elle aussi d'étroites connexions avec les Galjero.

Dès le lendemain de notre première rencontre, il regagna l'Allemagne où, en prenant de gros risques, il parvint à briser les statuettes fabriquées par les Galjero. Un objet l'aida dans sa quête, un objet étrange qu'il avait beaucoup hésité à prendre. C'était la main de gloire, la main de Leonora la pendue, qui le guida jusqu'aux caches où étaient conservés les *therapoi...*

Je ne pus jamais révéler à Donovan et Dulles la vérité sur Gärensen. Je n'aurais fait que me discréditer à expliquer ces choses à des gens pour qui la rationalité était l'unique champ de réalité concevable. Si Reinhard Heydrich fut abattu non par Gärensen mais par un commando de partisans tchèques, il ne fait aucun doute cependant dans mon esprit que l'opération fut rendue possible par l'intervention du mari de Fausta. En dépit de mes promesses initiales, je parvins à convaincre la jeune femme que la présence de son époux à Berlin serait extrêmement profitable à la cause alliée. Pendant quelque temps, Gärensen fut un de nos contacts avec les gens de la *Schwarze Kapelle,* la résistance allemande du régime nazi. Force est de constater qu'il ne fut pas notre plus grand espion. L'amiral Canaris, le chef de l'organisation, se méfiait de lui et lui trouvait un air mystique qu'il n'aimait guère. Mais peu importait son efficacité réelle puisque, entre-temps, l'OSS avait recruté de nombreux contacts au sein des hautes sphères de l'état-major allemand.

Quant à moi, il fallut après cet épisode que je quitte Venise afin d'effectuer la mission pour laquelle je m'étais rendu en Italie. Seul, sans Harry Harding, qui était retourné à Gibraltar, je descendis le long de la péninsule, franchis le détroit de Messine et accostai sur mon île natale. À Palerme, je retrouvai *don* Ritti. L'atmosphère y était fiévreuse : des troupes allemandes avaient été envoyées pour renforcer l'armée italienne déjà en position.

Pendant plusieurs mois, je vécus dans la clandestinité, parcourant le pays de nuit, à pied bien souvent, afin d'organiser les actions des différents clans et de repérer les positions ennemies… Début 1943, je fus en mesure de proposer à Dulles et à Donovan un plan d'attaque. Les informations que je fournis alors contribuèrent à préparer le débarquement de juillet 1943 sur les côtes méridionales de la Sicile. Comme ce fut le cas un an plus tard avec la Résistance française, les partisans siciliens fomentèrent des actes de diversion dans le dos de l'ennemi tandis que les troupes alliées avançaient vers Palerme. Menant ainsi une *Indianer Krieg,* comme disaient les Allemands, nous désorganisâmes les voies de communication empruntées par les troupes de l'Axe, fîmes sauter des dépôts de munitions, occupâmes des centraux téléphoniques et harcelâmes les convois qui battaient en retraite vers la péninsule. Nos familles jouèrent alors un grand rôle, notamment en contrebalançant l'influence des partisans ralliés aux communistes. L'histoire est étrange : elle rejette souvent l'essentiel de ce qui la compose – la contradiction, le compromis, les alliances incertaines, qui seuls rendent possibles pourtant les grandes victoires. Ainsi en alla-t-il, pour la conquête de l'Italie, de la collusion improbable entre les services de renseignements américains et quelques parrains de la Mafia.

Si j'avais été jusqu'à me jeter moi-même au cœur de la bataille, d'autres *amici miei* participèrent à l'aventure. Du fond de sa prison de Dennamora, Lucky Luciano recevait régulièrement la visite d'agents du gouvernement, qui lui rendaient compte des progrès de ma mission. Le chef de Cosa Nostra leur donnait en retour des instructions précises à me délivrer. Il est certain que d'autres, dont je ne connais ni le nom ni le nombre, contribuèrent autant que moi au déroulement de ces événements. Nos efforts, nos luttes resteront à jamais dans l'ombre, mais je ne le déplore pas, c'est préférable ainsi. Et comment pourrais-je reprocher au gouvernement de Washington de passer sous silence ses compromissions avec le syndicat du crime, quand moi-même je ne voudrais pour rien au monde que fût révélé le secret des anges fabriqués de main humaine ?

Entre deux orages

— Vous nous avez beaucoup apporté, sénateur Monti, admit le militaire assis en face de moi. Je suis bien forcé de l'admettre, même si vos jeux d'espions et de sabotage derrière les lignes ennemies ne me paraissent pas dignes d'un vrai combattant. Voulez-vous un cigare ?

Ses grands pieds bottés posés sur son bureau, le général Patton fit négligemment glisser vers moi un coffret en bois marqueté d'essences précieuses, dans lequel je pris un long dominicain brun délicieusement odorant.

— Voyez-vous, Monti, l'honneur d'un militaire, c'est de foncer dans le tas et de tout briser sur son passage par sa seule force, son seul enthousiasme. C'est cela qui est vraiment beau ! Cela, qui constitue l'essence de l'héroïsme et de l'épopée, selon moi. Alors, si quelqu'un vient couper sournoisement par-derrière les jarrets de mon adversaire, ça me gâche le plaisir, comprenez-vous ? C'est efficace, certes, mais ça me pourrit mon bon Dieu de plaisir.

De tous les grands stratèges alliés, George Smith Patton était indiscutablement le plus doué, le plus populaire aussi parmi ses hommes. Il était également le plus imprévisible, le moins discipliné et le plus visionnaire de tous les officiers supérieurs anglo-américains. Sa vie avait été une succession de tableaux épiques, de combats dignes d'un livre d'images. Portant aux hanches deux revolvers à crosse de nacre, il avait abattu au Mexique en duel singulier le bras droit de Pancho Villa. Pendant la Première Guerre mondiale, il s'était échappé de l'hôpital militaire pour retourner au front combattre à la tête de son unité d'automitrailleuses. En France, il avait appris l'escrime et perfectionné ses compétences équestres au côté des cavaliers du Cadre noir de Saumur. Fin lettré, lisant couramment le latin, expert en histoire de la stratégie, Patton était persuadé d'être la réincarnation d'un guerrier antique. Abhorrant la lâcheté par-dessus tout, il avait, quelques jours à peine avant de me recevoir dans son quartier général de Palerme, giflé dans un hôpital des soldats atteints de malaria parce qu'il les croyait simulateurs. Révélée par la presse, l'affaire était en train d'enfler et de lui attirer quelques sérieux ennuis avec ses supérieurs.

— Des imbéciles ! Des gens qui n'ont pas idée de ce qu'est un champ de bataille ! Qui n'ont aucune conscience des sacrifices que cela implique, de la force d'âme que le combat exige... On ne gagne pas une guerre contre les *Krauts* avec des bons sentiments. Mais ça, cela ne leur entrera jamais dans le crâne, à tous ces gentils messieurs planqués derrière leur bureau de politicard à Washington ou de pisse-copie à New York ! Vous Monti, au moins, vous n'hésitez pas à vous salir les mains et à suer dans vos frusques. Voulez-vous que je vous dise, Monti ? J'ai plus de respect pour les combattants d'en face que pour les planqués de chez nous. Et ce sera vrai aussi quand nous embrayerons contre les Russes.

La guerre contre les Soviétiques ! Patton ne pensait déjà qu'à cela. Seul à évoquer ouvertement un affrontement avec Moscou sitôt que la capitulation de Berlin serait obtenue, il tentait depuis des mois de persuader Roosevelt du bien-fondé de son raisonnement.

— Je sais déjà qu'il ne m'écoutera pas… Il sait que j'ai raison, pourtant. Mais il faudrait que d'autres que moi le lui disent… Des gens importants… La parole d'un sénateur comme vous, Monti, compterait certainement beaucoup…

Nous parlâmes très tard ce soir-là, Patton et moi. Plus notre conversation avançait et plus nous nous découvrions de points communs. Certes, nos parcours respectifs n'avaient rien de comparable et, si nous étions de la même génération, on aurait difficilement pu imaginer hommes au passé plus différent. Cependant, cela ne nous empêchait pas de nous ressembler au final. Rapidement, il m'amena à la justesse de ses vues et nous nous quittâmes en ayant tous deux le sentiment d'avoir gagné un nouvel allié dans nos croisades respectives.

La fin des combats en Sicile ne marqua pas pour moi le moment de rentrer aux États-Unis. La guerre s'était maintenant déplacée dans le Sud de la péninsule proprement dite et, puisque la Mafia sicilienne entretenait de bons rapports avec la Camorra napolitaine, j'avais quitté *don* Ritti pour aider nos frères du Mezzogiorno. Il y eut encore des batailles, violentes, contre les troupes allemandes. Mais l'Italie, elle, se débandait. Les régiments mussoliniens, incapables de faire face à la pression alliée, n'empêchèrent pas que Rome fût déclarée ville ouverte. Certes, il y eut l'épisode de la rocambolesque évasion du Duce, après sa capture par nos armées, mais ce ne fut qu'un pitoyable et bref sursis pour le chef de l'État. Lorsqu'il fut repris, la foule le mit à mort sans pitié et exposa son corps. Celui qui avait été adoré comme un nouveau César termina son existence, la culotte baissée et la tête en bas, comme le Pendu qui illustre une des lames du tarot.

C'était désormais l'époque de la débâcle pour les troupes de l'Axe. L'Italie avait été la première pièce à tomber ; désormais, tous les fronts cédaient. À l'est, les Soviétiques ne pouvaient plus être contenus, tandis qu'à l'ouest, Tommies et GIs foulaient le sable de Normandie. Je suivis nos armées dans leur remontée vers le nord. De Rome, je gagnai Florence, puis Parme, puis Bologne, m'occupant déjà de relancer d'anciens intérêts que Luciano avait personnellement dans ces villes. Quand je ne fus plus qu'à quelques heures de Venise, je ne pus m'empêcher d'aller retrouver Fausta Pheretti.

Nous étions en plein hiver 1944, et des tempêtes de neige se succédaient, en serrant la ville sous une couche de glace qui pétrifiait les voies d'eau. Seul le Grand Canal était encore praticable. Naviguant entre les embarcations à tête goudronnée, un *vaporetto* m'emmena jusqu'au quartier du Dorsoduro, où Fausta avait acquis une nouvelle demeure, quelques années auparavant. Longtemps je frappai à sa porte. Le loquet fut tiré, et une vieille en blouse noire apparut sur le seuil, qui m'annonça à sa maîtresse. Fausta était plus pâle qu'une morte quand j'entrai dans sa chambre. Sa peau était marbrée de petites boursouflures disgracieuses qui la faisaient atrocement souffrir. Bien sûr, elle avait consulté déjà divers médecins, mais les pauvres remèdes qu'ils lui avaient prescrits ne semblaient avoir aucun effet sur le mal qui la rongeait. Dès que je la vis, je songeai au lieutenant Virgil Tulroad, mort envoûté dans les marais de Louisiane, dix ans auparavant. Fausta portait au fond des yeux la même horreur que lui.

Pendant les jours au cours desquels je demeurai à son chevet, son état ne fit qu'empirer. Les boursouflures se nécrosèrent lentement, couvrant son corps d'un voile de pourriture suintante qu'il était impossible d'enlever au risque d'écorcher la peau. Aux rares paroles qu'elle parvint à prononcer, je compris qu'elle n'avait plus de nouvelles de Thörun depuis des mois. Elle le pensait toujours en vie, cependant, mais ignorait où il se trouvait et pourquoi il avait soudain rompu tout contact avec elle. Quant à l'origine de ses souffrances, si elle ne pouvait en dire l'origine, elle ne devinait que trop bien qui, en vérité, les lui causait.

— Vous songez aux Galjero, n'est-ce pas ? lui demandai-je, sachant qu'elle pouvait encore m'entendre.

— C'est peut-être le prix qu'ils me font payer pour avoir aimé Thörun. C'est leur vengeance…

De toutes mes forces je tentai de sauver Fausta. Ne dormant plus, demeurant constamment avec elle, je tentai pendant de longues heures d'apposer mes mains sur ses tempes pour soulager ses douleurs et combattre le mal qui la décomposait lentement. J'aurais donné mon âme pour mourir à sa place, ou pour retrouver la force qui m'avait fait guérir la fillette tombée de l'olivier lorsque j'étais enfant. Mon âme, oui… Mais les religions mentent, les hommes n'ont pas d'âme… Cela, je le savais depuis longtemps. C'était Maddox Green qui me l'avait appris lorsqu'il s'était jeté sur moi, dans la cour de promenade des condamnés à mort à Blackwell's Island, trente ans plus tôt… « Pas d'âme », avait-il dit… Sauf pour ceux qui s'en forgent une de leur vivant…

Pour la première fois depuis que j'avais franchi le seuil de cette maison, je m'étais assoupi un instant dans la pièce attenante à la chambre de Fausta. Soudain j'entendis le plancher craquer sous un pas lourd. C'était

Gärensen, qui venait enfin retrouver son épouse. Quand il la découvrit déjà inconsciente, il se mit à trembler de tout son corps et je le vis dégainer son arme et s'apprêter à la retourner contre lui. Me précipitant, je lui saisis le poignet afin d'arrêter son geste malheureux.

— Vous ne feriez que servir les intérêts de vos ennemis si vous commettez cette lâcheté. Est-ce ce que vous voulez ?

Lui arrachant des mains le pistolet, je parvins à force de paroles à le ramener à la raison. D'une voix hachée, rendue presque inaudible par l'émotion, il m'avoua connaître les responsables du maléfice dont souffrait Fausta.

— Les Galjero ont fait des adeptes, des apprentis sorciers qui ont voulu dépasser leurs maîtres ! Cette Ostara Keller qui gardait les *therapoi* que j'ai détruits. Et puis un homme aussi, que je croyais être mon ami et que j'ai vu mourir sous mes yeux...

— Seule cette femme sera capable de défaire l'envoûtement, Thörun ! Vous devez partir à sa recherche immédiatement et la contraindre à lever le sortilège de mort qu'elle a jeté sur votre épouse !

Vaines paroles, je le savais ! Même si Thörun avait pu retrouver cette Ostara Keller, il était trop tard pour sauver Fausta. La pourriture était irrémédiablement installée.

Pendant trois jours encore, nous demeurâmes au chevet de la malade. Gärensen insista pour que de nouveaux médecins soient consultés et, même, pour que des prêtres viennent et prient. Mais rien, ni les drogues ni les suppliques, ne purent ranimer Fausta Pheretti...

« Moi, j'aurais pu la ramener sur les chemins de la vie, Luigi mon père... J'en aurais eu la force si tu ne m'avais pas brisée sur le sol... »

Comment savoir si la voix de Manea était réelle ou si les mots perçus dans un demi-sommeil n'étaient qu'un délire de fatigue et de peur ? Manea aurait-elle pu vraiment secourir Fausta, combattre son mal et déjouer la lèpre maligne qui la rongeait ? Comment savoir ? Dans la lutte qui m'avait opposé au fétiche, je m'étais montré faible et inconséquent. Peut-être, avec de la volonté et du courage, aurais-je pu dominer la perversion de l'entité et la purifier, afin qu'elle retrouvât toute la puissance bénéfique de ses origines. Mais il n'en avait pas été ainsi et ma lâcheté coûtait maintenant la vie à Fausta…

Lorsque son épouse rendit son dernier soupir, Thörun la plaça lui-même en bière. Tous deux, nous descendîmes le cercueil jusqu'à la porte d'eau de la maison avant qu'une embarcation ne l'emportât vers l'île des morts, le cimetière San Michèle, au nord de la lagune. La neige tombait toujours, le ciel était bas et gris, toute lumière absente… Thörun me quitta le jour même. Il voulait partir à la recherche de Keller, dont il croyait avoir percé à jour les intentions. Sa traque fut longue et périlleuse. Il la suivit jusqu'à des confins glacés, au cœur du Pandémonium qu'était alors devenue l'Europe retournée à la barbarie…

Je ne pouvais plus rien faire pour lui. Nous avions perdu l'un et l'autre les êtres qui nous étaient chers après avoir croisé le chemin des Galjero, mais nos destins, pour un temps, se séparaient… En janvier de l'année 1945, je regagnai enfin le sol américain. Dulles et Donovan me réservèrent un accueil digne d'un héros. Aucun ne comprit pourquoi tant de tristesse voilait pourtant mon regard.

— Vous êtes un personnage décidément très difficile à cerner, sénateur Monti, Dulles dit, navré, comme nous flânions le long des avenues rectilignes de Washington. Vous vous rendez compte du trajet formidable que vous avez accompli depuis votre arrivée aux États-Unis ? Qui pourrait se targuer d'un tel parcours ? De docker à New York à héros national en passant par les méandres de l'empire du crime… Vous êtes un personnage de roman, Monti ! Souriez donc !

— Un personnage de très mauvais roman, répliquai-je. Un roman qui se termine mal… Cette histoire n'est pas celle d'une réussite, mais d'un échec. Laüme et Dalibor Galjero sont libres. Ils vivent quand les corps de ma femme et mon fils pourrissent sous terre. C'est la seule pensée qui m'obsède, comprenez-vous ? La seule chose qui ait quelque importance pour moi…

Dulles resta muet un long moment. Le froid intense de février jetait de la buée sur ses petites lunettes rondes, qu'il essuyait tous les cents yards de la pointe de son écharpe en cachemire.

— Je pensais qu'au fil des ans vous oublieriez cette vendetta, Monti. Mais je comprends aussi que ce ne soit pas le cas. Plutôt que de vous abandonner à vous-même, je préfère vous proposer mon aide. L'OSS est devenue une agence puissante aujourd'hui, qui peut rivaliser avec le NKVD soviétique. Je pense même qu'elle le surclassera dans très peu de temps. Nous bénéficions de crédits toujours plus importants et de collaborateurs toujours plus nombreux. Si tout cela peut vous être utile, considérez que vous pouvez faire appel à moi.

Dulles venait de prononcer les paroles que je voulais entendre, même si je craignais que la première requête que j'avais à formuler ne fût rejetée sans appel.

— Dans ces conditions, j'ai évidemment un service à demander à l'OSS.

— Vous n'avez qu'à parler, je vous donne ma parole que vous serez exaucé.

— L'officier supérieur SS Thörun Gärensen... S'il est encore en vie, j'aimerais que vos services se chargent de le récupérer et de le conduire ici, aux États-Unis. Non comme prisonnier, bien sûr, mais en tant que collaborateur.

Encore une fois, Dulles nettoya ses petits carreaux ronds avant de hocher la tête.

— Gärensen aura son certificat de dénazification. Je vais m'occuper de ça. S'il est toujours de ce monde, nous vous l'amènerons. Ce ne sera pas le premier *Kraut* que l'on fera passer de notre côté.

Retrouver Gärensen fut une entreprise longue et délicate que je suivis de bout en bout en me rendant chaque jour au bureau de l'OSS chargé de la captation des élites allemandes. Ma hantise était que Gärensen tombât aux mains des Soviétiques. Le tatouage qu'il portait sous l'aisselle le conduirait à l'exécution immédiate si, par malheur, il était pris par les Rouges. Gärensen le savait aussi bien que moi. Pendant des semaines, il vécut comme une bête, marchant seul depuis l'endroit où il avait fini par retrouver Ostara Keller jusqu'à Sofia envahie par les Soviétiques, puis, de là, jusqu'à Skopje et Dubrovnik d'où il embarqua clandestinement pour Venise. Ce fut là que nos informateurs le repérèrent. Comme je l'avais prévu, il était revenu s'abriter dans l'ancienne maison de Fausta... Gärensen ne fit aucune difficulté pour suivre les agents de l'OSS qui le contactèrent alors en mon nom. Lorsque je vins l'accueillir moi-même au port de New York, je le trouvai amaigri et fatigué. Malgré son épuisement, il voulut immédiatement que je lui montre la ville.

— Montrez-moi où vous avez vécu, Monti, me demanda-t-il, sans que je sache s'il portait un intérêt sincère à l'histoire de ma vie ou s'il éprouvait le besoin d'être distrait à n'importe quel prix de la tristesse et des remords qui le rongeaient depuis la mort de son épouse.

Ensemble, nous flânâmes tout un après-midi. Sur les docks, je lui désignai l'endroit où j'avais travaillé comme portefaix. Dans Little Italy, nous passâmes devant le petit restaurant où j'avais baisé la main de *don* Giletti, signant ainsi mon allégeance à la Main Noire. À Manhattan, je pointai du doigt le pénitencier de l'île de Blackwell, d'où je m'étais évadé plus de trente ans auparavant… Enfin, nous descendîmes la Cinquième Avenue jusqu'à L'Algonquin où, fidèle à ses habitudes, Allen Dulles nous attendait.

— Eh bien, George, qui donc avons-nous ce soir ? demandai-je au vieux portier.

— Ce n'est plus la grande époque, monsieur le sénateur, je le crains. Plus d'actrices ni d'écrivains. Rien que des officiers et des politiciens…

— Mon pauvre George ! Cet établissement n'est plus digne de vous. Peut-être va-t-il falloir que vous quittiez L'Algonquin.

— J'y songe, sénateur… Décidément, j'y songe…

Avec la fin de la guerre, une autre époque commençait. Si le petit peuple s'enivrait encore au vin de la victoire sur les nazis, les stratèges, eux, savaient à l'instar de Patton que l'affrontement contre les Soviétiques avait déjà débuté. Dans l'ombre, les premiers pions cherchaient leur place, et la partie, nous le devinions tous, risquait d'être bien plus serrée encore que celle menée contre les Allemands.

— Connaissez-vous lord et lady Bentham, messieurs ?

nous demanda Allen Dulles après avoir été présenté à Gärensen.

— Jamais entendu parler, répondis-je en m'amusant à faire tinter les cubes de glace dans mon verre de scotch.

— Moi non plus, ajouta le Norvégien dans son anglais à l'accent râpeux.

— Je crois que vous devriez tous deux les rencontrer. Ils pourraient vous aider à retrouver les Galjero. Figurez-vous qu'ils les cherchent, eux aussi, depuis longtemps. Ils ont loué les services d'une agence de détectives sans que cela leur donne satisfaction, apparemment… Ils recrutent… Un colonel anglais s'est associé à eux. Un type étrange, agent du MI6 britannique. Il est arrivé à New York il y a quelques jours avec un troupeau de gosses sortis d'on ne sait où.

— Etait-ce David Norman Tewp ? interrogea Thörun en arborant un sourire à la fois étonné et ravi.

— Oui, confirma Dulles. Natif de Brighton. Brillants états de service aux Indes, mais un parcours cependant très flou. Pas facile de recueillir de bons renseignements sur lui. Les Brits eux-mêmes semblent gênés par ce type. Un ami de l'ambassade anglaise m'a communiqué son dossier, qui comporte des vides énormes, acheva Dulles avec une moue.

— Des *vides* ? m'exclamai-je en riant. Mon existence officielle est également truffée de *vides,* Dulles ! Et celle de Gärensen aussi… Pour ma part, j'y vois un bon présage. Un homme dépourvu de *vides* n'a décidément guère de chances d'être un individu intéressant, croyez-moi !

— Pensez-vous que nous puissions travailler ensemble avec Tewp et les Bentham ? me demanda le Norvégien.

— Nous le saurons dès demain en allant leur rendre visite, mon ami. Mais pour moi, cela ne fait déjà aucun doute. Oui, aucun doute...

Septième tombeau des chimères

L'homme de Galata

Quai de Galata, Istanbul, décembre 1946.

Thörun Gärensen jeta nerveusement son cigare, sitôt allumé, dans les eaux huileuses qui stagnaient sous le ponton de bois. Il avait percé d'un coup de dents les feuilles habillant le gros havane, si bien qu'à la première bouffée des brins de tabac lui étaient restés collés sur les lèvres, sensation qu'il détestait entre toutes.

— Le climat de l'Orient vous rend de bien méchante humeur, on dirait, ricana Hezner. Vous préféreriez sans aucun doute vos fjords et vos glaciers…

— Vous ne résisteriez pas longtemps à l'endurance physique que les paysages de chez moi requièrent, docteur. Ne vous avisez pas d'y traîner vos guêtres autrement que bien emmitouflé.

Hezner haussa les épaules et avança à grands pas à travers la foule massée sur le quai. Vêtu d'un long manteau de laine noire, sa silhouette se distinguait à peine de celles des Turcs qui, portefaix, marchands ou voyageurs, circulaient sur les docks. Tewp et Gärensen eurent du mal à ne pas le perdre de vue dans la foule.

— Vous semblez savoir où vous allez, docteur Hezner, lui cria Tewp tandis qu'escorté par Tobie, Nathan, Benny et Ariel le petit homme s'engouffrait dans un dédale de ruelles poussiéreuses. Vous ne nous aviez pas dit que vous connaissiez Stamboul.

Ruben continua à avancer sans daigner répondre. Enfin, après de longs détours par les quartiers de Sichane, Taksim et Arbye il s'arrêta devant une maison haute à la façade ocre clair, dont le premier étage s'ornait d'un moucharabieh.

— Attendez-nous ici, voulez-vous. Ça ne prendra qu'un instant.

Sur le trottoir, Tewp et Gärensen patientèrent de longues minutes, comme des domestiques attendant le retour de leur maître. Des gamins vinrent leur courir autour, ce qui agaça encore Gärensen.

— Nous sommes deux idiots ! murmura-t-il. Nous devrions lâcher ce type et solliciter l'aide de l'agence Xander. Maintenant que la guerre est terminée, leur enquête sera facilitée.

— Les limiers de Xander sont sur la piste des Galjero depuis fort longtemps et ils n'ont jamais rien trouvé de sérieux. Cela fait des années maintenant qu'ils font chou blanc. Pourquoi réussiraient-ils aujourd'hui ?

Gärensen donna un coup de pied dans sa valise posée par terre et fit mine de se lancer à la poursuite d'un gosse qui lui tirait la langue avant de revenir s'asseoir en grommelant sur le bord du trottoir. Il ferma les yeux, se passa d'un air las les mains dans les cheveux et baissa les yeux au sol, sans penser à rien. Tewp chercha en vain, un instant, une plaisanterie ou un bon mot qui pût dérider le Norvégien, mais son esprit s'avérait incapable de légèreté.

— Savez-vous ce que vous ferez quand tout cela sera fini ? demanda-t-il en prenant place à côté de Gärensen.

De la pointe de son soulier, Thörun tapa dans un caillou qui roula jusqu'au caniveau d'en face.

— Aucune idée. Je devine seulement que ce qui restera du XXe siècle ne sera pas plus fait pour moi que pour vous, colonel.

Si jamais nous avons eu un temps, considérez qu'il est bel et bien terminé…

À nouveau, l'Anglais aurait aimé trouver une phrase optimiste qui pût les aider à alléger la chappe qui pesait sur eux depuis trop longtemps, mais son esprit restait sec, engourdi. Obscurément, il savait que Gärensen avait raison.

— Nous sommes des aventuriers, poursuivit le Norvégien. Des inutiles. Des asociaux. Des gens qui seront repoussés dans les marges, quoi qu'il advienne. Et c'est bien pour cela…

— … Bien pour cela que nous nous obstinons à poursuivre les Galjero, acheva le colonel. Parce qu'autrement nos vies seraient vides. Cette chasse nous donne une raison d'exister. C'est ce que vous voulez dire, n'est-ce pas ?

Pour la première fois depuis des jours, Thörun sourit franchement.

— Oui, mon ami. C'est exactement ce que je veux dire. Bien entendu, nous voulons nous venger, vous des meurtres de vos amis hindous, Monti de la disparition de son fils, moi de la mort de Fausta… Mais au fond, tout cela n'est que prétexte. Quand ce leurre aura disparu, que nous restera-t-il comme raison d'exister ?

— Nous nous inventerons une autre guerre, peut-être, risqua l'Anglais. Ou bien vous rentrerez enfin en Norvège, auprès des vôtres. Vous referez votre vie comme je referai peut-être la mienne.

Regagner la Norvège ? Cette pensée n'avait pas effleuré Thörun depuis des lustres. Comment revenir au pays après avoir porté quinze années durant l'uniforme noir ?

Non. C'était inconcevable, cela n'aurait servi qu'à plonger sa famille dans l'embarras, et il ne le voulait pour rien au monde. Depuis qu'un soir, des années auparavant, il avait de lui-même mis fin à une pitoyable tentative de fuite à Oslo, il n'avait jamais sérieusement songé à revoir les siens. Heydrich avait fait de lui un paria, un déchu, un homme seul, que même l'amour sincère d'une femme n'avait pu sauver. Oui, il en était persuadé, la chasse donnée à Laüme et Dalibor Galjero n'était qu'un mensonge. Un recours temporaire pour oublier le vide qui l'attendait au bout du chemin.

— « Un roi sans divertissement est un homme plein de misère… », murmura-t-il si bas que Tewp perçut à peine ses mots.

— Que dites-vous ?

— Blaise Pascal, pensée 137, je crois, répondit Thörun comme si le colonel anglais était un familier des ouvrages de philosophie.

— Je ne comprends pas cette phrase, je le crains. Pourquoi la citez-vous ?

— Parce que vous et moi sommes maudits, mon cher David. Nous portons un regard trop lucide sur la médiocrité du monde et l'unique moyen pour nous de ne pas sombrer dans la folie est de nous engager dans une quête impossible et vaine. J'en suis persuadé, elle ne nous apportera aucun réconfort, même si nous la menons à bien.

— Je crois comprendre ce que vous tentez d'exprimer, mais je ne vous suivrai pas dans cette voie, repartit l'Anglais après un silence. Je ne possède pas votre culture, Thörun. Parfois, je le regrette. Parfois aussi, je me dis que votre savoir vous encombre et fait peser sur vous une mélancolie que je repousse. Pour moi, les choses se doivent de demeurer simples. Trouver les Galjero est une question de justice, d'éthique personnelle. Pas une dérivation métaphysique. Votre pensée est une géante mais elle est munie d'ailes de plomb, Thörun. Peut-être devriez-vous apprendre la modestie. Contentez-vous de peu. Soyez frugal dans vos ambitions. Acceptez la vie comme elle vient, avec ses mystères et ses contradictions. C'est comme cela que je tiens, pour ma part…

— Vous êtes un ascète, colonel. Ce que je ne suis pas. Vous et moi sommes aussi différents que pouvaient l'être un anachorète et un goliard, un moine du désert et un clerc libertin. Et pourtant, nous nous comprenons, n'est-ce pas ?

Tewp posa la main sur l'épaule de son ami, puis il se releva et défroissa son costume d'un revers de main. L'air était froid et sec. Il le respira goulûment, comme on jouit d'un mets rare.

— Regardez ! dit-il au Norvégien toujours enfermé dans ses idées noires. Le docteur est revenu.

Hezner se tenait sur le pas de la maison de couleur ocre et leur faisait signe d'approcher. Il avait ôté son manteau et semblait rassuré. Dans le couloir d'entrée large et frais de la demeure se tenait un tout petit monsieur moustachu aux cheveux gris qui les regardait en souriant. Un fez légèrement incliné sur la tête, il portait un costume noir sur une chemise à plastron au col dur à la manière du début de siècle. Un long caftan damassé de teinte framboise l'enveloppait comme un papier de bonbon.

— Je vous présente mon ami Yoram Kaplan, dit Hezner. Vous êtes sous son toit. Il nous autorise à demeurer au second étage de son logis autant de temps que nous le souhaiterons. C'est un homme droit et honnête. Un grand savant dans son domaine aussi. Vous pouvez lui faire confiance.

Gärensen et Tewp remercièrent chaleureusement Kaplan pour son hospitalité mais l'hôte leur répondit par une succession de petites courbettes rapides sans prononcer un mot.

— Yoram ne parle pas anglais, je le crains, expliqua Hezner. Cela n'a pas d'importance. Vous le verrez peu.

La bâtisse était spacieuse et profonde. Un grand escalier ciré s'élevait vers les niveaux supérieurs. Kaplan saisit une clochette d'argent sur une console et la fit tinter trois fois. Aussitôt, une volée de jeunes gens aux cils longs et aux lèvres brillantes vinrent s'emparer des bagages de Tewp et Gärensen. Par-delà un patio où bruissait une fontaine de marbre à l'ombre d'orangers, Yoram fit pénétrer ses invités dans un vaste salon à l'orientale, sans table ni chaises, mais au sol jonché de coussins. Là, assis en tailleur, le dos droit, ils burent le café dans de fines tasses en porcelaine de Saxe. Deux adolescents, pieds nus, torse imberbe et huilé visible sous leur caraco sans boutons, avaient apporté le breuvage dans une cafetière en or reposant sur un lit de braises contenues dans un brasero de métal.

— Le rituel du café est aussi important et codifié ici que celui du thé au Japon, expliqua Ruben. Yoram pratique cette cérémonie à la façon des princes de Topkapi, exactement comme avant la chute de l'Empire.

Un plateau de loukoums passa de main en main tandis que Hezner et Kaplan échangeaient à voix basse des propos dans une langue que ni Tewp ni Gärensen ne comprenaient.

— Simple échange de politesses, les rassura le docteur dès qu'il surprit le regard interrogateur que les deux Occidentaux avaient posé sur lui. Et aussi question sur la manière de se procurer des renseignements fiables en ville.

— Istanbul est une grande métropole, remarqua Twep. Y retrouver un homme isolé sera compliqué. Comment comptez-vous procéder, Hezner ?

— Plus nombreux sont les habitants, plus nombreux sont les informateurs. Vous devriez savoir ça, colonel… Ne vous tracassez pas. Si les Russes et Dandeville voulaient venir ici, c'est pour la bonne raison que Galjero s'y trouve également. J'en suis convaincu. Nous allons le retrouver.

— Pensez-vous que Laüme soit avec son mari ?

— Mon instinct me dit que nous trouverons Dalibor sans sa compagne. Ma raison, elle, me dit que les choses seront comme elles seront…

Gärensen soupira.

— Encore une de vos kabbalisteries, Hezner ?

— Oh non, monsieur Gärensen ! Je crois en avoir fini avec cette période de ma vie…

Pendant quelques jours, Hezner et ses hommes se chargèrent de collecter des renseignements en arpentant la ville ou en payant des gamins pour fureter.

— Surtout, faites bien la morale à ces gosses, insista Tewp. Dites-leur de ne pas s'approcher des Galjero s'ils les trouvent et de ne pas chercher à en savoir plus que nécessaire. Mieux vaut perdre notre temps à vérifier leurs informations que de risquer un nouveau drame…

De l'Inde à la Palestine, Tewp avait vu mourir trop d'enfants. Il ne supportait pas l'idée de voir encore une fois un petit cadavre martyrisé.

Et puis, après plusieurs journées d'inaction et de morne attente, un vendredi soir à l'heure de la prière, un garçonnet tout essoufflé frappa à la porte de Yoram Kaplan. Affirmant avoir croisé dans le quartier de Galata un homme correspondant à la description qu'on lui avait faite de Dalibor Galjero, il répondit à toutes les questions que Hezner lui posa. Sa curiosité satisfaite, le docteur tira trois billets de sa poche et les fourra dans la main de l'enfant qui le remercia en lui baisant les doigts, comme à un pape.

— C'est lui ! Dalibor est bien à Stamboul… Il réside seul, dans un petit palais sur la Corne d'Or.

Tewp ferma les yeux et remercia intérieurement la destinée qui le remettait enfin en présence de l'assassin du petit Khamurjee. Gärensen serra les poings et songea à Monti, qu'il fallait maintenant prévenir au plus vite pour qu'il participe lui aussi à la curée.

— Je crains que nous n'ayons pas le temps de faire venir votre ami d'Amérique, répliqua Hezner lorsque Thörun lui eut fait part de son intention. Les choses vont se précipiter, et je doute qu'il soit sage de retarder encore notre intervention. Ou plutôt *mon* intervention.

Gärensen et Tewp s'exclamèrent en chœur :

— *Votre* intervention ? Que voulez-vous dire, Hezner ?

— Il est impossible de se rendre maître de Dalibor Galjero, vous le savez, messieurs. Les armes s'enrayent lorsqu'elles le visent, et les volontés assassines les plus trempées se brisent comme du verre dès qu'il s'agit de passer à l'acte. Vous n'auriez aucune chance de l'approcher. Moi, je le peux, car je ne me ferai pas menaçant ! Je vais venir à lui l'esprit reposé, non abîmé par les envies de vengeance qui corrompent votre jugement. Par la raison seule je vais le persuader de nous aider à retrouver et à éliminer Laüme. C'est notre unique chance, et vous le savez aussi bien que moi.

À ces mots, Tewp explosa de colère.

— Il est hors de question que nous pactisions avec cet assassin, Hezner ! Nous allons l'éliminer sans attendre et ce ne sera que justice ! Pas un jour de plus, je ne le laisserai vivre !

— Le colonel a raison. Assez de finasseries ! Tuons Galjero maintenant ! Il sera toujours temps de s'occuper plus tard de sa femelle !

Ruben étira les bras au-dessus de la tête et bâilla de façon fort inélégante, comme s'il s'était attendu à la réaction des deux hommes et que la scène provoquât chez lui un mortel ennui. Sous les aisselles, des auréoles de sueur marquaient sa chemisette claire.

— Écoutez-moi, messieurs, dit-il enfin. Dalibor Galjero est déchiré entre l'amour et la haine qu'il nourrit envers Laüme. Sa situation est celle d'un opiomane qui tente de se débarrasser de son poison. Il traverse des phases d'exaltation, d'envie folle de liberté, puis il revient à elle comme un chien. C'est un mouvement de balancier dont il ne peut se libérer seul. Il le sait, et cela lui est insupportable. Quand nous le retrouverons, nous devrons le persuader de le laisser nous aider à détruire Laüme. Sans cela, nous serons totalement désarmés face à elle. Elle nous tuera. Ou pire encore…

— Collaborer avec Galjero ? Je ne le pourrai pas !

La voix de Tewp s'était soudain durcie et son corps tout entier s'était tendu.

— Cet homme mérite une mort immédiate pour tout ce qu'il a fait, rugit-il sans aucune retenue. De sa main il a tué des enfants en Inde, en Allemagne et Dieu sait où encore. Vous ne me ferez pas croire qu'il n'est qu'une victime contrainte au vice, au meurtre, à l'abjection…

— Vous avez entièrement raison, colonel. Je n'aurai certainement pas l'impudence de vous pousser à considérer cet homme autrement que vous ne le faites. À quoi cela m'avancerait-il, d'ailleurs ? Je suis simplement en train de vous expliquer que nous devons maintenir Dalibor Galjero en vie jusqu'au moment où nous nous serons débarrassés de Laüme. Ensuite, mais ensuite seulement, nous pourrons l'éliminer. D'ailleurs, il nous le demandera peut-être lui-même.

Tewp se leva de son fauteuil et tourna en rond nerveusement dans la pièce comme un lion en cage. Il croisait ses mains avec force au point de faire blanchir ses phalanges.

— Vous avez tort, Hezner, lança-t-il enfin. Il ne faut plus reculer. Dalibor Galjero est maintenant à notre portée. Qui sait ce qui se passera si nous tentons de dompter cette vipère ? À un moment ou à un autre, il se retournera contre nous.

— J'approuve entièrement les arguments du colonel, abonda Gärensen. Dites-nous où trouver Galjero si vous-même craignez de l'affronter. Moi, je n'ai pas peur. J'irai au-devant de lui…

— Messieurs, vous ne me laissez pas le choix, je le crains, gémit Hezner. Je déplore votre position. Elle est la marque d'esprits à vue courte et m'oblige à vous retirer du jeu !

Claquant des doigts à la manière d'un chef de bande, le docteur fit signe à ses quatre hommes.

Comme s'ils n'attendaient que la permission d'intervenir, ils se jetèrent sur Tewp et Gärensen pour les maîtriser. La lutte fut brève et perdue d'avance. Surpris, les deux Occidentaux furent assommés, ligotés sur le sol et laissés à la seule surveillance de Tobie, tandis que Hezner quittait la maison de Kaplan avec les trois autres pour aller à la rencontre de Dalibor Galjero dans le quartier de Galata. L'inconscience de David Tewp dura peu de temps. Lorsqu'il rouvrit les yeux, il vit que Tobie pointait une arme sur son front.

— Savez-vous qui je suis, colonel Tewp ? interrogea le jeune homme avec un mauvais sourire. Avez-vous retrouvé qui vous rappellent mes traits depuis notre rencontre à Mexico ?

L'Anglais tenta de se redresser mais Tobie lui décocha un violent coup de pied à la mâchoire qui le fit retomber par terre.

— Alors ? Toujours pas ?

— Non, répondit Tewp, qui sentait le goût du sang sur sa langue. Je n'ai pas encore trouvé la réponse… Mais vous allez me l'apprendre, n'est-ce pas ?

— Je suis le fils de Nathan Katz. Nathan Katz ! L'homme que vous avez tué à Jérusalem… J'étais à la maison quand vous avez brutalisé mon père et qu'il est tombé, mort, à vos pieds… Je vous ai vu, Tewp ! J'ai tout vu !

David Tewp ferma les yeux un instant et se remémora le jour où, par accident, il avait causé la mort de Katz.

— C'est pour ça que vous avez intégré le commando Hezner, n'est-ce pas, Tobie ? Parce que vous saviez que je le cherchais et qu'un jour ou l'autre cela vous remettrait sur ma trace…

— Mon attente a été moins longue que la vôtre, colonel. Je n'ai eu que quelques mois à attendre avant de vous tenir au bout de mon arme… Vous n'aurez pas cette chance, avec Galjero ! Et votre ami Gärensen non plus, d'ailleurs. Je veux que vous mouriez en sachant que Hezner n'a jamais eu l'intention de vous livrer Dalibor Galjero… Ce n'est pas à vous qu'il va le remettre, mais aux Russes, aujourd'hui même !

Tout en prononçant cette phrase, Tobie releva le chien de son arme. Le colonel comprit qu'il allait mourir. Mais savoir que toute sa quête avait été vaine était bien pire pour lui que l'énoncé de sa condamnation. Tobie inspira longuement avant d'appuyer sur la détente, et c'est à cet instant qu'il reçut un coup puissant qui le faucha à hauteur du genou. La balle qu'il destinait à Tewp vola dans une boiserie, et son arme lui tomba des mains. Gärensen se détendit tel un ressort et chargea sur Tobie comme un taureau. Revenu de son évanouissement pendant que le jeune homme menaçait le colonel, il avait eu le réflexe de rester immobile jusqu'au dernier moment ; puis, malgré ses liens, il avait déséquilibré Katz d'une violente détente de ses jambes pour secourir l'Anglais. Pesant de tout son poids sur le gosse, Gärensen l'empêcha de se relever jusqu'à ce que Tewp ramassât le pistolet et mît en joue le prisonnier. Il se défit ensuite de ses liens et les noua autour des jambes et des poignets de Tobie qui, blanc de rage, hoquetait d'humiliation et de frustration.

— Le colonel devrait te loger une balle dans le crâne, gamin, cracha Gärensen. Mais je suppose qu'il ne le fera pas et te laissera la vie sauve. Cela devrait apurer vos comptes. Une vie contre une autre vie. C'est honnête, non ?

Tobie garda le silence. Il regardait Tewp avec un curieux mélange de haine et d'appel à la pitié. Misérable, il faisait peine à voir.

— Tu vas rester ici, Tobie, jusqu'à ce que nous revenions te chercher. Ensuite, tu retourneras en Palestine, là d'où tu es venu. Je ne te poursuivrai pas et tu ne me poursuivras pas… C'est entendu ? dit l'Anglais.

Le gamin baissa la tête et acquiesça en tremblant.

— Vous avez entendu tout ce que Tobie a dit sur Hezner, n'est-ce pas, Gärensen ? demanda Tewp en passant l'arme à feu dans sa ceinture.

— Hezner nous a manipulés. Il s'est servi de nous et veut livrer Galjero aux Russes… J'ai manqué autre chose ?

— Non, vous avez saisi l'essentiel, répondit Tewp. Maintenant, le pire qui puisse arriver est que ce transfert ait effectivement lieu. Si Galjero passe en Union soviétique, toutes nos chances seront anéanties.

Les deux hommes quittèrent au pas de course la maison de Yoram Kaplan et se dirigèrent vers le quartier de Galata… Ils ignoraient où exactement résidait Galjero, et ils ne pouvaient parier que sur la chance pour retrouver Hezner. Un instant, sur les marches du Pera Palace, ils crurent reconnaître la silhouette du docteur, mais ce n'était qu'un fonctionnaire ou un homme d'affaires turc qui entrait dans l'hôtel. Un peu plus loin, près de la belle tour de la Vierge, une autre méprise se produisit. En sueur malgré le vent froid qui soufflait sur le Bosphore, Gärensen et Tewp errèrent encore le long des quais, tandis que le soir tombait et que les rues se vidaient peu à peu. Comme ils arpentaient pour la seconde fois le pont de Galata éclairé de petits fanaux orange, Gärensen remarqua quatre ou cinq Occidentaux aux costumes mal coupés qui attendaient, accoudés à la rambarde en fumant des cigarettes de maïs.

— Des Russes ! glissa-t-il à Tewp. Regardez leur allure ! Ils ressemblent à ceux que nous avons croisés à Tijuana.

Tewp aussi avait reconnu la dégaine typique d'agents du NKVD. Les types étaient assez jeunes, athlétiques ; leurs pommettes saillantes et leurs cheveux de couleur paille trahissaient leurs origines slaves. Toutes les minutes, l'un d'eux vérifiait l'heure à sa montre.

— C'est maintenant !…. Il faut les capturer !

Tewp songea un instant à faire feu sur les Russes, pour les effrayer et les disperser plus que pour les abattre. Mais sur la longue passerelle circulaient encore des passants, des gamins perchés sur des ânes et des femmes se pressant pour rentrer au logis avant la nuit tombée. La moindre balle perdue risquait de toucher un innocent. Alors qu'ils se repliaient derrière la charrette stationnée d'un marchand pour profiter d'un poste d'observation moins exposé, la haute silhouette de Dalibor Galjero se découpa dans les flaques de lumière tremblante. Hezner et ses hommes impuissants à éviter la rencontre entre les deux groupes, Tewp et Gärensen assistèrent au départ de Dalibor avec les Soviétiques. De toute évidence, il avançait de son plein gré, rien ne le contraignait à suivre les hommes de Moscou ; ses mains n'étaient pas liées, son pas était tranquille.

Gärensen esquissa un mouvement pour le suivre mais un coup de feu claqua aussitôt dans sa direction. Instinctivement, il se baissa et revint vers la carriole tandis que les civils, paniqués, se mettaient à hurler et à courir en tous sens. Tewp, prenant le revolver qu'il avait dérobé à Tobie, fit feu sur le tireur. Ariel bascula par-dessus la balustrade et coula à pic dans les eaux noires du Bosphore. Continuant sa course folle, le colonel rattrapa Nathan qui fouillait dans sa poche pour saisir son pistolet. Un coup dans la gorge le tua net. Hezner hurla alors pour avertir Benny, mais le troisième mercenaire n'eut pas plus de chance que ses camarades. Son corps s'effondra sur la chaussée dans un bruit mou. Le pistolet de Nathan en main, Thörun tira à son tour une balle dans la jambe de Hezner, qui s'était mis à courir… Fauché, le docteur roula sur le bitume. Avant qu'il pût se relever, le Norvégien le chargea sur ses épaules comme un sac de grains et s'enfonça dans la nuit d'Istanbul avec son fardeau…

Épilogue

D'un geste sec, Thorun déchira le poignet de la chemise de Hezner et retroussa la manche jusqu'au coude, tandis que Tewp préparait l'injection de penthotal. Sans un mot, il enfonça l'aiguille dans l'avant-bras de Ruben. La peau se gonfla sous la poussée du liquide puis la bulle se résorba au fur et à mesure que le sérum de vérité se répandait dans le corps du petit homme.

— Maintenant, assez joué, Hezner. Révélez-nous tout ce que vous savez sur les Galjero. Dites-nous ce que Dalibor vous a appris lorsque vous étiez son confident à Berlin ! Dites-nous aussi pourquoi vous l'avez remis aux Russes…

Hezner dodelina un instant de la tête, comme sous l'effet de la boisson. Ses pupilles se dilatèrent et sa peau se couvrit d'une sueur qui perla en grosses gouttes sur son front. De toutes ses forces, de toute sa volonté, il luttait contre les effets du produit. Mais la chimie était trop forte. Malgré lui, sa bouche s'ouvrit, et les premiers mots de sa confession franchirent le seuil de ses lèvres.

— Son nom est Dalibor Galjero. Il a vu le jour, le dix-septième jour de janvier de l'année 1811, et je vais vous dire tout ce que je sais de lui…

NOTE DE L'AUTEUR

À l'instar des deux volumes précédents du *Siècle des chimères, Les Anges de Palerme* tisse ses intrigues sur un double canavas de réel et d'imaginaire. Principal personnage du récit, Luigi Monti est ainsi un masque composite dont les traits génériques sont empruntés à quelques immigrés siciliens ou italiens qui marquèrent authentiquement la pègre de la côte Est au cours des premières décennies du XXe siècle : Salvadore Cardinella, Jim Colosimo, *don* Vito Fero, Vincenzo Mangano ou Frankie Yale, par exemple… *Don* Balsamo, Meyer Lansky, les Irlandais Dinny Meehan et William Lovett sont, quant à eux, des figures bien connues ayant laissé une forte empreinte dans l'histoire du crime en Amérique. Du côté des autorités, William Donovan fut effectivement le créateur de l'*Office of Strategic Services,* précurseur de la CIA, agence dont Allen Dulles fut nommé premier directeur civil en 1953.

Jouissant en Europe d'une célébrité moindre que celle d'Al Capone, Lucky Luciano demeure cependant sans aucun doute la figure centrale de la Mafia italo-américaine des années trente et quarante. Structurant les familles italiennes et ouvrant celles-ci à des individus venus de tous horizons, il est réputé notamment pour avoir négocié avec le gouvernement américain, depuis sa cellule du pénitencier de Dennamora, l'engagement des clans siciliens dans la lutte contre les forces de l'Axe. Par ailleurs, les nombreuses connivences entretenues par Luciano avec le directeur du FBI, John Edgar Hoover, ont depuis longtemps dépassé le cadre des spéculations pour entrer dans celui des faits attestés et unanimement reconnus.

De même que la période des *protettori* de Sicile ou celle des *tong-wars,* l'époque de la prohibition et celle de l'organisation finale de Cosa Nostra en syndicat du crime sont depuis de nombreuses années de véritables sujets d'études historiques auxquels des ouvrages de référence et des thèses universitaires sont consacrés. Si l'Ouest des États-Unis est ainsi marqué par la saga des guerres indiennes et des conquêtes pionnières, l'histoire des mafias constitue pour la côte Est une sorte d'opéra parallèle, marquant tout aussi fortement – et aujourd'hui encore – l'imaginaire collectif américain.

Les opérations de magie destinées à donner naissance à un esprit guérisseur sont, par ailleurs, inspirées de traditions encore transmises de nos jours en Europe. Essentiellement oral, cet enseignement repose avant tout sur l'extériorisation de la volonté d'un praticien (ou d'un groupe de praticiens), puis sur la condensation de celle-ci sur un objet focal. Cette description simple du mécanisme magique de base concernant l'utilisation de fétiches et de dagydes d'envoûtement est exprimée de manière similaire par les traditions sorcières et chamaniques des cinq continents. Seules les dramaturgies structurant le jaillissement de la volonté des opérateurs varient selon le temps et l'espace. Si le propre des magies est en effet de susciter un sentiment d'extrême complexité, elles ne sont en réalité qu'une superposition d'éléments simples, constants, dont seules les formes extérieures varient au travers des diverses cultures humaines. Cette unité de fond n'empêche cependant pas la diversification des magies en spécialités que l'on peut distinguer grossièrement en Occident de la manière suivante : chamanisme, sorcellerie et magie cérémonielle.

Tradition la plus ancienne, le chamanisme est toujours pratiqué dans les régions circumpolaires, en Asie centrale, sur l'ensemble du continent américain, en Océanie et en Afrique. De tradition orale, c'est un éventail de pratiques essentiellement thérapeutiques appuyées par l'intervention de forces naturelles subtiles – esprit des morts, des plantes, des animaux, des pierres… – canalisées par le chaman.

Puisant ses sources dans le chamanisme, la sorcellerie étend les possibilités de celui-ci en les complétant notamment par l'étude des influences célestes macrosomiques sur le monde humain microcosmique. Très ardemment combattue et discréditée par l'Église catholique en Occident, qui voyait en elle une rivale dangereuse, la sorcellerie ne doit en aucun cas être confondue avec le satanisme. La sorcellerie traditionnelle ne fait jamais appel à des forces prétendument démoniaques. Païenne, elle ne coupe pas le monde en ombre et lumière vouées à un antagonisme éternel, mais cherche au contraire en toute chose la conservation de l'équilibre des extrêmes. Comme le chamanisme, la sorcellerie puise l'essentiel de sa force dans l'utilisation des énergies de la nature auxquelles elle adjoint celles, extrêmement puissantes, de la volonté et de l'inconscient humains.

Nouveau venu dans l'histoire de magie en Occident, le satanisme en tant que tel est né d'une réaction désordonnée face à la puissance de l'Église catholique. Ne pouvant exister sans la référence constante au judéo-christianisme dont il ne constitue qu'un des sordides revers, le satanisme ne peut en aucun cas être considéré à l'image d'une tradition magique *stricto sensu*.

Intéressante du point de vue de l'histoire des idées ésotériques en Occident, la magie cérémonielle est certainement celle dont le décorum et les accessoires ont été les mieux représentés au sein d'œuvres littéraires et artistiques depuis la Renaissance. Tradition très intellectuelle, la magie cérémonielle mêle cependant de manière relativement anarchique les bases des pratiques chamaniques et sorcières au corpus des magies juives et arabo-persanes.

Ces trois branches majeures de la tradition magique (chamanisme, sorcellerie, magie cérémonielle) se complètent par de nombreuses dérivations ou spécialités. La magie des égrégores telle qu'elle est présentée tout au long du *Siècle des chimères,* par exemple, relève tout autant de la magie cérémonielle que du chamanisme le plus ancien. Les phénomènes d'envoûtement, de même que l'élaboration de gardiens subtils, se rattachent quant à eux directement à la veine de la sorcellerie traditionnelle.

Table

Sixième tombeau des chimères

Second Livre de Lewis Monti

Septième tombeau des chimères

Philippe Cavalier
dans Le Livre de Poche

LE SIÈCLE DES CHIMÈRES

1. *Les Ogres du Gange*   n° 37176

Calcutta, 1936. L'Inde coloniale de Kipling a déjà perdu
de sa grandeur. Les nationalistes hindous pactisent avec
les services secrets allemands pour chasser les Britanniques. Fraîchement débarqué de Londres, David Tewp,
jeune officier du MI6, découvre un complot d'une ampleur
terrifiante. Sur les traces d'une trop belle photographe
autrichienne et d'un couple d'aristocrates roumains aux
sympathies politiques ambiguës, Tewp plonge dans un uni-
vers de ténèbres auquel sa bonne éducation et son rationa-
lisme ne l'avaient en rien préparé. Des brasiers funéraires
de Calcutta aux palais d'une noblesse décadente, entre
jeux d'espions, guerre civile, disparitions d'enfants et
rites étranges, la traque des Ogres du Gange commence.
Thriller érudit au rythme haletant, *Les Ogres du Gange*
emprunte avec une même maîtrise au roman d'espionnage
et à ce romantisme noir qui s'inscrit dans la grande tradition du fantastique européen.

2. *Les Loups de Berlin* n° 37177

Bavière, 1931. Accusé d'un crime qu'il n'a pas commis, le jeune Norvégien Thörun Gärensen est contraint de servir les futurs maîtres de l'Allemagne. Spécialistes des religions païennes, il intègre l'Ahnenerbe, un mystérieux institut contrôlé par les nazis. Là, il croit un temps trouver du réconfort auprès d'un séduisant couple d'aristocrates, Laümes et Dalibor Galjero. Loin de le sauver, les Galjero le précipitent au contraire dans un tourbillon vertigineux de dépravation et de sorcellerie. Une aide inattendue viendra de Fausta, agent des Alliés, rencontrée à Venise. Mais entre Thörun et la rédemption se dressent ses puissants protecteurs, l'ordre noir et ses propres chimères…

4. *La Dame de Toscane* À paraître

Après une décennie de traque acharnée, trois hommes que tout oppose, trois illuminés dévorés par le chagrin et la soif de justice, approchent enfin de leur proie. Qui est Laüme Galjero ? D'où tire-t-elle ses pouvoirs occultes ? Quand tous les mystères seront résolus, tous les secrets révélés, David Tewp, Luigi Monti et Thörun Gärensen trouveront-ils la force et les moyens de neutraliser l'une des plus grandes criminelles du siècle ? Quatrième et dernier tome du *Siècle des chimères*, *La Dame de Toscane* clôt l'épopée en une course folle à travers le monde, mais aussi à travers l'Histoire, culminant vers une fin apocalyptique complètement inattendue.

Du même auteur :

Les Ogres du Gange, tome 1 de la tétralogie *Le Siècle des chimères,* ANNE CARRIÈRE, 2005.

Les Loups de Berlin, tome 2 de la tétralogie *Le Siècle des chimères,* ANNE CARRIÈRE, 2006.

La Dame de Toscane, tome 4 de la tétralogie *Le Siècle des chimères,* ANNE CARRIÈRE, 2007.

Composition réalisée par Chesteroc Ltd.

Achevé d'imprimer en mars 2007 en Espagne par
LIBERDUPLEX
Sant Llorenç d'Hortons (08791)
Dépot légal 1re publication : avril 2007
N° d'éditeur : 83975
LIBRAIRIE GÉNÉRALE FRANÇAISE – 31, RUE DE FLEURUS – 75278 PARIS CEDEX 06

31/1624/1